을 유 세 계 문 학 전 집 · 102

맥티그

맥티그

MCTEAGUE

프랭크 노리스 지음, 김욱동 · 홍정아 옮김

❖ 을유문화사

옮긴이 김욱동

서강대학교 인문학부 명예교수 및 울산과학기술원(UNIST) 초빙교수다. 저서로 『번역과 한국의 근대』, 『번역의 미로』, 『하퍼 리의 삶과 문학』 등이 있고, 역서로 『위대한 개츠비』, 『앵무새 죽이기』, 『이선 프롬』 등이 있다.

옮긴이 홍정아

숙명여자대학교 영문학과를 졸업했으며 전문 번역가로 활동 중이다.

을유세계문학전집 102
맥티그

발행일·2020년 4월 30일 초판 1쇄
지은이·프랭크 노리스 | 옮긴이·김욱동·홍정아
펴낸이·정무영 | 펴낸곳·(주)을유문화사
창립일·1945년 12월 1일 | 주소·서울시 마포구 서교동 469-48
전화·02-733-8153 | FAX·02-732-9154 | 홈페이지·www.eulyoo.co.kr
ISBN 978-89-324-0490-5 04840 978-89-324-0330-4(세트)

차례

제1장

  그날은 일요일이었다. 맥티그는 일요일이면 습관처럼 늘 오후 2시에 폴크 거리*의 전차 차장이 이용하는 간이식당에서 점심을 먹었다. 걸쭉하고 거무죽죽한 수프와 차가운 접시에 담긴 아주 뜨겁고 두툼한 덜 익힌 고깃덩어리, 야채 두 종류, 진한 버터와 설탕이 듬뿍 들어간 일종의 슈에트 푸딩*이었다. 그런 다음 길거리 한 블록 위쪽에 있는 사무실로 돌아오는 길에 조 프레나의 술집에 들러 스팀 맥주* 한 피처를 샀다. 점심을 먹으러 가는 길에 피처 주전자를 그곳에 갖다 두는 게 그의 버릇이었다.

  맥티그는 사무실 또는 간판에 쓰여 있듯 '치과 진료실'에 일단 도착하면 웃옷과 신발을 벗고 조끼 단추를 풀고 조그마한 난로에 코크스를 잔뜩 쑤셔 넣은 뒤, 건물 밖으로 내민 퇴창에 놓인 수술용 의자에 누워 신문을 읽고 맥주를 마시고 커다란 도자기 파이프로 담배를 피우면서 먹은 음식을 소화했다. 배가 잔뜩 불렀고, 머리는 멍했으며, 몸은 따뜻했다. 곧이어 스팀 맥주로 배가 차오르는 데다 방의 온기와 싸구려 담배, 과식까지 한 탓에 그는 깜박 잠에 곯아떨어졌다. 늦은 오후가 되자 머리맡에 걸려 있는 도금한 새장 속 카나리아가 노래를 부르기 시작했다. 맥티그는 천천히 잠에서 깨어나 그때쯤이면 김이 다 빠진 맥주를 마저 들이켜고 나서 책장에서 콘서티나'를 집어 들어 구슬픈 노래 대여섯 곡을 연주했다. 주중에는 이 콘서티나가 일곱 권짜리 『앨런의 치과 실무』'라는 책과 함께 놓여 있었다.

맥티그는 휴식과 기쁨을 주는 이 일요일 오후를 몹시 기다렸다. 그는 언제나 거의 같은 방식으로 일요일을 보냈다. 음식을 먹고, 파이프 담배를 피우고, 잠을 자고, 콘서티나를 연주하는 것—이것이 곧 그의 유일한 즐거움이었다.

그가 익히 알고 있는 이 구슬픈 곡들을 연주할 때면 으레 십년 전 플레이서 카운티'의 빅디퍼 광산에서 탄차(炭車) 소년으로 일하던 시절이 떠올랐다. 아버지의 감독을 받으며 수레에 광석을 잔뜩 싣고 굴 안팎으로 요란스럽게 나르던 그 시절 말이다. 아버지는 두 주 중 13일 동안은 광산 교대 감독으로 침착하고 근면하게 일했다. 하지만 한 주 건너 일요일마다 그는 무책임한 동물, 들짐승, 술로 미쳐 버린 야수가 되었다.

맥티그는 어머니도 생각났다. 어머니는 중국 남자의 도움으로 광부 40명을 위해 밥을 지어 주었다. 노예처럼 단조롭고 지겨운 일을 하고 있었지만, 그녀는 오로지 아들을 출세시켜 전문 직종에서 일하게 하겠다는 일념으로 열정에 불타고 기운이 흘러넘쳤다. 그동안 술에 찌든 아버지가 불과 몇 시간 만에 의식을 잃고 쓰러져 사망하자 드디어 기회가 왔다. 두세 해 뒤에 떠돌이 치과 의사 하나가 광산에 찾아와 일꾼들의 합숙소 근처에 텐트를 쳤다. 그는 고작 돌팔이 의사에 지나지 않았지만 맥티그 부인의 열정에 불을 지폈고, 어린 맥티그는 그 사람한테서 치과 일을 배우려고 그와 함께 길을 떠났다. 맥티그는 돌팔이 의사가 수술하는 걸 지켜보며 그럭저럭 치과 기술을 배웠다. 그는 치과 에 필요한 책들도 많이 읽었지만 구제불능으로 무식한 탓에 책 에서 얻은 지식은 거의 없다시피 했다.

맥티그는 샌프란시스코에 머물던 어느 날 어머니가 사망했다 는 소식을 전해 들었다. 어머니는 그에게 유산을 조금 남겼다. 많은 돈은 아니었지만 그런대로 치과 의사 진료실을 개업하기 에는 충분한 금액이었다. 그는 돌팔이 의사와 헤어지고 나서 샌 프란시스코의 주거 지역, 즉 작은 상점들이 모여 있는 '도시 안 주거 거리'인 폴크 거리에 치과 진료실을 열었다. 이곳에서 그 는 서서히 푸줏간 청년들, 가게 아가씨들, 드러스토어 직원들, 전차 차장들을 손님으로 끌어모았다. 하지만 친하게 알고 지내 는 사람은 거의 없었다. 폴크 거리 사람들은 그를 '의사'라 부르 며 그의 엄청난 힘을 두고 이야기하곤 했다. 금발 머리가 풍성 한 맥티그는 키가 무려 1미터 90센티미터가 넘는 거구였다. 그 런 데다 근육질의 거대한 팔다리를 느리고 투박하게 움직였다. 두 손은 솥뚜껑처럼 큼직하고 불그스름했으며 뻣뻣한 노란 털 로 덮여 있었다. 나무망치만큼이나 단단하고 바이스만큼이나 센, 저 옛날 탄차를 굴리던 소년의 손이었다. 그는 가끔 까다로운 치아를 외과용 집게 없이도 엄지와 손가락만으로 뽑을 때도 있었다. 그의 머리통은 네모나게 각지고 턱은 육식동물처럼 두드러져 보였다.

맥티그의 정신도 그의 육체를 꼭 빼닮아 육중하고 느리게 움직이고 둔했다. 이 남자에게 사악한 것이라곤 눈곱만큼도 찾아볼 수 없었다. 한마디로 그는 엄청나게 힘이 세고 미련하며 유순하고 순종적인 짐수레용 말 같았다.

치과 진료실을 개업했을 때 그는 인생이 성공한 것 같았고 더 이상 바랄 게 없을 것 같았다. 하지만 거창한 이름과 다르게 진료실은 겨우 방 한 칸에 지나지 않았다. 우체국 지국 2층 구석에 있는 방으로 길거리를 바라보고 있었다. 맥티그는 이곳을 침실로도 사용했는데, 창문 반대쪽 벽에 붙여 놓은 커다란 침대용 소파에서 잠을 잤다. 구석 칸막이 뒤에는 그가 치아 틀을 만드는 세면대가 놓여 있었다. 밖으로 내민 둥근 퇴창 쪽에는 수술용 의자와 치과 의료 기계, 도구를 늘어놓은 이동식 선반이 있었다. 로렌초 데 메디치*의 궁정 철판화(그는 가격에 비해 사람이 많이 새겨져 있다는 이유로 이 철판화를 구입했다)가 걸린 벽면 아래쪽에는 중고 가게에서 값싸게 구입한 의자 세 개가 군대식으로 자로 잰 듯 정확하게 나란히 자리했다. 침대용 소파 위에는 한 번도 사용한 적 없는 소총 제작업자의 광고용 달력이 걸려 있었다. 그 밖에 다른 장식품이라곤 묵은 『미국 치과 의학 제도』 잡지가 널브러져 있는 대리석 상판의 조그마한 탁자, 작은 난로 곁에 앉아 있는 퍼그 개 석상과 온도계가 전부였다. 한쪽 구석에는 『앨런의 치과 실무』 일곱 권을 꽂아 둔 책장이 서 있었다. 맨 위 선반에는 맥티그가 올려놓은 콘서티나와 카나리아 먹이 봉지가 놓여 있었다. 방에서는 침구 냄새, 크레오소트 방부제 냄새, 에테르 냄새가 뒤섞여 진동했다.

오직 한 가지 문제만 없었더라면 맥티그는 더할 나위 없이 만족했을 것이다. 창문 밖에는 간판이 걸려 있었는데—보잘것없는 간판이었다—거기에는 이렇게 쓰여 있었다. '맥티그 의사. 치과 진료실. 가스 주입함.' 그게 전부였다. 구석 창문에 큼직한 황금색 치아를, 큰 뿌리가 달린 어금니 모형 같은 눈부시고 매력적인 뭔가를 달아 놓는 게 그의 야망이자 꿈이었다. 언젠가는 반드시 그 꿈을 실현하겠다고 굳게 다짐했다. 다만 지금 형편으로는 그럴 능력이 없었다.

맥주를 마지막 한 모금까지 다 비운 맥티그는 손등으로 입술과 커다란 노란 콧수염을 천천히 문질러 닦았다. 그리고 황소처럼 힘겹게 몸을 일으켜 창가로 다가가 길거리를 내려다보았다.

길거리는 언제 보아도 흥미로웠다. 그 거리는 서부 도시 특유의 교차로로 주거 지역 한가운데 있으며 가게 위층에 사는 소상인들이 자리 잡은 곳이었다. 거리에는 빨강·노랑·초록의 액체가 담긴 커다란 유리병이 창가에 진열되어 있어 매우 화려하고 다채롭게 보이는 길모퉁이 약국들, 광고판에 삽화나 사진이 많이 실린 주간지가 붙어 있는 문방구점들, 현관에 담배 가판대가 세워져 있는 이발소들, 보기에도 애처로운 배관공 사무실들, 또 창 안쪽에 껍데기를 굳게 다문 굴 무더기가 얼음덩이 사이에 파묻혀 있고 도자기로 만든 돼지와 암소 모형의 무릎까지 흰콩을 켜켜이 쌓아 놓은 싸구려 식당들이 있었다. 길거리 한쪽 끝에는 전차 케이블 회선이 나오는 거대한 발전소가 그의 눈에 보였다. 그리고 진료실 바로 맞은편에는 큰 시장이 있었다. 조금 더 멀리 내다보면 이웃한 집들 굴뚝 너머로 대형 대중목욕탕의 유리 지붕이 오후 햇살을 받아 수정처럼 반짝였다. 치과 진료실 아래층 우체국 지국은 관행에 따라 일요일 오후 2시와 3시 사이에 문을 열었고 매캐한 잉크 냄새가 아래쪽에서 위층에 있는 그에게로 올라왔다. 이따금 전차가 덜컹거리며 육중하게 지나가면 전차 창문에서 귀에 거슬리는 달그락거리는 소음이 들려왔다.

평일에는 길거리에 활기가 넘쳤다. 7시경 신문 배달 소년들이 노동자들과 함께 모습을 드러내면 거리는 잠에서 깨어나 일하기 시작했다. 노동자들은 흐트러진 대열을 지어 뚜벅뚜벅 걸어갔다. 납 파이프 부품들·집게·펜치 등을 주머니에 잔뜩 채운 배관공 견습생들, 칠을 해 가죽 흉내를 낸 종이 도시락 가방만 달랑 든 목수들, 진흙으로 더럽혀진 작업복에 어깨에는 곡괭이와 긴 손잡이가 달린 삽을 짊어진 거리 노동자들, 머리끝부터 발끝까지 석회 가루를 뒤집어쓴 미장이들이었다. 이 노동자 무리는 한쪽으로 저벅저벅 걸어가다가 다른 부류의 노동자들—케이블 전차 회사로 출근하는 전차 차장들과 '스윙맨', 밤 근무를 마치고 집으로 잠을 자러 가는 눈꺼풀이 무거운 약국 직원들, 관할 경찰서로 야간 보고를 하러 돌아가는 순찰 경관들, 재배한 채소가 담긴 무거운 바구니를 머리에 이고 뒤뚱뒤뚱하며 지나가는 중국인들―을 만나 뒤섞였다. 전차에는 사람들이 들어차기 시작했다. 길을 따라 길게 자리한 가게의 주인들이 덧문을 내리는 모습이 보였다.

길거리에서는 아침 7시부터 8시 사이에 아침을 먹었다. 이따금 싸구려 식당에서 나온 종업원들이 냅킨으로 덮은 쟁반을 한손에 들고 균형을 잡으며 길 반대편으로 건너갔다. 사방에서 커피 냄새와 기름에 스테이크를 튀기는 냄새가 풍겼다. 얼마 후 날품팔이 노동자들의 뒤를 이어 늘 그렇듯 상점 점원들과 여성 판매원들이 화려하지만 싸구려인 옷을 입고 초조하게 발전소 시계를 힐끗거리며 나타나 서둘러 갔다. 그리고 한 시간쯤 늦게 그들의 고용주들이 대개 전차를 타고 등장했다. 근엄한 표정으로 조간신문을 읽고 있는 그들은 배가 엄청나게 크고 구레나룻을 기른 신사들이었다. 은행 회계원들과 단춧구멍에 꽃을 꽂은 보험사 직원들도 보였다.

같은 시각, 학생들이 거리로 쳐들어왔다. 새된 소리로 왁자지껄 떠들며 문방구 앞에 멈춰 서기도 하고, 사탕 가게 문 앞에서 잠깐 알짱거리기도 했다. 학생들은 그렇게 반시간 넘게 인도(人道)를 점령하고 있다가 순식간에 사라졌다. 그리고 남겨진 지각생 한두 명이 매우 초조해하며, 정신이 어딘가에 팔려 작고 가느다란 다리로 서둘러 성큼성큼 걸어갔다.

11시가 되어 갈 때쯤 폴크 거리에서 한 블록 위쪽에 있는 한 길로부터 귀부인들이 나타나 보도를 한가롭게 유유히 거닐었다. 아침 시장을 보러 나온 귀부인들은 외모가 반듯하고 옷맵시가 좋았고, 푸줏간, 식료품 가게, 채소 가게 점원들을 개인적으로 모두 알고 있었다. 맥티그는 창가에 서서 장갑을 낀 채로 베일을 쓰고 우아한 신발을 신은 그들이 가판대 앞에 서 있고, 비굴한 식품 공급업자들이 옆에 바짝 붙어 서서 주문서를 휘갈겨 적고 있는 모습을 바라보았다. 고급스러운 거리에서 온 이 귀부인들은 서로를 잘 아는 듯했다. 그들은 여기저기 삼삼오오 모여 담소를 나누었다. 또 다른 사람들이 오고 무리가 이루어졌다. 푸줏간 가판대에서, 보도에서, 또는 베리 종류나 과일이 담긴 상자 앞에서 조그마한 연회가 즉석에서 열리기도 했다.

정오부터 저녁까지는 다양한 사람들이 거리를 메웠다. 거리는 이때 가장 번잡하여 크고 긴 잡음—각양각색으로 발을 끌며 걷는 소리, 바퀴들이 덜컹거리는 소리, 전차가 묵직하게 굴러가는 소리—이 끊임없이 들렸다. 4시가 되면 다시 한 번 학생들이 보도에 떼를 지어 나타났지만, 이번에는 놀랄 만큼 갑작스럽게 사라져 버렸다. 6시가 되자 큰 무리가 집을 향해 행진하기 시작했다. 차 안은 사람으로 가득 차고, 노동자들이 보도에 우글거리고, 신문 배달 소년들은 석간신문이 나왔다고 외쳐 댔다. 그러다가 길거리는 순식간에 조용해졌다. 거리에는 단 한 사람도 보이지 않았고 보도가 텅텅 비었다. 저녁 식사 시간이 된 것이다. 밤이 깊어지면서 약방 창문에서 괴기하게 빛나는 불빛에서부터 둥근 전구의 눈부시게 푸르스름한 불빛까지 거리 곳곳에서 수많은 불빛이 하나씩 하나씩 짙어져 갔다. 다시 한 번 거리는 인파로 북적였다. 그 시각, 거리에는 오직 오락을 즐길 사람

밖에는 없었다. 전차는 극장에 영화를 보러 가는 사람들—실크 해트를 쓴 남자들과 털 달린 망토를 걸친 젊은 여자들—로 가득 했다. 또 보도에는 무리 지은 사람들과 커플들, 배관공 견습생들, 리본 가게 여자 점원들, 가게 2층에 사는 단출한 가족들, 재봉사들, 별 볼 일 없는 의사들, 마구(馬具) 제작업자들로 붐볐다. 이 거리의 다양한 주민들이 밖으로 나와 여기저기 진열창을 들여다보기도 하고 한가롭게 거닐면서 일과를 마친 뒤에 바람을 쐬기도 했다. 아가씨들은 거리 모퉁이에 모여 서서 지나가는 젊은 남자들에 대해 평을 늘어놓으며 아주 큰 소리로 웃고 떠들어 댔다. 타말레* 장사꾼들이 나타나고, 구세군들이 선술집 앞에 서서 노래를 부르기 시작했다.

그러고 나서 폴크 거리는 다시 서서히 고요 속에 빠져들었다. 발전소의 시계가 11시를 치자 불이 모두 꺼졌다. 새벽 1시에 전기가 끊기면서 순식간에 허공에 정적이 감돌았다. 갑자기 모든 것이 정지한 것 같았다. 이제 소음이라곤 이따금 들리는 순찰 경관들의 발소리와 문 닫은 시장 안에 있는 오리와 거위 들의 끊임없는 울음소리뿐이었다. 거리는 잠이 들었다.

맥티그는 날마다 똑같은 광경이 눈앞에 펼쳐지는 것을 지켜보았다. 치과 진료실 밖으로 내민 퇴창은 그가 세상이 돌아가는 모습을 바라다보는 전망대나 다름없었다.

하지만 일요일이면 모든 것이 달라졌다. 맥티그는 맥주를 모두 마신 뒤 퇴창에 서서 입술을 문질러 닦고 거리를 내려다보며 그 차이를 느낄 수 있었다. 가게 문이 대부분 닫혀 있었다. 마차도 지나가지 않았다. 싸구려 나들이옷을 입은 몇 사람만이 서둘러 보도 위아래를 오갔다. 전차 한 대가 지나갔다. 바깥쪽 좌석에는 피크닉을 다녀오는 한 무리가 앉아 있었다. 부부 한 쌍과 젊은 남자, 어린 아가씨, 그리고 세 아이였다. 중년 부부는 무릎 위에 빈 도시락 바구니를 올려놓고 있었고, 아이들의 모자 끈에는 갈잎이 잔뜩 붙어 있었다. 아가씨는 시들어 가는 양귀비와 야생화를 한 아름 안고 있었다.

전차가 맥티그의 창가 쪽으로 다가오자 젊은 사내 하나가 일어나 플랫폼으로 펄쩍 뛰어내리면서 무리를 향해 손을 흔들며 작별 인사를 했다. 맥티그는 곧바로 그 젊은이를 알아보았다.

"마커스 숄러군." 그는 콧수염이 덮인 입으로 중얼거렸다.

마커스 숄러는 치과 의사에게 하나밖에 없는 절친한 친구였다. 두 사람은 전차 차장 식당에서 처음 만났는데 식사 때마다 늘 같은 자리에 앉아서 식사하면서 아는 사이가 되었다. 그러다가 둘은 같은 건물, 그것도 마커스가 맥티그의 바로 윗방에 산다는 사실을 알게 되었다. 어느 날 맥티그는 마커스의 궤양이 생긴 치아를 치료해 주고 진료비를 받지 않았다. 곧 두 사람은 서로를 이해하는 사이가 됐다. '단짝'이 된 것이다.

맥티그가 귀를 기울이자 마커스가 바로 위층인 그의 방으로 올라가는 소리가 들렸다. 몇 분 뒤 그의 방문이 다시 열렸다. 맥티그는 그가 복도로 나와 난간 너머로 몸을 기대고 있다는 걸 알고 있었다.

"어이, 맥!" 그가 불렀다. 그러자 맥티그가 문 앞으로 나왔다.

"잘 있었어? 마크, 너야?"

"그럼 누구겠어." 마커스가 대꾸했다. "올라오지 그래."

"네가 내려와."

"네가 올라와."

"야, 그러지 말고 네가 내려오라고."

"에이, 이 게으른 자식!" 마커스가 계단을 내려오며 내뱉었다.

"클리프 하우스'로 피크닉 갔다 오는 길이야." 마커스가 침대용 소파에 앉으며 말했다. "삼촌네 식구랑, 너도 아는 시프 가족이랑 말이야. 빌어먹을! 더워서 죽는 줄 알았네." 그러더니 그가 갑자기 고함을 질렀다. "저기 좀 봐! 저기 좀 보라고!" 그가 축 처진 옷깃을 세우며 소리를 질렀다. "난 아침부터 옷깃을 세 번이나 바꿨다고. 진짜야, 진짜라고. 그런데 넌 난로까지 피워 놨군." 마커스는 피크닉에 대해 몹시 요란스럽고도 빠르게, 그리고 맹렬하게 몸짓을 해 가며 이야기를 늘어놓기 시작했다. 아주 사소한 세부 사항을 설명할 때는 굉장히 흥분해서 말했다. 마커스는 말할 때면 늘 이렇게 흥분하는 버릇이 있었다.

"네가 봤어야 했는데. 꼭 봤어야 했어. 분명히 말하지만, 완전 가관이었어. 진짜로 그랬어, 그랬다고. 진짜야."

"그래, 그래." 맥티그는 어리둥절하여 그가 하는 말을 이해하려고 애썼다. "응, 그랬겠지."

마커스는 자전거를 탄 어떤 이상한 사람과 엮였던 시빗거리에 대해 자세히 늘어놓으며 분노로 부르르 몸을 떨었다. "다시 한 번 말해 봐.' 내가 그 자식한테 말했지. '어디 한 번만 더 입을 놀려 봐. 그러면,'" 이쯤에서 욕설이 터져 나왔다. "'넌 영구차에 실려 시내로 들어갈 줄 알아. 나한텐 네 자전거에 치이지 않고 길을 건널 권리도 없는 줄 아는 거야, 뭐야?' 정말 모욕적이었어. 조금만 더 심했다간 놈을 바로 칼로 찔러 버렸을 거야. 아주 모욕적이었거든. 진짜 모욕적이었다니까."

"물론 그랬겠지. 물론, 물론!" 맥티그가 서둘러 대답했다.

"아, 그리고 사고도 있었어!" 상대방은 소리를 지르며 갑자기 다른 이야기를 꺼냈다. "끔찍했어. 트리나가 그네를 타고 있었는데―내 사촌 여동생 트리나 말이야. 누군지 너도 알잖아―그 애가 그만 그네에서 떨어진 거야. 빌어먹을! 난 그 애가 죽는 줄 알았다니까. 그런데 떨어지면서 돌에 받혀 앞니 하나가 부러졌어. 죽지 않은 게 신기해. 기적이지. 그렇지, 진짜로. 안 그래? 응? 안 그러냐고? 네 눈으로 직접 봤어야 하는 건데."

맥티그는 마커스 슐러가 사촌 트리나에게 마음이 꽂혀 있다고 막연하게 생각했다. 두 사람은 꽤나 자주 '붙어' 다녔다. 마커스는 토요일 저녁마다 시프 가족이 사는 만(灣) 건너편 B 거리 역에 가서 저녁 식사를 했고 일요일 오후에는 주로 그들과 교외로 가벼운 나들이를 했다. 맥티그는 이런 상황에서 마커스가 왜 그의 사촌 여동생과 함께 그녀 집에 가지 않았는지 의아했다. 종종 그러듯 마커스는 생각나는 대로 이야기를 해 댔다.

"저기 저쪽 한길에 사는 어떤 놈의 개를 오후 4시에 데리러 가기로 했거든."

마커스는 폴크 거리에서 네 블록쯤 떨어진 골목에 문을 연 그래니 영감의 조그마한 동물 병원에서 조수로 일하고 있었다. 그래니 영감은 맥티그와 같은 아파트 뒤쪽 방에 살고 있었다. 영국인인 그는 개 외과 전문의였지만 마커스 숄러는 이 분야에 별로 재간이 없었다. 마커스의 아버지는 캘리포니아 거리*에서 말을 맡아 돌보아 주는 마구간을 운영하던 수의사였고, 그는 아버지에게 가축 질병에 대한 지식을 두서없이 배웠다. 맥티그가 치과 기술을 익힌 것과 다르지 않았다. 어쨌거나 마커스는 그 특유의 친화력으로 점잖고 순진한 그래니 영감을 감동시키는 데 성공했다. 강렬한 몸짓과 함께 엄청난 확신을 심어 주는 방식으로 빈말을 마구 쏟아 내자 영감은 그만 어리둥절해졌던 것이다.

"나랑 같이 가지그래, 맥티그." 마커스가 말했다. "같이 그 녀석 개를 데리러 갔다가 산책을 좀 하는 게 어때? 특별히 할 일도 없잖아. 같이 가자."

맥티그는 그와 함께 길을 나섰고, 두 사람은 개를 데리러 한길 위쪽에 있는 집으로 갔다. 그 집은 꼭 저택처럼 큼직한 데다 정원은 한 블록의 3분의 1 정도를 차지할 정도로 어마어마하게 넓었다. 마커스는 기죽지 않겠다는 듯 대담하게 현관 계단을 뚜벅뚜벅 올라가 초인종을 눌렀다. 보도에 서서 커튼으로 가려진 창문들과 대리석 계단, 청동 그리핀* 상(像)을 멍하니 쳐다보던 맥티그는 이 모든 엄청난 호화로움에 불안하기도 하고 조금 혼란스럽기도 했다.

두 사람은 병원으로 개를 데려가 철망에 가둔 채 짖도록 내버려 두고 다시 폴크 거리로 돌아와 조 프레나의 모퉁이 식료품 가게 뒷방에서 맥주를 한 잔 마셨다.

그들이 부촌에 있는 대저택에 들른 이후로 마커스는 그가 증오해 마지않는 '척하는 계층', 즉 자본주의자들을 줄곧 공격해 댔다. 그가 치과 의사를 감동시킬 자신이 있다고 확신할 때 취하는 태도였다. 마커스는 어디선가 정치·경제에 관한 어쭙잖은 정보를 주워들었고—어디서 주워들은 것인지는 도무지 알 길이 없었다—프레나의 뒷방에 앉아 맥주를 들이켜자마자 노동 문제를 꺼냈다. 마커스는 있는 힘을 다해 고래고래 소리를 지르고 두 주먹을 흔들어 가며, 또 자기가 내는 시끄러운 소리에 한층 더 흥분하며 그 문제를 따져 말했다. 그는 직업 정치가들의 판에 박힌 문구들을 계속 사용했다. 몇몇 선거구에서 열린 '집회'라든지 '비준 회의'에서 주워들은 것들로 가령 '유린당한 유권자들', '노동의 대의명분', '임금 노동자들', '사사로운 개인 이익으로 편향된 의견들', '정당의 편견으로 눈먼 사람들' 등이었다. 마커스는 말끝마다 이런 문구들을 기가 막히게 강조하며 읊어 댔다. 맥티그는 그만 기에 눌려 잠자코 그의 말에 귀를 기울이고 있었다.

"그곳에 바로 악이 존재하거든." 마커스는 큰 소리로 말하곤 했다. "대중은 자기 통제력을 배워야 해. 그건 누가 봐도 분명한 사실이야. 숫자를 한번 보라고, 숫자를. 임금 노동자들의 수를 줄이면 임금이 올라가지. 안 그래? 그렇지 않아?"

머리가 텅 비어 한 마디도 알아듣지 못하는 맥티그는 이렇게 대답하곤 했다. "그래, 그래, 그렇지, 자기 통제력, 바로 그거지."

"노동의 대의명분을 망치는 건 바로 자본주의자들이야." 마커스가 버럭 소리 지르며 주먹으로 식탁을 쾅쾅 내리치자 맥주 잔들이 춤을 췄다. "저 겁 많은 게으름뱅이들, 배신자들, 아마 놈들의 간은 눈처럼 새하얗겠지. 과부들이랑 고아들의 먹거리나 가로채고. 악은 바로 그곳에 존재하거든."

마커스가 지르는 고함에 얼이 빠진 맥티그는 고개를 가로저으며 대답했다. "그래, 바로 그거지. 그 사람들의 간은 바로 그럴 거야."

갑자기 마커스는 홍분이 가라앉으면서 한순간에 지금껏 취해 온 태도를 잊어버렸다.

"이봐, 맥, 사촌 여동생 트리나더러 너한테 찾아가 치과 진료 좀 받으라고 했어. 아마 내일쯤 찾아갈 거야."

제2장

월요일, 맥티그는 아침 식사를 한 뒤 스크린 칸막이에 걸린 석판에 적어 놓은 진료 예약을 훑어보았다. 큼지막한 그의 글씨체는 매우 서툴고 둥글둥글했다. 특히 L 자와 D 자는 아주 크고 둥글게 배가 나와 있었다. 오후 1시에 은퇴한 재봉사인 미스 베이커의 예약이 잡혀 있었다. 체구가 조그맣고 나이가 꽤 많은 이 노처녀는 같은 복도 안쪽으로 몇 집 건너 아주 작은 방에 살고 있었다. 그녀의 방은 그래니 영감의 바로 옆방이었다.

이런 환경 탓에 제법 스캔들이라고 할 만한 사건이 하나 있었다. 미스 베이커와 그래니 영감은 둘 다 예순이 넘었는데 아파트 주민들 사이에서 두 사람이 서로 사랑하는 관계라는 소문이 나돌았다. 그러나 이상하게도 두 사람은 서로 알고 지내는 사이도 아니었고, 심지어 말 한마디 건넨 적도 없었다. 어쩌다 더러 계단에서 마주칠 때는 있었다. 그래니 영감은 자신의 조그마한 동물 병원에 출근하고, 미스 베이커는 길거리에서 장을 보고 돌아올 때였다. 상대방을 스쳐 지나갈 때 두 사람은 시선을 피하며 마치 다른 생각에 골몰해 있는 척하면서도, 사실은 늘그막의 소심함 때문에 순간적으로 몹시 당황했다. 그러고 나면 그래니 영감은 일하면서도 내내 불안하고 생각에 잠겼다. 미스 베이커는 서둘러 조그마한 자기 방으로 들어간 뒤에도 흥분이 가라앉지 않아 괴상한 곱슬머리 가발이 흔들거리고 쭈그러진 두 뺨에는 아주 희미하게 홍조가 생겼다가 없어졌다 했다. 이렇듯 우연히 마주치면서 생긴 감정들은 온종일 두 사람에게 남아 있었다.

두 사람은 이런 로맨스를 태어나 처음으로 겪는 것일까? 그래니 영감은 젊었을 적 알고 지내던 얼굴이라도—영국의 옛 성당 마을에서 볼 법한 옅은 색의 머리카락을 지닌 소녀 얼굴이라도—떠올린 것일까? 미스 베이커는 좀처럼 열어 보는 일 없는 서랍이나 상자 속에 빛바랜 은판 사진, 곱슬머리에 깃을 세운 남자의 이상한 구식 사진이라도 감춰 두고 있는 것일까? 도무지 알 수 없는 일이었다.

세입자들의 방을 청소해 주는 멕시코 여성 마리아 마카파가 이 스캔들을 처음으로 아파트 층층마다 이 방에서 저 방으로 퍼트려 입주민들의 관심을 끌어모았다. 최근 그녀는 엄청난 사실을 발견했고, 여성 입주민들은 이 스캔들로 야단법석이었다. 그래니 영감은 오후 4시에 퇴근해서 집으로 돌아왔다. 그리고 4시와 6시 사이 미스 베이커는 방에 앉아 무릎에 두 손을 얹고 아무것도 하지 않은 채 그저 귀를 기울이며 기다리곤 했다. 그래니 영감은 미스 베이커가 옆방 반대편에 앉아 있다는 걸 알고 있었다. 그녀가 자기 생각을 하고 있는 것만 같아 그도 안락의자를 벽 근처로 바짝 끌어다 놓고 앉았다. 그렇게 두 사람은 오후 내내 정확히 무엇을 기다리는지는 알 수 없었지만 얇은 벽 하나를 사이에 두고 서로에게 가까이 붙어 앉아 귀를 기울이며 기다렸다. 두 사람은 상대방의 버릇도 알게 됐다. 그래니 영감은 정확히 5시 15분에 미스 베이커가 책상과 창 사이에 놓인 석유난로에 차를 끓인다는 사실을 알았다. 미스 베이커는 그와 똑같은 시각에 그래니 영감이 옷장 두 번째 선반에서 제본기를 꺼내 그가 가장 즐겨하는 취미인 팸플릿 제본을―팸플릿들은 제본만 해 놓고 한 번도 읽지 않았다 ― 시작한다는 사실을 잘 알게 됐다.

맥티그는 진료실에서 평일 업무를 시작했다. 그는 금해면(金海綿)을 넣어 두는 유리 접시를 힐끗 쳐다보고서 금 알갱이들을 모두 사용했다는 걸 깨닫자 더 만들기 시작했다. 지난번 예비 검진 때 미스 베이커의 앞니에 충치가 생긴 걸 발견해 그것을 금으로 때우기로 했다. 금덩어리로 때울 공간이 아직 충분치 않은 이런 경우를 '근접 사례'라고 한다는 걸 맥티그는 기억했다. 그는 '금판'으로 땜질을 해야 한다고 자기에게 상기시켰다. 그래서 치아 사이에 끼운 다음 치아를 둘러싸서 고정할 수 있도록 비접착성 금 테이프를 가로로 작게 잘라 '금판'을 열두세 조각쯤 만들었다. '금판'을 모두 만든 다음 맥티그는 일주일 동안 사용할 일이 생길지도 모를 다른 땜질 재료들을 금으로 만들었다. 치아 가장 가까운 곳에 큼직한 구멍이 생겼을 때 사용하는 '블록'을 테이프를 여러 번 돌돌 만 뒤 땜납 펜치로 형태를 잡아 만들었다. 또 그는 '브로치'라는 바늘에 금 테이프를 돌돌 만 다음 다양한 길이로 잘라서 땜질을 시작할 때 사용하는 '실린더'를 만들었다. 맥티그는 멍청한 사람들에게서 흔히 볼 수 있는 손놀림으로 금박을 돌려 가며 천천히 기계적으로 작업했다. 그의 머릿속은 아무런 생각도 없이 텅 비어 있었고, 보통 사람들처럼 일하는 동안 휘파람을 부는 일도 없었다. 오직 끊임없이 지저귀는 카나리아 소리만이 정적을 깨뜨릴 뿐이었다. 새가 아침 목욕을 하며 쉴 새 없이 소리를 내고 부산하게 움직여 대는 통에 아마 다른 사람 같았으면 정신이 하나도 없었을 테지만 신경이 둔하기 짝이 없는 맥티그는 전혀 방해받지 않았다.

땜질 재료 준비를 모두 마친 뒤 맥티그는 옛날에 잃어버린 물건을 대신할 갈고리 꼬챙이를 피아노 줄 조각으로 만들었다. 그러고 나니 점심 먹을 시간이 됐다. 그가 전차 차장들의 간이식당에서 돌아오니 미스 베이커가 기다리고 있었다.

이 조그마한 재봉사 노파는 아파트에 나도는 소문을 전혀 눈치채지 못하고 자기 말을 들어줄 사람만 있으면 그래니 영감에 대해 이야기하고 싶어 안달이었다. 맥티그가 보기에도 노파는 흥분해 안절부절못하고 있었다. 무엇인가 특별한 일이 생긴 모양이었다. 그녀는 그래니 영감 방의 벽지가 자기 방의 벽지와 똑같다는 사실을 발견했던 것이다.

"맥티그 선생님, 그래서 전 이런 생각을 했어요." 그녀가 조그마한 가발의 곱슬머리를 흔들며 큰 소리로 말했다. "내 방이 작다는 것 알고 있으시죠? 그런데 벽지가 같다는 건 무늬가 내 방에서 그분 방으로 연결되어 있다는 거죠. 한때는 같은 방이었던 게 분명해요. 한번 생각해 봐요. 그런 거 같지 않나요? 그러니까 우린 같은 방을 쓰고 있는 거나 다름없는 거죠. 어쩌면 정말로 그럴지도 몰라요. 집주인 여자한테 이 얘기를 해야 할까요? 그분은 어젯밤에 9시 빈까지 팸플릿 제본을 했어요. 그분이 준남작의 작은 아들이었대요. 그런데 그가 작위를 받지 못한 이유가 글쎄 의붓아버지가 그를 아주 잔인하게 다뤘다지 뭐예요."

어느 누구도 그런 말을 한 적이 없었다. 그러니 영감과 관련하여 어떤 미스터리를 상상한다는 것은 어처구니없는 일이었다. 미스 베이커는 희미한 기억을 더듬어 소녀 시절에 읽었던 소설에서 작위니 부당한 의붓아버지니 따위를 따와 시시한 이야기를 지어낸 것이다.

미스 베이커는 수술 의자에 앉았다. 맥티그는 땜질을 시작했다. 오랫동안 침묵이 흘렀다. 맥티그는 진료하면서 동시에 말하지는 못했다.

맥티그가 미스 베이커의 치아에 붙인 마지막 '금판'을 닦고 있을 때 문 위에 걸어 놓은 아무짝에도 쓸모없는 벨이 쨍그랑 울리면서 진료실 문이 열렸다. 맥티그는 한쪽 발로 여전히 의료 기계 페달을 밟고 빙빙 돌아가는 강옥(鋼玉) 판을 손가락 사이에 끼고서 뒤를 돌아보았다.

진료실에 들어온 사람은 마커스 숄러로 스무 살쯤 되어 보이는 아가씨와 함께였다.

"어이, 맥!" 마커스가 큰 소리로 말했다. "지금 바빠? 부러진

이 때문에 내 사촌을 데리고 왔어."

맥티그는 진지하게 고개를 끄덕이며 대답했다.

"잠시만."

마커스와 그의 사촌 트리나는 로렌초 데 메디치의 궁정 철판화 밑에 있는 딱딱한 의자에 앉았다. 그들은 나지막이 소곤댔다. 아가씨는 방 여기저기를 둘러보았다. 퍼그 개 석상, 소총 제작업자의 달력, 도금한 감옥 같은 새장에 갇혀 있는 카나리아, 벽에 붙은 침대용 소파 위에 정리가 안 된 채 아무렇게나 나뒹굴고 있는 담요가 눈에 들어왔다. 마커스는 아가씨에게 맥티그에 대해 이야기하기 시작했다. "우린 굉장히 친해." 그가 속삭이는 것보다는 조금 큰 소리로 말했다. "맥은 괜찮은 친구지! 그러니까, 트리나, 네가 여태껏 본 사람 중에서 아마 가장 힘이 센 놈일걸. 봐 봐. 저 친구는 자기 손가락으로 네 이를 뽑을 수 있어. 확실하다니까. 어떻게 생각해? 진짜로 손가락만으로도 치아를 뽑을 수 있다고, 진짜야. 저 친구 몸집 한번 봐. 어쨌든 맥은 괜찮은 친구라니까!"

마커스가 이렇게 말하는 동안 마리아 마카파가 진료실에 들어왔다. 그녀는 맥티그의 침대를 정리하고 있었다. 갑자기 마커스가 조그마한 소리로 말했다. "이거 재미있겠는걸. 저 여자는 이곳 방들을 청소해 주는 사람이야. 멕시코 여자인데 정신이 살짝 돌았거든. 완전히 돈 것은 아닌데 좀 특이한 데가 있지. 자기 가족이 한때 금 식기 세트를 가지고 있었다고 떠벌리는 걸 들어봐야 하는데 말이야. 그리고 저 여자한테 이름 한번 물어 뭐라고 하는지 들어 봐." 트리나는 조금 겁을 먹고 뒤로 몸을 움츠렸다.

"싫어, 오빠가 물어봐." 그녀가 속삭였다.

"에이, 네가 물어봐. 겁낼 게 뭐 있어?" 마커스가 밀어붙였다. 트리나는 세차게 머리를 흔들며 입술을 굳게 다물었다.

"자, 그럼 들어 봐." 마커스가 트리나 옆구리를 쿡 찌르고 나서 목소리를 높여 말했다. "잘 지냈어, 마리아?" 그러자 마리아가 침대 소파에 몸을 수그린 채 고개를 돌려 어깨너머로 끄덕였다. "요즘 일 많지, 마리아?"

"엄청 많아요."

"금 식기에 밥을 먹을 땐 밥벌이하려고 일할 필요가 없었을 텐데, 안 그래?" 마리아는 아무런 대답도 하지 않았지만 마치 마음만 있으면 그것에 관해 길게 이야기할 수도 있다는 듯 눈을 지그시 감고 공중을 향해 턱을 치켜들었다. 그녀의 입을 열게 하려는 노력은 물거품으로 돌아갔다. 그녀는 대답 대신 고개를 흔들 뿐이었다.

"언제나 말하게 할 수 있는 건 아니야." 마커스가 사촌에게 말했다.

"그럼 이름을 물어보면 뭐라고 하는데?"

"아, 맞다." 잠깐 그걸 잊고 있던 마커스가 말했다. "이봐, 마리아. 이름이 뭐지?"

"뭐요?" 마리아가 허리를 곧게 펴더니 엉덩이에 손을 얹고 물었다.

"우리한테 네 이름을 말해 봐." 마커스가 되풀이해 물었다.

"이름은 마리아 미란다 마카파예요." 그리고 잠시 말을 멈추더니 바로 그 순간 뭔가 생각난 듯 덧붙여 말했다. "날다람쥐 한 마리가 있었는데 놓아줬지."

어김없이 마리아 마카파는 이렇게 대답했다. 그녀에게 그 유명한 황금 식기 세트에 관한 이야기를 늘 들을 수 있는 건 아니었지만, 이름을 물어서 이상한 대답을 끌어내는 데는 실패하는 법이 없었다. 그녀는 언제나 빠르고 나지막한 목소리로 "이름은 마리아 미란다 마카파예요"라고 하고서는 뒤늦게 생각났다는 듯 "날다람쥐 한 마리가 있었는데 놓아줬죠"라고 이어 말했다.

마리아가 왜 자신의 이름과 그 신비로운 날다람쥐 이야기를 이어 말하는지는 알 길이 없었다. 마리아에 관해서라면 그녀가 스페인계 미국인이라는 것 말고는 아파트 주민들이 알고 있는 게 아무것도 없었다. 미스 베이커가 입주민 중 아파트에 가장 오래 거주한 사람이었고, 그녀가 이사 오기 전부터 마리아는 이곳에 붙박이 가구처럼 청소부로 달려 있었다. 마리아 가족이 중앙아메리카에서 한때 엄청난 부자였다는 소문이 전설처럼 나돌았다.

마리아는 다시 일하기 시작했다. 트리나와 마커스는 호기심 어린 눈으로 그녀를 바라보았다. 침묵이 흘렀다. 한참 동안 맥티그의 기계에서 강옥이 내는 단조로운 진동 소리만 들렸다. 가끔가다 카나리아가 지저귀었다. 진료실은 따뜻했고, 좁은 공간에서 다섯 명이 숨을 쉬니 방 안 공기가 답답하고 텁텁했다. 어쩌다 한 번씩 바로 아래층 우체국 지국에서 톡 쏘는 잉크 냄새가 올라왔다.

마리아 마카파는 일을 마치고 진료실에서 막 나가려고 했다. 그러다가 마커스와 그의 사촌 곁을 지나가면서 잠깐 걸음을 멈추더니 주머니에서 파란색 복권 뭉치를 슬그머니 꺼내 들었다. "복권 한 장 살래요?" 그녀가 아가씨를 쳐다보며 물었다. "1달러밖에 안 해요."

"그냥 가, 마리아." 주머니에 30센트밖에 없던 마커스가 말했다. "그만 가 봐. 그거 불법이거든."

"한 장만 사 줘요." 마리아는 트리나를 향해 복권 다발을 들이밀며 졸랐다. "행운을 한번 믿어 봐요. 옆 동네 사는 푸줏간 주인은 지난번에 20달러 복권에 당첨됐어요."

트리나는 몹시 불편해서 그녀를 빨리 보내 버리려고 복권 한 장을 샀다. 그러자 마리아가 자리를 떴다.

"정말로 이상한 여자 아냐?" 트리나를 위해 복권을 사 주지 않은 것이 무척이나 민망하고 불편했던 마커스가 중얼거렸다.

그때 갑작스럽게 누군가 움직였다. 맥티그가 미스 베이커의 치료를 끝마친 것이다.

"이건 알아야 해요." 재봉사가 치과 의사에게 나지막한 목소리로 말했다. "그분은 오후에 아주 조금 문을 열어 놓는답니다." 그녀가 진료실에서 나가자 마커스가 그의 앞으로 트리나를 데려왔다.

"이봐, 맥, 내 사촌 트리나 시프야." 두 사람은 아무 말 없이 악수했고, 맥티그가 고개를 끄덕거리자 엄청난 금발 머리 뭉치가 커다란 머리와 함께 흔들거렸다. 트리나는 몸집이 매우 작았고 예쁘장했다. 얼굴은 둥글고 꽤 창백했다. 눈은 가느다랗게 길고 푸른빛을 띠었는데 꼭 반쯤 뜬 어린 아기 눈 같았다. 그녀의 입술과 귓불은 빈혈기라도 있는 듯 핏기가 없었다. 그리고 콧잔등에는 앙증맞게 주근깨 한 줄기가 있었다. 하지만 정말로 사람들의 관심을 끄는 것은 그녀의 머리칼이었다. 땋고 꼬아서 수북하게 쌓아 올린 푸른빛 도는 검은 머리칼, 왕관처럼 머리에 두른 거무스름한 밴드, 진짜 검은담비 털로 만든 머리 장식, 이 모든 것이 어우러져 묵직하고, 풍성하고, 향긋했다. 얼굴에 나타나야 할 생기가 이 멋진 머리카락으로 전부 빨려 들어간 것 같았다. 어린 부르주아의 창백한 관자놀이에 왕비의 머리 스타일이 드리워져 있었다. 머리카락이 어찌나 묵직했던지 그 무게에 고개가 살짝 뒤로 젖혀지고 턱이 조금 앞쪽으로 나왔다. 매력적이고 순수한 데다 신뢰감을 주고 어린애처럼 천진난만해 보이는 몸가짐이었다.

트리나는 온통 검은색 옷을 아주 평범하고 수수하게 차려입고 있었다. 검은색 의상과 창백한 얼굴이 대조되어 수녀와도 같아 보였다.

"자, 난 그만 가 봐야겠는걸." 갑자기 마커스가 큰 소리로 말했다. "다시 일하러 가야지. 너무 아프게 하지 마, 맥. 그럼, 다음에 봐, 트리나."

맥티그는 진료실에 트리나와 단둘이 남자 당황하고 난처해했다. 이렇게 나이 어린 여자들은 그를 늘 불안하고 당혹스럽게 만들었다. 그는 그들이 싫었고, 여성과 관련된 것이라면 무엇이든 본능적으로 의구심을 품었다. 덩치만 큰 사내아이의 왜곡된 반감이라고나 할까. 반면 트리나는 그저 느긋했다. 의심할 여지 없이 그녀는 아직 여성성이 눈뜨지 않았다. 말하자면 중성과 다름없었다. 꼭 소년처럼 솔직하고 거리낌이 없고 직설적이었다.

트리나는 수술용 의자에 자리 잡고 앉아 그를 정면으로 바라보며 치아에 무슨 문제가 있는지 말해 주었다. 그 전날 오후 그네에서 떨어지면서 치아 하나가 흔들거리고 다른 하나는 완전히 부러졌다는 것이다.

트리나가 이야기하는 동안 맥티그는 얼핏 무심한 태도로 이야기를 들으며 이따금 고개를 끄덕였다. 그런데 여성이라서 그녀에게 느꼈던 날선 반감이 조금씩 누그러지기 시작했다. 얼굴이 꽤 예쁘다는 생각이 들었다. 자그마한 체구에 몸매도 예쁜데다 성격도 좋고 솔직해서 점점 마음에 들기까지 했다.

"이 한번 봅시다." 그가 거울을 들며 말했다. "모자는 벗는 게 좋겠어요." 그녀가 의자 뒤로 몸을 기대고 입을 벌리자, 아직 여물지 않은 옥수수 알갱이처럼 고르게 난 작고 둥근 하얀 치아와 옆으로 흉측하게 자리한 공백이 보였다.

맥티그는 그녀의 입안에 거울을 넣고 천공기의 손잡이로 치아 하나하나를 건드렸다. 그는 가끔 허리를 곧추세우고 거울에 서린 습기를 겉옷 소매로 닦았다.

"저, 의사 선생님," 여자가 걱정스러운 듯 물었다. "정말 끔찍하게 보기 흉한가요?" 그러고 나서 덧붙여 물었다. "어떻게 방법이 없을까요?"

"글쎄요." 맥티그가 마룻바닥을 멍하게 바라보면서 천천히 대답했다. "부러진 치아 뿌리들이 아직 잇몸에 남아 있어요. 그것을 마저 뽑아야 할 것 같아요. 그리고 다른 앞어금니도 뽑아야 할 것 같은데요. 어디 다시 한 번 봅시다." 그는 잠깐 그녀의 입안에 거울을 넣고 자세히 들여다보았다. "이것도 뽑아야 할 것 같아요." 헐렁하게 붙은 치아가 변색한 것이 죽은 게 분명했다. "특이한 경우예요." 맥티그가 말을 이었다. "이런 치아는 이제껏 본 적이 없는 것 같습니다. 이런 걸 괴사(壞死)라고 해요. 자주 생기는 경우는 아니죠. 이건 확실히 뽑아야 해요."

그러고 나서 두 사람은 이 문제를 두고 이야기했다. 트리나는 의자에 곧게 앉아 무릎 위에 모자를 붙잡고 있었고, 맥티그는 창틀에 기대서 주머니에 손을 집어넣은 채 방바닥 여기저기를 쳐다보았다. 트리나는 나머지 치아마저 뽑고 싶지 않았다. 이가 빠진 자리는 하나로도 몹시 흉했다. 그런데 두 개라니…… 아, 안 돼. 그건 생각해 보고 어쩌고 할 문제가 아니었다.

맥티그는 그녀에게 뿌리와 잇몸 사이를 잇는 혈관이 이제 더 없다는 사실을 들어 논리적으로 설득하려 들었지만 헛수고였다. 트리나는 마음을 굳게 먹은 나이 어린 아가씨 특유의 고집을 부리며 완강하게 버텼다.

맥티그는 트리나가 점점 더 마음에 들었고, 시간이 지날수록 이렇게 예쁜 입을 망가뜨려야 하는 게 안타깝게 느껴지기 시작했다. 그는 점점 더 이 문제에 흥미를 느꼈다. 어쩌면 치관(齒冠)과 브리지를 이용해 뭔가 할 수 있을지도 몰랐다. "한 번 더 봅시다." 그가 거울을 들며 말했다. 그는 결점을 바로잡아 보겠다는 생각으로 입안을 매우 꼼꼼히 살폈다.

앞어금니가 빠져 없어진 데다 두 번째 어금니—느슨해진 치아—는 뽑은 뒤에도 뿌리 일부가 남아 있을 수는 있지만, 그것만 가지고서는 치관이 지탱할 힘이 없을 것이라고 그는 확신했다. 갑자기 맥티그는 야만적이고 원시적인 남자의 힘을 발휘해 어떠한 어려움이 있더라도 이 문제를 극복하리라고 단단히 마음먹었다. 그는 이 경우에 맞는 세부적인 치료 방법을 떠올려 보았다. 뿌리가 치관을 지탱할 힘이 없는 것은 분명했다. 게다가 그 치아는 조금 삐뚤어지게 나 있기까지 했다. 그나마 다행인 것은 공백이 생긴 양쪽 옆 두 치아에 충치가 있다는 점이었다. 하나는 첫 번째 어금니에, 다른 하나는 작은 어금니의 구개골 표면에 있었다. 그렇다면 남아 있는 뿌리에 소켓을 끼우고 어금니와 송곳니에 소켓을 끼운 다음, 부분적으로는 의치를 만들고 부분적으로는 치관을 씌워서 공백을 메꾼다면 어떨까? 그는 그렇게 시술하기로 했다.

왜 이런 위험한 치료를 결심했는지 맥티그 자신도 알 수 없었다. 다른 환자였다면 그저 흔들리는 치아를 뽑고 부러진 치아의 뿌리를 제거해 주는 것으로 만족했을 것이다. 그런데 왜 굳이 자기 평판을 위태롭게 하려는 것일까?

수술은 맥티그가 집도한 것 중 가장 어려웠다. 실수를 제법 많이 했지만 결국에는 그럴싸하게 해냈다. 그는 흔들거리는 치아의 뿌리를 총검 같은 집게로 뽑아 버리고 부러진 이의 뿌리를 땜질하듯 은못 역할을 할 백금 철사 조각을 그곳에 끼워 맞췄다. 하지만 이것은 시작에 불과했다. 장장 두 주가 걸리는 작업이었다. 트리나는 거의 이틀에 한 번꼴로 방문하여 두세 시간씩이나 진료 의자에 앉아 있었다.

맥티그가 처음에 느꼈던 어색함과 의구심은 점차 줄어들다가 나중에는 완전히 사라졌다. 두 사람은 좋은 친구가 되었다. 맥티그는 심지어 진료를 보면서 그녀에게 말을 걸 수 있는 단계까지 이르렀다. 이런 일은 이제껏 한 번도 없었다.

그때까지만 해도 맥티그는 트리나 또래의 여자와 친하게 지낸 적이 없었다. 폴크 거리의 젊은 여자들―판매원들, 아이스크림 가게 젊은 아가씨들, 싸구려 식당의 웨이트리스들―은 다른 치과 의사, 즉 대학을 막 졸업한 젊은 그 남자, 무게를 잡고, 자전거를 타고, 멋들어진 조끼를 입고 그레이하운드 경주에 돈을 거는 사교장에 드나드는 한량 같은 그 남자를 더 좋아했다. 트리나는 맥티그의 첫 경험이었다. 그녀와 함께 여성이라는 요소가 그의 작은 세계 안으로 불쑥 들어왔다. 그가 보고 느낀 것은 비단 트리나뿐만이 아니었다. 그가 발견한 것은 여자라는 존재, 여성 전체, 낯설고 매력적인 새로운 인류였다. 어째서 이런 것을 그토록 오랫동안 무시해 왔던 것일까? 그 세계는 이루 말할 수 없이 눈부시고 달콤하고 매력적이었다. 그의 편협했던 관점이 넓어지면서 혼란스러워졌고, 인생에서 콘서티나와 스팀 맥주만이 전부가 아니라는 사실을 한순간 깨닫게 되었다. 모든 것을 다시 만들어 내야 했다. 지금껏 가지고 있던 인생 전체에 관한 투박한 관념을 바꿔야 했다. 그의 안에 잠자고 있던 건장한 남자의 욕망이 서서히 깨어나면서 강렬하고 야만적으로 고개를 쳐들었다. 거부할 수 없고 길들여지지 않은, 잠시도 고삐로 제어할 수 없는 욕망이었다.

맥티그는 날이면 날마다, 매 시간마다 거의 느낄 수 없을 정도로 아주 조금씩 트리나 시프에 대한 생각에 더 깊이 사로잡혔다. 그는 끊임없이 그녀를 생각했다. 순간순간 둥글고 창백한 그녀의 얼굴이 떠올랐다. 가늘고 우윳빛처럼 뽀얗고 푸르스름한 눈, 살짝 들린 턱, 묵직하고 큼직한 머리 장식을 한 검은 머리카락. 밤마다 침대용 소파의 두꺼운 담요 속에서 몇 시간이고 뜬눈으로 어둠을 쳐다보며 그녀 생각으로 고통스러워했고, 섬세하고 미묘한 그물에 얽매여 꼼짝달싹도 못 하는 자신에게 몹시 화가 났다. 오전 내내 진료하는 동안에도 그녀 생각이 났다. 칸막이 뒤 세면대에서 석고 주형을 만드는 동안 지난 치료 때 있었던 모든 일들, 트리나가 의자에 앉아서 했던 모든 말들이 마음속에 떠올랐다. 그는 자신이 뽑은 그녀의 치아를 조그마한 신문지 조각에 싸서 조끼 주머니에 넣고 다녔다. 이따금씩 그는 그것을 꺼내어 뿔처럼 엄청나게 크고 단단한 손바닥 위에 올려놓고 이상야릇하고 서툰 감정에 휩싸여 고개를 절레절레 흔들다가 크게 한숨을 내쉬었다. 이런 바보!

화요일과 목요일, 토요일 오후 2시가 되면 트리나는 진료실에 도착해 수술용 의자에 앉았다. 맥티그는 진료하는 동안 종종 그녀 위로 몸을 바짝 구부려야 했다. 두 손으로 그녀의 얼굴과 뺨,

귀엽게 생긴 턱을 건드렸고, 그녀의 입술을 손가락으로 지그시 눌렀다. 트리나는 그의 이마와 눈꺼풀에 따뜻한 입김을 내쉬었다. 그녀의 머리 냄새와 상쾌하고 강렬하며 사람을 무력하게 만드는 매혹적이고 여성적인 향기가 그의 콧속으로 너무나 달콤하게 뚫고 들어오자 온몸이 찌릿했다. 현기증이 날 것 같은 짜릿한 감각이 엄청난 뼈와 굴곡진 근육으로 된 이 거대하고 무딘 사내의 몸을 훑고 지나갔다. 그는 코로 짧게 숨을 내쉬었다. 그리고 턱을 갑자기 바이스처럼 꽉 다물었다.

하지만 이것은 어쩌다 한 번 있는 일이었다. 그를 괴롭히는 이런 이상한 발작은 거의 곧바로 잦아들었다. 대개 맥티그는 트리나와 함께 앉아 있는 시간을 차분하게 즐기며, 그녀가 그 자리에 앉아 있다는 사실에 마냥 행복해할 뿐이었다. 폴크 거리의 가난하고 투박한 치과 의사, 엉터리 교육을 받고 취향이 상스럽고, 멍청하고 무식하며 속물적인 이 치과 의사는 그동안 유일한 휴식이라는 게 그저 음식을 먹고 스팀 맥주를 마시고 콘서티나를 연주하는 것이었지만 이제 난생처음으로 로맨스를, 목가적 삶을 경험하게 되었다. 그것은 기분 좋은 일이었다. 조용한 가운데 기구들의 긁는 소리와 엔진의 드릴 진동 소리만 들리고, 작은 난로의 열기로 방 안은 너무 덥고, 에테르와 크레오소트와 퀴퀴한 침구 냄새가 짙게 풍기는 멋없는 분위기였지만, 치과 진료실에서 트리나와 단둘이서 앉아 보내는 기나긴 시간은 마치 달빛 아래에서의 밀회처럼 자못 매력적이었다.

수술은 착착 진행됐다. 어느 날 맥티그가 트리나의 치아에 임시로 구타페르카'를 끼워 넣고 더는 할 일이 없자, 트리나는 자기가 이왕 의자에 앉은 김에 다른 치아도 점검해 달라고 부탁했다. 한 가지 문제점을 빼고서는 완벽했다. 앞니의 측면 표면이 하얗게 부식되어 있었다. 맥티그는 비트와 호미 모양의 엑스커베이터로 구멍을 넓힌 다음, 반원뿔 모양의 드릴로 깔쭉깔쭉한 부분을 떼어 내고 금으로 메웠다. 구멍이 제법 깊어서 트리나는 통증으로 움찔하며 신음했다. 맥티그는 그녀를 아프게 하는 것이 괴로웠지만, 수술할 적마다 그 괴로움을 참을 수밖에 없었다. 하지만 세상 모든 여자 중 하필 그녀에게 고통을 주는 일은 너무나 괴로웠다. 그는 땀을 뻘뻘 흘렸다. 이보다 더 괴로운 상황이 또 있을까?

"아파요?" 그가 초조하게 물었다.

트리나는 얼굴을 찌푸리고 짧게 숨을 들이쉬며 다문 입술 위로 손가락을 대고 고개를 끄덕였다. 타닌의 글리세린 용액을 치아에 뿌려 보았지만 아무 소용없었다. 그녀를 아프게 할 바에야 차라리 자기가 질색하는 마취제를 사용하는 편이 나았다. 그는 아산화질소가 위험하다는 걸 알고서 다른 때와 마찬가지로 이번에도 에테르를 사용했다.

맥티그는 그 어느 때보다 긴장하여 트리나의 얼굴에 대여섯 번쯤 스펀지를 갖다 대면서 가까이에서 경과를 지켜보았다. 호흡이 짧고 불규칙해지면서 근육이 살짝 경련했다. 그녀의 엄지손가락이 손바닥 쪽으로 굽자 그는 스펀지를 치웠다. 그녀는 한숨을 길게 내쉬고 의자에 풀썩 쓰러지며 매우 빠르게 의식을 잃었다.

맥티그는 똑바로 앉아서 뒤에 있던 선반에 스펀지를 올려놓고 트리나의 얼굴을 뚫어지게 쳐다보았다. 의식을 잃어 무력하면서도 너무나 예쁜 모습으로 누워 있는 그녀를 한참 동안 서서 바라보았다. 그는 그녀와 단둘이었고, 그녀는 완벽하게 무방비한 상태였다.

갑자기 맥티그 안에 있던 짐승이 꿈틀대며 잠에서 깨어났다. 표면 가까이 숨어 있던 사악한 본능이 갑자기 살아나 울부짖었다.

이제껏 전혀 겪어 보지 못한 일에 그는 충격을 받았다. 정신이 어지럽고 당혹한 맥티그는 트리나에게서 돌아서서 어리둥절한 상태로 사방을 둘러보았다. 싸움은 격렬했다. 이가 갈리는 소리가 났고, 귀에서는 맥박이 빠르게 뛰었고, 얼굴은 새빨개졌으며, 양손은 굵은 밧줄 매듭처럼 하나로 꼬였다. 그는 한여름 열기 속에서 어린 황소가 느끼는 격분을 느꼈지만 한 번씩 큼직한 머리를 흔들며 중얼거렸다.

"안 돼, 절대로! 절대로 안 돼!"

맥티그는 이번에 참지 않으면 다시는 그녀를 전처럼 사랑할 수 없다는 사실을 어렴풋하게나마 깨달았다. 그에게 그녀는 더없이 빛나고 사랑스럽고 귀여운 존재로 두 번 다시는 남아 있지 않을 것이다. 그가 느끼는 그녀의 매력이 일순간에 사라질 게 분명했다. 그녀의 이마, 여왕의 머리카락으로 그늘진 작고 창백한 이마에 더러운 오물 자국, 괴물의 발자국이 남을 것이다. 그것은 신성 모독이고, 혐오스러운 일이었다. 그는 온 힘을 다해 유혹을 물리치려 했다.

"안 돼, 절대로! 절대로 안 돼!"

맥티그는 마치 피난처라도 찾듯 다시 진료를 시작했다. 하지만 트리나에게 다시 다가서자 순결한 매력의 그녀가 무력하다는 생각이 새롭게 덮쳐 왔다. 그의 결단을 흔드는 마지막 저항이었다. 그는 갑자기 고개를 숙여 천박하게 그녀 입 전체를 덮으며 키스했다. 그 자신이 깨닫기도 전에 벌어진 일이었다. 자신이 강하다고 느끼던 바로 그 순간 자신의 나약함을 보고 겁에 질린 맥티그는 다시 한 번 필사적으로 진료에 전념했다. 트리나의 치아에 고무판을 고정할 때쯤에야 가까스로 그는 자신을 제어할 수 있었다. 그는 위기가 가져온 극심한 고통에 여전히 몸을 떨며 불안해했지만 마침내 야수를 제압할 수 있었다. 적어도 이번에는 야수가 무릎을 꿇고 손을 들었다.

하지만 야수는 늘 그곳에 있었다. 오랜 동면 뒤 마침내 깨어났다. 그 뒤부터 야수가 계속 깨어 있으면서 호시탐탐 기회를 엿보며 사슬을 잡아당겼다. 아, 얼마나 유감스러운 일인가! 왜 언제까지나 그 여자를 순수하고 깨끗하게 사랑할 수 없단 말인가? 그의 몸 안에 살면서 살가죽에 붙어 있는 이 비뚤어지고 악랄한 것은 과연 무엇일까?

맥티그 몸 안의 모든 선량한 것으로 촘촘히 짜인 겉가죽 아래로는 유전적 악이라는 오물이 하수관 지나듯 흐르고 있었다. 부도덕과 죄악이 아버지와 아버지의 아버지로부터 삼대, 사대, 오대에 걸쳐 흐르며 그를 더럽혔다. 온 인류의 악이 그의 혈관에 흘렀다. 왜 그래야만 할까? 그는 그것을 원치 않았다. 그렇다면 그가 비난받는 게 마땅할까?

맥티그는 이해할 수 없었다. 사람의 자식이라면 모두 그러하듯 그도 그것을 마주했다. 하지만 그 의미를 찾는 것은 그가 해야 할 일이 아니었다. 논리적으로 설명하는 것도 그의 능력을 벗어나는 일이었다. 그가 할 수 있는 것이라고는 그저 맹목적이고 타성적이며 본능적으로 고집스럽게 저항하는 것뿐이었다.

맥티그는 하던 시술을 계속했다. 그가 나무망치로 작은 블록과 원통을 두드리고 있을 때 트리나는 긴 한숨을 내쉬며 천천히 의식을 찾았다. 그리고 여전히 정신이 혼미해 조용히 의자에 누워 있었다. 기나긴 침묵 사이로 단단한 나무망치를 두드리는 소리만이 불규칙하게 들릴 뿐이었다. 곧이어 트리나가 입을 열었다. "아무 느낌이 없었어요." 그러고 나서 고무판을 낀 채로 그를 향해 아주 예쁘게 미소 지어 보였다. 맥티그는 한 손에는 나무망치를, 다른 한 손에는 금해면 알갱이를 집은 집게를 들고 그녀에게로 갑자기 돌아섰다. 그리고 어린아이처럼 이치에 맞지 않는 단순함과 솔직함으로 불쑥 입을 열었다. "내 말 잘 들어봐요, 미스 트리나. 난 당신이 정말 좋아요. 우리 결혼하는 게 어때요?"

겁에 질리고 당황한 트리나는 의자에서 벌떡 일어나 앉아 그에게서 떨어졌다.

"나랑 결혼해 줄래요? 그래 줄래요?" 맥티그가 말했다. "이봐요, 미스 트리나, 나랑 결혼해 줄래요?"

"뭐라고요? 그게 무슨 소리예요?" 그녀는 혼란스러운 듯 소리쳤지만, 고무판이 덮여 있어 목소리가 잘 들리지 않았다.

"나랑 결혼해 줄래요?" 맥티그가 반복해서 말했다.

"싫어요, 싫어요!" 그녀는 본능적으로 여자가 남자를 두려워하듯 그에 대한 두려움에 휩싸여 무작정 거부하며 소리쳤다. 그러나 맥티그는 똑같은 말만 계속 되풀이할 뿐이었다. 트리나는 그의 큼직한 손과—지난날 탄차 소년의 손이었다—네모진 큼직한 머리와 어마어마한 짐승 같은 힘에 더욱더 질겁하여 소리쳤다. "싫어요, 싫어요!" 그녀는 고무판 뒤에서 격렬하게 머리를 흔들며 두 손을 내뻗고 수술 의자 속에 파묻혀 들어갔다. 맥티그는 그녀 쪽으로 점점 더 다가와 같은 질문을 반복했다. "싫어요, 싫어!" 그녀는 겁에 질려 소리를 질렀다. 그러더니 "아, 속이 메스꺼워요!" 하고 소리를 지르며 갑자기 토했다. 에테르의 흔한 후유증이었지만 흥분과 신경과민까지 겹쳐 벌어진 상황이었다. 맥티그는 주춤하며 눈금이 그어진 유리잔에 브롬화칼륨을 따라 그녀의 입술에 갖다 댔다.

"자, 여기요. 이거 마셔요." 그가 말했다.

제3장

마리아 마카파는 두 달에 한 번씩 아파트 전체를 발칵 뒤집어 놓았다. 그녀는 아파트 맨 아래 지하실에서 맨 꼭대기 옥상까지 구석구석을 샅샅이 살피면서 낡은 상자와 트렁크, 나무통 속을 하나하나 모조리 뒤지고, 옷장 꼭대기 선반을 더듬거리고, 헝겊 주머니 속을 들여다보며 고집스럽고 끈덕지게 입주민들을 화나게 했다. 팔만 한 폐품, 쇳조각, 돌 항아리, 유리병, 낡은 자루, 헌 옷가지 등을 수집하고 있는 것인데, 그것이 그녀의 부수입 중 하나였다. 그녀는 이렇게 모은 것들을 아파트 바로 뒷골목 누추한 집에 사는 넝마주이 저코우에게 팔았다. 저코우는 그녀에게 1파운드에 3센트를 값으로 치렀다. 특별히 돌 항아리는 5센트를 쳐주었다. 그녀는 이렇게 저코우한테서 받은 돈으로 캔디 가게 귀퉁이에서 소다수를 파는 아가씨들처럼 꾸며 입으려고 블라우스나 점무늬 푸른색 스카프 등을 샀다. 마리아는 그 아가씨들이 부러워 견딜 수가 없었다. 그 여자들은 세상 물정에 밝은 데다 우아하고 쾌활하고 애교스러웠으며 '젊은 애인들'이 있었다.

마카파는 이번에는 오후 늦게 영감의 방문 앞에 모습을 드러냈다. 그의 방문이 살짝 열려 있었다. 미스 베이커의 방문도 조금 열려 있었다. 두 사람은 그들 나름의 방식대로 '함께하고 있는' 것이었다.

"뭐 버릴 거 없나요, 그래니 영감님?" 마리아가 한쪽 팔뚝에는 반쯤 채운 지저분한 베갯잇을 걸치고 문 앞에 서서 물었다.

"아니, 아무것도 없어. 버릴 만한 게 생각나지 않는군, 마리아." 그래니 영감은 방해받는 것이 몹시 짜증이 났지만, 그렇다고 불친절해 보이고 싶지 않았다. "버릴 만한 게 생각나지 않아. 하지만 혹시라도 찾아보고 싶으면 둘러봐요."

영감은 방 한가운데 놓인 작은 소나무 탁자에 앉아 있었다. 앞에는 제본기가 놓여 있었다. 손에는 노끈이 끼워진 커다란 대바늘을 들고 있었고, 팔꿈치 쪽에는 송곳이, 방바닥에는 팸플릿 더미와 오려 내지 않은 종이들이 수북이 쌓여 있었다. 그래니 영감은 『민족』과 『축산가와 스포츠맨』이라는 잡지를 사들였다. 두 번째 잡지에서는 그가 즐겨 읽는 개와 관련된 기사를 가끔 발견할 때가 있었다. 하지만 첫 번째 잡지는 읽는 일이 거의 없었다. 그는 이 잡지들을 정기 구독할 형편이 되지 않아 순전히 제본하는 즐거움을 위해 지난 호들을 다량으로 사들였다.

"도대체 그 책들은 뭐 하려고 그렇게 꿰매는 거예요, 그래니 영감님?" 마리아가 그래니 영감의 옷장 선반을 뒤지며 물었다.

"여기 선반에도 수백 권은 되겠네. 영감님한테는 쓸모없는 것들이잖아요."

"그게 글쎄." 그러니 영감이 턱을 문지르며 머뭇거리다가 대답했다. "뭐, 뭐라고 해야 좋을지 잘 모르겠네. 그냥 소소한 습관이랄까. 기분 전환, 음, 그러니까 정신을 집중하게 해 주는 일 같은 거야. 난 담배를 피우지 않잖아. 그러니 파이프 담배를 대신해 주는 것이랄까."

"여기 낡은 노란색 주전자가 하나 있네요." 마리아가 주전자를 들고 옷장에서 나오며 말했다. "손잡이에 금이 갔네. 필요 없으시죠? 저한테 주시는 게 낫겠어요."

그러니 영감은 그 주전자가 필요 없었다. 사용하는 일은 한 번도 없었지만 오랫동안 간직해 온 물건이었고, 나이 든 사람들이 몇 해 동안 간직해 온 사소하고 별 가치도 없는 것들에 집착하듯 그도 그 주전자에 집착했다.

"아, 그 주전자, 글쎄, 마리아, 난…… 잘 모르겠네만. 내 생각에…… 그러니까 그 주전자는……."

"아, 버리세요!" 마리아 마카파가 그의 말을 가로막았다. "이런 걸 어디에다 쓰려고 그래요?"

"그걸 정 원한다면, 마리아, 그래도 난……." 당황하고 짜증난 그러니 영감은 턱을 문질렀다. 그녀의 부탁을 거절하기도 싫었지만 제발 마리아가 어서 사라졌으면 하고 바랐다.

"왜요, 어디다 쓰려고요?" 마리아가 집요하게 물었다. 영감은 그녀에게 적절히 대답하지 못했다. "됐어요, 그럼." 그녀가 딱 잘라 말하며 주전자를 들고 나갔다.

"아…… 마리아…… 저기 그러니까…… 방문은 그냥 열어 둬. 아, 꽉 닫진 말라고. 가끔 방 안 공기가 답답하거든." 마리아는 크게 웃으며 문을 활짝 열어젖혔다. 그러니 영감은 몹시 당황했다. 확실히 마리아는 갈수록 견디기 힘든 존재가 되어 갔다.

"뭐 버릴 거 없어요?" 마리아가 이번에는 미스 베이커 문 앞에 서서 큰 소리로 물었다. 조그마한 노파는 두 손을 무릎 위에 살포시 얹어 놓고 흔들의자에 앉아 벽에 바짝 붙어 있었다.

"저기, 마리아." 그녀가 애처로운 목소리로 말했다. "항상 폐품을 찾아다니고 있구나. 하지만 그런 게 내 방에 있을 리 없다는 걸 잘 알고 있잖니."

그것은 사실이었다. 고럼 숟가락* 세 개가 정확히 나란히 놓인 빨간 탁자, 창가에 자리해 품위 있는 제라늄과 목서초가 자라고 있는 녹말로 만든 화분, 귀한 금붕어 한 마리가 헤엄치고 있는 어항까지 이 은퇴한 재봉사의 작은 방은 깔끔하기 이를 데 없었다. 그날 미스 베이커는 손빨래를 조금 했고, 아직 물기에 젖은 손수건 두 장이 창틀에 매달려 햇빛에 마르고 있었다.

"아, 분명 여사님이 더는 원하지 않는 게 있을 거예요." 마리아가 방을 구석구석 자세히 들여다보며 말했다. "이것 좀 봐요, 그래니 영감님이 나한테 뭘 줬는지." 그리고 손에 들고 있던 노란색 주전자를 내밀었다. 그러자 미스 베이커는 당혹해서 몸을 파르르 떨었다. 큰 소리로 말하는 한 마디 한 마디가 옆방에 정확히 들렸기 때문이다. 이 멍청하고 막돼먹은 마리아! 이보다 더 괴로운 상황이 어디 있을까?

"안 그래요, 그래니 영감님?" 마리아가 크게 말했다. "이걸 나한테 주지 않았나요?" 그래니 영감은 못 들은 척했지만 이마에는 땀이 송골송골 맺혔고, 마치 열 살짜리 소년처럼 소심증에 사로잡혔다. 그는 의자에서 반쯤 일어나 턱 위로 손가락을 초조하게 계속 움직여 댔다.

마리아는 아무렇지도 않게 미스 베이커의 옷장을 열었다. "이 낡은 구두는 뭐예요?" 그녀는 반쯤 해진 실크 구두 한 쌍을 손에 들고 소리쳤다. 결코 버릴 만큼 낡지는 않았지만 미스 베이커는 정신이 하나도 없었다. 앞으로 무슨 일이 일어날지 가늠하기도 힘들었다. 오로지 마리아를 떨쳐 낼 생각밖에 없었다.

"그래, 그래, 뭐든 좋아. 가져도 돼. 하지만 어서 나가, 나가라고. 그것 말고는 없으니까. 아무것도 없어."

마리아는 심술부리듯 문을 활짝 열어 두고 복도로 나갔다. 그녀는 복도 바닥에 더러운 베갯잇을 내려놓고 두 방문 사이에 서서 낡은 주전자와 해진 실크 신발을 집어넣었다. 그리고 목청껏 소리 높여 한 번은 미스 베이커에게, 또 한 번은 그래니 영감에게 번갈아 가며 말을 걸었다. 어쩔 수 없이 그녀의 질문에 대답할 때마다 두 사람은 마치 직접 대화를 나누는 것 같았다.

"여사님, 이거 정말 최고급 신발이네요. 봐요, 그래니 영감님, 여사님이 준 신발 좀 한번 봐요. 혹시 신지 않는 신발 없나요? 이 아파트에 두 분처럼 폐품이 없는 사람들은 없어요. 도대체 비결이 뭐예요, 그래니 영감님? 영감님 같은 노총각들은 무척이나 깔끔한 게 꼭 노처녀 같아요. 두 분은 정말로 서로 닮았어요, 여사님과 영감님 말이에요. 안 그런가요, 여사님?"

끔찍하게 긴장되고 부자연스러운 상황이었다. 두 사람은 정말로 고문당하는 것만 같았다. 마리아가 자리를 뜨자 두 사람은 말할 수 없이 안도하며 크게 한숨을 내쉬었다. 그리고 살금살금 문 쪽으로 다가가 문을 15센티미터 정도만 열어놓고 닫았다. 그래니 영감은 다시 제본을 시작했고, 미스 베이커는 흥분한 마음을 진정시키려고 차를 한 잔 끓였다. 두 사람 모두 평정을 되찾으려고 애썼지만 잘 되지 않았다. 그래니 영감은 손이 떨려 바늘 끝에 손가락이 찔렸고, 미스 베이커는 숟가락을 두 번이나 떨어뜨렸다. 마음이 쉽게 가라앉지 않았다. 두 사람은 불안하고 흥분되었다. 말하자면, 그날 오후가 엉망이 되었다.

마리아는 아파트 방마다 돌아다녔다. 마커스 슐러의 방은 이른 아침 그가 출근하기 전에 들렀다. 마커스는 흥분하여 그녀에게 소리 지르며 욕설을 퍼부었다. "없어, 젠장!" 그 여자에게 줄 것은 하나도 없다고. 진짜다. 이건 그야말로 고문이다. 날마다 그의 사생활을 침범하다니. 진짜로 그는 집주인에게 항의할 것이다. 그는 이사를 가 버리든지 할 것이라고 소리쳤다. 그러나 결국 마커스는 그녀에게 빈 위스키 병 일곱 개와 쇠 살대 하나, 그리고 10센트를 주었다. 그가 10센트를 준 이유는 마리아의 머리 모양이 그가 알고 지내던 여자와 같았기 때문이다.

마리아는 미스 베이커 방에서 나와 맥티그의 방문을 두드렸다. 치과 의사는 양말만 신은 채로 구두를 벗고 침대용 소파에 벌렁 드러누워 있었다. 그는 멍하니 천장만 뚫어져라 쳐다보며 깊은 생각에 잠겨 있었다.

트리나 시프에게 느닷없이 청혼한 다음 맥티그는 고문 같은 한 주를 보냈다. 그 일을 다시 되돌릴 수는 없었다. 이제부터는 오직 트리나 한 사람뿐, 다른 여자란 없었다. 가장 친한 친구인 마커스가 트리나를 좋아하고 있다 해도 달라질 건 없었다. 맥티그는 무슨 일이 있어도 트리나를 차지해야만 했다. 심지어 그녀가 싫다고 해도 그녀를 차지해야 했다. 그는 잠시 멈추고 그 문제를 곰곰이 생각해 보지도 않았다. 온갖 장애에 분노하며 그는 맹목적으로 무모하고 맹렬하게 욕망을 좇을 뿐이었다. 하지만 그녀가 그에게 "싫어요!"라고 외치지 않았던가. 그 일을 잊을 수가 없었다. 너무나 작고 창백하고 여린 여자가 그토록 크고 무지막지하게 힘이 센 그를 궁지에 몰아넣고 있었다.

더구나 두 사람만의 친밀감이 주던 마력이 모두 사라져 버렸다. 그 불행한 진료 시간 이후 트리나는 이젠 더 그를 솔직하거나 허심탄회하게 대하지 않았다. 말수가 줄었으며 조심스럽고 냉랭해졌다. 그도 제대로 입을 열 수가 없었다. 뭐라고 말해야 좋을지 몰랐다. 어떤 날은 만나고 헤어질 때 인사하는 것말고는 서로 입도 뻥긋하지 않았다. 맥티그는 자신이 어설프고 볼품없게 느껴졌다. 그는 그녀가 자신을 경멸한다고 자책했다.

하지만 그 여자에 대한 기억이 맥티그의 뇌리에서 사라지지 않고 끊임없이 되살아났다. 밤이면 밤마다 트리나가 생각났고, 그녀가 궁금했으며, 그녀를 향한 끝없는 욕망에 고통스러워 밤을 하얗게 지새웠다. 머리가 화끈거리고 지끈거렸다. 두 손바닥은 바짝 말랐다. 그는 졸다가 깨기를 반복했고, 어두운 방 안을 하릴없이 걷다가 철판화 아래 '차렷 자세로' 서 있는 세 의자에 부딪혀 멍이 들거나 작은 난로 앞에 서 있는 퍼그 개 석상에 걸려 넘어지기도 했다.

게다가 맥티그는 마커스 숄러에 대한 질투 때문에도 괴로웠다. 폐품을 구하러 그의 진료실에 들어섰던 마리아 마카파는 그가 침대 소파에 길게 누워 견딜 수 없는 분노에 소리 없이 손가락만 잘근잘근 씹어 대는 것을 보았다. 그날 점심시간, 마커스는 다가오는 일요일 오후에 있을 나들이 계획을 그에게 말해 주었다. 트리나의 아버지인 시프 씨는 소총 클럽 회원으로 만 건너편 슈이츤 공원에서 모임을 할 예정이었다. 시프네 온 가족은 점심 도시락을 싸서 나들이를 갈 참이었다. 마커스도 보통 때처럼 그들과 함께 가자고 초대받았다. 맥티그는 고통스러웠다. 이런 일은 처음이었고, 그는 완전히 무방비 상태였기에 더더욱 괴로웠다. 지금 이 상황이 얼마나 복잡하고 비참한가? 트리나를 너무나 사랑하기에 주저 없이 그녀를 데리고 모든 장벽을 넘어 어디론가, 잘은 몰라도 하루하루가 일요일 같은 미지의 장소로 데려가는 게 너무나 간단할 것만 같은데 말이다.

"폐품 있어요?"

"어? 뭐? 뭐라고?" 맥티그가 침대 소파에서 벌떡 일어나며 소리쳤다. 마리아는 종종 치과 진료실에서 얻는 것이 많았다. 맥티그는 물건을 곧잘 망가뜨렸고, 머리가 나빠 잘 수리하지 못했다. 그러니 뭐든 망가지면 그냥 버리기 일쑤였다. 어떤 때는 타구, 어떤 때는 작은 난로용 부삽, 또 어떤 때는 도자기로 된 양치 컵이었다.

"폐품 있냐고요?"

"몰라. 기억이 잘 안 나." 맥티그가 중얼거렸다. 마리아는 방을 서성거렸고, 맥티그도 양말만 신은 발로 그녀 뒤를 졸졸 따라다녔다. 그녀는 뚜껑 없는 시거 상자 안에 가득 들어 있는 오래된 수작업 기구, 충전기, 쇳조각, 천공기 같은 것들을 순식간에 덮쳤다. 마리아는 치과 진료실 어딘가에 좋은 물건이 있으리라는 것을 잘 알고 있었기 때문에 그런 횡재를 오랫동안 바랐다. 그의 기구들은 아주 잘 단련된 강철로 만들어져 가치가 제법 있었다.

"저기, 의사 선생님, 이거 가져도 되죠?" 마리아가 큰 소리로 말했다. "더는 쓸 일 없잖아요." 맥티그는 확신할 수 없었다. 많은 기구에는 수리하거나 다시 만들어서 쓸 만한 도구들이 꽤 끼어 있었다.

"안 돼, 안 돼." 맥티그가 머리를 흔들며 말했다. 하지만 그를 어떻게 다뤄야 할지 잘 아는 마리아는 폭포처럼 말을 쏟아 냈다. 그녀는 치과 의사에게 그런 폐품들을 가지고 있을 권리가 없다고, 이미 그녀에게 주기로 약속했다고 믿게 했다. 그녀가 몹시 화가 난 척도 하고, 섬세한 감정이 상하기라도 한 것처럼 입술을 오므리거나 턱을 공중으로 쳐들기도 하고, 분위기를 이렇게 저렇게 빠르게 바꿔 가면서 방 안 가득 소리를 날카롭게 질

러 대는 바람에 맥티그는 그만 정신이 아찔하고 어안이 벙벙해
졌다.

"그래. 알았어. 알았다고." 그는 그녀가 자기 말을 알아듣게
애쓰며 말했다. "내가 인색하게 굴 뻔했네. 그것들 필요 없어."
그가 상자를 집어 올리려고 돌아서자 마리아는 그 틈을 타서 유
리 접시에서 금해면으로 된 '금판' 세 개를 슬쩍 훔쳤다. 그녀는
맥티그가 버젓이 눈앞에 서 있는데도 금을 훔치곤 했다. 누워
떡 먹기라서 훔치면서도 별다른 재미마저 느끼지 못했다. 그리
고 그곳에서 서둘러 나갔다. 맥티그는 다시 침대 소파로 돌아와
몸을 던지며 얼굴을 파묻었다.

저녁 식사 시간 바로 전 마리아는 탐색을 모두 끝마쳤다. 아파
트에는 맨 아래층부터 꼭대기 층까지 폐품이란 폐품은 하나도
남아 있지 않았다. 더러운 베갯잇이 터질 듯 꽉 찼다. 그녀는 저
녁 식사 시간을 이용해 꾸러미를 들고 모퉁이를 돌아 저코우가
사는 뒷골목으로 달려갔다.

마리아가 저코우의 가게에 다다랐을 때 저코우는 막 하루 일
을 마치고 돌아온 참이었다. 낡아빠진 수레가 마치 좌초한 난파
선처럼 문 앞에 서 있었다. 관절이 가엾을 정도로 잔뜩 부어오
른 불쌍한 말이 뒤쪽에 있는 헛간에서 썩은 지푸라기 한 무더기
를 게걸스럽게 먹고 있었다.

폐품 가게의 내부는 어둡고 눅눅한 데다 온갖 악취로 숨이 턱
턱 막혔다. 벽과 바닥과 서까래에는 시커멓게 먼지가 쌓이고 녹
이 잔뜩 슬은 고물들이 산더미처럼 쌓여 있거나 걸려 있었다.

각종 직업과 사회 각계각층을 대표하는 물건들로 없는 것이 없었다. 쇠붙이와 직물과 나무로 된 물건들이 있었는데, 이 도시가 일상 속에서 벗어던진 잔해들이 모두 그곳에 쌓여 있었다. 저코우의 폐품 가게는 용도를 다한 물건들이 마지막으로 머무르는 양로원 같은 곳이었다.

마리아는 저코우가 뒷방에서 알코올 난로 위에서 음식을 조리하고 있는 것을 발견했다. 저코우는 폴란드계 유태인이었다. 그의 머리칼은 이상하리만큼 불타는 듯한 붉은 색깔이었다. 그는 몸에서 정다운 데라곤 한 군데도 없이 바짝 오그라든 예순 살쯤 된 노인이었다. 입술은 얄팍했고, 표정은 고양이처럼 뭔가를 갈망하듯 탐욕스러웠다. 눈매는 똥 무더기와 쓰레기 더미 속에서 뭔가를 찾아 헤매는 스라소니처럼 매서웠다. 손가락은 매 발톱처럼 섬뜩했다. 모으기만 할 뿐 절대로 나눠 줄 줄 모르는 손이었다. 사람이면 누구나 저코우를 쳐다보기만 해도 그를 지배하는 힘이 탐욕, 지나칠 정도로 만족을 모르는 탐욕이라는 사실을 곧 알아차릴 수 있었다. 그 사람은 오로지 금, 금, 금을 찾아 도시의 똥 더미를 쉴 새 없이 더듬는 '갈퀴를 쥔 사나이'였다. 황금은 그의 꿈이었고 열정이었다. 그는 손으로 항상 정제하지 않은 금덩어리를 쥐고 묵직한 무게를 느끼는 듯했다. 눈으로는 끊임없이 반짝이는 금을 보았고 귀로는 언제나 금이 심벌즈처럼 쨍그랑거리는 소리를 듣는 듯 보였다.

"누구요? 거기 누구요?" 바깥쪽 방에서 마리아의 발소리를 들은 저코우가 소리쳤다. 길거리에서 끊임없이 외쳐 대기 때문에 목소리는 가늘게 쉬어 있었고 귓속말하듯 작았다.

"아, 또 네가 온 거냐?" 그가 어두컴컴한 가게 안을 자세히 들여다보며 말했다. "자, 보자. 전에도 왔었지? 폴크 거리에 사는 멕시코 여자잖아. 이름이 마카파던가, 어?"

마리아가 고개를 끄덕였다. 그녀는 "날다람쥐가 한 마리 있었는데 놓아줬죠"라고 무심결에 중얼거렸다. 저코우는 황당해서 날카로운 시선으로 그녀를 잠시 쳐다봤지만, 이내 고개를 내저으며 무시해 버렸다.

"자, 뭘 가져왔는지 어디 한번 보여 줘 봐." 그가 말했다. 그는 곧바로 물건에 정신이 팔려 저녁거리가 식게 내버려 두었다.

그러고 나서 기나긴 실랑이가 벌어졌다. 마리아가 들고 온 베갯잇 안에 있는 폐품 하나하나를 가지고 무게를 재고 흥정했다. 그래니 영감의 금 간 주전자, 미스 베이커의 실크 구두, 마커스 숄러의 위스키 병을 가지고 서로의 얼굴에 대고 소리 높여 싸우다가 맥티그의 기구를 흥정할 차례가 되자 언쟁은 절정에 이르렀다.

"아, 안 돼요! 안 된다고요!" 마리아가 소리 질렀다. "몽땅 15센트라니요! 차라리 아저씨에게 크리스마스 선물로 주는 편이 낫겠네! 게다가 난 땜질용 금까지 가져왔다고요. 이것 보세요."

저코우는 마리아의 손바닥에서 일순간 번뜩이는 세 알갱이를 보자 짧게 숨을 들이마셨다. 그 순결한 금속, 순수한 광석, 그의 꿈, 절실한 욕망이 바로 거기에 있었다. 손가락이 경련하며 손바닥 안으로 말려 들어갔고 얇은 입술은 이를 덮으며 꽉 다물렸다.

"아, 금을 갖고 있군그래." 그가 손을 뻗으며 중얼거렸다.

마리아는 금 알갱이들을 주먹으로 움켜쥐었다. "금을 사려면 다른 것도 다 사셔야 해요." 그녀가 선언하듯 내뱉었다. "기구들 값을 제대로 쳐주세요. 그렇지 않으면 도로 가져가겠어요."

결국 거래는 마리아가 원하는 대로 이루어졌다. 저코우는 금이 자기 집에서 빠져나가게 내버려 둘 사람이 아니었다. 그는 모든 폐품 값을 계산해서 마치 혈관에서 피가 빠져나가듯 아까워하며 돈을 냈다. 그렇게 거래가 끝났다.

하지만 저코우는 할 말이 남아 있었다. 마리아가 베갯잇을 접고 나가려고 일어서자 유태인 영감이 말했다. "저기, 잠깐 기다려 봐. 가기 전에 술 한잔하고 가지 그래? 뭐 우리 둘 사이가 그다지 나쁜 건 아니니까 말이야." 그러자 마리아는 다시 자리에 앉았다.

"네, 그러죠. 한잔하겠어요." 마리아가 대답했다.

저코우는 벽에 붙은 찬장에서 위스키 병과 바닥이 깨진 빨간 유리잔을 꺼냈다. 저코우는 병째로, 마리아는 깨진 잔으로 술을 마셨다. 두 사람은 입술을 천천히 문질러 닦고 다시 술을 들이마셨다. 그리고 잠시 동안 침묵이 흘렀다.

"있잖아." 저코우가 마침내 입을 열었다. "지난번 네가 이곳에 들렀을 때 들려줬던 그 금 식기들은 어떻게 됐어?"

"무슨 금 식기 말이에요?" 마리아가 놀라며 물었다.

"아, 있잖아, 그거." 그가 대꾸했다. "오래전에 중앙아메리카에서 네 아버지가 갖고 있었다던 그 그릇 말이야. 수많은 종이 울리듯 소리가 났다고 한 거 기억 안 나? 오렌지만큼 붉은 황금 빛을 띠었다고 했잖아?"

"아." 마리아는 마음만 있다면 그것에 대해 길게 이야기할 수 도 있다는 듯 공중을 향해 턱을 치켜들었다. "아, 그래요. 그 금 식기 세트 말이군요."

"다시 한 번만 그 얘기를 해 봐." 저코우가 핏기 없는 그의 아 랫입술과 윗입술을 비벼 대고 갈고리 같은 손가락으로는 입술 과 턱을 문지르며 말했다. "어서 그 얘기 좀 해 보라고."

저코우는 가쁘게 숨을 몰아쉬며 팔다리를 약간 떨고 있었다. 마치 배고픈 야수가 사냥을 나가 먹잇감 냄새를 맡은 것 같았 다. 마리아는 고개를 쳐들고 가겠다고 고집부리며 이야기하지 않으려 했다.

"그 얘기 좀 들어 보자고." 유태인 노인도 우겼다. "한 잔만 더 마셔." 마리아는 위스키를 한 모금 더 들이켰다. "자, 이제 말해 봐." 저코우가 자꾸 졸랐다. "어디 그 이야기 한번 들어 보자고." 마리아는 송판으로 만든 탁자에 팔꿈치를 수직으로 받치고 멍 한 시선으로 앞쪽을 바라보았다.

"뭐, 그러니까 말이죠." 마리아가 말을 시작했다. "내가 어렸 을 적이었어요. 우리 가족은 분명 그냥 부자 정도가 아니라 백 만장자였던 거 같아요. 아마도 커피 사업을 했을 거예요. 그리 고 우리는 대저택에 살았어요. 하지만 기억나는 건 식기밖에 없 어요. 아, 그 식기 세트! 정말 멋졌어요. 그릇이 백 개도 넘었는 데 하나하나가 전부 황금이었어요. 가죽 트렁크를 열었을 때 그 광경을 아저씨도 보셨어야 해요. 눈이 멀 정도로 반짝였어요. 마치 불꽃처럼, 석양처럼 샛노란 황색이었죠. 그릇 위에 그릇이 켜켜이 쌓인 그 찬란한 모습이란! 아, 방이 어두워도 그 눈부신 광채 때문에 모든 게 똑똑히 보였을 거예요. 그릇에는 긁힌 자국 하나 없었어요. 하나같이 거울처럼 매끈하고 빛이 났어요. 꼭 해가 내리쬐는 작은 물웅덩이 같았죠. 저녁 만찬용 접시와 뚜껑이 달린 수프 그릇과 주전자들. 그리고 아주 길고 넓적한 멋진 대접시들, 크림을 담는 움푹한 그릇, 조각한 손잡이가 달린 작은 그릇. 손잡이에는 포도 넝쿨과 이런저런 문양이 새겨져 있었어요. 그리고 모양이 하나하나 전부 다른 머그잔도 많았어요. 육수와 양념을 담는 그릇들. 게다가 국자와 세트로 된 아주 큰 화채용 그릇도 있었는데, 그 그릇에는 포도송이 모양이 넝쿨째 아로새겨져 있었죠. 아, 아마 그 큼직한 그릇 하나만 해도 어마어마한 값어치가 나갔을 거예요. 그 그릇들을 전부 식탁에 올려놓으면 왕이나 볼 수 있는 장관이었죠. 바로 그렇게 엄청난 식기 세트였어요! 하나하나가 전부 묵직했어요. 너무나 묵직했죠! 그리고 아시다시피 아주 두툼했고요. 두꺼운 금, 순금이었어요. 붉고 반짝반짝 빛이 나는 순금, 주황빛이 도는 붉은색 말이에요. 그리고 손가락 마디로 두드리면 아, 그 소리를 한번 들어 보셨야 하는데! 그 어떤 교회 종소리보다도 맑고 깨끗한 소리였어요. 참, 아주 무른 금이기도 했어요. 그래서 살짝만 깨물어도 잇자국이 남았죠. 아, 그 금 식기들! 지금도 눈앞에 아주 선하게 보여요. 순수하디 순수한, 묵직하고 귀중한 순금. 아무것도 섞이지 않은 순금. 켜켜이 쌓인 그 순금 식기들. 얼마나 대단한 식기 세트였는지 몰라요."

말을 마친 마리아는 이제는 사라져 버린 영광을 떠올리며 고개를 설레설레 흔들었다. 다른 주제들을 이야기할 때면 무식하고 상상력이 부족하기 짝이 없었지만, 그녀의 모자란 지능으로도 이 일만큼은 감탄할 정도로 생생하게 기억해 냈다. 그 그릇들을 또렷하게 본 것이 분명했다. 묘사는 정확했고, 그래서 다른 사람의 마음을 거의 사로잡다시피 했다.

과연 그 멋진 황금 식기 세트가 그녀의 병적인 상상력 밖에 실제로도 존재했던가? 마리아는 어린 시절 정말로 누렸던 야만적인 사치를 기억하고 있는 것일까? 그녀의 부모님이 중앙아메리카에서 한때 대규모 커피 농장에서 이루 헤아릴 수도 없는 재산을 모았다가 오래전에 반란군에 몰수당하거나 혁명 정부를 지지하는 데 탕진해 버린 것은 아니었을까?

불가능한 일도 아니었다. 마리아 마카파가 이 '아파트'에 오기 전에 대해서는 알려진 것이 전혀 없었다. 그 여자는 미지의 장소에서 갑자기 나타난 수상쩍은 혼혈인이었고, 그 유명한 황금 식기 세트를 이야기할 때 말고는 언제나 정신이 멀쩡했다. 물론 정신이 멀쩡할 때조차 좀 특이하고 복잡하고 수상한 데가 있기는 했지만 말이다.

그렇다면 저코우가 그녀의 이야기를 들으며 느끼는 고통은 어떠했을까? 그는 그 이야기가 진실이라고 믿었다. 그는 아무리 봐도 터무니없는 보물 이야기를 스스로 믿게 만들었고, 누를

수 없는 그 무자비한 욕망 때문에 채찍질을 당하듯 고통스러워
했다. 그 이야기 덕에 그는 무척 행복하기도 했다. 지금 그는 한
때 이런 부(富)를 누렸던 사람 곁에 있는 것이다. 그는 황금 더미
를 목격한 사람을 바라보고 있었다. 마치 금을 가까이 두고 있
는 것과 같았다. 어딘가 아주 가까이에, 바로 그의 눈앞에, 손가
락 사이에 금이 있었다. 붉고 반짝거리고 묵직한 금이었다. 저
코우는 자기를 에워싸고 있는 주변을 미친 듯이 둘러보았다. 눈
에 들어오는 것이라고는 아주 지저분한 폐품 가게와 부식되어
녹슨 철물들뿐이었다. 황금이 너무도 가까이 있다가 사라져 버
렸다. 이제는 돌이킬 수도, 되찾을 수도 없다니 한없이 비참해
지면서 분노가 치밀었다. 고통스러운 발작이 그의 몸을 타고 흘
렀다. 그는 절망한 데다 화가 솟구쳐 핏기 없는 입술을 꽉 깨물
었다.

"계속해 봐. 계속해 보라고." 그가 속삭이듯 말했다. "처음부
터 다시 한 번 들어 보자. 거울처럼 반들반들 잘 닦이고, 음 그래,
또 묵직하다고? 그래, 알아, 알다마다. 화채 그릇 하나만도 엄청
난 재산이라고 했지. 아! 넌 그걸 두 눈으로 봤다니! 또 그걸 다
가져 봤다니!"

마리아는 가려고 자리에서 일어섰다. 저코우는 술을 더 권하
며 그녀를 문 앞까지 따라갔다.

"그럼 또 와. 또 오라고." 그가 다 갈라진 목소리로 말했다. "폐
품을 모을 때까지 기다릴 필요 없어. 아무 때나 오고 싶으면 와
서 그 그릇 이야기 좀 해."

저코우는 한 계단 아래 골목길까지 그녀를 따라나섰다.

"그런데 그게 얼마쯤 했을 것 같지?" 그가 초조하게 물었다.

"뭐, 백만 달러는 했겠죠." 마리아가 모호하게 대답했다.

마리아가 가 버리자 저코우는 가게 뒷방으로 돌아와 알코올 난로 앞에 서서 다 식은 음식을 내려다보며 생각에 잠겼다.

"백만 달러라……." 그는 손끝으로 고양이 입술 같은 얇은 입술을 더듬으며 목구멍 깊은 데서 올라오는 쉰 목소리로 중얼거렸다. "백만 달러어치의 황금 식기 세트라…… 화채용 그릇 하나만으로도 엄청난 재산이라니. 붉은 황금 식기들, 그게 무더기로 쌓여 있었다니. 아, 맙소사!"

제4장

하루하루가 흘러갔다. 맥티그는 트리나의 치과 치료를 모두 마쳤고, 트리나는 더 이상 진료실에 오지 않았다. 트리나의 진료가 마무리되던 동안 두 사람의 관계가 조금은 나아졌다. 트리나는 여전히 말수가 적었고, 맥티그도 그녀 앞에서는 여전히 꾸물거리고 자신이 볼품없다고 느꼈지만, 그가 서툴게 사랑을 고백한 뒤 생겼던 거북하고 민망한 분위기는 조금씩 누그러졌다. 두 사람은 자기도 모르게 처음처럼 관계를 조금씩 회복해 가고 있었다.

그런데도 맥티그는 비참하리만큼 고통스러웠다. 트리나를 결코 차지할 수 없다는 것은 불 보듯 뻔했다. 트리나는 그에게 과분했다. 너무나 섬세하고 너무나 세련되고 너무나 예뻐서, 너무나 거칠고 너무나 거대하고 너무나 멍청한 자신에게는 맞지 않았다. 트리나와 어울리는 사람은 따로 있었다. 의심할 여지없이 마커스 아니면 적어도 자신보다 좀 더 섬세한 남자였다. 트리나는 다른 치과 의사한테 진료를 받았어야 했다. 이를테면, 길모퉁이에 사는 그 젊은 친구, 잘난 척하고, 자전거를 타고, 그레이하운드를 몰고 사냥하는 그 남자 말이다. 맥티그는 이 친구가 끔찍이 싫으면서도 부러웠다. 또 그 의사가 사무실에 들어오거나 나갈 때 유심히 보며 그가 연어 살빛 넥타이를 매고 멋들어진 조끼를 입은 것을 살펴보기도 했다.

트리나가 진료실에 마지막으로 다녀간 다음 며칠이 지난 어느 일요일, 맥티그는 마구 상점 옆에 있는 전차 차장들의 간이 식당 식탁에서 마커스를 만났다.

"오늘 오후 뭐해, 맥?" 두 사람이 슈에트 푸딩을 먹을 때 마커스가 물었다.

"없어, 아무 일도." 맥티그가 고개를 저으며 대답했다. 입안에는 푸딩이 가득 들어 있었다. 음식을 먹다 보니 그의 몸이 후끈해지며 콧등에 땀방울이 송골송골 맺혔다. 그는 식사 뒤 여느 때처럼 수술용 의자에 누워 쉴 오후 시간을 기다리고 있었다. 진료실을 나설 때 피처 주전자에 10센트를 넣어 프레나 술집에 갖다 두면서 가득 채워 달라고 부탁하고 왔다.

"나랑 산책하러 나가는 건 어때, 어?" 마커스가 물었다. "바로 그거야, 산책. 아주 긴 산책 말이야, 젠장! 아주 완벽히 끝내 줄 거야. 어쨌든 난 개 서너 마리를 산책시켜 줘야 하거든. 그러니 영감이 그랬으면 좋겠다고 하네. 프레시디오'까지 걸어가자."

최근 들어 두 친구는 가끔가다 한 번씩 아주 긴 산책을 하러 같이 나가는 습관이 생겼다. 공휴일이나 마커스가 시프 가족과 함께 나들이를 떠나지 않은 일요일 오후 가끔은 공원으로, 가끔은 프레시디오로, 가끔은 만 건너편까지 산책하러 갔다. 두 사람은 옆에 함께 있는 게 무척 좋으면서도 남자들이 흔히 그러하듯 우정을 말로 표현하기를 끔찍이 싫어했다.

그날 오후 두 사람은 긴 캘리포니아 거리를 지나 프레시디오 자연보호 구역을 가로질러 맞은편 골든게이트 다리*까지 다섯 시간 넘게 걸었다. 그러고 나서 거기서 발길을 돌려 해변을 따라 걷다가 클리프 하우스에 이르렀다. 마커스가 입안이 건초처럼 바싹 말랐다고 욕을 해 댔기 때문에 두 사람은 이곳에서 맥주를 한잔하려고 발걸음을 멈췄다. 두 사람은 작은 동물 병원에서 회복 중인 개 네 마리를 끌고 나왔고, 개들은 놓여나자마자 기뻐서 미쳐 날뛰었다.

"저 개 좀 봐." 마커스가 맥티그에게 얌전하게 자란 아이리시 세터를 가리키며 소리쳤다. "한길에 사는 놈 것이야. 그날 우리가 데리러 갔었잖아. 그런데 내가 샀어. 그 자식이 저 개가 디스템퍼* 전염병에 걸렸다고 생각하고 유기했지 뭐야. 그런데 코에 카타르*가 약간 있는 것 말고는 아무런 이상이 없어. 진짜 이상한 놈 아니야? 진짜 이상한 놈 아니냐고. 저 녀석 꼬리 좀 봐. 완벽해. 등줄기부터 이어진 꼬리를 어떻게 쳐들고 다니는지 좀 보라고. 그리고 콧수염이 얼마나 빳빳하고 하얀지도 봐. 아, 젠장! 개에 관해서라면 날 속일 생각일랑 집어치워. 저 개야말로 우승감이지."

클리프 하우스에서 두 사람은 당구장의 조용한 구석에 앉아 맥주를 마셨다. 단 두 사람만이 당구를 치고 있었다. 건물의 다른 한쪽 어디에서는 큼직한 뮤직 박스에서 빠른 박자의 댄스 노래가 요란스럽게 흘러나오고 있었다. 밖에서는 길고 규칙적인 파도 소리와 물개들이 실록스' 위에서 시끄럽게 우짖는 소리가 들려왔다. 개 네 마리는 모래를 깔아 놓은 바닥에 몸을 웅크리고 앉았다.

"건배!" 마커스가 잔을 반쯤 비우며 말했다. "캬아!" 그가 길게 숨을 내쉬며 덧붙였다. "진짜로 좋다, 좋아."

두 사람이 걷던 마지막 한 시간 동안은 마커스 혼자서 말을 하다시피 했고, 맥티그는 모호하게 머리를 움직이며 대답만 할 뿐이었다. 치과 의사는 오후 내내 아무 말도 없이 생각에 잠겨 있었다. 마침내 마커스가 눈치챘다. 그는 쾅 소리를 내며 맥주잔을 내려놓고 갑자기 소리를 질렀다.

"요즘 도대체 왜 그래, 맥? 무슨 일이 있는 거야? 어디 털어놓아 봐, 어?"

"아냐, 아무것도 아냐." 맥티그가 눈을 굴리며 바닥을 내려다보았다. "그런 거 없어. 아무것도, 아무것도 없다고."

"아, 젠장!" 마커스가 내뱉었다. 하지만 맥티그는 여전히 침묵을 지켰다. 당구를 치던 두 사람이 자리를 떴다. 뮤직 박스에서는 새로운 노래가 흘러나왔다.

"하!" 마커스가 웃으며 큰 소리로 짤막하게 내뱉었다. "사랑에 빠졌네."

맥티그는 숨이 가빠지고 큼직한 두 발로는 식탁 밑을 이리저리 비벼 댔다.

"어쨌든 너 뭔가에 제대로 홀려 있어." 마커스가 계속 몰아세웠다. "내가 도와줄 수 있을지도 모르잖아. 우린 친구잖아, 안 그래? 무슨 일인지 나한테 말하는 게 좋을 거야. 같이 문제를 해결할 수도 있을 거야. 아, 어디 말해 봐. 속 시원하게 털어놔 봐."

맥티그는 이 끔찍한 상황에 어떻게 대처해야 좋을지 몰랐다. 마커스는 가장 친한 친구이자 하나밖에 없는 친구였다. 두 사람은 '절친'이었고, 맥티그는 마커스가 매우 좋았다. 그런데 두 사람은 아무래도 같은 여자를 사랑하고 있는 것 같았고, 지금 마커스는 그에게 그것을 털어놓으라고 강요하고 있었다. 마커스는 그저 친구를 도와주려는 아주 선한 동기에 이끌려 두 사람의 우정을 산산조각 낼지도 모르는 바위를 향해 무턱대고 달려들려고 했다. 맥티그는 고민거리를 털어놓을 만한 사람이 마커스 말고는 아무도 없었다. 그러나 그의 인생 최대 고민거리인 이 문제에 관해서 만큼은 입을 꾹 다물고 있을 수밖에 없었다. 다른 모든 사람에게 밝히더라도 마커스에게만큼은 밝힐 수 없는 노릇이었다.

맥티그는 삶의 무게가 너무나 버거웠다. 도대체 어쩌다가 이런 일이 일어난 것일까? 겨우 한 달 전만 해도 그는 더할 나위 없이 만족스럽게 살고 있었다. 차분하고 평화로웠고 그때그때 소소한 즐거움을 느꼈다. 그의 삶은 스스로 만들어지며 당연히 항상 같은 길을 따라 이어질 것 같았다. 그런데 갑자기 한 여자가 그의 작은 세계로 들어오면서 조화가 깨졌다. 귀찮은 요소가 나타난 것이다. 그 여자가 발을 디디는 곳이라면 마치 이상하고 이름을 알 수 없는 꽃이 어디서나 피어나듯 고통스럽고 복잡한 문제들이 불쑥불쑥 생겨났다.

"자, 맥, 어디 말해 봐. 같이 문제 좀 해결해 보자." 마커스가 맥티그 쪽으로 몸을 기대며 재촉했다. "혹시 어떤 자식이 골탕 먹이기라도 했어?" 마커스가 얼굴이 순식간에 빨개지며 소리쳤다.

"그런 거 아냐." 맥티그가 기운 없이 대답했다.

"이봐 친구, 어서 빨리 말하라고." 마커스가 고집부렸다. "털어놓아 보라고. 뭐가 문제야? 내가 도울 수 있는 건 뭐든 해 줄게."

맥티그가 인내할 수 있는 정도를 넘어서고 있었다. 이런 상황을 더는 견딜 수 없었다. 멍청하게도 그는 두 손을 주머니에 깊이 집어넣고 머리를 앞쪽으로 푹 숙인 채 실토하고 말았다.

"그, 그게 미스 트리나 때문이야." 그가 고백했다.

"내 사촌, 트리나? 그게 무슨 소리야?" 마커스가 날카롭게 물었다.

"나, 나…… 나도 잘 모르겠어." 맥티그가 절망하여 말을 더듬거렸다.

"그러니까 네 말은……." 마커스는 친구의 말뜻을 갑자기 알아차리고는 소리쳤다. "그러니까 네가…… 너도란 말이지."

맥티그는 의자에 앉은 채 몸을 흔들고 벽 여기저기를 쳐다보며 마커스의 시선을 피했다. 그러다가 고개를 끄덕이더니 갑자기 내뱉었다.

"나도 어쩔 수가 없어. 그러니 내 잘못이 아닌 거지?"

마커스는 소스라치게 놀라 그만 말문이 막혔다. 그는 숨을 거칠게 내쉬며 의자 뒤로 털썩 주저앉았다. 반면 맥티그는 말문이 트였다.

"분명히 말하지만, 마크, 나도 어쩔 수가 없어. 어떻게 이런 일이 일어났는지 나도 잘 모르겠어. 너무 슬그머니 일어난 일이라서, 난…… 그게, 그게 내가 눈치를 채기도 전에, 내가 손을 쓰기도 전에 일이 그렇게 되고 말았어. 우리가 친구라는 것도 잘 알고 있고, 우리 둘 말이야, 그리고 너랑, 너랑 미스 시프랑 어떤 사이인지도 잘 알고 있어. 지금도 알고 있고, 그때도 알고 있었지. 그렇다고 달라지는 건 아무것도 없었을 거야. 내가 알아차리기도 전에…… 그게, 그게…… 내가 그 여자를 사랑하게 됐거든. 나도 어쩔 수가 없었어. 내가 막을 수만 있었다면 무슨 일이 있어도 이런 일이 일어나지 못하게 했을 테지만, 모르겠어. 그건 너보다 강력한 그 무엇이었어. 그게 전부야. 그녀가 왔고, 미스 시프가 일주일에 서너 번 진료를 받으러 왔고, 그 여자는 내가 난생처음으로 알고 지낸 아가씨였어. 그래, 넌 모를 거야! 그녀와 너무 가까이 있어서 매순간 그녀의 얼굴과 입술을 만졌고, 머리카락과 숨결에서 풍기는 냄새를 맡았어. 아, 넌 정말로 아무것도 몰라. 그게 어떤 건지 설명할 수가 없어. 사실 나 자신도 잘 모르겠어. 다만 내가 알고 있는 건, 내가 그녀에게 홀딱 빠졌다는 거야. 난, 난 말이야…… 일이 그렇게 됐을 뿐이야. 너무 늦어 버려서 이제는 뒤돌아설 수도 없어. 그러니까, 밤낮으로 다른 생각은 할 수가 없어. 그게 가장 중요한 사실이야. 그게, 그게…… 아, 그게 제일 중요한 사실이라고! 나, 나…… 아, 마크, 그게 나한테 가장 소중한 일이야. 어떻게 설명할 길이 없어." 그는 절망에 빠진 듯 두 손을 이리저리 흔들어 댔다.

맥티그는 지금껏 이토록 흥분한 적이 없었다. 이렇게 길게 말해 본 적도 없었다. 두 팔은 격렬하면서도 불안정하게 움직였고, 얼굴은 빨갛게 상기되었으며, 엄청나게 큰 턱은 말을 멈출 때마다 날카롭게 딱 소리를 내며 닫혔다. 그는 마치 가늘고 투명한 그물에 꼼짝없이 갇혀 분노에 울부짖는 거대한 짐승 같았다.

마커스 숄러는 아무 말도 하지 않았다. 오랫동안 긴 침묵이 흘렀다. 마커스는 벌떡 일어나 창가로 걸어가 밖을 내다보고 섰지만, 눈에는 아무것도 들어오지 않았다. "음, 누가 이런 일을 상상이나 할 수 있었겠어?" 그가 숨죽여 속삭이듯 말했다. 문제는 이러했다. 마커스는 트리나를 좋아했다. 그 점은 의심할 여지가 없었다. 그는 일요일 오후 나들이를 언제나 학수고대했다. 트리나와 함께 있는 게 좋았기 때문이다. 마커스도 그 작은 여자에게 매력을 느끼고 있었다. 조그맣고 아름다운 흰 이마, 살짝 앞쪽으로 들려 자신만만하면서도 순진해 보이는 작은 턱, 풍성하고 향기로운 왕관 같은 검은 머리칼. 그는 그녀가 너무나 좋았다. 언젠가는 그녀에게 사랑을 고백하고 청혼할 생각이었다. 다만 뒷날로 미루어 둔 것뿐이었다. 1년, 아니면 2년쯤 뒤로 말이다. 아직 머릿속에 명확하게 계획이 서 있지 않았다. 마커스는 사촌 여동생 트리나와 '친구처럼' 지내면서도 알고 지내는 다른 여자가 많았다. 사실 그는 다른 여자들도 하나같이 좋아했다. 그러다가 바로 지금 맥티그의 순애보적 열정을 보고서는 깜짝 놀랐다. 만약 트리나가 승낙만 한다면 맥티그는 그날 오후에라도 당장 결혼할 것만 같았다. 하지만 그래도—마커스 말이다―그라도 그렇게 했을까? 아니, 그는 그렇게 하지 않았을 것이다. 만약 그런 상황에 놓인다면 아마 그는 결혼하지 않았을 것이다. 그래도 마커스는 트리나를 좋아한다는 사실을 잘 알고 있었다. 그는 그렇게 말할 수 있었다. 그렇다, 말할 수 있었다. 마커스는 자신이 트리나를 사랑한다고. 트리나는 '그의 여자'였다. 시프 가족은 마커스를 '트리나의 남자'로 여겼다. 마커스는 식탁으로 돌아와 옆으로 비스듬히 앉았다.

"음, 어떻게 할 거야, 맥?" 그가 물었다.

"나도 모르겠어." 맥티그는 몹시 고통스러워하며 대답했다. "난 아무 일도…… 너와 나 사이에 아무것도 끼어들지 않았으면 해, 마크."

"음, 분명히 말하지만 그런 일은 없을 거야!" 마커스가 고함을 질렀다. "어림도 없지. 맥, 그런 일은 절대로 일어나지 않아."

마커스는 곰곰이 생각했다. 그는 맥티그가 자신보다 더 트리나를 사랑하고 있다는 사실을, 이 덩치 크고 짐승 같은 친구가 이상하게도 머리가 배는 좋은 자기 자신보다 훨씬 더 열정적이라는 사실을 분명히 알 수 있었다. 갑자기 마커스는 충동적으로 결론을 내렸다.

"자, 맥, 계속 밀어붙여." 마커스가 주먹으로 식탁을 쾅 내리치며 소리쳤다. "내 생각에는 넌…… 넌 트리나를 미치도록 원하는 것 같아. 그러니 내가 물러설게. 그래, 내가 빠져 줄게. 이 영감 자식, 너를 위해서 트리나를 포기할게."

마커스는 갑자기 자신이 관대한 사람이라는 생각이 들었다.

그는 자기 자신을 딴사람으로, 마치 희생할 줄 아는 아주 고귀한 사람으로 생각했다. 그러면서 이 제2의 자아를 한없이 동경하고 끝없이 동정하며 바라보았다. 그는 자신이 너무나 착하고 너무나 관대하고 너무나 영웅 같은 나머지 그만 울음이 나올 것만 같았다. 마커스는 체념한다는 몸짓으로 두 팔을 앞쪽으로 뻗으며 소리를 질렀다.

"맥, 너를 위해 트리나를 포기하겠어! 너희 둘 사이에 끼어들지 않을게." 마커스는 말하면서 눈에 실제로 눈물이 고였다. 그는 분명히 자신이 진지하다고 생각했다. 바로 그 순간 마커스는 자신이 트리나를 꾸준히 사랑해 왔지만, 친구를 위해 희생하는 것이라고 믿었다. 두 사람은 일어서서 상대방의 얼굴을 마주 보고 손을 맞잡았다. 참으로 멋진 순간이었다. 맥티그조차도 그 순간이 한 편의 드라마 같았다. 남자들 사이의 우정이란 얼마나 고귀한가! 치과 의사는 친구의 궤양이 생긴 치아를 공짜로 치료해 주고 친구는 자기 여자를 포기하는 것으로 보답한다. 이런 게 바로 고귀한 행동이었다. 두 사람의 우정과 서로를 향한 존경심이 갑작스레 깊어졌다. 둘은 말하자면 다몬과 피시아스'였고, 다윗과 요나단'이었다. 그 무엇도 두 사람 사이를 떼어 놓을 수 없을 터였다. 이제 두 사람은 생사를 함께할 것처럼 보였다.

"정말 고마워." 맥티그가 중얼거리듯 말했다. 그보다 더 나은 말은 생각해 낼 수 없었다. "정말 고마워." 그가 반복했다. "마크, 정말로 고마워."

"됐어, 됐어." 마커스 숄러는 용기 있게 대답하고 나니 덧붙일 말이 떠올랐다. "너희 두 사람은 행복할 거야. 나를 대신해서 트리나에게 말해 줘. 그녀에게…… 그녀에게……." 그는 차마 말을 잇지 못했다. 아무 말 없이 그저 치과 의사의 손을 붙잡고 비틀 뿐이었다.

어쩐지 두 사람은 트리나가 맥티그를 거부할지도 모른다는 데에는 생각이 닿지 않는 듯했다. 맥티그는 한순간 날아갈 듯 기분이 좋아졌다. 마커스가 물러선 이상 아무런 문제가 없는 것 같았다. 결국 모든 일이 잘될 것이다. 신경이 바짝 곤두섰던 마커스 역시 친구를 기분 좋게 해 줌으로써 일을 잘 마무리 지은 것 같았다. 그러자 슬픔이 갑자기 극도의 유쾌함으로 바뀌었다. 그날 오후는 성공적이었다. 두 사람은 손바닥으로 서로의 등을 찰싹 때리며 세 잔째 맥주를 마셨다.

트리나를 포기하기로 선언하고 10분이 지나 마커스는 아주 기발한 재주로 맥티그를 놀라게 했다.

"여기 좀 봐, 맥. 넌 하지 못할 만한 걸 내 보여 주지. 너를 기절초풍하게 만든다는 데 25센트를 걸게." 두 사람은 각자 25센트를 식탁 위에 올려놓았다. "자, 이제 날 봐." 마커스가 큰 소리로 말했다. 그는 당구대에 가서 당구공을 하나 들고 와 잠깐 그것을 얼굴 앞에 대더니 순식간에 놀랄 정도로 입을 크게 벌리고 공을 쑤셔 넣은 다음 입술을 꼭 다물어 버렸다.

그 순간 맥티그는 어안이 벙벙해 눈이 툭 튀어나왔다. 그러더니 온몸을 흔들며 폭소를 터뜨렸다. 그는 으르렁거리다 소리 질렀고 의자를 흔들어 대고 무릎을 세차게 쳤다. 마커스는 기가 찰 정도로 대단한 익살꾼이었다. 확실히 그는 무슨 일을 할지 종잡을 수 없는 사내였다. 마커스는 입안에서 공을 꺼내 식탁보로 쓱 문질러 닦고 맥티그에게 건넸다.

"자, 이번에는 네가 해 봐."

맥티그는 갑자기 심각해졌다. 이것은 심각한 일이었다. 그는 덥수룩한 콧수염을 가르고 커다란 입을 아나콘다 뱀처럼 크게 벌렸다. 공은 그의 입속으로 자취를 감췄다. 그러자 마커스는 괴성을 지르며 손뼉을 쳤다. "잘했어!" 맥티그는 별것 아니라는 듯 고개를 끄덕이며 손을 뻗어 돈을 조끼 주머니에 넣었다.

불현듯 맥티그의 얼굴이 보라색으로 바뀌더니 턱이 경련하듯 떨렸다. 그는 두 손으로 두 뺨을 감싸 쥐었다. 당구공이 목구멍으로 쓱 미끄러져 내려갔는데 어떻게 된 일인지 다시 나오지 않았다.

끔찍한 상황이었다. 치과 의사는 벌떡 일어나 개들 사이에서 휘청거렸고 얼굴을 씰룩거리며 눈을 휘둥그레 놀렸다. 아무리 몸부림쳐도 공이 나올 만큼 턱을 크게 벌리지 못했다. 마커스는 정신이 나가 욕설을 질러 댔다. 맥티그는 공포에 질려 땀을 줄줄 흘렸다. 공으로 꽉 막힌 입에서는 알아들을 수 없는 소리가 새어 나왔다. 두 팔을 마구 휘둘러 댔다. 절박한 분위기를 알아챈 개 네 마리가 일제히 짖어 댔다. 웨이터가 뛰어 들어왔고, 당구를 치던 두 사람도 돌아오면서 적게나마 사람들이 모여들었다. 정말로 가관이었다.

그때 갑자기 당구공이 맥티그의 목 안으로 굴러 들어갔을 때처럼 쉽게 미끄러져 나왔다. 천만다행이었다. 맥티그는 털썩 의자에 주저앉아 이마에 흐른 땀을 닦으며 숨을 헐떡거렸다.

마커스 숄러는 모두에게 술을 마시자고 청했다.

술자리가 파하고 무리가 흩어질 무렵에는 이미 오후 5시가 지나 있었다. 마커스와 맥티그는 전차를 타고 집으로 돌아가기로 했다. 하지만 곧 그들은 그게 불가능하다는 것을 알아차렸다. 개들이 따라오려고 하지 않았다. 마커스의 새 애완견, 세터종인 알렉산더만이 전차 뒤편에 가만히 앉아 있을 뿐이었다. 나머지 세 마리는 곧바로 정신이 나가 머리를 쳐들어 대고 길거리에서 마구 날뛰거나 갑자기 전력 질주하여 전차로부터 도망갔다. 마커스는 휘파람을 불거나 소리를 지르고 입에 거품을 물며 화를 냈지만 모두 헛수고였다. 두 친구는 할 수 없이 걸어가야 했다. 마침내 폴크 거리에 이르러 마커스는 개 세 마리를 동물 병원 우리에 가두었다. 그리고 알렉산더는 집으로 데리고 왔다.

아파트 뒤쪽에는 아주 조그마한 마당이 있었고, 마커스는 그곳에 낡은 나무 물통으로 알렉산더의 개집을 만들어 두었다. 마커스는 자기 저녁 식사를 생각하기 전에 먼저 알렉산더를 개집으로 데려가 개에게 애완견용 비스킷 두서너 조각을 주었다. 맥티그는 친구를 따라 뒷마당에 갔다. 알렉산더는 곧 자리를 잡고 앉아 고개를 한쪽으로 기울이고 비스킷을 게걸스럽게 씹어 먹었다.

"맥, 이제 어쩔 거야…… 그러니까 그 문제…… 그러니까…… 그러니까 내 사촌이랑 말이야." 마커스가 물었다.

맥티그는 절망 상태에서 고개를 내저었다. 이제 날은 어둡고 추웠다. 조그마한 뒷마당은 지저분하고 악취가 풍겼다. 맥티그는 오랫동안 산책한 탓에 몹시 지쳐 있었다. 트리나와 관계가 불편하다는 사실이 다시금 떠올랐다. 그렇다, 트리나는 결코 그에게 어울리는 여자가 아니었다. 트리나는 결국 마커스나 다른 남자가 차지하게 될 터였다. 그에게, 손이 꼭 나무망치같이 생긴 이 투박한 거인에게 트리나가 좋아할 만한 게 과연 뭐가 있을까? 그녀는 그와 결혼하지 않겠다고 대답했다. 모든 것이 이미 끝난 게 아닐까?

"마크, 어떻게 해야 좋을지 잘 모르겠어." 그가 말했다.

"음, 이제 트리나의 환심을 사려고 애써야지." 마커스가 대답했다. "트리나를 찾아가 봐."

맥티그는 깜짝 놀랐다. 트리나를 찾아가 볼 생각은 이제껏 한 번도 해 본 적이 없었다. 생각이 거기에 미치자 그는 조금 겁이 났다.

"당연히 그래야지." 마커스가 끈질기게 말했다. "그게 적절한 행동이야. 뭘 기대했어? 트리나를 다시는 못 볼 것이라고 생각한 거야?"

"잘 모르겠어, 잘 모르겠다고." 치과 의사가 멍청하게 개를 쳐다보며 대답했다.

"트리나 가족이 어디 사는지 알잖아." 마커스가 계속 말했다. "만 건너편 B 거리 역 너머에 살아. 네가 가고 싶을 때 언제든 데려가 줄게. 그럼 이렇게 하자. 우리 워싱턴 출생 기념일*에 거기 가는 거야. 그게 다음 주 수요일이야. 시프 가족도 너를 보면 반가워할 거야." 맥티그는 친구가 이렇게까지 자기를 위하는 것에 감동했다. 맥티그가 더듬거리며 말했다.

74

"있잖아, 마크…… 너…… 어쨌든 넌 괜찮은 거지?"

"어우, 퓨!" 마커스가 내뱉었다. "이봐, 영감아, 난 괜찮아. 난 너희 두 사람이 맺어지는 걸 보고 싶을 뿐이야. 우리 수요일에 분명히 가는 거다."

두 사람은 집으로 돌아갔다. 알렉산더는 홀로 남아 비스킷을 씹다가 멈추더니 그들이 가는 모습을 한쪽 눈으로 힐끗 쳐다보고 그다음은 다른 쪽 눈으로 힐끗 쳐다보았다. 그 개는 콧대가 높아 주인이 떠나도 섭섭해하며 낑낑대지 않았다. 그러나 두 사람이 아파트 뒤 계단 두 번째 층계를 밟을 때쯤 아래쪽 뒷마당에서는 요란한 소동이 벌어졌다. 두 사람은 복도 끝에 열린 창문으로 달려가 내려다보았다.

뒷마당에는 얄팍한 판자로 된 울타리가 아파트 뒷마당과 아래층 우체국 지국이 사용하는 마당을 가르고 있었다. 우체국 지국 마당에는 콜리종 개가 한 마리 살고 있었다. 두 개는 상대 개 냄새를 맡고 울타리의 갈라진 틈으로 서로를 향해 짖어 댔다. 갑자기 울타리의 양쪽 편에서 싸움이 벌어졌다. 개들은 상대 개를 증오하며 미친 듯이 으르렁거리며 짖었다. 개들은 이빨을 번뜩이며 앞발을 세워 울타리를 긁어 댔다. 개들이 울부짖는 소리가 밤하늘에 가득 울려 퍼졌다.

"젠장!" 마커스가 소리쳤다. "녀석들이 서로 좋아하지 않는 모양이야. 봐 봐. 저놈들을 싸움 붙여 놓으면 볼 만할 것 같지 않아? 언제 한번 그렇게 해 봐야겠는걸."

제5장

　조지 워싱턴 출생 기념일인 수요일 아침, 맥티그는 매우 일찍 일어나 면도했다. 치과 의사는 콘서티나로 연주하는 구슬픈 노래 여섯 곡 말고도 아는 노래가 한 곡 더 있었다. 그는 면도할 때마다 이 노래를 부르곤 했는데 다른 때는 절대로 부르지 않았다. 그의 노랫소리는 창문틀이 달그락거릴 만큼 우렁차서 같은 층 세입자들을 모조리 깨웠다. 그는 구슬프게 울부짖었다.

　사랑할 사람 아무도 없고,
　포옹할 사람도 하나 없네.
　이 풍진세상 홀로 남겨졌다네.

　맥티그가 면도날을 날카롭게 갈려고 잠시 멈췄을 때 마커스가 빨간 플란넬 바지에 옷을 반쯤 걸친 채 무서운 유령처럼 그의 방으로 들어섰다.

마커스는 종종 옷도 제대로 안 입고 속옷 바람으로 그의 방과 진료실 사이를 뛰어다니곤 했다. 미스 베이커는 방에 앉아 귀를 기울이고 기다리면서 반쯤 열린 문틈으로 이런 차림의 그를 몇 번이나 목격했다. 이 재봉사 노파는 기절할 정도로 충격을 받았다. 모욕을 느끼고 분노한 그녀는 입술을 오므려 다물고 고개를 쳐들었다. 그녀는 셋방 여주인에게 불만을 토로했다. "그리고 옆방 그래니 영감님한테도 마찬가지예요. 우리 두 사람이 얼마나 고통받는지 아셔야 해요." 미스 베이커는 마커스가 이렇게 유령처럼 등장하자 한 번은 복도로 튀어나와 조그마한 곱슬머리 가발을 흔들며 누구라도 들으라고 크고 날카롭게 소리 질렀다.

"그러면 말이에요." 마커스가 되받아 소리쳤다. "그렇게 보기 싫으면 문을 닫아요. 자, 조심하세요. 또 지나갑니다. 이번엔 실오라기 하나 걸치지 않았어요."

그날 아침 마커스는 맥티그를 길거리 쪽 현관문으로 내려가는 계단 꼭대기로 연결된 복도로 불러냈다.

"맥, 마리아가 하는 소리 좀 들어 봐." 그가 말했다.

아래쪽 두 번째 층계에서 마리아가 두 주먹으로 턱을 받치고 앉아 있었다. 머리칼이 붉은 폴란드계 유태인인 넝마주이 저코우는 출입구에 서서 열정적으로 말하고 있었다.

"자, 딱 한 번만 더, 마리아." 그가 말했다. "딱 한 번만 더 말해 봐." 마리아의 단조로운 말소리가 계단을 타고 올라왔다. 마커스와 맥티그는 이따금 한 마디씩 알아들을 수 있었다.

"그릇이 백 개가 넘었는데 하나같이 모두 황금이었어요. 그 화채 그릇만 해도 두툼하고 묵직한 황금이라 어마어마한 값어치였죠."

"무슨 얘기하는지 알아듣겠어?" 마커스가 물었다. "저 늙은이가 마리아 보고 그 그릇 얘기를 하라고 시킨 거야. 정말 환상의 커플 아냐?"

"꼭 종이 울리는 것 같은 소리가 났지?" 저코우가 재촉했다.

"교회 종소리보다 훨씬 맑고 깨끗한 소리가 났어요."

"아, 종소리보다 맑다니. 그 화채용 그릇은 엄청나게 묵직하지 않았어?"

"죽을힘을 다해야만 겨우 들 수 있었죠."

"알아, 오, 나도 알아." 저코우가 입술을 움켜잡으며 대답했다. "그것들이 전부 어디로 갔어? 어디로 갔냐고?"

그러자 마리아가 고개를 가로저었다.

"어쨌든 사라져 버렸어요."

"아, 사라지다니, 사라지다니! 생각해 보라고! 화채용 그릇이 사라지고, 무늬가 새겨진 국자도, 또 접시들과 포도주잔들도 사라졌어. 그걸 죄다 쌓아 놓은 근사한 광경을 봐야 했는데!"

"엄청나게 멋진 광경이었죠."

"그래, 멋졌겠지. 틀림없이 그랬을 테지."

싸구려 아파트 계단 아래에서 멕시코 여자와 머리칼이 붉은 폴란드계 유태인은 이제는 사라지고 전설이 되다시피 한 황금 식기들에 대해 오랫동안 생각하고 있었다.

마커스와 치과 의사는 워싱턴 출생 기념일을 만 건너편에서 보냈다. 만 건너편으로 가는 피크닉 길은 맥티그에게 길고도 고통스러웠다. 맥티그는 형체도 없는 막연한 두려움에 몸을 떨었다. 만약 마커스가 같이 가지 않았더라면 맥티그는 아마 열두 번도 더 발길을 돌렸을 것이다. 이 우둔한 거인은 꼭 사내아이처럼 긴장하고 있었다. 맥티그는 미스 시프를 찾아갔다가는 모욕적으로 창피를 당할 것만 같았다. 그녀가 노려보면 그는 몸이 바짝 얼어붙을 것이다. 그녀는 문을 가리키며 그를 내쫓을지도 몰랐다. 그렇게 되면 얼마나 망신스러울까.

두 사람은 B 거리 역에 도착해 완행열차에서 내리자마자 시프 가족 전체—어머니, 아버지, 세 어린 자녀, 그리고 트리나—와 맞닥뜨렸다. 가족은 변함없는 피크닉을 하려고 만반의 준비를 갖추고 있었다. 시프 가족은 역에서 걸어갈 수 있는 거리에 위치한 슈이츤 공원으로 갈 예정이었다. 그들은 점심 도시락 바구니 주위에 모여 있었다. 사내아이 하나는 목줄을 맨 검은색 그레이하운드 개를 데리고 있었다. 트리나는 파란색 무명천 스커트에 줄무늬 블라우스와 흰색 세일러복을 입고 둥근 허리에는 인조 악어가죽 허리띠를 두른 차림이었다.

시프 부인은 곧장 마커스에게 말을 걸었다. 마커스는 시프 가족에게 방문할 것을 편지로 미리 알렸고, 시프 가족은 편지를 받은 뒤에 나들이 계획을 세웠다. 시프 부인이 마커스에게 설명했다. 그녀는 분홍빛 얼굴에 완전히 백발이 된 멋진 머리칼을 한 우람한 몸집의 노부인이었다. 시프 가족은 독일계 스위스 사람들이었다.

"우린 애들을 몽땅 델꼬 공원에, 슈이츤 공원에 가는 고야. 간단한 소풍이야, 안 구래? 우리 바람도 쐬고, 축하도 해고, 해변에서 피크닉도 해. 오호, 아주 즐겁겠쥐?"

"물론이죠. 아주 끝내 줄 겁니다." 마커스가 즉시 열정적으로 답했다. "시프 아주머니, 이 사람은 제가 편지에서 말한 친구, 맥티그 의사 선생이에요."

"오우, 그 우사 양반!" 시프 부인이 큰 소리로 말했다.

마커스가 맥티그를 어깨로 툭 치면서 한 사람 한 사람 소개해 주자 그는 진지하게 그들과 악수했다.

시프 씨는 군인다운 외모로 체구는 작지만 거만하고 매우 진지한 태도를 보였다. 그는 소총 클럽의 회원이었다. 한쪽 어깨에는 스프링필드 단발 소총*을 메고, 가슴에는 청동 메달 다섯 개를 달고 있었다.

트리나는 무척 즐거워 보였다. 맥티그는 어안이 벙벙했다. 트리나는 맥티그를 보고 분명히 반가워하는 것 같았다.

"잘 지냈어요, 맥티그 선생님?" 그녀는 그에게 미소 짓고 악수하며 말했다. "다시 만나서 반가워요. 보세요, 치아 땜질이 얼마나 잘됐는지." 그녀는 입술 한쪽을 들추며 그에게 조잡한 금 가공의치(架空義齒)를 보여 주었다.

한편 시프 씨는 끙끙대며 걸으면서 땀을 뻘뻘 흘렸다. 그는 두 어깨 위에 이 피크닉에 대한 모든 책임을 짊어지고 있었다. 마치 소풍을 매우 중대한 일로, 진짜 탐험쯤으로 생각하는 것 같았다.

"오우구스트!" 그가 검은 그레이하운드 개를 데리고 있는 사내 아이를 불렀다. "너는 개와 3번 바구니를 든닷. 그리고 쌍둥잇." 그가 옷을 똑같이 차려입은 제일 어린 사내들에게 말했다. "너희들은 교대로 캠프 의자, 그리고 4번 바구니를 든닷. 뭔 말인지 알아듣겠닷, 헤이? 우리 출발할 때 너희 꼬맹이들 앞장서서 간닷. 이거슨 명령이닷. 하지만 아직은 출발 않는닷!" 그가 흥분하여 큰 소리로 외쳤다. "우리는 기다린닷. 아하, 갓뜨, 셀리나 도착하지 않았닷!"

셀리나는 시프 부인의 조카딸이었다. 그들이 막 출발하려던 참에 셀리나가 숨을 헐떡거리며 도착했다. 셀리나는 몸이 호리호리하고 병색이 있는 아가씨였는데, 한 시간에 고작 25센트를 벌려고 과로하며 핸드 페인팅을 가르치고 있었다. 일행은 그녀에게 맥티그를 소개했다. 그들 모두가 동시에 말을 하자 조그마한 역 안은 여러 언어로 여간 혼잡스럽지 않았다.

"주모옥!" 시프 씨가 한 손에는 금 손잡이가 달린 지팡이를, 다른 한 손에는 스프링필드 소총을 들고 소리쳤다. "주모옥! 지금 출발한다." 그러자 사내아이 셋이 앞장서서 걸었다. 그레이하운드가 갑자기 짖기 시작하며 목줄을 잡아당겼다. 다른 식구들도 짐 꾸러미를 들었다.

"앞으루 갓!" 시프 씨는 보병대를 이끄는 중위 같은 태도로 소총을 흔들어 대며 소리쳤다. 일행은 기차 철로 아래쪽으로 출발했다.

시프 부인은 그녀의 남편과 함께 걸었고, 시프 씨는 걸핏하면 아내 옆을 떠나 대열 앞뒤로 다니며 지시를 내렸다. 마커스는 셀리나를 따라갔다. 맥티그는 대열 맨 끝에서 트리나와 함께 걸었다.

"우린 거의 매주 이렇게 피크닉을 떠나요." 트리나가 말을 걸었다. "그리고 거의 모든 휴일에도요. 일종의 관행이죠."

"그래요, 그래, 관행." 맥티그가 고개를 끄덕이며 대꾸했다. "관행, 바로 그거지."

"피크닉이 매우 재미있다고 생각하지 않나요, 맥티그 선생님?" 그녀가 말을 이었다. "점심도 싸들고 가고, 하루 종일 지저분한 도시를 떠나 있는 거예요. 야외에서 달리며 돌아다니기도 하고요. 그러다가 점심시간이 되면, 아, 배고프지 않으세요? 게다가 숲과 잔디 냄새가 너무나 좋잖아요!"

"난 잘 몰라요, 미스 시프." 그는 기차 철로 사이 땅에 시선을 꽂고 대답했다. "피크닉을 가 본 적이 한 번도 없어서요."

"피크닉을 가 본 적이 한 번도 없다고요?" 트리나가 깜짝 놀라 큰 소리로 물었다. "아, 얼마나 재미있는지 오늘 한번 보세요. 오전에는 아빠랑 애들이랑 해변 개펄 속에서 조개를 캘 거예요. 그리고 그걸 불에 굽지요. 아, 또 그것 말고도 할 수 있는 일이 엄청 많아요."

"언젠가 한 번 만으로 배를 타고 간 적은 있죠." 맥티그가 말했다. "예인선을 타고 나갔어요. 곶에 서서 낚시를 했지요. 대구 세 마리를 낚았습니다."

"전 만에 나가는 게 무서워요." 트리나가 고개를 저었다. "돛단배는 너무 쉽게 뒤집히거든요. 제 사촌, 그러니까 셀리나의 오빠가 현충일'에 익사했어요. 시체는 찾지 못했죠. 맥티그 선생님은 수영할 줄 아세요?"

"광산에 있을 때에는 수영하기도 했어요."

"광산에서요? 아, 그래요, 기억나요. 마커스 오빠가 선생님이 한때 광부였다고 말해 줬어요."

"탄차 소년이었어요. 모든 탄차 소년들은 매주 목요일마다 배수로 옆 저수지에서 수영했어요. 그중 한 명이 옷을 입는 동안 방울뱀에 물린 적도 있죠. 이름이 앤드류라는 프랑스 소년이었어요. 몸이 통통 부어오르더니 경련을 일으키더라고요."

"아, 난 뱀이 너무 싫어요! 소름 끼치게 징그러운 데다 너무 재빨라요. 그래도 보는 건 좋아해요. 시내에 있는 어느 약국에 가면 살아 있는 뱀들이 잔뜩 들어 있는 진열장이 있는 거 아시죠?"

"우린 커다란 채찍으로 방울뱀을 쳐 죽였어요."

"얼마나 멀리 헤엄칠 수 있어요? 시도해 본 적 있어요? 1킬로미터 반 넘게 수영할 수 있나요?"

"1.5킬로미터 넘게요? 잘 모르겠어요. 한 번도 시도해 본 적이 없는데, 아마 할 수 있을 것 같아요."

"나도 조금은 수영할 줄 알아요. 우리는 가끔 크리스털 배스에 수영하러 가요."

"크리스털 배스요? 수영장을 가로지를 수 있어요?"

"아, 아빠가 내 턱을 받쳐 주시면 제법 수영할 수 있어요. 하지만 손을 치우시면 바로 가라앉아 버려요. 귀 안에 물 들어가는 거 정말 싫지 않나요?"

"수영은 건강에 좋아요."

"하지만 물이 너무 따뜻하면 그렇지도 않아요. 오히려 몸을 약하게 만들거든요."

시프 씨가 지팡이를 흔들며 선로를 따라 뛰어왔다.

"한쪽으루 비켜 섯!" 그가 일행에게 선로에서 벗어나라고 손짓하며 소리쳤다. "기차가 들어온닷." 완행열차 한 대가 4백 미터쯤 떨어진 B 거리 역을 막 지나고 있었다. 일행은 기차가 지나가게 한쪽으로 비켜섰다. 마커스는 동전 하나와 옷핀 두 개를 교차시켜 선로에 올려놓았다. 기차가 우르릉거리며 지나갈 때 승객들에게 모자를 흔들었고, 아이들은 날카롭게 소리를 질렀다. 기차가 지나가고 나자 그들은 동전과 옷핀을 보려고 달려갔다. 동전은 철로에서 떨어져 나갔지만, 옷핀은 납작하게 눌려 가위를 벌려 놓은 것 같은 모양이 되었다. 아이들이 그 '가위'를 서로 갖겠다고 요란스럽게 다투었다. 할 수 없이 시프 씨가 중재에 나섰다. 그것은 매우 중대한 문제였으므로 그는 매우 신중하게 생각했다. 일행 모두가 시프 씨의 결정을 기다리며 걸음을 멈추었다.

"자, 주목옥!" 시프 씨가 갑자기 큰 소리로 외쳤다. "지금은 안 된닷. 오늘 일정 끝내고 집으루 돌아가섯 그때 결정한닷, 알겠 낫? 가장 행동이 얌전한 아이에겟 상으루 준닷. 이거슨 명령이 닷. 앞으루 갓!"

"저건 새크라멘토° 행 기차였어." 마커스가 다시 걸으며 셀리나에게 말했다. "맞다니까, 진짜야."

"새크라멘토에 사는 여자애를 하나 알고 있어요." 트리나가 맥티그에게 말했다. "장갑 상점에서 감독으로 일했었는데 폐결핵에 걸렸어요."

"나도 한때 새크라멘토에서 살았어요." 맥티그가 말했다. "한 8년 전쯤 말이에요."

"그곳도 샌프란시스코만큼 멋진 곳인가요?"

"날씨가 더워요. 그곳에서 한동안 진료했었는데."

"전 샌프란시스코가 좋아요." 트리나가 만을 가로질러 도시가 겹겹이 쌓인 언덕을 바라보며 말했다.

"나도요." 맥티그가 대답했다. "이쪽에 사는 것보다 샌프란시스코가 더 좋아요?"

"아, 물론이죠. 전 우리 식구들이 샌프란시스코시에 살았으면 좋겠어요. 무슨 일이 있어 건너가려면 온종일 걸리잖아요."

"그래, 그렇네요. 온종일…… 거의 그렇죠."

"도시에 아는 사람들이 많은가요? 혹시 엘버만이라는 사람을 아세요? 제 삼촌이에요. 미션*에서 장난감 도매상을 하세요. 소문으로 들으니 엄청난 부자래요."

"아뇨, 누군지 몰라요."

"삼촌의 의붓딸은 수녀가 되고 싶어 한대요. 한번 상상해 보세요. 엘버만 삼촌은 허락하지 않으려 해요. 삼촌 말로는, 그건 딸자식을 땅에 묻어 버리는 것과 다름없다나요. 그렇대요. 그녀는 성심(聖心) 수녀원에 들어가고 싶어 해요. 맥티그 선생님도 가톨릭 신자인가요?"

"아뇨, 난 아니에요."

"아빠는 가톨릭 신자예요. 그래서 가끔 한 번씩 축일에 미사를 드리러 가세요. 하지만 엄마는 루터교 신자죠."

"가톨릭 신자들이 학교를 통제하려 들고 있어요." 맥티그는 문득 마커스가 떠들어 대던 정치 장광설 중 하나를 기억해 내며 말했다.

"마커스 오빠는 늘 그렇게 말하죠. 우린 다음 달에 쌍둥이들을 유치원에 보낼 거예요."

"유치원이 뭐예요?"

"지푸라기나 이쑤시개 같은 것으로 뭔가 만드는 걸 가르치는 곳 말이에요. 아이들을 길거리에 돌아다니지 못하게 묶어 두는 놀이방 같은 곳이죠."

"아하, 폴크 거리에서 멀지 않은 새크라멘토 거리에도 하나 있어요. 간판을 봤어요."

"어딘지 알아요. 음, 셀리나가 그곳에서 피아노를 치곤 했거든요."

"미스 셀리나가 피아노를 칠 줄 알아요?"

"셀리나가 연주하는 걸 꼭 들어 보셔야 하는데. 아주 잘 쳐요. 셀리나는 재능이 아주 많아요. 그림도 잘 그리는걸요."

"난 콘서티나를 연주할 줄 알아요."

"아, 정말요? 오늘 가져왔으면 좋았을 텐데. 다음번에는 꼭 가져오세요. 우리 집 식구들이 나들이 가는데 종종 함께 가면 좋겠어요. 우리가 얼마나 즐겁게 노는지 보게 될 거예요."

"나들이하기 참 좋은 날씨죠? 구름 한 점 없어요."

"그러네요." 트리나가 하늘을 올려다보며 말했다. "구름 한 점 없어요. 아, 있네요. 저쪽에 한 점 있어요. 텔레그레프힐* 바로 위쪽 말이에요."

"저건 연기에요."

"아니에요. 구름이에요. 연기는 저렇게 하얗지 않아요."

"맞네요, 구름이네요."

"전 제 말이 맞는다는 걸 알고 있었어요. 확실하지 않으면 말하지 않거든요."

"꼭 강아지 머리같이 생겼어요."

"그렇죠? 마커스 오빠는 개를 좋아하지 않나요?"

"지난주에 개 한 마리를 새로 얻었어요. 세터종이에요."

"그랬어요?"

"네, 지난 일요일에 우리 둘은 동물 병원에서부터 개를 여러 마리 데리고 클리프 하우스까지 산책하러 나갔었습니다. 그런데 돌아올 때는 걸어야만 했어요. 개들이 전차를 타고 따라오려 하지 않았거든요. 클리프 하우스에는 가 본 적 있어요?"

"오랫동안 못 가 봤어요. 독립기념일에 피크닉 갔었는데, 그만 비가 왔어요. 태평양 바다 좋지 않아요?"

"네, 네, 아주 좋아요."

"아, 전 큰 돛단배를 타고 항해해 보고 싶어요. 그냥 멀리, 멀리, 멀리, 어디라도 가고 싶어요. 돛단배는 작은 요트와는 달라요. 전 여행하는 게 너무 좋아요."

"물론이죠. 저도 좋아합니다."

"아빠하고 엄마는 돛단배를 타고 이곳에 오셨어요. 스무 날하고도 하루가 더 걸렸죠. 엄마의 삼촌이 항해사였거든요. 스위스 제네바 호수의 증기선 선장이셨어요."

"정지이!" 시프 씨가 소총을 휘두르며 소리쳤다. 일행이 공원 입구에 도착했다. 갑자기 맥티그는 몸이 바짝 얼어붙었다. 주머니에 25센트밖에 없었는데 입장표를 사야 했기 때문이다. 도대체 그가 어떻게 처신해야 맞는 걸까? 일행 모두의 표를 사야 할까, 아니면 트리나와 자기 자신의 표를 사야 할까, 그것도 아니라면 자기 표만 사야 할까? 심지어 자기 표만 산다 해도 과연 이 돈으로 충분할까? 그는 분별력을 잃고 눈알만 이리저리 굴려댔다. 그러다가 맥티그는 마치 표를 살 시간이 된 것을 전혀 몰랐던 것처럼, 정신이 딴 데 팔린 것처럼 행동해야겠다는 생각이 들었다. 그는 골똘하게 선로 앞뒤를 훑어보았다. 기차가 들어오고 있을지도 모른다. 두 사람이 입구에 모인 나머지 일행 곁으로 다가가자 트리나가 "다 왔어요!" 하고 큰 소리로 말했다. 그러자 맥티그는 고개를 쳐들고 "네, 그렇군요!" 하고 대답했다.

"맥, 나한테 50센트만 줘." 마커스가 다가오며 말했다. "여기서 돈을 내야 해."

"나…… 나…… 난 25센트밖에 없어." 치과 의사가 비참한 얼굴로 중얼거렸다. 맥티그는 트리나와의 관계를 완전히 망쳤다고 단정했다. 그녀를 얻으려고 노력한들 이제 무슨 소용이 있단 말인가? 운명이 가로막고 있는데 말이다. "25센트밖에 없어."

맥티그가 말을 더듬거렸다. 그는 공원에 들어가지 않겠다고 막 말하려던 참이었다. 그게 유일한 대안처럼 보였다.

"아, 그럼 알았어!" 마커스가 선뜻 제안했다. "내가 대신 내줄게. 집에 돌아가서 갚아."

일행은 줄지어 공원 안으로 들어갔고, 시프 씨는 한 사람 한 사람 들어갈 때마다 머릿수를 세었다.

"하," 트리나가 맥티그와 함께 개찰구를 밀며 통과할 때 길게 한숨을 내쉬었다. "다시 이곳에 왔네요, 선생님." 트리나는 맥티그가 당황한 걸 전혀 눈치채지 못한 모양이었다. 어쨌든 그는 난처한 상황을 모면했다. 다시 한 번 맥티그는 구원받은 느낌이 들었다.

"자, 해변으롯!" 시프 씨가 소리쳤다. 일행은 땅콩 가판대 앞에서 바구니 수를 헤아렸다. 일행 전체가 해변으로 걸어 내려갔다. 그레이하운드 개는 목줄을 풀어 주었다. 아이들은 앞쪽에서 달려갔다.

시프 씨는 다른 짐보다 큰 짐 꾸러미에서 주석으로 만든 조그마한 돛단배를 하나 꺼냈다. 오거스트의 생일 선물이었다. 알코올램프로 증기를 만들어 항해할 수 있는 조그마한 싸구려 장난감으로 그날 오전 시운전을 할 계획이었다.

"나 그거 줘요. 나 그거 달라고요." 오거스트가 아버지 주위를 뛰며 소리쳤다.

"아직 아니얏, 아직 아니얏." 시프 씨가 돛단배를 공중 높이 번쩍 들어 올리며 소리쳤다. "먼첫 내가 시운전해 봐야 됏."

"싫어요, 싫어!" 오거스트가 흐느끼며 말했다. "나 그거 갖고 놀고 시포요."

"복종햇!" 시프 씨가 호통쳤다. 그러자 오거스트는 조용해졌다. 바다 쪽으로 작은 방파제가 나 있었다. 그곳에서 시프 씨는 박스에 적힌 설명서를 자세히 살펴본 뒤 작은 배에 불을 붙였다.

"내가 물에 넣고 싶어요." 오거스트가 울먹였다.

"뒤로오 물러섯!" 그의 아버지가 소리쳤다. "넌 나처럼 잘할 수 없닷. 위험하닷. 주의하지 않으면 폭발할 거닷."

"내가 갖고 놀고 싶단 말이에요." 오거스트가 울음을 터뜨리며 항변했다.

"어유, 그래, 울어랏, 이 꼬맹이 녀석!" 시프 씨가 호통쳤다. 그러고 나서 그는 아내를 향해 말했다. "여봇, 저 녀석 매 좀 맞아야겠지!"

"내 배 주세요!" 오거스트가 날뛰며 소리를 질렀다.

"입 다물어랏!" 시프 씨가 으르렁거렸다. 조그만 배가 쉬익 소리를 내며 연기를 뿜어내기 시작했다.

"얏, 움직인닷." 아버지가 말했다. "주모옥! 내가 이거슬 물에 넣는닷." 시프 씨는 굉장히 흥분했다. 목덜미에서 땀이 뚝뚝 떨어졌다. 조그마한 배를 물 위에 띄우자 전보다 훨씬 맹렬하게 쉬익쉬익 소리를 냈다. 증기가 뭉게구름처럼 마구 솟구쳤지만 배는 움직이려 하지 않았다.

"아빠는 배를 움직이게 할 줄도 모르잖아요." 오거스트가 흐느껴 울었다.

"네 바보 녀석보다는 내가 더 잘 알앗!" 시프 씨가 얼굴이 벌게져 성을 내며 소리쳤다.

"배를 미, 밀어 줘야 한다고요!" 사내아이가 소리쳤다.

"그러믄 폭발한닷. 이눔 시끼얏!" 그의 아버지가 소리를 질렀다. 갑자기 증기선의 보일러가 날카롭게 갈라지는 소리를 내며 폭발했다. 조그마한 주석 장난감은 거꾸로 뒤집혀 누가 손쓰기도 전에 물속으로 가라앉아 버리고 말았다.

"아, 아!" 오거스트가 비명을 질렀다. "없어졌잖아요!"

시프 씨가 갑자기 아이의 따귀를 때렸다. 정말 통탄스러운 광경이었다. 오거스트의 비명이 공기를 갈랐다. 그의 아버지는 아이의 얼굴에 대고 악을 쓰며 아이 장화가 방파제 위에 떨어질 때까지 아이를 들고 흔들어 댔다. "아하, 멍충아! 아하, 바보 천치얏! 아하, 이 몬난 것! 내가 폭발한다고 했잖앗. 울지 맛. 그만 앗! 이거슨 명령이닷. 물에 빠트려 버린닷, 어? 어디 말해 봣. 입다물엇, 이 못된 놈! 여봣, 내 지팡이 어디 있엇? 이 녀석, 어디한 번 맞아 봣. 이르케 따끔한 매는 처음 맞아 볼 거닷!"

사내아이는 조금씩 진정했다. 아이는 울음을 삼키고 주먹으로 눈을 비비며 배가 가라앉은 자리를 안타까운 표정으로 뚫어져라 바라보았다. "이제 좀 낫군." 시프 씨가 마침내 그를 놓아주면서 한마디 했다. "담엔 아부지 말 믿어랏. 자, 이제 그만앗. 우린 조개 캐러 간닷. 여보옷, 불 피윗! 아하, 갓뜨! 후추 깜박했닷!"

사내아이들은 신발과 양말을 벗고 곧바로 조개를 캐기 시작했다. 오거스트는 처음에는 위로받으려 하지 않았지만, 아버지가 금 손잡이가 달린 지팡이로 끌고 물가로 데려가자 다른 아이들과 어울리기 시작했다.

맥티그에게는 얼마나 대단한 하루였는지 모른다. 절대 잊을 수 없는 하루였다. 맥티그는 트리나와 계속 같이 있었고, 두 사람은 함께 웃었다. 트리나는 입술을 꼭 다물고 턱을 살짝 쳐든 채 새치름하게 웃었다. 그럴 때면 작은 주근깨가 난 앙증맞고 하얀 코에 주름이 잡혔다. 맥티그는 엄청나게 큰 입을 짝 벌리고 망치처럼 꽉 쥔 주먹으로 무릎을 세게 두드리며 폐부의 힘을 다해 크게 웃었다.

점심은 맛있었다. 트리나와 그의 어머니는 입안에서 살살 녹는 조개 수프를 만들었다. 점심 바구니는 이내 텅 비었다. 일행은 꼬박 두 시간 동안 식사했다. 별꽃 씨를 많이 넣은 아주 큰 호밀 빵 덩어리가 있었다. 비엔나 소시지와 프랑크푸르트 소시지, 소금을 넣지 않은 버터와 프레첼도 있었다. 살짝만 익힌 차가운 닭고기는 얇게 조각내어 톡 쏘지 않고 맛있는 겨자를 발라서 먹었다. 말린 사과도 있었는데 시프 씨는 그걸 먹고 딸꾹질을 했다. 병맥주도 열두세 병이나 있었고, 마지막을 멋지게 장식할 환상적인 고타트러플*도 있었다. 점심 식사를 마친 후에는 파이프 담배를 피웠다. 음식이 목으로 넘어올 정도로 너무나 배가 부른 맥티그는 파이프를 피우며 햇볕 쪽으로 등을 돌리고 누워 꾸벅꾸벅 졸았다. 그러는 동안 트리나와 시프 부인, 셀리나는 접시를 닦았다. 오후가 되자 시프 씨는 어디론가 사라져 버렸다. 사격장에서 소총을 발사하는 소리가 들렸다. 나머지 사람들은 무리를 지어 공원을 이리저리 몰려다니면서 어떤 때는 그네를 타다가, 어떤 때는 카지노에 들렀다가, 또 어떤 때는 박물관을 구경하다가, 또 어떤 때는 회전목마를 탔다.

5시 30분이 되자 시프 씨가 일행을 집합시켰다. 이제 집에 돌아갈 시간이었다.

시프 가족은 마커스와 맥티그에게 자기네 집에서 저녁 식사를 같이 하고 하룻밤 머물다 갈 것을 제의했다. 시프 부인은 두 사람이 그 시간에 시내로 돌아가면 제대로 저녁 식사를 할 수 없을 것이라며, 이튿날 이른 아침 배를 타고 제시간에 출근할 수 있을 것이라고 구슬렸다. 두 친구는 제안을 받아들였다.

시프 가족은 B 거리 아래쪽 상자같이 작은 집에서 살고 있었는데, 역에서 올라가다 보면 오른편으로 첫 번째 집이었다. 타원형 슬레이트로 덮인 우습게 생긴 붉은 맨사드* 지붕의 이층집이었다. 집 내부는 코딱지만 한 작은 방들로 나뉘어 있었는데, 어떤 방들은 잠만 자는 골방보다 더 나을 것도 없을 만큼 아주 작았다. 뒷마당에는 물탱크에서 물을 길어 올리는 장치가 있었는데, 맥티그는 곧장 그 장치에 관심이 갔다. 그것은 커다란 회전 상자로 불쌍한 검은 그레이하운드가 깨어 있는 대부분의 시간을 보내는 바퀴였다. 그 상자는 개집이었고 그레이하운드는 그 안에서 잠을 잤다. 낮 동안 때때로 시프 부인이 뒷문 계단에 나타나 날카롭게 "훕! 훕!" 하고 소리쳤다. 그녀는 개에게 석탄 덩어리를 던져 주며 잠을 깨워 일을 시켰다.

일행은 몹시 피곤해 일찍 잠자리에 들었다. 열띤 논쟁 끝에 마커스는 응접실에 있는 소파에서 자고, 트리나는 오거스트와 함께 자고 맥티그는 그녀의 방에서 자기로 했다. 셀리나는 시프 가족의 집에서 한두 블록 위쪽에 있는 자기 집으로 돌아갔다. 9시가 되자 시프 씨가 맥티그를 방으로 안내했고, 맥티그는 새로 촛불을 켠 방에 덩그러니 홀로 남았다.

시프 씨가 나가자 맥티그는 방 한가운데 서서 한참 동안 양쪽 허리에 팔꿈치를 대고 꼼짝 않은 채 곁눈질로 비스듬히 흘겨보기만 했다. 그는 감히 몸을 움직일 수가 없었다. 지금 그는 트리나의 방 안에 들어와 있었다.

조그맣고 평범한 방이었다. 마룻바닥에는 깨끗한 흰 매트가 깔려 있었고, 벽에는 회색 바탕에 분홍과 초록 꽃무늬가 찍힌 벽지가 발라져 있었다. 방 한구석에는 하얀색 캐노피 아래 작은 침대가 있었는데, 밝은색 꽃들이 매듭 문양으로 화사하게 그려진 나무 침대였다. 침대 근처 벽에는 검은 호두나무로 만든 서랍장이 놓여 있었다. 초록색과 금색이 조화를 이룬 커튼이 걸려 있는 창가에는 나선형 다리가 달린 작업용 책상이 놓여 있었다. 창가 맞은편에 있는 옷장은 문이 살짝 열려 있었고, 침대 맞은편 구석에 놓인 아주 작은 세면대에는 깨끗한 수건이 두 장 걸려 있었다.

그게 전부였다. 하지만 그것은 트리나의 방이었다. 맥티그는 지금 그의 여자가 머무는 내실에 들어와 있었다. 그에게는 그곳이 은밀하고 조심스러운 작은 둥지 같아 보였다. 맥티그는 자신이 이 방에 소름이 끼칠 정도로 어울리지 않는다고 느꼈다. 거대한 발과 엄청나게 큰 골격에다 몸놀림이 투박하고 거친 그는 마치 이 방에 침입한 이방인과 같았다. 그의 팔다리 무게만으로도 그 작은 침대 틀을 계란 껍데기처럼 산산조각 내버릴 게 분명했다.

하지만 맨 처음 가졌던 이질감이 서서히 사라지면서 이 작은 침실에 점점 매력을 느꼈다. 트리나가 곁에 있으면서도 단지 눈에 보이지 않을 뿐인 것 같았다. 맥티그는 평소 트리나 곁에 있을 때의 당혹감을 느끼지 않고 그녀의 존재를 행복한 마음으로 온전히 느꼈다. 그는 지금 그녀 곁에 있었다. 전에 없이 더욱 가까이 있는 것이다. 트리나의 일상을, 그녀의 생활 방식과 태도, 습관, 생각까지도 들여다볼 수 있었다. 게다가 방 안 공기에서는 그에게 익숙한 놀라우리만큼 선명하게 그녀에 대한 기억을 불러일으키는 어떤 향기가 어렴풋하게 감돌고 있지 않은가?

맥티그는 서랍장 위에 양초를 올려놓으면서 거기에 놓인 그녀의 머리빗을 보았다. 그것을 집어 들자마자 자신도 모르게 얼굴에 갖다 댔다. 이 달콤한 냄새! 혼을 뺏길 것만 같은 그녀의 짙은 머리 냄새—풍성하고 생동감 있는 그녀의 머리칼—여왕 같은 그 멋진 머리칼! 그 작은 머리빗에서 나는 냄새는 그야말로 마력이 있었다. 맥티그는 거울에 비친 모습을 바라보듯 그녀를 뚜렷하게 보려면 두 눈을 지그시 감기만 하면 됐다. 온통 검은색 옷을 입고 있는 아주 작고 둥근 그녀의 모습이 보였다. 흥미롭게도 그에게 바로 떠오르는 트리나의 모습은 처음 만났을 때의 그 첫인상이었다. 그날 본 푸른색 스커트와 하얀색 세일러복을 입은 모습이 아니었다. 마커스가 두 사람을 소개시켜 주던 날 보았던 그 모습이었다. 창백하고 둥근 얼굴, 반쯤 감긴 길고 파란 아기 같은 눈, 빈혈기 있는 듯이 핏기 없는 조그마한 귀, 콧등을 가로질러 나 있는 주근깨, 창백한 입술, 삼중관 같이 기품 있는 검은 머리칼, 그리고 무엇보다 머리칼 무게 때문에 살짝 뒤로 젖혀진 예쁜 머리, 너무나 순진하고 너무나 순수하고 너무나 어린애 같은 동작으로 턱을 살짝 앞으로 들어 올리는 몸가짐.

맥티그는 방을 사뿐히 돌아다니며 이 물건 저 물건을 만져 보거나 쳐다보면서 그 모든 것에서 트리나의 모습을 보았다. 그는 마지막으로 옷장 앞에 이르렀다. 문이 살짝 열려 있었다. 맥티그는 문을 활짝 열고 문지방에 올라섰다.

트리나의 옷들이 걸려 있었다. 스커트와 블라우스, 재킷, 그리고 빳빳한 하얀색 페티코트들. 너무나 환상적인 광경이었다. 순간 맥티그는 숨이 멎으면서 넋이 나갔다. 만약 그 자리에서 트리나가 자기에게 미소 지으며 손을 내밀었더라면 맥티그는 옴짝달싹도 하지 못했을 것이다. 그때 맥티그는 그녀와 처음 만났던 역사적인 그날, 트리나가 입었던 검은색 드레스를 찾았다. 서툰 고백으로 그녀를 놀라게 했던 날 그녀가 한 팔에 두르고 있던 작은 재킷도 있었고 다른 옷들도 많았다. 그는 이 옷들을 입은 트리나와 마주 보고 있었다. 그는 옷장 안으로 더욱 깊숙이 들어가 옷들을 조심스럽게 만져 보기도 하고, 큼직하고 딱딱한 손바닥으로 부드럽게 쓰다듬어 보기도 했다. 그가 옷을 건드리자 옷이 접힌 부분에서 은은한 향기가 퍼져 나왔다. 아, 아름다운 여성의 냄새! 이제 그녀의 머리칼만이 아니라 트리나 그녀 자체의 향기였다. 입, 손, 목, 뭐라 말로 표현할 수 없이 감미로운 육체의 향기였다. 그 향기는 그녀의 일부였고, 순수하고 깨끗하며 젊음과 싱그러움을 떠올리게 했다. 비이성적인 충동에 사로잡힌 맥티그는 갑자기 거대한 두 팔을 벌려 그 작은 옷들을 끌어안고 얼굴을 깊숙이 파묻어 달콤한 냄새를 길게 들이마시며 더할 나위 없는 행복과 만족감에 젖어 들었다.

*

두 사람의 문제는 슈이츤 공원 피크닉으로 말끔히 해결되었다. 맥티그는 이제 매주 일요일과 수요일 오후마다 정기적으로 트리나를 찾아갔다. 맥티그가 마커스 숄러의 자리를 대신하게 된 것이다. 가끔 마커스가 함께 갈 때도 있었지만, 그것은 보통 시프 씨네 집에서 셀리나와 만나기로 약속해서였다.

하지만 마커스는 그의 사촌 누이동생에 대한 포기 선언을 최대한 활용했다. 그는 이따금 자기 입장을 떠올리며 손을 쥐어짜거나, 심장이 찢어지기라도 하듯 길게 한숨을 내쉬거나, 한없이 우울한 표정을 지어 보이며 맥티그를 답답하고 어리둥절하게 만들었다. "내 인생은 왜 이 모양 이 꼴이지?" 마커스가 소리를 지르곤 했다. "나한테 남은 게 뭐가 있어? 아무것도 없지, 젠장!" 맥티그가 한마디하기라도 하면 마커스는 이렇게 내뱉었다. "신경 쓰지 마. 이 영감 자식, 신경 쓰지 말라고. 너나 행복하면 돼. 널 용서할 테니."

도대체 무엇을 용서한단 말인가? 맥티그는 혼란스러워 어찌할 바를 몰랐고, 친구에게 회복할 수 없는 아픈 상처를 줬다는 자책감으로 괴로워했다.

"아, 내 생각은 하지 마!" 마커스는 어떤 때는 트리나가 옆에 있을 때조차도 소리치곤 했다. "내 생각 따위 할 것 없어. 난 이제 더 중요한 존재가 아니니까. 난 이제 손 뗐어." 마커스는 망가진 자기 인생을 바라보며 자못 쾌감을 느끼는 것 같았다. 그 무렵 그가 매우 즐거워했다는 것은 의심할 여지가 없었다.

시프 가족도 처음에는 이런 변화에 당황했다.

"트리나에게 새 남자가 생겼닷!" 시프 씨가 소리쳤다. "처음에는 슐러, 이제는 치과 의사라니? 앗, 이럴 쑤가!"

몇 주가 흘렀고 2월이 지나 비가 많이 내리는 3월이 오자 더는 일요일 나들이를 할 수 없었다.

3월 둘째 주 수요일 오후, 맥티그는 이즈음의 습관대로 콘서티나를 가지고 트리나를 만나러 갔다. 맥티그는 기차역에서 내리자마자 그곳에서 기다리던 트리나를 보고 화들짝 놀랐다.

"오늘은 몇 주 동안 계속 내리던 비가 간만에 그쳤어요." 그녀가 설명했다. "그래서 산책이라도 하러 나가면 좋을 것 같았어요."

"네, 물론입니다." 맥티그가 맞장구를 쳤다.

B 거리 역은 조그마한 헛간 비슷한 곳이었다. 매표소도 없었

고, 나무를 깎아 만든 벤치 두세 개가 놓여 있을 뿐이었다. 역은 기차선로 근처에 있었고, 바로 건너편은 샌프란시스코 베이의 더러운 갯벌 해안이었다. 역에서부터 4백 미터 뒤쪽은 오클랜드시의 끝자락이었다. 그리고 역과 도시 주택가 사이에는 드넓은 염전이 펼쳐져 있었고, 여기저기 시커먼 물줄기가 구불구불 흐르며 염전을 가르고 있었다. 큼직한 오점처럼 누런 주황빛을 띤 염전에는 군데군데 이상하게 색깔이 변한 뻣뻣한 풀이 나 있었다.

역 근처에는 페인트로 담배 광고를 그린 간판이 갯벌 안쪽으로 바람에 흔들거리고 있었고, 그 아래에는 바퀴가 푹 꺼진 자갈 싣는 수레가 버려져 있었다. 역은 B 거리의 연장 도로로 도시와 이어져 있었다. 이 연장 도로는 기하학적 직선으로 염전을 가로지르고 있었고, 키 큰 전신주들이 사이사이에 전선을 매달고 길을 따라 쭉 이어져 있었다. 역 앞에는 마치 뒷다리로 서 있는 거대한 메뚜기 같아 보이는 철제 전깃불 기둥이 지지대와 횡목으로 세워져 있었다.

염전 맞은편 도시의 가장자리에는 쓰레기 더미가 있었는데 중국인 넝마주이 몇 사람이 그 위에서 움직이는 모습이 보였다. 저 멀리 왼쪽으로는 거대한 붉은 갈색 드럼 모양의 가스 공장이 시선을 가로막고 있었다. 그리고 오른쪽으로는 주물 공장의 굴뚝과 작업장이 경계를 이루었다.

철길 너머 바다 쪽으로는 파도로 헐벗은 시커먼 갯벌 둑이 8백 미터쯤 멀리 펼쳐 있었다. 바다갈매기 떼가 구름처럼 이 진흙

둑 위에 계속 오르락내리락하고 있었다. 그리고 버려진 부두의 휘청거리는 다리가 둑을 기어오르는 듯한 모습으로 놓여 있었다. 그 옆에 낡은 돛단배 한 척이 배 밑바닥을 땅에 대고 비스듬히 누워 있었다.

그러나 더 멀리 만의 노란 바다 건너 고트섬* 너머로는 지붕과 첨탑들로 울퉁불퉁한 샌프란시스코의 푸른 언덕이 보였다. 서쪽 끝으로는 모래 언덕에 만든 황량한 인공 도로 같은 골든게이트 다리가 열려 있었고, 그 사이로 탁 트인 태평양이 보였다.

B 거리에 있는 역은 쓸쓸했다. 이 시간에는 지나가는 기차 한 대 없었다. 멀리 떨어져 있는 넝마주이들 말고는 단 한 사람도 눈에 띄지 않았다. 바람이 세차게 불면서 바다 냄새와 타르 냄새, 썩은 해초와 배 밑바닥에 고인 더러운 물 냄새가 뒤섞여 풍겨 왔다. 낮게 걸려 있는 하늘은 갈색빛을 띠었다. 빗방울이 아주 띄엄띄엄 떨어졌다.

트리나와 맥티그는 역 근처 갯벌 둑 가장자리의 선로 노반(路盤)에 앉아 바깥 공기를 마시며 소금 늪과 저 멀리 펼쳐진 바다 경치를 기분 좋게 바라보았다. 맥티그는 이따금 콘서티나로 구슬프게 여섯 곡을 연주했다.

얼마 뒤 두 사람은 선로를 따라 위쪽과 아래쪽으로 산책하기 시작했고, 맥티그는 자기 일에 관해 이야기하고 트리나는 그의 말을 이해하려고 애쓰면서 귀를 기울였다.

"윗어금니 뿌리를 뽑을 때는 암소 뿔 핀셋을 사용합니다." 의사가 단조로운 목소리로 설명을 이어갔다. "입천장 뿌리를 뽑을 때는 안쪽 비크를 사용하고, 볼 쪽 뿌리를, 바깥쪽 뿌리를 얘기하는 겁니다, 그럴 때는 암소 뿔 비크를 사용하죠. 핀셋을 꽉 닫으면 치조(齒槽)를, 턱 안에 있는 구멍 말입니다, 바로 뚫게 됩니다."

이어서 맥티그는 아직 이루지 못한 자신의 꿈에 대해 말했다. "언젠가는 진료실 창문에 큼직한 황금 치아를 간판으로 달아 놓을 생각이에요. 그 커다란 금니는 정말로 아름다워요. 다만 너무 비싼 게 문제죠. 지금은 그럴 만한 돈이 없어요."

"아, 비가 내리네요!" 갑자기 트리나가 손바닥을 내밀며 소리쳤다. 두 사람은 돌아서서 보슬보슬 내리는 비를 맞으며 역에 다다랐다. 그날 오후가 어둠과 빗속에서 저물어 가고 있었다. 밀물이 요란스럽게 찰싹거리며 갯벌 둑을 따라 몇 킬로미터 안으로 밀려들어 오고 있었다. 염전을 가로질러 저 멀리 도시의 변두리에서는 전차가 위에 달린 전선에서 다이아몬드 같은 불꽃을 길게 튀기며 지나갔다.

"이봐요, 미스 트리나." 잠시 뒤 맥티그가 말했다. "더 기다릴 필요가 뭐가 있어요? 우리가 결혼하지 못할 이유가 있나요?"

"싫어요." 트리나는 고개를 흔들며 반사적으로 대꾸했다.

"왜 싫은 거죠?" 맥티그가 고집스럽게 물었다. "절 그만큼 좋아하지 않나요?"

"좋아해요."

"그럼 왜 싫다는 거예요?"

"어쨌든 싫어요."

"제발요." 맥티그가 말했지만 트리나는 여전히 고개를 내저을 뿐이었다.

"아, 제발." 맥티그가 졸랐다. 그는 다른 말이 생각나지 않아 트리나의 거절에 같은 말만 반복할 뿐이었다.

"아, 제발! 제발요!"

그러더니 맥티그가 한순간에 그의 큼직한 팔로 트리나를 붙잡고 버둥거리는 그녀를 엄청난 힘으로 짓눌렀다. 트리나는 곧 포기했고, 순간 맥티그 쪽으로 고개를 돌렸다. 두 사람은 입술을 완전히 포개고 거칠게 키스했다.

갑자기 으르렁거리는 소리와 함께 땅이 요란스럽게 진동하며 무엇인가가 가까이 다가오더니 그들에게 증기와 더운 공기를 내뿜고 지나갔다. 불타는 듯 밝은 헤드라이트를 켜고 대륙을 횡단하는 오벌랜드* 기차였다.

기차가 지나가자 두 사람은 화들짝 놀랐다. 트리나는 맥티그한테서 놓여나려고 몸부림쳤다. "오, 제발요! 제발!" 그녀는 거의 울 것처럼 애원했다. 맥티그는 그녀를 놓아주었다. 바로 그 순간 감지하기 어려울 정도로 아주 미미한 감정의 변화가 그의 마음속에서 일어났다. 트리나가 저항을 포기하고 그에게 키스를 허락한 순간 맥티그는 그녀를 쉽게 보게 되었다. 결국 트리나는 그렇게까지 탐나는 존재가 아니었다. 하지만 이런 반응은 너무나 미약하고 너무나 미묘하고 너무나 막연해서 잠시 뒤 맥티그는 그런 감정의 변화가 있었는지조차 알지 못했다. 그러나 그 후 그 감정은 되돌아왔다. 트리나에게서 무엇인가가 사라져 버린 걸까? 그가 그토록 원하던 바로 그것을 트리나가 해 줌으로써 그녀에게 실망한 게 아닐까? 순종적이고 쉽게 손에 넣을 수 있는 트리나는, 접근조차 할 수 없던 그 트리나처럼 여전히 그렇게 아름답고 사랑스러운가? 맥티그는 그래야만 한다고, 그게 변함없는 사물의 질서라고 막연하게나마 생각했는지 모른다. 남자는 여자가 허락하지 않는 것만 갈망하고, 여자는 남자에게 포기한 무엇인가 때문에 남자를 우러러본다. 여자가 하나씩 양보할 때마다 남자의 욕망은 그만큼 식어 간다. 여자는 하나씩 포기할 때마다 그만큼 남자를 흠모하는 마음이 커진다. 그러나 도대체 왜 그래야만 하는 것일까?

트리나는 몸을 비틀어 맥티그에게서 떨어졌다. 그녀의 작은 턱이 덜덜 떨렸다. 그녀의 얼굴은 창백한 귀까지 새빨갛게 달아올랐고, 가느다란 푸른색 두 눈에는 눈물이 그렁그렁했다. 갑자기 그녀는 두 손에 얼굴을 파묻고 흐느껴 울기 시작했다.

"이봐요, 이봐, 미스 트리나. 내 말 좀 들어 봐요. 내 말 좀 들어 보라고요, 미스 트리나." 맥티그가 그녀에게 한 발짝 다가가며 큰 소리로 말했다.

"아, 이러지 마세요!" 트리나가 숨을 헐떡이며 몸을 움츠렸다. "집에 가야 해요." 그녀는 두 발로 팔짝 뛰어 오르며 소리쳤다. "늦었어요. 가야 해요. 가야만 해요. 절 따라오지 마세요, 제발. 아, 전 너무, 너무나……." 그녀는 더 할 말이 생각나지 않았다. "그냥 혼자 가게 내버려 두세요." 그녀가 이어서 말했다. "선생님…… 선생님은 일요일에 오세요. 그럼 안녕히 가세요."

"잘 가요." 맥티그는 이 갑작스럽고 이해할 수 없는 변화에 어리둥절하여 말했다. "또 키스하면 안 되나요?" 하지만 이제 트리나는 단호했다. 맥티그가 간청할 때면—그저 말로 할 때면—트리나는 완강하게 맞설 수 있었다.

"안 돼요, 안 돼. 절대 해선 안 돼요!" 그녀는 힘껏 외쳤다. 그러고 나더니 곧바로 가 버렸다. 치과 의사는 어안이 벙벙하고 당황하여 트리나가 비를 맞으며 B 거리의 연장 도로로 뛰어가는 뒷모습을 멍청하게 바라보았다.

맥티그는 갑자기 기분이 날아갈 듯 좋아졌다. 그가 트리나를 손에 넣은 것이다. 트리나는 결국 그의 여자가 될 것이다. 그는 두꺼운 입술을 벌리며 활짝 웃었고, 두 눈을 반짝이며 크게 떴다. 그는 숨을 빠르게 들이마시고 나무망치 같은 주먹으로 무릎을 '탁' 치며 낮은 목소리로 외쳤다. "맙소사! 그녀를 가졌어. 맙소사! 이제 내 것이야." 그러면서 맥티그는 자신을 다시 보았다. 자존감이 하늘을 찌를 듯했다. 트리나를 얻을 수 있는 남자라면 특별한 능력을 지닌 사람이기 때문이다.

트리나는 부엌에서 쥐덫을 놓고 있는 어머니한테로 달려갔다.

"아, 엄마!"

"오우, 트리나? 아유, 무즌 일이뉘?"

트리나는 단숨에 방금 일어난 일을 털어놓았다.

"그로케 빨뤼?" 이것이 시프 부인의 첫 반응이었다. "오, 음, 그론데 왜 우는 고야?"

"잘 모르겠어요." 트리나가 손수건 끝을 잡아 뜯으며 흐느껴 울었다.

"너 그 우사 양반을 사랑하잖뉘?"

"모르겠어요."

"그럼 키스를 왜 한 거뉘?"

"모르겠어요."

"모른다뉘. 모른다구? 정신을 어디다 놓고 다니뉘, 트리나? 네가 치과 우사와 키스한 거잖아. 이제 와서 울고 모른다고 하다뉘. 혹쉬 마커스 때문이뉘?"

"아녜요, 마커스 오빠는 아니에요."

"그럼 우사 양반 때문이네."

트리나는 아무 대답도 하지 않았다.

"엉?"

"아, 아마도요."

"그 사람 사랑하뉘?"

"나도 몰라요."

시프 부인이 어찌나 세게 쥐덫을 내려놓았던지 그만 덫이 날카롭게 찰칵 소리를 내며 튕겨 올랐다.

제6장

　그랬다. 트리나는 정말로 알 수 없었다. '내가 그 사람을 사랑하는 걸까? 그를 사랑하는 것일까?' 트리나는 그날 이후 이삼일 동안 자신에게 천 번쯤 물어보았다. 밤마다 잠을 거의 이루지 못했다. 하얀색 캐노피가 드리워지고 화사하게 페인트칠을 한 작은 침대에 몇 시간이고 뜬눈으로 누워 의심하고 질문하며 자신을 고문했다. 어떤 때는 역에서 있었던 장면을 떠올리며 수치심으로 정말로 괴로워했고, 또 어떤 때는 회상하다가 짜릿한 기쁨을 느끼며 부끄러워하기도 했다. 어쩌면 그렇게 쉽게 자신을 포기할 수 있었는지, 아마 그보다 더 갑작스럽고 예기치 못한 일도 없었을 것이다. 일 년도 넘게 트리나는 언젠가는 마커스가 자기 남편이 되리라 생각해 왔었다. 그게 정확히 언제가 될지는 알 수 없지만 나중에 언젠가 그와 결혼할 것 같았다. 물론 그녀의 마음속에 구체적인 형태의 계획이 있지는 않았다. 트리나는 사촌 오빠인 마크를 매우 좋아했다. 그런데 갑자기 역류가 밀려왔다. 투박하고 엄청난 힘을 지닌 거대하고 우둔한 사람, 이 금발의 거인이 나타난 것이다. 트리나가 처음에 그를 사랑하지 않은 것은 분명했다. 맥티그가 진료실에서 사랑을 고백하던 날 그녀는 겁을 집어먹었을 뿐이다. 만약 맥티그가 마커스처럼 그녀에게 말만 걸고, 간청하고, 먼발치에서 구애하고, 그녀의 욕망에 앞서 행동하고, 그녀에게 별로 관심을 드러내지 않으면서도 캔디 상자 따위를 보내는 것에 그쳤더라면 그녀는 아마 쉽게 그를 거절했을 것이다. 하지만 맥티그는 두 팔로 그녀를 꽉 껴안고, 엄청난 힘으로 버둥거리던 그녀를 짓누르고, 그녀를 굴복시키고, 순전히 야수적인 힘으로 그녀를 정복했고, 그래서 결국 즉시 두 손을 들고 말았다.

하지만 왜, 도대체 왜 그랬을까? 왜 그녀는 우월한 힘에 정복당하고 싶은 욕망을, 그러고 싶은 욕구를 느꼈던 것일까? 무엇 때문에 그렇게 기분이 좋았을까? 어째서 전에는 전혀 알지 못했던, 빠르고 무시무시한 열정의 폭풍이 갑자기 그녀를 머리끝부터 발끝까지 짜릿하게 훑고 지나갔던 것일까? 마커스가 가장 잘해 주던 순간에도 그녀는 그런 감정을 느끼지 못했지만, 그래도 사촌 마커스를 그 누구보다도 좋아한다고 항상 믿었다.

맥티그가 갑자기 그녀를 큼직한 팔로 붙잡았을 때 무엇인가가—지금까지 깊이 잠자고 있던 그 무언가가—아주 강력한 그 무언가가 그녀 안에서 살아나면서 벌떡 자리를 박차고 일어났다. 그녀 안에서 깨어나 자신을 알아 달라고 소리 지르고 아우성치는 두 번째 자아를 생각하면 트리나는 덜컥 겁이 났다. 하지만 그것이 과연 두려워할 만한 대상일까? 혹은 부끄러워해야 할 대상일까? 어쨌든 자연스럽고 순수하고 자발적인 것은 아닐까? 트리나는 자신이 순결한 여자라는 것을, 마음속에 일어난 이 갑작스러운 동요가 사악한 게 아니라는 것을 잘 알고 있었다.

이런 생각들이 마치 백일몽에서 본 인물들처럼 막연하게 트리나의 마음속을 떠돌아다녔다. 의미를 분명하게 깨닫는 것은 그녀의 능력 밖이었다. 그녀는 그 의미를 알 수 없었다. 만의 해변에서 보낸 비 오던 그날 전까지 트리나는 마치 나무토막처럼 조금도 자의식을 느끼지 않고 살아왔다. 솔직하고 거침없었으며, 아직 성(性) 경험이 없는 건강하고 자연스러운 한 인간이었다. 꼭 사내아이 같았다. 그러더니 갑자기 야릇한 감정의 소요가 일어났다. 그녀 안에 잠자고 있던 여성성이 불현듯 깨어난 것이다.

트리나는 맥티그를 사랑하고 있는가? 대답하기 어려운 질문이었다. 트리나는 자신의 의지로, 좋을 때나 나쁠 때나˙ 맥티그를 선택한 것일까? 그녀에게 인생의 성패를 좌우할 첫걸음을 내디딜 때 선택의 기회가 있기는 했던 걸까? 여성성은 잠에서 깨어나 눈을 뜨자마자 처음 눈에 띈 것을 무턱대고 쫓았다. 그것은 뭐라고 설명할 수 없는 우연성이 지배하는 마술이고, 마법이었다. 그녀는 당나귀 귀를 한 어릿광대에게 반해 버린 요정의 여왕이었다.˙

맥티그가 트리나의 여성성을 깨웠고, 그녀가 원하든 원하지 않든 그녀는 그의 소유가 되었다. 아무리 몸부림쳐도, 살든 죽든 몸과 영혼이 모두 맥티그에게 매였다. 그것은 그녀가 바라거나 원한 게 아니었다. 마법에 걸린 것이다. 과연 그것이 축복이었을까? 아니면 저주였을까? 축복이든 저주든 매한가지이고 아무래도 좋았다. 그녀는 좋든 싫든 그에게서 뗄 수 없는 그의 것이 되었다.

한편 맥티그는 어땠을까? 트리나가 굴복하며 영원한 그의 소유가 되자, 맥티그의 눈에 그녀는 더 이상 예전만큼 갖고 싶은 존재가 아니었다. 파국이 이미 시작되고 있었다. 그것은 둘 중 어느 누구의 탓도 아니었다. 처음 순간부터 두 사람이 서로를 원한 것은 아니었다. 우연이 그들을 서로의 앞에 데려다 놓았고, 공중의 바람만큼이나 통제할 수 없는 불가사의한 본능이 두 사람의 삶을 얽어 놓았다. 두 사람 중 누구도 이렇게 되기를—그들의 운명이, 자신들의 영혼이 우연의 노리개가 되기를—바란 적이 없었다. 만약 그들이 미리 알았더라면 끔찍하게 위험한 이 길을 피해 갔을 것이다. 하지만 이 문제에서 그들은 목소리를 낼 기회조차 없었다. 왜 이렇게 되어야만 했을까?

B 거리 역에서 그 일이 일어난 것은 수요일이었다. 그 주 내내 날이면 날마다, 매 시간마다 트리나는 자신에게 똑같은 질문을 되풀이해 물었다. "나는 그 사람을 사랑하는가? 정말로 그를 사랑하는가? 이게 바로 사랑이라는 것일까?" 맥티그를 생각할 때면 큼직하고 각진 머리, 두드러진 턱, 금발 머리카락 다발, 둔하고 느릿한 몸, 잘 돌아가지 않는 아둔한 지능이 떠올랐다. 그의 육체적 힘 말고는 그에게서 그 어떤 좋아할 만한 것도 찾지 못했

고, 그런 생각이 날 때면 그녀는 단호하게 고개를 내저었다. "그래, 분명히 난 그를 사랑하지 않아." 어쨌든 일요일 오후가 되자 맥티그가 찾아왔다. 트리나는 그에게 할 말을 미리 준비해 두었다. 그 수요일 오후 자신이 왜 그랬는지 알 수 없다고, 자신이 마치 행실 나쁜 여자처럼 행동했다고, 전에도 말했던 것처럼 결혼할 만큼 그를 사랑하지 않는다고 말이다.

맥티그는 앞쪽 작은 응접실에서 트리나와 단둘이 만났다. 그녀가 나타난 순간 그는 그녀에게 곧장 나아갔다. 트리나는 그가 무엇을 하려는지 알았다. "잠깐만요!" 그녀가 두 손을 내뻗으며 소리쳤다. "잠깐만요. 선생님은 잘 몰라요. 할 말이 있단 말이에요." 하지만 차라리 허공에 대고 말하는 편이 나았을 것이다. 맥티그가 단번에 그녀의 손을 제치고 곰처럼 그녀를 와락 껴안자 그녀는 그만 숨이 막힐 것만 같았다. 트리나는 마치 강풍에 나부끼는 연약한 갈대 같았다. 맥티그는 그녀의 얼굴을 자기 쪽으로 돌리더니 다시 한 번 입에 키스했다. 트리나의 다짐은 모두 어디로 갔을까? 그녀가 조심스럽게 준비했던 작은 연설은 어디로 가버렸을까? 지난 며칠 동안 계속했던 망설임과 고문 같았던 의구심은 모두 어디로 사라진 것일까? 트리나는 가느다란 두 팔로 맥티그의 엄청나게 크고 붉은 목을 휘어 감았다. 그리고 작고 귀여운 턱을 들어 올려 그에게 다시 키스하고는 큰 소리로 외쳤다. "그래요, 전 선생님을 사랑해요! 정말이에요!" 두 사람이 이때처럼 행복했던 순간은 그 뒤로 단 한 번도 없었다.

같은 주 다음 날, 마커스와 맥티그가 전차 차장의 간이식당에서 점심을 먹을 때 마커스가 갑자기 격앙되어 말했다. "이봐, 맥, 이제 트리나를 얻었으니까 그녀를 위해서 무언가 좀 더 해야지. 젠장! 그게 당연한 거지. 진짜야. 어딘가로 좀 데려가지 그래? 극장이라든가, 뭐 그런 비슷한 데 말이야. 이 사람, 제대로 작업을 안 하고 있네."

맥티그는 당연히 벌써 마커스에게 트리나와의 성공담을 들려주었다. 그래서 마커스가 이렇게 당당한 태도를 취하는 것이었다.

"트리나를 가진 거지? 영감, 아주 기쁘군. 진짜야. 난 두 사람이 행복하리라는 걸 알아. 내가 그녀와 어떠했을지도 알지. 내 너를 용서해 주지. 그래, 너그럽게 널 용서해 줄게."

맥티그는 트리나를 극장에 데려갈 생각은 미처 하지 못했었다.

"마크, 내가 그래야 한다고 생각하는 거지?" 맥티그가 머뭇거리며 물었다. 마커스는 입에 슈에트 푸딩을 가득 물고 대답했다.

"물론이고말고. 허가받은 도둑질이랄까."

"음…… 음, 그렇지. 극장…… 바로 그거지."

"'오피엄'에서 공연하는 버라이어티 쇼에 트리나를 데려가. 이번 주에 그곳에서 꽤 괜찮은 쇼를 하거든. 물론 시프 부인도 모시고 가야 해." 그가 덧붙여 말했다. 적절한 태도로 말하자면, 마커스는 확신이 없었고, 사실 그건 폴크 거리의 작은 세계에 사는 사람이라면 누구라도 마찬가지였다. 가게 여점원들, 배관공 견습공들, 소상인들, 그리고 그들과 비슷한 부류의 사람들은 사회적 신분이 명확히 정의되지 않은 사람들이라 얼마만큼 밀고 나가야 할지 잘 모르면서도 '자존심'은 지키고 싶었다. 그들은

'적절하게' 행동하고 싶을 때면 어김없이 도를 넘어섰다. 그들은 지켜야 할 체면이 없는 '난폭한' 부류에 속한 사람들 같지는 않았다. 폴크 거리는 한 블록 위쪽으로 부유층이 사는 '에비뉴'와 팔꿈치를 맞대고 있었다. 폴크 거리 주민들에게는 넘을 수 없는 어떤 선이라는 게 존재하면서도, 안타깝게도 그 선이라는 게 선명하게 보이지 않았다. 그래서 그들은 자기 존재감을 확신할 수가 없었다. 방심한 순간 '난폭한 사람들'로 취급받을 수 있었으므로 흔히 그 반대 방향으로 실수를 저질러 오히려 터무니없이 격식을 차리는 것이었다. 사회적 지위가 모호한 사람만큼 예의에 민감한 사람도 없을 것이다.

"아, 물론이지. 트리나 어머니를 모시고 가야 해." 마커스가 역설했다. "모시고 가지 않는다면 그건 예의에 벗어나는 행동일 거야."

맥티그는 그 일을 시작했지만, 그것은 곧 시련이었다. 지금껏 살면서 그토록 흔들리고 끔찍하리만큼 불안한 적이 없었다. 다음 수요일, 맥티그는 트리나를 찾아가 약속을 잡았다. 시프 부인은 어린 오거스트를 함께 데려가도 괜찮은지 물었다. 장난감 증기선을 잃어버린 것에 대한 위로가 될 것이라고 했다.

"물론입니다. 물론이죠." 맥티그가 대답했다. "오거스트도요. 모두 가는 게 좋습니다." 그가 모호하게 덧붙였다.

"우린 극장에서 늘 일찍 나와야 해요." 트리나가 불평했다. "마지막 배를 타야 하니까요. 막 재미있어지려고 하면 꼭 떠날 시간이 되거든요."

그래서 맥티그는 마커스의 제안에 따라 트리나 일행을 아파트에서 하룻밤 머물게 하기로 했다. 마커스와 치과 의사는 그들에게 방을 내어주고 동물 병원에서 잠을 자면 되었다. 입원실에는 위중한 개를 돌봐야 할 때 그래니 영감이 잠을 자곤 하던 침대가 하나 있었다. 한순간 맥티그에게 아이디어, 멋진 영감이 떠올랐다.

"그리고 우리는—우리 일행 말이죠—공연을 보고 나서 제 진료실에서 뭘 좀 먹는 게 어떻겠어요?"

"아주 좋쥐요 그렇게 하문." 시프 부인이 말했다. "맥쥬? 그리구 다말례도 먹꾸."

"오, 타말레 저도 너무 좋아해요!" 트리나가 손뼉을 치며 큰 소리로 맞장구쳤다.

맥티그는 무슨 일을 해야 할지 마음속으로 그리며 시내로 돌아왔다. 극장 데이트는 걷잡을 수 없이 규모가 커져 버렸다. 무엇보다도 먼저 맥티그는 오케스트라의 드럼 소리를 피하려면 왼편 앞쪽에서 세 번째나 네 번째 열 좌석을 구해야 했다. 또한 마커스와 잠자리를 의논해야 했고, 타말레는 사지 않더라도 맥주를 미리 사 둬야 했다. 또 마커스가 가르쳐 준 대로 그날 사용할 론으로 만든 흰색 넥타이도 사야 했다. 마리아 마카파에게 방을 완벽하게 정돈하라고 일러야 했고, 마지막으로 돌아오는 월요일 저녁 7시 반에 페리 선착장으로 시프 가족을 마중 나가야 했다.

이 일을 준비하면서 극장표를 사는 것부터가 아주 어려웠다. 맥티그는 극장에서 입구를 잘못 찾았다. 이 창구에서 저 창구로 계속 옮겨 가야 했다. 당황스럽고 혼란스러웠다. 설명도 똑바로 알아들을 수 없었다. 그러다 갑자기 돈이 충분하지 않다는 사실을 깨닫고는 집으로 돌아갔다. 마침내 그가 매표소 창구 앞에 섰다.

"여기가 표 사는 데 맞나요?"

"몇 장요?"

"그러니까 여기가……."

"언제 관람하실 거죠? 네, 그래요, 여기가 매표소라고요."

맥티그는 지난 열두세 시간 연습한 판에 박힌 문장을 사뭇 진지하게 읊어 대기 시작했다.

"월요일 밤 표로, 오른편 앞쪽에서 네 번째 열 좌석 표 네 장 주십시오."

"관객석 쪽을 향해 오른편입니까, 아니면 무대 쪽을 향해 오른편입니까?" 그러자 맥티그는 그만 말문이 막혀 버렸다.

"저는 오른편 좌석을 원합니다." 그는 미련하고 고집스럽게 대답하다가 덧붙여 말했다. "드럼에서 멀리 떨어지고 싶습니다."

"음, 드럼은 무대를 향해서 볼 때 오케스트라단의 오른편에 있어요." 상대방이 짜증스럽게 소리치듯 말했다. "그러니까 무대 쪽을 향했을 때 왼쪽 좌석을 원하는 거네요."

"저는 오른편 좌석을 원합니다." 치과 의사가 고집스럽게 말했다.

매표원은 더 말하지 않고 몹시 거만한 몸짓으로 표 네 장을 건네주었다.

"오른편 좌석 네 장이에요. 드럼을 바로 마주 보고 있어요."

"하지만 저는 드럼 가까이에 앉고 싶지 않아요." 맥티그가 땀을 흘리기 시작하며 항의했다.

"저기요, 도대체 어떤 좌석을 원하는지 알고나 있는 겁니까?" 매표원이 고개를 들어 맥티그를 쳐다보며 차갑게 물었다. 맥티그는 자기 때문에 이 젊은 남자가 마음이 상했다는 것을 깨달았다.

"내가, 내가 원하는 건." 맥티그가 말을 더듬었다. 매표원이 맥티그 앞에 극장 도면을 거칠게 놓으며 흥분해서 설명했다. 하지만 그것은 맥티그를 더욱 혼란스럽게 만들 뿐이었다.

"자, 손님 표 여기 있어요." 매표원이 말을 마치고 맥티그 손에 표를 쥐어 주었다. "앞쪽에서 네 번째 열 좌석이고, 드럼에서부터 떨어져 있어요. 이제 됐어요?"

"그러니까 오른편인가요? 저는 오른쪽 좌석을…… 아니, 왼편 좌석을 원해요. 제가 원하는 건…… 저도 잘 모르겠어요, 모르겠다고요."

그러자 매표원이 으르렁댔다. 맥티그는 두꺼운 종이로 된 파란색 표를 멍청하게 내려다보며 천천히 뒤돌아섰다. 나이 어린 아가씨 둘이 그가 서 있던 창구 앞을 대신 차지했다. 잠시 뒤 맥티그는 돌아와서는 아가씨 어깨너머로 매표원에게 소리쳤다.

"이거 월요일 밤 표 맞나요?"

상대방은 그의 질문을 무시해 버렸다. 맥티그는 표를 커다란 지갑에 집어넣으며 소심하게 뒤로 물러섰다. 잠깐 그는 입구 계단에 서서 생각에 잠겼다. 그러고 나서 이유는 정확하게 알 수 없었지만 화가 울컥 치밀어 올랐다. 어쨌든 무시당한 것 같았기 때문이다. 그는 매표 창구로 되돌아왔다.

"당신은 날 무시할 수 없어!" 맥티그는 아가씨들 어깨너머로 소리 질렀다. "당신은, 당신은 날 무시할 수 없어. 당신 머리통을 박살 내 버릴 거야. 당신 조그만…… 이 조그만…… 이 조그만…… 조그만…… 이, 이 코딱지만 한 강아지 같은 자식!" 매표원은 질린다는 듯 어깨를 들썩해 보였다. "1달러 50센트요." 매표원이 두 아가씨에게 말했다.

맥티그는 매표원을 쏘아보며 거칠게 숨을 몰아쉬었다. 마침내 그는 그만 잊기로 했다. 그래서 뒤돌아섰지만, 계단을 내려가다가 다시 한 번 감정과 자존심이 상한 것을 느꼈다.

"넌 날 무시할 수 없어!" 맥티그는 마지막으로 뒤를 돌아보고 소리치며 머리를 내젓고 주먹을 휘둘렀다. "내가 너를…… 내가 너를…… 너를…… 그래, 널 가만두지 않을 거야." 맥티그는 중얼거리며 자리를 떴다.

마침내 월요일 밤이 되었다. 맥티그는 페리 부둣가에서 시프 가족을 만났다. 그는 검은색 프린스 앨버트 코트와 가장 아끼는 회색빛이 도는 청색 바지와 마커스가 골라 준 론 넥타이를 매고 있었다. 맥티그가 익히 아는 검은색 원피스를 입고 온 트리나는 너무나도 예뻤다. 그녀는 새로 산 장갑을 끼고 있었다. 시프 부인은 라일 면으로 만든 장갑을 끼고 안에 바나나 두 개와 오렌지 하나가 든 그물로 된 가방을 들고 왔다. "아우구스트 쥬려구." 부인이 그에게 털어났다. 오거스트는 너무 작은 폰틀로이 '의상"을 입고 있었다. 소년은 벌써부터 울고 있었다.

"우사 양반, 믿을 수 있어요? 저 녀석이 벌써 스타킹 찢어 먹었쥐 뭐여요. 앞으루 걸어가. 이눔 시끼, 그만 울어. 경찰 아저쒸 어딨쥐?"

극장 문 앞에서 맥티그는 뜻밖에 공포에 휩싸였다. 표가 사라졌다. 그는 주머니와 지갑을 샅샅이 뒤져 보았지만 아무 데도 없었다. 그러다가 갑자기 기억이 난 그는 안도의 한숨을 내쉬며 모자를 벗어 땀받이 띠 밑에서 표를 빼냈다.

일행은 극장에 들어가 자리를 찾아 앉았다. 터무니없이 이른 시간이었다. 불은 모조리 꺼져 있었고, 좌석 안내원들은 2층 관람석 아래에 떼 지어 서 있었으며, 텅 빈 관람석은 그들이 시끄럽게 떠드는 소리로 메아리쳐 울렸다. 이따금 웨이터가 하얀색 앞치마를 두르고 쟁반을 들고 복도를 한가로이 거닐었다. 그들이 앉은 자리 바로 앞에는 철제 무대 가림막이 있었고, 그 위에는 온갖 광고가 페인트로 그려져 있었다. 장막 뒤에서는 망치로 두드리는 소리와 큰 목소리가 한 번씩 들려왔다.

그들은 기다리는 동안 프로그램을 유심히 살펴보았다. 첫 번째 순서는 오케스트라의 서곡이었고, 그다음에는 "글리슨즈 가족이 공연하는 '맥모니갈의 구애'라는 제목의 경쾌한 뮤지컬 익살극"이라고 적혀 있었다. 그다음은 "진지하면서도 우스운 배우이자 스커트 댄서인 위니와 바이올렛 라몬트 자매"의 무대가 이어졌다. 그리고 다양한 '연예인들'과 '특수 연기자들', 경이로운 뮤지컬, 곡예사들, 조명 연기자들, 복화술사들, 마지막 순서로는 "오늘 밤의 하이라이트, 19세기 과학적 성취인 환등기"가 있었다. 맥티그는 기분이 한껏 들뜨고 황홀했다. 지난 5년 동안 그는 극장에 간 게 두 번이 채 되지 않았다. 그런데 지금 그는 자기 '여자'와 그녀의 어머니까지 초청하여 극장에 온 게 아닌가. 그는 자신이 처세에 능한 사람이라는 느낌이 들어 시가 담배도 하나 주문했다.

한편 관객석은 계속 들어차고 있었다. 측면 벽에 달린 등 몇 개에 불이 들어왔다. 좌석 안내원들은 엄지와 검지로 표를 잘라내며 복도를 오르내렸고, 객석 여기저기에서 좌석 안내원들이 의자를 펼치는 탁탁 소리가 났다. 웅성거리는 말소리도 점점 커졌다. 2층 관람석에서는 거리의 한 부랑아가 날카로운 휘파람을 불면서 객석 반대편에 있는 친구들을 불렀다.

"이제 시작해요, 엄마?" 오거스트가 칭얼대며 대여섯 번쯤 묻고, 이어서 "있잖아요, 엄마, 사탕 좀 사 주면 안 돼요?" 하고 졸랐다. 어린 소년이 유령같이 그들 옆 복도에 나타나서 "사탕이에요! 프랑스 믹스 캔디, 팝콘, 땅콩과 사탕!" 하고 외쳤다. 무대 아래에 뚫려 있는 토끼장 문만큼 조그마한 구멍에서 오케스트라 단원이 한 사람씩 기어 나왔다. 이제 시시각각 관객들이 불어났다. 빈 좌석이 얼마 남아 있지 않았다. 웨이터들은 맥주잔을 올려놓은 쟁반을 들고 서둘러 복도를 오르내렸다. 곧 푸르스름한 연기가 관객석 구석구석에서 피어오르며 시가 담배 냄새가 공기를 메웠다.

"엄마, 언제 시작해요?" 오거스트가 큰 소리로 물었다. 소년이 묻는 순간 철제 광고 가림막이 올라가면서 바로 뒤에 있던 커튼이 드러났다. 이 뒤쪽 커튼이야말로 장관이었다. 커튼에는 멋진 그림 한 폭이 그려져 있었다. 대리석 계단이 개울로 이어지고, 목이 꼭 대문자 S자처럼 휘어진 새하얀 백조 두 마리가 물 위에 떠 있었다. 대리석 계단 꼭대기에는 빨갛고 노란 꽃들이 가득 채워진 화병 두 개가 놓여 있었고, 계단 맨 아래쪽에는 곤돌라 한 척이 정박해 있었다. 곤돌라 안에는 뱃전에서부터 늘어뜨려 물에 질질 끌리고 있는 붉은 융단이 깔려 있었다. 곤돌라의 뱃머리에는 주홍색 타이즈를 신은 젊은 사내가 왼손에는 만돌린을 들고 하얀색 새틴 옷을 입은 젊은 아가씨에게 오른손을 내밀고 있었다. 킹 찰스 스패니얼' 개가 큼직한 분홍색 띠 모양의 목줄을 잡아당기며 소녀 뒤를 따랐다. 맨 아래 층계 두 층에는 진홍색 장미 일곱 송이가 흩어져 있었고, 물 위에는 장미 여덟 송이가 둥둥 떠 있었다.

"저거 너무 예쁘지 않나요, 맥 선생님?" 트리나가 치과 의사 쪽으로 고개를 돌리며 큰 소리로 물었다.

"엄마, 아직도 시작 안 해요?" 오거스트가 보챘다. 그때 갑자기 관객석 사방에서 불이 환하게 켜졌다. 그러자 관객 모두가 한꺼번에 "와!" 하고 탄성을 질렀다.

"사람들 정말 많네." 시프 부인이 중얼거렸다. 객석은 만석이었다. 서 있는 사람들도 제법 많았다.

"전 언제나 객석이 꽉 찬 게 더 좋아요." 트리나가 말했다. 그날 저녁 트리나는 몹시 기분이 좋았다. 둥글고 창백한 얼굴에 눈에 띄게 화색이 돌았다.

오케스트라가 서곡을 힘차게 연주하다가 바이올린 연주를 끝으로 갑자기 멈췄다. 그리고 침묵이 짧게 이어졌다. 그러더니 오케스트라가 빠른 박자로 가락을 연주했고, 커튼이 오르면서 붉은색 의자 두 개와 초록색 소파 하나가 놓인 무대가 드러났다. 푸른색 짧은 원피스와 검은색 스타킹을 신은 젊은 여자가 허겁지겁 등장하여 두 의자 위 먼지를 털기 시작했다. 그녀는 화가 잔뜩 나서 아주 빠르게 말하며 '새로운 세입자'를 비난했다. 그 세입자가 한 번도 방세를 낸 적이 없는 데다 밤에는 늦게 잠을 자고 아침에도 늦게 일어나는 듯했다. 그러더니 그 젊은 여자는 각광이 비치는 곳으로 내려와 남자의 목소리만큼이나 허스키하고 단조롭지만 우렁찬 목소리로 노래를 부르기 시작했다. 그리고 어디선가 코러스가 흘러나왔다.

오, 나는 얼마나 행복할까?
사랑하는 그이의 얼굴을 본다면
오, 그이에게 달빛 속에서 만나자고 전해 줘요
황금빛 백합이 만발한 그곳 아래에서

오케스트라가 이 코러스 선율을 특유의 변주로 두 번째 연주하는 동안 젊은 여자는 그에 맞춰 춤을 추었다. 그녀는 무대의 한쪽으로 미끄러져 가서 발길질하다가 또 반대 방향으로 미끄러져 가 발길질했다. 그녀가 노래를 마치자 누가 봐도 문제의 세입자 같은 사내가 들어왔다. 갑자기 맥티그가 폭소를 터트렸다. 남자는 몹시 술에 취해 있었다. 술 취한 사내는 모자를 푹 눌러 썼고, 칼라 깃은 한쪽 끝이 고정되지 않아 얼굴 방향으로 솟아올라 있었으며, 시곗줄은 주머니에서 빠져 덜렁거렸고, 조끼 단춧구멍에는 노란색 새틴 슬리퍼가 달려 있었다. 코는 빨갛고 한쪽 눈은 검푸른 색이었다. 그가 젊은 여자와 짧게 대화를 나누자 세 번째 배우가 등장했다. 젊은 여자의 남동생인 그 사내는 어린 소년처럼 옷을 차려입고 있었다. 그는 아주 큰 깃이 축 늘어진 옷을 입고서 멋지게 재주넘기와 뒤로 공중돌기를 계속했다. 이 세 사람이 '연기'를 펼쳤다. 세입자는 푸른색 짧은 원피스를 입은 젊은 여자에게 구애했고, 소년은 남자에게 온갖 장난을 걸었다. 수없이 옆구리를 쑤시고 등을 쳐서 기침하게 만드는가 하면, 밑에서 의자를 빼내고 남자의 다리 사이를 네 발로 기어 다니며 기분을 상하게 하거나 뜬금없이 그를 넘어뜨리기도 했다. 남자가 넘어질 때마다 베이스 드럼이 쾅쾅 울려 동작이 두드러져 보였다. '연기'의 익살이 온통 술에 취한 세입자를 넘어뜨리는 데 있는 것 같았다.

이 거칠게 밀고 때리는 연기를 보고 맥티그는 더할 나위 없이 즐거워했다. 세입자가 넘어질 때마다 맥티그는 으르렁거리고 소리치며 무릎을 세게 치고 고개를 흔들었다. 오거스트도 날카로운 목소리로 웃고 손뼉 치며 계속 질문해 댔다. "엄마, 방금 저 남자가 뭐라고 한 거야? 뭐라고 했냐고?" 시프 부인도 거대하고 뚱뚱한 몸을 젤리 더미처럼 흔들며 지나칠 만큼 웃어 댔다. 그녀는 이따금씩 "아하, 갓뜨, 쥐 바보!" 하고 소리를 질렀다. 심지어 트리나까지도 즐거워하며 입술을 오므린 채 장갑 낀 한쪽 손으로 입을 막으며 얌전하게 웃었다.

공연은 계속되었다. 이제 '경이로운 뮤지컬' 시간이 되었고, 엄청나게 큰 신발과 타탄 체크 무늬 조끼를 입고 흑인 음유시인처럼 과장되게 분장한 두 남자가 등장했다. 두 사람은 유리병, 담뱃갑, 썰매 종에 달린 줄, 심지어 눈금이 새겨진 놋쇠 관까지 거의 모든 사물을 손가락으로 섬세하게 문질러 선율을 만들어 냈다. 맥티그는 감탄하며 넋을 잃었다.

"저런 사람들이 바로 음악가들이죠." 그가 진지하게 말했다. 배우들은 트롬본으로 「즐거운 우리 집」을 연주했다. 그 모습을 상상해 보라. 그 이상의 예술이란 있을 수 없었다.

곡예사들을 보자 맥티그는 숨이 멎는 것 같았다. 가르마를 아름답게 탄 멋진 젊은 남자들이었는데 관객들에게 우아한 동작을 선보였다. 치과 의사가 보기에 그들 중 한 명은 술 취한 세입자를 괴롭히고 멋지게 공중제비를 돌던 소년과 매우 닮아 보였다. 트리나는 차마 그들의 기이한 몸짓을 참고 볼 수 없었다. 그녀는 조금 몸을 떨더니 고개를 돌리며 말했다. "보고 있으면 구역질이 나요."

"사교계의 콘트랄토 가수"라고 불리는 아름다운 여인이 이브닝 드레스를 입고 나와 악보는 눈길조차 주지 않은 채 사교계의 (상류 사회에 어울리는) 톤으로 감상적인 노래들을 불렀지만 맥티그는 그다지 즐거워하지 않았다. 반대로 트리나는 노래에 푹 빠져들었다.

당신은 나를 사랑하지 않아. 그렇고말고.

그러니 내게 작별을 고하고 떠나요.

트리나는 노래를 들으며 생각에 잠겼다. 노래가 끝나자 너무 감격한 나머지 새로 산 장갑을 찢고 말았다.

"맥 선생님, 슬픈 노래 너무 좋지 않나요?" 트리나가 중얼거리듯 물었다.

그다음은 코미디언 두 명이 나왔다. 두 사람은 무섭도록 빠른 속도로 이야기했다. 그들의 재치와 말을 받아치는 재주가 무궁무진해 보였다.

"내가 어제 길거리를 걸어 내려가고 있을 때……."

"아! '네가' 길거리를 걸어 내려가고 있을 때 말이지. 알겠어."

"내가 창가에 서 있는 어떤 아가씨를 봤지……."

"'네가' 창가에 서 있는 어떤 여자를 봤군그래."

"그리고 그 아가씨는 아주 멋진 여자였어……."

"아! '네가' 어제 길거리를 걸어 내려가고 있을 때 '너는' 창가에 서 있는 아가씨를 봤고, 그 아가씨는 아주 멋졌다는 거지. 알겠어. 계속해 봐."

상대 코미디언이 말을 이어 나갔다. 그러다가 만담이 갑자기 발전했다. 특정 문구가 노래로 이어졌고, 아주 빠른 속도로 노래를 불렀다. 두 연기자는 동시에 똑같은 동작을 취했다. 그지없이 매력적이었다. 맥티그는 비록 그들의 농담을 반도 이해하지 못했지만 밤새도록 들어도 지루하지 않을 것 같았다.

코미디언들이 사라진 뒤 철제 장막이 내려왔다.

"다음엔 뭐죠?" 맥티그가 당황해서 물었다.

"15분간 중간 휴식 시간이에요."

음악가들은 토끼 구멍으로 사라졌고 관객들은 움직이기도 하고 기지개를 켜기도 했다. 젊은 남자들은 대부분 자리를 떴다.

중간 휴식 시간 동안 맥티그와 그의 일행도 '음료'를 들었다. 시프 부인과 트리나는 퀸샬럿'을 마셨고, 맥티그는 맥주 한 잔을 마셨으며, 오거스트는 집에서 가져온 오렌지와 바나나 한 개를 먹었다. 오거스트는 레모네이드를 한 잔 사 달라고 졸라 대서 결국 얻어 마셨다.

"죠금 조용히 시키려구요." 시프 부인이 말했다.

그러나 오거스트는 레모네이드를 다 마시자마자 곧바로 안절부절못했다. 자리에 앉아 몸을 비비 꼬고 꿈틀대고 다리를 힘껏 흔들어 대고 괴로워 보이는 눈으로 주변을 멍청하게 쳐다보았다. 마침내 음악가들이 무대로 돌아왔을 때쯤 오거스트는 자리에서 일어나 어머니의 귀에 대고 무언가를 속삭였다. 그러자 시프 부인이 곧바로 화를 냈다.

"안 돼, 안 돼!" 시프 부인은 오거스트를 거칠게 자리에 앉히면서 소리쳤다.

공연이 다시 시작되었다. 한 사람이 등장해 엄청나게 빠른 속도로 캐리커처와 초상화를 그리기 시작했다. 그가 관객에게 무엇을 그릴지 물어보자 2층 관람석에서 수많은 유명 인사들의 이름을 외치는 소리가 들려왔다. 그는 그랜트와 워싱턴 대통령,

나폴레옹 보나파르트, 비스마르크, 가리발디*, P. T. 바넘*의 초상화를 그렸다.

그렇게 저녁 시간이 흘러갔다. 극장 안은 매우 후덥지근해졌고 매캐한 시가 담배 연기 때문에 눈이 따끔거렸다. 자욱한 푸른색 연기가 관객들의 머리 위에 낮게 걸려 있었다. 공기는 온갖 냄새―퀴퀴한 시가 냄새, 김빠진 맥주 냄새, 오렌지 껍질 냄새, 가스 냄새, 향주머니 파우더 냄새, 싸구려 향수 냄새―로 가득했다.

한 예능인에 이어 다른 예능인이 계속해서 무대로 나왔다. 맥티그는 잠시도 눈을 떼지 못했다. 트리나와 그녀의 어머니도 몹시 즐거워했다. 그들은 무대에서 눈을 떼지 못하면서 순간순간 서로 논평을 주고받았다.

"쥐 바보 너무 웃기지 않뉘?"

"너무 예쁜 노래예요. 저런 노래 좋지 않아요?"

"멋져! 멋져! 그래, 그래, 멋져! 바로 그거지."

그러나 오거스트는 흥미를 잃었다. 그는 자리에서 일어나 무대를 등지고 오렌지 한 조각을 씹으며 복도 건너편에서 아빠 무릎에 앉아 있는 조그마한 소녀를 바보 같은 눈으로 무덤덤하게 쳐다보았다. 소년은 몹시 불편해했다. 한쪽 발을 번갈아 디디며 이따금 그의 어머니에게 쉰 목소리로 애원했지만, 엄마는 이내 무시하고 아무런 대꾸도 하지 않았다.

"엄마, 보세요, 어-엄마." 그는 멍하니 오렌지 조각을 씹고 어린 소녀를 쳐다보면서 칭얼댔다.

"어-엄마, 보라니깐, 엄마." 가끔 그의 단조로운 불평 소리가 어머니의 의식을 뚫고 들어왔다. 그녀는 무엇이 자기를 짜증나게 하는지 깨달았다.

"아우구스트, 쬐발 좀 가마니 앉아 있워!" 그녀는 한순간 소년을 잡아채 우악스럽게 자리에 앉혔다. "조용히 좀 해. 봐, 저 어린 아가쒸들 연쥬 소리 들어 보라구."

치터를 연주하는 아가씨 세 명과 젊은 남자 한 명이 무대에 올랐다. 그들은 티롤 지방의 옷차림을 하고 있었다. 요들송 가수들로 독일어로 「산꼭대기」와 「용감한 사냥꾼들」, 또 그와 비슷한 노래들을 불렀다. 요들 코러스는 마치 플루트처럼 환상적으로 조(調)를 바꿨다. 아가씨들은 전혀 꾸미지도 않았지만 너무나 예뻤다. 그들의 '무대'는 대성공이었다. 시프 부인은 완전히 매료되었다. 노래들을 들으며 그녀는 곧바로 스위스 고향 마을과 소싯적을 떠올렸다.

"아, 저거시 천상의 소리네. 그 옛날 고향 그돼로야. 내 할모니두 아쥬 유우명한 요들송 가수였쥐. 어렸을 쪽에 딱 저뤈 거 본 쥑기 있외."

"어-엄마!" 오거스트는 요들송 가수들이 퇴장하자마자 안달하기 시작했다. 그는 이제 잠시도 가만히 있지 못했다. 몸을 이리저리 비틀어 대고 놀랍도록 빠르게 다리를 흔들어 댔다.

"어-엄마, 나 집에 갈래애."

"얌전히 좀 굴라구!" 그의 어머니가 아들의 팔을 잡아 흔들며 소리쳤다. "쥑기 좀 봐, 쥑 여자애가 널 쳐다보구 있잖뉘. 극장 데려오는 거 이번이 마지막인 줄 알아."

"상관 어-없어. 졸리단 말이야." 마침내 오거스트가 어머니의 팔에 머리를 대고 잠이 들자 일행은 크게 안도의 한숨을 내쉬었다.

환등기는 관객의 숨이 멎게 할 정도로 대단했다.

"다음번에는 뭐가 나올까요?" 트리나가 감탄하며 말했다. "선생님, 멋있지 않나요?"

맥티그도 입이 떡 벌어질 정도로 감탄했다.

"저 말이 고개를 끄덕이는 것 좀 봐요." 맥티그가 넋을 잃고 흥분하여 소리쳤다. "전차가 들어오는 거 봐요. 사내가 길을 막 건너요. 봐요, 트럭이 하나 달려와요. 나는 저런 거 처음 봐요! 마커스가 본다면 뭐라고 할까요?"

"젠부 속임수야!" 시프 부인이 갑자기 확신에 차서 말했다. "난 바보가 아녀요. 줘거슨 속임수일 뿐이쥐."

"뭐, 물론이죠, 엄마." 트리나가 말했다. "저건……."

하지만 시프 부인은 고개를 쳐들었다.

"나이를 뭐글 만큼 뭐거써 이줴 줘런 거에 속쥐 않쥐." 그녀가 끈질기게 말했다. "그냥 속임수일 뿐이쥐." 그녀는 이 말밖에는 할 말이 없었다.

맥티그 일행은 맨 마지막 공연까지 남아 있었다. 환등기 다음에 한 가지 순서가 더 남아 있었지만, 그것을 끝으로 절반이 넘는 관객이 곧바로 자리를 떴다. 불쌍한 아일랜드계 코미디언이 등장해 퇴장하는 사람들 등 뒤에서 열심히 연기하고 있을 때, 시프 부인은 아직 잠이 깨지 않아 몹시 짜증내는 오거스트를 일으키고 주섬주섬 소지품을 챙기기 시작했다. 오거스트는 잠에서 깨어나자마자 또다시 안달했다.

"브로그램 챙겨, 트리나." 시프 부인이 작게 말했다. "그거 니네 아부지한테 가져가좌. 아우구스트 모자 어디 있워? 내 손슈건 니가 챙겼뉘, 트리나?"

바로 그때 오거스트에게 끔찍한 사건이 일어났다. 그의 고통이 최고조에 이르면서 인내심이 바닥난 것이다. 세상에! 이루 말로 표현할 수 없는 개탄스럽고도 한탄스러운 진짜 재앙이었다. 잠시 동안 오거스트는 소스라치게 놀라고 두려움에 떨며 겁에 질린 표정으로 미친 듯이 주변을 둘러보았다. 그러더니 크게 울음을 터트렸다. 무대를 장식하는 오케스트라의 선율과 오거스트가 한없이 슬퍼서 울부짖는 소리가 뒤섞였다.

"아우구스트, 무슨 일이뉘?" 그의 어머니가 의심스러운 눈빛으로 그를 쳐다보며 큰 소리로 물었다. 그러더니 갑자기, "도대체 무슨 짓을 한 거야? 새루 산 폰틀로이 옷을 죄다 버려 놓다뉘!" 그녀의 얼굴이 뜨겁게 달아올랐다. 그녀는 조금도 망설이지 않고 그를 호되게 때렸다. 한없이 비참하고 불행한 오거스트가 더할 나위 없이 불쌍해 보였다. 오거스트의 애절한 울음소리가 허공을 가득 메웠다. 매를 맞을수록 소년은 더욱 크게 울어 댔다.

"무슨, 무슨 일이에요?" 맥티그가 물었다.

트리나의 얼굴이 새빨개졌다. "아무것도 아니에요, 아무것도." 그녀는 시선을 피하며 서둘러 말했다. "자, 이제 가야 해요. 이제 거의 다 끝났어요." 쇼가 끝나고 관객들이 흩어지면서 당혹스러운 순간을 무사히 넘길 수 있었다.

일행은 밖으로 빠져나가는 관객 끝에 줄을 섰다. 벌써 불이 꺼지기 시작했고, 안내원들은 천을 싼 좌석 위에 덮개를 씌우고 있었다.

맥티그와 시프 가족은 폴크 거리로 가기 위해 주택 지구로 가는 전차를 탔다. 전차 안은 복잡했다. 맥티그와 오거스트는 할 수 없이 서서 갔다. 어린아이는 엄마 무릎에 앉겠다고 졸랐지만 엄마는 단호하게 거절했다.

집으로 돌아가는 길에 그들은 공연을 두고 이야기했다.

"난…… 나는 요들송 가수가 제일루 좋았쥐."

"하, 여자 솔로이스트가 최고였어요. 그 구슬픈 노래를 불렀던 여자 말이에요."

"마술 등불이 정말 멋졌어요! 사람들이 이리저리 움직이던 그 환등기 멋지지 않았나요? 그리고 남자가 계속 넘어지던 그 첫 번째 공연도 재미있지 않았나요? 얼굴에 검게 태운 코르크를 칠하고 맥주병으로「내 주를 가까이 하려 함은」을 연주한 그 뮤지컬 공연도요."

일행은 폴크 거리에서 내려 한 블록 위쪽에 있는 아파트로 걸어갔다. 길거리는 어둡고 텅 비어 있었다. 아파트 맞은편에 자리한 문을 닫은 시장 뒤쪽에서 오리와 거위들이 끊임없이 울어대고 있었다.

길모퉁이에 있는 혼혈 멕시코 사람에게서 타말레를 살 때 맥티그가 말했다.

"마커스가 아직 잠자리에 들지 않았어요. 봐요, 창문에 불이 켜져 있어요. 이봐!" 그가 갑자기 소리쳤다. "제가 정문 열쇠 갖고 나오는 걸 깜박했거든요. 마커스가 우리를 들여보내 줄 거예요."

맥티그가 길거리로 나 있는 아파트 정문 초인종을 누르자마자 곧장 빗장이 철컥 풀렸다. 길고 좁다란 층계 맨 꼭대기에서 허둥지둥 대는 발소리가 요란하게 들려왔다. 마리아 마카파가 손에 밧줄에 달린 빗장을 들고 서 있었다. 그녀 바로 옆에는 마커스가 서 있었고, 그 뒤편에는 그래니 영감이 서서 그들 어깨 너머로 바라보고 있었다. 한편 미스 베이커는 난간에 비스듬히 기대고 있었고, 그녀 옆에는 칙칙한 코트를 입은 낯선 남자가 서 있었다. 맥티그 일행이 문으로 들어서자 대여섯 명이 한꺼번에 소리쳤다.

"바로 저 사람들이에요!"

"맥!"

"아가씨가 미스 시프 맞죠?"

"아가씨 이름이 트리나 시프인가요?"

그러더니 마리아 마카파가 아주 날카로운 목소리로 소리를 질렀다.

"오, 미스 시프, 빨리 이리로 올라와 봐요. 아가씨가 구입한 복권이 5천 달러에 당첨됐다고요!"

제7장

"말도 안 돼!" 트리나가 대꾸했다.

"오호 갓뜨, 이거쉬 무슨 말이뉘?" 말귀를 잘 알아듣지 못한 시프 부인이 무슨 재앙이라도 닥친 줄 알고 기겁하여 소리 질렀다.

"뭐…… 뭐…… 뭐라고?" 치과 의사는 밝게 비추는 불빛과 계단에서 북적이는 사람들에다 뒤섞인 말소리 때문에 어안이 벙벙해 말을 더듬거렸다. 맥티그 일행이 층계참에 다다르자 나머지 사람들이 그들을 에워쌌다. 오직 마커스만이 침착하게 상황에 대처하는 것 같았다.

"우선 내가 먼저 축하해 줄게." 마커스가 큰 소리로 말하며 트리나의 손을 잡았다. 그러자 모두가 일제히 입을 열었다.

"미스 시프, 미스 시프, 아가씨가 산 복권이 5천 달러에 당첨됐어요." 마리아가 큰 소리로 말했다. "제가 맥티그 선생님의 진료실에서 아가씨에게 팔았던 그 복권 기억하죠?"

"트리나!" 그녀의 어머니가 비명을 질렀다. "5천 딸라! 5천 딸라라고! 네 아부지가 요기 계셨으몬 월매나 좋왔을까!"

"도대체 무슨 일인가요? 이게 대체 무슨 일이에요?" 맥티그가 눈알을 굴리며 물었다.

"그 돈으로 뭐 할 거야, 트리나?" 마커스가 물었다.

"이제 부자가 된 거예요, 아가씨!" 미스 베이커가 흥분하여 조그마한 곱슬머리 가발을 흔들며 말했다. "너무 잘됐어요. 내가 볼에다 뽀뽀 한번 해 줄게요. 아가씨가 그 복권을 살 때 나도 그 방에 있었으니까!"

"오! 오!" 트리나가 말을 자르며 고개를 마구 저었다. "실수가 있었을 거예요. 분명 그럴 거예요. 왜…… 도대체 왜 제가 5천 달러를 타야 하죠? 그건 말도 안 돼요!"

"실수 아니에요. 실수가 아니라고요." 마리아가 소리쳤다. "아가씨 번호가 400012였거든요. 여기 오늘 석간신문 좀 봐요. 난 장부에 적어 놓기 때문에 똑똑히 기억해요."

"그래도 분명히 무슨 착오가 있을 거예요." 트리나는 자신도 모르게 몸을 덜덜 떨며 말했다. "제가 왜 당첨이 되겠어요?"

"옹? 왜 니가 당첨이 되몬 안 되뉘?" 그녀의 어머니가 큰 소리로 물었다.

정말이었다. 그녀라고 당첨이 되지 말라는 법이 어디 있는가? 그런 생각이 트리나의 머릿속을 번뜩 스쳤다. 결국, 그녀 쪽에서 노력이라든가 자격을 논할 문제가 아니었다. 왜 실수가 있었다고 생각해야 하는가? 만약 이 멋진 복권의 행운이 우연히 하늘에서 내리친 번개처럼 사실이라면?

"오, 정말 그렇게 생각하세요?" 트리나가 가쁘게 숨을 몰아쉬며 물었다.

그때 칙칙한 외투를 입고 있는 낯선 남자가 앞으로 다가섰다.

"대리인이에요." 두세 사람이 동시에 외쳤다.

"미스 시프, 아가씨가 바로 그 행운의 주인공 같군요." 그가 말했다. "복권은 갖고 있겠죠."

"네, 그럼요. 번호가 400012에요. 똑똑히 기억하고 있어요."

"정확하네요." 대리인이 고개를 끄덕였다. "가능한 한 빨리 그 복권을 이 지역 지점에 제출하십시오. 복권 뒷면에 주소가 적혀 있습니다. 그러면 우리 은행에서 발행한 5천 달러짜리 수표를 받을 거예요. 복권을 가져오면 공식 서류에서 확인해 봐야 합니다만, 실수가 있을 가능성은 거의 없어요. 축하드립니다."

트리나는 기쁨의 전율이 온몸을 타고 흐르는 것을 느꼈다. 5천 달러를 손에 넣게 된 것이다. 그녀는 행운을 얻고 자연스럽고 즉흥적으로 기뻐했다. 마치 어린아이가 멋진 새 장난감을 얻은 기쁨과 같은 것이었다.

"아, 당첨되었다니, 당첨되었어, 내가 당첨됐어!" 그녀가 손뼉을 치며 소리를 질렀다. "엄마, 생각해 봐요. 복권 한 장을 샀을 뿐인데, 5천 달러에 당첨된 거예요. 맥 선생님, 이 일을 어떻게 생각하세요? 5천 달러가 손에 들어왔어요. 오거스트, 누나한테 무슨 일이 일어났는지 알겠어?"

"트리나, 엄마한테 뽀뽀 좀 해 줘 바." 시프 부인이 갑자기 명령하듯 말했다. "그 많은 돈으루다 뭐 할 거뉘, 웅?"

"허!" 마커스가 소리쳤다. "일단 냅다 결혼부터 해야죠." 그러자 모두가 웃음을 터트렸다. 맥티그는 수줍게 주변을 둘러보며 빙그레 웃었다. "행운이라는 게 참." 마커스가 치과 의사를 향해 고개를 저으며 중얼거렸다. 그리고 이어 말했다. "자, 우리 여기 복도에서 밤새 얘기할 작정입니까? 맥, 모두들 네 진료실로 들어가는 게 어때?"

"물론, 물론이지." 맥티그가 큰 소리로 대답하고 서둘러 가서 열쇠로 방문을 열었다.

"다들 드루와요." 시프 부인이 상냥하게 말했다. "그뤠야겠지용, 우사 양반?"

"네, 모두 들어오세요." 치과 의사가 반복해 말했다. "맥주가…… 맥주가 좀 있어요."

"축하 파티를 엽시다, 젠장!" 마커스가 소리 질렀다. "날마다 5천 달러를 거머쥘 수 있는 게 아니니까. 오직 일요일과 법정 공휴일에만 가능한 일이거든." 다시 한 번 마커스의 말에 사람들은 한바탕 웃음을 터뜨렸다. 이런 순간에는 무슨 말을 해도 웃겼다. 모두들 하나같이 신바람이 나 있었다. 행운의 바퀴가 그들 근처 가까이로 굴러왔다. 모두가 이 엄청난 돈과 가까이 있었고, 마치 그들도 복권에 당첨된 것 같은 기분이 들었다.

"여기가 바로 내가 복권을 살 때 앉아 있던 자리에요." 사람들이 진료실로 들어오고 마커스가 가스 불을 켜자 트리나가 큰 소리로 외쳤다. "바로 여기 이 의자 말이에요." 그녀는 철판화 바로 밑에 놓인 꼿꼿한 의자 하나에 앉았다. "그리고 마커스 오빠, 오빠 여기 앉았었잖아."

"그리고 난 수술용 의자에서 막 일어나던 참이었어요." 미스 베이커가 끼어들며 말했다.

"맞아요, 맞아. 그랬어요. 그리고 아줌마가……." 트리나가 마리아를 가리키며 말을 이었다. "나한테 다가와 말했어요. '복권 사세요. 1달러밖에 안 해요.' 오, 꼭 어제처럼 그날이 선명하게 기억나요. 처음에 저는 복권을 살 생각이……."

"그리고 내가 마리아에게 그건 불법이라고 말했던 거 알지?"

"그래, 기억해. 그리고 난 저 아줌마에게 1달러를 주고 복권을 사서 지갑에 집어넣었어요. 지금은 옷장 제일 위 서랍에 있는 지갑 속에 그 복권이 들어 있어요. 아니, 지금쯤이면 도둑맞았을지도 몰라요!" 그녀가 갑자기 큰 소리로 말했다.

"이젠 그게 엄청난 값어치를 하지." 마커스가 단호하게 말했다.

"5천 달러라니. 생각지도 못한 일이야! 정말로 대단해." 모두가 놀라 돌아보았다. 맥티그였다. 그는 방 한 가운데 서서 큼직한 머리를 가로젓고 있었다. 그는 이제야 무슨 일이 일어났는지 겨우 깨달은 것 같았다.

"그래, 5천 달러라고!" 마커스가 까닭 모를 우울한 목소리로 소리 질렀다. "5천 달러야! 이해가 돼? 너랑 내 사촌 트리나가 이제 부자가 된 거란 말이야."

"6퍼센트 이자를 쳐도 한 달에 25달러에 해당합니다." 복권 회사 대리인이 단언했다.

"생각 좀 해 봐야겠어, 생각 좀 해 봐야지." 맥티그가 중얼거렸다. 그는 눈을 크게 뜨고 큼직한 손을 늘어뜨린 채 방 안을 이리저리 돌아다녔다.

"내 사촌도 언젠가 한번 40달러에 당첨된 적이 있어요." 미스 베이커가 말했다. "하지만 사촌은 그 돈을 몽땅 복권을 더 사는 데 써 버렸죠. 그러고는 다시는 당첨되지 못했대요."

그렇게 복권에 얽힌 추억담이 시작되었다. 마리아는 지난번 추첨 때 20달러에 당첨된 옆 동네 정육점 주인 이야기를 했다. 시프 부인은 여러 번 당첨된 적 있는, 오클랜드에 사는 가스 공사업자를 알고 있었다. 한번은 100달러에 당첨되었다고 했다. 조그마한 미스 베이커는 복권이 잘못된 것이라고 늘 생각해 왔다고 말했다. 그런데도 5천 달러는 역시 5천 달러였다.

"하지만 직접 당첨되는 건 상관없으시겠죠, 미스 베이커?" 마커스가 비아냥거렸다. 무엇 때문인지 모르지만, 마커스는 이따금 유별나게 간죽거렸다.

단연코 대리인은 이야깃거리가 넘쳤다. 그는 자신의 경험담과 복권의 역사 이래 그 언저리에서 생긴 전설과 신화들로 이야기꽃을 피웠다. 병든 엄마를 돌봐야 했던 가난한 신문 배달 소년이 1만 5천 달러에 당첨된 이야기. 한 남자가 가난 때문에 자살했는데, 죽고 난 지 이틀 만에 그가 가지고 있었던 복권이 최고 상금인 3만 달러에 당첨된 이야기(그가 그 사실을 알았더라면 얼마나 좋았을까). 10년 동안 복권을 샀지만 단 한 번도 당첨된 적이 없던 조그마한 모자 상인이 어느 날 마지막으로 딱 한 장만 더 사고 포기하겠다고 선언했다가 그 마지막 복권으로 엄청난 재산을 얻어 은퇴할 수 있었던 이야기. 잃어버리거나 손상된 복권들. 가난 때문에 범죄를 저지르던 범죄자들이 엄청난 수입을 얻은 뒤 갱생한 이야기. 도박꾼들이 카드 은행 놀이를 하듯 복권 놀이를 하여 복권에 당첨되자마자 그 돈으로 전국 각지에서 복권 수천 장을 사들인 이야기. 첫 번째와 마지막 숫자와 관련된 미신들. 복권 구매하기에 좋은 날짜들. 신기한 우연들. 예를 들어, 같은 마을에서 최고 상금 당첨자가 세 번 연달아 나온 일이라든지, 어느 백만장자가 자기 복권을 구두닦이에게 줬는데 그것이 1천 달러에 당첨된 일이라든지, 같은 숫자 복권이 같은 금액 상금에 수없이 당첨된 일 따위의 이야기가 끝없이 이어졌다. 변함없는 사실은 궁핍한 사람들이 결국 당첨되고, 극빈하고 굶주린 사람들이 부와 풍요로움에 눈뜨게 되며, 고결한 노동자들이 우연히 구매한 복권으로 한번에 보상받는다는 점이었다. 복권은 훌륭한 구호책이었고, 민중의 친구였으며, 지위와 재산과 신분을 가리지 않고 은혜를 베푸는 아주 대단한 제도였다.

함께 모인 사람들은 기분이 매우 좋았다. 옆방에서 의자와 식탁을 더 가지고 왔고, 마리아를 시켜 맥주와 타말레를 더 사 왔으며, 또 맥주를 싫어하는 미스 베이커를 위해 포도주 한 병과 케이크도 사 오라고 했다.

치과 진료실은 어지간히 산만했다. 치과 기구들이 놓인 이동식 선반 위에는 빈 맥주병들이 놓여 있었고, 접시와 냅킨이 수술용 의자와 구석에 서 있는 책꽂이 위, 그리고 콘서티나와『앨런의 치과 실무』 시리즈 옆에 널브러져 있었고, 타말레 껍질이 바닥에 버려져 있었다. 카나리아는 잠에서 깨어나 털을 잔뜩 부풀린 채 불만스럽게 지저귀었다. 작은 난로 곁에 앉아 있는 퍼그 개 석상은 눈구멍에서 툭 불거진 눈알로 예사롭지 않은 이 광경을 놀라워하며 바라보는 듯했다.

일행은 실컷 마시고 먹었다. 마커스 숄러는 이 축하 파티의 사회자 역할을 떠맡았다. 그는 꽤 흥분하여 이리저리 재빠르게 오가며 맥주병을 따 주고 타말레를 대접하고 맥티그 등을 찰싹 때리기도 하면서 끊임없이 웃고 농담했다. 그는 식탁 상석에 맥티그를 앉히고 오른편에는 트리나를, 왼편에는 대리인을 앉혔다. 마침내 마커스는 식탁의 끝자리에 자리를 잡고 앉았고, 그의 왼편에는 마리아가, 그 옆에는 시프 부인이, 그리고 맞은편에는 미스 베이커가 앉았다. 잠이 들어 버린 오거스트는 침대 소파에 눕혀 놓았다.

"그래니 영감님은 어디 갔지?" 갑자기 마커스가 큰 소리로 말했다. 처음에는 분명히 그곳에 같이 있었는데, 아니나 다를까 영국 노인은 어디론가 사라져 버렸다.

"다른 사람들과 같이 영감님도 불렀는데." 마리아 마카파가 큰 소리로 말했다. "신문에서 시프 아가씨가 당첨된 걸 보자마자 말이에요. 전부 숄러 씨의 방으로 내려가 여러분들이 집에 오길 기다렸다고요. 영감님은 아마 방으로 돌아갔을 거예요. 책이나 제본하고 있을 게 뻔해요."

"아니, 아냐." 미스 베이커가 말했다. "이 시간에는 제본하지 않으셔."

소심한 노신사는 혼란한 틈을 타 눈에 띄지 않게 빠져나간 게 틀림없었다.

"내가 모시고 오죠." 마커스가 소리쳤다. "그분도 여기 있어야 해요."

그러자 미스 베이커는 매우 불안해했다.

"내, 내 생각엔 그렇게 하지 않는 게 좋을 듯해요." 그녀가 중얼거렸다. "그, 그, 그분은 맥주를 마시지 않는 것 같아요."

"책 제본하는 것만 즐기죠." 마리아가 큰 소리로 말했다.

그런데도 마커스는 잠들 준비를 하던 그래니 영감을 기어이 데리고 왔다.

"미, 미안합니다." 그래니 영감이 문 앞에 서서 말을 더듬었다. "나를 데리러 오리라곤 예상하지 못했어요. 준, 준비를 미처 하지 못했어요." 그는 마커스 슐러가 몹시 서두르는 바람에 목 칼라와 넥타이조차 매지 못했다. 그는 미스 베이커가 이런 모습을 보게 되어 무척 짜증이 났다. 이 말할 수 없는 민망함이란.

마커스는 그래니 영감을 자신의 고용인이라고 시프 부인과 트리나에게 소개했다. 그들은 진지하게 악수를 나누었다.

"영감님과 미스 베이커도 인사를 나눈 적이 없을 거예요." 마리아 마카파가 날카롭게 외쳤다. "몇 년 동안이나 서로 옆방에 살면서도 말이죠."

두 노인은 서로의 시선을 피하며 아무 말도 하지 않았다. 결국 일이 이렇게 되었다. 서로를 소개받고 대화를 나누고 서로의 손을 맞잡게 되었다.

마커스가 그래니 영감의 소매를 잡아끌고 식탁을 돌아 미스 베이커에게로 데려가면서 말했다. "음, 두 분이 진작부터 서로 알고 지내신 줄 알았어요. 미스 베이커, 이분은 그래니 영감님이십니다. 그래니 영감님, 이분은 미스 베이커예요." 그러나 어느 쪽도 말하지 않았다. 얼굴을 마주 봤지만, 마치 어린아이들처럼 어색하고 불편하고 너무도 부끄러워서 혀가 돌처럼 굳어 버렸다. 그러더니 미스 베이커가 수줍게 손을 내밀었다. 그래니 영감은 아주 잠깐 손을 댔다가 떨궜다.

"이제 두 분은 서로 아는 사이입니다." 마커스가 큰 소리로 말했다. "이제 그러실 때도 됐잖아요." 처음으로 두 사람의 눈이 마주쳤다. 그래니 영감은 살짝 몸을 떨면서 손을 애매하게 턱에 갖다 댔다. 미스 베이커는 언뜻 얼굴을 붉혔지만, 그 순간 마리아 마카파가 반쯤 비운 맥주병을 들고 두 사람 사이를 지나쳤고 두 사람은 서로에게서 떨어졌다. 미스 베이커는 다시 자리에 바로 앉았다.

"여기 앉으세요, 그래니 영감님." 마커스가 바로 옆에 자리를 만들며 외쳤다. 그래니 영감은 미끄러지듯 자리에 앉았고 곧 사람들의 관심 밖으로 밀려났다. 그는 자기 앞에 놓인 접시에 시선을 고정할 뿐 아무 말도 하지 않았다. 한편 미스 베이커는 식탁 맞은편에 앉은 시프 부인과 온실 화초와 약물 처리를 한 플란넬 천'에 관해 열띠게 이야기 나누기 시작했다.

이 즉흥적인 조그마한 파티 한가운데에 트리나와 치과 의사

140

의 약혼이 발표되었다. 왁자지껄한 틈에 잠시 침묵이 흐르자 시프 부인이 앞쪽으로 몸을 숙이며 복권 회사 대리인에게 말했다. "있좌나용, 내 딸 트리나 이쥐 결혼해요. 트리나랑 맥티그 치과 우사 양반 말이쥐요. 어, 맞쥐?"

그러자 모두가 탄성을 질렀다.

"나도 줄곧 그럴 것으로 생각했어요." 미스 베이커가 한껏 들뜬 목소리로 크게 말했다. "두 사람을 처음 본 순간 '정말 잘 어울리는 한 쌍이야!' 하고 생각했죠."

"와우!" 대리인이 외쳤다. "결혼도 하고 동시에 꽤 짭짤한 수입도 얻다니."

"그렇군, 그래." 그래니 영감이 여전히 접시를 쳐다보면서 고개를 끄덕였다.

"복 받으세요." 마리아가 말했다.

"이미 받을 복은 다 받았지." 마커스가 다시 한 번 저녁 내내 그랬던 것처럼 이상하고 시무룩한 분위기에 잠겨 나지막한 소리로 투덜대듯 내뱉었다.

트리나는 얼굴이 새빨개져서 수줍게 어머니 곁으로 자리를 당겨 앉았다. 맥티그는 입이 귀에 걸려 한 사람씩 이어 쳐다보며 "허! 허!" 소리를 낼 뿐이었다.

대리인은 새로 채운 맥주잔을 한 손에 들고 자리에서 일어났다. 그는 처세에 능한 남자였다. 인생을 잘 알고 있었다. 그는 유연하고 편안한 사람이었고, 새끼손가락에는 다이아몬드 반지를 끼고 있었다.

"신사 숙녀 여러분!" 그가 입을 열었다. 그러자 순간 정적이 흘렀다. "정말로 기쁜 일이 아닐 수 없습니다. 오늘 밤 이 자리에 함께하게 되어 영광입니다. 이와 같은 행운을 목도하고 여기이 자리, 이 축하 자리에 참석하게 돼서 말입니다. 꼭 제 자신이 400012 숫자를 갖고 있었던 것처럼, 마치 5천 달러가 우리의 매력적인 여주인이 아니라 제 당첨금인 것처럼 마냥 기분이 좋습니다. 지금 미스 시프가 행운을 얻게 된 것에 충심으로 복을 빌고, 또한 제 생각에는 사실, 제가 대표하는 훌륭한 회사, 훌륭한 제도를 대신하여 분명히 말씀드릴 수 있습니다. 저희 복권 회사는 미스 시프에게 축하를 드리는 바입니다. 우리 그러니까 그들, 어, 회사 임직원들은 이 행운이 미스 시프에게 행복을 안겨주기를 바라마지 않습니다. 큰 상금을 탄 우승자를 찾아가 회사의 축하를 전하는 게 저의 의무, 저의, 음, 저의 행복한 의무입니다. 많은 우승자들을 찾아간 경험이 있지만 이처럼 기쁘게 상금을 전한 적은 일찍이 없었습니다. 저희 회사는 예비 신부에게 상금을 수여한 겁니다. 제가 이 행복한 커플, 이런 꽤 짭짤한 재산을 얻게 되어 행복한 커플에게 행복을 기원할 때 여기 모이신 여러분들도 저와 똑같은 심정일 것이라고 확신합니다. 그리고 서로를 얻게 되어……." 그는 갑자기 떠오른 영감으로 하던 말을 마무리했다. "행복한 이 커플에게 말입니다. 저는 미래의 신랑 신부에게 건강과 부와 행복을 빌며 축배를 제안하겠습니다. 우리 모두 일어나 축배를 듭시다." 그들은 모두 열정적으로 축배를 들었다. 마커스는 그 순간 잔뜩 흥이 나 있었다.

"대단해, 대단해!" 그가 손뼉을 치며 흥분하여 말했다. "멋진 연설이야. 신부의 건강을 위해 건배. 맥티그, 맥티그, 소감! 소감!"

그 순간 모두가 일제히 치과 의사에게 소감을 한마디 하라고 아우성쳤다. 맥티그는 겁에 질렸다. 두 손으로 식탁을 잡고 주변을 정신없이 둘러보았다.

"소감! 소감!" 마커스가 식탁 주변을 돌다가 맥티그를 일으켜 세우려고 하며 소리쳤다.

"아니, 아니, 아니야." 맥티그가 중얼거렸다. "소감은 말하지 않을래." 사람들은 식탁 위에 맥주잔을 두드리며 소감을 말하라고 재촉했다. 그러나 맥티그는 의자에 고집스럽게 앉아 새빨개진 얼굴로 고개를 세차게 흔들어 댔다.

"아, 이러지 마!" 맥티그가 큰 소리로 말했다. "소감은 말하지 않을래."

"에이, 일어서서 뭐라도 말해 봐." 마커스가 우겼다. "당연히 그래야지. 이건 짓궂어도 적절한 행위라고."

맥티그는 억지로 자리에서 일어섰다. 갑자기 우렁찬 박수가 터져 나왔다. 그는 주변을 천천히 둘러보고 나서는 다시 주저앉아 절망스럽게 고개를 내저었다.

"해 보세요, 맥 선생님." 트리나가 큰 소리로 부탁했다.

"자, 일어나. 하여튼 한 마디라도 해 봐, 좌우지간에." 마커스가 맥티그의 팔을 잡아끌며 외쳤다. "소감은 말해야 해."

다시 한 번 맥티그가 자리에서 일어섰다.

"허 참!" 그가 식탁에 시선을 둔 채 내뱉었다. 그리고 말하기 시작했다.

"뭐라고 해야 할지 모르겠어요. 저, 저, 저는 이제껏 한 번도 연설을 해 본 적이 없어요. 저, 저는 이런 게 처음이거든요. 하지만 트리나가 복권에 당첨되어 기쁘고……."

"그럼, 당연히 좋겠지." 마커스가 중얼거렸다.

"저, 저, 저는 트리나가 당첨되어서 기쁘고, 그리고 제가, 제가 말씀드리고 싶은 건 저는 여러분 모두를 환영합니다. 마음껏 마셨으면 좋겠고, 복권 회사 대리인에게도 매우 감사의 말씀을 드립니다. 트리나와 전 결혼을 할 것이고, 저는 오늘 밤 모두들 함께 모여서 기쁘고, 여러분을 모두 환영하고, 마음껏 술을 드시고, 또 오시길 바라며, 언제든지 여러분을 환영합니다. 그리고 저는, 그리고, 그리고……. 이게 제가 하고 싶은 말 전부입니다." 그는 우레와 같은 박수갈채를 받으며 자리에 앉았고, 이마에 흐른 땀을 닦았다.

그러고 나서 곧바로 사람들은 식탁 자리에서 물러나 둘씩 또는 여럿이 모여 앉아 휴식을 취했다. 그러니 영감을 제외한 남자들이 시가 담배를 피우자 그 냄새가 진료실을 메우고 있던 에테르 냄새, 크레오소트 냄새, 눅눅한 침구 냄새와 뒤섞여 풍겼다. 얼마 지나지 않아 창문을 열어 환기를 시켜야 했다. 시프 부인과 미스 베이커는 퇴창에 앉아 은밀한 이야기를 나눴다. 미스 베이커는 오버스커트를 뒤로 돌려 입었다. 그녀의 무릎 위에는 케이크 접시가 놓여 있었다. 그녀는 이따금 흰 고양이처럼 얌전하게 포도주를 홀짝였다. 두 여성은 서로에게 매우 흥미를 느꼈다. 미스 베이커는 시프 부인에게 그래니 영감에 대한 모든 걸 이야기해 주면서 직함과 못된 의붓아버지에 대해 꾸며 낸 이야기도 잊지 않고 말했다.

"정말로 영감님은 꽤 저명한 분이에요." 미스 베이커가 말했다.

시프 부인은 아이들 이야기로 화제를 돌렸다. "아하, 트리나는 정말루 좋은 아이쥐요." 그녀가 말했다. "온제나 쾌활하고, 그뤼고 아침부터 밤까지 노래 부르쥐요. 그뤼고 아우구스트, 이 아이두 매우 똑똑하쥐요, 아시겠쯩? 기계 다루는 데 천재쥐요. 온제나 바퀴나 스프링 가지고 뭘 만들쥐요."

"아, 만약, 만약에 나에게도 아이들이 있었더라면," 조그마한 노파가 조금은 아쉬운 듯 나지막하게 중얼거렸다. "한 아이는 선원이 되었을 거예요. 우리 오빠 배에서 해군 사관학교 생도로 시작해서 결국에는 장교가 되었겠죠. 다른 한 아이는 정원사가 되었을 거고요."

"오, 맥!" 트리나가 치과 의사를 쳐다보며 소리쳤다. "바로 이 순간에 그 많은 돈이 우리 손에 들어온다고 생각해 봐요. 멋지지 않나요? 게다가 조금 두렵기도 하지 않아요?"

"멋져, 멋지지!" 맥티그가 고개를 흔들며 중얼거렸다. "우리 복권을 더 많이 사자." 그가 좋은 생각이 떠오른 것처럼 덧붙여 말했다.

"자, 이게 바로 한결같이 좋은 시가를 구분할 수 있는 방법이에요." 식탁 끝에서 마커스와 함께 앉아 시가를 피우던 대리인이 말했다. "불을 붙이는 쪽 끄트머리가 뾰족하게 잘 말려들어

가야 하거든요."

"아, 중국인 시가 제조업자 놈들!" 마커스가 감정이 격해져서 주먹을 휘두르며 큰 소리로 외쳤다. "놈들 때문에 바로 백인 노동자들의 대의가 허물어지고 있어요. 놈들이, 그놈들이 말이죠. 진짜예요. 쥐나 잡아먹는 새끼들! 겁쟁이 똥개 같은 녀석들!"

책꽂이가 놓인 한구석에서는 그래니 영감이 마리아 마카파의 말에 귀를 기울이고 있었다. 멕시코 여자는 트리나의 갑작스러운 횡재에 몹시 흥분되어 있었다. 마리아의 마음은 다시 어린 시절로 돌아갔다. 그녀는 앞쪽으로 몸을 구부리고 팔꿈치를 무릎에 대고, 턱을 두 손으로 받치고 동그랗게 눈을 뜬 채 시선을 한곳에 고정하고 있었다. 그래니 영감은 그녀의 이야기를 주의 깊게 들었다.

"접시에 긁힌 자국이 하나도 없었어요." 마리아가 말했다. "접시 하나하나가 매끄럽고 밝은 게 전부 거울 같았죠. 아, 조그마한 태양처럼 반짝거렸어요. 그런 식기 세트였답니다. 접시들과 큰 그릇들, 그리고 매우 큰 화채 그릇까지. 5천 달러를 그것에 비할 수 있었겠어요? 뭐, 화채 그릇 달랑 하나만으로도 엄청난 값어치를 했으니까요."

"정말 놀라운 이야기로군!" 그 이야기가 진실이라고 조금도 믿어 의심치 않은 그래니 영감이 큰 소리로 말했다. "그런데 그걸 전부 잃어버렸단 말이지?"

"잃어버렸죠. 모두 잃어버렸어요." 마리아가 반복해서 말했다.

"쯧쯧! 이렇게 안타까울 수가! 정말 안타깝군!"

바로 그때 갑자기 복권 대리인이 자리에서 일어서며 말했다.

"자, 전 이제 그만 가 봐야 할 것 같습니다. 전차를 타려면 말이죠."

그는 모든 사람들과 악수하고 마커스에게 헤어지기 전 마지막 시가를 주고 맥티그와 트리나에게 마지막으로 축하 인사를 건넨 다음 목례를 하고 떠났다.

"참 우아한 신사네요." 미스 베이커가 한마디 했다.

"아," 마커스가 고개를 끄덕이며 말했다. "처세술에 능한 남자죠. 제 실속을 차리는, 젠장!"

그러고 나서 일행은 헤어졌다.

"가자, 맥." 마커스가 말했다. "오늘 밤 우린 개들이랑 같이 자기로 했잖아."

두 사람은 작별 인사를 하고 작은 동물 병원으로 발길을 향했다. 그래니 영감은 미스 베이커와 다시 마주치게 될까 두려워 서둘러 자기 방으로 슬쩍 돌아갔다. 그는 문을 걸어 잠그고 미스 베이커가 복도를 지나 조용히 문을 닫을 때까지 귀를 기울였다. 그녀가 바로 그의 곁에 가까이 있었다. 말하자면 두 사람은 한 방에 있는 것이나 다름없었다. 그래니 영감 또한 두 사람의 방 벽지가 비슷하다는 사실을 알아챘다. 아주 가끔씩 그는 그녀가 움직이며 부스럭대는 작은 소리를 들을 수 있었다. 그에게는 잊을 수 없는 저녁이었다. 그녀를 만났고, 그녀와 말을 했고, 그녀의 손을 잡았다. 그는 흥분해서 전율했다. 조그마한 재봉사 노파 또한 귀를 기울이며 몸을 떨었다. 겨우 얄팍한 판자벽 한 장으로 나뉜 같은 방에 바로 그 사람이 있었다. 그가 그녀 생각을 하리라고 미스 베이커는 거의 확신했다. 두 사람은 더 이상 모르는 사이가 아니었다. 서로 아는 사이가 되었고 친구가 되었다. 그날 저녁은 그들에게 기념비적인 날이었다.

시간이 늦어 미스 베이커는 차 한 잔을 끓여 벽 가까이 놓인 흔들의자에 앉았다. 그녀는 부드럽게 의자를 흔들고 차를 홀짝이며 멋진 그날 저녁의 들뜬 마음을 가라앉히고 있었다.

그래니 영감은 찻잔이 달그락거리는 소리를 들으며 아련히 풍겨 오는 차 향기를 맡았다. 마치 그에게 신호를 보내며 초대하는 것 같았다. 그는 의자를 벽 가까이 작업용 탁자 옆으로 바짝 끌어당겼다. 반쯤 철한 『민족』 잡지가 작은 제본기 사이에 놓여 있었다. 그는 커다란 바늘에 통통한 노끈을 꿰어 작업을 시작했다.

두 사람만 마주 앉은 은밀한 시간이었다. 본능적으로 서로의 존재와 얇은 칸막이를 통해 전해 오는 서로의 생각을 느꼈다. 참으로 매력적이었다. 두 사람은 완벽하게 행복했다. 자정을 반시간 넘긴 그 시각, 아파트 전체에 내려앉은 정적 속에서 둘은 '함께' 했고, 인생의 아주 느지막할 때 찾아온 소소한 낭만을 자기들만의 방식으로 즐겼다.

자기 다락방으로 돌아가던 마리아 마카파는 계단 통로 맨 위에서 타오르는 가스등 밑에 멈춰 섰다. 그녀는 옆에 아무도 없다는 것을 확인하자 주머니에서 맥티그의 비점착성 금 '테이프'

를 하나 꺼냈다. 이번 것은 그녀가 여태껏 진료실에서 훔친 것 중 가장 값비싼 것이었다. 그녀는 적어도 몇 달러는 더 받을 수 있다고 생각했다. 갑자기 아이디어가 떠오른 마리아는 서둘러 복도 끝 창문으로 가서 두 손으로 얼굴을 가리고 아파트 바로 뒤편 작은 골목을 내려다보았다. 가끔가다 머리칼이 붉은 폴란드계 유태인 저코우는 늦은 시간까지 앉아 그 주일에 모은 고물을 헤아리곤 했다. 지금도 그의 창문에서 흐릿한 불빛이 새어 나오고 있었다.

　마리아는 그녀의 방으로 돌아가 숄을 머리에 두르고, 뒷계단을 이용하여 작은 뒷마당으로 내려갔다. 그녀가 뒷골목으로 이어지는 뒷문을 열고 나가자 마커스의 아이리시 세터종인 알렉산더는 자다가 놀라서 걸걸한 소리로 짖었다. 그러자 울타리 반대편의 우체국 지국 뒷마당에 사는 콜리 개가 으르렁거리며 대응했다. 그 순간 개 두 마리 사이에 끊임없는 불화가 다시 시작되었다. 두 마리는 각자의 개집을 울타리 쪽으로 잡아끌며 금이간 울타리 틈새로 서로를 증오하며 광분했다. 섬뜩하게 번쩍이는 이빨을 딱딱 부딪치며 목털을 빳빳하게 곧추세웠다. 그들의 끔찍한 소란은 근처 몇 블록에 걸쳐 들릴 정도였다. 이 두 마리가 직접 만나는 날에는 얼마나 끔찍한 참사가 일어날까!

　한편 마리아는 저코우의 비참한 돼지우리 같은 집 문을 두드리고 있었다.

　"누구요? 누구요?" 안쪽에서 넝마주이가 들릴 듯 말 듯 쉰 목소리로 소리쳤다. 그는 깜짝 놀라 은 한 줌을 급하게 서랍 속으로 쓸어 담았다.

"아, 저예요, 마리아 마카파." 그리고 더 나지막한 목소리로 마치 혼잣말하듯 덧붙여 말했다. "날다람쥐 한 마리가 있었는데 놓아줬죠."

"아, 마리이." 저코우가 비굴한 몸짓으로 문을 열며 소리 높여 말했다. "들어와, 어서 들어와, 애야. 넌 언제든 환영이야. 이렇게 늦은 시간에도 말이지. 그런데 고물은 없는 거냐, 응? 그렇다 하더라도 넌 환영해. 한잔하겠어?" 그는 그녀를 뒷방으로 데리고 가서 위스키병과 빨간색 깨진 텀블러를 꺼냈다.

두 사람이 술을 마신 뒤 마리아가 금 테이프를 꺼냈다. 갑자기 저코우의 눈빛이 반짝거렸다. 저코우는 금을 볼 때면 언제나 현기증이 일었다. 아무리 노력해도 그런 감정을 억누를 수가 없었다. 그는 떨리는 손가락으로 입술을 움켜쥐었다. 호흡이 가빠졌다.

"아, 아, 아!" 그가 소리 질렀다. "이리 줘 봐, 이리 줘 보라고. 내게 줘 봐, 마리아. 착하지, 내게 줘."

두 사람은 늘 그렇듯 가격을 두고 실랑이를 벌였지만 이날 밤만큼은 다른 문제로 마리아가 너무나 흥분된 상태여서 고작 몇 센트를 가지고 다투는 데 시간을 허비할 수 없었다.

"저코우 아저씨, 내 말 좀 들어 보세요." 거래가 끝나자마자 그녀가 말했다. "할 얘기가 있어요. 얼마 전에 제가 이 아파트에서 어떤 여자에게 복권을 한 장 팔았는데, 오늘 석간신문에 당첨됐다고 나왔어요. 그 여자가 얼마에 당첨이 되었는지 아세요?"

"몰라. 얼마였어? 얼마야?"

"5천 달러요."

그 순간 유태인은 마치 칼이 몸을 뚫고 지나간 것 같은 느낌을 받았다. 온몸이 발작하며 고통스러운 듯 얼굴이 일그러졌다. 아니, 온몸이 비틀렸다. 그는 불끈 쥔 주먹을 허공에 쳐들고는 눈을 꼭 감고 입술을 깨물었다.

"5천 달러라니." 그가 나지막하게 속삭였다. "5천 달러라니. 뭣 때문에? 아무것도 하지 않았으면서. 그저 복권 한 장 샀을 뿐이잖아. 난 그걸 위해서 너무나 열심히, 정말 열심히 일했는데. 5천 달러라니, 5천 달러라니. 아, 왜 그 돈이 나한테 올 수 없었던 거지?" 그는 두 눈에 눈물이 흐르며 목멘 소리로 울부짖었다. "왜 그 돈이 내게는 올 수 없었던 거냐고? 이렇게 너무나 가까이, 너무나 가까이 왔다가 나를 스쳐 지나가다니. 그걸 위해 날마다 죽도록 일하고, 힘써 싸웠는데. 미치도록 애타게 원했는데. 생각해봐, 마리아, 5천 달러라니, 그 묵직하고 반짝이는 금화들……."

"반짝이는 게 마치 석양 같았죠." 마리아가 두 손으로 턱을 받쳐 들고 그의 말을 가로막았다. "그토록 빛나고 묵직했죠. 그래요, 하나하나가 전부 묵직했어요. 화채 그릇 하나를 들 때도 젖먹던 힘까지 다해야만 했으니까요. 뭐, 화채 그릇 하나만도 값어치가 엄청났죠."

"그리고 손가락 마디로 두드리면 쟁그랑 소리가 났지?" 저코우가 떨리는 입술을 손가락으로 움켜잡으며 간절한 표정으로 그녀를 부추겼다. 그의 손가락이 갈고리발톱처럼 구부러졌다.

"교회 종소리보다도 소리가 더 맑았죠." 마리아가 이어 말했다.

"계속해, 계속해, 계속해 보라고." 저코우가 의자를 당겨 앉으며 극도로 흥분하여 눈을 꼭 감고 말했다.

"백 개도 넘었어요. 그리고 하나같이 전부 황금이었죠."

"아, 하나같이 전부 황금이었지."

"가죽 트렁크를 열었을 때의 광경을 봤어야 해요. 긁힌 자국이 있는 그릇이 단 하나도 없었어요. 하나하나가 전부 거울처럼 매끈한 데다 반짝거리고 잘 닦여서 검게 보였죠. 제가 무슨 말 하는지 이해하시겠죠."

"아, 알지, 잘 알고말고." 저코우가 침으로 입술을 축이며 큰 소리로 대꾸했다.

그러더니 그는 마리아에게 식기 세트에 대해 세세하게 질문해 댔다. 그릇이 아주 물렀지? 그래서 이로 깨물면 잇자국이 났겠지? 자, 나이프 손잡이들도 하나같이 금이었어? 나이프 하나하나가 전부 통짜로 만들어졌고? 포크도 마찬가지였겠지? 그리고 트렁크 내부는 당연히 누빈 천으로 되어 있었겠지? 그녀가 직접 그릇을 닦아 본 적이 있었을까? 사람들이 그 그릇들로 식사를 할 때는 멋진 소리가 났겠군. 황금 나이프와 황금 포크가 황금 접시에 부딪히는 소리 말이야.

"자, 마리아, 이제 처음부터 다시 얘기해." 저코우가 사정했다. "'백 개도 넘는 그릇이 있었는데 하나하나가 전부 황금이었죠.' 이 말부터 시작해 봐. 자, 어서 시작해 봐, 시작해 봐, 시작해 보라고!"

머리칼이 붉은 폴란드인은 극도로 흥분했다. 그는 마리아의 장황한 설명에 완전히 넋이 빠져 있었다. 이야기를 들을 때면 눈을 지그시 감고 입술을 덜덜 떨며 그의 바로 앞에, 식탁 위에, 그의 눈앞에, 손 밑에 묵직하고 거대하고 반짝이는 그 멋진 그릇들이 펼쳐져 있는 것을 상상했다. 그는 마리아를 달달 볶아서 두 번째로, 그리고 세 번째로 이야기를 반복하게 했다. 그 이야기를 생각하면 할수록 그의 욕망은 더욱 강렬해졌다. 그러다가 마리아가 이야기를 더 반복하지 않으면 그는 곧바로 반응했다. 기가 막히게 아름다운 꿈에서 깨어나며 그릇들이 아주 사라져 버렸다. 그 누추한 방 안에는 때 묻은 누더기와 녹슨 고철들 말고는 아무것도 없었다. 이 고통! 이 괴로움! 그렇게 가까이 있었는데. 그토록 가까이에서 왜곡된 환상을 거울 들여다보듯 선명하게 보았는데. 그릇 하나하나를 마치 오랜 친구처럼 알고, 그 무게를 느꼈으며, 반짝거리는 그 빛에 눈이 부셨고, 온전히 자기만의 것 같았으며, 품에 안은 것 같았건만, 화들짝 놀라며 꿈에서 깨어나 이 끔찍한 현실로 다시 떨어지고 만 것이다.

"그런데 너는, 너는 한때 그것들을 갖고 있었잖아." 저코우는 마리아의 팔을 움켜잡고 숨을 헐떡이며 말했다. "너는 한때라도 그걸 가졌어. 전부 네 것이었잖아. 생각해 봐. 그런데 그것들이 사라져 버렸어."

"영원히 사라져 버렸죠."

"어쩌면 네가 살던 곳 어딘가에 묻혀 있을지도 몰라."

"사라졌어요, 사라져 버렸다고요." 마리아가 단조로운 말투로 읊조리듯 말했다.

저코우는 손톱을 머리 가죽에 파묻고 붉은 머리칼을 쥐어뜯었다.

"그래, 맞아, 사라졌어. 사라져 버렸지. 영원히 사라져 버렸이! 영원히 시라저 버렸다고!"

마커스와 치과 의사는 조용한 길거리를 걸어가 작은 동물 병원에 다다랐다. 걸어가는 도중에 두 사람은 거의 말을 하지 않았다. 맥티그는 머리가 빙빙 도는 것 같아 차마 말을 할 수가 없었다. 그는 그날 밤 일어난 멋진 일을 생각하느라 바빴고, 그 일이 그의 삶에—그의 삶과 트리나의 삶에—어떤 영향을 미칠지 따져 보려고 애썼다. 마커스는 길거리로 나서자마자 샐쭉해져서 입을 다물어 버렸지만 맥티그는 정신이 팔려서 전혀 눈치채지 못했다.

두 사람은 붉은 카펫과 가스 난로가 있고 벽에는 유명한 개들의 채색 프린트가 걸려 있는 병원의 조그마한 사무실로 들어섰다. 한쪽 구석에는 그들이 잠을 잘 철제 침대가 놓여 있었다.

"너 먼저 자, 맥." 마커스가 말했다. "난 자기 전에 개들을 한번 둘러볼게."

그는 밖으로 나가 세 방향이 개를 넣어 두는 우리들로 둘러싸인 마당으로 갔다. 위염으로 죽어 가는 불테리어 개가 그를 알아보고 힘없이 낑낑댔다.

마커스는 개들은 전혀 신경 쓰지 않았다. 그날 저녁 처음으로 혼자가 되어 생각에 잠길 수 있었다. 그는 몇 차례 마당을 서성이더니 갑자기 나지막한 목소리로 내뱉었다.

"멍청아, 마커스 숄러, 이 멍청아! 트리나를 붙잡았더라면 그 돈이 전부 네 것이 될 수 있었잖아. 네 차지가 될 수 있었는데. 넌 인생에 두 번 다시 오지 않을 기회를 걷어찬 거야. 여자를 포기하는 것쯤이야, 그렇다 쳐. 그런데 이건." 그는 분노에 차서 발을 굴렀다. "5천 달러를 창밖으로 내던져 버리다니. 네 것이 될 수 있었는데도, 트리나와 그 돈을 손에 넣을 수 있었는데도 넌 남의 주머니에 그걸 쑤셔 넣어 준 거야. 도대체 뭣 때문에? 친구라서. 아, 그래 '친구' 좋다 이거야. 하지만 5천 달러라니. 그걸 그녀석 손에 쥐어 주고 만 거야. 빌어먹을, 이 망할 팔자!"

제8장

다음 두 달 동안은 참으로 행복했다. 트리나와 맥티그는 일주
일에 세 번은 어김없이 만났다. 일요일과 수요일 오후에는 평소
처럼 치과 의사가 B 거리로 건너갔지만, 금요일에는 트리나가
시내로 왔다. 그녀는 오전 9시부터 정오까지 시내의 싸구려 백
화점에서 주로 자신과 가족이 일주일 동안 쓸 물건을 사면서 시
간을 보냈다. 정오가 되면 시내 주택 지구로 가는 전차를 타고
폴크 거리 모퉁이로 와서 맥티그를 만났다. 두 사람은 서터 거
리 모퉁이에 있는 작은 호텔에서 조그마한 방 하나를 독차지하
고 점심을 먹었다. 음식이 그보다 더 맛있을 수 없었다. 미닫이
문 하나만 닫으면 두 사람은 자기들만 세상에 있는 듯했다.

할인 매장들을 약탈하다시피 한 트리나는 숨을 헐떡이며 호
텔 식당에 들어서곤 했다. 창백한 뺨은 발그레했고, 머리칼은
얼굴과 입가에 온통 흩어져 있으며, 어머니의 그물로 된 가방은
물건이 가득 차 금방이라도 찢어질 듯했다. 트리나는 두 사람만

의 작고 은밀한 방으로 들어서면서 나지막하게 신음을 내며 의자에 털썩 주저앉곤 했다.

"오, 맥, 너무 피곤해요. 시내 구석구석을 다 다녔어요. 아, 의자에 앉으니 정말 좋네요. 생각해 봐요. 오전 내내 걸어 다녔는데, 글쎄 이곳에 오는 전차 안에서 마냥 서 있어야 했다니까요. 내가 뭘 샀는지 한번 볼래요? 그냥 이것저것 다 샀어요. 자, 보세요. 내가 쓰려고 물방울무늬 베일을 하나 샀고요. 어때요, 예뻐 보여요?" 그녀는 얼굴 위로 베일을 펼쳐 보였다. "그리고 편지지 한 박스랑, 앞쪽 응접실에 놔둘 램프 갓을 만들려고 크레이프 주름 종이도 한 묶음 샀죠. 그리고 또 내가 뭘 샀을 거 같아요? 한 세트에 49센트밖에 하지 않는 노팅엄 레이스 커튼을 찾았지 뭐예요. 정말 저렴하지 않아요? 그리고 셔닐 천으로 된 가리개 커튼은 겨우 2.5센트밖에 하지 않았어요. 자, 이제, 지난번 우리가 만난 뒤로 자기는 뭘 했어요? 하이제 씨는 결국 이를 뽑기로 마음먹었나요?" 트리나가 모자와 베일을 벗고 거울을 보며 머리를 매만졌다.

"아니, 아니, 아직. 난 어제 오후 간판에 매달 커다란 금니를 보러 간판 도장공 가게에 갔었어. 그런데 너무 값이 비싸서 아직은 살 수가 없어. 독일산 금박과 프랑스산 금박, 두 종류가 있는데, 독일산은 별로였어."

맥티그가 고개를 저으며 한숨을 내쉬었다. 트리나와 함께 5천 달러를 손에 넣었는데도 이 이루지 못한 욕망이 도저히 잊히지 않았다.

때로 두 사람은, 트리나는 초콜릿 음료를 마시고 맥티그는 버터를 바르지 않은 큼직한 빵 덩어리를 우적우적 씹어 먹으면서 장래 계획에 대해 길게 이야기하기도 했다. 둘은 5월 말에 결혼할 예정이었고, 치과 의사는 파산한 사진작가의 스위트룸에 딸린 방 두 칸을 신혼집으로 벌써 점찍어 두었다. 그 집은 진료실 바로 뒤편, 같은 아파트 안에 있었고, 치과 의사는 사진작가가 가구가 딸린 채 방들을 전전세(轉傳貰)해 줄 것으로 믿고 있었다.

맥티그와 트리나는 돈 문제는 크게 걱정하지 않았다. 수입이 꽤 짭짤할 것이라고 확신할 수 있었다. 치과 의사의 일도 제법 잘 돌아갔고, 트리나가 복권으로 받은 5천 달러의 이자도 보탬이 되었다. 다만 맥티그 생각에 그 이자는 한심하리만큼 작은 액수였다. 그는 이 5천 달러에 대해 막연한 환상이 있었다. 그 돈으로 집을 사거나 어쩌면 눈이 휘둥그레질 만큼 호화롭게 신혼집을 꾸미며 호사를 누릴 것이라 기대했다. 방에 빨간 벨벳 카펫을 깔고 끊임없이 파티를 여는 그런 호사 말이다. 맥티그의 마음속에는 돈을 쉽게 벌어 쉽게 써 버리는 옛날 광부들의 부(富)에 대한 관념이 끈질기게 남아 있었다. 그래서 트리나가 투자와 이자, 이율 이야기를 꺼내자 그는 불안했고 적잖이 실망했다. 5천 달러라는 뭉칫돈과 달마다 들어오는 20달러나 25달러의 쥐꼬리만큼 적은 돈은 차원이 달랐다. 그건 돈을 다른 사람이 가진 것이나 다름없었다.

"맥, 이해가 가지 않나요?" 트리나가 설명했다. "그 돈은 여전히 우리 것이에요. 원하면 언제든 되돌려 받을 수 있으니까요. 이게 가장 합리적인 방법이에요. 상금을 복권 사는 데 죄다 써 버렸다는 사내처럼 이 돈 때문에 우쭐해선 안 돼요, 맥. 이걸 다 써 버리면 우리 자신이 얼마나 바보 같겠어요! 복권에 당첨되지 않은 것처럼 예전과 똑같이 생활해야 해요. 이 상금에 대해 분별 있게 생각해야지, 안 그래요?"

"음, 뭐, 그런 것 같기도 하고." 치과 의사는 천천히 방바닥을 두리번거리며 대답하곤 했다.

이 돈을 어떻게 할 것인가 하는 문제는 시프 가족 사이에서도 끊임없는 논쟁거리였다. 저축은행에서는 이자를 3퍼센트밖에 주지 않지만, 트리나의 부모는 그보다 더 나은 방법이 있을 것이라고 믿었다.

"엘버만 삼촌이 있잖아요." 트리나가 미션 구역에서 장난감 도매상을 하고 있는 부유한 친척을 떠올리며 제안했다.

그러자 시프 씨는 손으로 이마를 '탁' 쳤다. "아, 기발한 생각이닷!" 그가 큰 소리로 말했다. 이윽고 결론이 났다. 그 돈을 엘버만 삼촌의 사업에 투자하기로 했다. 삼촌은 트리나에게 6퍼센트 이자를 주기로 했다.

그러면 트리나의 상금은 매달 25달러의 수입이 될 터였다. 그것 말고도 트리나는 작은 부업을 하나 얻었는데, 엘버만 삼촌의 가게에서 판매할 노아의 방주 동물들을 만드는 일이었다. 트리나의 선조는 부모 양쪽 모두 독일계 스위스 사람들이었다. 아주 오래전, 털실 각반을 신은 나무 조각가였던 16세기 티롤 선조의 손재주가 특이한 형태로 트리나에게 다시 나타났다.

트리나는 날카로운 잭나이프 하나만 가지고 부드러운 나무 조각을 깎아 노아의 방주 동물들을 만들었다. 맥티그가 그의 일을 설명해 준 것처럼 그녀도 매우 자랑스럽게 그에게 자기 일을 설명해 주었다.

"그러니까 나뭇결이 곧은 나무 덩어리를 가져다가 모양을 내는 거예요. 우선은 큰 칼로 대강 다듬고, 그다음은 작은 칼로 훨씬 더 조심스럽게 다시 다듬어요. 그런 다음 접착제 한 방울을 떨어뜨려서 귀와 꼬리를 붙이고 무독성 페인트로 칠해요. 말과 여우와 소는 진한 갈색으로, 코끼리와 낙타는 쥐색으로, 닭과 얼룩말은 암갈색으로 등등 말이죠. 그리고 나서 맨 마지막에 아연 백색으로 눈을 그리면, 짜잔, 완성이에요. 한 다스를 9센트에 팔아요. 다만 마네킹은 내가 만들 수가 없어요."

"마네킹이 뭔데?"

"작은 사람 모형 말이에요. 알잖아요. 노아와 그의 아내, 셈, 그리고 그 밖에 다른 아이들 말이죠.'"

트리나의 말은 사실이었다. 그녀는 선반 기계와 경쟁할 만큼 모형들을 아주 빠르게 깎아서 값싸게 만들 수가 없었다. 그녀가 한 가족을 겨우 만드는 동안 선반 기계는 부족과 민족 전체를 만들어 낼 수 있었다. 하지만 마네킹 외의 것들은 모두 그녀가 만들었다. 창문만 있고 문이 없는 방주며, 모든 제품을 포장할 상자며, 심지어 '프랑스제'라는 라벨도 직접 만들어 붙였다. 그녀는 이 일로 한 주에 3, 4달러를 벌었다.

이 세 가지 수입원, 즉 맥티그의 일과 5천 달러의 이자, 트리나의 조각으로 벌어들이는 수입을 모두 합하면 액수가 제법 컸다. 트리나는 저축할 돈도 남아 5천 달러 원금을 늘려 갈 수 있을 것이라고 단언했다.

보아하니 트리나는 아주 훌륭한 가정주부가 될 것이 분명했다. 절약이 그녀의 강점이었다. 희석되지 않은 순수한 농부의 피가 그녀 몸속에 상당히 흐르고 있었고, 강인하고 인색한 산악 지방 민족의 본능—이렇다 할 생각도 없이, 결과에 대해서는 아무런 생각도 하지 않고 그저 모으기만 하는 본능—, 저축을 위한 저축, 이유도 모른 채 계속 비축만 하는 본능을 지니고 있었다. 맥티그조차 트리나가 새로 얻은 재산에 얼마나 집착하는지 미처 알지 못했다.

하지만 두 사람이 점심을 먹을 때마다 수입과 돈 문제를 이야기하며 시간을 보내는 것은 아니었다. 이 귀여운 아가씨는 알면 알수록 맥티그에게 점점 더 수수께끼 같고 기쁨을 주는 여자였다. 그녀가 진지하게 셋방이나 전기세나 연료 이야기를 하다 말고 뜬금없이 애정을 표현하면 맥티그는 기분이 좋아 몸을 부르르 떨었다. 트리나는 갑자기 초콜릿 음료를 내려놓고 좁은 식탁 쪽으로 몸을 기울이며 이렇게 내뱉곤 했다. "그런 것들은 아무래도 좋아요! 오, 맥, 정말로, 진짜로 날 사랑하나요? 아주 엄청 사랑하느냐고요?"

그러면 맥티그는 정신이 혼미해지고 할 말을 잃어 말을 더듬거리고 숨을 헐떡이며 고개를 내저을 뿐이었다.

"내 사랑, 곰탱이!" 트리나는 그의 큼직한 양쪽 귀를 붙잡고 머리를 옆으로 흔들어 대며 이렇게 말하곤 했다. "그렇다면 키스해 줘요. 어디 말해 봐요, 맥. 내가 기차역에서 처음으로 키스를 허락했던 그 순간 나를 향한 사랑이 줄어들지는 않았나요? 오, 맥, 내 사랑, 코가 왜 그렇게 웃기게 생겼나요? 콧구멍에 털만 잔뜩 나 있고. 그리고 자기, 정수리에 머리카락이 없는 거 알아요?" 그녀는 그의 머리를 자기 쪽으로 잡아끌었다. "바로 정수리에 말이에요." 그러고는 머리털이 없는 문제의 부분에 진하게 키스하며 말했다. "자, 이제 머리칼이 날 거예요."

트리나는 맥티그의 아주 큼직하고 각진 머리를 가지고 장난치는 것을 질려 하지도 않고 무척이나 재미있어 했다. 머리칼이 뻣뻣이 설 때까지 마구 헝클어트리거나, 눈을 손가락으로 만지거나, 귀를 양옆으로 잡아당기고 고개를 옆으로 갸웃거리며 반응을 살폈다. 마치 어린아이가 커다랗고 온순한 세인트버나드 개를 데리고 장난치는 것 같았다.

두 사람이 지치지도 않고 즐거워하는 놀이가 하나 있었다. 식탁을 사이에 두고 서로를 향해 기댄 채 맥티그는 가슴 밑에 팔짱을 꼈다. 그러면 트리나는 양쪽 팔꿈치를 식탁에 대고 맥티그의 콧수염―바이킹의 엄청난 노란색 콧수염―을 양손으로 가른다음 수염의 양끝을 검지에 돌돌 말아 입술 위로 잡아당겨서 얼굴을 그리스 가면처럼 만들었다. 그러다가 맥티그가 난데없이 사납게 콧소리를 내면, 그것이 놀이의 일부라 트리나는 분명히 예상했는데도 어김없이 화들짝 놀라며 튀어 올랐다. 그러면 맥티그는 눈물이 날 정도로 박장대소했다. 그 순간 트리나는 긴장하여 몸을 벌벌 떨며 맥티그에게 따졌다. "어머! 맥, 그러지 말아요. 깜짝 놀랐잖아요." 그리고 다시 놀이를 시작하는 것이다.

하지만 이렇게 트리나와 마주하며 보내는 달콤하기만 한 시간도 마커스 숄러가 맥티그를 쌀쌀맞게 대하면서 점점 줄어들었다. 맥티그는 처음에는 그것을 전혀 눈치채지 못했다. 그러나 이쯤 되자 아무리 무딘 맥티그라 하더라도 그의 가장 절친한 친구—그의 '단짝'—가 예전 같지 않다는 것을 알 수 있었다. 두 사람은 금요일을 빼고서는 예전처럼 거의 매일 점심때마다 전차 차장의 간이식당에서 만났다. 하지만 마커스가 늘 샐쭉해 있다는 사실은 의심할 여지가 없었다. 그는 맥티그와 말을 섞으려 하지 않으면서 계속 신문을 읽었고, 치과 의사가 소심하게 말을 걸기라도 할라치면 외마디로 무뚝뚝하게 대답할 뿐이었다. 심지어 비스듬히 돌아앉아 언제나 바로 옆 식탁에 앉아 있는 마구 제작업자 하이제와 아주 길게 이야기를 나눌 때도 있었다. 마커스가 개들을 운동시키려고 나갈 때도 더는 맥티그와 같이 길게 산책하지 않았다. 마커스는 트리나를 포기하면서 보였던 관대함을 두 번 다시 보여 주지 않았다.

그러던 어느 화요일, 맥티그가 간이식당에 있는 자기 자리에 앉고 보니 마커스가 이미 그곳에 앉아 있었다.

"안녕, 마크?" 치과 의사가 인사를 건넸다. "벌써 와 있었네?"

"안녕." 마커스가 토마토케첩을 뿌리며 무덤덤하게 대답했다. 그리고 침묵이 흘렀다. 한참 뒤 마커스가 갑자기 고개를 쳐들었다.

"이봐, 맥." 그가 큰 소리로 말했다. "나한테 빌린 돈 언제 갚을 거야?"

맥티그는 깜짝 놀랐다.

"어? 무슨 말이야? 난 빌린 적이…… 내가 너한테서 돈을 빌렸어, 마크?"

"그래, 나한테 50센트 빌렸잖아." 마커스가 고집스럽게 말했다. "피크닉 갔던 날, 너랑 트리나 입장료를 내줬잖아. 그리고 넌 아직 그 돈을 돌려주지 않았거든."

"오, 오!" 맥티그가 당황하며 대답했다. "맞다, 그랬지. 내가…… 진작 나한테 말했어야지. 자, 여기 돈 있어. 고마워."

"얼마 되지 않는 돈이긴 해도," 마커스가 뚱하게 대답했다. "요즘 난 챙길 건 다 챙겨야 하거든."

"혹시 너 돈이 다 떨어진 거야?" 맥티그가 물었다.

"하지만 그날 밤 네가 동물 병원에서 잔 것에 대해선 아무 말도 하지 않겠어." 그가 동전을 주머니에 집어넣으며 말했다.

"음, 어…… 그러니까 네 말은 그것도 돈을 줘야 한다는 거야?"

"뭐, 어쨌든 넌 다른 곳에서라도 잠을 자야 했잖아, 안 그래?" 마커스가 쏘아붙였다. "그 아파트에서 자려면 하룻밤에 50센트는 내야 하잖아."

"알았어, 알았다고." 치과 의사가 서둘러 주머니를 뒤지며 말했다. "너한테 빚지고 싶지 않아, 영감탱이야. 자, 여기, 50센트면 되겠어?"

"빌어먹을 네 돈 따위 필요 없어!" 마커스가 갑자기 동전을 집 어던지며 화를 냈다. "내가 거지인 줄 알아?"

맥티그는 마음이 참담했다. 도대체 무슨 일로 친구가 이렇게 화가 난 것일까?

"글쎄, 난 네가 그 돈을 받았으면 좋겠어, 마크." 맥티그가 마 커스 쪽으로 동전을 밀며 말했다.

"분명히 말하지만, 난 네 돈에 손끝 하나 대지 않겠어." 마커스 는 화가 치밀어 얼굴이 백지장처럼 하얗게 질려서는 이를 악물 고 대꾸했다. "너한테 속을 만큼 속았으니까."

"요즘에 도대체 왜 그러는 거야, 마크?" 맥티그가 따졌다. "뭔 가 못마땅한 게 있잖아. 내가 뭘 잘못했는데?"

"어, 됐어. 됐다고." 마커스가 식탁에서 일어나며 말했다. "됐 다고. 바보 취급은 이미 받을 만큼 받았어. 충분히 받을 만큼 받 았다고." 마커스는 그에게 적의에 찬 시선을 쏘아붙이며 자리를 떴다.

아파트와 전차 차장들의 간이식당 중간쯤 폴크 거리의 길모 퉁이에 식료품을 파는 프레나의 구멍가게가 있었다. 포장지에 초록색의 불변색 잉크로 그려진 값싼 버터와 달걀 광고가 인 도 옆에 세워져 있었고, 문에는 큼직한 밀워키 맥주 간판이 붙 어 있었다. 가게 바로 뒤편에는 바닥에 흰 모래가 깔린 술집이 자리했는데, 식탁 몇 개와 의자 몇 개가 여기저기 아무렇게나 놓여 있었다. 벽에는 요란하게 채색된 담배 광고며, 질주하는 말들이 새겨진 채색 석판화가 걸려 있었다. 바 뒤쪽 벽에는 완벽하게 장비를 갖춘 범선 모형이 들어 있는 술병이 놓여 있었다.

이곳이 바로 치과 의사가 일요일 오후마다 피처 주전자를 들고 맥주를 채워 달라고 맡기곤 하는 술집이었다. 하지만 트리나와 약혼한 이후 그런 습관이 없어졌다. 일주일에 한두 번 정도 저녁에 들릴 뿐이었다. 그는 그곳에서 한 시간 정도 커다란 도자기 파이프 담배를 피우고 맥주를 마시며 시간을 보냈다. 식탁에 모여 피켓* 카드놀이를 즐기는 무리들과는 절대 어울리지 않았다. 사실 그는 바텐더와 마커스 말고는 다른 사람들과 좀처럼 이야기를 나누는 법이 없었다.

프레나 바는 마커스 숄러의 단골 술집 중 하나이기도 했기 때문에 그는 그곳에서 꽤 많은 시간을 보냈다. 그곳에서 마구 제작업자 하이제나, 단골손님인 나이 든 독일 사람 한두 명과 정치와 사회에 대해 열을 올리며 토론하곤 했다. 늘 그렇듯 마커스는 목청을 최대한으로 높이고 거칠게 몸짓하며 주먹으로 식탁을 치고 그릇과 유리잔을 휘두르고 저 자신의 고함 소리에 도로 흥분하여 토론했다.

간이식당에서 그런 일이 있고 나서 며칠이 지난 어느 토요일 저녁, 맥티그는 프레나 바에서 조용히 혼자 시간을 보내기로 했다. 그곳에 간 지도 꽤 오래된 데다 마침 그날이 자기 생일이란 게 생각났다. 그래서 파이프 담배도 평소보다 더 많이 피우고 맥주도 마실 참이었다. 맥티그가 길거리로 통하는 문을 통해 프레나의 뒷방 술집으로 들어서자 마커스와 하이제가 이미 테이블 하나를 차지하고 앉아 있는 게 보였다. 독일인 영감 두셋이 그들 맞은편에서 맥주를 홀짝이고 있었다. 하이제는 담배를 피우고 있었지만 마커스는 이미 네 번째 위스키 칵테일 잔을 앞에 놓고 있었다. 맥티그가 들어서는 순간 마침 마커스가 말을 하고 있었다.

"그건 입증할 수가 없지." 마커스가 고함을 질렀다. "내 장담하지만, 정당의 편파적 시각에 눈이 멀어 있거나 개인적 편견으로 치우치지 않은 한, 정신이 말짱한 어떤 정치인도 그런 진술을 증명할 순 없어. 현실을 직시하고 통계치를 보라고. 난 자유로운 미국 시민이 아닌가? 적법한 정부를 지지하려고 세금을 내는 거란 말이지. 그게 나와 정부 간의 계약이거든. 그렇지 않느냐고? 자, 그럼, 젠장! 만약에 정부가 내 생명과 자유와 행복 추구권*을 지켜 주지 않거나 지켜 줄 수 없다면, 내 의무는 끝이라는 거야. 나는 세금을 내지 않을 거야. 납부를 거부하겠어. 거부할 거야. 암, 거부하고말고. 뭐 어쩌라고?" 그는 주변을 둘러보며 자기주장에 반대하는 사람이 있는지 살폈다.

"말도 안 되는 소리를 하는군그래." 하이제가 나직하게 대꾸했다. "어디 한번 납부하지 말아 봐. 곧바로 교도소에 갈 테니." 마구 제작업자의 마지막 말에 마커스는 뚜껑이 열리고 말았다.

"그래, 아, 그래!" 그는 벌떡 일어나 상대방의 얼굴에 삿대질하며 외쳤다. "그래, 감방에 처넣으라고 해! 그렇다면 난, 난 결국 폭정에 짓밟히는 셈이지. 그렇다고 해서 폭정이 정의가 되나? 힘이 곧 정의냐고?'"

"숄러 씨, 소리 좀 낮추시죠." 카운터 뒤에 서 있던 프레나가 말했다.

"글쎄, 열 받게 하잖아요." 마커스가 자리에 다시 앉으면서 목소리를 가라앉히고 투덜댔다. "어이, 맥."

"안녕, 마크?"

맥티그가 나타나자 마음이 불편해진 마커스는 갑자기 자신이 부당하게 취급받았다는 생각이 되살아났다. 마커스는 자리에서 앞뒤로 몸을 뒤틀며 이쪽저쪽 어깨를 들썩였다. 걸핏하면 싸우기 좋아하는 성미에다 바로 전까지 이어졌던 열띤 논쟁 탓으로 마커스의 타고난 공격성이 서서히 고개를 쳐들었다. 게다가 그는 지금 칵테일을 네 잔째 마시고 있었다.

맥티그는 큼직한 도자기 파이프에 담배를 채우기 시작했다. 그런 다음 그는 불을 붙이고 방 안에 연기구름을 잔뜩 뿜어 대며 의자에 편안히 앉았다. 그의 값싼 담배 연기가 옆 테이블에 앉아 있는 사람들의 얼굴로 뿜어졌고, 마커스는 목이 막혀 콜록콜록 기침했다. 마커스의 눈에 불꽃이 튀었다.

"야, 제발!" 그가 큰 소리로 고함을 질렀다. "파이프 끄지 못해! 그렇게 파이프 담배를 피워 대려거든 광산 인부들 틈에 가서나 피워. 여기 신사들 사이에 끼지 말고."

"조용히 해, 숄러." 하이제가 나지막한 목소리로 말했다.

맥티그는 갑작스러운 공격에 어리둥절했다. 그는 입에서 파이프를 빼고 멍하니 마커스를 바라보았다. 입술은 달싹거렸지

168

만 아무 말도 하지 않았다. 마커스는 등을 돌리고 앉았고, 치과 의사는 다시 파이프를 물었다.

하지만 마커스는 화가 풀린 게 아니었다. 맥티그는 마커스와 마구 제작업자가 이어서 하는 말을 들을 수는 없었지만 마커스가 무엇인가 손해 입은 이야기를, 어떤 불만을 털어놓는 것 같았고 상대방은 애써 그를 진정시키려는 것처럼 보였다. 그러다가 갑자기 그들의 말소리가 커졌다. 하이제는 마커스의 겉옷 소맷자락을 붙들고 그를 저지하려 들었다. 그러나 마커스는 의자에서 벌떡 일어나 맥티그를 노려보며 마치 하이제의 말에 대답하는 것처럼 소리 질렀다. "내가 아는 건 5천 달러 상금 중에서 난 단 한 푼도 받지 못했다는 것이지!"

맥티그는 어리둥절해서 입을 딱 벌리고 그를 바라보았다. 그는 다시 한 번 입에서 파이프를 뺀 채 어리둥절하고 당혹스러운 눈으로 마커스를 쳐다보았다.

"내게도 그런 권리가 있었다면." 마커스가 씁쓸한 표정을 지으며 큰 소리로 내뱉었다. "나도 그 돈의 일부를 차지할 수 있었겠지. 내 몫으로 말이야. 그게 진짜 정당한 거지." 그러나 치과 의사는 여전히 말이 없었다.

"만약 내 덕이 아니었다면," 마커스가 이번에는 맥티그를 쳐다보며 말을 이어 나갔다. "넌 그 돈에서 단 한 푼도 받을 수가 없었어. 그래, 단 한 푼. 그런데 도대체 내 몫은 어디로 갔지? 그걸 알고 싶은 거야. 내 몫은 어떻게 된 거냐 말이야. 그래, 난 땡전 한 푼 받질 못했어. 몽땅 털린 거지. 넌 속속들이 다 빼앗아

갔어. 내 여자도 빼앗아 가고, 내 돈도 빼앗아 가고는 이제 아주 나 몰라라 하는군그래. 그래, 내가 아니었으면 오늘의 네가 있었을 것 같아?" 마커스가 격분해서 소리쳤다. "넌 이를 뽑으면서 시간당 겨우 25센트 받고 있잖아. 그런데 나한테 고마워할 줄도 몰라? 예의의 '예' 자도 몰라?"

"그만하지, 숄러." 하이제가 나지막한 목소리로 말렸다. "소동을 일으키고 싶지 않으면."

"그래, 그만할게, 하이제." 마커스는 서럽고 억울하다는 투로 대꾸했다. "하지만 이 생각만 하면 견딜 수가 없어. 저 자식이 내 여자의 마음을 훔쳐 갔거든. 저 자식은 부자가 된 데다 잘나가고 있고, 내가 가질 수 있었던 5천 달러를 손에 넣으니까 이제 내가 눈에 보이지도 않는 거야. 날 아주 바보 취급했다고. 이봐!" 그가 맥티그 쪽으로 다시 돌아서며 큰 소리로 말했다. "그 돈에서 내게 돌아올 몫이 조금이라도 있나?"

"그건 내가 주고 말고 할 수 있는 게 아니야." 맥티그가 대답했다. "너 지금 많이 취했어. 그래서 이러는 거야."

"그 돈 중에 내 몫이 있냐고?" 마커스가 집요하게 큰 소리로 물었다.

치과 의사는 고개를 내저었다. "아니, 넌 한 푼도 못 받아."

"자, 자." 마커스는 그 대답이 모든 것을 설명해 준다는 듯 마구 제작업자 쪽으로 돌아서며 외쳤다. "자, 봤지? 너랑은 이제 완전히 끝이야!" 마커스는 이쯤 해서 꼭 자리를 뜰 것처럼 벌떡 의자에서 일어나 있었지만, 자꾸 되돌아와 맥티그의 얼굴에 대고 소리쳤고, 극적인 효과를 높이기 위해 마지막 단어를 내뱉을 때마다 뒤로 물러섰다.

"여기서 말끔하게 정리하겠어. 너랑은 이제 완전히 끝이야. 두 번 다시 나한테 말 걸지 마." 그의 목소리가 분노로 떨렸다. "그리고 앞으로 두 번 다시 식당에서 내 자리에 앉지 마. 한때라도 나 자신을 낮추고 너같이 더러운 자식과 어울렸던 게 정말 원통하다. 아, 망할 촌뜨기 시골 의사! 아, 10센트에 아연 충전물로 이빨이나 때우는 자식! 깡패 자식! 망나니! 내 얼굴 앞에서 망할 놈의 담배 치우지 못해!"

상황은 갑작스럽게 절정에 이르렀다. 마커스가 마지막으로 그에게 얼굴을 들이밀 때 어쩔 줄 몰라 하며 파이프만 세차게 빨고 있던 맥티그가 대답하려고 입을 벌리자 숨 막힐 듯 매캐한 연기가 그만 마커스 숄러의 눈에 직접 들어가고 말았다. 마커스는 순식간에 손을 휘둘렀다. 맥티그의 파이프가 마커스의 손가락에 맞고 가게 반대편의 먼 구석으로 날아가 수십 조각으로 박살났다.

맥티그는 눈을 휘둥그렇게 뜨고 자리를 박차고 벌떡 일어났다. 하지만 아직 화가 난 것은 아니었고 다만 마커스 숄러의 갑작스러운 공격과 터무니없는 소리에 놀랐을 뿐이었다. 도대체 마커스가 왜 그의 파이프를 깨뜨린 것일까? 그나저나 그는 도대체 왜 이러는 것일까? 치과 의사는 자리에서 일어나면서 오른손으로 막연한 동작을 취했다. 마커스는 그것이 위협적인 행동이라고 오해했던 것일까? 그는 날아오는 주먹을 피하듯 용수

철처럼 튀며 뒤로 물러섰다. 갑자기 비명이 들렸다. 마커스는 특이한 동작으로 팔을 잽싸게 위로 크게 휘두르며 손에 잭나이 프를 펼쳐 들었다. 그가 잭나이프를 앞쪽으로 던지자 칼날이 번 뜩이며 맥티그 머리 옆을 아슬아슬하게 스쳐 지나가 뒤쪽 벽에 꽂혀 흔들기렸다.

가게 안 분위기가 순식간에 차가워졌다. 사람들은 하나같이 차가운 죽음의 바람이 재빠르게 스쳐 가는 것을 보고 자리에 꽁 꽁 얼어붙은 듯 서 있었다. 죽음이 아주 잠깐 웅크리고 있다가 공포와 혼란의 흔적만 남기고 지나가 버렸다. 그러더니 길거리 쪽으로 나 있는 문이 쾅 하고 닫혔다. 그렇게 마커스는 자취를 감춰 버렸다.

그때부터 사람들은 탄성을 지르며 아주 큰 소리로 웅성대기 시작했다. 거의 치명적이라고 할 순간의 긴장감이 풀리고 나서 야 사람들은 다시금 말을 할 수 있었다.

"저 사람이 당신을 칼로 죽일 수도 있었어요."

"구사일생으로 살아남은 거요."

"저 녀석은 도대체 뭣하는 놈이야?"

"저 자식 살인자가 될 뻔했던 걸 운 좋게 피했어."

"나 같으면 저자를 재판에 넘기겠어."

"게다가 두 사람은 대단히 친한 사이였잖아."

"저자가 자넬 건드린 건 아니지?"

"아니요, 아니요. 그렇진 않았어요."

"아니, 저런, 저런 악마 녀석이 있나! 저렇게 친구를 배신하다니! 폭력배들이나 쓰는 짓을 했어!"

"뒤에서 칼로 찌를지도 모르니 뒤통수 조심하쇼. 저런 인간이라면 그러지 않으리라는 보장이 없으니까."

프레나가 벽에 꽂힌 칼을 뽑았다.

"이 단도는 내가 보관하는 게 좋을 것 같네요." 그가 말했다. "저 사람은 이걸 찾으러 서둘러 오진 않을 겁니다. 칼날이 제법 크기도 하군." 사람들은 관심을 갖고 흥미롭게 칼을 훑어보았다.

"이 칼에 맞으면 누구라도 죽겠어." 하이제가 내뱉었다.

"뭐, 뭐 도대체 뭐 때문에 그런 짓을 한 거죠?" 맥티그가 더듬거리며 입을 열었다. "난 저 사람한테 아무 불만이 없었는데."

맥티그는 당황스러웠고 이 모든 이상한 상황이 괴로웠다. 하마터면 마커스가 그를 칼로 찔러 죽일 뻔했다. 정말로 폭력배가 하는 식으로 섬뜩하게 그에게 칼을 던졌다. 참으로 알 수 없는 일이었다. 맥티그는 다시 자리에 앉아 멍청하게 바닥을 내려다보았다. 가게 한구석에 부서진 파이프, 수십 조각으로 산산조각이 나 있는 채색된 도자기 파이프와 호박과 체리나무 손잡이가 보였다.

그것을 보는 순간, 언제나 상처를 받고 나서 뒤늦게야 고개를 쳐드는 그의 더디고 느린 분노가 불현듯 치밀어 올랐다. 큼직한 턱이 덜덜 떨렸다.

"저놈한테 내가 무시당할 순 없어!" 그가 갑자기 큰 소리로 내뱉었다. "마커스 숄러, 내가 본때를 보여 줄 거야. 본때를 보여 주겠어, 내가."

맥티그는 자리에서 벌떡 일어나 재빨리 모자를 뒤집어썼다.

"저기, 의사 선생," 하이제가 맥티그와 문 사이에 버티고 서서 충고했다. "바보짓은 하지 말게."

"그 자식을 건드리지 말아요." 프레나가 치과 의사의 팔을 잡으며 말했다. "술에 잔뜩 취해 있었잖아요."

"저 자식이 내 파이프를 깨트렸어요." 맥티그가 대답했다.

그게 바로 맥티그가 화가 난 이유였다. 칼을 던져 그의 목숨을 빼앗아 갈 뻔했던 일은 그가 설명할 수 있는 게 아니었다. 하지만 파이프를 깬 것은 명백히 이해할 수 있는 일이었다.

"본때를 보여 줄 거야." 그가 소리 질렀다.

맥티그는 프레나와 마구 제작업자가 마치 어린아이들인 양 옆으로 슬쩍 밀어 버리고 나서 성난 코끼리처럼 문 쪽으로 성큼성큼 걸어갔다. 하이제는 우두커니 서서 어깨만 문지를 뿐이었다.

"차라리 기관차를 멈추는 게 쉬울 것 같군." 그가 중얼거렸다. "무쇠로 만들어진 사람이야."

한편 맥티그는 아파트 쪽으로 폭풍처럼 거리를 내달리며 고개를 흔들어 대고 계속 뭐라고 중얼거렸다. 마커스 자식이 파이프를 부쉈다, 이거지? 그 자식이 날 치아에 아연 충전물이나 채우는 사람이라고 했다, 이거지? 그는 마커스 숄러에게 본때를 보여 줄 작정이었다. 그 누구도 그를 무시할 수는 없었다. 맥티그는 마커스의 방을 향해 뚜벅뚜벅 계단을 올라갔다. 그러나 문이 잠겨 있었다. 치과 의사가 엄청나게 큰 손으로 손잡이를 잡고 문을 안쪽으로 밀치자 나무 부분이 뚝 소리를 내며 부러지면서 자물쇠가 떨어져 나갔다. 방 안에는 아무도 없었다. 방 안은 어두웠고 텅 비어 있었다. 하지만 상관없었다. 마커스는 그날 밤 언젠가는 반드시 돌아올 터였다. 맥티그는 아래층에 내려가 자신의 진료실에서 그를 기다리기로 했다. 마커스가 계단을 올라가는 소리가 들릴 게 분명했다.

맥티그는 자기 방 앞에 도착했을 때 어둠 속에서 무언가에 걸려 넘어졌다. 문 바로 앞 복도에는 큼직한 나무 상자가 놓여 있었다. 당황한 그는 상자를 넘어가 그의 방 안으로 들어간 다음, 가스 불을 켜고 그것을 안으로 끌고 가 살펴보았다.

맥티그의 앞으로 온 물건이었다. 이게 과연 무엇일까? 그는 기다리고 있던 물건이 아무것도 없었다. 이 방에 가구를 들여놓은 날 이후로 소포 꾸러미가 배달된 적은 한 번도 없었다. 하지만 실수는 아닌 것 같았다. 그의 이름과 주소가 분명하게 적혀 있었다. "맥티그 치과 의사 선생님—캘리포니아주 샌프란시스코시, 폴크 거리." 그리고 붉은 웰스 파고˙ 꼬리표가 붙어 있었다.

덩치만 커 버린 사내아이처럼 맥티그는 호기심으로 한껏 들떠 부삽 끝으로 나무 상자를 비집어 열었다. 상자 안은 포장용 대팻밥으로 가득 차 있었다. 맨 위에는 트리나의 손 글씨로 그의 이름이 적힌 봉투가 놓여 있었다. 그는 봉투를 뜯고 읽어 보았다. "나의 사랑하는 맥의 생일을 축하하며, 트리나가." 그리고 그 밑에는 추신처럼 이렇게 적혀 있었다. "내일 기사가 와서 설치해 줄 거예요." 맥티그는 포장용 대팻밥을 걷어 냈다. 그리고 갑자기 탄성을 질렀다.

바로 그 치아 모형이었다. 거대한 뿌리가 달린 그 유명한 황금 어금니, 그의 간판, 그의 갈망, 유일하게 그가 이루지 못했던 꿈이었다. 심지어 질 떨어지는 값싼 독일산 금박이 아니라 프랑스산 금박이었다. 아, 티 한 번 내지 않고 그의 생일을 기억하고 있었다니! 그녀가 귀엽고 사랑스럽기 그지없었다.

"이 여자는―정말 이 여자는 말이지―그야말로 보석이야." 맥티그가 조그마한 소리로 탄성을 질렀다. "보석. 그래, 보석. 바로 그거지."

맥티그는 매우 조심스럽게 나머지 대팻밥을 걷어내고 육중한 어금니를 상자에서 들어내 대리석 상판의 탁자 위에 올려놓았다. 이 작은 방 안에서 얼마나 커 보이던지! 엄청나게 압도적이었다. 황금빛으로 반짝거리는 거대한 화석 같은 치아. 그 옆에 있는 물건들이 하나같이 너무나 작아 보였다. 뼈대가 크고 몸집이 거대한 자신마저도 괴물 같은 그 물건 앞에서는 한없이 작아 보였다. 잠시 그것을 손에 쥐자 그는 꼭 거대한 거인국 주민의 어금니를 잡고 끙끙대는 난쟁이 걸리버*가 된 것 같았다.

치과 의사는 그 경탄할 만한 황금빛 물건의 주변을 돌면서 행복해져서 숨을 가쁘게 내쉬었다. 그는 그것이 무슨 신성한 물건이라도 되는 것처럼 경이롭게 바라보며 조심조심 손으로 만졌다. 순간순간 그의 생각은 트리나에게로 돌아왔다. 정말 그랬다. 그의 여자 같은 존재는 이 세상 어디에도 없을 것이다. 그가 원하던 바로 그 물건을 그녀는 도대체 어떻게 기억하고 있었을까? 그것을 살 돈은 또 어디서 구한 것일까? 이 간판이 얼마나 비싼지 맥티그만큼 잘 아는 사람도 없었다. 폴크 거리에 사는 또 다른 치과 의사도 이것을 살 만큼 돈이 많지 않았다. 그렇다면 트리나는 도대체 돈이 어디서 난 것일까? 5천 달러에서 나왔을 게 틀림없었다.

스스로 빛을 내뿜는 것 같은, 프랑스산 금박을 입고 반짝반짝 빛나는, 거울처럼 밝은 이 물건은 확실히 너무나 멋지고 아름다운 치아였다. 싸구려 독일산 금박처럼 날씨 때문에 검게 변색될 염려도 전혀 없었다. 다른 치과 의사, 무게 잡는 그 사람, 자전거나 타고 그레이하운드 개를 데리고 사냥이나 다니는 그 사람이, 만약 맥티그의 퇴창 밖에 도전의 깃발처럼 내걸린 이 환상적인 어금니를 보면 뭐라고 할까? 틀림없이 질투가 나서 발작을 일으킬 것이다. 시기심으로 병이 날 테지. 그 순간 그의 얼굴을 볼 수만 있다면!

한 시간 내내 치과 의사는 그의 작은 진료실에 앉아서 보물을 황홀한 눈빛으로 바라보며 감탄하고 몹시 흡족해했다. 바로 그 물건 때문에 방 전체가 달라 보였다. 작은 난로 곁에 앉아 있는 퍼그 개 석상의 툭 튀어나온 눈이 황금빛을 반사했다. 카나리아도 잠에서 깨어나 자기의 작은 감옥 같은 새장보다도 훨씬 더 밝은 이 새로운 금박 물건을 바라보며 나지막하게 지저귀었다. 철판화 속 궁정의 한가운데에 앉아 있는 로렌초 데 메디치도 곁눈질로 그 물건을 자세히 살펴보는 것 같았다. 사용하지 않는 소총 제조업자 달럭의 화려한 색깔도 그보다 훨씬 더 찬란한 이 광명 앞에서는 빛이 바래 보였다.

한참 뒤, 자정을 훌쩍 넘기고서야 치과 의사는 마침내 잠자리에 들 준비를 했지만, 옷을 갈아입던 순간에도 여전히 이 멋진 치아에서 눈을 떼지 못했다. 그때 마커스 슐러가 계단을 따라 올라오는 소리가 들렸다. 그는 주먹을 불끈 쥐고 일어섰지만, 이내 아무 상관도 없다는 듯 그냥 침대 소파에 주저앉았다.

당장에는 싸우고 싶은 마음이 없었다. 모퉁이 식료품 가게를 나설 때 느꼈던 그 격렬한 감정을 다시 불러일으킬 수가 없었다. 금니 모형이 모든 것을 바꿔 놓았다. 트리나의 마음을 가졌는데 마커스 슐러의 분노 따위가 무슨 상관인가? 금니 모형을 가졌는데 부러진 파이프쯤이야 신경 쓸 필요가 어디 있겠는가? 그런 자식 따위 내버려 두자. 프레나 말마따나 그 녀석은 싸울 만한 가치조차 없는 놈이었다. 그때 마커스가 복도로 나와 화를 내며 누구든 들으라는 듯이 지르는 소리를 내질렀다.

"이제 그 자식이 내 방에 무단침입까지 했어! 내 방에 말이야, 젠장! 보나마나 내 것을 또 잔뜩 훔쳐 갔겠지. 이제는 아예 쳐들어와서 훔쳐 간다, 이거지?" 그는 망가진 문을 쾅 닫고 방 안으로 들어갔다.

맥티그는 목소리가 나는 방향으로 천장을 바라보며 중얼거렸다. "잠이나 처자라, 이 자식."

맥티그는 가스 불은 껐지만 잠들기 직전과 아침에 처음 눈을 뜨는 순간 금니 모형을 볼 수 있게 창문 커튼을 열어 두고 잠자리에 들었다.

하지만 그날 밤 맥티그는 제대로 잠을 이룰 수가 없었다. 이미 익숙해진 지 오래인 여러 소음 때문에 한 번씩 잠을 깼다. 길 건너편 인적이 드문 시장에서 거위들이 우는 소리에 잠이 깨는가 하면, 이번에는 전차가 정차하는 소리, 즉 진동이 멎고 나서 갑자기 찾아드는 정적에도 잠이 깼다. 또 뒷마당에서 개들이 화가 나서 짖어 대는 소리—아이리시 세터종, 알렉과 우체국 지국의 콜리 개가 울타리 너머로 서로 끝도 없는 미움으로 짖고 으르렁대는 소리에 잠을 깼다. 맥티그는 잠에서 깰 때마다 혹시 이 모든 게 한바탕 꿈은 아니었을까 싶어 고개를 돌려 금니 모형을 바라보았다. 하지만 물건은 그 자리에 그대로 있었다. 트리나의 선물, 그의 귀여운 여자가 준 생일 선물로 방 한가운데에 놓인 그 큼직하고 희미한 물건은 마치 스스로 신비로운 빛을 내뿜는 것처럼 어둑한 곳에서 빛나고 있었다.

제9장

트리나와 맥티그는 6월 첫날, 맥티그가 세를 얻은 사진작가의 방에서 결혼식을 올렸다. 5월 내내 시프 집안에는 큰 소란이 일어났다. 상자같이 조그마한 집이 온통 흥분과 혼란의 도가니였다. 곧 있을 트리나의 결혼식 준비 때문만이 아니라 시프 가족 전체가 이사 갈 준비를 해야 했기 때문이다.

시프 가족은 트리나의 결혼식 바로 이튿날 같은 캘리포니아 주 남쪽 지방으로 이사 갈 예정이었다. 시프 씨가 로스앤젤레스 교외 지역에 있는 가구 덮개 사업의 지분 3분의 1을 매입한 터였다. 마커스 숄러도 그들을 따라 함께 갈 것 같았다.

처음으로 검은 대륙을 탐험하던 스탠리'나 군대를 이끌고 알프스 산맥을 넘던 나폴레옹도 이 무렵 이사 준비를 하던 시프 씨만큼 막중한 책임감을 느끼거나, 세심한 주의를 기울이거나, 일의 중압감에 짓눌리지는 않았을 것이다. 시프 씨는 새벽부터 밤까지, 밤부터 이른 새벽까지 열심히 일하고 조바심내고 계획하고 조직하고 다시 조직하고 기획하고 고안했다. 큼직한 트렁크에는 알파벳 순서대로 A, B, C 글자를 붙였고, 상자들과 그보다 작은 꾸러미에는 1, 2, 3 숫자를 매겼다. 식구들은 저마다 맡은 임무와 특별히 관리해야 할 짐들이 있었다. 아무리 작은 세부 사항이라도 절대 빠뜨리지 않았다. 교통비와 다른 곳에 드는 비용, 사례금은 모두 소수점 이하 두 번째 자리까지 정확하게 계산했다. 이동하는 동안 검은 그레이하운드 개에게 줄 음식의 양까지도 정확히 계산했다. 시프 부인은 군대식으로 말해서 '병참'에 해당하는 점심 식사 책임을 맡았다. 시프 씨는 수표와 현금, 차표를 관리하고, 물론 이사를 총감독했다. 쌍둥이는 오거스트의 지시를 받기로 되어 있었고, 오거스트는 자기가 동생들에게 내린 지시 사항들을 아버지에게 보고해야 했다.

시프 가족은 날마다 이 세부 사항을 예행 연습했다. 아이들은 각자 맡은 일을 군대처럼 정밀하게 훈련받았다. 복종과 시간 엄수야말로 무엇보다도 가장 중요한 미덕이었다. 이 일이 얼마나 중요한지 시프 씨는 가족들에게 거듭거듭 세심하게 주입했다. 이것은 기동 훈련이었고, 군대가 작전 기지를 변경하는 일이었으며, 정말로 한 부족이 이주하는 것과 다름없는 일이었다.

한편 트리나의 작은 방은 전혀 다른 일들이 돌아가는 또 하나의 중심축이었다. 재봉사가 드나들었고, 축하객들이 집 앞 작은 응접실로 쳐들어왔으며, 현관 계단에서는 낯선 사람들이 모여 수다를 떨었다. 보닛 모자 상자들과 옷감들을 침대와 의자에 늘어놓았고, 포장지와 화장지, 끈을 바닥 여기저기 흩어 놓았다. 하얀 새틴 구두 한 켤레가 화장대 옆에 놓여 있었다. 하얀 면사포가 눈보라처럼 자그마한 작업용 탁자를 덮고 있었고, 어디에 둔 지 잊어버렸던 오렌지 조화 상자는 마침내 서랍장 뒤에서 발견되었다.

서로 다른 체계로 움직이는 이 두 작업은 종종 충돌하고 한데 뒤엉켰다. 부엌에서 차게 식힌 닭고기를 썰고 있어야 할 시프 부인이 트리나의 드레스 허리끈 조이는 것을 도와주다가 잔뜩 화가 나 있던 시프 씨에게 들켰다. 시프 씨가 결혼식 때 입을 프록코트를 시프 부인이 그만 '트렁크C'의 맨 아래에 넣었던 것이다. 한편 결혼을 축하하고 약속 시간을 정하려고 방문한 목사님은 집배원으로 오해받기도 했다.

맥티그는 이 모든 야단법석에 현기증이 나고 불편을 느낀 나머지 눈에 띄지 않게 슬그머니 드나들곤 했으나 그저 방해가 될 따름이었다. 비단 천을 밟아 한 폭을 찢어 놓거나, 포장 상자들을 옮기는 일을 도와주려 하다가 복도에 있던 가스등 장치를 망가뜨렸다. 트리나가 옷을 벗고 재봉사와 작업하고 있는 얄궂은 시간에 방에 들어섰고 허둥지둥 돌아서 나가다가 복도에 쌓아 둔 그림들을 넘어뜨리기도 했다.

매일같이 시시때때로 사람들이 오가는 소리가 들리고, 계단 위아래에서 부르는 소리, 이 방 저 방에서 질러 대는 소리, 문을 쾅쾅 여닫는 소리, 그리고 시프 씨가 셔츠 차림으로 세탁실에서 상자를 포장하려고 한 번씩 망치를 두드리는 소리가 들려왔다. 쌍둥이들은 물건과 카펫을 들어낸 방에서 통통거리며 걸어 다녔다. 오거스트는 한 시간에 한 번꼴로 매를 얻어맞고서 현관 계단에 앉아 훌쩍거렸다. 재봉사가 난간에 서서 뜨거운 다리미를 가져다 달라고 소리쳤고, 집배원이 계단을 터덜터덜 오르내렸다. 시프 부인은 점심 식사를 준비하다 말고 가서 "홉! 홉!" 하고 그레이하운드 개를 부르며 석탄 덩어리를 던져 주었다. 개가 돌리는 바퀴가 삐걱거렸고, 현관문 초인종이 울렸으며, 배달 수레가 달그락거리며 점점 멀어졌고, 창문이 덜컹거렸다. 확실히 이 작은 집 안에서는 한바탕 소동이 벌어지고 있었다.

이제 트리나는 매주 하루가 멀다고 시내로 나가 맥티그를 만나야 했다. 더 이상 점심을 먹으며 시시덕거릴 시간이 없었다. 이제는 중요한 일을 해야 했다. 큰 백화점의 가구 판매장을 찾아다니고, 철물과 도기와 비슷한 종류의 물건을 살펴보며 예산을 짰다. 두 사람은 가구가 딸린 사진작가의 방을 빌렸기 때문에 다행히도 부엌과 식당에서 사용할 물건만 구입하면 되었다.

이런 물건을 구입하는 데 드는 돈도 트리나의 혼숫감을 장만하는 데 쓸 돈과 마찬가지로 그녀의 5천 달러에서 떼어 쓰기로 했다. 마침내 새로운 집기들을 구매하는 데 2백 달러를 쓰기로 결정했다. 트리나가 큰 상금을 탔으니 시프 씨는 가족 전체가 이주하는 데 돈이 많이 드는 마당에 더는 트리나에게 지참금을 줄 이유가 없었다.

하지만 소중한 5천 달러를 쪼개어 쓰는 일이 트리나에게는 끔찍하게 고통스러웠다. 트리나는 이상할 만큼 집요하게 이 돈에 집착했다. 그녀에게 이 돈은 기적 같은 것이었고, 그녀의 보잘 것없는 삶의 무대 위로 기계 장치에서 갑자기 내려온 신(神)˚ 같은 존재였다. 그녀는 이 돈을 신성불가침한 그 무엇으로 여겼다. 부모는 딸과 한바탕 크게 다투고 나서야 겨우 2백 달러를 떼어 쓰도록 설득할 수 있었다.

그렇다면 트리나가 구입한 그 금니 값도 이 2백 달러에서 나왔을까? 치과 의사는 가끔 그녀에게 그 돈의 출처를 물어봤지만 트리나는 한사코 그녀만의 비밀이라며 그의 앞에서 웃어 보일 뿐이었다. 결국 맥티그는 끝까지 그 비밀을 알아내지 못했다.

어느 날, 맥티그가 트리나에게 마커스와 있었던 일을 털어놓았다. 그러자 그녀는 버럭 화를 냈다.

"자기에게 칼을 던졌다고요? 이런 비겁한 사람을 봤나! 자기처럼 남자답게 맞설 용기가 없었던 거예요. 아, 맥, 정말 칼에 맞았더라면 어쩔 뻔했어요?"

"내 머리에서 겨우 몇 센티미터 옆으로 비켜 갔지." 맥티그가 자랑스러운 듯 내뱉었다.

"생각해 보라고요!" 그녀가 씩씩거리며 말했다. "그 작가가 내 돈을 원하다니. 참 뻔뻔스럽기도 해라. 5천 달러에서 돈을 떼어내 가질 생각을 했어요! 말도 안 돼, 단 한 푼도 빼지 않고 모조리 내 돈이에요. 마커스 오빠는 그 돈에 대해 눈곱만큼도 권리가 없어요. 전부 내 돈이라고요, 내 돈―참, 내 말은, 우리 돈이에요. 맥, 내 사랑."

그러나 시프 부부는 마커스를 감싸고 나섰다. 그가 술을 너무 마셔서 자기가 무슨 짓을 하는지 몰랐을 것이라고 했다. 게다가 원래 성격이 조금 모진 데가 있지 않은가. 아마 맥티그에게 겁만 주려고 했을 것이다.

두 남자는 결혼식을 일주일 앞두고 화해했다. 시프 부인이 B거리에 있는 집 앞쪽 응접실로 두 사람을 불렀다.

"자, 두 사내 양반, 이제 그만 바보짓 하줘요. 오서 악수하고 화해해야줘."

그러자 마커스가 중얼거리며 사과했다. 맥티그는 보기에도 딱할 정도로 당황하여 눈알을 이리저리 굴리며 방 안을 둘러보면서 중얼거렸다. "괜찮아. 괜찮다고."

하지만 시프 부인이 마커스에게 맥티그의 들러리를 서 달라고 부탁하자 마커스는 또다시 난폭하게 돌변하며 펄쩍 뛰었다. 아니, 천만에요! 아, 싫습니다! 그는 이제 곧 이 도시를 떠나갈 것이기 때문에 치과 의사와 화해한 것이었을 뿐, 만약 들러리를 서야 한다면—그렇다, 만약 그래야 한다면—그는 들러리를 서기 전에 지옥에 떨어지는 쪽을 택한 것이다. 자꾸 그 일이 생각나지 않겠는가. 그러니 그냥 그래니 영감보고 들러리를 서라 하세요.

"그럭저럭 친구로는 지내겠어요." 마커스가 고함치듯 내뱉었다. "하지만 저 사람 옆에 같이 서 있진 않을 겁니다. 그 누구의 들러리로도 서지 않을 거예요. 절대로 그렇게는 안 할 겁니다!"

결혼식은 아주 조촐하게 치르기로 했다. 트리나가 그렇게 하고 싶어 했다. 맥티그는 미스 베이커와 마구 제작업자 하이제만을 초대했다. 시프 가족은 셀리나에게 청첩장을 보냈고, 그녀가 반주를 해 주기로 했다. 물론 마커스에게도 보냈다. 그리고 엘버만 삼촌에게도 청첩장을 보냈다.

마침내 바로 그날, 6월 첫날이 되었다. 시프 가족은 마지막으로 상사를 싸고 트렁크를 가죽끈으로 묶었다. 트리나의 트렁크 두 개는 이미 새집으로—새로 단장한 사진작가의 방 말이다—보냈다. B 거리의 집은 홀로 덩그러니 남았다. 5월 마지막 날 시프 가족 모두는 시내로 건너와 싸구려 호텔에서 하룻밤을 묵었다. 트리나는 그 이튿날 저녁에 결혼식을 올리기로 되어 있었고, 시프 가족은 결혼식 만찬이 끝나자마자 곧바로 남쪽으로 떠날 예정이었다.

그날 맥티그는 불안에 떨며 하루를 보냈고, 그래니 영감이 자기 곁을 떠날 때마다 정신이 아찔해서 어쩔 줄 몰라 했다.

그래니 영감은 결혼식에서 들러리 역할을 하게 되어 더할 나위 없이 기뻤다. 결혼식에서 그가 이채를 띠게 될 것이므로 그의 머릿속은 온통 막연한 영감과 생각으로 가득 찼다. 미스 베이커가 과연 이 일을 어떻게 생각할까. 그는 하루 종일 이런 생각에 잠겨 있었다.

"그러니까 결혼이란, 어 그러니까 고귀한 제도지요. 그렇지 않은가요, 의사 선생?" 그가 맥티그에게 말했다. "그러니까 사회 기반이라고 할 수 있지요. 사람이 혼자 사는 건 좋지 않지, 그렇고말고." 그가 곰곰이 생각하며 덧붙여 말했다. "좋지 않다말고."

"네? 네, 맞아요." 맥티그가 허공을 바라보며 듣는 둥 마는 둥

대충 대꾸했다. "셋방이 괜찮은 것 같나요? 우리 들어가서 다시 한 번 살펴봐요."

두 사람은 복도를 따라가 새롭게 단장한 방으로 들어갔는데, 치과 의사는 이미 스무 번쯤 그 방들을 살펴보았다.

방은 모두 세 개였다. 첫 번째 방은 거실로 식당을 겸하고 있었다. 그다음은 침실이었고, 바로 그 뒤쪽 방은 아주 작은 부엌이었다.

거실이 가장 매력적이었다. 바닥에는 깨끗한 매트가 깔려 있었고, 밝은 색깔의 러그 두세 개가 여기저기 놓여 있었다. 의자들 등받이에는 털실로 짜서 만든 덮개가 산뜻하게 걸려 있었다. 퇴창에는 트리나의 재봉틀이 놓여 있어야 했지만, 재봉틀은 방 반대편에 옮겨놓고 대신 나선형 책상다리가 달린 검은 호두나무 탁자를 세워 두었다. 두 사람은 바로 이 탁자 앞에서 결혼식을 올리기로 되어 있었다. 거실 한쪽 구석에는 한때 시프 가족 것이었지만 부모가 트리나에게 결혼 선물로 준 거실용 멜로디언이 세워져 있었다. 벽에는 액자 세 개가 걸려 있었다. 그중 두 개는 한 쌍으로 된 작품이었다. 한 그림에는 남자아이가 커다란 안경을 쓰고 큼직한 파이프 담배를 피우고 있었다. 「나는 할아버지야」라는 그림이었는데, 제목이 검은색 글씨로 큼직하게 쓰여 있었다. 다른 그림은 「나는 할머니야」라는 그림이었고, 여자아이가 모자와 안경을 쓰고 벙어리장갑을 긴 채 털실로 짠 스웨터를 입고 있었다. 이 두 액자는 벽난로 위 선반 양쪽 옆에 걸려 있었다. 나머지 한 액자는 제법 근사한 걸작으로 아주 큰 것이 눈에 두드러졌다. 금발 머리의 두 여자아이가 잠옷을 입고 있는 채색 석판화였다. 두 소녀는 무릎을 꿇고 앉아 기도를 드리고 있었다. 아이들의 눈동자는―매우 크고 푸르렀다―위쪽을 보고 있었다. 이 그림의 제목은 「믿음」이었고, 빨간색 플러시 천 메트와 가짜 놋쇠를 두들겨 만든 프레임 액자에 끼워져 있었다.

침실로 들어가는 문간에는 셔닐 천으로 된 가리개 커튼이―2.5센트 헐값에 산 물건이었다―드리워져 있었다. 침실 바닥에는 흰 바탕에 붉고 파란 꽃들이 잔뜩 담긴 노란 바구니 문양을 삼중으로 물들여 만든 카펫이 멋들어지게 깔려 있었다. 벽지도 감탄을 자아낼 만큼 멋졌다. 하나같이 똑같이 생긴 아주 작은 일본 고관이 아몬드 눈 모양을 한 귀부인을 돛단배로 안내하는 모습과 대나무와 야자수 수백 그루가 남녀 위로 그늘을 드리우고 다리가 긴 황새들이 경멸하는 듯한 시선을 던지며 그 현장에서 총총 떠나가는 그림이 수백 개 똑같이 그려져 있었다. 이 방에는 그림이 많았다. 대부분 런던에서 발행하는 『그래픽』과 『삽화 뉴스』의 크리스마스 특집호에 실린 컬러 프린트를 액자에 끼워 넣은 것이었다. 그림의 주제는 하나같이 눈빛이 아주 총명한 폭스테리어 개와 얼굴이 달덩이같이 아주 예쁜 어린 여자아이들이었다.

침실 뒷방은 부엌이었는데 트리나의 소망을 이루어 낸 곳으로, 가스레인지와 테두리가 도기로 된 싱크대, 구리 냄비, 번쩍번쩍 빛이 나는 주석 식기들이 반듯하게 진열되어 있었다. 하나

같이 새것이었고 모든 것이 완벽했다.

마리아 마카파와 거리에 있는 식당에서 일하는 웨이터 한 명이 이 부엌에서 결혼식 만찬을 준비할 예정이었다. 마리아는 일찍부터 그곳에 얼굴을 들이밀었다. 새 난로에서 불이 탁탁 소리를 내며 타오르고 있었는데 연기가 몹시 났다. 방 안 가득 음식 냄새가 들어찼다. 그녀는 소매를 걷은 두 팔을 크게 휘두르며 맥티그와 그래니 영감을 그곳에서 몰아냈다.

부엌은 세 방 중 유일하게 두 사람이 직접 가구를 모두 채워 넣은 곳이었다. 거실과 침실에 있는 가구 대부분은 세를 얻을 때 이미 갖추어져 있었다. 몇 점은 구입했고, 나머지 가구는 트리나가 B 거리에 있는 집에서 가져왔다.

선물은 모두 거실에 있는 확장 테이블 위에 진열해 두었다. 객실용 멜로디언 말고도 트리나 부모는 딸에게 냉수용 물잔 세트와 엘크사슴 뿔을 조각해서 만든 나이프와 포크를 선물했다. 셀리나는 문진으로 사용하라고 윤을 낸 아메리카삼나무 조각에 골든게이트 다리 풍경을 그려 주었다. 마커스 숄러는 먼저 자신의 선물은 어디까지나 트리나에게 주는 것이지 맥티그에게 주는 것이 아니라는 것을 분명히 밝힌 다음 독일산 은사슬이 달린 시계를 보내 주었다. 하지만 무엇보다도 궁금한 것은 엘버만 삼촌이 줄 선물이었다. 과연 무슨 선물을 보내 줄까? 그는 매우 부자였고, 어떤 면에서는 트리나를 돌보아 주는 사람이었다. 결혼식이 있기 이틀 전 상자 두 개가 카드와 함께 도착했다. 그래니 영감의 도움을 받아 트리나와 맥티그가 상자를 열어 보았다. 첫 번째 상자 안에는 갖가지 장난감이 들어 있었다.

"이게 뭐지? 이게 도대체 뭘까? 내 머리론 도무지 이해할 수가 없어." 맥티그가 큰 소리로 말했다. "우리한테 왜 장난감을 보내신 거야? 우리는 장난감이 필요 없잖아." 귀까지 새빨개진 트리나는 외자에 털썩 주저앉아 손수건으로 얼굴을 가리고 눈물이 날 때까지 깔깔 웃어 댔다.

"장난감 같은 건 필요 없는데 이상하네." 맥티그가 당황한 표정으로 트리나를 바라보며 중얼거렸다. 그래니 영감은 떨리는 손을 턱에 갖다 대며 조심스럽게 빙긋 미소를 지었다.

다른 한 상자는 묵직했고, 테두리가 실가지로 묶여 있었으며, 글자와 우표는 낙인으로 찍혀 있었다.

"내 생각엔 말이지요. 샴페인일 것 같네요." 그래니 영감이 작은 소리로 속삭이듯 말했다. 정말이었다. 모노뽈* 와인이 가득 들어 있는 상자였다. 이럴 수가! 그들 중 아무도 이런 물건을 본 적이 없었다. 아, 역시 엘버만 삼촌이었다. 부자라는 건 바로 이런 것이었다. 다른 어떤 선물도 이 선물만큼 감동적이지 않았다.

그래니 영감과 치과 의사는 모든 것이 준비되었는지 마지막으로 방들을 모두 둘러보고 맥티그의 진료실로 돌아왔다. 문 앞에서 그래니 영감은 양해를 구하고 자기 방으로 돌아갔다.

4시에 맥티그는 옷을 갈아입고 퇴창 목조 부분에 걸려 있는 손거울을 들여다보며 면도하기 시작했다. 면도하는 동안 그는 상황에 걸맞지 않게 이상한 노래를 불렀다.

사랑할 사람 아무도 없고,

포옹할 사람도 하나 없네.

이 풍진세상에 홀로 남겨졌다네.

거울 앞에 서서 면도에 집중하고 있을 때 아파트 앞 자갈 위로 바퀴가 굴러오는 소리가 들리자 맥티그는 얼른 창가로 다가갔다. 트리나가 아버지, 어머니와 함께 도착한 것이었다. 그의 눈에 그녀가 내리는 게 보였고, 그녀가 고개를 들어 창가를 올려다보자 두 사람의 눈이 마주쳤다.

그녀가 거기 있었다. 바로 그녀가, 그의 귀여운 여인이 순수함과 자신감이 드러나는 낯익은 동작으로 앙증맞고 사랑스러운 턱을 쳐들고 그를 바라보고 있는 게 아닌가. 치과 의사는 마치 그런 모습을 처음 보는 것처럼 왕관 같은 그녀의 검은 머리칼 아래 작고 창백한 얼굴과 그녀의 길고 가는 푸른색 눈을 다시 한 번 쳐다보았다. 그는 모든 혈색이 똬리를 튼 멋진 머리카락으로 모조리 빨려 올라간 듯 핏기 없이 창백한 입술, 코, 조그마한 귀를 다시 한 번 바라보았다.

눈이 마주치자 두 사람은 반갑게 손을 흔들었다. 그러고 나서 트리나와 어머니가 계단을 올라와 옷을 갈아입기 위해 사진작가의 거실로 들어서는 소리가 들렸다.

아니지, 그건 절대 아니지. 당연히 더 망설여서는 안 되는 것이다. 그는 자신이 그녀를 사랑한다는 것을 잘 알고 있었다. 잠시나마 자신의 마음을 의심하다니 왜 그랬을까? 무엇보다도 가장 큰 고민거리는 엄청나게 몸집이 크고 매우 서툴고 투박하기 그지없는 자신에 비해 그녀가 너무도 멋지고 예쁘고 사랑스럽고 가냘프다는 점이었다.

그때 마침 문을 두드리는 소리가 났다. 그러니 영감이었다. 노인은 검은 나사 옷감으로 만든 구김이 많은 양복을 입고 대머리 이마 위로 머리칼을 살포시 빗어 넘긴 모습이었다.

"미스 트리나가 도착했어요." 그가 말했다. "그리고 목사님도 오셨고. 하지만 아직 한 시간쯤 여유는 있어요."

치과 의사는 단장을 마쳤다. 그는 결혼식 때 입으려고 사 둔 정장을 입었다. 소매가 너무 짧은 긴 기성 연미복에 세로줄 무늬의 푸른색 바지, 새로 산 에나멜가죽 구두로 거의 고문 기구에 가까운 복장이었다. 그리고 트리나가 그에게 사 준 멋진 넥타이를 맸다. 연어색 새틴 넥타이로 가운데에 셀리나가 푸른색 물망초 꽃 모양으로 매듭을 그려 넣어 주었다.

한없는 기다림 끝에 마침내 시프 씨가 문 앞에 나타났다.

"준비 됐낫?" 그가 음산한 어조로 나지막하게 물었다. "그렇다믄, 내려오게낫." 마치 찰스 국왕을 사형대로 소환하는 것만 같았다.* 시프 씨는 장례식에 어울릴 법한 느린 속도로 두 사람보다 앞서 걸어갔다. 갑자기 거실 쪽에서 멜로디언 선율이 들려왔고 시프 씨가 걸음을 멈췄다. 그러더니 갑자기 공중에 팔을 내둘렀다.

"앞으로오 갓!" 그가 소리 높여 외쳤다.

시프 씨는 거실 문 앞에 두 사람을 놔둔 채 복도로 나 있는 문을 통해 트리나가 기다리고 있는 침실로 향했다. 시프 씨는 일이 잘못될까 봐 몹시 안절부절못했다. 기다리는 동안 나지막한 어조로 자기가 해야 할 말을 쉰 번쯤 연습했었다. 게다가 자신이 서야 할 위치를 매트 위에 분필로 표시까지 해 두었다.

치과 의사와 그래니 영감이 거실로 들어섰다. 목사는 퇴창에 놓인 작은 탁자 뒤에 서서 성경책을 들고 한 손가락으로는 읽을 곳을 짚고 있었다. 그는 뻣뻣하고 꼿꼿한 자세에 무표정한 얼굴로 서 있었다. 목사의 양옆으로는 초대받은 하객들이 반원을 만들며 모여 있었다. 얼굴에 얽은 자국이 나 있는 키 작은 신사는 말할 것도 없이 그 유명한 엘버만 삼촌이었다. 미스 베이커는 푸른 그레나딘 옷을 입고 곱슬머리 가발을 쓰고 산호 브로치를 달고 있었다. 마커스 숄러는 팔짱을 끼고 눈살을 찌푸린 채 무겁고 침울한 표정으로 서 있었다. 마구 제작업자 하이제는 노란 장갑을 끼고 바닥 무늬를 유심히 내려다보는 중이었다. 폰틀로이 복장을 한 오거스트는 조금 겁을 먹은 듯 멍한 표정으로 눈알을 굴리며 이 사람 저 사람을 살폈다. 셀리나는 거실용 멜로디언 앞에 앉아 건반을 치면서 셔닐 천으로 된 가리개 커튼을 눈여겨보고 있었다. 그녀는 맥티그와 그래니 영감이 들어와서 자리에 서자 반주를 멈췄다. 깊은 정적이 뒤따랐다. 엘버만 삼촌이 숨을 쉴 때마다 셔츠 앞섶이 바스락거리는 소리가 들렸다. 모든 사람의 얼굴에는 더할 나위 없이 근엄한 표정이 감돌았다.

그때 갑자기 셔닐 천 가리개 커튼이 심하게 흔들렸다. 일종의 신호였다. 셀리나가 음전(音栓)을 당겨 열고 웨딩마치를 연주하기 시작했다.

트리나가 들어섰다. 그녀는 하얀 실크 드레스를 입고 흑단 같은 머리에 오렌지 꽃 화관을 둘렀다. 이렇게 호화롭게 옷을 갖춰 입기는 태어나 처음이었다. 베일이 방바닥에 닿았다. 얼굴은 분홍빛을 띠고 있었지만 제법 침착했다. 그녀는 방을 가로지르며 주변을 둘러보다가 마침내 맥티그에 시선이 멈추자 그에게 아주 여유 만만한 태도로 예쁘게 미소 지어 보였다.

트리나는 아버지의 팔을 잡고 있었다. 똑같이 옷을 차려입은 쌍둥이가 각각 레이스 페이퍼로 생화를 감싼 아주 큰 꽃다발을 들고 앞서 걸었다. 시프 부인이 맨 마지막에 뒤따랐다. 그녀는 하도 울어 들고 있는 손수건이 물에 빤 것처럼 젖어 있었다. 흐르는 눈물 사이로 그녀는 이따금 트리나의 드레스 옷자락을 살펴보았다. 시프 씨는 딸을 인도하며 방 한복판으로 행진하다가 오른쪽으로 발길을 돌려 목사 앞으로 그녀를 데려갔다. 그리고 땀범벅이 되어 번들거리는 얼굴로 세 걸음 뒤로 물러서서 미리 분필로 표시해 둔 곳에 떡하니 섰다.

트리나와 치과 의사의 결혼식이 시작되었다. 경직된 자세로 서 있던 하객들은 곁눈질로 그들을 바라보았다. 시프 씨는 근육 하나 움직이는 법이 없었지만 시프 부인은 줄곧 손수건으로 눈물을 훔치며 훌쩍거렸다. 셀리나는 멜로디언으로 트레몰로 음전을 빼놓고 「나를 당신의 것으로 부르소서」를 아주 부드럽게 연주했다. 그녀는 한 번씩 어깨너머로 주례를 힐끗힐끗 쳐다보았다. 반주 음이 멈출 때마다 주례사의 나지막한 목소리, 신랑과 신부가 대답하는 소리, 시프 부인이 울음을 삼키는 소리가 들렸다. 길거리에서 나는 소음이 창문으로 나지막하게 들렸다. 전차가 덜컹거리며 지나가는 소리며, 신문팔이 소년이 석간신문이 나왔다고 외치며 지나가는 소리, 아파트 내부 어디에선가 끊임없이 톱질하는 소리도 들렸다.

트리나와 맥티그는 무릎을 꿇었다. 치과 의사가 쿵 소리를 내며 꿇어앉자, 고통스러울 정도로 빳빳한 구두 밑창과 길이 들지 않은 구두 가죽과 아직 노랗고 반짝거리는 놋으로 된 구두 못대가리가 눈에 들어왔다. 트리나는 그의 옆에 아주 우아하게 앉아 한 손으로 드레스와 옷자락을 얌전하게 매만졌다. 사람들은 고개를 숙였고, 시프 씨는 눈을 꼭 감았다. 시프 부인은 그 틈을 타 울음을 그치고 오거스트에게 코트 자락을 내리라고 말없이 손짓했다. 하지만 오거스트는 전혀 주의를 기울이지 않았다. 눈알은 눈구멍에서 툭 튀어나오고, 턱은 레이스 칼라에 닿을 정도로 떨구고, 머리는 정신 나간 아이처럼 제멋대로 흔들어 댔다.

갑자기 누구도 예상하지 못한 순간에 결혼식이 끝나 버렸다. 하객들은 정말로 식이 끝난 것인지 확신할 수 없어 잠시 동안 꼼짝 않은 채 서로를 쳐다보며 먼저 움직이기를 망설였다. 신랑 신부가 방을 향해 돌아섰고, 트리나는 베일을 뒤로 넘겼다. 그녀는—맥티그도 마찬가지였을 것이다—결혼식에 무언가 빠진 게 있지 않을까 생각했다. 설마 이것이 전부란 말인가? 몇 마디 중얼거린 것밖에는 없는데 두 사람이 남편과 아내가 됐단 말인가? 결혼식은 겨우 몇 분 안에 끝났는데 두 사람이 평생 하나로 묶인 것이다. 무엇인가 빠진 게 있지 않을까? 결혼식의 모든 게 너무나 얼렁뚱땅인 데다 피상적이지 않은가? 실망스럽기 짝이 없었다.

하지만 트리나는 이런 생각에 잠겨 있을 겨를이 없었다. 세상 처세에 능해 모든 순간 어떻게 대처해야 할지 잘 아는 마커스 숄러가 앞으로 나와 시프 씨와 시프 부인보다도 먼저 트리나의 손을 잡았다.

"제가 먼저 맥티그 부인을 축하해 주겠습니다." 마커스가 스스로를 매우 귀족적이고 영웅답다고 생각하며 말했다. 그러자 불과 몇 초 전까지 감돌던 중압감이 순식간에 눈 녹듯 사라지면서 하객들이 두 사람을 둘러싸고 악수했다. 웅성대는 소리가 점점 커졌다.

"아우구스트, 고트 좀 내리라구, 응?"

"자, 예쁜 아가씨, 결혼해서 너무 행복하겠어요. 내가 두 사람이 함께 서 있는 것을 처음 봤을 때, '정말 천생연분 같은 한 쌍이야!' 하고 생각했다니까요. 이제 이웃이 됐으니 자주 놀러 와서 같이 차 마셔요."

"톱질하던 소리가 계속 나던 것을 들었어요? 정말 신경을 건드리더라고요."

트리나는 아버지와 어머니에게 키스했고, 시프 부인의 눈물을 보고서는 그녀도 조금 눈물을 흘렸다.

마커스가 두 번째로 다가와서 제법 정중하게 그의 사촌 이마에 키스했다. 하이제는 트리나와 처음으로 인사 나눴고, 엘버만 삼촌은 치과 의사와 처음으로 인사했다.

하객들은 반시간 넘게 거실에 서서 수다를 떨었다. 그리고 만찬을 준비할 시간이 되었다.

거의 모든 하객이 거들어야 할 만큼 엄청 난 일이었다. 거실은 곧 식당으로 바뀌었다. 확장 식탁 위에 있던 선물들을 모두 치우고 식탁을 최대한 길게 늘렸다. 그 위에 식탁보를 깔고 의자—아주 가까운 댄스 학원에서 빌려온 것들이었다—를 끌어다 놓고, 식기들을 세팅하고, 악쓰며 저항하는 쌍둥이들 손에서 뺏은 두 꽃다발을 꽃병에 꽂아 식탁 양 끝에 두었다.

하객들은 부엌과 거실 사이를 부지런히 오갔다. 그날만큼은 손 하나 까닥하지 않아도 되었던 트리나는 퇴창에 앉아 조바심 내며 가끔 큰 소리로 어머니를 불렀다. "냅킨은 식료품 저장실에 있는 오른쪽 서랍에 있어요."

"구래, 구래, 고거 찾아쒀. 수브 그릇은 오디에 있는 거뉘?"

"수프 그릇은 벌써 내놨잖아요."

"어이, 사촌, 코르크 따개는 어디 있는 거야? 무슨 집에 코르크 따개도 안 보여?"

"부엌 테이블 서랍 왼쪽 구석에 있어요."

"이 포크들을 사용할 건가요, 맥티그 부인?"

"아뇨, 아니에요. 은제 포크가 있어요. 엄마가 어디 있는지 알아요."

모두들 잔뜩 들떠 있었고, 실수하면 웃음을 터트렸고, 오가며 서로 가로거치거나, 양손 가득 그릇들이나 나이프, 유리잔을 들고 거실로 뛰어 들어갔다가 다시 뛰쳐나오기를 반복했다. 마커스와 시프 씨는 코트를 벗었다. 미스 베이커의 실크 옷이 그래니 영감의 주름진 프록코트와 팔꿈치 부분을 스치며 두 사람은 말없이 서로를 스쳐 지나갔다. 엘버만 삼촌은 하이제가 샴페인 상자 여는 것을 옆에서 치안판사처럼 엄숙한 얼굴로 감독했다. 오거스트는 빨갛고 파란 새 유리병에 소금과 후추를 담는 일을 맡았다.

아주 짧은 시간에 모든 준비가 끝났다. 마커스 숄러가 다시 코트를 입고 이마를 문질러 닦으며 한마디했다. "분명히 말하지만, 제 밥값은 했습니다."

"모두 식탁 앞으롯!" 시프 씨가 명령했다.

사람들은 엄청나게 덜그럭거리는 소리를 내며 의자에 앉았고, 트리나는 식탁의 맨 아랫자리에, 치과 의사는 맨 윗자리에, 그리고 나머지 사람들은 되는 대로 아무렇게나 앉았다. 다만 그래니 영감이 앉으려던 자리를 마커스 숄러가 셀리나의 옆에 앉으려고 가로챘다. 하나밖에 남지 않은 빈자리는 하필 미스 베이커 옆자리였다. 그래니 영감은 턱에 한 손을 얹고 망설였다. 하지만 어떻게 피할 도리가 없었다. 그는 무척 두려운 마음으로 은퇴한 재봉사 옆에 앉았다. 두 사람 모두 아무 말도 하지 않았다. 그래니 영감은 감히 꼼짝도 하지 못하고 뻣뻣하게 앉아 자신의 빈 수프 그릇만 빤히 쳐다보았다.

갑자기 총성 같은 굉음이 들렸다. 남자들은 자리에서 움찔했고 시프 부인은 나지막하게 비명을 질렀다. 마리아의 조수로 고용한 싸구려 식당 웨이터가 몸을 숙이고 있다가 허리를 펴자 그가 들고 있던 샴페인 병에서 거품이 줄줄 흘러나왔다. 그는 입이 찢어져라 크게 웃었다.

"놀라지들 마십시오." 웨이터가 안심시키듯 말했다. "탄알이 장전돼 있진 않으니까요."

모든 잔에 샴페인을 채우자 마커스가 자리에서 일어나 신부의 건강을 기원하며 축배를 제안했다. 그러자 하객들 모두 일어서서 축배를 들었다. 그들 중 전에 샴페인을 마셔 본 사람은 아무도 없었다. 축배 직후 길게 이어지던 침묵이 맥티그가 만족스러운 듯 길게 한숨을 내쉬며 내뱉은 한마디 말 때문에 깨졌다. "머리털 나고 마셔 본 맥주 중에서 최고구만!"

그러자 사람들은 박장대소했다. 특히나 마커스는 맥티그의 실수에 배꼽을 잡고 웃어 댔다. 그는 주먹으로 식탁을 탕탕 내려치고 눈물까지 흘리며 경련하듯 낄낄 웃었다. 식사하는 동안 내내 그는 걸핏하면 맥티그가 한 말을 흉내 냈다. "머리털 나고 마셔 본 맥주 중에서 최고구만! 아, 맙소사, 원 세상에, 실수 한번 죽이는구만!"

만찬은 기가 막히게 훌륭했다. 굴 수프가 나오고, 농어와 창꼬치 생선 요리가 나왔다. 밤으로 속을 채운 큼직한 거위 구이와 가지 요리, 고구마도 식탁에 올랐다. 미스 베이커는 고구마를 '얌'이라고 불렀다. 송아지 머리를 기름에 담아 요리한 음식도 나왔는데 시프 씨는 그 음식에 푹 빠져 넋을 잃을 지경이었다. 가재 샐러드가 나오고, 라이스푸딩과 딸기 아이스크림, 와인 젤리, 자두 스튜와 코코넛, 온갖 견과류, 건포도, 과일, 차와 커피, 미네랄워터, 레모네이드도 차려졌다.

하객들은 두 시간 동안 양 팔꿈치를 넓게 벌리고 식사하면서 얼굴은 벌겋게 달아오르고 이마에는 땀이 송골송골 맺혔다. 식탁 둘레에 앉은 사람들의 턱이 같은 모양새로 끊임없이 움직이고, 음식 씹는 소리가 이어져 났다. 하이제는 거위 구이를 먹으려고 세 번이나 접시를 건넸다. 시프 씨는 송아지 머리를 게걸스럽게 먹으며 아주 만족스럽게 숨을 내쉬었다. 맥티그는 음식을 고르지도 않고 그저 배를 채우려고 먹어 댔다. 손에 닿는 것이라면 무엇이든 집어다가 커다란 입속에 집어넣었다.

하객들은 식사하며 대화를 거의 하지 않았고, 대화라고 해 봤자 음식에 관한 것뿐이었다. 옆에 앉은 사람들끼리 수프와 가지 요리, 자두 스튜에 관해 의견을 나눴다. 곧 방은 몹시 더워졌고, 창문에는 김이 옅게 서렸으며, 방 안 공기가 음식 냄새로 텁텁해졌다. 트리나와 시프 부인은 시시때때로 손님들에게 음식을 권했다. 두 사람은 쉬지 않고 사람들의 접시에 감자를 올려 주거나 거위를 잘라 놓아 주거나 그레이비소스를 퍼 담아 주었다. 고용된 웨이터는 팔에 냅킨을 두르고 방을 여기저기 돌아다녔다. 그는 대단한 익살꾼으로 모든 요리에 자신만의 이름을 붙였고, 그 때문에 하객들은 폭소를 터뜨렸다. 그가 파슬리 다발을 '경치'라고 부르자 하이제는 입안 가득 들어 있던 감자 때문에 그만 질식할 뻔했다. 부엌에서는 마리아 마카파가 벌겋게 달아오른 얼굴로 소매를 걷어붙이고 세 사람 몫을 하고 있었다.

그녀는 종종 이해할 수 없는 괴성 같은 날카로운 소리를 내질렀는데 아마 웨이터에게 뭐라고 말하는 것 같았다.

"엘버만 삼촌," 트리나가 말했다. "자두 한 접시 더 드릴게요."

시프 가족은 엘버만 삼촌에게 예의를 지켜 정중하게 대했고, 그것은 다른 사람들도 모두 마찬가지였다. 마커스 숄러조차도 그에게 말을 걸 때는 목소리를 매우 낮췄다. 만찬이 시작되기 전 마커스는 하이제 옆구리를 쿡쿡 찔러 장난감 도매점 상인을 고개로 가리키며 손으로 입을 가리고 속삭이듯 말했다. "은행에 3만 달러가 있대. 진짜라고."

"그것 참, 할 말이 없군." 하이제가 대꾸했다.

"당연하지. 그러면서 절대 입도 뻥긋하지 않지. 그게 저분의 방식이거든."

저녁 시간이 다가오자 가스등과 램프 두 개를 켰다. 사람들은 여전히 식사하고 있었다. 음식으로 배가 부른 남자들은 조끼 단추를 풀었다. 맥티그는 두 뺨이 펑퍼짐하게 펴지고 두 눈이 커지면서 큼직한 턱이 기계처럼 규칙적으로 움직였다. 중간중간에 그는 코로 짧게 이어서 숨을 내쉬었다. 시프 부인은 냅킨으로 이마를 닦았다.

"어이, 거기, 총각, 고거 좀 줘 바요. 아까 뭐라고 했쥐, 그 '거품 나는 물'."

'거품 나는 물'은 웨이터가 샴페인을 일컫는 말이었다. 그러자 하객들은 "기가 차군!" 하고 박수를 치며 소리를 질렀다. 그 웨이터는 그야말로 개그맨이었다.

계속하여 샴페인 병을 땄고, 여자들은 코르크를 뽑을 때마다 귀를 틀어막았다. 갑자기 치과 의사가 소리를 내지르며 한 손으로 코를 때리고 얼굴을 찌푸렸다.

"맥, 왜 그래요?" 트리나가 놀라서 물었다.

"저 샴페인이 코로 들어갔어." 그가 눈물을 흘리며 말했다. "꽤나 톡 쏘네."

"최고의 맥주가 아닌가?" 마커스가 큰 소리로 대꾸했다.

"오빠." 트리나가 낮은 소리로 항변했다. "저기, 오빠, 이제 좀 그만해. 하나도 웃기지 않거든. 맥 놀리지 마. 그이는 일부러 맥주라고 한 것뿐이야. 맥이 그걸 몰랐을 것 같아?"

만찬을 드는 내내 미스 베이커는 다른 테이블에—식을 올릴 때 앞에 두고 사용했던 검은색 호두나무 탁자였다—앉아 있는 오거스트와 쌍둥이에게 신경을 많이 썼다. 조그마한 재봉사는 자리에서 몸을 돌려 끊임없이 아이들에게 더 먹고 싶은 음식이 있는지 물었다. 아이들은 무표정한 얼굴에 꼭 황소 같은 눈을 하고 멍하니 쳐다볼 뿐 묻는 말에는 좀처럼 대답하지 않았다.

그러다가 재봉사는 갑자기 그래니 영감 쪽을 돌아보며 말했다. "난 어린아이들이 참 좋아요."

"네, 네, 아주 흥미로운 존재들이죠. 저도 좋아한답니다."

다음 순간 두 노인은 정신이 아득해졌다. 이런! 몇 년 동안 지켜온 침묵을 깨고 마침내 두 사람이 대화를 나눴다. 서로에게 말을 건 것은 이번이 처음이었다.

재봉사 노파는 민망해서 차마 견딜 수가 없었다. 어떻게 그에게 말을 걸게 된 것일까? 그녀가 미리 계획한 것도, 바라던 것도 아니었다. 갑자기 입에서 불쑥 말이 튀어나왔고, 그 말에 그가 대답하고 끝이 났다. 그것도 그들이 눈치채기 전에 말이다.

식탁 가장자리에 앉은 그래니 영감의 손가락이 덜덜 떨리고 심장은 쿵쾅댔으며 호흡이 가빠졌다. 이 조그마한 재봉사에게 정말로 말을 건넨 게 아닌가. 그가 바라던 일, 하지만 앞으로 몇 년은 걸릴 것 같던 그 일이—언제인지 정확히 말할 수 없어도 아주 먼 미래에나 결실을 볼 것 같았던 그 우정, 이웃 하숙인과의 그 친밀함, 그 즐거운 교제가—보라, 너무 혼잡하고 너무 후덥지근한 방에서 뜨거운 음식 냄새가 진동하고 끊임없이 음식을 쩝쩝 씹는 소리가 들리고 있는데 갑자기 이루어졌다. 그가 상상했던 것과는 너무나 달랐다. 그는 오직 두 사람만이—그와 미스 베이커만이—날이 저무는 저녁녘, 세상으로부터 멀리 떨어진 어딘가에서 아주 조용하고, 아주 차분하고 평화롭게 대화를 나누고 싶었다. 더군다나 이야깃거리도 다른 사람의 아이들이 아니라 자기들 인생, 잃어버린 환상에 관한 것이었어야만 했는데.

두 노인은 두 번 다시 말을 섞지 않았다. 전에 없이 가까이, 서로의 옆에 꼼짝도 하지 않은 채 멍하니 앉아 있을 뿐이었다. 그들의 생각은 만찬장에서 멀리 벗어나 있었다. 두 사람은 상대방 생각을 하고 있었고, 서로가 그 사실을 알고 있었다. 소심해서, 늘그막에 찾아오는 소심함 때문에, 서로의 존재가 어색하고 민망했지만 그런데도 두 사람은 자신들이 창조한 작은 낙원에 함께 가 있었다. 언제나 가을 날씨인 상쾌한 정원에서 손을 맞잡고 거닐고 있었다. 낡고 평범한 삶에 뒤늦게 찾아온 로맨스 속으로 함께 혹은 홀로 들어섰다.

마침내 푸짐한 만찬이 끝났다. 모든 음식을 먹어치웠다. 거대했던 거위 구이는 앙상하게 뼛조각만 남았다. 시프 씨는 송아지 머리 요리를 두개골로 만들어 버렸다. 샴페인 병들이 한 줄로─익살맞은 웨이터는 그것을 '전사한 병사들'이라고 불렀다─벽난로 선반 위에 놓여 있었다. 자두 스튜는 건더기 하나 없이 즙만 남았고, 그것은 오거스트와 쌍둥이들 몫이었다. 접시는 씻어 놓은 것처럼 깨끗했다. 빵 부스러기, 감자 껍질, 견과류 껍질, 케이크 조각이 테이블 위에 어지럽게 널브러져 있었다. 커피와 아이스크림 자국, 엉긴 그레이비소스 자국이 저마다 그릇에 있던 위치를 알려 주었다. 폐허와 약탈의 현장이었다. 식탁은 꼭 병사들이 퇴각한 전쟁터 같았다.

"오모나!" 시프 부인이 의자 뒤로 몸을 기대며 외쳤다. "묵고 또 묵었네. 아하, 갓뜨, 도대췌 월매나 먹은 거쥐!"

"허, 저 송아지 머리 한번 기똥차구낫!" 그녀의 남편이 혀로 입술을 핥으며 내뱉었다.

익살맞은 웨이터는 자리에서 사라지고 없었다. 그는 마리아 마카파와 함께 부엌에 앉아 있었다. 두 사람은 싱크대에 있는 워시보드 앞에 앉아 남은 음식들, 거위 구이 조각, 가재 샐러드 남은 것, 반병쯤 남은 샴페인을 비우고 있었다. 샴페인은 찻잔에 따라 마셔야 했다.

"우리 건배합시다!" 웨이터가 찻잔을 들고 싱크대 맞은편에 앉아 있는 마리아에게 고개를 숙이며 호기롭게 청했다. "잠깐 들어 봐요." 그가 덧붙여 말했다. "지금 거실에서 노래를 부르고 있네요."

하객 일행은 식탁에서 일어나 셀리나가 앉아 있는 멜로디언 주변에 모였다. 처음에는 모두 최신 유행곡들을 부르려고 애썼지만 모두가 후렴구의 첫줄 말고는 아는 가사가 없어 곧 포기했다. 결국 유일하게 모두가 부를 수 있는「내 주를 가까이 하려 함은」을 부르기로 했다. 셀리나는 음정이 전혀 맞지 않게 알토로 불렀고, 마커스는 얼굴을 험악하게 찌푸리고 턱은 옷깃까지 떨어뜨린 채 베이스 음으로 찬송가를 읊조렸다. 모두 아주 느린 속도로 불렀다. 찬송가가 꼭 장송곡, 한이 서려 늘어지는 괴로운 울부짖음과도 같이 들렸다.

    내 주를 가까이 하게 함은
    십자가 짐 같은 고생이나

노래가 끝나자 엘버만 삼촌은 아무런 예고도 없이 불쑥 모자를 썼다. 그러자 사람들이 모두 입을 다물었다. 하객들이 자리에서 일어섰다.

"너무 일찍 가시는 거 아니에요, 엘버만 삼촌?" 트리나가 아쉬워하며 공손하게 물었다. 하지만 그는 고개만 끄덕일 뿐이었다. 마커스는 벌떡 일어나 다가가서 그가 웃옷 입는 것을 도와주었다. 시프 씨가 다가가 악수를 했다.

그러고 나서 엘버만 삼촌은 의미심장하게 한마디 던졌다. 만찬 내내 이 말을 되뇌이고 있었을 게 틀림없었다. 그가 시프 씨를 향해 입을 열었다. "형님은 딸을 하나 잃은 게 아니라, 아들을 하나 얻은 겁니다."

이것이 삼촌이 그날 저녁에 한 유일한 말이었다. 그가 자리를 떴고, 일행은 그의 말에 깊은 인상을 받았다.

20분쯤 뒤 마커스가 아몬드를 껍질까지 통째로 먹는 것으로 사람들을 즐겁게 해 주고 있을 때 시프 씨가 손에 회중시계를 들고 벌떡 일어섰다.

"벌써 11시 하고도 30분 지났닷." 그가 소리쳤다. "주모옥! 시간이 다 되었닷. 동작 그마안! 우리는 출발한닷."

이것은 곧 들이닥칠 대혼란의 신호였다. 시프 씨는 조금 전까지의 여유 있는 분위기에서 벗어나 송아지 머리도 까맣게 잊어버리고 다시 한 번 엄청난 일을 이끄는 지도자가 되었다.

"나에게롯, 나에게로 왓!" 그가 소리 질렀다. "여봇, 쌍둥이들, 아우구스트!" 그는 명령을 내리는 동작으로 자신의 식구들을 한곳에 모았다. 잠들어 있던 쌍둥이들을 마구 흔들어 깨웠으나 여전히 비몽사몽이었다. 마커스 숄러가 아몬드를 통째로 먹는 모습에 놀라서 동경심이 가득 찬 눈빛으로 바라보고 있던 오거스트는 등을 한 대 맞고 나서야 겨우 주변 상황을 깨달았다.

성격적으로 아주 섬세한 그래니 영감은 시프 가족이 트리나와 작별 인사를 나누기 전에 손님들이—어디까지나 외부 사람에 불과했으니—먼저 자리를 떠야 한다는 것을 직감하고 신랑과 신부에게 급하게 인사를 건넨 뒤 슬그머니 자리를 떴다. 나머지 하객들도 거의 비슷하게 서둘러 나갔다.

"자, 시프 아저씨." 마커스가 큰 소리로 말했다. "한동안 만나지 못할 것 같습니다." 마커스는 시프 가족이 이사할 때 같이 가기로 했던 처음 계획을 포기했다. 그는 가을까지 샌프란시스코에서 해야 하는 일을 대충 설명해 주었다. 얼마 전까지는 목장 생활에 대한 열망을 품고 소를 키울 생각이었다. 돈이 조금 있으니 함께 일할 동업자만 찾으면 된다고 했다. 그는 자신이 야생마와 은(銀)으로 만든 박차를 다루는 매혹적인 장면이 그려진다며 카우보이의 삶을 꿈꿨다. 트리나가 자기를 저버렸고 가장 친한 친구가 자기를 속였으니 세상과 완전히 등지는 것 말고는 별로 할 일이 없다고 했다.

"아래 지역에서 혹시 목장 운영을 시작하고 싶은 사람을 만나시면 알려 주십시오." 그가 시프 씨에게 계속 말했다.

"그래, 그러겠닷." 시프 씨는 오거스트 모자를 찾아 주위를 돌아보며 건성으로 대답했다.

마커스는 시프 가족과 작별 인사를 나눴다. 그는 하이제와 같이 밖으로 나갔다. 두 사람이 계단을 내려가며 프레나 가게가 아직 문을 열려 있을지 어떨지 말하는 소리가 들렸다.

그다음은 미스 베이커가 트리나의 두 뺨에 키스한 다음 떠났다. 셀리나도 그녀와 함께 나섰다. 이제 남은 사람들은 시프 가족뿐이었다.

트리나는 그들이 한 명 한 명 떠나는 것을 보자 막연하게 불안해지고 걱정되었다. 이제 곧 그들은 모두 떠날 터였다.

"그럼, 트리나." 시프 씨가 말했다. "잘 지내랏. 낸중에 우리한테 놀러 오거랏."

그러자 시프 부인이 다시 울기 시작했다.

"오, 트리나, 널 온제 다쉬 본다뉘?"

자신도 모르게 트리나도 눈가에도 눈물이 맺었다. 트리나는 두 팔로 어머니를 감싸 안았다.

"아, 언젠가는 볼 거예요. 언젠가는요." 트리나가 울면서 대답했다. 쌍둥이와 오거스트는 그녀의 치맛자락에 매달려 종종거리고 찡찡댔다.

맥티그는 침통했다. 그는 트리나 가족에게서 떨어져 구석에 홀로 서 있었다. 아무도 그를 거들떠보지 않는 것 같았다. 그는 그들과 하나가 아니었다.

"엄마, 나한테 편지 자주 해요. 그리고 모조리 얘기해 주세요. 오거스트랑 쌍둥이에 대해서도요."

"자, 시간 됐닷." 시프 씨가 초조해하며 말했다. "그럼 이만, 트리나, 여봇, 아우구스트, 인사해랏. 그리고 우리는 간닷. 잘 지내랏, 트리나." 그가 트리나에게 키스했다. 그러고는 오거스트와 쌍둥이들을 번쩍 들어올렸다. "빨리 와랏, 빨리 와랏." 시프 씨가 문 쪽으로 걸어가며 재촉했다.

"잘 이쒀, 트리나." 시프 부인이 전보다 더 크게 울며 말했다. "우사 양반, 어뒤 있나용? 우사 양반, 우리 딸에게 잘해 줘용, 알

앗쥐요? 아쥬 잘해요. 응, 알겠쥐요? 온젠가 우사 양반, 딸이 생기믄 그때 내 마음 알겠쥐요. 그렇쥐요."

그들은 문 앞에 다다랐다. 계단을 반쯤 내려가고 있던 시프 씨가 끊임없이 나머지 가족들을 불렀다. "어서 내려와랏, 내려와랏. 이러다 기차 놓친닷."

시프 부인은 트리나를 놓고 복도 아래로 내려갔고, 쌍둥이와 오거스트도 그 뒤를 따랐다. 트리나는 문간에 서서 흐르는 눈물 사이로 그들의 뒷모습을 바라보았다. 식구들이 모조리 떠나고 있었다. 언제 다시 만날 수 있을까? 그녀는 방금 결혼한 이 남자와 홀로 남게 되자 불현듯 막연한 공포심에 사로잡혔다. 맥티그를 남겨두고 계단을 달려 내려가 어머니의 목을 감싸 안았다.

"엄마 가지 말아요." 그녀는 엄마의 귀에 대고 흐느끼며 속삭이듯 말했다. "오, 엄마, 나, 나 무서워요."

"아, 트리나. 옴마 가슴을 찢어 놓뉘. 울지 마럼, 우리 불쌍한 애기." 어머니는 트리나가 다시 어린아이가 된 것처럼 두 팔로 감싸 안고 흔들었다. "우리 귀여븐 애기, 울믄 안 되쥐. 구래, 구래, 구래, 겁묵을 거 하나 읎어. 자, 오서 네 남푠에게루 가. 봐, 네 아부지가 또 부르고 있잖뉘. 자, 가럼, 잘 있오."

시프 부인은 트리나의 팔을 풀고 다시 계단을 내려가기 시작했다. 트리나는 난간에 기대어 눈으로 엄마를 놓치지 않으려고 애썼다.

"왜 그뤄니, 트리나?"

"아, 잘 가세요, 잘 가요."

"어서 와랏, 어서. 이러다 기차 놓친닷."

"엄마, 오, 엄마!"

"왜 그러니, 트리나?"

"잘 가요."

"잘 있웅, 내 예쁜 딸."

"안녕, 안녕, 잘 가세요."

길거리로 통하는 문이 닫혔고, 복도에는 무거운 정적만 남
았다.

트리나는 난간에 기대어 텅 빈 복도를 멍하니 바라보며 한
참 동안 서 있었다. 복도에는 어둠이 짙게 깔려 있었다. 식구
들—아버지, 어머니, 동생들—이 그녀를 홀로 남겨 두고 떠나갔
다. 그녀는 방 쪽으로 시선을 돌렸다. 그녀의 남편을, 그녀의 새
집을, 이제부터 시작할 새로운 삶을 바라보았다.

복도는 텅 비고 쓸쓸했다. 이 멋진 아파트가 그녀에게는 거대
하고 낯설게 보였다. 그녀는 끔찍이도 외로웠다. 심지어 마리아
와 잠시 고용했던 웨이터조차 자리를 뜨고 없었다. 한 층 위에
서 아기 울음소리가 들려왔다. 웨딩드레스를 입은 트리나는 잠
깐 어두운 복도에 서서 주변을 둘러보며 귀를 기울였다. 열린
거실 문틈으로 황금빛 빛줄기가 새어 나오고 있었다.

트리나는 복도를 따라 열린 거실문을 지나 침실로 들어가는
복도 쪽 방문으로 발길을 향했다.

그녀는 조심스럽게 거실을 지나며 슬쩍 안을 쳐다보았다. 램
프와 가스등이 밝게 빛나고 있었고, 의자들은 하객들이 밀쳐놓

은 그대로 식탁에서 떨어져 있었다. 덩그러니 버려진 듯한 식탁 위에는 그릇들, 나이프와 포크, 빈 접시들과 구겨진 냅킨들이 널브러져 있었다. 그 식탁에 치과 의사가 팔꿈치를 대고 등을 보인 채 앉아 있었다. 희미한 흰색 식탁을 배경으로 그는 엄청나게 커 보였다. 널찍한 어깨 위로 굵고 붉은 목과 긴 노란 머리가 솟아 있었다. 큼직한 귀 연골이 불빛에 분홍빛으로 반짝거렸다.

트리나는 침실로 들어가 방문을 닫았다. 그 소리에 맥티그가 놀라서 일어서는 소리가 들렸다.

"당신이야, 트리나?"

그녀는 아무런 대답도 하지 않고 방 한가운데 잠깐 멈춰 서서 숨을 멈추고 몸을 파르르 떨었다.

치과 의사는 거실을 가로질러 셔닐 가리개 커튼을 가르고 들어왔다. 그는 그녀에게 빠르게 다가와 두 팔로 껴안으려는 자세를 취했다. 그의 두 눈이 기쁨으로 반짝였다.

"싫어요, 싫어." 트리나가 그에게서 몸을 빼며 내뱉었다. 갑자기 그에 대한 두려움—남성에 대한 여성의 본능적인 공포심—이 밀려와 그의 앞에서 온몸을 바짝 움츠렸다. 그녀는 그의 큼직하고 각진 머리, 강하고 두드러진 턱, 큼직한 붉은 손, 저항할 수 없는 엄청난 힘이 무서웠다.

"싫어요, 싫어. 무섭다고요!" 그녀가 방 반대편으로 그를 피해 달아나며 큰 소리로 외쳤다.

"무섭다고?" 치과 의사가 당황하며 물었다. "뭐가 무섭다는 거야, 트리나? 난 너를 해치지 않아. 뭐가 두렵다는 거지?"

정말로 트리나가 무서워하는 게 무엇이었을까? 그녀도 알 수 없었다. 하지만 생각해 보면, 그녀가 맥티그에 대해 알고 있는 게 뭐가 있을까? 그녀의 삶 속으로 들어와 그녀를 그녀의 가정과 부모로부터 떼어 놓고, 이 낯설고 널찍한 아파트에 오롯이 둘만 남게 만든 이 남자는 도대체 누구일까?

"아, 무서워요. 무섭다고요!" 그녀가 큰 소리로 외쳤다.

맥티그가 그녀 곁으로 좀 더 가까이 다가와 옆에 앉아 한 팔로 그녀의 어깨를 감싸 안았다.

"난 당신을 겁주고 싶지 않아." 그가 그녀를 안심시키듯 말했다. "뭐가 무섭다는 거야, 트리나?"

트리나는 귀엽고 조그마한 턱을 덜덜 떨고 기다란 푸른색 눈에 눈물을 글썽이며 그를 바라보았다. 그러더니 곧 눈에 어떤 열띤 빛을 띠우며 그의 얼굴을 호기심 어리게 뚫어져라 쳐다보았고, 거의 속삭임에 가까운 어조로 한 마디를 내뱉었다.

"당신이 무서워요."

하지만 치과 의사는 그 말에 아랑곳하지 않았다. 지금 그는 기쁘기만 할 뿐이었다. 무언가 소유할 때 느끼는 그런 기쁨 말이다. 트리나는 이제 정말 그의 것이 되었다. 지금 그녀는 그의 팔 안에 무기력하게, 너무나 예쁜 모습으로 안겨 있었다.

그의 내면에 그토록 표면 가까이 잠들어 있던 본능이 버럭 소리 지르고 아우성치며 저항할 틈도 없이 되살아났다. 그는 그녀를 사랑했다. 아, 사랑하지 않을 리가 있겠는가? 그녀의 머릿결에서 풍기는 냄새, 목덜미에서 나는 냄새가 그의 코끝에 와 닿았다.

삽시간에 맥티그는 거대한 두 팔로 그녀를 붙잡고 엄청난 힘으로 저항하는 그녀를 짓누르며 그녀의 입술을 덮쳤다. 그러자 맥티그를 향한 큰 사랑이 그녀의 가슴에서 갑자기 빛을 내뿜었다. 그녀는 예전에도 그랬던 것처럼 정복당하고 짓눌리고 싶은 야릇한 욕구에 사로잡히며 모든 걸 그에게 내맡겼다. 그녀는 그의 목 뒤로 두 손을 깍지 끼고 그에게 매달리며 귀에 대고 속삭였다. "아, 당신 나한테 잘해 줘야 해요. 아주, 아주, 잘해 줘야 해요, 내 사랑. 이제 나한테는 당신이 전부니까요."

제10장

여름이 지나고 겨울이 왔다. 9월 끝자락에 시작한 우기(雨期)는 10월, 11월, 12월까지 계속되었다. 아주 가끔가다 한 번씩 하늘에 구름 한 점 없고 공기가 전혀 움직이지 않으면서도 삽상하여 마음을 들뜨게 하는 더할 나위 없이 상쾌한 한 주가 찾아오는 때가 있었다. 그러다가 아무런 예고도 없이 한밤중에 서풍이 불면서 회색 구름이 두루마기처럼 도시 위로 높이 펼쳐지고 비가 후두두 떨어지기 시작했는데, 처음에는 소나기를 흩뿌리다가 그다음에는 보슬비가 쉬지 않고 내렸다.

트리나는 온종일 폴크 거리의 일부가 보이는 거실 퇴창에 앉아 있었다. 고개를 쳐들 때마다 대형 시장, 제과점, 종(鐘)을 갈거나 수리하는 가게, 커다란 대중목욕탕의 유리 천장과 수조가 보였다. 좀 더 가까이 바로 앞쪽에는 길거리가 있었다. 묵직한 전차가 선로 접합 부위 위로 덜컹거리며 지나다녔고, 귀 뒤에 연필을 꽂고 무언가에 정신이 팔린 셔츠 차림의 젊은 남자들,

핏자국이 선명한 정육점 앞치마를 두른 사내아이들이 무모하게 아주 빠른 속도로 시장 수레를 밀면서 수없이 오갔다. 하루 종일 폴크 거리의 인도에는 사람들이 무리지어 옥신각신하는 소소한 일상 세계가 펼쳐졌다. 날씨가 좋은 날에는 한 블록 위쪽 한길에 사는 귀부인들이 거리를 습격하여 정육점 매대 앞에서 먹을거리를 장 보는 데 열중했다. 비가 내리는 날에는 부인들의 하인들—중국인 요리사나 하녀들—이 그들을 대신해 장을 보았다. 그 하인들도 꽤 거만했는데, 그들 여주인들이 파라솔을 펼쳐 들고 있는 것처럼 면으로 만든 큼직한 우산을 펼쳐 들고 턱을 쳐들고 우쭐거리며 시장 상인들과 실랑이를 벌였다.

비는 끈질기게 계속 내렸다. 수레 끄는 말을 덮은 방수포에서부터 공중목욕탕 지붕의 유리판에 이르기까지, 트리나의 시야에 들어오는 것은 하나같이 매끈하고 빛이 났다. 아스팔트 보도는 에나멜가죽 장화처럼 반짝거렸다. 길거리에 나 있는 구덩이마다 물이 가득찼고, 빗방울이 그 안에 떨어질 때마다 마치 윙크하는 눈처럼 보였다.

트리나는 여전히 엘버만 삼촌을 위해 일했다. 아침에는 부엌과 침실, 거실을 오가며 집안일하느라 분주했지만, 오후가 되면 점심 식사 뒤 두세 시간 동안 노아의 방주 동물을 조각하는 일에 열중했다. 그녀는 퇴창 쪽으로 재료를 들고 가 의자 밑에 네모나고 큼직한 캔버스를 펼쳐 두어 조각할 때 떨어지는 조각들과 부스러기들을 받았고, 작업을 마친 뒤에는 난롯불 피우는 불쏘시개로 그 부스러기들을 사용했다. 트리나는 나뭇결이 고른 소나무 블록을 하나씩 골라잡았다. 손가락 사이에서는 칼날이 번 뜩였다. 그녀의 손놀림에 따라 아주 빠르게 동물 모형이 제 모습을 갖추고 채색할 준비를 마치면 곧바로 팔꿈치 옆에 놓인 바구니 속으로 던졌다.

히지만 결혼한 뒤 겨울 우기 동안은 걸핏하면 작업을 멈추고 무릎에 힘없이 손을 떨군 채 길거리를 바라보곤 했다. 가늘고 엷은 파란색 눈을 크게 뜨고 비로 씻긴 길거리를 쳐다보았지만 눈에는 아무것도 들어오지 않고 깊은 생각에 잠길 뿐이었다.

트리나는 사랑에 눈이 멀어, 털끝만큼도 의심하거나 망설이지 않고 무조건적으로 맥티그를 사랑했다. 그녀가 치과 의사를 진심으로 사랑하게 된 것은 결혼하고 나서부터였다. 자기 자신을 완전히 포기하고 나자, 즉 되돌릴 수 없는 최후의 복종을 하고 나자 그녀는 예전에 B 거리에서 살 무렵에는 꿈도 꾸지 못한 사랑을 느꼈다. 하지만 트리나가 그런 애정을 느끼는 것은 맥티그에게서 애정을 느낄 만한 어떤 품위와 관대함을 찾아서가 아니었다. 맥티그에게 그런 면이 있든 없든 트리나에게는 매한가지였다. 트리나가 맥티그를 사랑하는 이유는, 그녀가 한 치도 남김없이 자신의 모든 것을 그에게 내주었기 때문이었고, 자신의 개성을 그의 개성과 하나로 합쳤기 때문이었다. 이제 그녀는 그의 것으로 영원히, 마르고 닳도록 그와 함께였다. (그녀 스스로 말했듯이) 맥티그가 무슨 짓을 하든, 그녀 자신이 무엇을 하든 그녀는 바뀌지 않을 터였다. 맥티그가 그녀를 더 이상 사랑하지 않을지도 모르고, 또 그녀 곁을 떠날지도 모르고, 심지어 죽을 수도 있지만, 그래도 그녀는 변함없이 그의 것이었다.

　물론 처음부터 생각이 그랬던 것은 아니었다. 그 기나긴 가을의 우기 동안, 몇 시간이고 홀로 집에 있어야 했던 그 무렵, 신혼의 흥분과 신선함이 시들어 갈 무렵, 새살림 도구들에 흠집이 나기 시작할 무렵 트리나는 불안과 의심과 심지어 후회의 시간을 보내는 때가 많았다.

　트리나는 특히 어느 일요일 오후를 결코 잊을 수 없었다. 결혼한 지 겨우 삼 주밖에 지나지 않았을 때였다. 이른 저녁 식사를 한 뒤 때마침 햇살이 좋아 트리나는 미스 베이커와 서터 거리의 꽃집 창가에 놓인 멋진 제라늄을 보러 잠깐 산책을 나갔다. 그러던 중 소낙비를 맞아 아파트로 돌아왔고, 작은 재봉사는 트리나에게 몸도 녹일 겸 자신의 조그마한 방에서 차를 한 잔 하자고 제안했다. 두 여자는 차를 마시며 그날 오후 내내 이야기를 나눴고, 그런 뒤 트리나는 자기 방으로 돌아왔다. 그녀는 세 시간 가까이 맥티그를 까맣게 잊고 있었다. 부드럽게 노래를 흥얼거리며 작은 스위트룸으로 돌아왔을 때에야 비로소 그 사람 생각이 문득 떠올랐다. 남편은 치과 진료실에서 수술용 의자에 기대고 누워 곤히 잠들어 있었다. 작은 난로 안에는 코크스 석탄이 잔뜩 들어 방이 후덥지근했고, 에테르 냄새, 코크스 석탄 가스 냄새며, 김빠진 맥주와 싸구려 담배 냄새로 공기가 탁했다. 맥티그는 수술용 의자의 낡은 벨벳 천 위로 거대한 팔다리를 아무렇게나 축 늘어뜨리고 있었다. 코트와 조끼와 구두는 벗어 던져놓고, 두꺼운 회색 양말을 신은 거대한 발은 발판 끝자락에서 달랑거렸다. 담배 파이프는 반쯤 벌어진 입에서 빠져나와 무릎에 온통 재를 쏟아 놓았고, 방바닥에는 반쯤 빈 스팀 맥주 피처가 그의 옆에 놓여 있었다. 머리는 맥없이 어깨 위로 떨구고 얼굴은 잠으로 붉게 상기되었으며, 벌어진 입에서는 코 고는 소리가 엄청나게 크게 흘러나왔다.

트리나는 잠깐 서서 남편이 그렇게 옷은 반쯤 벗어 던지고 무기력하게 널브러진 채 방의 열기와 스팀 맥주, 싸구려 담배의 연기에 취해 누워 있는 모습을 내려다보았다. 그러자 조그마한 턱이 오돌오돌 떨리며 목이 메어 왔다. 그녀는 진료실에서 뛰쳐나와 침실로 들어가 문을 잠그고 침대에 쓰러져 한바탕 울음을 터트렸다. 아, 싫어. 정말 싫어. 도저히 그를 사랑할 수가 없었다. 모든 게 끔찍한 실수였지만 이제는 돌이킬 수 없었다. 그녀는 평생 이 남자에게 묶여 버린 것이다. 결혼한 지 겨우 삼 주밖에 되지 않은 지금도 이렇게 싫은데 다가올 기나긴 앞날은 과연 어떨까? 날이면 날마다, 달이면 달마다, 해면 해마다 턱이 두드러진 똑같은 얼굴을 보아야 하고, 거대하고 시뻘건 손으로 만지는 손길을 느껴야 하고, 두꺼운 회색 양말을 신은 거대한 발이 내는 육중하고 엄청난 발걸음 소리를 들어야만 할 게 아닌가. 날이 가도, 해가 가도 아무런 변화도 없이 그녀가 살아가는 평생 이어질 것이다. 끝도 없이 혐오하며 살아가거나, 그게 아니라면—그런 삶은 그야말로 최악이겠지만—그 사람에게 만족하고 그 사람처럼 살면서, 스팀 맥주와 싸구려 담배의 수준으로 내려가는 수밖에 없을지도 모른다. 멍청하고 야만적인 남편을 위해 모두 버려야 할 테니 그녀만의 청결하고 깔끔한 습관들은 모두 잊힐 것이다. "그 여자의 남편!" 저기 누워 있는 저 사람이 바로 평생 그녀의 남편이었다. 그가 코를 고는 소리가 여전히 귓가에 들렸다. 순간 엄청난 절망감이 그녀를 덮쳤다. 그녀는 베개에 얼굴을 파묻고 한없이 그리운 어머니를 생각했다.

카나리아가 지저귀는 소리에 마침내 맥티그는 서서히 잠에서 깨어났다. 잠시 뒤 콘서티나를 내려 그가 알고 있는 구슬픈 노래 여섯 곡을 연주했다.

트리나는 여전히 침대에 엎드린 채 흐느껴 울고 있었다. 그 작은 스위트룸 전체에 들리는 소리라고는 구슬픈 콘서티나의 선율과 숨을 죽여 우는 소리뿐이었다.

남편이 자신의 고통을 전혀 모르고 있다는 사실에 그녀는 더더욱 불만스러웠다. 얼토당토않게도 그녀는 남편이 다가와 자신을 위로해 주기를 바랐다. 남편은 그녀가 괴로워하고 있다는 사실, 그녀가 지금 외롭고 불행하다는 사실을 알아야만 했다.

"오, 맥!" 트리나가 떨리는 목소리로 그를 불렀다. 하지만 콘서티나가 흐느끼며 울부짖을 뿐이었다. 트리나는 그만 죽고 싶은 심정이었고, 그래서 벌떡 자리를 박차고 일어나서 치과 진료실로 달려가 남편의 품안에 달려들어 펑펑 울었다. "아, 맥, 내 사랑, 날 좀 사랑해 줘요. 날 좀 많이 사랑해 줘요! 나 지금 너무 불행하단 말이에요."

"뭐, 뭐라고?" 당황하고 놀란 치과 의사가 버럭 큰 소리로 물었다.

"아니에요. 아무것도 아니에요. 그저 날 사랑해 줘요. 언제까지나 날 사랑해 줘요."

그러나 처음의 이 위기, 이 순간적인 반란은 다른 어느 경우와 마찬가지로 여성의 예민한 신경과 관련한 문제로 스쳐 지나갔고, 결국 '곰탱이' 남편을 향한 트리나의 애정은 그녀 자신도 모르게 점점 커져만 갔다. 그의 사람 됨됨이와 관계없이 이미 그에게 자기 자신을 넘겨줬으므로 시간이 지날수록 점점 더 깊이 그를 사랑할 수밖에 없었다. 그 뒤로 트리나는 우습게도 어느 날 아침 식사 후 맥티그의 두툼한 콧수염에 달걀 부스러기가 붙어 있는 것을 보고 순간적으로 한 차례 더 그런 감정을 느낀 뒤로 더 이상 사랑을 의심하지 않았다.

또한 두 부부는 조금씩 양보하는 법도 익혔고, 무의식적으로 서로 살아가는 방식에 적응해 나갔다. 트리나는 곧 처음 걱정했던 것처럼 맥티그의 수준으로 떨어지는 대신 그를 자기 수준으로 끌어올릴 수 있다는 것을 알게 되었다. 이로써 그토록 많던, 어렵고 암울한 문제들을 해결할 방법을 찾을 수 있었다.

예를 들자면, 치과 의사는 옷을 좀 더 세련되게 차려입기 시작했는데, 트리나는 맥티그에게 일요일에 실크해트와 프록코트를 입히는 데도 성공했다. 그다음 맥티그는 일요일 오후 낮잠과 맥주를 포기하고 그 대신 그녀와 함께 서너 시간을 공원에서 보냈다. 물론 날씨가 허락하면 말이다. 트리나의 불안감은 점차 줄어들었고, 불안감이 생길 때면 마침내 가볍게 어깨를 들썩이며 자신에게 이렇게 말할 수 있었다. "뭐, 이미 끝난 일이고, 이젠 어쩔 수가 없는 걸. 그러니 현재의 삶에 최선을 다할 수밖에."

결혼 생활을 시작한 지 처음 몇 달 동안 트리나는 이런 불안감과 갑작스럽게 솟아나는 애정 사이를 오락가락했다. 남편의 사랑이 자신의 사랑에 미치지 못한다고 느껴질 때면 그녀는 아무런 예고도 없이 갑자기 맥티그의 목에 두 팔을 감고 그의 볼에 자기 볼을 비비며 중얼거리곤 했다. "내 사랑, 맥, 난 당신이 너무 좋아요. 당신을 정말 사랑해요. 아, 맥, 오로지 우리 둘밖에 없어도 둘이서 너무 행복하지 않나요? 내가 자기를 사랑하는 만큼, 자기도 날 사랑하는 거죠, 그렇죠, 맥? 아, 당신이 날 사랑하지 않는다면, 그게 아니라면……."

하지만 극에서 극으로 오락가락하던 트리나의 초기 감정은 한겨울이 되자 평온하고 침착한 상태로 잦아들었다. 그녀는 감탄할 정도로 야무진 주부였기에 점점 더 살림에 정성을 기울였고, 그 작은 방들을 놀랍도록 멋지게 꾸몄으며, 인색하다고 할 만큼 돈을 아꼈다. 그녀는 열과 성을 다해 돈을 모았다. 그녀는 침실에 있는 자신의 트렁크 맨 아래쪽에 저축은행 구실을 하는 놋쇠로 된 금고를 숨겨 두었다. 그러고는 25센트나 50센트를 그 작은 저금통에 더할 때마다 마치 어린아이처럼 신바람이 나서 웃으며 노래를 불렀다. 반면 정육점 주인이나 우유 배달원이 돈을 너무 많이 청구하면 온종일 기분이 우울했다. 트리나는 어떤 특별한 목적이 있어서 돈을 모으는 게 아니었다. 이유도 모른 채 본능적으로 모았고, 치과 의사가 그러지 말라고 충고하면 "그래요, 그래. 내가 좀 구두쇠라는 건 나도 알아요. 나도 알고 있다고요"라고 대답할 뿐이었다.

트리나는 늘 돈을 아끼는 구두쇠였지만 특별히 인색하게 된 것은 복권에 당첨되고 나서부터였다. 말할 것도 없이, 그녀는 그 엄청난 행운이 그들을 타락시키고 낭비벽에 빠지게 만들까 봐 두려운 나머지 그와는 정반대 방향으로 너무 멀리 가 버렸던 것이다. 기적같이 얻은 재산에 돈을 보탤지언정 단 한 푼이라도 허투루 쓰는 일은 정말로, 절대로, 결단코 용납하지 않기로 했다. 그 돈은 거대한 바위 같고, 괴물 같은 비상금이었다. 하지만 아주 큰돈이 아니라, 더 크게 만들 수 있는 돈이었다. 겨울이 끝나갈 무렵 트리나는 벌써 결혼 준비 비용으로 어쩔 수 없이 써버린 2백 달러를 메꿨다.

한편 맥티그는 처녀 시절의 트리나를 사랑했던 것처럼 아내가 된 지금도 여전히 그녀를 사랑하는지 의문을 품는 일은 한 번도 없었다. 트리나에게 키스하거나 그녀를 두 팔에 안을 때, 머리끝부터 발끝까지 말로 표현할 수 없는 짜릿한 흥분으로 전율하던 때가 있었고, 그녀의 머리카락에서 풍기는 달콤한 향기에 현기증을 느낄 때까지도 있었다. 하지만 그것은 이미 오래전의 일이었다. 그는 작은 여인이 갑작스럽게 쏟아내는 애정 표현, 두 사람이 같이 오래 살수록 격렬해지는 애정 표현에 기분이 좋다기보다는 당황할 뿐이었다. 그래도 그녀가 열정적으로 물으면 언제나 친절하게 대답했다. "그럼, 물론이지, 트리나, 당연히 당신을 사랑하지. 그런데, 그런데 왜 그러는 거야?"

아내를 향한 그의 애정에는 열정이 없었다. 아내가 곁에 있는 게 몹시 좋긴 했다. 그녀가 대부분 집에서 시간을 보내며 아침부터 밤까지 기분이 들떠 노래하면서 여기저기 이 방 저 방을 느긋하게 돌아다니는 모습을 보면 무척 행복했다. 환자가 의자에 앉아 있고 자신은 충전기를 들고 있을 때 아내를 치과 진료실로 불러내 그가 가르쳐 준 대로 작은 회양목 나무망치로 금봉을 두드리게 하는 것도 아주 좋았다. 하지만 그 폭풍 같던 열정, 그녀에게 에테르 마취를 했던 날, 또 B 거리 기차역에서 그녀를 와락 껴안았을 때, 그리고 또 신혼 생활 초기에 자꾸자꾸 솟아나던 욕망은 이제 좀처럼 그를 자극하지 않았다. 물론 그렇다고 그녀와 결혼한 게 잘한 일인지 의구심을 품는 것은 절대로 아니었다.

맥티그는 다시 무딘 상태로 돌아갔다. 그는 절대로 자신을 의심한다든가, 삶에서 동기를 찾는다든가, 상황을 깊이 들여다보려고 하지 않았다. 결혼하고 나서 처음 맞은 여름은 그의 삶에서 가장 만족스러운 한때였다. 신혼의 달콤함이 끝나 버리자 그는 아무런 의문도 없이 새로운 질서에 쉽게 접어들었다. 이런 식의 삶이 계속 이어질 터였다. 그는 결혼하여 자리를 잡았고 트리나가 옆에 있었다. 맥티그는 현실을 자연스럽게 받아들였다. 삶의 기쁨이던 소소한 동물적 안락은 여전히 언제든 누릴 수 있었지만, 만약 그런 안락이 간섭받을 때에는—가령 일요일 오후 낮잠과 맥주처럼 말이다—다른 기분 좋은 대안을 찾을 수 있었다. 맥티그를 좀 더 나은 인간으로 만들려고, 그러니까 총각 시절에 익숙해 있던 우둔한 동물적 삶에서 끌어올리려고 트리나가 꽤 눈치껏 솜씨를 부려 조심스럽게 애쓴 덕에 치과 의사는 자기에게 어떤 변화가 일어나고 있는지도 눈치채지 못했다. 실크해트 문제만 해도 그는 자신이 스스로 쓰기 시작한 것이라고 착각하는 것 같았다.

치과 의사는 사랑스러운 아내의 영향을 받아 조금씩 세련되어져 갔다. 거대하고 벌건 손목에 닳아빠진 소매 끝동으로 더구나 아예 셔츠를 입지도 않고 집 밖을 나서는 일은 이제 없었다. 트리나는 그의 린넨 셔츠를 늘 깨끗이 수선해 놓았고 세탁은 대부분 손수 했으며, 그에게 플란넬 재킷—아주 커다란 뼈 단추가 달린 빨간색 플란넬 재킷이었다—을 일주일에 한 번, 그리고 린넨 셔츠는 일주일에 두 번, 옷깃과 소매 끝동은 이틀에 한 번 갈아입게 했다. 또 남편이 나이프로 음식 먹는 버릇을 고쳤고, 스팀 맥주 대신 병맥주를 마시게 했으며, 미스 베이커와 하이제의 아내, 다른 여성 지인들 앞에서 모자를 벗게 만들었다. 맥티그는 이제 프레나의 술집에서 저녁 시간을 보내지 않았다. 그 대신 병맥주를 서너 병 사다가 집에서 트리나와 함께 마셨다. 그는 진료실에서도 여성 환자들을 퉁명하거나 무뚝뚝하게 대하지 않았다. 게다가 작업을 하면서 그들에게 말을 걸 수 있는 단계까지 이르렀다. 치료가 끝난 뒤 환자들과 문 앞까지 같이 가 문을 열어 주고 각지고 큼직한 머리를 숙여 배웅 인사를 하기도 했다.

이런 것 말고도 맥티그는 좀 더 의미 있고 중요한 인생 관심사가 생기기 시작했다. 그 관심사들은 단지 그의 개인적 삶에 영향을 끼치는 데 그치지 않고, 사회 계층의 한 일원이자, 전문 직업에 종사하는 한 사람이고, 정당의 일원인 그에게 영향을 주었다. 그는 신문을 읽었고, 치과 잡지를 구독했으며, 부활절이나 크리스마스, 새해에는 트리나와 함께 교회에 나갔다. 그는 나름대로 주관과 신념도 갖게 되었다. 가령 세금을 내는 여성들에게 투표권을 주지 않는 것은 정당하지 못하다느니*, 치과 대학에 입학하는 데 대학 교육이 전제 조건이 되어서는 안 된다느니, 가톨릭 성직자들이 사립 학교를 통제하지 못하게 해야 한다느니 하고 말이다.

하지만 그중에서도 가장 멋진 것은 맥티그가 야망을 품기 시작했다는 사실이었다. 그는 아주 어렴풋하고 두서없이 더 나은 어떤 것에 대해 꿈을 품기 시작했다. 물론 그 꿈은 대부분 트리나에게서 나온 것이었지만 말이다. 아마도 언젠가는 그와 아내가 자기들만의 집을 갖게 될 것이다. 이 얼마나 멋진 꿈인가! 방 여섯 개에 욕실이 딸려 있고 앞마당에는 잔디가 자라고 꽃들이 예쁘게 피어 있는 그들만의 작은 집 말이다. 그리고 아이들도 생길 것이다. 다니엘이라는 이름의 아들은 고등학교에 진학하고 아마도 잘 나가는 배관공이나 가옥 페인트공이 될 것이다. 그런 다음 이 다니엘이 결혼하여 아내를 맞이할 것이고, 모두가 여섯 개의 방과 욕실이 딸린 집에서 같이 살게 될 것이다. 다니엘도 아이들이 생길 것이다. 맥티그는 그들 틈에서 늙어 갈 것이다. 치과 의사는 자신이 아이들과 손자 손녀들에 둘러싸여 존경받는 가장이 되는 모습을 그려 보았다.

그렇게 겨울이 지나갔다. 그해 겨울은 맥티그 부부에게 아주 행복한 시기였다. 그들은 새로운 삶의 궤도에 들어섰다. 규칙적인 삶이 시작되었다.

평일에 두 사람은 6시 반이 되면 병 우유를 배달하는 소년에게 문을 두드려 잠을 깨워 달라고 부탁했다. 트리나는 아침 식사를 준비했다. 그녀는 커피와 베이컨, 달걀, 빵집에서 사 온 비엔나 롤을 차렸다. 아침 식사는 부엌에서 기름 먹인 천을 덮어 씌우고 압정으로 박은 동그란 송판 탁자에 앉아서 했다. 아침 식사를 하자마자 치과 의사는 이른 아침 예약 환자들을 위해 곧바로 진료실로 갔다. 환자들은 출근하기 전 반시간 정도 잠시 들르는 가게 점원들과 여직원들이었다.

한편 트리나는 집에서 아침 식사한 식탁을 치우고 기름 먹인 식탁보를 행주로 닦고 침대를 정리하고 빗자루와 먼지떨이, 걸레를 가지고 돌아다니면서 바쁘게 시간을 보냈다. 오전 10시쯤 그녀는 창문을 열어 환기를 시키고 나서 황갈색 재킷에 빨간 날개가 달린 작고 둥근 터번 모자를 쓰고 부엌 서랍 안에 칼자루를 넣어 두는 바구니에서 정육점과 식료품점 회계 장부를 꺼내 들고 길거리로 내려가 즐거운 시간을 보냈다. 길 건너 대형 시장에 다녀오거나, 커피와 향신료 냄새가 나는 식료품점을 돌아다니고, 다시 바느질 도구 잡화상의 계산대 앞에서 고무줄 가닥이나 고래 뼛조각 혹은 베일 끝자락을 들추며 쇼핑에 열중했다. 길거리에서 트리나는 한길에서 내려온 아름다운 드레스를 입은 귀부인들과 스치며 지나다녔고, 가끔가다 아는 사람 한

둘―미스 베이커나 하이제의 절름발이 아내, 또는 라이어 부인―을 만날 때도 있었다. 아파트를 지나갈 때마다 그녀는 가끔 자신의 집 창문을 올려다보았다. 진료실 퇴창에서 튀어나온 큼직한 금어금니 모형이 번쩍거리고 있었다. 또 열려 있는 거실 창문 사이로 노팅엄 레이스 커튼이 흔들리며 바람에 따라 부풀어 오르는 모습이 보이기도 했다. 멕시코인 잡역부 마리아 마카파가 머리에 수건을 두르고 아파트에서 이 방 저 방 돌아다니며 바닥을 쓸고 담뱃재를 치우는 모습도 보였다. 어쩌다 진료실 퇴창 너머로 맥티그가 진료를 하느라 등을 둥글게 구부린 모습이 보이기도 했다. 때로 서로 눈이 마주치기라도 하면 손을 흔들며 명랑하게 아는 척을 했다.

11시가 되면 트리나는 아파트로 돌아왔고 그녀의 갈색 그물로 만든 손가방―한때 그녀의 어머니 것이었다―은 물건들로 가득했다. 그녀는 곧바로 점심 준비를 했다. 으깬 감자와 함께 소시지를 내놓거나, 전날 저녁 식사 때 남은 음식을 데우거나 스튜로 만들고, 트리나가 너무나 좋아하는 초콜릿과 한두 가지 곁들임 요리―청어 소금구이나 아티초크 몇 줄기 또는 샐러드―를 준비했다. 12시 반이 되면 치과 의사가 크레오소트와 에테르 냄새를 풍기며 진료실에서 돌아왔다. 두 사람은 거실에 앉아 점심을 먹었다. 그리고 그날 오전에 있었던 일들을 서로에게 들려주었다. 트리나는 시장에서 산 물건들을 보여 주었고, 맥티그는 수술 진행 상황을 말해 주었다. 1시가 되면 두 사람이 헤어져 맥티그는 진료실로 돌아가고 트리나는 열심히 노아의 방주 동물들을 만들었다. 3시쯤 되면 그녀는 일거리를 치우고 나머지 오후 시간 동안 온갖 일을 했다. 어떨 때는 옷 수선을, 어떨 때는 빨래를, 어떨 때는 새 커튼을 걸거나, 깔개를 압정으로 고정시키거나, 편지를 쓰거나, 누군가—주로 미스 베이커였다—를 방문했다. 트리나는 하루 세 끼를 준비하는 것은 무리였기 때문에 5시가 가까워지면 한 노파가 와서 저녁 식사 준비를 했다.

이 나이 든 여자는 프랑스 사람으로 아파트 입주민들에게 오거스틴이라는 이름으로 알려져 있었지만 아무도 그녀의 성(姓)이 뭔지 물어볼 만큼 그녀에게 관심을 갖지 않았다. 그녀에 대해 알려진 것이라고는 그녀가 세탁부 일을 하다가 그 업계가 중국인들과의 경쟁에 밀려 사양길로 접어든 뒤 찢어지게 가난해졌다는 사실뿐이었다. 오거스틴은 요리를 잘했지만 그 외의 모든 면에서는 탐탁지 않았고, 트리나는 걸핏하면 그녀에게 화를 냈다. 이 나이 든 프랑스 여자의 가장 큰 성격적 특징은 소심함이었다. 트리나가 아주 간단한 지시를 내릴 때조차도 여자는 겁을 먹고 움츠러들었다. 아무리 상냥하게 말을 해도 책망은 그녀를 혼란스럽고 고통스럽게 했다. 트리나가 화를 내면 그녀는 곧장 신경 쇠약 상태에 빠져 입도 뻥긋하지 못했으며 통제할 수 없을 만큼 근육이 떨리며 고개를 끄덕거렸는데, 마치 장난감 당나귀 머리가 흔들리는 것만 같았다. 여자의 소심함은 정말 사람을 화나게 했고, 그녀가 방에 있을 때면 정신이 혼란스러웠다. 그녀는 병적으로 책망을 피하려 드는 바람에 도리어 믿을 수 없을 만큼 서툴게 행동할 때가 있었다. 트리나는 몇 번이고 이제 더는 오거스틴을 참을 수 없다고 생각했지만, 이 노파는 양배추 수프와 타피오카 푸딩*을 기가 막히게 잘 만드는 데다 무엇보다도 트리나가 보기에 돈을 적게 줘도 만족하고 일해 주는 최고의 장점이 있었기 때문에 계속 그녀를 붙잡아 두었다.

오거스틴에게는 남편이 있었다. 그는 영매(靈媒)였는데 사람들은 보통 그를 '선생'이라고 불렀다. 가끔가다 그는 아파트에 있는 큰 방들에서 교령회(交靈會)를 열고 하모니카를 정열적으로 연주하며 그가 인디언 여자인 '에드나'라고 주장하는 죽은 사람의 영혼을 불러낼 때가 있었다.

저녁 시간은 트리나와 맥티그에게 휴식 시간이었다. 6시에 저녁을 먹은 뒤 맥티그가 반시간 동안 파이프 담배를 피우며 신문을 읽고, 그동안 트리나와 오거스틴은 식탁을 정리하고 설거지를 했다. 그런 다음 부부는 자주 외출했다. 두 사람이 즐기는 일 중 하나는 어둠이 깔린 시내로 나가 마켓 거리와 키어니 거리를 따라 산책을 즐기는 것이었다. 그것은 꽤 즐거운 일이었다. 거리에는 꽤 많은 사람들이 산책하고 있었다. 모든 가게가 밝게 불을 밝혔고, 대부분의 가게가 여전히 영업 중이었다. 두 사람은 특별히 할 일 없이 걸어 다니며 가게의 쇼윈도를 들여다보았다. 트리나가 맥티그의 팔짱을 끼면 맥티그는 쑥스러워서 모른 척하며 두 손을 주머니에 집어넣었다. 두 사람은 보석상과 모자 가게 쇼윈도 앞에 서서 뒷날 부자가 되어 서로에게 무엇을 사 줄지 고르는 것을 자못 재미있어 했다. 트리나가 거의 혼자 말하다시피 했고, 맥티그는 주로 으르렁 소리를 내거나 고개를 끄덕이거나 어깨를 들썩이며 맞장구칠 뿐이었다. 트리나는 싸구려 물건을 파는 가게에 진열되어 있는 물건에 관심을 보였지만, 맥티그는 키어니 거리 모퉁이에 걸려 있는, 네 갈래 뿌리가 달린 기대한 금 어금니 모형에서 눈을 뗄 수가 없었다. 가끔씩 두 사람은 길거리에 있는 망원경으로 화성과 달을 관찰하거나 대형 백화점의 원형 홀에서 매일 저녁 연주하는 밴드를 보며 잠시 앉아 있기도 했다.

가끔씩 두 사람은 마구 제작업자 하이제와 그의 아내를 만나 함께 어울렸다. 그런 저녁에는 극장 아래에 있는 독일 레스토랑 룩셈부르크에서 네 사람이 같이 하루를 마무리했다. 트리나는 타말레와 맥주 한 잔을, 하이제 부인은─그녀는 글쓰기 교사였지만 지금은 은퇴했다─ 건포도 시럽을 넣은 석류 주스와 함께 샐러드를 먹었다. 하이제는 칵테일과 위스키를 스트레이트로 마시면서 치과 의사에게도 권했다. 하지만 맥티그는 한사코 고개를 흔들며 거절했다. "전 그런 거 못 마셔요." 그러고는 이렇게 말하곤 했다. "그 술이 이상하게 저한테는 맞지 않아요. 두 잔만 마셔도 정신이 나가 버린다니까요." 그래서 그는 맥주를 마시며 독일 겨자를 바른 프랑크푸르트 소시지를 게걸스럽게 먹었다.

해마다 개최되는 기계 박람회가 열릴 때면 맥티그와 트리나는 그곳에서 전시품을 매우 유심히 보면서 저녁 시간을 보냈다. (트리나의 관점에서 교양이란 무언가를 알고 그것에 관해 이야기할 수 있는 능력을 뜻했다.) 그것이 싫증나면 두 사람은 갤러리로 들어가 난간에 몸을 기댄 채 불빛과 색채와 움직임으로 가득 찬 큼직한 원형 전시장을 내려다보았다.

아래쪽에서는 많은 사람이 발을 끌며 내는 어마어마한 소음과 숨을 죽이고 속삭이는 대화 소리가 마치 하나의 거대한 방앗간에서 나는 소리처럼 들려왔다. 이런 소리들은 멀리서 나는 기계 소리, 임시로 설치한 분수에서 물이 튀는 소리, 브라스 밴드의 리드미컬하지만 요란스러운 소리와 한데 뒤섞였다. 그랜드 피아노 앞에서는 고용된 연주가가 멋진 기교를 선보이며 연주하고 있었다. 좀 더 가까이에서는 사람들이 주고받는 대화의 끝마디와 웃음소리, 드레스가 움직이며 나는 소리, 빳빳하게 풀을 먹인 스커트의 바스락거리는 소리를 들을 수 있었다. 여기저기서 나이 어린 학생들이 날카롭게 소리 지르거나 손에 광고 전단지와 부채, 그림 카드, 장난감 채찍 등을 들고 인파를 헤치며 지나다녔다. 공기 중에서는 갓 튀긴 팝콘 냄새가 진동했다.

두 사람은 미술 갤러리에서 얼마 동안 시간을 보내기도 했다. 한 시간에 25센트를 받고 그림을 가르치는 트리나의 사촌 셀리나가 종종 그림을 전시했고, 두 사람은 그 그림들을 찾아보는 게 즐거웠다. 주로 검은 벨벳 위에 노란 양귀비를 잔뜩 그린 것으로 도금 액자에 끼워져 있었다. 두 사람은 그림 앞에 잠깐 서서 이런저런 추측을 하며 의견을 나눈 뒤 천천히 다음 작품으로 옮겨 갔다. 트리나와 맥티그는 소책자를 사서 각 그림의 제목을 맞춰 보기도 했다. 트리나는 맥티그에게 이 또한 꼭 갖춰야 할 일종의 교양이라고 했다. 트리나는 자신이 예술을 좋아하는 것은 어쩌면 노아의 방주 동물들을 만들 때의 경험으로 그림과 조각품에 대한 취향이 생긴 덕분인 것 같다고 했다.

"물론 난 비평가는 아녜요." 트리나가 치과 의사에게 말했다. "그지 내가 뭘 좋아하는지 알 뿐이죠." 그녀는 밀짚 색깔의 머리카락이 물결치듯 흘러내리고 아주 큰 눈동자를 위로 치켜뜨고 있는 사랑스러운 여자아이들을 그린 「완벽한 머리들」을 좋아했다. 이런 그림들은 언제나 「몽상」, 「전원 풍경」, 또는 「사랑에 대한 꿈」과 같은 제목을 가지고 있었다.

"난 저 그림들이 예쁜 것 같아요. 안 그래요, 여보?" 그녀가 말했다.

"어, 그렇네." 맥티그는 잘 몰라 당황스러우면서도 고개를 끄덕이며 대답했다. "그래, 맞아, 맞아. 예뻐. 바로 그거지. 그런데 트리나, 저 그림들도 아까 양귀비처럼 손으로 직접 그린 그림인 게 확실해?"

이렇게 겨울이 지났고, 한 해가 가고 두 해가 흘렀다. 소상인, 약국 직원, 식료품 잡화상, 문구점 주인, 배관공, 치과 의사, 의사, 영매 같은 부류의 사람들이 폴크 거리에서 익숙한 일과를 반복하며 단조롭게 살아갔다. 맥티그 부부가 결혼하고 처음 삼 년 동안은 재정적으로도 달라진 점이 거의 없었다. 삼 년째 되던 해 여름, 아래층에 있던 우체국 지국은 우편배달 전차가 다니는 선로 가까이 가기 위해 길거리 위쪽에 있는 모퉁이 자리로 옮겨 갔다. 그리고 아래층에는 모든 여성 주민들이 반대했는데도 '바인 스투베*'라는 독일식 술집이 들어왔다. 몇 달 뒤 길거리에 전깃불이 들어온 것을 축하하기 위해 '폴크 거리 야외 축제'가 열리자 모두가 한껏 들떴다. 사흘 동안 계속된 축제는 그야말로 성대했다. 길거리에는 노랗고 하얀 장식용 깃발이 길게 걸렸고, 거기에다 행진과 꽃수레와 브라스 밴드가 있었다. 마커스 숄러는 축제 기간 내내 물 만난 물고기 같았다. 그는 퍼레이드 진행 담당자 중 한 명이 되었다. 그가 실크해트를 빌려 쓰고 면장갑을 끼고 쇠잔한 마차용 말을 타고서 자갈 위를 달리는 모습이 걸핏하면 눈에 띄었다. 그는 노란색과 흰색 옥양목으로 덧씌운 지휘봉을 들고 격렬하게 손짓 발짓 했고, 끊임없이 소리를 질러 대고 별것도 아닌 일에 화를 내고 조바심치는 통에 목이 다 쉬어 목소리가 속삭이듯 작아졌다. 맥티그는 그 모습이 역겨웠다. 마커스가 아파트 창문 밑을 지나갈 때마다 치과 의사는 이렇게 중얼거리곤 했다. "흥, 제가 잘난 줄 아는 모양이지?"

축제 덕에 '폴크 거리 진흥회'라는 단체가 만들어졌고 마커스는 그 단체의 비서로 뽑혔다. 맥티그와 트리나는 가끔 마구 제작업자 하이제에게서 그가 하는 일을 전해 들었다. 마커스는 정치적 야심을 품고 있는 게 틀림없었다. 그는 '유린당한 유권자들', '개인적 편견으로 왜곡된 견해들', '정당 편견에 가려진 눈들' 등 이런 연설을 열띠게 했고, 어쩌다 그의 연설이 이 단체의 기관지인 「진보」에 실리기도 하면서 연설가로서 명성을 쌓아 가는 듯했다.

트리나의 친정 식구에 관해 말하자면, 두 주에 한 번 꼴로 어머니가 편지를 보내 식구들 소식을 전했다. 아버지 시프 씨가 사들인 가구 덮개 사업은 별로 신통치가 않았다. 시프 부인은 B 거리를 떠난 것을 후회했다. 시프 씨는 달마다 돈을 손해 보고 있었다. 학교에 다녀야 할 오거스트는 아버지 가게에서 부스러기를 줍는 일을 해야만 했다. 시프 부인은 한두 명 하숙을 쳐야 했다. 이렇듯 일이 제대로 풀리지 않았다. 가끔가다 시프 부인은 마커스 이야기를 했다. 시프 씨는 자기 걱정거리에도 불구하고 그를 잊은 적이 없었고, 여전히 마커스가 '목장 운영'을 같이 할 만한 사람을 찾아보고 있다고 했다.

그 무렵 트리나와 맥티그는 처음으로 크게 부부 싸움을 했다. 트리나가 언젠가는 그들만의 작은 집을 꼭 사자고 너무 많이 이야기한 탓에 맥티그는 마침내 그게 그들이 일하는 궁극적 목적이라고 생각하기에 이르렀다. 두 사람은 오랫동안 눈여겨보고 있는 집이 하나 있었다. 그 집은 길 건너 가까이 폴크 거리와 한 블록 위쪽 한길 사이에 있었는데, 트리나와 맥티그는 일요일 오후만 되면 으레 그 앞에 가서 집을 살펴보았다. 두 사람은 길거리 바깥쪽에 반시간은 족히 서서 외관을 요모조모 살피고 방 구조를 가늠하거나 바로 옆 이웃집에 대해 이러쿵저러쿵 이야기를 나눴다. 옆집들은 환경이 그다지 좋지 않았다. 그 집은 2층 목조 건물로 서툰 건축가가 앤 여왕* 양식을 흉내 내어 짓는 바람에 온갖 소용돌이무늬와 목공 장식이 많았고 문 위에는 싸구려 모조 스테인드글라스가 끼워져 빛을 받고 있었다. 코딱지만한 앞마당에는 작은 꽃들이 먼지를 뒤집어쓴 채 수북이 자라고 있었다. 현관문에는 전기 초인종이 뽐내며 달려 있었다. 그러나 두 사람은 그 집이 아주 마음에 들었다. 그 작은 집에 살면서 치과 의사의 진료실을 아파트에 그대로 둘 생각이었다. 두 곳은 모퉁이 하나만 돌면 오갈 수 있어 맥티그는 여전히 아내와 함께 점심을 먹을 수 있을뿐더러 원한다면 이른 아침에 예약 환자들을 돌보고 돌아와서 아침 식사도 같이할 수 있었다.

하지만 집에는 이미 누군가 살고 있었다. 헝가리 가족이었다. 그 집 아버지는 폴크 거리에 있는 하이제의 마구 가게 옆에서 문구점 겸 잡화점을 운영했고, 맏아들은 극장의 오케스트라단에서 제3 바이올린을 연주했다. 가구가 따로 갖추어져 있지 않았던 그 집에서 월세 35달러에 수도세를 내면서 살고 있었다.

그러던 어느 일요일, 두 사람이 산책을 마치고 집으로 돌아가는 길에 그 작은 집을 구경하러 찾아갔더니 집 앞 보도가 평소와는 다르게 한눈에 보기에도 아주 부산했다. 특별 운송 짐차가 가구를 싣고 가 버렸으며, 보도에는 침대 틀과 거울들, 세숫대야들이 널브러져 있었다. 헝가리 가족이 이사를 가는 것이었다.

"아, 여보, 저기 좀 봐요!" 트리나가 숨도 제대로 쉬지 못하며 말했다.

"그래, 정말 가네." 치과 의사가 중얼거렸다.

그런 다음 두 사람은 거의 말을 하지 않았다. 그들은 맞은편 길에 한 시간은 족히 넘게 서서 눈앞에서 벌어지는 일을 흥분을 가라앉히지 못하고 뚫어지게 쳐다보았다.

이튿날 저녁 두 사람은 그 집으로 다시 가서 이 방 저 방 옮겨 다니며 그곳에 사는 자기들 모습을 상상하며 행복에 흠뻑 젖었다. 저기는 침실로, 저기는 식당으로, 저기는 작고 매력적인 응접실로 삼으면 안성맞춤이었다. 그러고는 현관문으로 나오면서 다시 한 번 집주인을 만났다. 체구가 크고 얼굴이 붉은 사람으로, 너무 뚱뚱해서 걷는다는 게 마치 배를 앞쪽으로 내밀면 발이 딸려 가는 것 같았다. 트리나가 잠깐 그와 대화를 나눴지만 아무런 합의도 이루지 못한 채 두 사람의 집주소만 가르쳐 주고 떠났다. 그날 밤 저녁 식사를 하면서 맥티그가 물었다. "어, 어떻게 생각해, 여보?"

트리나가 왕관처럼 묵직하고 거무스름한 머리를 뒤로 젖히며 턱을 치켜들었다.

"아직은 잘 모르겠어요. 월세 35달러에 수도세를 따로 내야 한다니. 우리에게 그럴 만한 여유는 아직 없다고 봐요, 여보."

"푸!" 치과 의사가 궁시렁거렸다. "그 정도야 낼 수 있지, 무슨 소리야."

"그것만이 아니죠." 트리나가 대꾸했다. "이사 비용도 만만치 않을 거예요."

"아, 우리가 무슨 극빈자라도 되는 것처럼 말하네. 우리한테 5천 달러가 있는데 뭘 그래?"

그러자 트리나는 곧바로 작고 창백한 귓불까지 빨개지며 입술을 굳게 다물었다.

"여보, 그런 식으로 말하면 내가 싫어한다는 거 알잖아요. 그 돈은 절대, 절대로 손끝 하나 댈 수 없어요."

"게다가 지금껏 당신은 돈을 많이 모아 놓았잖아." 맥티그는 트리나가 집요할 만큼 인색하게 구는 것에 화가 났다. "트렁크 맨 아래에 넣어 둔 그 조그마한 놋쇠 금고에 얼마나 모아 뒀지? 모르긴 해도 아마 1백 달러는 모았겠지, 분명해." 그는 눈을 감고 이미 알고 있다는 듯 큰 머리를 끄덕거렸다.

트리나는 문제의 놋쇠 금고에 그보다 훨씬 많은 돈을 가지고 있었지만 돈을 모아 두려는 본능 때문에 남편에게는 비밀로 했다. 그녀는 천연덕스럽게 거짓말했다.

"1백 달러라니요! 도대체 무슨 소리하는 거예요, 여보? 50달러도 안 돼요. 아니, 30달러도 안 된다고요."

"그러지 말고 우리 그 작은 집을 얻읍시다." 맥티그가 말을 잘랐다. "우리한테 지금 기회가 온 거야. 아마 두 번 다시 그런 기회는 오지 않을지도 몰라. 제발, 트리나, 그럽시다. 그렇게 합시다, 응?"

"그 집을 얻는다면 정말 징글징글하게 열심히 돈을 모아야 해요, 여보."

"음, 그렇겠지. 하지만 난 그 집을 얻었으면 좋겠어."

"난 잘 모르겠어요." 트리나가 망설이며 말했다. "집을 사게 되면 훨씬 좋지 않겠어요? 우리 내일까지 좀 더 생각해 봐요."

이튿날 집주인이 찾아왔다. 마침 트리나는 아침 장을 보러 나가느라 집에 없었고 환자가 없던 맥티그가 진료실에서 그를 맞았다. 맥티그는 자신이 깨닫기도 전에 계약을 하고 말았다. 집주인이 미사어구로 그를 혼란스럽게 했고, 마치 그 작은 집을 얻는 게 실속 있는 것처럼 믿게 했으며, 마지막에는 수도세를 받지 않겠다고 제안했다.

"좋습니다, 좋아요." 맥티그가 말했다. "계약할게요."

그러자 집주인은 즉시 계약서를 내밀었다.

"자, 그럼, 서류에 서명하시죠. 첫 달치 월세를 계약 보증금으로 삼읍시다. 알다시피, 이건 비즈니스니까요." 맥티그는 망설이다가 서명했다.

"우선 아내와 좀 더 상의하고 싶습니다만." 그가 미심쩍은 듯말했다.

"아, 그렇게 하시죠." 집주인은 선뜻 대답했다. "하지만 제 생각에는 가장이 원하면 그걸로 충분한 것 같습니다."

맥티그는 트리나에게 그 소식을 전하려고 점심때까지 기다릴수가 없었다. 그는 그녀가 들어오는 소리를 듣자마자 만들고 있던 석고 주형을 내려놓고 부엌으로 달려 들어가 양파를 다지고 있는 그녀와 마주했다.

"저기, 트리나." 그가 입을 열었다. "집을 얻었어. 계약했다고."

"그게 무슨 소리예요?" 트리나가 빠르게 대꾸했다. 치과 의사가 자초지종을 말했다.

"그리고 첫 달 월세를 내겠다고 서명했다는 말이에요?"

"물론, 그렇게 했지. 알잖아. 이건 비즈니스야."

"세상에, 도대체 왜 그랬어요?" 트리나가 소리를 질렀다. "적어도 나한테 물어봤어야죠. 지금 당신 무슨 일을 저질렀는지 알아요? 오늘 아침 라이어 부인이랑 그 집에 대해 이야기했어요. 헝가리 가족이 이사 간 이유는 그 집이 너무나 건강을 해쳤기 때문이래요. 몇 달 동안이나 지하실에 물이 고여 있었대요. 게다가 라이어 부인 말로는," 트리나가 화가 나서 계속 말을 이었다. "부인이 집주인과 잘 아는 사이여서, 흥정만 잘 하면 월세 30달러에 얻을 수도 있다고 했어요. 그런데 지금 당신이 무슨 일을 저지른지나 알아요? 난 그 집을 얻을 생각이 추호도 없었어요. 게다가 지하실에 물이 고인다니, 난 절대로 그 집을 얻지 않을 거라고요."

"어, 그게 말이지." 맥티그가 절망해서 말을 더듬거렸다. "그 집이 그렇게 건강에 좋지 않다면 그 집을 얻을 이유가 없지."

"하지만 당신이 계약서에 서명했잖아요!" 트리나가 분개하여 울부짖었다. "당신이 첫 달치 월셋돈을 내요. 어쨌든 위약금을 물지 않으려면. 아, 어쩜 그렇게 멍청할 수가 있어요! 35달러를 그냥 내버리다니. 난 절대로 그 집에 들어가지 않을 거예요. 우린 이 아파트에서 단 한 발짝도 나가지 않을 거예요. 난 이제 그 집에 마음이 전혀 없는 데다 그 집 지하실에는 물까지 차 있다고요."

"글쎄 35달러 정도는 우리가 감당할 수 있잖아." 치과 의사가 중얼거렸다. "꼭 내야만 한다면 말이야."

"35달러를 그냥 창밖으로 던져 버린 셈이라고요!" 돈을 아끼려는 인색한 본능이 고개를 쳐들자 트리나가 이를 딱딱거리며 소리 질렀다. "아, 당신처럼 멍청한 남자는 처음 봐요. 우리가 백만장자라도 되는 줄 알아요? 35달러를 그냥 그렇게 내버릴 생각을 하다니." 그녀의 눈에 눈물이 고였는데, 그것은 분노와 비통함의 눈물이었다. 맥티그는 귀여운 아내가 이처럼 화내는 모습을 이제껏 한 번도 본 적이 없었다. 갑자기 그녀가 벌떡 일어서며 그릇을 식탁에 '쾅' 하고 내려놓았다. "어쨌든, 난 한 푼도 내지 않을 거예요." 그녀가 큰 소리로 내뱉었다.

"어? 뭐, 뭐라고?" 그녀의 갑작스러운 말에 화들짝 놀라 치과 의사가 말을 더듬었다.

"내 말은, 당신이 그 돈을, 그 35달러를 혼자 벌어서 내야 한다는 거예요."

"왜, 그게 왜……."

"당신이 멍청하게 굴어서 우리가 이런 곤경에 빠진 것이니 바로 당신이 그 대가로 고통받아야 해요."

"그럴 순 없어. 그렇게는 안 돼. 우린, 우리는 똑같이 나눠 낼 거야. 왜, 당신도 말했잖아. 만약 물을 공짜로 쓸 수 있다면 그 집을 얻겠다고."

"난 절대로 그런 말한 적 없어요. 절대 그런 적 없다고요. 어떻게 거기 서서 그런 말을 할 수 있죠?"

"당신이 분명히 그렇게 말했어!" 이번에는 맥티그가 화가 치밀어 소리쳤다.

"맥, 난 그런 적 없어요. 그리고 그건 당신도 알고 있어요. 중요한 건, 난 동전 한 푼도 내지 않겠다는 거예요. 하이제 씨가 다음 달에 진료비를 줄 것이고, 그건 43달러니까 그 돈에서 35달러를 내요."

"나 참, 금고에 1백 달러를 고스란히 갖고 있으면서." 치과 의사가 어색한 동작으로 한쪽 팔을 내둘렀다. "당신이 절반을 내.

내가 절반을 낼 테니까. 그게 공평해."

"아뇨, 아뇨, 절대로 그렇겐 안돼요!" 트리나가 버럭 소리를 질렀다. "1백 달러 아니에요. 그리고 그 돈은 당신이 건드리지 못해요. 분명히 말하지만, 당신은 내 돈에 손가락 하나 까닥할 수 없어요."

"도대체 어떻게 그게 당신 돈이라는 거야? 어디 한 번 말해 봐."

"내 돈이라고요! 내 것이요! 내 것!" 트리나의 얼굴이 새빨갛게 달아오르고 동전 지갑 입구가 탁 닫히듯 이가 부딪치며 소리를 질렀다.

"그 돈은 내 것도 아니지만, 그렇다고 당신 것도 아니야."

"아니, 동전 한 푼까지도 모조리 내 것이에요."

"하, 날 제대로 궁지로 몰아넣네." 치과 의사가 으르렁댔다. "난 집주인과 계약서에 서명했어. 알다시피 이건 비즈니스야. 알겠지, 비즈니스라고. 그런데 당신이 내 발등을 찍는군. 우리가 만약 세를 얻었더라면, 돈을 나눠 내지 않았겠어? 지금 이 집을 그렇게 하는 것처럼 말이야."

트리나는 무관심한 척 어깨를 으쓱하고는 다시 양파를 다지기 시작했다.

"당신이 집주인과 문제를 해결해요." 그녀가 말했다. "이건 당신 문제예요. 당신한테는 돈도 있고요." 그녀는 마치 그 문제가 더는 자기와 상관없다는 듯 짐짓 차분한 척했다. 그런 그녀의 태도가 맥티그를 더욱 짜증나게 했다.

"아니, 싫어. 그렇게는 못해. 나도 그렇게는 못해!" 그가 소리 질렀다. "난 내 몫인 절반을 낼 것이고 집주인이 나머지 절반을 받으려고 당신한테 올 거야." 그녀는 고함 소리를 듣지 않으려고 한 손으로 귀를 막았다.

"아, 괜히 애쓰지 말고 똑똑하게 굴어." 맥티그가 큰 소리로 말했다. "자, 어떻게 할 거야? 절반은 낼 거지?"

"내 대답은 이미 들었잖아요."

"돈 낼 거지?"

"아뇨."

"이 좀생이!" 맥티그가 버럭 소리를 질렀다. "노랑이! 당신은 저 코우 영감보다도 더 지독한 구두쇠야. 좋아, 좋다고. 네 돈 다 가져. 내가 35달러를 전부 내지. 너 같은 구두쇠가 될 바에야 차라리 돈을 잃는 편이 나아."

"다른 할 일 없어요?" 트리나가 되받았다. "여기 서서 날 괴롭히는 일 말고?"

"자, 그럼, 마지막으로 물어보지. 정말 나를 도와줄 생각이 없는 거야?" 그러자 트리나는 신선한 양파 대가리를 싹둑싹둑 자르면서 아무 말도 하지 않았다.

"응? 나 좀 도와줄래?"

"나 부엌에 혼자 있고 싶어요. 부탁이에요." 그녀가 점잔을 빼는 태도로 마지막까지 그를 자극했다. 치과 의사는 발을 쿵쾅거리며 방을 나갔고, 나가면서 문을 쾅 닫아 버렸다.

두 사람 사이의 냉전은 일주일 가깝게 이어졌다. 트리나는 짧고 퉁명스럽게 단음절로 치과 의사에게 말할 뿐이었다. 한편 그녀의 차분하고 냉랭하고 말이 없는 태도에 속이 뒤집힌 치과 의사는 부루퉁한 모습으로 치과 진료실에 들어가 콧수염 밑으로 끔찍한 말들을 중얼거렸고, 콘서티나로 구슬픈 여섯 곡조를 반복적으로 연주하거나 카나리아에게 무서운 저주를 퍼부으며 마음을 달랬다. 하이제가 진료비를 내자 맥티그는 홧김에 그 집 주인에게 35달러를 다 보냈다.

치과 의사와 조그마한 그의 아내는 직접 화해하지는 않았지만 두 사람의 관계는 다시 원래대로 돌아올 수밖에 없었다. 그 주가 끝나 갈 때쯤 두 사람 사이는 예전처럼 원만해졌다. 하지만 그 작은 집을 입에 올리게 된 것은 건 한참이 지난 뒤였다. 당연히 두 사람은 두 번 다시 그 집을 방문하지 않았다. 한 달쯤 지나서 라이어 부부가 집주인이 직접 그 집으로 이사했다고 말해 주었다. 맥티그 부부는 한 번도 그 집에 세 들어 살지 못했다.

하지만 트리나는 남편과 다투고 난 뒤 그 후유증에 시달렸다. 남편을 도와주지 않은 게 미안했고, 문제를 그 지경까지 몰고 간 게 후회스러웠다. 어느 날 오후 노아의 방주 동물을 만들던 중 그녀는 자신이 그 문제 때문에 울고 있는 것을 깨닫고 깜짝 놀랐다. 그녀는 너무도 사랑하는 '곰탱이'에게 지나쳤던 것만 같았고, 어쩌면 결국 자기가 잘못한 것인지도 몰랐다. 만약 그가 예상치 못한 순간에 그의 뒤로 다가가 주머니에 돈을, 35달러를 손에 쥐어 주고 두 사람이 결혼하기 전에 그랬던 것처럼 그의 큼직한 머리통을 잡아당겨 대머리 진 정수리에 입을 맞추면 얼마나 멋질까 하는 생각이 들었다.

그녀는 일을 멈추고 조각칼을 무릎에 떨어뜨리고 반쯤 조각한 모형을 손가락으로 잡은 채 고민했다. 35달러는 아니더라도 그녀의 몫이었던 15달러나 16달러 정도면 어떨까. 하지만 마음 한구석에서는 반발심이, 그런 선심을 베풀기 싫은 마음이 일었다.

"아니, 아니지." 그녀가 혼잣말했다. "10달러만 줄 거야. 그게 내가 줄 수 있는 전부라고 말해야지. 사실 내가 줄 수 있는 돈은 그게 다야."

트리나는 서둘러 작업하던 동물 모형에 아교 한 방울을 떨어뜨려 귀와 꼬리를 붙이고 옆에 있던 바구니에 던져 넣으며 일을 마무리했다. 그런 다음 그녀는 침실로 들어가 트렁크를 열고 늘 숨겨 두는 카펫 모퉁이에서 열쇠를 꺼냈다.

트리나는 트렁크 가장 아래쪽 웨딩드레스 밑에 금고를 넣어 두었다. 금고 안에는 잔돈이 모조리 들어 있었다. 대부분 50센트와 1달러짜리였고 여기저기 금화도 더러 섞여 있었다. 작은 놋쇠 금고는 꽉 찬 지 오래였다. 트리나는 나머지 돈을 낡은 궤 싸개로 만든 섀미 가죽 주머니에 넣어 보관했다. 그녀는 종종 충동에 사로잡혀 금고와 가죽 주머니 안에 든 돈을 침대에 전부 쏟아 놓고 조심스레 값을 헤아렸다. 통틀어 165달러였다. 그녀는 헤아리고 또 헤아리며 동전을 쌓아올렸고, 특히 금화는 반짝반짝 빛이 날 때까지 앞치마 자락으로 문질러 닦았다.

"맞아, 10달러가 내가 맥한테 줄 수 있는 전부야." 트리나가 말했다. "그렇다 해도 잘 생각해 봐. 10달러라니. 그 돈을 다시 모으려면 네다섯 달은 걸릴 거야. 하지만 이 돈을 주면 내 사랑 맥이 좋아하겠지. 그리고 아마 모르긴 몰라도……." 갑자기 떠오른 생각에 그녀가 덧붙여 말했다. "어쩌면 맥이 받지 않을지도 몰라."

그녀는 10달러를 돈 무더기에서 꺼내고 나머지를 치웠다. 그러더니 흠칫 동작을 멈췄다.

"아니지, 금화는 안 돼." 그녀가 혼잣말을 중얼거렸다. "금화는 너무 아름답단 말이야. 은화로 줘야지." 그녀는 금화를 도로 집어넣고 은화로 10달러를 세어 손바닥에 올려놓았다. 그랬더니 이 작은 새미 가죽 주머니의 생김새와 무게가 너무나 달라지는 게 아닌가! 주머니가 쭈그러지고 꺼진 데다 졸라매는 끈에서부터 아래쪽으로 쭉 기다란 주름이 잡혔다. 정말 비참한 모습이었다. 트리나는 손바닥 안에 넓게 펼쳐 놓은 은화 10달러를 갈망하는 눈빛으로 바라보았다. 그러자 갑자기 저축에 대한 욕구가, 오로지 비축하려는 본능이, 돈을 위해 돈을 모으려는 돈에 대한 맹목적 사랑이 그녀 마음속에서 세차게 고개를 쳐들었다.

"안 돼, 안 돼, 안 되겠어." 그녀가 말했다. "도저히 못하겠어. 못됐다 해도 어쩔 수 없어. 돈이 나보다 더 강한걸." 그녀는 돈을 다시 주머니 안에 넣어 입구를 닫은 다음 트렁크 밑에 놓은 놋쇠 금고를 열쇠로 잠그며 만족스럽게 숨을 길게 내쉬었다.

그녀는 거실로 돌아가 일거리를 잡았지만 마음이 조금은 불편했다.

"내가 처음부터 인색했던 것은 아니야." 그녀가 혼잣말로 중얼거렸다. "5천 달러 복권에 당첨되고 나서부터 정말 구두쇠가 되어 버렸어. 하지만 그런 마음은 점점 심해져도 괜찮아. 이건 단점이래도 칭찬받을 만한 단점이니까. 어쨌든 내 힘으론 어쩔 도리가 없거든."

제11장

특별히 그날 아침 맥티그 부부는 평소보다 30분 일찍 일어나 부엌에서 기름 먹인 천을 씌운 송판 식탁에 앉아 서둘러 아침 식사를 마쳤다. 트리나는 그 주일의 대청소를 해야 했고, 해야 할 일들이 만만치 않으리라는 예감이 들었다. 맥티그는 키 작은 독일 제화공과 아침 7시에 진료 약속이 있는 게 기억났다.

치과 의사가 진료실로 간 지 한 시간이 지난 8시쯤, 트리나는 머리에 수건을 질끈 두르고 한 손에 롤러 청소기를 들고 침실로 불쑥 들어섰다. 그녀는 옷장과 재봉틀을 천으로 덮고 침실과 거실 사이 가리개 커튼을 갈고리에서 떼어 냈다. 그러고는 창가에 있는 노팅엄 레이스 커튼을 큼직한 매듭으로 묶고 있는데 미스 베이커 노파가 바로 아래쪽 길거리의 맞은편 보도를 지나가는 모습이 보였다. 트리나는 창문을 들어 올리고 그녀를 불렀다.

"어머, 새댁이네, 맥티그 부인!" 은퇴한 재봉사가 돌아서서 고개를 쳐들고 큰 소리로 외쳤다. 잠시 게으름을 피우고 싶었던 트리나는 두 팔을 가슴 밑에 포개고 창틀 위에 팔꿈치를 댔다. 미스 베이커는 장바구니를 팔에 걸고 이른 아침 추위에 두 손을 소모사 숄 끝자락으로 말아 감고 있었다. 그러고 나서 곧 기나긴 대화가 시작되었다. 두 사람은 창가와 길가의 갓돌에서 서로를 부르며 몇 마디 주고받았다. 말할 때마다 그들의 입에서는 옅은 입김이 새어 나왔고, 잠에서 깨어나는 길거리의 소음 때문에 소리를 크게 질러야 했다. 신문 배달 소년들, 날품팔이꾼들, 노동자들이 함께 길거리에 나타났다. 전차에는 사람들이 붐비기 시작했고, 길거리를 따라 가게 직원들이 셔터를 올리는 모습이 보였다. 아침을 먹는 사람들도 더러 있었다. 이따금 싸구려 레스토랑에서 나온 웨이터가 한 손에 냅킨을 덮은 쟁반을 얹고 균형을 잡으며 이쪽 보도에서 저쪽 보도로 길을 건너갔다.

"오늘 아침 꽤 일찍 외출하셨네요, 미스 베이커?" 트리나가 소리 높여 물었다.

"아니야, 아니야." 상대방이 대답했다. "6시 반이면 늘 일어나. 물론 늘 이렇게 일찍 나오진 않지만. 오늘은 신선한 양배추와 수프를 만들 렌틸콩을 좀 사고 싶었거든. 서둘러 시장에 가지 않으면 최상품은 모두 레스토랑에서 사 가."

"그럼 벌써 장을 다 보신 거예요, 미스 베이커?"

"오, 물론. 생선도 한 마리 샀어, 가자미로. 자, 봐봐." 그녀는 생선을 바구니에서 꺼내 보였다.

"어머, 정말 먹음직스럽게 생겼네요!" 트리나가 소리쳤다.

"이건 스파델라 씨 가게에서 샀어. 금요일마다 신선한 생선을 갖다 놓거든. 그나저나 의사 선생님은 어떻게 지내요, 맥티그 부인?"

"아, 남편은 늘 잘 지내죠. 안부를 물어봐 주셔서 고마워요, 미스 베이커."

"그런데 있잖아, 라이어 부인이 그러는데." 조그마한 재봉사가 창유리를 들고 지나가는 사내에게 길을 내주려고 한 발짝 앞으로 다가서며 큰 소리로 말했다. "맥티그 선생이 가톨릭 사제인 신부 이를 뽑아 줬다던데—아, 그 사람 이름이 생각이 안 나네—어쨌든 손가락으로 이를 뽑았다던데? 그게 정말이야, 맥티그 부인?"

"아, 물론이죠. 요즘 제 남편은 거의 항상 그런 식으로 이를 뽑거든요. 특히 앞니를 뽑을 때요. 손으로 이를 뽑는 것으로 정평이 나 있죠. 그이 말로는, 제가 달아 준 간판보다도 그 덕에 환자들이 더 많이 온다나요." 트리나는 진료실 창문 밖에 달린 큼직한 황금 어금니 모형을 가리키며 덧붙였다.

"손가락으로 이를 뽑다니! 어머나 세상에." 미스 베이커가 감탄한 듯 고개를 저으며 말했다. "그만큼 힘이 세다는 거 아니야? 정말 놀랄 노 자네. 오늘은 대청소하는 날인가 봐?" 노파가 트리나의 수건 두른 머리를 힐끗 쳐다보더니 물었다.

"음, 네." 트리나가 대답했다. "마리아 마카파가 이제 곧 도와주러 올 거예요."

마리아 마카파의 이름을 듣자 조그마한 재봉사 노파는 갑자기 탄성을 내질렀다.

"어머! 정말로 하고 싶었던 이야기가 있었는데, 여기 서서 부인과 이야기하면서도 그걸 깜박 잊고 있었네. 맥티그 부인, 세상에나 이런 일이 다 있어? 마리아하고 저코우 영감이, 머리카락이 붉은 폴란드계 유태인말이야, 왜 그 넝마주이 있잖아. 글쎄, 그 두 사람이 결혼한대."

"말도 안 돼요!" 트리나가 몹시 놀라서 외쳤다. "설마, 농담이시겠죠."

"아니야, 정말이야. 세상에 어떻게 이런 웃긴 일이 다 있지?"

"그 얘기 모조리 해 주세요." 트리나가 안달이 나서 창가에 몸을 불쑥 내밀며 말했다. 그러자 미스 베이커는 길을 건너와 그녀 바로 밑에 섰다.

"글쎄 말이지, 마리아가 지난밤에 나를 찾아와선 새 드레스를 만들어 달라는 거야. 사탕 가게 여직원들이 젊은 애인들하고 데이트하러 갈 때 입는 것처럼 뭔가 화려한 것으로 말이야. 난 도대체 무슨 영문인지 도무지 알 수가 없었는데, 결국 결혼식 드레스라는 걸 듣고서야 알았지 뭐야. 저코우가 청혼을 했고, 그래서 결혼하기로 했다는 거야. 불쌍한 마리아! 아마 그게 그 여자가 처음으로 받아 본 청혼이었을 거야. 그러니 정신이 돌게된 것도 무리는 아닐 테지."

"그런데 두 사람이 뭘 보고 서로에게 반한 거죠?" 트리나가 물었다. "저코우는 정말 끔찍하잖아요. 늙은 데다가 머리칼은 붉고 목소리도 잘 나오지 않아요. 게다가 유태인이잖아요?"

"그러게 말이야. 내 말이 바로 그거지. 하지만 이건 마리아가 남편을 얻을 수 있는 유일한 기회잖아. 이런 기회를 그냥 놓쳐 버릴 순 없었을 테지. 어쨌든 그 여자도 머리가 정상은 아니잖아? 난 정말 마리아가 불쌍해 죽겠어. 그런데 난 저코우도 왜 그 여자랑 결혼하려는지 도무지 이해가 안 가. 그가 마리아와 사랑에 빠진다는 건 도저히 있을 수 없는 일이거든. 그건 말도 안 돼. 마리아는 동전 한 푼 없으니까. 저코우에게는 돈이 많은 게 확실하지만."

"전 이유를 알겠어요!" 트리나가 갑자기 확신에 차서 외쳤다. "네, 분명히 알아요. 보세요, 미스 베이커, 저코우 영감이 돈이나 금 같은 것들에 얼마나 집착하는지 아시죠?"

"물론이지. 하지만 마리아한테는 돈이 한 푼도 없는데……."

"자, 제 말 좀 들어 보세요. 마리아가 중앙아메리카에 살던 시절 가족이 가지고 있었다는 멋진 황금 식기 세트 얘기를 들어 보셨죠? 그 여자는 그 이야기에 완전히 미쳐 있잖아요. 다른 때는 정상이어도 일단 그 황금 식기 세트 이야기를 시작했다 하면 상대방 귀에 딱지가 앉을 때까지 이야기하죠. 마치 눈으로 직접 보는 것처럼 묘사해서 듣는 사람도 황금 식기들을 눈앞에 보고 있는 것만 같잖아요. 자, 아시다시피 마리아와 저코우는 꽤 오랫동안 서로 알고 지냈어요. 마리아는 보통 두 주에 한 번씩 그를 찾아가 폐품을 팔아요. 그렇게 두 사람이 서로 알고 지낸 거죠. 그리고 지난해에는 마리아가 꽤 자주 그를 찾아가는 걸 봤어요. 가끔씩 저코우도 그녀를 만나려고 이곳에 왔고요. 저코우는 마리아에게 그 식기 이야기를 자꾸 하라고 시키더라고요.

마리아는 그가 요구할 때마다 기꺼이 들려줬고요. 그 이야기를 믿어 주는 유일한 사람이었으니까요. 그 사람은 그 이야기를 날마다, 아니 틈날 때마다 들으려고 그녀랑 결혼하는 거예요. 그 이야기라면 그 사람도 마리아 못잖게 그 이야기에 미쳐 있기든요. 두 사람 정말 천생연분 아닌가요? 둘 다 있지도 않은 황금 식기에 미쳐 있으니 말이에요. 물론 마리아는 이번이 남편을 얻을 유일한 기회여서 결혼하는 것도 있겠지만, 아마 그보다 더 큰 이유는 그녀의 이야기를 믿어 주는 사람에게 날마다 그 이야기를 들려줄 수 있기 때문일 거예요. 제 말이 맞는 것 같지 않나요?"

"그래그래, 맞네. 맞아. 새댁 얘기가 맞는 것 같아." 미스 베이커가 인정했다.

"하지만 말씀하신 것처럼 어쨌든 괴상한 한 쌍이긴 하죠." 트리나가 생각에 잠기며 말했다.

"아, 그렇지. 새댁 말이 맞아." 상대방이 고개를 끄덕이며 맞장구쳤다. 그러고 나서 침묵이 흘렀다. 잠시 동안 치과 의사 부인과 은퇴한 재봉사는 각각 창가와 길가 보도에 서서 그 희한한 한 쌍을 떠올리며 생각에 잠겼다.

그러더니 갑자기 무엇인가 그들의 주의를 끌었다. 마커스 숄러의 아이리쉬 새터 개인 알렉산더는 주인이 꽤 오래전부터 풀어 줘서 동네를 제멋대로 돌아다니곤 했는데, 마침 길모퉁이를 돌아 미스 베이커가 서 있는 쪽으로 다가오고 있었다. 같은 순간 한때 우체국 지국 소유였던 스카치 콜리 개가 5미터가 조금

안 되는 거리에 떨어져 있는 쪽문을 빠져나왔다. 두 마리 개는 첫눈에 숙적을 알아보고 흠칫 걸음을 멈추더니 앞발을 단단하게 땅바닥에 박고 섰다. 트리나는 나지막하게 탄성을 질렀다.

"아, 조심하세요, 미스 베이커. 저 두 개는 인간들이 하는 짓처럼 서로를 무척이나 싫어한다니까요. 조심하시는 게 좋겠어요. 분명 한바탕 싸움이 벌어질 거예요." 미스 베이커는 가까이 있는 현관으로 몸을 피한 뒤 호기심 가득한 표정으로 고개를 내밀고 흥미롭게 그 광경을 바라보았다. 그때 마리아 마카파도 아파트 맨 꼭대기 층 창문에서 머리를 내밀고 날카롭게 소리 질렀다. 맥티그조차도 거대한 몸뚱이를 커튼이 반쯤 열린 진료실 창문 밖으로 내밀었다. 그의 한쪽 어깨너머로는 여전히 목에 천을 두르고 입에는 고무막을 끼운 환자의 얼굴이 보였다. 아파트 입주민이라면 누구나 이 두 개 사이의 갈등을 익히 알고 있었다. 이 한 쌍이 이렇게 맞부딪힌 것은 이번이 처음이었다.

콜리와 새터가 상대 개에게 가까이 다가섰다. 그리고 서로 합의라도 한 듯 1미터 반쯤 거리를 두고 멈췄다. 콜리는 새터를 향해 모로 돌아섰다. 그러자 새터도 즉시 콜리 쪽으로 옆구리를 향하며 돌아섰다. 둘의 꼬리가 빳빳하게 바짝 곤추서고, 들린 입술 아래로 길고 하얀 송곳니가 드러났으며 목 뒷덜미 털이 곤두서고 사납게 두 눈의 흰자위가 보였다. 그러면서 길게 으르렁대는 소리가 났다. 두 개는 저마다 여태껏 쌓아만 왔던 증오와 분노의 화신이 된 것 같았다. 둘은 발끝부터 빳빳하게 세운 네 다리로 상대 곁을 굉장히 느리게 빙글빙글 돌기 시작했다. 그러다 방향을 돌려 반대로 돌았다. 두 번 정도 그러는 동안 으르렁거리는 소리는 점점 커졌다. 하지만 여전히 맞붙지는 않은 채 1미터 반쯤의 거리를 자로 잰 듯 일정하게 유지하고 있었다. 정말 볼 만한 광경이었지만 혈투는 아니었다. 그러더니 새터가 발걸음을 멈추고 천천히 숙적으로부터 고개를 돌렸다. 콜리는 허공에 대고 킁킁거리며 배수로에 버려진 헌 신발짝에 관심을 두는 척했다. 개들은 마치 위엄 있는 군주라도 되는 것처럼 천연덕스럽게 상대 개에게서 조금씩 멀어졌다. 알렉산더는 길거리 모퉁이를 어슬렁거리며 돌아갔다. 콜리는 뭔가 중요한 게 기억났다는 듯 아까 나왔던 쪽문으로 유유히 들어갔다. 그렇게 개들은 사라져 버렸다. 하지만 일단 상대가 시야에서 사라지고 나자 두 개는 또다시 사납게 짖어 대기 시작했다.

"어머, 세상에 이럴 수가!" 트리나가 잔뜩 넌더리를 내며 큰 소리로 말했다. "그동안 저 개들이 하던 짓을 봤을 땐 기회가 생기기만 하면 서로를 갈래갈래 찢어발길 것 같더니만. 여기 서서 시간을 몽땅 버렸네." 트리나가 창문을 쾅 닫았다.

"어딜 가! 덤벼, 덤비라고!" 마리아 마카파가 싸움을 붙이려고 애썼지만 아무 소용이 없었다.

개싸움에 허탕을 짚고 어이없던 미스 베이커 노파는 입술을 오므리며 현관에서 나왔다. 그리고 불만스럽게 혼잣말했다. "그렇게 난리를 쳐 대더니만."

조그마한 재봉사 노파는 화원에서 한련화 씨앗 한 봉지를 사서 아파트의 작은 방으로 발길을 돌렸다. 그런데 그녀가 아주 느린 걸음으로 첫 계단을 오를 때 마침 위에서 그래니 영감이 내려왔다. 시간은 아침 8시에서 9시 사이로 그는 작은 동물 병원으로 출근하는 게 분명했다. 미스 베이커는 순간적으로 너무나 당황한 나머지 곱슬머리 가발이 파르르 흔들리며 푹 꺼진 뺨이 조금, 아주 조금 붉게 물들었다. 그리고 소모사 숄 밑에서는 심장이 너무도 세차게 뛰는 바람에 장바구니를 한쪽 팔에서 다른 쪽 팔로 옮겨 난간을 붙잡고 몸을 버텨야 할 것 같았다.

그래니 영감은 영감대로 곧장 혼란에 빠졌다. 너무 어색하여 팔다리가 마비되는 것만 같았다. 입술이 뒤틀리면서 바싹 말랐다. 그는 덜덜 떨리는 손을 턱에 가져다 댔다. 하지만 이 상황에서 미스 베이커를 더욱 비참하고 창피하게 만든 것은, 더러운 생선과 양배추가 잔뜩 들어 있는 지저분한 장바구니를 들고 그와 마주쳤다는 점이었다. 운명의 짓궂은 장난으로 두 사람은 가장 부적절한 순간에 맞닥뜨렸다.

바로 그때 더한 재앙이 일어났다. 조그마한 재봉사 노파가 하필이면 잘못된 순간에 장바구니를 옮겨 들었고, 지나갈까 말까 망설이던 그래니 영감이 서둘러 인사를 하려고 모자를 벗다가 그만 팔뚝으로 미스 베이커가 잡고 있던 바구니를 쳤다. 바구니가 계단 아래로 데굴데굴 굴러 떨어졌다. 가자미는 떨어지자마자 첫 층계참에 납작하게 철썩 달라붙었고, 렌틸콩은 사방에 흩뿌려졌다. 양배추가 한 계단 한 계단 통통 튀며 굴러떨어지다가 현관문에 세게 부딪히자 '탕' 하는 소리가 건물 전체에 울려 퍼졌다.

말할 수 없이 속이 상한 은퇴한 재봉사는 짜증나고 창피해서 눈물이 나려는 것을 간신히 참았다. 그래니 영감은 잠시 동안 시선을 피하며 멍하니 서 있다가 중얼거렸다. "아, 미안해요. 정말 미안합니다. 제가, 제가 정말로 사과드립니다. 정말로, 정말입니다."

때마침 방에서 나와 계단을 내려오던 마커스 숄러 덕분에 난처한 상황을 넘길 수 있었다.

"안녕들 하세요." 그가 큰 소리로 인사했다. "이런! 바구니를 엎으셨군요. 진짜네요. 자, 같이 주워 담읍시다." 마커스와 그래니 영감은 계단을 오르내리며 생선과 렌틸콩과 보기에도 딱할 만큼 박살난 양배추를 주워 담았다.

마커스는 조금 전에 마리아에게 알렉산더가 겁을 낸 것을 듣고서 몹시 화가 나 있었다.

"이놈을 채찍으로 두 동강 내버릴 거야." 그가 소리쳤다. "진짜로, 진짜로 내 진짜 그럴 거야, 진짜야. 싸우지 않겠다 이거지, 응? 이 염병할 더러운 똥개, 어디 신물이 나도록 실컷 싸우게 해 주지. 싸우지 않으면 밥을 주나 봐라. 정육점 불도그 새끼를 데려다가 두 놈을 가방 속에 집어넣고 흔들어 버리겠어. 반드시 그렇게 할 거야. 어디 싸우지 않고 배기나 보자. 같이 가시죠, 그래니 영감님, 같이 가시죠." 그는 영국 노신사를 데리고 자리를 떴다.

작은 미스 베이커는 서둘러 방으로 돌아가 문을 걸어 잠갔다. 그녀는 그날 하루 종일 기분이 오락가락했다. 저녁이 되어서는 그래니 영감이 돌아오는지 보려고 귀를 쫑긋 기울였다. 그래니 영감은 방에 돌아오자마자 곧바로 『동물 사육자와 스포츠맨』 잡지와 『민족』의 지난 호들을 제본하기 시작했다. 그녀의 귓가에 영감이 의자와 제본기를 올려놓은 탁자를 벽 가까이로 부드럽게 끄는 소리가 들렸다. 그래서 그녀도 의자를 끌어다 놓고 차를 한 잔 끓이기 시작했다. 그날 저녁 내내 두 노인은 둘만의 독특한 방식으로 이렇게 함께했다. 미스 베이커는 이것을 '함께 떠나는 여행'이라고 부르기 시작했다. 두 사람은 서로 인사도 나눴고, 어쩌다 타의에 의해 대화까지 나눴지만 둘의 관계는 전과 다를 바 없었다. 두 사람은 서로가 곁에 있을 때 숨 막힐 듯 옥죄는 민망함과 소심함을 어찌하지 못하여 곧바로 다시 원래의 관계로 돌아왔다. 관성은 일종의 최면이었고, 자신들보다도 강한 그 무엇이었다. 하지만 두 사람은 이런 관계에 눈곱만큼도 불만이 없었다. 이것은 둘만의 작은 낭만, 그들의 마지막 낭만이었기에 두 사람은 더 바랄 것도 없이 행복할 뿐이었다.

마커스 숄러는 여전히 맥티그 부부 위층에서 살고 있었다. 그런데도 그들이 마주치는 일은 드물었다. 마커스는 아주 어쩌다 한 번씩 치과 의사나 그의 아내와 아파트 계단에서 마주쳤다. 가끔은 멈춰 서서 트리나에게 시프 가족의 안부를 묻거나, 시프 씨가 아직 자기와 목장을 같이 운영할 사람을 찾지 못했는지 묻곤 했다. 반면 맥티그에게는 가볍게 목례할 뿐이었다. 두 남자 사이에는 아직 싸움의 상처가 완전히 아물지 않았다. 맥티그는 마커스와 한때 절친한 친구였다는 사실이, 함께 기나긴 산책을 하던 사이였다는 사실이 도무지 믿기지가 않았다. 맥티그는 궤양이 생긴 마커스의 치아를 무료로 치료해 준 것을 후회했고, 마커스는 친구를 위해 자기 여자—엄청난 재산을 얻은 그런 여자—를 포기한 게 인생 최대 실수였다고 날마다 후회했다. 결혼식 이후 마커스는 맥티그가 외출한 것을 확인하고 단 한 차례 트리나를 찾아간 적이 있었다. 트리나는 이 방 저 방을 구경시켜 주며 순진하게도 두 사람이 얼마나 행복하게 사는지 이야기해 댔다. 마커스는 질투가 나서 속이 메스꺼울 지경이었고, 맥티그를 향한—혹은 자기 자신을 향한—증오가 끝없이 치밀어 올랐다. "마커스 숄러, 이 모든 걸 네가 차지할 수도 있었잖아." 그가 계단에서 혼자 중얼거렸다. "이 머저리, 이 망할 놈의 멍청이!"

한편 마커스는 그가 사는 지역구 정치에 점차 깊이 끼어들게 되었다. 폴크 거리 진흥회—곧 규모가 꽤 커져 공화당의 정치 조직으로 발전했다—비서로서 그는 많지는 않아도 생활비보다 아주 조금 더 벌 수 있어서 곧바로 작은 동물 병원의 조수 자리를 그만두었다. 마커스는 좀 더 넓은 영역에서 활동하고 싶었다. 그는 이 도시의 예산과 관련한 자리에 눈독들이고 있었다. 그리고 대규모 철도 파업이 일어나자 그는 즉시 보안관 대리 역할을 맡아 새크라멘토에서 파업자들과 몇 차례 치열한 난투를 벌이며 기억에 길이 남을 한 주를 보냈다. 마커스의 급하고 건듯하면 발끈하는 성미가 그들 부류에서는 용기로 통했다. 동기가 무엇이든 간에 위기가 닥치면 그가 발뺌하지 않고 바로 나선다는 데는 조금도 의심할 여지가 없었다. 파업이 끝난 뒤 마커스는 폴크 거리로 돌아와 진흥회에 몸과 마음, 영혼을 모두 바쳤고, 곧 핵심 지도자 중 하나가 되었다. 그리고 대규모 도로 포장 계약의 성패가 달린 한 지방 선거로 진흥회는 그 지역에 자기들의 존재를 널리 알리게 되었고, 여기에서 마커스는 온갖 수단을 동원하고 배후 조종을 잘한 덕에 선거 뒤에 약 4백 달러의 순이익을 남겼다.

트리나가 마카파의 약혼에 대한 소식을 전해 들은 그날 정오, 맥티그가 진료실에서 나와 거실로 들어서자 트리나는 삽에 커피를 올려놓고 태우고 있었다. 그들 집에서는 딱히 뭐라고 꼬집어 말할 수는 없지만 역겨운 냄새가 은근하게 풍겼다. 트리나는 아무리 노력을 해도 너무 싫은 그 냄새들을 완전히 없애지 못했다. 어떠한 노력에도 사진사의 화약 약품 냄새가 끈질기게 감돌았다. 그녀는 방향제와 중국산 폭죽 불쏘시개를 태워 보았고, 지금처럼 커피도 태워 보았지만 아무 소용이 없었다. 두 사람의 행복한 집의 유일한 단점은 사방에 퍼져 있는 이 불쾌한 냄새였다. 사진사의 화학 약품에서 나는 냄새와 일부는 음식을 요리하는 작은 부엌에서 나는 냄새 그리고 치과 진료실의 에테르와 크레오소트 냄새였다.

맥티그가 점심을 먹으러 방에 들어왔을 때 점심 식사는 이미 붉은 바탕에 하얀 꽃들이 그려진 식탁보가 깔린 식탁 위에 차려져 있었다. 그가 자리에 앉자 그의 아내도 곧바로 의자 위에 삽을 올려놓고 부엌에서 대구 스튜와 초콜릿 병을 가지고 왔다. 맥티그는 거대한 옷깃 속으로 냅킨을 푹 질러 넣고 눈알을 굴리며 멍하니 방을 둘러보았다.

결혼 생활 3년 동안 맥티그 부부는 방에 새 가구를 전혀 들이지 않았는데, 트리나가 언제나 그런 것을 살 여유가 없다고 주장했기 때문이다. 그나마 거실에는 새로운 장식품 세 개가 들어왔다. 멜로디언 위로 두 사람의 결혼 증명서가 검은 틀에 끼워져 걸려 있었다. 액자 한쪽에는 트리나의 웨딩 부케가 알 수 없는 섬뜩한 방법으로 보존되어 유리 케이스 안에 들어 있었고, 반대쪽에는 트리나와 치과 의사가 결혼식 예복을 입은 채 찍은 사진이 걸려 있어 서로 균형을 이루었다. 제법 근사한 이 액자는 두 사람이 결혼식을 올린 직후 여전히 맥티그의 양복천이 새것이고, 트리나의 실크 옷과 베일이 빳빳할 때 찍은 것이었다. 트리나는 베일을 머리 뒤로 넘기고 등받이가 꼿꼿한 팔걸이의자에 앉아 양쪽 팔꿈치를 옆구리에 붙이고 생화 부케를 정면에 들고 있었다. 치과 의사는 그녀의 바로 옆에 서서 한쪽 손은 신부의 어깨에 얹고 다른 한 손은 '프린스 앨버트' 양복의 가슴 자락에 갖다 대고 턱은 치켜들고 있었다. 시선은 멀리 향하고 왼쪽 발을 약간 앞으로 디딘 것이 꼭 미국 국무장관 같았다.

"저기 있잖아, 트리나." 맥티그가 입 안 가득 대구를 물고 말했다. "하이제 씨가 오늘 아침에 들렀어. 혹시 다음 주 화요일에 스위츤 공원으로 피크닉 갈 생각이 없는지 묻던데? 그날 진료실에 도배하는 사람들이 와 하루 종일 일하기로 한 거 알고 있지? 그래서 하루 휴업해야 하거든. 하이제 씨가 그걸 생각하고 말한 거였더라고. 라이어 부부에게도 함께 가자고 할 거래. 결혼기념일이라나. 우린 셀리나더러 같이 가자고 하자. 건너 쪽 섬에서 만나면 되니까. 어때, 갈 거지, 어?"

트리나는 친정 가족과 즐겨 하던 가족 피크닉을 여전히 좋아했다. 하지만 이제는 가기 전에 따져 봐야 할 것들이 생겼다.

"이번 달에 돈이 그럴 만한 여유가 있을지 모르겠어, 여보." 그녀가 초콜릿을 따르며 말했다. "다음 주에 가스비도 내야 하고, 당신 진료실 도배 값도 곧 내야 하잖아요."

"알아, 그건 나도 알지." 그녀의 남편이 대답했다. "하지만 이번 주에 새 환자가 생겼어. 첫 진료부터 어금니 두 개와 위쪽 앞니를 메꿨거든. 게다가 곧 아이들도 데려올 거래. 옆 블록에서 일하는 이발사야."

"그럼 당신이 비용의 절반을 내요." 트리나가 말했다. "아무리 적게 들어도 삼사 달러는 들 거예요. 그리고 명심해요. 하이제 씨 부부는 본인들 왕복 뱃삯을 내야 하고, 다들 각자 점심을 준비해 와야 해요, 당연히요." 그녀는 잠시 말을 멈췄다가 다시 말을 이었다. "셀리나에게는 내가 편지로 말할게요. 셀리나를 못본 지 몇 달이나 됐네요. 셀리나 점심 도시락은 내가 준비해 줘야 할 거 같네요." 트리나가 말했다. "지난번에 그랬던 것처럼 말이에요. 셀리나는 지금 하숙집에 살고 있으니까요. 하숙집에서 점심 도시락을 준비하려면 여간 번거롭지 않잖아요."

일 년 중 이 시기에는 날씨가 어김없이 좋았다. 오월이었다. 게다가 그 화요일은 그들이 유일하게 다 같이 피크닉을 떠날 수 있는 날이었다. 일행은 바구니를 잔뜩 들고 9시에 선착장에 모였다. 맥티그 부부가 제일 늦게 도착했다. 라이어 부부는 벌써 배에 타고 있었다. 그들은 대기실에서 하이제 부부와 만났다.

"안녕하시오, 의사 양반." 맥티그 부부가 다가오자 마구 제작 업자가 외쳤다. "이게 바로 어른들의 피크닉이라는 거지. 이번 엔 하나같이 부부들만 모였으니 말이야."

배가 출발하려 하자 일행은 위쪽 갑판에 모였고, 그날 아침에 는 날씨가 좋은 덕에 이탈리아 밴드가 밖에서 연주하고 있었다. 모두들 자리에 앉아 음악을 들었다.

"아, 오늘 너무너무 재미있을 거 같아요." 트리나가 큰 소리로 말했다. "전 세상에서 피크닉이 제일 좋아요. 우리 처음 같이 갔 던 피크닉 기억해요, 여보?"

"물론이지." 치과 의사가 대답했다. "거기서 고타 트러플을 먹 었잖아."

"그리고 오거스트는 장난감 증기선을 잃어버렸죠." 트리나가 끼어들었다. "그래서 아빠가 그 애를 때렸죠. 아주 생생하게 기 억나요."

"어머, 저기 좀 봐요." 하이제 부인이 갑판 승강구 계단을 올라 오는 누군가를 보고 고갯짓을 하며 말했다. "숄러 씨 아닌가요?"

아니나 다를까 마커스였다. 그는 일행을 보자 놀란 듯 잠시 멍 하니 바라보더니 눈을 동그랗게 뜨고 뛰어 올라왔다.

"와, 이게 웬일입니까?" 그가 흥분해서 소리쳤다. "무슨 일이 에요? 다들 어디 가는 겁니까? 이렇게 우연히 마주치다니 신기 하네!" 그는 세 여성에게 한꺼번에 인사한 뒤 사촌 여동생 트리 나와 악수했다. 그리고 남자 일행들에게 돌아서서 "어이, 하이제. 잘 지냈소, 라이어 씨?" 하고 인사를 덧붙였다. 그러나 마커스는 서먹서먹하게 인사말을 준비하던 치과 의사를 완전히 무시해 버렸다. 맥티그는 자리에 앉아 콧수염 뒤로 알아들을 수 없게 투덜거렸다.

"자자, 그나저나 무슨 일들이십니까?" 마커스가 다시 큰 소리로 물었다.

"피크닉 가는 중이에요." 세 여성이 동시에 소리 높여 대답했다. 그리고 트리나가 이렇게 덧붙여 말했다. "우린 늘 가던 스위츤 공원에 다시 가고 있어. 그런데 오빠, 오빠도 한껏 차려입었네. 어디 중요한 데라도 가나 봐?"

실제로 마커스는 매우 신경 써서 옷을 갖춰 입고 있었다. 그는 회색빛이 도는 푸른색 새 바지를 입고 검은색 모닝코트에 론으로 된 흰색 넥타이—그에게는 고상함을 상징하는 것이었다—를 매고 있었다. 거기에 진흥회에서 그의 공로로 치하하기 위해서 준, 금 손잡이가 달린 가느다란 흑단 지팡이를 들고 있었다.

"그래, 맞아. 맞아." 마커스가 이를 드러내고 희죽 웃으며 대답했다. "오늘 하루 좀 쉬려고. 오클랜드에 볼일이 있기도 하고, 일 끝나면 B 거리로 가서 셀리나도 만날까 했지. 한동안 못 봤……."

그러자 일행이 일제히 소리를 질렀다.

"어머, 셀리나는 우리랑 같이 피크닉 가요!"

"셀리나는 스위츤 공원 역에서 우리와 만날 거야." 트리나가 설명했다.

마커스가 오클랜드에 볼일이 있다는 것은 거짓말이었다. 그는 순전히 셀리나를 만나려고 배를 탄 것이었다. 트리나가 결혼하고 얼마 지나지 않아 마커스는 셀리나와 사귀기 시작했다. 그녀가 해낸 감탄스러운 일들 때문에 그녀에게 끌렸던 마커스는 굉장히 부러워하는 척하며 끈덕지게 구애했다. 피크닉 때문에 셀리나를 만날 수 없게 되자 그는 적잖이 실망했다. 그의 짜증은 맥티그를 향한 분노로 바뀌었다. 모두가 치과 의사 탓이었다. 자신과 트리나 사이에 끼어들더니 이제는 자신과 셀리나 사이를 가로막고 있었다. 하여튼 정신을 바짝 차려야 한다. 젠장! 이런 식으로 자신을 우롱하다니! 그는 순식간에 얼굴이 화끈 달아올랐고, 화가 나서 매섭게 치과 의사를 노려보았고, 그와 눈이 마주친 치과 의사는 콧수염 뒤로 다시 나지막하게 구시렁댔다.

"음, 그런데 있잖아요." 라이어 부인이 라이어 씨의 동의를 구하듯 쳐다보며 머뭇머뭇 입을 열었다. "숄러 씨도 우리와 함께 가면 안 될까요?"

"왜 안 되겠어요." 하이제 부인은 남편이 격렬하게 옆구리를 찌르며 말리는 데도 아랑곳하지 않고 맞장구쳤다. "같이 나눠 먹을 점심도 충분한 것 같고. 안 그래요? 맥티그 부인?"

결국 트리나도 동의할 수밖에 없었다.

"아, 물론이야, 마크 오빠." 그녀가 말했다. "물론이야. 괜찮다면 우리와 같이 가자."

"음, 그럴까?" 마커스가 곧바로 신이 나서 대답했다. "와, 이거 대단한데, 진짜로. 피크닉이라니. 아, 당연히 같이 가야지. 역에서 셀리나와 만납시다."

배가 고트섬을 막 지날 때 마구 제작업자는 남자 일행에게 아래 갑판에 있는 바에 가서 술이나 한잔하자고 제안했다. 그러자 모두가 흔쾌히 그 제안을 받아들였다.

"이 사람 이런 방면에서는 알아줘야 한다니까." 라이어가 말했다.

"술 한잔 합시다! 젠장! 당연히 그래야지, 진짜로."

"좋지, 좋아. 술, 바로 그거지."

바에서 하이제와 라이어는 칵테일을 주문했고, 마커스는 다른 사람들을 놀라게 하려고 크렘이베트*를 주문했다. 치과 의사는 맥주 한 잔을 시켰다.

"자, 잠깐 여기 좀 봅시다." 각자 잔을 받자 하이제가 크게 외쳤다. "친구들. 여기 봐요." 그러고 나서는 마커스와 치과 의사를 돌아보았다. "두 사람, 일이 년 넘게 서먹했잖아요. 이제 그만 악수하고 훌훌 털어 버리는 게 어때요?"

맥티그는 그 말을 듣자마자 마음이 누그러졌다. 그가 큼직한 손을 내밀었다.

"난 마커스에게 전혀 나쁜 마음이 없어요." 그가 서툴게 말했다.

"나도 악수쯤이야, 뭐." 마커스가 손바닥을 맞대며 조금은 쑥스러운 듯 말했다. "별로 나쁠 게 없을 것 같네."

"잘들 생각했어요!" 하이제가 자기 제안이 받아들여진 것을 기뻐하며 큰 소리로 말했다. "자, 친구들, 이제 마시자고들." 그들은 잔을 기울이며 말없이 술을 마셨다.

그날 피크닉은 매우 유쾌했다. 스위츤 공원은 4년 전 시프 가족과 잊지 못할 피크닉을 보냈던 날과 달라진 것이 아무것도 없었다. 점심을 먹은 뒤 남자들은 총을 쏠 수 있는 사격장으로 갔고, 셀리나와 트리나 그리고 나머지 두 여자는 점심 뒷정리를 했다. 한 시간 뒤 남자들은 기분이 한껏 들떠 다시 돌아왔다. 즉흥적으로 연 사격 시합에서 라이어는 세 번이나 과녁을 명중하며 우승했지만, 맥티그는 과녁조차 제대로 맞히지 못했다.

사격 시합으로 경쟁심에 불이 붙은 남자들은 오후 내내 운동 시합을 했다. 여자들은 모자와 장갑을 옆에 두고 경사진 잔디밭에 앉아 남자들이 경쟁을 벌이는 모습을 지켜보았다. 여자들이 경탄하며 소리 지르고 장갑을 끼지 않은 맨손바닥으로 박수 치자 남자들은 갑자기 으스대기 시작했다. 그들은 코트와 조끼, 심지어 넥타이와 칼라까지 벗고 아내들에게 잘 보이려고 비지땀을 흘리며 애를 썼다. 남자들은 석탄재를 깔아 다진 보도에서 100미터 달리기를 하고 링과 평행봉에서 어설픈 재주를 펼쳐 보였다. 해변에서 커다란 돌을 찾아와 한동안 포환 던지기도 했다. 날렵한 것으로 말하자면, 네 사람 중 어느 누구도 마커스를 당해 낼 사람이 없었다. 그러나 치과 의사의 어마어마한 힘, 야만적이고 다듬어지지 않은 야수적 힘이야말로 일행을 찬탄하게 만들었다. 맥티그는 서양호두를—점심 도시락 바구니에서 꺼내왔다—팔꿈치 안쪽에 넣고 으깨 버렸고, 포환 던지기를 할 때는 다른 사람들의 최고점보다 150센티미터나 더 멀리 던졌다. 하이제는 자기 손목 힘이 특별히 좋다고 믿었지만, 치과 의사가 한 손으로 하이제가 손에 쥔 지팡이를 붙들고 확 비틀자 꼼짝없이 팔이 돌아가 다칠 뻔했다. 그러고 나서 치과 의사는 원반을 들어 올리고 링에 계속 매달리며 사람들 앞에서 지칠 줄 모르는 체력을 과시했다.

맥티그는 힘자랑하면서 크게 호응을 얻자 우쭐해져서 턱을 쳐들고 환하게 승자의 미소를 띤 채 거들먹거리며 여자들 앞을 걸어 다녔다. 그는 자신의 힘을 느끼면 느낄수록 그 힘을 함부로 쓰기 시작했다. 갑작스레 다른 사람의 팔을 꽉 움켜쥐어 고통스럽게 만들거나 마커스의 등을 찰싹 후려쳐서 그가 숨을 몰아쉬며 헐떡거리게 하는 등 다른 사람들에게 위세를 부렸다. 이 거대한 체구의 소유자는 어린 학생처럼 유치하게 허영심을 숨김없이 드러냈다. 그는 어린 시절 힘깨나 쓴 무용담을 뽐내기 시작했다. 그러니까, 한번은 그가 어린 암송아지의 미간에 주먹을 한 방 날리자 송아지가 온몸이 뻣뻣해지고 경련하며 그 자리에 쓰러지더니 두 번 다시 일어나지 못하고 죽었다는 것이다.

맥티그는 이 이야기를 하고 또 했다. 그날 오후 내내 듣는 사람만 있으면 이 기적 같은 이야기를 되풀이했고, 자신의 주먹 솜씨를 부풀려 말하거나 괴상한 묘사를 더하기도 했다. 글쎄, 암송아지는 입에 거품을 물고, 눈알이 뒤집혔다는 것 아니야. 아, 정말로 바로 이렇게 눈알이 뒤집혔다니까. 그리고 정육점 주인이 말하길 두개골이 함몰되었다 했어. 함몰, 바로 그거지. 마치 거대한 망치로 내리친 것처럼.

배 안에서 치과 의사와 화해했지만 마커스는 그가 으스대며 뽐내는 모습을 보자 부아가 치밀어 올랐다. 맥티그에게 등을 한 대

얻어맞고 숨이 찼던 마커스는 숨을 고르기 위해 조금 떨어진 곳으로 물러났다. 그리고 동경의 눈빛을 보내는 여자들 앞에서 기분이 너무 좋아 우쭐거리는 치과 의사를 도끼눈을 뜨고 노려보았다.

"저 삼류 치과 의사 자식." 마커스가 이를 악물고 중얼거렸다. "그래, 아연으로 이빨이나 때우는 자식, 소나 잡는 도살자, 너 오늘 잘 만났다. 어디 한 번 맛 좀 봐라. 망나니 자식, 너, 너, 도살자 같은 놈!"

마커스가 다시 일행 있는 곳으로 갔을 때 그들은 레슬링 시합을 준비 중이었다.

"내 말 잘 들어 봐요." 하이제가 말했다. "토너먼트를 할 겁니다. 마커스와 내가 겨루고, 의사 양반과 라이어 씨가 겨룹니다. 그러고 나서 이긴 사람들끼리 다시 붙는 겁니다."

여자들은 신나게 손뼉을 쳤다. 정말 흥미진진할 것 같았다. 그때 트리나가 소리쳤다. "여보, 내가 당신 돈과 열쇠를 갖고 있을 게요. 주머니에서 빠져 잃어버릴지도 모르잖아요." 남자들은 귀중품들을 아내들에게 건네고 곧바로 시합을 시작했다.

치과 의사는 라이어 씨를 움켜쥐고 한 번에 자빠뜨렸다. 마커스와 마구 제작업자는 잠시 옥신각신하더니 곧 하이제가 땅바닥에 조금 자란 잔디에 미끄러지며 뒤로 넘어졌다. 두 사람이 같이 넘어지며 마커스는 몸을 비틀어 하이제의 한쪽 어깨를 먼저 땅에 닿게 하고 나머지 어깨도 땅에 닿게 만들었다.

"알았어, 알았어." 마구 제작업자가 숨을 헐떡이며 사람 좋게 말했다. "내가 졌네. 이제 자네랑 의사 양반이 겨룰 차례야." 그가 땅에서 일어섰다.

모두가 맥티그와 마커스의 시합을 매우 기대하고 있었다. 물론 힘으로 말하자면, 치과 의사가 훨씬 유리했지만 마커스도 저나름대로 레슬링에 자신이 있었고, 목 조르기나 하프넬슨 기술도 조금 쓸 줄 알았다. 두 남자가 마주하자 나머지 남자들은 공간을 내어 주기 위해 뒤로 물러섰고, 트리나와 다른 여자들은 신바람이 나서 자리에서 벌떡 일어섰다.

"우리 남편이 마커스 오빠를 던져 버릴 게 뻔해." 트리나가 말했다.

"준비!" 라이어가 소리쳤다.

치과 의사와 마커스는 상대방을 노려보며 가까이 다가섰다. 두 사람은 임시 경기장을 빙글빙글 돌았다. 마커스는 맥티그에게서 눈을 떼지 않고 그의 움직임을 주시했다. 그는 이를 갈며 맥티그를 죽이는 한이 있더라도 짓밟아 버리겠다고 혼잣말했다. 그래, 이제 본때를 보여 줄 테다. 두 남자는 갑자기 달려들어 서로를 붙잡았다. 마커스는 맥티그의 무릎을 공격했다. 치과 의사는 육중한 몸뚱이로 상대방은 덮치더니 거대한 손바닥을 그의 얼굴에 대고 뒤로 밀치며 아래쪽으로 짓눌렀다. 그 엄청난 힘에 맞선다는 것은 도저히 불가능했다. 마커스는 당연히 맥티그를 이길 수 없었다. 그는 넘어지면서 몸을 비틀어 등을 땅에 대지 않고 엎어졌다.

맥티그는 의기양양하게 큰 소리로 웃으며 똑바로 섰다.

"네가 졌어!" 그가 소리쳤다.

마커스도 벌떡 일어섰다.

"아니!" 그가 주먹을 꽉 움켜쥐고 화를 냈다. "지지 않았어! 젠장 양쪽 어깨가 땅에 닿아야 지는 것이라고!"

맥티그는 자신감에 부풀어서 거들먹거렸다.

"오호, 넌 진 거야. 내가 널 넘어뜨렸어. 내가 넘어뜨리는 거 봤지, 트리나? 호, 넌 내 상대가 안 돼."

그러자 마커스는 격분하여 소리 질렀다.

"아냐! 넌 날 이기지 못했어! 이기지 않았다고! 넌 날 이기지 못해! 어디 다시 한 번 붙어 봐!"

다른 남자들이 가까이 다가와 마커스의 말에 동의했다.

"저 사람 말이 맞아."

"댁이 아직 저 사람을 이긴 게 아니에요."

"양쪽 어깨가 동시에 땅에 닿아야 해요."

트리나는 레슬링 하는 두 사람을 바라보는 잔디 경사로에 서서 손뼉을 치고 손을 흔들었다. 마커스는 사람들을 밀치고 나와 흥분과 분노로 온몸을 떨었다.

"분명히 말하지만 그건 레슬링이 아니야. 두 어깨가 모두 땅에 닿도록 넘어뜨려야 해. 나하고 다시 한 번 붙어."

"그게 맞아." 하이제가 끼어들었다. "두 어깨가 다 닿아야 하지. 다시 한 번 해요. 의사 양반과 슐러는 다시 한 번 대결해."

맥티그는 남자들이 일제히 이렇게 말하자 어안이 벙벙했다. 그는 무슨 소리인지 잘 이해하지 못했다. 자신이 또다시 마커스를 모욕한 것일까?

"뭐? 뭐라고요? 어? 그게 무슨 말이에요?" 그는 당황해서 이 사람 저 사람을 번갈아 쳐다보며 물었다.

"자, 나랑 다시 한 번 붙어." 마커스가 소리쳤다.

"그래, 그래 주지." 치과 의사도 큰 소리로 대답했다. "다시 한 번 붙어 주지. 덤빌 테면 덤벼 봐!" 무슨 생각이 들었는지 갑자기 그가 외쳤다. 트리나는 걱정스러운 표정으로 바라보았다.

"마크 오빠가 화가 많이 났네." 그녀가 나지막하게 말했다.

"정말 그러네." 셀리나도 맞장구쳤다. "숄러 씨는 성미가 불같은 데다 겁내는 게 없잖아."

"준비!" 라이어가 소리쳤다.

이번에 마커스는 좀 더 신중했다. 맥티그가 두 번이나 달려들었지만 그는 잽싸게 빠져나갔다. 치과 의사가 머리를 숙이고 세 번째로 덤벼들었을 때 마커스는 팔을 최대한으로 높이 뻗어 두 팔로 그의 목을 휘어 감았다. 치과 의사가 그를 세게 붙잡는 바람에 마커스의 셔츠 소매 한쪽이 뜯겼다. 그러자 폭소가 터져 나왔다.

"셔츠는 입고들 하시지!" 라이어 부인이 외쳤다.

두 남자는 상대방을 거칠게 붙잡고 싸웠다. 두 사람이 씨름하면서 헐떡이고 끙끙대는 소리가 들렸다. 장화에 차여 잔디가 큰 덩어리째 떨어져 나갔다. 그러다가 갑자기 거대한 진동을 일으키며 같이 땅에 쓰러졌다. 넘어질 때조차 마커스는 뱀장어처럼 치과 의사의 손아귀에서 몸을 비틀어 옆면으로 떨어졌다. 맥티그도 죽은 황소가 넘어지듯 위로 엎어졌다.

"이제 마커스의 등이 땅에 닿게 해야 해!" 하이제가 치과 의사에게 소리쳤다. "아직 이긴 게 아냐."

치과 의사는 거대한 주걱 턱을 마커스 어깨 속으로 밀어 넣으면서 마커스를 힘껏 밀었다. 얼굴은 불타듯 새빨개졌고, 묵지한 노란 머리 타래가 땀이 뒤범벅된 이마 위로 흘러내려 들러붙었다. 마커스는 미친 듯 저항했지만 결국 서서히 굴복했다. 한쪽 어깨는 이미 땅에 닿았고 나머지 한쪽 어깨도 막 닿으려 했다. 서서히, 조금씩 맥티그의 힘에 눌려 내려가고 있었다. 몇 안 되는 관중은 숨을 죽이고 긴장된 순간을 지켜보았다. 바로 그때 셀리나가 정적을 깨고 날카로운 소리로 외쳤다.

"맥티그 선생님, 힘이 정말로 장사네요!"

그 소리를 들은 마커스는 분노가 하늘을 찌르듯 치솟았다. 그는 치과 의사한테 졌을 뿐 아니라 그것을 셀리나가 보고 있었다는 생각에 분노가 치밀었다. 거기에 한때의 '절친한 친구'에게 여전히 품고 있던 증오심, 그리고 자신의 무력함에 대한 노여움까지 더해져 갑자기 폭발했다.

"망할 자식, 나한테서 떨어지라고." 그는 마치 독사가 독을 뱉어내듯 나지막하게 욕설을 내뱉었다. 그러고는 관중이 비명을 질렀다. 마커스가 저주를 퍼부으며 머리를 돌려 치과 의사의 귓불을 물어뜯었던 것이다. 붉은 피가 선명하게 솟구쳤다.

그리고 그보다 더한 끔찍한 광경이 이어졌다. 맥티그 속에서 호시탐탐 나갈 기회를 엿보던 야수가 밖으로 튀어나오며 맥티그는 아무도 막을 수 없는 괴물로 변했다. 그는 평소 말할 때의 저음 목소리로는 전혀 상상이 안 되는 날카로운 소리로 비명을 지르며 땅바닥에서 벌떡 일어섰다. 상처 입은 야수의 흉측한 울음소리, 부상당한 코끼리의 비명이었다. 그는 제대로 말을 할 수가 없었다. 크게 벌린 입 사이로 높은 괴성이 터져 나왔다. 사람이 낸다고 보기 어려운 소리였다. 정글에서 나는 메아리 같았다.

보통 때 같으면 화를 내는 데도 답답할 정도로 느리고 더뎠던 맥티그였지만 자극을 받자 그는 마침내 완전히 다른 사람이 되었다. 그의 분노는 일종의 강박관념, 사악한 광기, 열정의 도취, 하늘 높은 줄 모르고 치솟는 폭한(暴漢)의 변태적 분노 같았다. 그는 눈과 귀가 멀고 이성을 잃었다.

맥티그는 땅바닥에서 일어서면서 두 손으로 마커스의 한쪽 손목을 붙잡았다. 마커스를 때리지는 않았다. 아예 어찌할 바를 모르는 것 같았다. 유일하게 그의 머릿속에 드는 생각은, 자기 앞에 있는 이 남자의 목숨 줄을 끊어 그를 단번에 없애 버리는 것이었다. 맥티그는 노랗고 뻣뻣한 털이 뒤덮인 거대한 두 손으로―지난날 탄광 운반차 소년의 손이었다―마커스의 손목을 꽉 움켜쥐더니 해머 던지기 선수가 해머를 휘두르듯 그를 아주 세게 휘둘렀다. 그러자 마커스가 땅에서 들려 아무런 힘이 없는 옷 보따리처럼 맥티그 주변 허공을 돌기 시작했다. 갑자기 작은 권총에서 총알이 발사되듯 날카롭게 딱 하는 소리가 났다. 맥티그가 손을 놓자 마커스는 땅바닥에 데굴데굴 굴렀다. 그의 팔이, 치과 의사가 붙잡았던 한쪽 팔이 손목과 팔꿈치 사이에 또 다른 관절이 있는 것처럼 뚝 구부러졌다. 팔이 부러진 것이다.

일행은 모두 비명을 질렀다. 하이제와 라이어는 두 남자 사이에 끼어들었다. 셀리나는 고개를 돌렸다. 트리나는 두려움에 두 손을 쥐어짜며 울었다. "아, 저 사람들을 말려요! 어서 뜯어 말려요! 싸우지 못하게 해야 해요. 너무 끔찍해요."

"자, 자, 의사 양반, 이제 그만. 바보 같은 짓은 그만해요!" 하이제가 치과 의사에게 매달리며 큰 소리로 말했다. "그만하면 됐어요. 제발 내 말 좀 들어요."

"오, 맥, 여보." 트리나가 남편에게 달려가 울부짖었다. "맥, 여보, 내 말 좀 들어 봐요. 나예요, 트리나에요. 당신, 날 좀 봐요."

"반대쪽 팔 좀 잡아 봐요, 그를 붙들고 라이어 씨." 하이제가 숨을 헐떡이며 말했다. "어서 빨리요!"

"맥, 맥." 트리나가 그를 붙들고 울부짖었다.

"제발 좀 참아요, 의사 양반, 제발요." 마구 제작업자가 외쳤다. "저 사람을 죽일 생각이오?"

라이어 부인과 하이제의 절름발이 아내가 절규하는 소리가 공중에 울려 퍼졌다. 셀리나는 발작적으로 킥킥 웃어 대고 있었다. 배짱이 두둑한 마커스는 겁은 나면서도 도망치지 않았다. 그는 방어하려는 듯 왼팔로 울퉁불퉁한 돌멩이를 하나 집어 들었다. 셔츠 자락이 뜯겨 나가고 통통 부어오른 오른팔은 옆구리에서 덜렁거렸고, 손이 뒤틀려 손바닥이 있어야 할 자리에 손등이 가 있었다. 셔츠에는 초록색 잔디 얼룩과 치과 의사의 피로 군데군데 물들어 있었다.

한편 맥티그는 자신을 붙들고 있는 일행 한가운데 서서 정신이 거의 나가 있다시피 했다. 얼굴 옆면과 목, 그리고 어깨부터 가슴팍까지 피가 흘렀다. 이제 절규는 멈췄지만, 자신을 붙들고 있는 손들을 떼어 내려고 애쓰며 꽉 다문 이 사이로 계속 뭐라고 중얼거렸다. "아, 저놈을 죽여 버릴 거야. 아, 죽여 버리겠어. 죽여 버릴 거라고! 망할! 하이제 씨 비켜요, 좀!" 그가 버럭 소리를 지르며 마구 제조업자를 치려고 했다. "이 손 놓으라고!"

사람들 덕에 그는 조금씩 흥분이 가라앉았다. 아니, 오히려 그는 다른 사람들이 하는 말을 거의 귀담아듣지 않았기 때문에 짐승 같은 분노가 사그라들었다. 그는 돌아서서 두 팔을 떨어뜨리고 길게 한숨을 내쉬며 멍청하게 주변을 둘러보았다. 절망의 눈빛으로 땅바닥을 바라보는가 하면, 주변의 얼굴들을 멍하니 쳐다보았다. 그의 귀에서는 피가 그칠 줄 모르고 계속 흘러내렸다.

"저기, 의사 양반." 하이제가 말했다. "어떻게 해야 돼요?"

"네?" 맥티그가 대답했다. "뭐, 뭐를요? 무슨 말이에요?"

"여기 피를 멈추게 하려면 어떻게 해야 하냐고요?"

맥티그는 아무 대답도 하지 않고 셔츠 앞섶 핏자국을 유심히 바라보았다.

"맥!" 트리나가 그에게 얼굴을 들이대고 큰 소리로 말했다. "뭐라도 가르쳐줘요. 당신 귀에서 흐르는 피를 멈추게 해 줄 방법을 알려 줘요."

"콜로디온." 치과 의사가 말했다.

"하지만 그것은 지금 여기서 구할 수 없잖아요. 우린……."

"우리 점심 바구니에 얼음이 좀 있어요." 하이제가 불쑥 말했다. "맥주 때문에 좀 가져왔어요. 냅킨을 가져다가 붕대를 만들어 봐요."

"얼음." 치과 의사가 중얼거렸다. "그렇지, 얼음, 바로 그거지."

하이제 부인과 라이어 부부는 마커스의 부러진 팔을 돌보고 있었다. 셀리나는 경사진 잔디에 앉아 숨을 가쁘게 내쉬며 흐느껴 울었다. 트리나는 냅킨을 길게 찢은 다음 얼음을 잘게 부숴서 남편 머리에 두를 붕대를 만들었다.

일행은 둘로 나뉘었다. 라이어 부부와 하이제 부인은 마커스에게 붕대를 감아 주었고, 마구 제작업자와 트리나는 땅바닥에 앉아 있는 맥티그에게 다가가 그를 돌봐주었다. 흰색과 붉은색으로 얼룩덜룩한 그의 셔츠가 옅은 녹색 잔디밭과 대조대며 뚜렷하게 보였다. 두 무리 사이에는 레슬링 경기장에서 뜯겨 나간 잔디 덩어리들이 이리저리 나뒹굴었다. 피크닉 바구니들은 빈 맥주병들과 달걀 껍데기, 다 먹고 버려진 정어리 캔들과 함께 여기저기 흩어져 있었다. 임시 경기장 한가운데에는 마커스의 뜯긴 셔츠 소매가 바닷바람에 이따금 나부꼈다.

아무도 셀리나에게는 관심을 기울이지 않았다. 그녀가 또다시 발작처럼 킥킥 웃기 시작하더니 터 크게 폭소하며 소리쳤다. "하, 피크닉 한번 정말 멋지네!"

제12장

　"자 이제, 마리아." 저코우가 식탁 쪽으로 의자를 끌어당겨 앉
으며 속삭이는 것보다는 아주 조금 더 큰, 갈라지는 목소리로 말
했다. "자자, 그럼 내 색시, 다시 한 번 들어 보기로 하지. 황금 식
기 이야기를 하자고, 그 식기 세트 말이야. 자, '그릇이 백 개도
넘었는데 하나하나가 전부 황금이었어요'부터 시작해 봐."
　"여보, 지금 당신이 무슨 말을 하는 건지 도무지 모르겠어요."
마리아가 대답했다. "황금 접시나 황금 식기 세트 따위는 없었
어요. 당신이 꿈을 꾼 거예요."
　마리아와 붉은 머리칼의 폴란드계 유대인은 처참했던 맥티
그의 피크닉이 있고 나서 한 달쯤 뒤에 결혼했다. 저코우가 마
리아를 아파트 뒤편 골목에 있는 아주 초라한 오두막집으로 들
였고, 아파트에서는 허드렛일을 해 줄 가정부를 새로 구해야 했
다. 시간이 흘러 어느덧 한 달이 지나고, 반년이 지나고, 일 년이
지났다. 마침내 마리아가 아이를 낳았는데, 허약하고 병들어 울

힘도 없는 아이였다. 마리아는 출산하면서 열흘 가까이 정신 이상 증세를 보였다. 뒷날 가까스로 정신이 돌아와 아이의 장례를 치를 수 있었다. 저코우나 마리아나 그 누구도 이 갓난아이의 출생과 죽음에 영향을 받지 않았다. 오히려 저코우는 먹이고 돌보이야 할 아이의 존재를 드러내놓고 마뜩해하지 않았다. 마리아는 아이가 살아 있는 동안 정신이 나가 있었으므로 아이의 생전 모습을 기억하지 못했다. 아이는 그들 부부에게 한낱 우발 사건에 지나지 않았으며, 왔다가 흔적도 없이 사라져 버린 불청객 같은 존재였다. 아이에게는 이름조차 없었다. 두 주밖에 살지 못한 아주 작고 이상한 혼혈 아이였지만, 그 작고 별 볼일 없는 몸뚱이에는 유태인과 폴란드인과 스페인인의 피가 섞여 있었다.

그런데 이 아이의 출생으로 이상한 일이 벌어졌다. 마리아가 정신 이상 증상에서 벗어나면서 부부는 서서히 누추한 일상으로 돌아왔고, 그녀는 평소처럼 가사 일을 하며 돌아다녔다. 아이를 땅에 묻고 난 지 일주일쯤 지났을 어느 날 저녁, 저코우가 마리아에게 그 유명한 황금 식기 이야기를 해 달라고 백 번째쯤 요구했다.

저코우는 이 이야기가 사실이라고 확신했다. 그는 한때 마리아와 그녀의 가족이 백 개가 넘는 황금 식기를 가지고 있었다고 철석같이 믿었다. 그의 뒤틀린 정신세계에서 환각은 더욱 심각해져 갔다. 그래서 황금 식기 세트가 한때 있었다고 믿었을 뿐만 아니라, 번쩍번쩍 빛나는 황금 식기들이 단 한 개도 사라지지 않은 채 아직까지도 온전하게 존재한다고 믿었다. 어딘가에 있고, 누군가가 가지고 있으며, 누빈 천으로 안감을 덧댄 가죽 트렁크 안에 들어 둥근 놋 자물쇠로 굳게 잠겨 있다고 말이다. 무슨 일이 있어도 반드시 그것을 찾아내서 손에 넣어야만 했다. 마리아는 그것이 어디 있는지 틀림없이 알고 있을 터였다. 꼬치 꼬치 캐물으면 분명 그녀에게서 알아낼 수 있을 것이다. 그가 포기하지만 않는다면, 열쇠와 같은 질문을 생각해 낼 수만 있다면, 언젠가는 마리아의 뒤엉킨 기억의 실타래를 풀어낼 수 있을 것이다. 마리아는 그에게 그 물건을 파묻어 놓은 장소를 말해 줄 것이고, 그곳에 가서 그것을 손에 넣기만 한다면 그 멋진 황금은 모조리 영원히, 영원무궁토록 그의 소유가 될 것이다. 황금 식기 세트는 저코우에게 광적인 집착 대상이 되었다.

황금 식기 이야기를 백 번째쯤 묻던 그날 저녁, 고물상의 누추한 뒷방에서 저코우는 마리아를 식탁 맞은편에 앉히고—위스키 병과 밑이 깨진 빨간색 유리 술잔을 사이에 두고 있었다—말했다. "자 이제, 마리아, 그 황금 식기 이야기를 다시 한 번 하라고."

그러자 마리아 얼굴에 황당하다는 표정으로 그를 뚫어져라 쳐다보았다.

"무슨 황금 식기를 말하라는 거예요?" 그녀가 물었다.

"네 가족이 중앙아메리카에서 갖고 있었던 거 말이야. 자, 어서, 시작해, 시작하라고." 그는 앞으로 목을 길게 빼고 바짝 마른 손가락으로 입술을 콱 움켜잡았다.

"도대체 무슨 황금 식기요?" 마리아가 위스키를 마시고 그를 향해 얼굴을 찡그리며 말했다. "어떤 황금 식기 말이에요? 도무지 무슨 말을 하는지 모르겠어요, 여보."

저코우는 의자에 등을 기대어 앉으며 그녀를 노려보았다.

"네 가족이 갖고 있었다던 그 황금 식기, 음식을 담아 먹었다던 그 그릇들 말하는 거야. 나한테 백 번은 이야기해 주고서 왜 이러는 거지?"

"미쳤군요, 당신." 마리아가 내뱉었다. "술병이나 이리 줘요."

"자, 어서!" 저코우가 간절함에 땀까지 흘리며 재촉했다. "자, 어서, 내 귀여운 색시, 바보같이 굴지 말고. 이야기 좀 듣자, 이야기를. 이제 시작해 봐. '그릇이 백 개는 넘었어요. 어느 것 하나 황금이 아닌 게 없었죠.' 아, 당신이 알고 있잖아. 자, 어서, 어서 해 봐."

"그런 이야기는 도무지 기억나지 않아요." 마리아가 술병을 잡으려고 팔을 뻗으며 대꾸했다. 그러자 저코우가 술병을 거칠게 낚아챘다.

"이 멍청한 년!" 그가 다 갈라진 목소리로 고함을 지르려고 애쓰며 씨근거렸다. "이 멍청아! 감히 날 속일 생각하지 마. 말하지 않으면 널 죽여 버리겠어. 넌 그 황금 식기를 알고 있고, 또 어디 있는지도 알고 있잖아!" 갑자기 그의 목소리가 길거리에서 소리지르던 때와 같이 신경에 거슬리는 고음으로 길게 뻗어 나왔다. 그는 두 발로 서서 길고 갈퀴 같은 손가락을 오므리고 주먹을 쥐었다. 화가 나면 그는 무서울 정도로 위협적이었다. 저코우는 마리아 머리 위로 몸을 숙이고 그녀의 얼굴에 주먹을 갖다 댔다.

"네가 가지고 있다는 걸 알고 있어!" 그가 소리 질렀다. "난 그렇게 믿어. 그런데 넌 나한테 그걸 숨기고 있는 거야. 어디 있어, 어디 있냐고! 혹시 여기 ㅁ에 있나?" 그가 눈알을 마구 굴리며 방 안을 둘러보았다. "야! 야!" 그가 마리아의 양쪽 어깨를 붙잡고 흔들며 계속 다그쳤다. "어디 있어? 여기 있냐고? 어디 있는지 말해. 말하지 않으면 널 죽여 버릴 거야!"

"여기 없어요." 마리아가 그에게서 몸을 비틀어 빼며 말했다. "그 어디에도 없어요. 무슨 황금 식기인지도 모르겠어요. 도대체 지금 무슨 소리 하는지를 모르겠어요. 황금 식기 같은 건 눈곱만큼도 기억나지 않아요."

정말로 그랬다. 마리아는 전혀 기억하지 못했다. 아이를 낳은 후유증으로 정신 착란을 일으킨 탓에 뒤죽박죽했던 머릿속이 지금 상태로 바로잡힌 듯했다. 위기에 이르자 그녀의 황금 식기에 대한 집착증이 가라앉으면서 그 환상이 머릿속에서 말끔히 지워져 버렸다. 그래서 그 일을 전혀 기억하지 못했다. 그녀가 한때 기억했던 황금 식기가 사실이었을 수도, 화려한 황금 식기에 대한 그녀의 장황한 설명이 진짜였을 수도, 온전히 맞는 것이었을 수도 있다. 오히려 그녀가 겪고 있는 황금 식기에 대한 기억 상실증이 출산에 따른 두뇌 이상이거나 광기의 후유증일 수도 있었다. 어찌되었든 마리아는 그 일을 전혀 기억하지 못했다. 황금 식기에 대한 생각은 그녀의 머릿속에서 완전히 사라져 버렸고, 이제는 오히려 저코우가 환상 속에서 신음하고 있었다. 쓰레기 더미를 갈퀴질하는 사람, 바로 금을 찾아 헤매는 저코우가 뒤틀린 정신으로 멋진 황금 식기를 보았다. 그 식기를 기가 막히게 묘사할 수 있는 사람도 마리아가 아닌 그였다. 예전에 마리아는 그저 그것을 기억하는 것만으로 만족했지만, 탐욕에 눈이 먼 저코우는 그 그릇이 여전히 존재할뿐더러 어딘가에, 어쩌면 바로 그 집 안에 마리아가 숨겨 놓았을지도 모른다고 믿고 찾아 다녔다. 마리아가 그것들을 최근에 ─전날에, 또는 그날에, 아니면 바로 그 시간에 ─보지 않았다면 그토록 정확하고 세세하게 묘사한다는 게 가능한 일이었을까?

"조심해." 그가 아내에게 쉰 목소리로 속삭였다. "몸조심하라고. 내가 찾아낼 거야. 꼭 찾아낼 거야, 찾아낼 거라고. 언젠가는 꼭 찾아낼 거야. 그럴 거야, 어디 두고 봐. 내가 찾을 거야, 찾아내고 말 거야. 만약에 못 찾아내면, 네 입을 열게 할 방법을 찾아낼 거야. 네가 다 불게 만들 거야. 어디 두고 봐. 그리할 테니, 반드시 그렇게 할 테니. 내 색시, 그 점에 대해선 날 믿는 게 좋을걸."

마리아는 저코우가 때때로 밤에 자다가 침대에서 사라져서 희미한 랜턴 불빛 아래 구석에서 굴을 파며 중얼대는 모습을 보았다. "그릇이 백 개도 넘는다고 했어. 하나하나가 전부 황금이었다지 ─가죽 트렁크를 열면 너무 반짝여 그만 눈이 멀 것만 같았지 ─아, 그 화채용 그릇 하나만으로도 엄청난 값어치가 있었을 거야. 무척 단단하고, 묵직하고, 순금, 오로지, 황금, 황금, 황금 무더기였어. 환상적이야! 찾아낼 거야, 꼭 찾아내고 말겠어. 이곳 어딘가에 있어. 이 집 어딘가에 숨겨 놓았어, 분명히."

아무리 찾아도 보이지 않자 저코우는 화가 치밀기 시작했다. 어느 날 그는 고물을 실어 나르는 수레에서 채찍을 가져다가 씩씩거리며 마리아에게 휘둘렀다. "어디 있어, 이 짐승 같은 년아! 어디 있냐고? 어디 있는지 당장 말해. 네가 다 불게 할 거야!"

"몰라요. 난 몰라요." 마리아가 이리저리 채찍을 피하며 대답했다. "여보, 알고 있다면 말했을 거예요. 하지만 정말 아무것도 모른다고요. 모르는데 어떻게 말을 해요?"

마침내 어느 날 저녁, 위기가 절정에 다다랐다. 마커스 숄러가 맥티그 진료실 위층 자기 방에 있을 때였다. 시간은 밤 11시에서 12시 사이였고, 온 아파트가 쥐죽은 듯 조용했다. 아파트 밖 폴크 거리도 이따금씩 전차가 지나가면서 내는 바퀴 소리와 기계음, 그리고 길가 바로 맞은편 인적이 끊긴 시장에서 오리와 거위들이 우는 소리만 날 뿐 아주 고요했다. 마커스는 셔츠 차림으로 터무니없이 작은 트렁크에 짐을 한가득 구겨 넣느라 땀을 뻘뻘 흘리며 욕지거리를 내뱉고 있었다. 방은 몹시 어지러웠다. 마치 곧 이사 가려는 것처럼 보였다. 그는 한 손에는 그가 아끼는 실크해트가 담긴 모자 박스를 들고 트렁크 앞에 서 있다. 그는 아무리 해도 도무지 트렁크 속에 집어넣을 수 없는 장화 한 켤레 때문에 몹시 화가 났다.

"내가 널 집어넣으려고 이렇게 노력했는데, 내가 이토록 노력했는데." 그는 이를 악 물고 버럭 성을 냈다. "그런데도 들어갈 생각이 없다, 이거지!" 그는 한쪽 손에 장화를 꽉 붙잡고 험악하게 욕설을 퍼부었다. "조만간 내가 널 버릴 거야. 반드시 버릴 거라고, 진짜야."

바로 그때 누군가가 아파트 뒤 계단을 허겁지겁 올라와 쾅쾅쾅 문을 세게 두드렸다. 마커스는 하던 일을 멈췄다. 문을 열자 머리칼이 온통 헝클어지고 두 눈에 공포가 잔뜩 서려 있는 마리아 마카파가 서 있었다. 그는 그녀를 방 안으로 들였다.

"아, 숄러 씨." 그녀가 숨을 헐떡이며 말했다. "어서 빨리 문을 잠가요. 그 사람이 들어오지 못하게 해 줘요. 칼이 있어요. 그게 어디 있는지 말하지 않으면 날 죽이겠대요."

"누가? 누가 뭘 갖고 있어? 그리고 뭐가 어디 있다는 거야?" 마커스는 갑작스러운 상황에 흥분하여 소리쳤다. 그는 문을 열고 당장이라도 싸울 듯 두 주먹을 불끈 쥔 채—누가 있는지도, 무엇 때문에 그러는지도 모른 채—어두컴컴한 복도를 내다보았다.

"저코우 말이에요." 마리아가 마커스를 방 안으로 잡아끌고 문을 잠그면서 울먹였다. "그리고 그 사람은 저것만큼이나 긴 칼을 들고 있어요. 아, 맙소사, 그 사람이 오고 있어요. 그 사람 소리가 아닌가요? 들어 봐요!"

아니나 다를까 저코우가 마리아를 부르며 계단을 올라오고 있었다.

"그 사람이 날 데려가게 그냥 내버려 둘 건 아니죠, 숄러 씨?" 마리아가 숨을 헐떡이며 물었다.

"내가 저 자식을 두 동강 내 주지!" 마커스가 분노로 시퍼런 눈을 부라리며 소리쳤다. "내가 저딴 칼에 겁먹을 줄 알아?"

"네가 어디 있는지 난 알고 있지." 저코우가 복도 층계참에 서서 말했다. "숄러 씨의 방에 들어가 있군그래. 그런데 이 야심한 시각에 숄러 씨 방에서 무슨 짓을 하는 거지? 어서 나와. 부끄러운 줄을 알아야지. 이제 내 너를 죽여 주지, 내 색시. 어디 한 번 두고 봐."

"내가 당신을 죽여 버리겠어, 이 더러운 유태인 노인!" 마커스가 문을 열고 복도로 뛰쳐나오며 소리쳤다.

"난 내 마누라를 원하는 것뿐이오." 유태인이 계단 아래로 물러서며 큰 소리로 말했다. "내게서 도망쳐 당신 방으로 뛰어 들어가다니 도대체 뭘 하겠다는 의미요?"

"조심해요. 저 사람 칼을 갖고 있어요!" 마리아가 살짝 열린 문틈으로 외쳤다.

"아하, 거기 있군. 어서 나와서 집으로 돌아오는 게 좋을 거야." 저코우가 말했다.

"당신이나 여기서 나가!" 마커스가 그에게 다가서며 화를 냈다. "여기서 꺼지라고!"

"저 여자도 나랑 같이 가야 하오."

"여기서 썩 꺼져!" 마커스가 고함쳤다. "그리고 그 칼 내려놔. 다 봤으니까. 쓸데없이 다리 뒤로 감추려고 애쓰지 마. 이리 내놔!" 그가 갑자기 소리를 지르며 저코우가 알아채기도 전에 칼을 낚아챘다. "자, 이제 여기서 나가."

저코우는 마커스 어깨너머로 마리아를 계속 쳐다보며 뒤로 물러섰다.

"난 마리아를 원하는 것뿐이오."

"여기서 나가지 못해! 나가지 않으면 내가 내쫓아 버릴 테니까." 길거리로 나 있는 아파트 현관문이 닫혔다. 유태인은 가고 없었다.

"하!" 마커스는 자만심으로 의기양양하여 콧방귀를 꼈다. "하!

내가 저딴 놈의 칼에 겁먹을 줄 알아? 난 그 누구도 겁나지 않아."
소란을 듣고 나온 맥티그와 그의 아내가 위쪽 층계참 난간에 서서 고개를 내밀고 있는 것을 보고 그가 맥티그를 의식한 듯 큰 소리로 내뱉었다. "그 누구라도!" 마커스가 되풀이했다.

마리아가 복도로 나왔다.

"갔나요? 간 게 확실한가요?"

"그런데 문제가 뭐였어?" 마커스가 물었다.

"한 시간 전쯤 잠에서 깼는데요." 마리아가 말했다. "저 코우가 침대에 없는 거예요. 아마 잠자리에 들지 않았던 것 같아요. 그 사람이 싱크대 옆에 무릎을 꿇고 앉아서 바닥에 판자들을 들어 올리고 그곳을 파헤치고 있었어요. 랜턴을 들고서 말이죠. 아마 저 칼로 땅을 파고 있었던 것 같아요. 그리고 계속 혼잣말로 이렇게 중얼거리는 거예요. '그릇이 백 개가 넘는다고 했었지. 하나하나가 전부 황금이었어. 그릇이 백 개도 넘었지. 하나하나가 전부 황금이었어.' 그러더니 갑자기 나를 쳐다보더라고요. 난 침대에 일어나 앉아 있었는데, 그가 벌떡 일어나 칼을 들고 나한테 달려왔어요. 그러면서 '어디 있지? 어디 있어? 네가 어딘가에 숨겨 뒀단 걸 난 다 알고 있어. 어디에 숨겼지? 말하지 않으면 칼로 찔러 버릴 거야'라고 했어요. 내가 가운을 찾아 입을 때까지 그 사람을 속여서 가까이 오지 못하게 하다가 이렇게 도망쳐 나왔어요. 거기에 있을 수가 없었거든요."

"글쎄, 도대체 왜 애초부터 그 사람한테 황금 식기 이야기를 한 거야?" 마커스가 나무랐다.

"난 그런 적 없어요." 마리아가 있는 힘을 다해 항변했다. "난 절대 그런 말을 한 적이 없다고요. 황금 식기 이야기는 한 번도 들어 본 적이 없어요. 도대체 그 사람이 어디서 그런 생각을 한 건지 통 모르겠어요. 그 사람, 정신이 나간 게 틀림없어요."

그쯤해서 트리나와 맥티그, 그래니 영감과 미스 베이커—아파트 위층에 사는 입주민들 모두—가 마리아 곁에 모여 있었다. 이미 잠자리에 들었던 트리나와 치과 의사는 대충 옷을 입고 있었다. 그녀는 풍성한 검은 머리칼을 두 갈래로 나누어 땋아 뒤로 길게 늘어뜨렸다. 그러나 마리아가 모두를 잠에서 깨운 그 늦은 시각까지도 그래니 영감과 은퇴한 재봉사는 잠자리에 들지 않고 있었다.

"저기, 마리아." 트리나가 말했다. "우리한테도 늘 황금 식기 이야기를 했잖아. 네 가족들이 한때 갖고 있었다면서."

"아니에요, 절대, 절대로 그런 말 한 적 없어요!" 마리아가 고개를 절래절래 저었다. "당신들도 하나같이 정신 나간 게 분명해요. 황금 식기라니, 전 처음 들어 본다고요."

"음." 미스 베이커가 입을 뗐다. "마리아 넌 정말 이상한 여자야. 그 말밖에는 할 말이 없네." 그녀는 무리를 떠나 자기 방으로 돌아갔다. 그래니 영감은 곁눈질로 그녀가 들어가는 것을 보고서 곧 뒤따라갔는데, 무리에 낄 때 그랬던 것처럼 떠날 때도 아무도 모르게 살그머니 자리를 피했다. 아파트는 서서히 다시 고요해졌다. 트리나와 맥티그도 방으로 돌아갔다.

"이제 돌아가도 될 것 같아요." 마리아가 말했다. "그 사람도 이제는 진정이 됐을 거예요. 칼만 갖고 있지 않다면 겁나지 않아요."

"음, 이봐!" 마커스가 계단을 내려가는 그녀를 부르며 말했다. "그 자식이 또 이상하게 굴면 그냥 소리를 지르라고. 그럼 들을 수 있으니까. 그놈이 널 해치지 못하게 할게."

마커스는 방으로 돌아가 까다로운 장화와 다시 씨름하기 시작했다. 그는 사슴뿔 손잡이가 달린 길고 날카롭게 갈린 사냥용 칼을 쳐다봤다. "널 데려가 주지!" 그가 갑자기 크게 말했다. "데려가면 쓸모가 있을 것 같단 말이지."

한편 미스 베이커 노파는 마리아의 급습 사건으로 들뜬 신경을 진정시키려고 차를 끓였다. 그날 저녁, 그녀는 특별히 차를 2인분 끓여 티 테이블 맞은편 빈자리에 잔과 잔 받침, 고름제 은 숟가락 하나를 놓기까지 했다. 반대편 벽 가까이에서는 그래니 영감이 새 『민족』 잡지를 제본하고 있었다.

"내가 지금 무슨 생각하고 있는지 알아요, 여보?" 맥티그 부부가 방으로 돌아온 트리나가 맥티그에게 말했다. "마커스 오빠가 이사 가는 것 같아요."

"뭐, 뭐라고?" 잠이 와서 정신이 몽롱한 치과 의사가 중얼대듯 말했다. "뭐라고? 마커스가 뭐라고?"

"내 생각엔 마커스 오빠가 이삼 일 전부터 짐을 싸고 있었던 것 같아요. 오빠가 이사 가는 게 아닌가 싶어요."

"누가 이사 간다고?" 맥티그가 눈을 깜빡이며 말했다.

"아, 어서 잠이나 자러 가요." 트리나가 그를 부드럽게 밀며 말했다. "여보, 당신처럼 우둔한 사람은 처음이에요."

사실이었다. 마커스는 곧 이사 갈 참이었다. 이튿날 아침 트리나는 어머니로부터 편지를 받았다. 시프 씨가 하고 있던 카펫 세탁 사업과 가구 덮개 사업은 날이 갈수록 형편이 나빠지고 있었다. 시프 씨는 집까지 저당 잡히고 말았다. 시프 부인은 가족의 운명이 어떻게 될지 감을 잡을 수 없었다. 심지어 트리나의 아버지는 뉴질랜드로 이민 갈 생각도 했다. 한편 어머니는 트리나에게 드디어 아버지가 그 주(州)의 남동쪽에서 소 떼를 키우며 마커스와 '함께 목장을 운영할' 남자를 찾았다고 말해 주었다. 시프 부인은 잘은 몰라도, 아마 마커스가 이 일에 아주 열성적이어서 이번 달 말이 되기 전에는 내려올 것 같다고 했다. 그리고 트리나가 가족들에게 50달러를 보내 줄 수 있는지도 물었다.

이튿날 오후 맥티그가 진료실에서 나와 점심으로 소시지와 으깬 감자, 초콜릿을 먹기 위해 거실에 앉을 때 트리나가 남편에게 말했다. "여보, 마커스 오빠가 결국 가네요."

"어?" 치과 의사가 약간 어리벙벙하며 물었다. "누가 간다고? 숄러가 간다고? 숄러가 왜 가는데?"

트리나가 설명해 주었다. 그랬더니 맥티그가 "흥!" 하고 두툼한 콧수염 뒤로 소리를 냈다. "내 눈에 띄지 않게 빨리 썩 꺼졌으면 좋겠군."

"여보, 그리고 있잖아요." 트리나가 그에게 초콜릿을 부어 주며 말했다. "이건 어떻게 생각해요? 엄마가 나더러, 아니 우리더러 50달러를 보내 달래요. 돈이 쪼들린대요."

"음." 치과 의사가 잠시 뒤에 말했다. "음, 그 정도는 우리가 보내 줄 수 있지 않나?"

"아, 말이야 쉽죠." 트리나가 귀여운 턱을 쳐들고 작고 창백한 입술을 오므리며 불평했다. "엄마는 우리가 백만장자라도 된다고 생각하나 봐요."

"트리니, 당신은 점점 지나치게 인색해지고 있어. 날이 갈수록 너무 심해져."

"하지만 50달러는 50달러예요, 여보. 50달러를 벌려면 얼마나 많은 시간이 걸리는지 한번 생각해 봐요. 50달러라니! 두 달 치 이자잖아요."

"글쎄," 맥티그가 입 안 가득 으깬 감자를 물고 툭 던지듯 말했다. "당신 돈 많이 모았잖아."

놋쇠 금고와 새미 가죽 주머니 안에 약간 모아 둔 돈을 두고 말할 때마다 트리나는 얄짤없이 남편의 말문을 막아 버렸다.

"그런 식으로 말하지 말아요, 여보. '많은 돈'이라니요. 당신은 도대체 얼마를 많은 돈이라고 하는 건가요? 50달러도 모으지 못했어요."

"허!" 맥티그가 놀라 소리쳤다. "허! 100달러하고도 50달러는 더 모았을 텐데. 그만큼이 안 될 리가 없어."

"아녜요, 아니라고요." 트리나가 단호하게 잡아뗐다. "그리고 그렇지 않다는 건 당신도 잘 알고 있어요. 에이, 엄마는 왜 돈을 요구하고 그러지? 왜 좀 더 알뜰하게 살림을 하지 못하시는 거죠? 난 잘 하고 있잖아요. 아무래도 못 보내겠어요. 아니, 엄마한테 50달러나 보내 줄 여윳돈이 없어요."

"대단하군. 그럼 어쩔 생각인데?" 남편이 퉁명스럽게 말했다.

"이번 달에 25달러를 보내 주고 나머지는 여유가 생겼을 때 보내 주겠다고 할래요."

"트리나, 당신 정말 뼛속까지 구두쇠야."

"그래도 상관없어요." 트리나가 웃으며 대답했다. "그럴지도 모르죠. 그래도 어쩔 수가 없어요. 그리고 이건 단점치고는 좋은 단점이에요."

트리나는 송금하는 것을 두 주 동안 미뤘다. 어머니는 다음 편지에서 돈 이야기를 하지 않았다. "엄마가 정 돈이 필요하시다면 다시 한 번 얘기하시겠죠." 트리나가 말했다. 그리하여 그녀는 송금하는 것을 또 미뤘다. 그녀는 매일같이 미뤘다. 어머니가 두 번째로 돈을 부탁했을 때, 트리나는 어머니가 말한 금액의 절반을 내놓는 것조차 곤란해했다. 그녀는 어머니에게 그 달에 돈이 너무나 쪼들려서 몇 주가 지난 뒤에야 돈을 보낼 수 있을 것 같다고 답장했다.

"여보, 우리가 어떻게 할지 얘기해 줄게요." 트리나가 남편에게 말했다. "당신이 절반을 보내고, 내가 절반을 보내요. 그렇게 25달러를 같이 보내요. 각자 12달러 50센트씩 말이에요. 내 아이디어 어때요?"

"그래, 좋아." 맥티그가 그 돈을 트리나에게 바로 건넸다. 트리나는 맥티그가 준 12달러는 보냈지만, 그녀의 몫이었던 나머지 12달러는 끝내 보내지 않았다. 어느 날 치과 의사가 그녀에게 어떻게 했는지 물었다.

"장모님께 25달러 보냈겠지?"

"아, 물론이죠, 한참 전에 보내드렸어요." 트리나는 생각하지도 않고 이렇게 대답했다.

사실 트리나는 이 문제를 깊이 생각하려고 하지 않았다. 곧이어 또 다른 문제가 그녀의 관심을 끌었다.

어느 일요일 저녁, 트리나와 그녀의 남편이 거실에 함께 앉아 있었다. 방 안이 어두웠지만 여전히 램프를 켜지 않은 채였다. 맥티그는 예전에 우체국 지국이 있던 1층 자리에 생긴 '바인 스투베'에서 맥주를 몇 병 좀 사 가지고 올라왔지만 아직 맥주병을 따지는 않았다. 따뜻한 여름날 저녁이었다. 트리나는 퇴창 옆에서 맥티그의 무릎에 앉아 노팅엄 커튼을 열어젖힌 창문으로 어두워지는 길거리와 거대한 공중목욕탕 유리 지붕 위로 떠오르는 달을 바라보았다. 두 사람은 이따금 이렇게 앉아 한 시간쯤 노닥거렸다. 트리나는 맥티그의 거대한 품에 파고들어 수염으로 거친 턱에 볼을 비빈다든지, 그의 대머리 진 정수리에 입을 맞춘다든지 그의 귀나 눈에 손을 대 보곤 했다. 그러다가 트리나는 불쑥 욕정에 휩싸여 숨을 가쁘게 내쉬며 두 팔로 남편의 두껍고 붉은 목덜미를 감고 귀에다 속삭였다. "내 사랑 맥, 나를 사랑해요? 많이, 정말로 엄청 많이 날 사랑하나요? 결혼할 때만큼 그렇게 많이 날 사랑하나요?"

맥티그는 당황해서 이렇게 대답하곤 했다. "음, 트리나, 당신도 알고 있잖아."

"하지만 난 당신이 그렇다고 말해 줬으면 해요. 언제나 변함없이 나를 사랑한다고요."

"음, 당연하지."

"그럼 말로 해 봐요."

"음, 그래, 사랑해."

"하지만 당신은 자발적으로 말하지는 않았어요."

"음, 뭐, 뭐, 무슨 말인지 이해가 안 가." 당황한 치과 의사가 말을 더듬거렸다.

바로 그때 누군가가 문을 두드렸다. 트리나는 마치 그들이 결혼도 하지 않았는데 남사스러운 짓을 하고 있었던 것처럼 화들짝 놀라서 맥티그의 무릎에서 잽싸게 일어났고, 서둘러 램프에 불을 켜며 숨죽여 말했다. "여보, 어서 겉옷을 입어요. 머리 좀 매만지고요." 그리고 맥주병을 보이지 않게 치우라고 손짓했다. 그녀는 문을 열고 놀라서 소리 질렀다.

"어머, 마크 오빠!" 맥티그는 적잖이 혼란스러워 아무 말 없이 그를 노려보았다. 한편 마커스 숄러는 여유만만한 태도로 문 앞에 서서 아주 상냥하게 미소 지어 보였다.

"저기 말이야. 잠깐 들어가도 될까?"

트리나가 얼결에 대답했다. "어, 그럼, 그럼. 물론이야. 어서 들어와."

"그래, 그래, 들어와." 치과 의사도 무심결에 큰 소리로 말했다. "맥주 마시겠어?" 그가 갑자기 생각났다는 듯 황급히 덧붙였다.

"아니, 괜찮아. 의사 선생." 마커스가 유쾌하게 대답했다.

맥티그와 트리나는 당혹스러웠다. 이게 무슨 의미일까? 마커스가 화해라도 하고 싶은 것일까? '알겠다.' 트리나는 생각했다. '이사 가기 전에 돈을 좀 빌리려는 걸 거야. 하지만 안 돼. 한 푼도, 동전 한 푼도 빌려줄 수 없지.' 그녀는 이를 꽉 악물었다.

"저기," 마커스가 말했다. "치과 영업은 잘 되어 가나, 의사 선생?"

"아." 맥티그는 심기가 불편했다. "아, 잘 모르겠어. 아마도, 아마도." 그는 어찌할 바를 모르며 말끝을 흐렸다. 그쯤해서 그들은 모두 자리에 앉았다. 마커스가 모자와 지팡이 — '진홍회'에서 준 금 손잡이가 달린 흑단 지팡이 — 를 손에 들고 말을 이었다.

"흠," 마커스가 고개를 흔들며 거실을 둘러보았다. "이 아파트에서 방을 너희 부부가 제일 잘 꾸며 놓고 사는군그래. 진짜 그래, 진짜야." 그의 시선이 플래시 천과 도금 액자에 끼워진 석판화 — 두 어린 여자가 기도하고 있는 그림 — 「나는 할아버지야」와 「나는 할머니야」 그림들로 옮겨 갔다. 그는 깨끗하고 하얀 식탁보와 밝은 색 소모사로 짠 의자 등받이 덮개를 유심히 본 뒤 맥티그와 트리나가 결혼식 예복을 입고 찍은 사진을 황홀한 눈빛으로 바라보는 것 같았다.

"음, 두 사람 아주 행복하게 잘살고 있는 거지?" 그가 기분 좋게 웃으며 말했다.

"그럼, 불만 없어." 트리나가 대답했다.

"돈도 많고, 할 일도 많고, 모든 게 다 괜찮은 거지?"

"할 일이야 많지만," 트리나는 그가 더는 돈 이야기를 하지 못하게 못 박아 말했다. "하지만 돈은 많지 않아."

그러나 마커스가 돈을 원했던 것은 아니었다.

"저기 트리나." 그가 무릎을 비벼 댔다. "나 이제 여기 뜬다."

"응, 엄마가 편지로 말해 줬어. 오빠가 목장으로 일하러 간다고."

"영국 남자랑 목장을 운영할 거야." 마커스가 고쳐 말했다. "시프 아저씨가 연결해 주셨어. 소 떼를 키울 수 있을지 한번 보려고. 난 말에 대해선 잘 아는데 말이야. 그리고 그 사람도 말을 좀 길러 봤대, 그 영국 남자 말이야. 그리고 난 거기서 정치가로서 기회가 있는지도 계속 살펴볼 거야. 진흥회 회장이 몇 사람한테 소개장을 써 줬거든. 어떻게든 잘해 볼 거야. 음, 잘 되겠지."

"얼마 동안 가 있을 건데?" 트리나가 물었다.

마커스가 그녀를 지그시 바라보았다.

"다시 돌아오지 않을 거야." 그가 딱 잘라 말했다. "내일 떠나. 영원히 떠나는 거지. 그래서 작별 인사를 하러 왔어."

마커스는 그날 저녁 한 시간 넘게 머물러 있었다. 그는 트리나 못지않게 맥티그와도 느긋하고 기분 좋게 대화를 나눴다. 이윽고 그가 자리에서 일어섰다.

"자, 의사 양반, 잘 있어."

"잘 가, 마커스." 두 사람은 악수를 나눴다.

"두 번 다시는 만날 일이 없을 거야." 마커스가 말을 이었다. "하지만 행운을 빌어, 의사 양반. 언젠가는 손님들이 계단에 쭉 늘어서서 진료를 기다는 날이 오길 바라네."

"허! 그러게, 그러게 말이야." 치과 의사가 대꾸했다.

"그럼 잘 있어, 내 사촌 트리나."

"잘 가, 오빠." 트리나가 대답했다. "엄마랑 아빠랑 모두에게 내

안부 전해 주는 거 잊지 마. 쌍둥이 동생들에게 다음 생일에 노아의 방주 동물 두 세트를 큰 것으로 만들어 줄 거야. 오거스트는 이제 장난감 갖고 놀기엔 너무 컸지. 하지만 쌍둥이에게 아주 큰 동물들을 만들어 줄 거라고 말해 줘. 그럼 잘 가. 성공하길 빌어, 오빠."

"잘 있어, 잘들 있어. 두 사람에게도 행운이 있길 빈다."

"안녕, 마크 오빠."

"안녕, 마커스."

그가 떠났다.

제13장

　　마커스가 캘리포니아주 남부 지역으로 떠난 지 일주일쯤 되던 어느 날 아침, 맥티그는 진료실 문에 달린 편지 구멍으로 들어온 직사각형 모양의 편지 한 통을 받았다. 주소는 타자기로 적혀 있었다. 봉투를 열어 보니 시청에서 보낸 편지였다. 한쪽 모서리에는 캘리포니아주의 공식 직인이 찍혀 있었고, 위쪽에는 서식과 파일 번호가 적혀 있었다.

　　편지가 도착했을 때 맥티그는 치과 충전재를 만들던 중이었다. 진료실 안 퇴창에 걸려 있는 카나리아 새장 아래에서 이동식 선반 위로 몸을 숙이고 꾸물거리며 일했다. 그는 치아 가운데 큰 충치를 메울 때 쓸 '블록'과 충전재를 채우기 시작할 때 사용할 '실린더'를 만들고 있었다. 복도에서 우편집배원의 발소리가 들리더니 편지 구멍 틈으로 편지 봉투들을 밀어 넣는 것이 보였다. 그러더니 주 정부의 공식 직인이 찍힌 두툼한 직사각형 봉투가 기운 없이 둔탁한 소리를 내며 바닥에 납작하게 엎드렸다.

치과 의사는 구멍을 넓히는 브로치와 가위를 내려놓고 편지를 집으러 갔다. 편지는 모두 네 통이었다. 하나는 셀리나의 '우아한' 손 글씨로 쓴 편지로 트리나에게 온 것이었고, 다른 하나는 신제품 치과 수술용 의자 광고였다. 세 번째 편지는 옆 동네의 여성용 모자 가게에서 신장개업을 알리는 카드였다. 그리고 네 번째는 시청에서 맥티그 앞으로 보낸 두툼한 직사각형 편지 봉투로 이름과 날짜를 쓰게 칸을 비워 둔 서식 인쇄물이 들어 있었다. 맥티그는 고개를 갸웃거리며 편지를 읽어 내려갔다. "뭐야 이게? 무슨 말인지 하나도 모르겠네." 그가 바보스럽게 소총 제작자의 달력을 쳐다보며 중얼거렸다. 그때 트리나가 부엌에서 접시를 달그락달그닥 아침 설거지를 하며 노래 부르는 소리가 들렸다. "트리나에게 무슨 말인지 물어봐야지."

맥티그는 스위트룸으로 갔다. 그는 동그랗게 매듭 지은 노팅엄 커튼 사이로 비치는 햇살이 깨끗하고 하얀 식탁보와 니스 칠을 한 멜로디언의 표면 위로 쏟아지고 있는 거실을 지나, 토실토실 뺨이 둥근 영국 아기들과 바짝 경계하고 있는 폭스테리어들의 석판 인쇄물 액자가 걸린 침실을 거쳐 벽돌 벽으로 된 부엌으로 들어갔다. 부엌은 꼭 새집처럼 깔끔했다. 새로 검게 칠한 스토브는 흑인 피부만큼이나 매끈하게 반짝거렸고, 테두리가 있고 주석과 도자기로 된 스튜 냄비들은 마치 은이나 상아로 만들어진 것처럼 고급스러웠다. 트리나는 부엌 한가운데 서서 젖은 스펀지 행주로 두 사람이 아침 식사를 한, 기름 먹인 천으로 씌운 식탁을 닦고 있었다. 그녀는 그 어느 때보다도 예뻐 보였다. 꽤 이른 아침이었는데 머리 장식을 한 풍성한 검은 머리카락은 단정하게 빗질하여 왕관처럼 똬리를 틀어놓았고, 느슨하게 빠진 핀 하나 없었다. 그녀는 흰 무늬가 있는 파란색 옥양목 스커트를 입고, 코르셋으로 단단히 조인 작고 가느다란 허리에는 인조 악어 가죽 벨트를 둘렀다. 그녀의 분홍색 린넨 블라우스는 움직일 때마다 바스락 소리가 날 만큼 빳빳한 새 옷이었다. 목 칼라에는 한때 맥타그의 것이었지만 지금은 그녀가 사용하고 있는 론 넥타이를 단정하게 매듭으로 묶었다. 소매는 거의 어깨까지 올라가 있었는데, 식탁을 스펀지로 문질러 닦는, 우유처럼 뽀얗고 가는 팔과 팔을 굽힐 때마다 살포시 드러나는 연분홍색 팔꿈치보다 더 예뻐 보이는 것도 이 세상에 없을 듯했다. 그녀는 남편이 들어서자 곧바로 작고 귀여운 턱을 치켜들며 반짝이고 가는 눈으로 그를 쳐다보았다. 노래의 마지막 가사를 내뱉으면서 입술이 동그랗게 오므려졌다 열리자 윗니에 충전재로 채운 금이 반짝거렸다.

그 날의 풍경—깔끔한 부엌과 깨끗한 벽돌 바닥, 은은하게 풍기는 커피 향기, 막 목욕을 마친 것처럼 산뜻한 모습으로 노래를 부르고 있는 트리나, 창문을 반쯤 덮은 하얀색 모슬린 커튼 사이로 비스듬히 들어와 작은 주방에 황금빛 먼지 다리를 놓고 있는 아침 햇살—은 말하자면 보기만 해도 기분 좋은 장면이었다. 살짝 열린 창틈으로는 이미 잠에서 깨어난 지 오래인 폴크 거리의 소음이 들려왔다. 길거리에서 부르짖는 고함, 등교하는 아이들의 새된 소리, 정육점 주인의 수레바퀴가 명랑하게 덜컹거리는 소리, 빠르게 망치를 두드리는 소리, 유리 창문을 덜거덩거리게 하고 종을 유쾌하게 울리면서 육중하고 느리게 굴러가는 전차의 바퀴 소리가 들려왔다.

"무슨 일이에요, 맥?" 트리나가 물었다.

맥티그는 발꿈치로 뒤에 있던 문을 닫고 그녀에게 편지를 건넸다. 트리나는 편지를 끝까지 읽어 보았다. 그러더니 갑자기 손에 쥐고 있는 스펀지를 꽉 쥐었고, 물이 벽돌 바닥으로 후드득후드득 떨어졌다.

편지에는—차라리 공문이라고 하는 편이 나을 것이다—맥티그가 치과 대학에서 학위를 받지 않았으며, 따라서 더 이상 치과 진료를 할 수 없다는 내용이 적혀 있었다. 통지와 관련하여 법조문에서 발췌한 글이 작은 글씨로 덧붙여져 있었다.

"글쎄, 이게 다 뭐죠?" 아직은 아무런 생각이 없는 듯 트리나가 차분하게 물었다.

"모르겠어. 나도 모르겠다고." 남편이 대답했다.

"당신이 더 이상 진료를 할 수 없대요." 트리나가 말을 이었다. "'본 법령에 의거하여 진료를 지속하는 것을 금하는 바…….'" 그녀는 눈썹을 치켜들고 이마를 찡그리며 발췌문을 다시 한 번 읽어 보았다. 그녀는 스펀지를 조심스레 싱크대 위 선반에 올려놓고 의자를 식탁으로 끌어다 앉으며 공문을 앞에 펼쳤다. "앉아 봐요." 그녀가 맥티그에게 말했다. "여보, 여기 식탁으로 가까이 와 봐요. 이게 뭔지 자세히 한번 살펴봐야겠어요."

"아침에 이걸 받았어." 치과 의사가 중얼거렸다. "방금 온 거야. 내가 충전재를 만들고 있었는데—거기, 진료실 창가에서 말이야—우 편집배원이 이걸 문틈으로 밀어 넣고 갔어. 난 처음에 『미국 치과 제 도』 신간호인 줄 알았는데, 뜯어 보니까 아무래도 당신에게……."

"저기, 여보." 트리나는 공문에서 눈을 떼고 그의 말을 가로막 으며 물었다. "당신 치과 대학에 다닌 적 없어요?"

"응? 뭐, 뭐라고?" 맥티그가 되물었다.

"어떻게 해서 치과 의사가 된 거예요? 대학을 다녔어요?"

"언젠가 광산에 찾아왔던 어떤 사람을 쫓아갔어. 어머니가 날 보냈거든. 이 광산에서 저 광산으로 옮겨 다니면서 그 사람한테 배웠어. 내가 그 사람의 엑스커베이터를 갈아 줬고, 동네마다 그 사람 광고를 붙이고 다녔어. 우체국에도 붙이고 오드 펠로우' 회관 문에도 붙였지. 그 사람한테는 마차가 있었거든."

"그러니까 대학은 다니지 않은 거네요?"

"응? 뭐라고? 대학? 응, 다닌 적 없지. 그 사람한테 치과 일을 배웠으니까."

트리나는 소매를 펴서 내렸다. 그녀의 얼굴이 평소보다 조금 더 창백해졌다. 그녀가 소매 단추를 채우면서 말했다. "하지만 대학을 졸업하지 않으면 치과 진료를 할 수 없다는 걸 모르나 요? 대학에 다니지 않았다면 '의사'라고 말할 자격이 없어요."

맥티그는 잠깐 그녀를 뚫어져라 쳐다보고는 나서 다시 입을 열었다. "글쎄, 난 10년 동안이나 진료해 왔어. 아니, 그보다 더 오래, 아마 12년 가까이 됐을 거야."

"하지만 법은 그래요."

"법이라니?"

"학위를 받지 않으면 진료하거나 의사라고 할 자격이 없다는 것 말이에요."

"그게 뭔데, 그 학위라는 거?"

"나도 정확히는 몰라요. 일종의 문서인데, 그러니까 그게, 아, 여보, 이제 우린 망했어요!" 트리나의 목소리가 울부짖듯 커졌다.

"그게 무슨 말이야, 트리나? 내가 치과 의사가 아니라는 거야? 내가 치과 의사가 아니라고? 내 간판이랑 당신이 준 황금 어금니 모형을 봐. 나 12년 가까이 진료해 왔잖아."

트리나는 입술을 굳게 다물고 목청을 가다듬으며 뒷머리의 머리핀을 다시 꽂는 척했다.

"어쩌면 생각하는 것처럼 잘못된 게 아닐 수도 있어요." 그녀가 아주 나지막하게 말했다. "다시 한 번 읽어 보자고요. '본 법령에 의거하여 진료를 지속하는 것을 금하는 바…….'" 그녀는 편지를 끝까지 읽었다.

"글쎄, 이건 말도 안 돼요!" 그녀가 소리쳤다. "당국자들이 설마…… 아, 맥, 그럴 리가 없어…… 아!" 여자의 창백한 얼굴이 빨개지며 소리 질렀다. "그 사람들은 당신이 얼마나 훌륭한 의사인지 잘 몰라서 그래요. 당신이 일류 치과 의사라면 그까짓 학위가 무슨 상관이에요? 그거면 됐어요. 하지만 여보, 대학에는 정말 안 간 거예요?"

"안 갔어." 맥티그가 아니라고 못 박았다. "그럴 필요가 어디 있어? 난 어떻게 치료하는지 모두 배웠거든. 그거면 된 거 아니야?"

"잠깐 들어 봐요." 트리나가 불쑥 말했다. "방금 진료실에 초인종이 울리지 않았어요?" 두 사람 모두 진료실 문에 달린 종이 짤랑거리는 소리를 들었다. 치과 의사는 부엌에 있는 시계를 바라보았다.

"바노비치군." 그가 말했다. "서터 거리에서 일하는 배관공이야. 쌍두치(雙頭齒)를 뽑기로 예약했거든. 이제 그만 진료하러 가야 해." 그가 일어섰다.

"하지만 진료할 수 없다고요!" 트리나가 손등을 입술에 대고 눈물을 글썽거리며 소리 질렀다. "여보, 모르겠어요? 무슨 말인지 이해가 안 가요? 진료를 그만해야 한다고요. 오, 정말 이럴 수가! 내 말 좀 들어 봐요." 그녀는 급히 식탁을 돌아 두 손으로 그의 팔을 잡았다.

"어?" 맥티그는 당황스러운 듯 얼굴을 찌푸리고서는 그녀를 바라보며 그르렁 소리를 냈다.

"시청 당국자들이 당신을 체포할 거라고요. 그러면 감옥에 가게 될 거예요. 당신은 진료할 수가 없어요. 이제 더 진료할 수 없다고요. 우린 이제 망했어요."

바노비치는 거실 문을 거세게 두드려 대고 있었다.

"조금 더 있으면 저 사람 그냥 가 버리고 말 거야." 맥티그가 큰 소리로 말했다.

"글쎄, 그냥 가게 놔둬요. 가라고 하세요. 나중에 다시 오라고 해요."

"그게 무슨 소리야. 저 사람 예약을 했다고." 맥티그가 손으로 문을 잡으며 말했다.

트리나가 그를 뒤로 잡아당겼다. "하지만 여보, 당신은 이미 치과 의사가 아니에요. 의사가 아니라고요. 진료할 자격이 없어요. 치과 대학에 다닌 적이 없잖아요."

"그래, 다닌 적 없어. 그래도 의사인 건 마찬가지 아냐? 봐봐, 문을 또 두드리잖아. 어쨌든 난 갈래."

"그래요, 알았어요. 가세요." 트리나의 태도가 갑자기 달라졌다. "당국자들이 당신을 막을 순 없죠. 당신이 훌륭한 치과 의사라면 그걸로 충분해요. 가봐요, 여보. 어서요. 저 사람이 가버리기 전에."

맥티그는 문을 닫고 나갔다. 트리나는 잠깐 발밑의 벽돌을 뚫어지게 쳐다보고 서 있었다. 그러고 나서 식탁으로 돌아와 앉아 두 주먹으로 머리를 받치고 또다시 공문을 읽어 내려갔다. 갑자기 공문 내용이 사실이라는 게 실감났다. 얼마나 훌륭한 치과 의사이든 간에 맥티그는 진료하는 것을 그만둬야만 했다. 하지만 어째서 시청 당국자들이 이제 와서야 공문을 보낸 것일까? 불현듯 어떤 생각이 번쩍 떠오르자 트리나는 손가락을 튕기며 소리쳤다.

"마커스 오빠가 한 짓이야!"

*

청천벽력 같은 일이었다. 맥티그는 넋이 나가고 어안이 벙벙했다. 그는 아무 말도 하지 않았다. 지금까지 살면서 이토록 침묵한 적이 없었다. 이따금 트리나가 무슨 말을 해도 그녀의 말

소리가 들리지 않았다. 트리나는 종종 그를 집중시키려고 그의 어깨를 흔들어야만 했다. 그는 진료실에 멍하니 홀로 앉아 투박하고 큼직한 손으로 공문을 넘기며 읽고 또 읽곤 했다. 도무지 이해할 수가 없었다. 도대체 시청 직원들이 그와 무슨 상관이지? 왜 그를 가만히 내버려 두지 못하는 것일까?

"아, 우린 이제 어쩌죠?" 트리나가 울부짖었다. "우리 이제 어떡하면 좋아요? 우린 이제 거지예요. 이런 날벼락을 맞다니." 또 다른 날은 맥티그가 한 번도 보지 못한 모습으로 주먹을 꽉 쥐고 이를 악물고 펄쩍 뛰며 분노를 터트렸다. "아, 당신이 마커스 숄러와 싸울 때 그를 죽이기만 했어도!"

맥티그는 순전히 타성에 따라 진료를 계속했다. 느리고 둔한 본성대로 고집스럽게, 새로운 상황에 적응하기를 거부했다.

"마커스 오빠가 당신을 그냥 겁주려고 한 것일지도 몰라요. 당신이 계속 진료를 하거나 말거나 그 사람들이 어떻게 알겠어요?"

"내일은 틀을 만들어야 해. 바노비치, 서터 거리에서 일하는 그 배관공이 3시에 다시 오기로 했거든."

"바로 일하러 가세요." 트리나가 결심이 선 듯 말했다. "가서 틀을 만들어요. 혹시 필요하다면 바노비치의 이를 모조리 뽑아 버려요. 누가 알겠어요? 그냥 형식적으로 공문을 보낸 것일지도 몰라요. 마커스 오빠가 문서를 갖다가 직접 쓴 걸지도 모르잖아요."

밤이 되면 두 사람은 침대에 누워 깜깜한 천장을 노려보며 밤새 이야기하고 또 이야기했다.

"여보, 치과 대학을 가지 않았다면 정말 진료할 자격이 없는 건가요? 대학엔 정말로 다니지 않았나요?" 트리나는 묻고 또 물었다.

"안 갔어. 안 갔다고." 치과 의사가 대답했다. "대학 정문 가까이에도 가 본 적이 없어. 내가 따라다니던 그 사람한테 배웠으니까. 치과 대학에 대해선 아무것도 몰라. 하지만 내가 원하는 대로 할 수 있는 권리가 있지 않아?" 그가 큰 소리로 말했다.

"당신이 당신 일에 대해 잘 알고 있다면 그걸로 충분한 거 아니겠어요?" 트리나가 맞장구쳤다.

"당연하지!" 맥티그가 으르렁대는 소리로 대꾸했다. "절대로 그 사람들 때문에 진료를 그만두진 않을 거야."

"계속 진료하세요. 절대로 그 사람들에게서 또다시 얘기를 듣게 되는 일은 없을 거예요."

"내가 시청에 찾아가서 그 사람들을 직접 만나 볼까?" 맥티그가 혹시나 해서 물어봤다.

"아뇨, 아니요. 절대 그러면 안 돼요, 여보." 트리나가 황급히 그의 말을 가로막았다. "왜냐하면, 만약 마커스 오빠가 그저 당신을 겁주려고 이런 짓을 한 거라면 시청에서는 이 사실을 전혀 모르고 있을 거예요. 하지만 당신이 그 사람들을 직접 만나면 당신에게 물어보고 당신이 치과 대학에 전혀 다닌 적이 없다는 사실을 알게 될 거고, 그렇게 되면 당신은 결국 더 비참해질 거예요."

"난 종잇조각 하나 때문에 그만두지 않을 거야." 치과 의사가 못 박듯 말했다. 그 말이 자기 뇌리에 콕 박혔다. 그는 하루 종일 스위트룸을 서성이거나 진료실에서 두툼한 콧수염 뒤로 그 말을 중얼거리며 계속 일했다. "종잇조각 하나 때문에 일을 그만두진 않을 거야. 그래, 절대로 종잇조각 때문에 일을 그만두진 않을 거라고. 음, 당연하지."

하루하루가 지나고 한 주가 지나는 동안 맥티그는 평소처럼 진료를 계속했다. 시청에서는 더 이상 아무런 말이 없었지만, 공문을 받은 뒤로 계속되는 긴장감은 괴롭기 짝이 없었다. 트리나는 실제로 끙끙 앓다시피 했다. 공포심이 그녀 옆에 찰싹 붙어서 잠을 자러 갈 때나, 부엌에서 아침 식사를 할 때나 항상 그녀를 따라다녔다. 트리나는 맥티그가 갑자기 실직해서 수입이 없어지고 나면 그들의 운명이 어떻게 될지 감히 상상할 수조차 없었다. 두 사람은 복권으로 들어오는 돈의 이자와 트리나가 노아의 방주 동물 모형을 만들며 벌어들이는 한 달 수입 30달러 남짓 되는 적은 돈에 의지해 살아가야 했다. 아니, 아니, 이건 도저히 상상할 수도 없는 일이었다. 생계 수단을 그렇게 뺏길 수는 없는 노릇이었다.

그러는 사이 어느덧 두 주가 흘렀다. "여보, 아무래도 큰 문제는 없을 것 같아요." 트리나는 조심스레 입을 뗐다. "괜찮을 것 같아요. 당신이 진료를 하든지 말든지 그 사람들이 무슨 수로 알겠어요?"

하지만 바로 그날, 시청 직원 한 사람이 직접 방문했고 맥티그에게 두 번째로, 그리고 처음보다도 훨씬 더 위압적으로 경고했다. 그러자 트리나는 일순간 본능적인 공포에 사로잡혀 이성을 잃었다. 맥티그가 일을 계속한다면 두 사람 모두 감옥에 갇히게 될 것이 뻔했다. 어둠 속에서 쇠사슬로 꽁꽁 벽에 묶어 놓고 빵과 물만 주는 곳 말이다.

"아, 여보, 당신 인제 그만해야 해요!" 그녀가 울부짖었다. "진료를 계속해서는 안 돼요. 그 사람들은 당신을 강제로 그만두게 만들 수도 있어요. 도대체 왜 치과 대학에 가지 않은 거죠? 왜 대학 학위가 있어야 한다는 사실을 몰랐던 거죠? 우린 이제 가난뱅이 신세예요. 여길 떠나야 해요. 이 아파트에서 나갈 수밖에 없어요. 우리가 행복했던 이곳을 떠나야 한다고요. 예쁜 가구들을 모조리 팔아야 해요. 그림 액자들과 멜로디언까지도. 그리고 아, 이건 너무나 끔찍해요!"

"어? 어? 뭐? 뭐라고?" 치과 의사가 당황하여 소리쳤다. "그깟 종잇조각 때문에 그만두진 않을 거야. 어디 한번 내쫓아 보라고 해. 내가 본때를 보여 주지. 그놈들, 그놈들이 날 무시할 순 없어."

"아, 그렇게 말할 순 있어도, 당신은 진료를 그만둬야 해요."

"하긴, 우리가 가난뱅이는 아니잖아?" 머릿속을 문득 스친 생각에 그가 갑자기 외쳤다. "우린 아직 돈이 있잖아. 5천 달러하고 당신이 모아 둔 돈 말이야. 5천 달러를 가진 사람보고 가난뱅이라고 할 순 없지."

"그게 무슨 소리예요, 여보?" 트리나가 불안에 떨며 물었다.

"아니, 그러니까 그 돈으로 살아가면 되잖아. 내 말은 그러니까 어떻게 다시, 다시 내가 다시……." 그는 멍청하게 주위를 둘러보면서 잘 모르겠다는 듯 말끝을 흐렸다.

"언제까지요?" 트리나가 소리 질렀다. "'언제까지' 따위는 없어요. 우리에겐 겨우 5천 달러 이자에다 엘버만 삼촌한테 받는 월급 30달러가 전부예요. 그러니 당신은 무조건 당장 다른 일자리를 찾아야만 해요."

"내가 다른 일을 어떻게 해?"

정말로, 그가 할 수 있는 다른 일이라는 것이 있을까? 나이는 서른이 넘었고 그는 기껏해야 굼뜨고 우둔한 사람이었다. 그 나이에 그가 무슨 일을 새롭게 배울 수 있단 말인가?

치과 의사는 트리나 덕에 그들에게 닥친 재앙을 아주 서서히 이해할 수 있었고, 마침내 모든 진료 예약을 취소하기에 이르렀다. 트리나는 맥티그가 몸이 아프다고 핑계 댔다.

"그 누구도 이 일을 알아선 안 돼요." 그녀가 남편에게 말했다.

맥티그는 아주 느리게 일에서 손을 뗐다. 한동안은 아침 식사를 한 뒤 평소처럼 진료실로 가서 구석 칸막이 뒤에 있는 세면대에서 꼼지락거리며 치과 기구와 틀을 만들곤 했다. '낫' 모양의 엑스커베이터를 가는가 하면, '금판'이나 '실린더'를 만들기도 하면서 한 시간 내내 분주했다. 그러고 나서 진료 예약을 기록해 놓던 석판을 살폈다.

어느 날, 트리나가 거실에서 나와 진료실 문을 살며시 열고 들어갔다. 한참 동안 진료실에서 기척이 없자 그가 무엇을 하고 있는지 궁금했던 것이다. 그녀는 진료실로 들어와 조용히 문을 닫았다.

맥티그는 최선을 다해 진료실을 깨끗이 정돈했다. 『치과 실무』와 『미국 치과 제도』는 대리석 테이블 위에 각을 맞춰 쌓아 올려 놓았다. '로렌초 데 메디치' 철판화 아래에 있는 의자 몇 개는 평소보다 훨씬 더 반듯하게 서 있었다. 치과 기계와 수술용 의자에 달린 니켈 도금된 테두리 부분은 윤이 날 정도로 반들반들 닦여 있었고, 퇴창에 놓인 이동식 선반 위에는 치과 기구들을 최대한 깔끔하고 반듯하게 진열해 두었다. 엑스커베이터, 치과용 충전기, 겸자, 펜치, 강옥 원반과 드릴, 트리나가 다시는 사용할 수 없게 된 회양목 망치조차도 언제든 바로 쓸 수 있게 완벽히 갖추어 두었다.

맥티그는 홀로 수술용 의자에 앉아 창밖으로 맞은편 지붕 너머를 멍하니 내다보았지만 눈에는 아무것도 들어오지 않았다. 불그스름한 두 손은 하릴없이 무릎 위에 올려놓고 있었다. 트리나가 그에게 다가갔다. 그의 눈빛이 너무도 안쓰러워 그녀는 그의 목에 두 팔을 감고 큼직하고 노란 머리를 자기 어깨 위에 기대 놓았다.

"난, 난 모든 준비를 다 했어." 그가 말했다. "진료할 모든 준비를 다 했다고. 봐봐, 모든 걸 준비해 놓고 기다리고 있잖아. 그, 그런데도 이제 환자는 단 한 사람도 찾아오지 않아. 그리고 앞으로도 오지 않을 거야. 어떡하지? 트리나!" 그는 그녀에게 두 팔을 두르고 자기 쪽으로 더 가까이 잡아끌었다.

"괜찮아요, 여보. 괜찮아요." 트리나가 눈물 흘렸다. "결국에는 다 잘될 거예요. 가난해져야만 한다면 우리 같이 가난의 짐을 짊어져요. 당신은 분명히 다른 일자리를 찾을 수 있을 거예요. 우리 다시 시작해요."

"저기 석판을 봐." 맥티그가 그녀를 밀고 예약을 기록해 두는 석판을 벽에서 떼어 냈다. "이것 좀 봐. 수요일 3시에 바노비치가 예약했고, 목요일 아침에는 로크헤드 씨의 아내가 예약했어. 하이제의 어린 딸이 목요일 오후 1시 반에 예약했고, 왓촌 부인은 금요일에, 바노비치가 토요일 아침 일찍 7시에 또 예약했지. 난 이걸 다 해야 했는데, 그 사람들은 오지 않을 거야. 이제 다시는 오지 않을 거야."

트리나는 조그마한 석판을 그에게서 가져가 슬픈 표정으로 바라보았다.

"이거 모두 지워요." 그녀가 떨리는 목소리로 말했다. "전부 지워요." 그녀의 눈에 다시 눈물이 고였고, 석판 위로 커다란 눈물 한 방울이 뚝 떨어졌다. "이제 됐어요. 내 눈물로 다 지워 버릴게요." 그녀는 눈물로 흐려진 글씨를 손가락으로 문질러 석판을 깨끗이 닦았다. "이제 전부 사라졌어. 이제 모두 사라졌어요."

"모두 사라졌어." 치과 의사가 메아리처럼 그녀의 말을 따라 했다. 침묵이 흘렀다. 맥티그는 얼굴색이 변하더니 망치처럼 둔중한 주먹을 머리 위로 들어 올리면서 185센티미터가 넘는 거구를 일으켰다. 그리고 큼직한 주걱턱을 앞으로 쭉 내밀며 바득바득 이를 갈았다. 그는 으르렁거리며 소리 질렀다. "숄러 자식! 너 이 자식 잡히기만 하면……." 흰자위에 핏줄이 선 눈으로 하던 말을 멈췄다.

트리나가 씩씩거리다가 소리를 내질렀다. "아, 잡히기만 하면!"

제14장

"음, 어떤 것 같아요?" 트리나가 물었다.

트리나와 맥티그는 아파트 맨 꼭대기 층 복도 끝의 아주 작은 방에 서 있었다. 방은 하얗게 회칠해 있었다. 침대 하나, 앉는 자리에 등나무를 댄 의자 세 개, 손을 닦는 대야와 물 주전자가 달린 목제 세면대가 전부였다. 하나밖에 없는 창문은 커튼이 달려 있지 않아 아파트 뒤편 지저분한 뒷마당과 뒷골목을 따라 줄지어 서 있는 누추한 오두막집들의 지붕이 방에서 훤히 내려다보였다. 방바닥에는 넝마로 된 카펫이 깔려 있었다. 옷장을 대신해 나무못 수십 개가 세면대 벽 위쪽에 박혀 있었다. 공기 중에는 싸구려 비누 냄새와 아주 많이 오래된 머릿기름 냄새가 풍겼다.

"싱글 침대에요." 트리나가 말했다. "하지만 집주인이 우리를 위해 더블 침대를 들여놓아 주기로 했어요. 알다시피……."

"난 여기서 살지 않을 거야." 맥티그가 으르렁거리며 투덜댔다.

"글쎄, 어디선가는 살아야 할 거 아니에요." 트리나가 짜증냈다. "폴크 거리를 죄다 둘러봤잖아요. 우리 형편에 맞는 집은 여기밖엔 없어요."

"형편, 그놈의 형편 타령." 치과 의사가 중얼댔다. "5천 달러에다 이삼백 달러나 따로 모아 두고서도 그 '형편' 타령만 하는군. 이제 진절머리가 나."

"자, 봐요, 여보." 트리나가 등나무 의자에 앉으며 차분하게 말했다. "자, 여보, 우리 이 문제를……."

"어쨌든 난 이런 단칸방에서 살고 싶지 않아." 치과 의사가 시무룩한 표정으로 투덜댔다. "새로 출발하기 전까지 좀 제대로 살자. 우리한테 돈이 있잖아."

"누구한테 돈이 있는데요?"

"우리한테 있잖아."

"우리라고요?"

"글쎄, 우리 가족 것이잖아. 당신 것이 내 것이고, 내 것이 당신 것이지. 안 그래?"

"아뇨, 그렇지 않죠. 천만의 말씀! 절대로 그렇지 않아요." 트리나는 흥분하여 소리쳤다. "전부 내 것이에요, 내 것. 동전 하나라도 다른 사람 것이 아니라고요. 당신한테 이런 식으로 말하고 싶진 않지만, 당신이 그렇게 말하도록 만들어요. 5천 달러도, 내가 푼푼히 모은 그 얼마 안 되는 돈도 ─75달러 말이에요─ 손가락 하나 건드릴 생각 말아요."

"2백 달러 말이겠지, 당신 말은."

"75달러예요. 우린 5천 달러의 이자하고 엘버만 삼촌에게서 받는 내 월급으로만 살아갈 거예요. 31달러에서 32달러 정도로 말이에요."

"흥! 내가 그렇게 할 것 같아? 그리고 이런 거지 같은 방에서 살 거 같아?"

그러자 트리나는 팔짱을 끼고 남편을 똑바로 쳐다보았다.

"안 그러면 어쩔 건데요?"

"어?"

"안 그러면 어쩔 것이냐고 묻잖아요. 어서 일자리나 찾아보고 돈을 벌어 와요. 그 얘긴 그때 가서 다시 하기로 해요."

"어쨌든 난 여기서 살지 않을 거야."

"아, 좋아요. 마음대로 하세요. 난 여기서 살 테니까."

"넌 내가 살라는 곳에서 살아!" 트리나의 자못 점잔 빼는 척하는 말투에 화가 치민 치과 의사가 갑자기 고함을 질렀다.

"그럼 당신이 집세를 내세요." 트리나도 남편처럼 화가 많이 나서 큰 소리로 대꾸했다.

"네가 내 대장이야? 어디 말해 봐. 누가 가장이지? 당신이야, 나야?"

"누가 돈을 갖고 있죠? 어디 말해 보세요." 창백한 입술이 빨개지며 트리나가 소리쳤다. "여보, 대답해 봐요 한번. 누가 돈을 갖고 있죠?"

"정말로 신물 나는군. 당신이라는 여자, 그리고 당신의 그 돈. 그래, 넌 구두쇠니까. 살다 보니까 별꼴 다 보겠네. 난 치과를 하면서 번 돈을 전부 내 몫이라고 생각해 본 적이 한 번도 없었어.

한 주머니에 넣고 같이 썼잖아."

"바로 그거예요. 지금은 내가 돈벌이를 하고 있어요. 난 엘버만 삼촌을 위해서 일을 하고 있고, 당신은 동전 한 푼 보태지 않고 있어요. 내가 전부 하고 있다고요. 내가 지금 무슨 일을 하고 있는지나 알아요, 여보? 내가 당신을 먹여 살리고 있다고요."

"아, 입 닥치지 못해? 정말 속이 다 메스꺼워."

"당신은 내게 그런 식으로 말할 자격 없어요. 그렇게 말하면 가만 있지 않을 거예요. 난, 난 정말로 그냥 내버려 두지 않을 거라고요." 그녀는 가쁜 숨을 골랐다. 눈에는 눈물이 고여 있었다.

"당신 마음대로 해." 맥티그가 퉁명하게 말했다.

"그럼, 이 방으로 할 거죠?"

"알겠다고. 그렇게 해. 대신 돈을 조금만 떼어서, 그러니까 그래, 방을 조금만 고치면 안 될까?"

"한 푼도, 단 한 푼도 안 돼요."

"아, 당신 마음대로 해. 난 상관 않겠어." 그날 치과 의사와 그의 아내는 온종일 한 마디도 섞지 않았다.

두 사람은 스위트룸 아파트를 떠나 바쁘게 새집을 찾는 동안 이렇게 싸운 적이 한두 번이 아니었다. 한 시간이 멀다 하고 돈 문제로 다퉜다. 트리나는 맥티그가 실직하자 그 어느 때보다도 더 인색해졌다. 이제는 단순히 절약의 문제가 아니었다. 그녀가 모아 둔 돈을 일부라도 건드리게 될까 봐 극도로 두려워했다. 무슨 일이 있어도 돈을 계속해서 모아야 한다는 강박이었다. 트리나는 아파트 꼭대기 층 회칠한 단칸방보다 나은 집을 빌릴 만한 여윳돈이 있었지만, 그녀는 그런 일이 불가능하다고 맥티그가 믿게 만들었다.

"아직은 조금씩이라도 돈을 모을 수 있어." 그녀는 방을 계약하고 나서 혼잣말로 중얼거렸다. "어쩌면 예전만큼 저축할 수 있을지도 몰라. 얼마 안 있으면 3백 달러야. 남편은 2백 달러밖에 안 된다고 생각하지만, 벌써 250달러 가깝게 모았으니까. 가구를 팔아서 돈을 많이 받아야지."

하지만 가구를 파는 일은 기나긴 고통이었다. 장장 일주일이 걸린 일이었다. 사진작가 소유의 스위트룸에 딸린 큰 가구 몇 점을 제외하고는 모두 팔려 나갔다. 멜로디언, 의자들, 두 사람이 결혼식을 올릴 때 앞에 놓았던 검은 호두나무 탁자, 길게 늘일 수 있는 거실 테이블, 기름천을 씌운 부엌 식탁, 영국 삽화 신문에서 오려내 액자에 끼운 석판화, 바닥에 깔려 있던 카펫들. 무엇보다도 부엌 식기들과 가구들이 팔려 나가기 시작했을 때 트리나는 가슴이 미어졌다. 바닥이 깊은 냄비며, 스튜 냄비, 나이프와 포크, 하나같이 그녀의 오래된 친구들 같았다. 그녀가 그 물건들을 얼마나 정성 들여 갈고 닦았던가! 얼마나 깨끗이 유지했던가! 아침마다 벽돌을 간 그 작은 부엌으로 뛰어들어가 청소하고 아침 식사를 준비하고 뒷정돈하고, 싱크대에서 뜨거운 물로 그릇을 닦고, 화덕에 재를 말끔히 쓸어 내면서 주인 의식과 독립심으로 가슴이 뿌듯했었다. 일하는 내내 노래를 흥얼거리며 부엌의 따뜻한 벽돌 벽 사이를 당당하게 걸어 다닐 때 느끼던 기쁨이란! 결혼식을 올린 바로 이튿날 처음으로 부엌에 들어서며 그 모든 게 자기만의 것이라는 걸 실감하며 느꼈던 행복감이란! 그리고 시내에 있는 대형 가정용품 매장의 특가품 코너를 들이닥치던 때의 흥분도 또렷하게 기억했다. 하지만 이제 모든 물건이 그녀 곁을 떠나야만 했다. 다른 누군가가 이 모든 것을 가져갈 것이다. 그녀는 이제 값싼 식당의 싸구려 음식을 먹어야 했다. 밤이면 밤마다 그녀는 이전의 행복과 지금의 불행을 비교하며 눈물짓다가 잠이 들었다. 하지만 그녀 혼자서만 이토록 불행했던 것은 아니었다.

"어쨌든 난 이 철판화와 퍼그 개 조각상은 갖고 있을 거야." 치과 의사가 주먹을 꽉 쥐고 단호하게 말했다. 진료실의 물품들을 판매할 차례가 되자 맥티그는 어린아이처럼 눈과 귀를 닫고 무턱대고 고집부렸다. 트리나는 그가 사무실 물건들을 포기하도록 끈덕지게 그를 설득할 수밖에 없었다. 그는 작은 철제 난로, 소파 침대, 대리석 상판으로 된 객실용 탁자, 방구석에 놓인 선반, 제본한 『앨런의 치과 실무』책, 소총 제작자의 달력과 딱딱한 군대식 의자들에 이르기까지 물건 하나하나를 두고 고집을 피웠다. 「로렌초 데 메디치와 그의 궁정」과 눈이 툭 튀어나온 퍼그 개 석상을 두고 그와 아내 사이에 벌어진 싸움은 그야말로 가관이었다.

"왜지?" 그가 울먹이며 말했다. "내가 개원하기 전부터 갖고 있던 물건이었는데. 트리나 널 만나기 한참 전부터. 이 철판화는 새크라멘토에서 비가 내리던 날 구입했다고. 중고품 가게 창너머로 이걸 봤어. 그리고 이 퍼그 개 석상을 어떤 사내가 내게

준거야. 그 사람은 약제사였어. 그곳도 새크라멘토였는데 우린 물물 교환을 했어. 난 그 사람에게 면도용 컵과 면도기를 줬고, 그 사람은 내게 이 퍼그 개를 줬다고."

하지만 트리나가 맥티그와 떼어 놓는 데 실패한 물건이 두 개 있었다.

"그리고 여보, 당신 콘서티나요." 두 사람이 중고품 거래를 위해 물품 목록을 만들고 있을 때 트리나가 넌지시 그를 유도했다. "콘서티나, 그리고 아, 그래요. 카나리아 새장도."

"안 돼."

"여보, 이성적으로 생각해야 해요. 콘서티나는 제법 값이 나갈 거예요. 그리고 새장은 새것이나 마찬가지고요. 내가 카나리아와 새장을 키어니 거리에 있는 새 가게에 팔게요."

"안 돼."

"이렇게 일일이 반대할 거라면 전부 그만두는 게 나아요. 자, 이제, 여보, 콘서티나와 새장 말이에요. 'D'로 분류하자고요."

"안 돼."

"어쨌든 조만간에는 처분해야 해요. 난 모조리 포기하고 있잖아요. 내가 처리할 거예요, 두고 보라고요."

"안 돼."

트리나도 더는 강요할 수 없었다. 치과 의사는 철판화와 퍼그 개 석상 때처럼 화를 내지는 않았다. 다만 그 무엇으로도 꺾을 수 없는 수동적이고 타성적인 고집으로 그녀의 애원과 설득에 맞섰다. 결국 트리나가 두 손을 들 수밖에 없었다. 맥티그는 콘서티나와 카나리아를 지켰고, 큼직하고 둥근 글씨체로 '판매하지 않음'이라고 써서 침실 깊숙이 치워 놓았다.

그 주 어느 날 저녁 치과 의사와 그의 아내는 어지럽고 황량한 거실에 있었다. 거실은 폐허와 같았다. 노팅엄레이스 커튼은 바닥에 내려 놓았고, 확장형 식탁 위에는 그릇들과 찻잔들, 숟가락과 나이프와 포크가 잔뜩 든 바구니들은 높이 쌓아 놓았다. 멜로디언은 거실 중간으로 끌려 나와 'A 분류'라고 쓴 천으로 덮어 두었다. 액자들은 구석에 무더기로 쌓여 있었고, 셔닐 천 가리개 커튼은 검은색 호두나무 탁자 위에 접혀져 있었다. 방은 그야말로 황폐하고 쓸쓸했다. 트리나는 물품 목록을 점검했고, 맥티그는 셔츠 차림으로 파이프 담배를 피우며 멍청한 표정으로 창밖을 물끄러미 내다보았다. 바로 그때 갑자기 누군가가 문을 빠르게 두드렸다.

"들어오세요." 트리나가 불안한 표정으로 대답했다. 요즘 들어 예상치 못한 방문객이 찾아올 때면 그녀는 또 다른 재앙이 일어날 것만 같아 불안했다. 문이 열리더니 체크무늬 정장과 멋진 조끼를 입고 회색 크라바트를 맨 젊은 남자가 들어왔다. 트리나와 맥티그는 한눈에 그를 알아보았다. 바로 그 치과 의사, 그러니까 이발사와 사탕 가게나 소다수 판매점 여직원들이 단골로 찾는 유쾌한 남자, 잘난체하고 조끼를 입는, 그레이하운드 개 경주에 내기하는 그 남자였다.

"안녕하세요?" 그가 자신을 미심쩍게 노려보고 있는 맥티그 부부를 향해 우아하게 고개를 숙이며 인사했다.

"소문을 듣자 하니 선생님께서 치과를 그만두신다고요."

맥티그는 콧수염 뒤로 알아듣지 못할 말을 중얼거리며 그를 쏘아보았다.

"음, 뭐랄까." 상대방은 아랑곳 않고 명랑한 목소리로 말을 이었다. "비즈니스 이야기 좀 하고 싶어서요. 선생님 간판 말인데요, 창밖에 걸린 커다란 금니 모형 말입니다. 제가 보기엔 저 물건이 선생님에게 더 이상 필요하지 않을 것 같습니다만. 조건만 서로 맞는다면 제가 사고 싶습니다."

트리나는 남편을 힐끗 쳐다보았다. 맥티그는 다시 그를 노려보았다.

"어떻습니까?" 다른 치과 의사가 물었다.

"그럴 생각이 별로 없는데요." 맥티그가 구시렁거리듯 말했다.

"10달러 드리면 어떨까요?"

"10달러요!" 트리나가 턱을 치켜들고 소리쳤다.

"그렇다면, 얼마를 생각하고 있죠?"

트리나가 막 대답하려던 순간 맥티그가 말을 가로막았다.

"여기서 나가요."

"저기요, 뭐라고요?"

"당신 나가라고."

상대방이 문 가까이로 뒷걸음질 쳤다.

"당신이 날 무시할 순 없어. 어서 여기서 나가."

맥티그는 붉고 커다란 손으로 주먹을 꽉 쥐고 그에게 한 걸음 다가섰다. 그러자 젊은 남자는 도망치듯 방에서 나갔다. 하지만 계단 중간쯤에 내려가다 걸음을 멈추고 소리를 질렀다. "학위를 따기 위해서 뭐라도 할 생각은 없는 거지요?"

맥티그와 아내는 서로의 얼굴을 쳐다보았다.

"저 사람이 어떻게 그걸 알고 있죠?" 트리나가 날카롭게 소리쳤다. 두 사람은 아무런 이유도 말하지 않은 채 맥티그가 그저 치과를 그만둔다고 말하고 다녔었다. 하지만 모두가 진짜 이유를 알고 있는 게 분명했다. 창피하기 짝이 없었다. 이튿날 미스 베이커 노파는 두 사람의 의심에 확신을 심어 주었다. 이 조그마한 전직 재봉사는 두 사람을 찾아와서는 트리나와 함께 그들에게 불어 닥친 불행을 두고 함께 울었고, 트리나를 위로하기 위해 할 수 있는 말을 다 했다. 하지만 그녀도 맥티그가 당국으로부터 진료 금지 처분을 받았다는 사실을 알고 있었다. 마커스는 그들이 빠져나갈 구멍을 하나도 남겨두지 않았다.

"마치 새댁 남편의 두 손을 잘라 버린 것 같지 뭐야." 미스 베이커가 말했다. "두 사람이 그렇게 행복했는데. 난 당신들이 함께 있는 걸 처음 봤을 때부터 '정말 천생연분이야!' 하고 말했거든."

그래니 영감도 두 사람이 살림살이를 처분하던 이 시기에 그들을 찾아왔다.

"안타까움을 금할 길이 없네요." 늙은 영국 신사는 덜덜 떨리는 손으로 턱을 만지며 중얼거렸다. "부당한 것 같아. 정말이지. 하지만 숄러 씨가 당국에 일러바친 게 아닐 수도 있어요. 그 사람이 그런 짓을 했다곤 도저히 믿어지지 않아."

"마커스 오빠가 어떤 사람인데요!" 트리나가 소리쳤다. "허! 남편에게 칼도 던진 사람이에요. 게다가 그저 재미로 레슬링하면서 이로 물어뜯기까지 했죠. 마커스 오빠는 남편을 해치기 위해서라면 못할 일이 없는 사람이에요."

"이런, 이런." 그러니 영감은 진심으로 고통스러워했다. "난 언제나 슐러 씨가 착한 사람이라고 믿고 있었는데."

"그건 영감님께서 착한 분이시기 때문이에요, 그러니 영감님." 트리나가 대답했다.

"내가 시키는 대로 해 봐요, 의사 양반." 마구 제작자, 하이제가 치과 의사에게 손을 이상하게 흔들면서 힘주어 말했다. "당신은 싸워야 해요. 법원에 항소해요. 이제 와서 진료 금지 처분을 받기엔 너무 오랫동안 이 일을 해 왔어요. 잘 알고 있겠지만, 출소기한법(出訴期限法)*이라는 게 있어요."

"안 돼요. 그건 안 돼." 치과 의사가 트리나에게 전해 주자 그녀는 손사래를 쳤다. "절대로 안 돼요. 법원 근처에는 얼씬거리지도 말아요. 난 그 사람들을 잘 알아요. 변호사라는 사람들은 당신 돈을 모조리 빼앗아 가고, 당신은 결국 패소할 거예요. 우리 생활은 그런 소송을 걸지 않고서도 이미 너무 어려워요."

이윽고 경매일이 다가왔다. 그날 미스 베이커는 두 사람을 자신의 방으로 불렀고, 부부는 그곳에서 나란히 앉아 서로의 손을 붙잡고 자신들의 스위트룸 쪽에서 들려오는 소란스러운 소리에 초조하게 귀를 기울였다. 오전 9시부터 어두워질 때까지 사람들이 끊이지 않았다. 마치 폴크 거리 주민 모두 앞창에서 나

부끼는 붉은 깃발에 현혹되어 스위트룸을 처들어온 것 같았다. 그날은 축제일이자, 폴크 거리만의 진정한 휴일이었다. 물건을 살 생각이 없는 사람들도 찾아왔다. 젊은 여자들—사탕 가게 직원들과 꽃가게 견습생들—은 팔짱을 낀 채 이 방 저 방을 돌아다니면서 예쁜 석판화들을 두고 농담하거나 기도하는 두 여자아이들의 사진을 보고 흉내 내기도 하며 구경만 실컷 했다.

"이것 좀 봐." 그들이 크게 소리 내어 말했다. "여주인 커튼 취향 좀 봐. 진짜 노팅엄 레이스 커튼이라니! 요즘 도대체 누가 노팅엄 레이스 커튼을 사려고 하겠어? 정말 눈에 거슬리지 않아?"

"게다가 멜로디언이라니." 상대방은 멜리디언을 덮을 천을 들추며 큰 소리로 말했다. "일주일에 1달러를 주면 피아노를 빌릴 수 있는데, 멜로디언이라니. 그리고 말이야, 이 사람들 부엌에서 식사했었나 봐."

"1달러 30센트, 1달러 30센트, 1달러 30센트. 2달러 없습니까?" 중고품 가게에서 나온 경매인이 단조로운 어조로 읊조렸다. 정오가 되자 스위트룸은 문전성시를 이루었다. 바깥 차도와 인도 사이의 갓돌에 세워 놓은 수레들이 짐을 가득 싣고 떠났다. 사람들은 가재도구와 소품들—벽시계, 물 주전자, 수건걸이—을 들고 아파트에서 나와 사방으로 흩어졌다. 미스 베이커 노파는 이따금 일이 어떻게 되어 가고 있는지 보기 위해 스위트룸에 갔다가 돌아와서는 약탈 상황을 전했다.

"하이제 씨가 셔닐 천 가리개 커튼을 사 갔어. 라이어 씨는 침대 경매에 손을 들었는데 회색 코트를 입은 어떤 남자에게 졌고. 옆 블록에 사는 독일인 제화공이 퍼그 개 석상을 사 갔어. 그리고 우리 집배원이 그림 액자를 잔뜩 사 들고 가는 모습도 봤고. 아, 그리고 저코우가 왔지 뭐야! 넝마주이 말이야. 물건을 무더기로 사 갔어. 맥티그 선생님의 금띠를 전부 사고 기구들도 좀 사 갔어. 마리아도 왔고. 그리고 길모퉁이에서 일하는 치과 의사는 치과 기계를 사 갔고, 간판도 사고 싶어 했어. 거대한 금니 모형 말이야." 그렇게 이야기가 이어졌다. 하지만 트리나에게 가장 잔인하게 느껴졌던 순간은 미스 베이커가 유혹을 뿌리치지 못하고 물건을 값싸게 사 왔을 때였다. 미스 베이커는 마지막으로 스위트룸을 다녀오면서 의자 등받이에 걸어 두던 화사한 덮개 꾸러미를 들고 있었다.

"세 개에 5센트라는 거야." 그녀가 트리나에게 설명했다. "25센트는 줘야 하는 줄로 알았는데. 새댁, 내가 사도 상관없는 거지?"

"아, 그럼요, 물론이죠, 아주머니." 트리나가 간신히 대답했다.

"내 의자 몇 개하고 제법 잘 어울릴 것 같아서." 작은 재봉사 노파가 무심하게 말했다. "이것 봐." 그녀는 하나를 의자 뒤에 슬쩍 대 보았다. 트리나의 턱이 덜덜 떨렸다.

"아, 정말 예쁘네요."

마침내 끔찍한 하루가 끝났다. 사람들이 모두 사라졌다. 마지막으로 경매인도 돌아갔다. 그가 쾅 소리를 내며 문을 닫자 스위트룸 전체가 울리면서 집이 텅 비어 있다는 사실을 새삼 일깨워 주었다.

"자, 가요." 트리나가 치과 의사에게 말했다. "스위트룸으로 가서 봐요. 마지막으로 한번 보자고요."

두 사람은 미스 베이커 방을 나서서 스위트룸으로 갔다. 그런데 복도에서 두 사람은 그래니 영감과 마주쳤다. 그는 손에 작은 꾸러미를 들고 있었다. 설마 그도 두 사람의 불행을 이용하여 스위트룸 습격에 가담한 것일까?

"나도 들어가 봤다오." 그가 소심하게 운을 뗐다. "잠깐, 아주 잠깐 동안. 이 물건은……." 그가 손에 들고 있는 작은 꾸러미를 들어 보였다. "이 물건도 팔려고 내놓은 거였거든. 두 사람에게 말고는 아무 쓸모도 없는 물건일 텐데. 그래서 내가, 내가 샀어요. 아마도……." 그가 손으로 턱을 만졌다. "당신들이 별로 상관하지는 않을 것 같았지만. 당신들을 위해서 내가 샀어요. 선물로 주려고 말이에요. 받아 줄래요?" 그는 꾸러미를 트리나에게 건네고 서둘러 자리를 떴다. 트리나는 꾸러미를 열어 보았다.

그것은 맥티그와 그의 아내가 결혼식 복장을 입고 찍은 사진 액자였다. 트리나는 부케를 정면으로 들고 팔걸이가 있는 안락 의자에 허리를 곧추세우고 앉아 있었고, 프린스앨버트 코트를 걸친 맥티그는 왼쪽 발을 앞으로 내민 채 한 손은 그녀의 어깨에 얹고 다른 한 손은 가슴팍에 대고서 국무장관 동상처럼 서 있었다.

"어머, 친절하시기도 하지, 이리도 친절하시다니." 트리나는 눈물을 글썽였다. "치워 놓는다는 걸 그만 깜빡했네. 당연히 이건 팔려는 물건이 아니었는데……."

두 사람은 거실 문 앞에 도착해서 문을 열고 안을 들여다보았다. 늦은 오후였지만 치과 의사와 그의 아내는 어스름한 빛에 그날 판매 결과를 볼 수 있었다. 방 안에는 아무것도 남아 있지 않았다. 심지어 카펫도 없었다. 메뚜기 떼가 지나간 들판같이 황량한 약탈 현장이었다. 집은 텅 빈 벽과 바닥만 남을 때까지 털리고 발가벗겨졌다. 그들은 그곳에서 결혼했고, 결혼식 만찬을 열었다. 트리나는 그곳에서 부모와 작별했고 신혼 초기 몇 달 동안 힘겨운 시간을 보냈으며, 그 후 행복하고 만족스러운 시간을 보냈다. 오후마다 긴 시간 조각을 했고, 수없이 많은 저녁마다 남편과 창밖으로 불빛이 켜지는 거리를 내다보았다. 한때 가정이었던 그곳에 이제는 메아리만 울릴 뿐 완전히 황폐해진 빈 공간 말고는 아무것도 남아 있지 않았다. 남아 있는 것이라고는 한 가지 물건뿐이었다. 창문과 창문 사이의 벽 위에는 사라진 행복의 음울한 유물이 팔리지도 않고, 무시당하고 잊힌 채 남아 있었다. 아무도 원하지 않는 트리나의 웨딩 부케가 타원형의 유리 액자 속에 불가사의하고 섬뜩한 방법으로 보존되어 걸려 있을 뿐이었다.

제15장

두 사람의 관계는 완전히 틀어지기 시작했다. 차라리 이런 불행이 결혼한 직후, 그러니까 서로에 대한 애정이 뜨거웠던 시절, 서로를 도와주고 부족한 부분을 채우는 데서 어떤 행복을 맛보던 그런 시절에 맞닥뜨렸다면 맥티그 부부는 이런 불행을 이겨 냈을지도 모른다. 트리나는 자신이 남편에게 완전히 속해 있다고 느끼고 있다는 점에서 남편을 전보다 더 사랑하고 있음이 분명했다. 하지만 아내를 향한 맥티그의 사랑은 날마다 조금씩 줄어들고 있었다. 사실 이미 오래전부터 줄어드는 중이었다. 그는 그녀에게 이미 너무 익숙해져 버렸다. 그녀는 이제 그를 둘러싸고 있는 환경 일부일 뿐이었다. 그는 더이상 그녀에게서 특별한 점을 발견하지 못했다. 그녀를 팔에 안고 키스하는 것도 이제 더는 즐겁지 않았다. 그저 아내에 지나지 않게 된 것이다. 물론 그렇다고 그녀가 싫은 것도 아니었다. 다만 사랑하지 않았을 뿐이다. 그녀는 그의 아내였고, 그게 전부였다. 그러나 그가 잘 나가던 시절, 트리나가 그에게 찾아주었던 동물적인 소소한 위안들은 누리지 못하는 게 못내 아쉽고 그리웠다. 그는 트리나 덕분에 좋아하게 된 양배추 수프와 따끈따끈한 초콜릿이 그리웠다. 그녀 때문에 선호하게 된 양질의 담배도 그리웠다. 또 일요일 오후 수술용 의자에서 즐기던 낮잠을 대신한 산책과 프레나 술집의 스팀 맥주를 대신한 병맥주도 그리웠다. 결국 그는 시무룩하고 뚱해져서는 아내가 묻는 말에 대꾸도 잘 하지 않았다. 그뿐만 아니라, 트리나의 탐욕이 끊임없이 신경에 거슬렸다. 조금만 돈을 더 써도 불행한 현실이 상당히 나아질 수 있는데 트리나는 짜증이 날 정도로 인색하게 굴었다.

"안 돼요. 안 돼." 트리나가 말했다. "일요일 오후에 전차를 타고 공원에 가다니. 그러려면 10센트를 써야 하고, 우리에겐 그럴 돈 없어요."

"그럼 걸어서 가자."

"난 일해야 해요."

"이번 주 내내 하루 종일 일했잖아."

"상관없어요. 어쨌든 난 일해야겠어요."

한때 트리나는 맥티그가 스팀 맥주 마시는 것을 저속하고 천박하다고 싫어했다.

"어때, 오늘 밤 병맥주를 마시자. 지난 삼 주 동안 맥주를 한 모금도 마시지 못했잖아."

"그럴 돈 없어요. 한 병에 15센트나 하잖아요."

"하지만 난 삼 주 동안이나 맥주를 한 모금도 마시지 못 했단 말이야."

"그럼 스팀 맥주를 마셔요. 5센트는 갖고 있잖아요. 엊그제 내가 25센트 줬잖아요."

"하지만 이제 스팀 맥주는 싫단 말이야."

모든 일이 이런 식이었다. 불행하게도 트리나는 맥티그가 이제는 누릴 수 없는 취향을 갖게 해 주었다. 실크해트와 프린스 앨버트 코트를 매우 자랑스럽게 여기게 된 그는 일요일마다 그 옷을 입고 싶어 했다. 하지만 트리나는 두 가지 모두를 팔아 버렸다. 맥티그는 파이프 담배를 피울 때 '예일 믹스처'라는 담배를 선호했지만, 트리나는 5센트밖에 하지 않는 '매스티프' 담배 수준으로 다시 내려가게 했다. 맥티그도 오래전에는 매스티프 담배에 만족했지만 이제는 끔찍이 싫었다. 그는 소맷동이 깨끗한 셔츠를 입고 싶어 했지만 트리나가 허락하지 않아 일요일에만 깨끗한 것을 입을 수 있었다. 맥티그는 처음에는 그런 것들을 잃어버린 것에 화가 났다. 하지만 어느 순간 그는 놀라우리만큼 쉽게 예전—그가 트리나를 알기 전— 습관들을 되찾았다. 그는 다시금 일요일마다 전차 차장들의 간이식당에서 식사했고, 오후에는 침대에 쭉 뻗고 누워 배를 두드렸다. 멍청하고 느긋하게 큼직한 파이프 담배를 피우고 스팀 맥주를 마셨다. 그리고 콘서티나로 구슬픈 곡조를 여섯 곡 연주하다가 4시가 가까워져서는 잠에 곯아떨어졌다.

가구를 판매한 금액에서 집세와 다른 비용들을 치르고 나자

130달러가량이 남았다. 트리나는 경매인이 그들에게 사기를 쳤다고 생각하고 난리를 피웠지만 아무런 소용이 없었다. 하지만 곧 경매인과 짜고 남편에게 실제 판매 수익을 속임으로써 실망감을 달랬다. 맥티그는 모든 것을 당연하게 받아들였기 때문에 속이기가 쉬웠다. 게다가 어머니에게 보내기로 한 돈을 사기 치고 난 뒤부터는 그에게 거짓말하는 게 한결 수월했다.

"경매인한테서 받은 돈은 70달러가 전부예요." 그녀가 남편에게 말했다. "그리고 나머지 월세와 식료품비를 내고 나니까 겨우 50달러밖에 남지 않았어요."

"50달러밖에 남지 않았다고?" 맥티그가 고개를 저으며 중얼대듯 말했다. "겨우 50달러밖에 남지 않았단 말이지? 별일이네."

"그러게요. 50달러밖에 되질 않아요." 트리나가 못 박아 말했다. 그러고 나서 자신이 영리하게 군 것 같아 뿌듯해했다.

"60달러를 이렇게나 쉽게 얻다니." 그녀는 트렁크 제일 밑바닥 새미 가죽 주머니와 놋쇠 성냥갑 속에 130달러를 보태 넣었다.

불행이 시작된 처음 몇 달 동안 맥티그 부부의 일과는 이러했다. 두 사람은 7시에 일어나 트리나가 석유난로에 요리한 아주 빈약한 아침 식사를 방에서 먹었다. 아침 식사를 마치자마자 트리나는 노아의 방주 동물을 조각하기 시작했고, 맥티그는 시내로 걸어갔다. 그는 아주 운 좋게도 의료 기구를 만드는 제조 공장에 일자리를 얻었고, 엑스커베이터, 충전기와 기타 치과 도구들을 만드는 데 손재주가 있었던 터라 그 공장에 제법 도움이 되었다. 그는 해안가에 있는 뱃사람들의 여인숙에서 점심을 먹고 오후 6시까지 일을 했다. 6시 반쯤 집에 돌아와 전차 차장들의 간이식당 바로 옆에 있는 '여성 식당'에서 트리나와 함께 저녁 식사를 했다. 한편 트리나는 점심 시간 30분을 빼고선 온종일 조각만 했다. 점심은 석유난로에다 손수 만들어 먹었다. 저녁에 는 두 사람 모두 녹초가 되어 대화할 기분조차 나지 않았고, 피 곤하고 화가 난 상태로 일찍 잠자리에 들었다.

이제 트리나는 예전만큼 몸단장하는 데 꼼꼼하게 신경 쓰지 않았다. 그녀는 노아의 방주 동물을 조각할 때마다 끼던 장갑을 더는 끼지 않았다. 여전히 그녀의 멋진 검은 머리칼을 단정하게 빗어 꼬아 올리는 것에 자부심을 느끼긴 했지만 날이 갈수록 푸 른색 플란넬 두건을 두르고 작업하는 게 편하게 느껴졌다. 나무 조각들과 부스러기가 그녀가 작업하는 창가 밑에 수북이 쌓여 만 갔다. 그녀는 퀴퀴한 음식 냄새와 석유난로의 연기로 탁해진 공기를 환기하지도 않았다. 결코 즐거운 삶이 아니었다. 물론 방 자체도 유쾌한 곳은 아니었다. 큰 더블 침대가 공간의 4분의 1을 차지한 채 널브러져 있었다. 트리나의 트렁크 모서리와 세 면대가 벽에서 툭 튀어나와 지나다니다가 정강이가 까지고 팔 꿈치가 긁혔다. 벽과 목조부는 트리나가 사용하는 무독성 페인 트가 튀어 얼룩덜룩했다. 한편 창가 쪽 방 한 구석에는 괴물처 럼 무시무시한, 치과 의사의 간판이었던 거대한 금니 모형이 거 인국의 치아처럼 반짝반짝 빛을 내뿜으며 서 있었다.

9월 어느 날 오후, 그러니까 맥티그 부부가 스위트룸을 떠난

지 네 달쯤 지났을 때였다. 트리나는 창가에 앉아 작업하고 있었다. 그녀는 동물 모형을 여섯 개쯤 깎았고, 막 분주하게 채색하고 방주를 만드는 중이었다. 탁자 위 트리나의 팔꿈치 쪽에는 무독성 페인트가 담긴 작은 병과 '메이드 인 프랑스'라는 라벨이 붙은 상자가 함께 놓여 있었다. 그리고 커다란 접이식 칼이 탁자 옆에 꽂혀 있었다. 그녀는 붓과 그릇이 담긴 풀만 가지고 작업하던 중이었다. 트리나는 조그마한 모형들을 가볍고 멋진 손놀림으로 능숙하게 돌려가며 닭은 황색으로, 코끼리는 푸른빛 나는 회색으로, 말은 진한 갈색 물감 으로 칠한 다음, 아연백색 점을 찍어 눈을 그리고 풀을 한 방울 발라 귀와 꼬리를 붙였다. 일단 동물 모형을 완성하고 나면 그것들을 모아 두고 방주를 채색했다. 열두서너 개 정도 되는 방주는 모두 창문만 있고 문은 없었으며, 지붕의 절반을 가리는 뚜껑만 열리고 닫혔다. 요즘 그녀는 할 수 있는 한 최대한 오래 작업했는데, 그 무렵부터 크리스마스 한 주 전까지는 그녀가 얼마나 많은 모든 '노아의 방주 세트'를 만들든 엘버만 삼촌이 전부 값을 쳐줄 수 있었기 때문이다.

인기척을 느낀 트리나는 작업을 멈추고 문 쪽을 바라보았다. 맥티그였다.

"아니, 여보." 그녀가 놀라서 물었다. "이제 겨우 3시밖에 안 되었는데 집에는 어쩐 일이에요? 설마 잘린 건 아니죠?"

"맞아. 나 잘렸어." 맥티그가 침대에 주저앉으며 말했다.

"해고당했다고요? 뭣 때문에요?"

"그건 나도 몰라. 공장 사정이 나빠지고 있어서 날 내보내야 한대."

트리나는 페인트로 얼룩진 두 손을 무릎 위로 떨어뜨렸다.

"이럴 수가!" 그녀가 한탄했다. "이 세상에 우리 두 사람보다 운 나쁜 사람들도 없을 거예요. 이제 어쩔 거죠? 그 공장처럼 의료 기구를 만드는 다른 곳은 없나요?"

"응? 나도 잘 모르겠어. 세 군데 정도는 더 있을 거야."

"음, 그럼 바로 가서 일자리를 구해 봐요. 지금 바로 내려가요."

"응? 지금 바로? 싫어. 피곤해. 내일 아침에 가 볼게."

"여보, 도대체 무슨 생각을 하는 거예요?" 트리나가 놀라서 소리쳤다. "우리가 무슨 백만장자라도 되는 줄 알아요? 지금 당장 가야 해요. 당신이 거기 앉아 있는 일분일초마다 돈을 잃고 있는 것과 다름없어요." 그녀는 이 거구를 다시 자리에서 일으켜 손에 모자를 쥐여 주고 문밖으로 밀어냈다. 그는 수레를 끄는 거대한 말처럼 유순하게 그녀의 명령에 따랐다. 그가 막 계단을 내려가고 있을 때 그녀가 뒤쫓아왔다.

"여보, 그 사람들이 당신을 해고할 때 돈은 줬죠?"

"응."

"그럼 돈이 좀 있겠네요. 나한테 이리 줘요."

치과 의사는 거북한 듯 어깨를 들어 올렸다.

"싫어. 그러긴 싫어."

"그 돈이 필요하단 말이에요. 석유난로에 기름이 떨어졌어요. 저녁 식사 식권도 사야 하고요."

"쫓아다니면서 늘 돈 타령만 하는군." 치과 의사는 불평하면서도 주머니를 탈탈 털어 건네주었다.

"내 돈을 다 털어 가네." 그가 투덜거렸다. "그래도 나한테 차비는 남겨 줘야지. 곧 비가 내릴 것 같은데."

"니 참! 평소처럼 걸으면 되지 뭘 그래요. 당신처럼 덩치 큰 사람이 좀 걷는다고 어떻게 돼요? 그리고 비는 내리지 않을 거예요."

난로에 기름이 필요하고 레스토랑 정기 식권을 사야 한다는 것은 모두 거짓말이었다. 그녀는 그가 돈을 갖고 있다는 것을 본능적으로 알아챘고, 그 돈이 집에서 빠져나가게 내버려 둘 수가 없었다. 그녀는 귀를 세우고 맥티그가 확실히 사라질 때까지 기다리다가 황급히 트렁크를 열어 밑바닥에 있는 섀미 주머니에 돈을 숨겼다.

치과 의사는 그날 오후 모든 의료 기구 제작자들을 찾아갔지만 전부 거절당했다. 가늘고 차가운 부슬비가 내리기 시작했고 그는 젖어들면서 뼛속까지 한기가 들었다. 우산도 없는 데다 트리나는 차비 할 5센트조차 남겨 주지 않았다. 별수 없이 비를 맞으며 집으로 걸어갔다. 그가 마지막으로 방문한 공장은 시 경계에서 가깝고 폴섬 거리보다도 더 멀리 떨어져 있었기 때문에 폴크 거리까지는 꽤나 멀었다.

폴크 거리에 도착할 때쯤 맥티그는 머리끝부터 발끝까지 비에 흠뻑 젖어 추위로 이가 딱딱 부딪혔다. 하이제의 마구 가게 앞을 지나고 있을 때 갑자기 폭우가 쏟아지는 바람에 그는 현관 앞으로 재빨리 몸을 피해야만 했다. 따뜻한 데에서 잘 자고 잘 먹는 것을 좋아하는 그는 몸이 얼음장처럼 차가워져 있었고, 시내를 돌아다니느라 진이 빠지고 발이 욱신거렸다. 하지만 그를 기다리고 있는 것은 식당에서 먹는 형편없는 저녁 식사뿐이었다. 차가운 접시에 얹혀 나오는 뜨거운 고기와 덜 익힌 슈에트 푸딩, 흙탕물 같은 커피, 맛없는 빵이 전부였다. 너무 추웠다. 그것도 뼛속까지 젖어 비참하리만큼 추웠다. 갑자기 트리나를 향한 분노가 치솟았다. 모두 그녀 때문이었다. 그녀는 비가 올 것을 알고 있었으면서도 전차비 5센트조차 주지 않았다. 5천 달러를 가지고 있는 그 여자 말이다. 그녀 때문에 그가 춥고 비 오는 거리를 걸어야만 했다. "구두쇠!" 그가 콧수염 뒤로 중얼거렸다. "구두쇠, 추잡하고 쥐새끼만 한 구두쇠 할망구. 저코우 노인보다도 더 악질이지. 5천 달러나 갖고 있으면서 아니, 그보다 더 많은 돈을 갖고 있으면서도 항상 돈 타령에 악취 나는 쥐구멍 같은 방에서나 살고 제대로 된 맥주 한 번 마시게 해 주지를 않아. 더 이상은 참지 않을 거야. 그 여자는 분명히 비가 올 줄 알고 있었어. 알고 있었던 게 분명해. 내 입으로 그렇게 말해 줬잖아? 그런데도 자기를 위해 돈을 벌어 오라며 나를 내 집에서 빗속으로 몰아냈어. 버는 족족 그걸 다 뺏어 가지. 내가 번 돈을 모조리 가로챘어. 그건 그 여자 돈이 아니야. 내가 벌었으니까 내 돈이지. 그런데도 차비 5센트조차 주지 않았어. 그 여자는 내가 흠뻑 젖어서 감기에 걸려 죽어도 눈 하나 깜짝하지 않을 거야. 그래, 혼자 등 따시고 자기 돈만 지킨다면 조금도 상관하지 않지." 자신의 신세를 마음속에 그려 보자 점점 더 화가 치밀어 올랐다. "정말로 이제 더는 참지 않을 거야." 그가 되뇌었다.

"어이, 안녕하쇼, 의사 양반. 의사 양반 맞죠?" 등 뒤에서 마구 가게 문이 열리며 하이제가 큰 소리로 말했다. "거기 서서 비 맞지 말고 이리로 들어와요. 저런, 흠뻑 젖었네." 그가 맥티그와 함께 기름 먹인 가죽에서 고약한 냄새가 풍기는 가게 안으로 들어오면서 말했다. "우산 없었습니까? 그럼 전차라도 타야지요."

"그렇죠, 그렇죠." 치과 의사가 당황하여 중얼댔다. 이가 딱딱 소리를 내며 부딪쳤다.

"이러다가 지독한 감기라도 걸리겠어요." 하이제가 말했다. "이렇게 합시다." 그는 모자를 잡으려고 손을 뻗었다. "옆집 프레나 술집에 가서 몸을 데울 만한 걸 좀 마십시다. 우리 마누라가 가게를 잠깐 보면 돼요." 그는 부인을 위층에서 내려오라고 불렀고, 마구 가게에서 두 집 떨어져 있는 프레나 술집으로 맥티그를 데려갔다.

"조, 위스키 두 잔 줘요." 그가 맥티그와 바에 다가서며 바텐더에게 말했다.

"어? 뭐요?" 맥티그가 말했다. "위스키요? 안 돼요, 전 위스키 못 마셔요. 왠지 나한테 맞지 않거든요."

"아, 그게 무슨 소리입니까!" 하이제가 가볍게 대꾸했다. "약이라고 생각하고 들어요. 그렇게 비 맞은 생쥐 꼴로 있다간 독한 감기에 걸릴 거요. 두 잔 줘요, 조."

맥티그는 작은 술잔을 입을 크게 벌려 한입에 털어 넣었다.

"잘 마시네." 하이제가 만족스러워했다. "이제 좀 나아질 거요." 그도 자기 잔을 천천히 들이켰다.

"사실, 사실 술 한잔하자고 청하고 싶었습니다, 하이제 씨."
치과 의사는 술집의 쾌적한 분위기라는 게 이런 거였지, 하고
막연하게 생각했다. "다만, 다만 말이에요." 그가 부끄러워하며
덧붙여 말했다. "아시겠지만, 돈이 없었어요." 방금 마신 위스키
술기운에 트리나를 향한 분노가 다시 치밀어 올랐다. 도대체 트
리나는 왜 친구와 술 한잔할 돈도 주지 않아 그를 이토록 부끄러
운 입장에 놓이게 만든 것일까. 그것도 5천 달러를 가진 여자가!

"아이고! 괜찮아요, 의사 양반." 하이제가 커피콩 한 알을 야
금야금 깨물어먹으며 대답했다. "한 잔 더 할래요? 어때요? 내가
사는 거요. 조, 같은 걸로 두 잔 더 줘요."

맥티그는 망설였다. 애석하게도 위스키가 그와 맞지 않는다
는 것은 사실이었다. 그는 그 사실을 잘 알고 있었다. 하지만 이
번에는 명치가 아주 편안하게 뜨끈해지는 것이 느껴졌다. 꽁꽁
얼었던 손가락 끝과 빗물이 질척하게 스민 축축한 발에 다시 피
가 돌기 시작했다. 그는 요즘 힘겨운 나날을 보냈다. 지난 한 주,
지난 한 달, 아니 지난 서너 달 동안 정말로 힘들었다. 그래서 조
금 위로받을 자격이 있었다. 트리나도 여기에 대해서는 뭐라고
반박하지 못할 것이다. 게다가 그의 돈은 한 푼도 들일 필요가
없었다. 그는 하이제와 한 잔을 더 했다.

"여기 난롯가로 가까이 와서 몸 좀 녹여요." 하이제는 의자 두
개를 잡아 끌어당기고 앉아 난로 가드에 발을 얹었다. 두 사람
은 맥티그의 더러운 코트와 바지가 마르는 동안 대화를 나눴다.

"마커스 숄러가 의사 선생에게 그런 치사한 짓을 하다니!" 하이제가 고개를 내저으며 말했다. "의사 양반, 그럼 당연히 싸웠어야죠. 정말 오랫동안 진료를 해 왔잖아요." 두 사람은 한 10분, 15분 동안 이 문제에 관해 이야기했고, 그러고 나서 곧 하이제가 자리에서 일어섰다.

"자, 이렇게 앉아 있다고 돈이 생기는 게 아니니 난 이제 그만 가게로 돌아가 볼게요." 그러자 맥티그도 따라 일어섰고, 두 사람은 문을 향해 걸었다. 막 술집에서 나가려던 참에 두 사람은 라이어와 맞닥뜨렸다.

"안녕들 하시오." 그가 큰 소리로 말했다. "세상에, 비 한 번 무섭게 오네! 두 사람 지금 잘못된 방향으로 가고 있구먼. 나랑 술 한잔해야지. 조, 위스키 펀치 석 잔 주쇼!"

"아니에요. 아닙니다." 맥티그가 머리를 흔들며 말했다. "집에 돌아가는 중이에요. 벌써 위스키를 두 잔이나 마셨는걸요."

"아이고!" 하이제가 맥티그의 팔을 잡으며 소리쳤다. "당신처럼 크고 건장한 사내가 그깟 위스키 몇 잔 겁낼 게 뭐가 있어요."

"그럼, 나, 난 딱 한 잔만 하고 곧바로 갈게요." 맥티그가 말했다.

한편 치과 의사가 시내로 떠나고 30분이 지난 뒤 마리아 마카파가 트리나를 만나러 왔다. 이따금 마리아는 이런 식으로 트리나를 방문하여, 그녀가 일하는 동안 한 시간 넘게 앉아서 같이 수다를 떨었다. 트리나는 멕시코 여자가 불쑥 찾아오는 게 처음에는 불쾌했지만 최근 들어서는 참을 만했다. 기껏 상황이 좋은 날이라고 해 봐야 하루는 길고 지루했으며 대화할 사람도 하나 없었다. 그녀가 느끼기에는 불행이 닥친 이후로 미스 베이커 노파도 전보다 덜 친절한 것 같았다. 마리아는 아파트 주민들과 이웃들의 시시콜콜한 소문을 전해 주었지만, 그보다 훨씬 더 흥미로운 것은 저코우와의 불화에 관한 이야기였다.

트리나는 마리아가 천박하고 상스럽다고 생각했지만, 누구나 머리를 식히는 활동은 필요한 법이었다. 트리나는 작업에 방해받지 않고서도 그녀와 대화할 수 있었다. 그날은 마리아가 최근 저코우의 행동 때문에 특히 더 흥분했다.

"날이 갈수록 그이 상태가 나빠지고 있어요." 그녀가 침대 끝자락에 앉으며 턱을 손으로 받치고 말했다. "그이는 내가 식기들에 대해 알고 있고 그이한테 숨기고 있다는 거예요. 지난번에는 그가 수레를 끌고 나간 줄 알고 다림질을 하고 있었는데 얼마 지나지 않아서 보니까 문틈으로 날 훔쳐보고 있더라니까요. 그래도 난 모른 척했죠. 그랬더니 정말이지 두 시간 넘게 서서 내가 뭘 하는지 일일이 지켜보는 거예요. 그 사람 시선이 목덜미에 얼마나 따갑게 느껴졌는지 몰라요. 지난 일요일에는 그이가 벽 아래쪽을 허물어 버렸어요. 내가 거기서 뭘 적는 걸 봤다나요. 음, 맞는 말이긴 해요. 빨래할 목록을 적었거든요. 그런데 그이는 바른대로 말하지 않으면 날 죽여 버리겠다고 협박했어요."

"나 참, 도대체 왜 그 사람이랑 사는 거야?" 트리나가 큰 소리로 물었다. "나라면 그런 남자가 치가 떨리도록 무서울 텐데. 게다가 그 사람은 언젠가 너에게 칼을 든 적도 있었잖아."

"허! 그이는 날 못 죽여요, 걱정 마요. 날 죽이면 식기들 있는 곳을 영원히 알 수 없을 테니까. 그이는 그렇게 생각해요."

"하지만 난 이해가 가지 않아, 마리아. 네가 그 사람에게 식기 이야기를 직접 했잖아?"

"절대! 절대로 그런 일 없어요! 부인도 다른 사람들처럼 정신 나갔네요!"

"그 사람이 가끔 때린다면서."

"하!" 마리아가 가소롭다는 듯 고개를 휙 돌렸다. "난 그 사람 조금도 겁나지 않아요. 한 번씩 채찍을 들기는 하지만 난 그 사람을 늘 조종할 수 있거든요. '그걸로 날 건드리기만 하면, 평생 말 안 해 줄 거예요'라고 말하죠. 알잖아요, 그냥 아는 척 시늉하는 거 말이에요. 그러면 그이는 채찍이 불에 벌겋게 달궈진 것처럼 바닥에 떨어뜨려요. 그런데 있잖아요, 맥티그 부인, 혹시 차 없어요? 난로에다 차 한 잔 끓여 함께 마시죠."

"아니, 없어." 트리나는 불안한 듯 대답하며 인색하게 굴었다. "없어. 하나도 없어." 트리나의 인색함은 돈을 저축하는 것을 넘어서 이제 그런 지경까지 이르렀다. 그녀는 자신과 맥티그가 먹는 음식마저 아까워했고, 전차 차장들의 간이식당에서 빵 반 덩어리, 각설탕, 과일 같은 것들을 몰래 슬쩍 들고 왔다. 그녀는 좀 도둑질한 것들을 창가 선반에 두었다가 그것들로 아주 훌륭한 점심 식사를 만들었고, 돈을 한 푼도 들이지 않았다는 사실 때문에 점심을 더욱 맛있게 먹었다.

"마리아, 차가 아예 없어." 그녀가 확실하다는 듯 고개를 내저으며 말했다. "어머나, 우리 남편 들어오는 소리인 것 같은데?" 트리나가 갑자기 고개를 쳐들며 말했다. "그이 발걸음 소리야, 분명해."

"음, 그럼 난 이만 가 볼게요." 마리아는 급히 떠나다가 문 바로 앞 복도에서 치과 의사와 스쳤다. "어떻게 됐어요?" 남편이 방에 들어서자마자 트리나가 캐물었다. 맥티그는 아무 말도 하지 않았다. 그는 문 뒤 고리에 모자를 걸고서는 의자에 털썩 주저앉았다.

"그래서," 트리나가 불안해하며 연거푸 물었다. "어떻게 됐냐고요, 여보?"

하지만 치과 의사는 여전히 못 들은 척하며 진흙투성이가 된 장화를 무섭게 노려보았다.

"말해 줘요. 여보, 알고 싶어요. 일자리 구했어요? 혹시 비 맞았나요?"

"비를 맞았냐고? 비를 맞았냐고?" 치과 의사는 트리나가 그전에 한 번도 보지 못했던 민첩한 동작으로 움직이며 날카로운 목소리로 소리쳤다.

"날 봐. 날 보라고!" 그는 평소와 다르게 신경이 곤두서서, 머리가 돌아가면서 빠르게 말을 쏟아냈다. "날 보라고. 온몸이 흠뻑 젖어서 벌벌 떨고 있잖아. 도시를 사방팔방 걸어 다녔어. 그러다가 비를 만났지! 그래, 비를 만난 것 같군. 내가 지독한 감기에 걸리지 않은 게 당신 덕은 아니지. 당신은 차비로 5센트도 주지 않았으니까."

"하지만, 여보." 트리나가 항변했다. "난 비가 올 줄 몰랐어요."

치과 의사는 고개를 뒤로 젖히며 경멸스럽다는 듯 웃음을 터트렸다. 그의 얼굴이 새빨개졌고 작은 눈이 반짝거렸다. "오! 그래, 비가 내릴지 몰랐다고? 내가 비가 올 것 같다고 말하지 않았어?" 그리더니 버럭 화를 내며 소리 질렀다. "당신 정말 아주 대단한 여자야! 당신이 멍청하게 구는 걸 내가 계속 참을 줄 알아? 누가 이 집 가장이야, 너야, 나야?"

"어머, 여보, 왜 이래요? 당신 같지 않아요."

"그래, 이제 난 다른 사람이야." 치과 의사가 잔인하게 쏘아붙였다. "당신이 언제까지고 날 무시할 순 없어."

"뭐, 그건 상관없어요. 내가 당신을 무시하지 않는 거 알잖아요. 그러니 그건 상관하지 말아요. 일자리는 구했어요?"

"내 돈 내놔!" 맥티그가 힘차게 튀어 오르며 소리쳤다. 이 거대한 금발 거인에게서 전에는 한 번도 보지 못했던 아주 민첩한 동작이었다. 거기에다 멍청하고 느린 두뇌조차 평상시와는 다르게 빠르게 돌아가는 것 같았다.

"내 돈 내놔. 나가기 전에 줬던 내 돈 말이야."

"줄 수 없어요." 트리나가 큰 소리로 말했다. "당신이 나가 있는 동안 이미 외상값을 갚았어요."

"네 말 따위 믿지 않아."

"여보, 정말이에요, 정말. 내가 거짓말하는 걸로 보여요? 내가 그 정도 수준밖에 안 될 것 같아요?"

"다음번에 돈을 벌어 오면 그건 내가 다 가질 테니 그리 알아."

"하지만 말해 줘요, 여보, 일자리는 구한 건가요?"

맥티그는 그녀에게 등을 돌렸다.

"말해 봐요, 여보, 일자리를 구했냐고요?"

그러자 치과 의사는 튀어 올라 그녀 앞에 얼굴을, 툭 튀어나온 거대한 턱과 비열하게 반짝거리는 작은 눈을 들이댔다.

"아니!" 그가 고함을 질렀다. "아니, 못 구했어. 내 말 들려? 못 구했다고!"

트리나는 그가 겁났다. 그녀는 소리 내어 울기 시작했다. 한편으로는 그의 낯설고 거친 행동 때문이었고, 다른 한편으로는 그가 일자리를 찾지 못한 것에 대한 실망감 때문이었다.

맥티그는 주위를 둘러보며 지저분하고 생기 없는 방과 유리창 문을 타고 흘러내리는 빗줄기와 울고 있는 아내의 모습을 번갈아 가며 경멸스럽게 훑어보았다.

"아, 이 모든 게 정말 멋지지 않아?" 그가 소리쳤다. "사랑스럽지 않느냐고."

"내 잘못이 아니에요." 트리나가 울면서 말했다.

"아니긴 뭐가 아냐!" 맥티그가 격노했다. "네 탓이야. 당신이 그럴 생각만 있으면, 우린 기독교인처럼 점잖게 살 수도 있었어. 당신에겐 5천 달러 넘는 돈이 있는데 끔찍하리만큼 인색하게 굴어서 이렇게 쥐구멍 같은 곳에 살고 있잖아. 게다가 나까지 여기서 살게 만들었어. 5센트조차 주기 아까워하면서 말이지. 분명히 말하지만 이제 난 이 모든 것에 신물이 났어."

복권 당첨금에 대한 말만 나오면 트리나는 늘 화를 냈다.

"그럼 나도 한마디 할게요." 그녀가 눈을 깜박여 눈물을 감추고는 말했다. "이제 당신이 실직했으니까 당신이 말하는 이 쥐구멍에서도 살 수 없어요. 이 집보다도 더 싼 데를 찾아야겠네요."

"뭐라고!" 치과 의사는 화가 나 얼굴이 새파래지며 소리를 질렀다. "뭐, 이 집보다 더 끔찍한 쥐구멍으로 옮겨 가겠다는 소리야? 그래, 어디 두고 보자. 그렇게 되는지 한번 두고 보자. 지금, 이 순간부터 당신은 내가 시키는 대로 해, 트리나 맥티그." 그러고 나서 그는 다시 한 번 그녀 앞에 자기 얼굴을 들이밀었다.

"뭐가 문젠지 알겠네." 트리나가 반쯤 흐느끼며 말했다. "알겠어. 당신 숨결에서 냄새가 나네요. 위스키를 마셨군요."

"그래, 위스키를 마셨지." 그녀의 남편이 쏘아붙였다. "위스키를 마셨다고. 불만 있어? 내가 위스키를 마셨는데 할 말 있냐고? 어디 한번 말해 봐."

"오! 오! 오!" 트리나가 두 손으로 얼굴을 가리고 펑펑 울었다. 맥티그는 그녀의 두 손목을 한 손으로 잡아채서 아래로 끌어내렸다. 트리나의 창백한 얼굴 위로 눈물이 주르르 흘러내렸다. 그녀의 길고 가느다란 파란 눈동자에 눈물이 가득 고여 있었다. 그녀의 사랑스러운 작은 턱이 치켜 올려져 덜덜 떨렸다.

"어디 한 번 네가 뭐라 하는지 들어 보자고!" 맥티그가 크게 소리 질렀다.

"할 말 없어요. 아무 말도 하지 않을 거예요." 트리나가 울먹이며 말했다.

"그럼, 그만 시끄럽게 굴어. 그만하라고, 알아듣겠어? 그만 훌

쩍거리지 못해?" 그가 위협적으로 손바닥을 내밀었다. "그만
해!" 그가 고함쳤다.

트리나는 겁에 질려 정신없이 울면서 그를 바라보았다. 각진
얼굴 위로 길고 숱 많은 노란 머리털이 엉망으로 흐트러져 있었
고, 커다란 붉은 귀는 전보다 더 새빨개져 있었다. 얼굴은 보랏
빛이었고 반짝거리는 작은 두 눈 위로 두꺼운 눈썹이 빳빳하게
서 있었다. 두툼한 노란 콧수염과 알코올 냄새가 거대하고 툭
튀어나온, 육식동물의 턱처럼 두드러진 턱 아래로 흘러내리고
있었고, 붉고 굵은 목에서 혈관이 부어올라 팔딱팔딱 뛰었다.
그녀는 그가 못이 박인 큼직한 손바닥을 자신의 머리 위쪽으로
쳐들고 있는 것을 보았다.

"그만하지 못하겠냐고!" 그가 소리쳤다. 그를 두렵게 바라보
던 트리나의 눈에 그 손바닥이 갑자기 주먹으로, 나무망치처럼
단단한, 그 옛날 탄차 소년의 주먹으로 바뀌는 것이 보였다. 그
러자 그에 대한 오래전의 공포가, 남성에 대한 본능적 두려움이
되살아났다. 그녀는 그가 무서웠다. 그녀 안의 신경 하나하나가
움찔대면서 오그라들었다. 그녀는 숨을 고르며 울음을 삼켰다.

"그렇지." 치과 의사가 그녀를 놓아주며 으르렁거렸다. "그래
야지. 자, 이제." 그는 작은 눈으로 그녀를 쳐다보며 말을 이었
다. "내 말 잘 들어. 난 지금 아주 녹초가 됐어. 시내 전체를 돌아
다녔으니까. 아마 15킬로미터 넘게 걸었을 거야. 이제 난 잠을
잘 거야. 그리고 방해받고 싶지 않아. 내 말 알아듣겠어? 혼자 있
고 싶다는 말이야." 트리나는 아무 말이 없었다.

"알아듣겠어?" 그가 고함을 질렀다.

"네, 알았어요, 여보."

치과 의사는 코트와 칼라와 넥타이를 벗고 조끼 단추를 풀고, 커다란 발에서 신발창이 묵직한 장화를 벗었다. 그러고 나서 침대에 빌리덩 눕더니 벽 쪽을 향해 몸을 돌렸다. 잠시 뒤 그의 코고는 소리가 방을 뒤흔들었다.

트리나는 목을 길게 빼고 침대 발치 너머로 남편을 바라보았다. 붉고 핏발 선 그의 얼굴과 쩍 벌린 커다란 입과 주름진 소맷동, 더러운 셔츠와 두꺼운 모직 양말을 신은 큼직한 발이 보였다. 그러자 그 어느 때보다도 슬프고 불행하게 느껴졌다. 그녀는 앞에 놓여 있는 작업용 탁자 위로 한 팔을 길게 뻗고 고개를 파묻고 가슴이 미어지듯 서럽게 울었다.

바깥에는 비가 계속 내리고 있었다. 하나밖에 없는 유리 창문으로 빗물이 억수처럼 흘러내렸고, 처마에서도 물이 하염없이 떨어졌다. 날은 더 어두워졌다. 음식 냄새와 무독성 페인트 냄새가 진동하는 아주 작고 더러운 방은 말로 형용할 수 없을 만큼 적막하고 우울하고 비통했다. 침대에 대자로 나자빠져 드르렁 코를 골며 잠자는 치과 의사의 모습은 얼빠지고 무기력해 보였다.

마침내 트리나가 떨리는 한숨을 길게 내쉬며 고개를 쳐들었다. 그녀는 일어서서 세면대로 다가가 주전자를 따라 대야에 물을 붓고 얼굴과 통통 부은 눈을 씻은 다음 머리를 매만졌다. 그리고 다시 작업하러 돌아가려던 순간 언뜻 어떤 생각이 뇌리를 스쳐 갔다.

"참 이상하네." 그녀가 혼잣말로 중얼거렸다. "위스키를 마실 돈이 어디서 났을까?" 그녀는 그가 방구석에 던져둔 코트 주머니를 뒤졌고 그가 누워 있는 침대로 다가가 조끼와 바지 주머니를 뒤졌다. 그러나 아무것도 나오지 않았다.

"이상하네." 그녀가 중얼거렸다. "나한테 말하지 않은 돈이 있는 건가? 어디 한번 알아봐야겠는걸."

제16장

한 주가 지나고, 두 주가 지나고, 한 달이 지났다. 트리나에게
는 가장 초조하고 불안한 한 달이었다. 실직한 맥티그는 아직도
일자리를 구하지 못한 상태였다. 트리나는 이러한 여건에서 자
기가 버는 돈을 예전만큼 저축할 수 없게 되자 더 값싼 방을 구
하러 다니기 시작했다. 맥티그는 성질을 부리고 발악하며 항변
했지만, 트리나가 어지러운 말을 폭포처럼 쏟아 놓고 놀라운 수
치를 보여 주며 그들 형편이 극빈 상태와 다름없다고 그를 믿게
만드는 바람에 결국 이사하는 데 동의할 수밖에 없었다.

치과 의사는 계속해서 빈둥댔다. 의료 기기 제조 공장 몇 군데
에 일을 구하려다 실패한 뒤 그는 두 번 정도 다른 일자리를 찾
으려고 시도했다. 한번은 트리나가 엘버만 삼촌에게 찾아가 장
난감 도매점의 운송부에 일자리를 구해 주었다. 하지만 어느 정
도 셈을 해야 하는 자리였기 때문에 맥티그는 이틀 만에 일을 그
만두고 말았다.

두 사람은 한때나마 맥티그가 경찰직을 얻으면 어떨까 하는 엉뚱한 생각을 품기도 했다. 신체검사를 높은 점수로 통과할 수 있을 것 같은 데다 폴크 거리 진흥회의 사무국장이 된 라이어가 필요한 정치적 '지원'을 아끼지 않기로 약속했기 때문이다. 만약 맥티그가 조금이라도 열성을 냈더라면 아마 가능했을지도 모른다. 하지만 그는 너무 미련한 데다 최근에는 지나치게 무기력해져서 고군분투할 힘이 없었고, 결국 그 일은 라이어와 크게 다투는 것으로 끝이 났다.

맥티그는 모든 야심을 잃었다. 더는 자기 처지를 바로잡으려고 노력하지 않았다. 그가 바라는 것은 그저 등을 따스하게 해 주는 잠자리와 매일 맛있게 먹는 세 끼 식사가 전부였다. 처음에는—그러니까 아주 처음에는—빈둥거리는 게 짜증났다. 좁은 단칸방에서 아내와 하루하루를 보내며 우리에 갇힌 야수처럼 끊임없이 방을 서성이거나, 몇 시간 동안 꼼짝 않고 앉아 트리나가 작업하는 모습을 지켜보며 그녀에 얹혀살고 있다는 생각에 어렴풋하게나마 수치심을 느끼기도 했다. 하지만 그런 감정은 아주 빠르게 사라져 버렸다. 보아하니 트리나의 작업은 그녀가 마음먹고 할 때만 힘이 들 뿐이었다. 보통 그녀는 그들의 불행을 말없이 꿋꿋하게 견뎌 냈다.

게으른 생활이 싫증나서 움직이거나 운동하고 싶을 때면 맥티그는 파이프 담배를 태우며 폴크 거리 한 블록 위쪽 한길로 산책을 나가곤 했다. 노동자 한 무리가 갈색 사암으로 저택을 짓기 위해 기초 공사를 하는 중이었다. 맥티그는 공사 현장에 둘러놓은 장벽에 기대어 꽤나 흥미롭게 공사 과정을 지켜보았다. 그는 매일 오후 그것을 보러 갔다. 그러다가 일을 총괄하는 감독을 알게 되었고, 두 사람은 함께 오랫동안 이야기를 나눴다. 그러고는 폴크 거리로 돌아와 하이제를 만나기 위해 마구 가게로 향했고, 가끔은 조 프레나 술집에서 위스키를 대여섯 잔 마시며 하루 일과를 끝냈다.

치과 의사가 술 때문에 달라지는 모습을 지켜보면 꽤나 재밌었다. 그는 술을 마셔도 취하지는 않고 성격만 사나워졌다. 네 잔째부터는 정신이 몽롱해지기는커녕 오히려 동작이 활발해지고 눈이 초롱초롱해지고 머리가 돌아가고 심지어 말수도 많아졌다. 그러고 나서는 그의 안에서 다루기 힘들고 비열한, 어떤 사악함이 깨어났다. 평소보다도 더 많이 술을 마시고 나면 트리나를 괴롭히고 화나게 하고 심지어 학대하고 상처를 입히면서 쾌감을 느끼기까지 했다.

시작은 추수감사절 저녁, 하이제가 시내 식당에서 맥티그에게 저녁 식사를 대접하면서부터였다. 그날따라 치과 의사는 절제하지 않고 술을 마셨다. 그와 하이제는 밤 10시쯤 폴크 거리로 돌아왔고, 하이제는 프레나 술집에서 한두 잔 더 하자고 제안했다.

"좋죠. 좋고말고요." 맥티그가 맞장구쳤다. "술, 바로 그거지. 일단 집에 가서 돈을 좀 갖고 술집에서 다시 만날게요."

그는 트리나의 팔을 꼬집어 그녀를 깨웠다.

"아, 여보." 그녀가 조그맣게 소리 지르며 침대에서 벌떡 일어났다. "아파요! 아, 정말 아프단 말이에요."

"돈 좀 내봐." 치과 의사가 이를 드러내고 웃으며 말했다. 그리고 다시 그녀를 꼬집었다.

"없어요. 한 푼도 없다고요 아, 여보, 그만하지 못해요! 그렇게 꼬집지 말아요."

"자, 어서!" 남편은 엄지와 검지로 그녀의 어깨를 꼬집으면서 조용히 말했다. "지금 하이제가 날 기다리고 있어." 트리나는 숨을 급히 들이켜며 몸을 비틀어 빼고는 얼굴을 찡그리면서 어깨를 문질렀다.

"여보, 당신은 이게 얼마나 아픈지 모르죠? 여보, 제발 그만해요!"

"그럼 어서 돈 내봐."

트리나는 그의 요구에 따를 수밖에 없었다. 그녀는 드레스 호주머니에서 50센트를 꺼내 주면서 그 돈이 가지고 있는 전부라고 했다.

"한 번만 더, 행운을 위해서 말이야." 맥티그가 그녀를 또 한 번 꼬집으며 말했다. "그리고 한 번 더."

"어떻게, 아니 어떻게 여자를 이렇게 아프게 할 수 있어요!" 트리나가 아파서 울며 소리를 질렀다.

"이제 실컷 울어." 치과 의사가 쏘아붙였다. "그래, 실컷 울어라. 너 같은 멍청이는 처음 봤어." 그는 역겹다는 듯 문을 쾅 닫고 나가 버렸다.

맥티그는 일반적인 술주정뱅이는 결코 되지 않았다. 그가 술을 지나치게 많이 마시는 일은 한 달에 두세 번을 넘지 않았고, 어떤 경우에도 감상적으로 변하거나 휘청거리는 법이 없었다. 선천적으로 신경이 너무 둔하여 그 어떤 자극도 받아들이지 못하는 것일 수도 있었다. 그는 위스키를 별로 좋아하지 않는데 하이제나 다른 남자들이 프레나의 술집에서 위스키를 마시기 때문에 덩달아 마시는 것일 수도 있었다. 트리나는 가끔 그에게 술을 너무 많이 마신다고 나무랐지만, 그가 취해 있는지 아닌지는 전혀 분간하지 못했다. 그렇지만 알코올이 그에게 영향을 미치는 것만은 분명했다. 술 때문에 그 남자, 아니 그의 내면에 있던 야수가 잠에서 깨어났다. 이제는 잠에서 깨어났을 뿐 아니라 그를 사악해지도록 부추겼다. 맥티그의 성품이 변했다. 알코올만이 문제가 아니었다. 그는 두 사람이 잘나가던 시절 아내가 끼친 좋은 영향들을 모조리 내팽개쳐 버리고 이윽고 게으른 본성을 드러냈다. 맥티그는 트리나를 혐오했다. 그녀를 보면 끊임없이 짜증이 났다. 그녀가 작고 예쁘장하고 언제나 옳고 정확하다는 게 오히려 혐오스러웠다. 그녀의 탐욕이 그를 끊임없이 괴롭혔다. 그녀의 근면함이 계속 그를 꾸짖는 것 같았다. 그녀가 그에게 대놓고 시비조로 일을 자랑하는 것만 같았다. 말하자면 그것은 투우 눈에 비친 붉은 천*이었다. 어떤 날은 막 프레나의 술집에서 돌아온 뒤 그녀 곁에 앉아서 그녀가 일하는 모습을 지켜보다가 느닷없이 버럭 소리 지른 적도 있었다.

"그만해! 일 그만하라고! 일감을 모두 치워 버려. 치우지 않으면 꼬집을 테니까."

"아니, 도대체 왜 그래요?" 트리나가 따졌다.

그러자 치과 의사가 그녀의 따귀를 때렸다. "일하지 마." 그는 칼과 페인트 통을 치워 버리면서 그날 오후 내내 그녀를 창가에 앉혀 두고 아무 일도 하지 못하게 했다.

하지만 그가 이렇게 아내에게 야만적으로 구는 경우는 오직 술을 마시고 정신이 산란했을 때뿐이었다. 보통 때에는, 그러니까 매달 삼 주 정도는 그녀를 그저 귀찮은 존재로 여길 따름이었다. 두 사람은 트리나가 저축한 돈을 두고 자주 다투었다. 치과 의사는 그 돈의 일부라도 가지려고 혈안이 되었다. 일단 돈을 거머쥐면 무엇을 할지 아직 계획은 없었지만, 분명한 것은 한껏 파티를 열고 멋진 옷을 사 입고 왕처럼 사치스럽게 돈을 펑펑 쓸 작정이라는 점이었다. 돈은 쉽게 벌어 사치스럽게 써 버려야 한다는 옛 광부들의 금전 관념이 그의 마음속에 여전히 남아 있었다. 한편 트리나는 남편이 난폭해질수록 트렁크 안 웨딩드레스 아래에 있는 작은 새미 가죽 주머니 끈을 더욱 꽁꽁 동여 맸다. 엘버만 삼촌의 사업에 투자한 5천 달러는 날마다 시간마다 그녀의 모든 불행을 위로하고 보상해 주는 눈부시게 빛나는 멋진 꿈이었다.

때때로 맥티그가 집에서 아주 멀리 떨어져 있는 게 확실하면 그녀는 방문을 걸어 잠그고 트렁크를 열어 탁자 위에 그녀가 조금씩 모아 둔 돈을 가득 쌓아 올렸다. 벌써 4백 달러하고도 7달러 50센트였다. 트리나는 한 시간이 되도록 그 돈을 쌓아 올리고 또 쌓아 올리거나, 한 무더기로 모은 뒤에 제일 멀리 떨어진 방구석으로 뒷걸음질 쳐 가서 고개를 한쪽으로 갸웃거리며 그 돈을 가늠해 보았다. 그녀는 금화가 반짝반짝 빛이 날 때까지 비누와 재를 섞어 씻은 다음 앞치마로 조심스럽게 문질러 닦았다. 그런 다음 또다시 돈 무더기가 사랑스러운 듯 가슴 쪽으로 끌어다가 얼굴을 파묻고는 거기서 나는 냄새를 맡고 볼에 닿는 부드럽고 차가운 감촉을 느끼며 행복에 잠겼다. 심지어 작은 금화를 입에 넣고 소리가 나게 굴리기도 했다. 그녀는 이루 다 표현할 수 없이 강렬하게 그 돈을 사랑했다. 조그마한 손가락을 돈 무더기에 집어넣고 사랑을 속삭이고, 길고 가느다란 눈을 반쯤 감은 채 길게 한숨을 내쉬었다.

"아, 사랑스러운 내 돈, 사랑스런 내 돈!" 그녀가 속삭였다. "널 너무 사랑해! 모조리 내 것이야. 동전 한 푼까지. 그 누구도 절대로 네게 손댈 순 없어, 절대로. 내가 널 얻으려고 얼마나 애썼는데! 노예처럼 일해서 너를 모았는데! 더 모아야지, 더, 더, 더 많이 모을 거야. 매일매일 조금씩."

트리나는 여전히 더 싼 방을 찾아다녔다. 잠시라도 짬이 나면 모자를 눌러쓰고 서터 거리에서부터 새크라멘토 거리들까지 전 지역을 돌아다녔다. 좁은 골목과 뒷골목까지 일일이 찾아 들어가 고개를 쳐들고 "전세방 있음"이라고 쓴 간판을 살폈지만 결국 좌절했다. 싸구려 전셋집은 전부 사람들이 살고 있었다. 지금 그녀가 치과 의사와 지내고 있는 방보다 더 싼 방을 찾을 수는 없었다.

시간이 흐르면서 맥티그는 게으름이 점차 습관이 되었다. 그는 위스키를 처음보다 많이 마시지는 않았지만 날마다 겪는 가난과 트리나의 끈질긴 인색함 때문에 그녀를 점점 더 증오했다. 때때로—다행스럽게도 드물긴 하지만—맥티그는 그녀를 다른 때보다도 더 잔인하게 다루었다. 따귀를 때리거나 머리 브러시 뒷면으로 아주 세게 치기도 하고 심지어 주먹질까지 했다. 작고 귀여운 그녀를 향한 지난날의 애정은 궁핍의 시련을 견뎌 내지 못하고 차츰 사그라졌고, 그나마 남아 있던 아주 작은 애정조차 술 때문에 뒤틀리고 징그럽게 변해 버렸다.

아파트 주민들이나 식료품 가게 상인들은 이따금 트리나의 손가락이 문에 낀 것처럼 부어오르고 손톱이 시퍼렇게 멍든 것을 알아차렸다. 그때마다 그녀는 손이 문에 끼었다고 변명했다. 하지만 사실은 맥티그가 술을 마실 때마다 그녀의 손가락을 큼직한 이로 물고 으드득 짓이기 때문이었다. 그는 어느 손가락이 제일 아픈지 기가 막히게 잘 기억해 냈다. 가끔은 그 방법으로 돈도 뜯어냈지만 보통은 재미 삼아 하는 일이었다.

그런데 도저히 이해할 수 없는 것은, 이런 잔인성 때문에 트리나가 맥티그를 더욱 깊이 사랑하게 되었다는 점이다. 그의 폭력은 그녀 내면에 든 병적이고 불건전한 복종의 사랑, 거부할 수 없는 남성적인 힘에 자신을 내어 주고 싶어 하는 마음과 이상야릇하고 부자연스러운 쾌감을 불러일으켰다.

트리나의 감정은 일상생활의 범위가 좁아지면 좁아질수록 점점 더 메말라 갔다. 결국에는 오직 두 가지 감정, 즉 돈을 향한 열정과 폭력적인 남편에 대한 변태적 사랑만 남았다. 그녀는 이상한 여자가 되었다.

트리나는 마리아 마카파와 아주 가까워졌고, 마침내 치과 의사 아내와 허드렛일을 도맡아 하는 가정부가 절친한 친구가 되었다. 마리아는 꾸준히 트리나의 방을 드나들었고, 트리나도 가끔 시간이 나면 머리 위에 숄을 두르고 마리아의 집을 찾아갔다. 트리나는 길거리로 나가지 않고서도 저코우의 더러운 집으로 갈 수 있었다. 아파트에는 뒷마당으로 이어지는 문이 있었고, 그 문은 저코우가 노쇠한 말과 금방이라도 부서질 것 같은 수레를 놔두는 조그마한 터로 연결되어 있었기 때문에 그곳에서 곧장 마리아의 부엌으로 들어갈 수 있었다. 트리나는 오전 시간에 잠옷을 입고 머리를 롤로 만 채로 찾아가 마리아의 집에 오래 머물렀다. 두 사람은 싱크대 끝자락이나 세탁물을 올려두는 탁자 모서리에 앉아 차를 마시며 기나긴 대화를 나눴다. 대화 내용은 항상 남편들이 공격적인 상태로 집으로 돌아올 때 어떻게 대처해야 하는지에 관한 것이었다.

"절대로 들이대서는 안 돼요." 마리아가 조언했다. "그렇게 하면 상황이 더 나빠질 뿐이에요. 그냥 등을 움츠리고 가만히 있는 게 사태를 가장 빨리 끝내는 가장 좋은 방법이라고요."

두 사람은 각자 남편이 얼마나 잔인한지 이야기했다. 특히 흉포했던 주먹질 이야기를 할 때 이상야릇한 자부심을 느꼈고, 자기 남편이 더 잔인하다는 것을 증명해 보이려고 애썼다. 서로 상처 크기를 비교하다가 상태가 더 안 좋은 멍을 보일 때면 마냥 기뻐했다. 또 거짓으로 세세한 이야기를 지어냈다. 마치 매질이

자랑스러운 것처럼, 남편의 학대를 영광스럽게 여기는 것처럼 서로에게 거짓말하고 학대를 더욱 부풀려서 말했다. 두 사람은 어느 쪽 체벌 수단이, 그러니까 저코우가 사용하는 밧줄 채찍과 짐승용 굵은 채찍, 그리고 맥티그가 사용하는 주먹과 머리 브러시의 뒷면 중 어느 쪽이 더 아픈지를 두고 길고도 열띤 토론을 벌였다. 마리아는 채찍 끈 부분이 가장 아프다고 우겼고, 트리나는 브러시의 끝부분이 가장 아프다고 우겼다.

마리아는 저코우가 황금 식기들을 찾으려고 벽에 낸 구멍과 헐거워진 마룻바닥 판자들을 보여 주었다. 최근 그는 뒷마당에 나가 감추어진 가죽 상자를 찾으려는 듯 마구간의 건초를 샅샅이 뒤지고 땅을 파헤쳤다. 확실히 그는 인내심을 잃어 가고 있었다.

"그이가 하는 행동을 보면요," 마리아가 트리나에게 말했다. "뭐랄까, 아주 끔찍해요. 그이는 요즘 툭하면 앓아요. 밤이면 밤마다 열이 나요. 잠도 제대로 자지 않아요. 그리고 그럴 때면, 혼잣말을 해요. 뭐라고 하느냐면요, '백 개도 더 됐고, 하나하나가 전부 황금이었어. 백 개도 더 됐고, 하나하나가 전부 황금이었어.' 그런 다음에 나를 채찍으로 후려치고 이렇게 소리 질러요. '넌 어디 있는지 알고 있잖아. 어서 말해, 말하라고, 이 돼지 같은 년아! 말하지 않으면 죽여 버릴 거야!' 그러다가 무릎을 꿇고 훌쩍거리면서, 어디에 숨겼는지 제발 말해 달라고 애원한다니까요. 아주 단단히 미친 거죠. 가끔 발작을 일으킬 때도 있어요. 너무 화가 나서 마룻바닥에 뒹굴뒹굴 구르면서 온몸을 할퀴기도 해요."

11월 어느 날 아침, 10시쯤 트리나는 노아의 방주 바닥에 '메이드 인 프랑스' 라벨을 붙이고 길고 긴 안도의 한숨을 내쉬며 의자 등받이에 기대었다. 마침내 엘버만 삼촌이 주문한 크리스마스용 대량 제작을 모두 마쳤던 것이다. 그날 아침에는 더는 할 일이 없었다. 침대도 정돈하지 않았고 아침을 먹은 그릇들도 설거지하지 않았다. 트리나는 잠시 망설였지만 곧 관심 없다는 듯 턱을 쳐들었다.

　"쳇!" 그녀가 말했다. "점심때까지 그냥 내버려 두지 뭐. 좀 지저분하면 어때. 맥도 신경 쓰지 않는데." 그녀는 침대를 정돈하고 설거지를 하는 대신 한층 아래에 사는 미스 베이커를 찾아가기로 마음먹었다. 그날 아침 치과 의사는 온종일 프레시디오로 가기 위해 긴 산책을 할 것이라고 말했으니, 작은 재봉사가 트리나에게 점심까지 먹고 가라고 제안할지도 모른다. 그러면 돈도 아낄 수 있을 것이다.

　하지만 미스 베이커의 방문을 아무리 세게 두드려도 대답이 없었다. 그녀는 외출 중이었다. 어쩌면 꽃집에 제라늄 씨앗을 사러 갔을지도 몰랐다. 그러니 영감의 방문이 살짝 열려 있었고, 트리나가 미스 베이커의 방문을 두드리자 영국 노신사가 복도로 나왔다.

　"미스 베이커는 지금 나가고 없어요." 그가 속삭이듯 모호하게 말했다. "한 30분 전쯤에 나갔거든요. 내가, 내가 보기엔 그분은 금붕어에게 줄 웨이퍼 과자를 사러 드럭스토어에 간 것 같아요."

"그래니 영감님, 출근 안 하셨어요?" 트리나가 대화를 더 나누고 싶어 복도 난간에 기댄 채 물었다.

그래니 영감은 실내화를 신고 집에서 입는 코듀로이 재킷을 걸치고 있었다.

"아, 아, 그게." 그가 생각에 잠긴 듯 턱을 손가락으로 두드리며 머뭇거리더니 말했다. "그 병원을 그만둘까 생각하고 있어요."

"그만둔다고요?"

"그러니까, 내가 팸플릿을 구입하는 책방 사람들을 알게 됐어요. 내가 책을 제본할 줄 안다고 말했더니 사람 한 명이 그걸 한 번 보러 왔어요. 그리고 저작권을—그러니까 특허권 말이에요—사겠다며 꽤 큰 액수를 제안했지요. 정말 큰 액수더군. 사실은 말이에요. 음, 엄청난 액수에요, 정말로." 그는 떨리는 손으로 턱을 문지르며 주변 바닥을 여기저기 훑어보았다.

"와, 정말 잘됐네요." 트리나가 진심으로 말했다. "저도 정말 기뻐요, 영감님. 금액을 정말 잘 쳐줬나 봐요?"

"그래요, 제법 큰 액수에요, 제법. 솔직하게 말해서, 그렇게 큰 돈을 만져 보리라곤 생각해 본 적도 없었어요."

"자, 그렇다면, 영감님." 트리나가 작정한 듯 말했다. "제가 아주 좋은 조언을 하나 해 드릴게요. 영감님과 미스 베이커는……." 그러자 영국 노신사는 놀라서 안절부절못했다. "영감님과 미스 베이커는 서로에게 애정을 품은 지가……."

"아, 맥티그 부인, 그런 말은, 부탁인데, 미스 베이커는 아주 정숙한 여인이에요."

"말도 안 돼요! 두 분 서로 사랑하시잖아요. 아파트 주민 중에서 그걸 모르는 사람은 아무도 없는걸요. 두 분은 늘 옆집에 사시면서도 말 한마디 나누지 않잖아요. 그건 정말 말도 안 돼요. 자, 이제 그분이 집에 돌아오자마자 곧장 찾아가서 말을 거세요. 돈이 생겼으니 결혼하고 싶다고요."

"안 돼. 절대로 그럴 수 없어요!" 영국 노신사는 당황하며 큰 소리로 말했다. "그건 불가능해. 그렇게 주제넘게 굴 순 없어요."

"음, 그분을 사랑하세요? 사랑하지 않으세요?"

"정말로, 맥티그 부인, 난, 난 말이에요. 이제 그만 실례해야겠어요. 이건 너무나 개인적인 문제거든 너무, 그래서 난 아, 그래요, 난 그분을 사랑해요. 사실이에요." 그가 갑자기 큰 소리로 인정했다.

"그분도 영감님을 사랑해요. 제게 고백했는걸요."

"그럴 리가!"

"그렇게 말했다니까요. 정확히 그런 단어들로 말했어요."

미스 베이커는 그런 식으로 말한 적이 없었다. 그런 고백을 할 바에야 차라리 죽음을 택했을 것이다. 하지만 트리나는 아파트의 다른 주민들과 같은 결론을 내리고 이제는 두 사람이 확실한 행동을 취해야 할 때가 됐다고 생각했다.

"제가 말씀드린 대로 하세요. 미스 베이커가 집으로 돌아오면 곧바로 찾아가 담판을 지으세요. 이제 다른 말씀 마세요. 그럼 전 이만 가 볼게요. 하지만 꼭 제가 말씀드린 대로 하셔야 해요."

트리나는 계단을 내려갔다. 그녀는 미스 베이커가 집에 없으므로 마리아를 찾아가기로 마음먹었다. 그곳에서 점심을 먹을 수 있을지도 몰랐다. 마리아는 하다못해 차 한 잔은 대접해 줄 터였다.

트리나가 자리를 뜬 뒤에도 그래니 영감은 한참 동안 그 자리에 서 있었다. 손이 덜덜 떨리고 푹 꺼진 뺨 위로 홍조가 올랐다가 사라지기를 반복했다.

"그녀가 말했어. 그녀가, 그녀가 맥티그 부인에게 말했대. 그 말을 했대, 그러니까……." 그는 더는 말을 잇지 못했다.

그러더니 돌아서 다시 방으로 들어가 문을 닫았다. 그는 팸플릿 더미와 벽면 가까이 작은 제본기가 놓인 탁자 옆 안락의자를 바짝 끌어다 놓고 꽤 오랫동안 앉아 있었다.

"궁금하네." 트리나가 저코우의 집 뒷마당을 가로지르며 생각했다. "저코우와 마리아가 이 집의 집세를 얼마나 낼지 궁금하단 말이야. 맥과 내가 지내는 방보다는 확실히 싸겠지."

트리나가 보니 마리아는 부엌 난로 앞에 고개를 가슴까지 떨구고 앉아 있었다. 그녀는 좀 더 가까이 다가갔다. 마리아가 죽어 있었다. 트리나가 그녀의 어깨를 건드리자 머리가 옆으로 떨구어지며 귀밑에 끔찍하게 벌어진 상처가 드러났다. 원피스 앞자락은 온통 피범벅이었다.

트리나는 두 손으로 자기 어깨를 감싸며 재빨리 시체에서 떨어졌다. 휘둥그레진 두 눈으로 시체를 바라보면서, 그녀의 얼굴이 말로 표현할 수 없는 공포로 일그러졌다.

"오, 오, 오." 숨을 쉬려고 애쓰며 소리를 냈지만 그 소리는 속삭임과 다를 바 없었다. "아, 아, 끔찍해서 볼 수가 없어!" 트리나는 뒤돌아서서 작은 골목으로 나 있는 앞문으로 도망치듯 나왔다. 그녀는 사방을 정신없이 둘러보았다. 바로 길 건너편에는 정육점에서 일하는 젊은 남자가 집 앞에 세워 놓은 이륜 짐마차에 올라타는 중이었고, 조금 멀리서는 야생 엽조(獵鳥) 행상이 손에 오리 한 쌍을 들고 길을 따라 내려오고 있었다.

"아, 이봐요, 이보세요," 트리나가 숨을 헐떡이며 목소리를 내려고 애썼다. 그러면서 미친 듯이 손짓했다. "이봐요. 어서 빨리 여기 좀 와 봐요."

그러자 젊은 친구는 마차 바퀴에 한 발을 얹은 채 멈춰 서서 그녀를 쳐다보았다. 트리나는 미친 듯이 손짓했다.

"여기 좀 와 봐요. 어서 빨리 여기 좀 와 봐요."

젊은이는 휙 몸을 돌려 마차 좌석에 앉았다.

"저 여자 왜 저래?" 그가 제법 큰 소리로 중얼거렸다.

"살인 났어요." 트리나가 문간에서 몸을 움직이며 말했다.

하지만 젊은 남자는 어깨너머로 트리나를 무표정한 얼굴로 쳐다보고 머리를 갸웃거리더니 마차를 몰고 가 버렸다.

"저 여자 뭐지?" 그는 모퉁이를 돌며 다시 한 번 혼잣말로 중얼거렸다.

트리나는 왜 소리 지르지 않았는지, 어떻게 소리를 지르지 않을 수 있었는지, 이런 상황에서 어떻게 길거리에서 소란을 피우면 안 된다는 생각이 들었는지 의아했다. 엽조 행상이 그녀를 수상하게 바라보고 있었다. 그 사내에게 말해 보았자 아무 소용이 없을 것 같았다. 그도 정육점의 젊은 남자처럼 그냥 가 버릴 듯했다.

"자, 잠깐만." 트리나는 소리 내어 혼잣말로 중얼거렸다. 그녀는 두 손을 머리에 가져다 댔다. "자, 잠깐만. 지금 정신을 잃어선 안 돼. 내가 어떻게 해야 하지?" 그녀는 주변을 둘러보았다. 아주 낯익은 폴크 거리의 모습이 눈에 들어왔다. 그녀는 골목 어귀에 서서 길거리를 바라보았다. 아파트 맞은편 큰 시장과 달그락거리며 오가는 배달 수레들, 한길 쪽에서 아침 장을 보러 나온 귀부인들, 승객들을 잔뜩 싣고 덜컹거리며 지나가는 전차. 납작한 가죽 모자를 쓰고 강아지를 찾느라 개 이름과 휘파람을 불며 이따금 조그만 무릎을 치는 어린 남자아이도 있었다. 두 남자가 폭소를 터뜨리며 프레나의 술집에서 걸어 나왔다. 하이제가 기름때 묻은 앞치마에 나무 조각을 한 무더기 담아 자기 가게 현관에 서 있었다. 사람들이 웃으며 살아가고, 물건을 사고팔고, 햇볕이 내리쬐는 길거리를 산책하고 있는 동안 뒤쪽 저 집 안에는, 저 집 안에는, 그 집 안에는…….

하이제는 땅에서 솟아오른 듯 자기 가게 문 앞에 나타난 여자를 보고 깜짝 놀라 뒷걸음질 쳤다. 파란색 가운을 걸치고 얼굴이 하얗게 질린 게 귀신같았다.

"아이고, 맥티그 부인, 간 떨어지는 줄 알았네. 무슨 일이에요?"

"아, 빨리 이리 와 보세요." 트리나가 무언가 목구멍에 걸린 듯 한 손으로 목을 부여잡았다. "마리아가 죽었어요―저코우 아내가―내가 발견했어요."

"그게 무슨 말이에요!" 하이제가 소리쳤다. "농담하지 말아요."

"어서 이리 와 봐요. 저 집으로 들어가 봐요. 내가 발견했어요. 죽어 있었단 말이에요."

하이제는 길바닥에 나무 조각들을 떨어뜨리며 길 건너편으로 내달렸고, 트리나는 그의 뒤를 따라갔다. 두 사람은 골목으로 달려갔다. 엽조 행상과 이웃집 계단을 닦고 있던 여자, 그리고 챙 넓은 모자를 쓴 사내가 저코우의 문 앞에 서서 이따금 안쪽을 들여다보며 이야기를 나누고 있었다. 그들은 어리둥절한 표정을 지었다.

"이 집에 무슨 일이 있나요?" 엽조 행상이 하이제와 트리나가 다가오자 물었다. 다른 두 남자가 폴크 거리로 이어지는 골목 어귀에 서서 모여 있는 사람들을 쳐다보았다. 머리에 수건을 두른 한 여자가 저코우 집 맞은편 창문에서 고개를 내밀고는 계단을 청소하던 여자를 불렀다. "뭔 일이래요, 플린트 부인?"

하이제는 벌써 집 안으로 들어갔다. 그는 가쁜 숨을 몰아쉬며 트리나를 돌아보았다.

"어디에 있다고요? 어디 있어요? 어디?"

"저 안에요. 안쪽으로 더 깊숙이 들어가면 뒷방에 있어요." 두 사람은 부엌으로 불쑥 들어갔다.

"맙소사!" 하이제가 시체에서 3미터쯤 떨어진 곳에 걸음을 멈추고 서서 소리를 질렀고, 허리를 구부려 잿빛 얼굴과 다갈색 입술을 자세히 들여다보았다.

"원 세상에! 그자가 죽였군그래."

"누가 말이에요?"

"저 코우 말이지. 이런! 그 사람이 죽인 거요. 목을 벴네요. 입버릇처럼 죽여 버리겠다고 했잖아요."

"저 코우가요?"

"그 사람이 죽인 거야. 목이 잘리다니. 맙소사, 피 흘린 것 좀 봐요! 원 세상에! 이번에는 제대로 끝장냈네."

"아, 제가 그렇게 조심하라고 했는데. 늘 그렇게 말해 줬는데." 트리나가 큰 소리로 말했다.

"이번에는 아주 확실하게 해치웠군."

"마리아 말로는, 늘 잘해 낼 수 있다고 했는데. 오, 오! 너무나 끔찍해요!"

"이번엔 아주 제대로 해치워 버렸어. 목을 자르다니. 어휴 참, 피 흘린 것 좀 봐요! 저렇게 많은 피를 본 적 있어요? 저건 살인이에요. 냉혹한 살인이고말고요. 그자가 죽였어. 자요, 경찰을 불러야 해요. 갑시다."

두 사람은 뒤돌아서 집을 빠져나왔다. 사람들 대여섯 명—엽조 행상, 챙 넓은 모자를 쓴 사내, 청소하던 여자, 그리고 다른 세 남자—이 고물상 앞방에 한 줄로 모여서 문 사이로 호기심 가득한 얼굴을 들이밀고 있었다. 그 밖에도 바깥에는 골목 한쪽 끝에서부터 다른 쪽 끝까지 사람들이 빈틈없이 꽉 차 있었다. 폴크 거리에서는 길이 막힌 전차가 쨍그랑 종을 울리며 몰려든 인파를 뚫고 지나가려고 느리게 머리를 박고 있었다. 창문마다 사람들이 몰려들었다. 트리나와 마구 제작자가 애써 사람들을 뚫고 고물상 문을 나서려는 순간, 갑자기 인파가 좌우로 갈리며 팔꿈치로 인파를 힘껏 밀치던 푸른색 상의의 경찰관 두 명이 나타났다. 그 뒤로 사복 차림의 한 남자가 뒤따랐다.

하이제와 트리나는 경찰관 두 명과 함께 다시 부엌으로 들어갔고, 사복 차림의 남자는 앞쪽 방에 들어온 구경꾼들을 몰아낸 다음 열린 문에 팔을 벌리고 서서 군중이 들어오지 못하게 막아섰다.

"히유!" 경찰관 중 한 명이 부엌에 들어서면서 휘파람 소리를 냈다. "칼로 벤 자국인가? 이런! 누군가 칼 한번 제대로 썼군." 그가 다른 경찰관에게 돌아섰다. "마차를 불러와야겠어. 남쪽으로 두 번째 모퉁이에 순찰 마차가 한 대 있거든. 자, 그럼 이제," 그는 트리나와 마구 제작자에게 돌아서서 수첩과 연필을 꺼내며 말했다. "이름과 주소 좀 불러 주시오."

그날 하루 길거리는 온통 난리법석이었다. 순찰 마차가 떠나고 한참 뒤에도 군중은 그곳에 그대로 남아 있었다. 그날 저녁 7시까지도 경찰관이 막고 서 있는 고물상 문 앞에서 사람들이 갖가지 질문을 해대고 사건에 대해 저 나름대로 온갖 의견을 내놓았다.

"그 사람을 잡을 수 있을까요?" 라이어가 경찰관에게 물었다. 십수 명이 답을 들으려고 목을 길게 뺐다.

"아, 아주 쉽게 잡을 겁니다. 누워 떡 먹기죠." 경찰관이 자못 위엄 있게 대답했다.

"뭐라고? 방금 뭐라고 했어? 저 사람이 뭐래?" 끝자락에 있는 사람들이 물었다. 그러자 앞쪽에 있던 사람들이 경찰관의 대답을 뒤쪽으로 전달해 주었다.

"경찰관이 그러는데, 범인을 잡는 건 누워 떡 먹기래요."

구경꾼들은 동경의 눈빛으로 경찰관을 바라보았다.

"새너제이'로 도망갔대."

그런 소문이 어디서부터 돌기 시작했는지 아는 사람은 아무도 없었지만 모두들 저코우가 새너제이로 도망쳤다고 믿기 시작했다.

"하지만 왜 그 여자를 죽였대요? 술에 취해 있었나요?"

"아니, 그 남자가 미친 거죠. 머리가 돈 거라고요. 여자가 돈을 숨기고 있다고 생각했대요."

그날 하루 종일 프레나의 가게는 성황을 이루었다. 온통 살인에 관한 대화뿐이었다. 술집에 모인 사람들이 무리를 지어 삼삼오오 고물상 앞에 구경하러 갔다. 하이제는 폴크 거리 전체에서 그야말로 가장 중요한 사람이 되었다. 그는 예외 없이 모든 무리에 불려가 이 사건에서 한 역할을 말하고 또 말해 주었다.

"그러니까 11시쯤 됐을 때였어요. 가게 앞에 서 있는데, 맥터그 부인이―치과 의사 부인 말이에요―갑자기 길을 건너서 달려왔어요." 그렇게 이야기가 이어졌다.

하지만 바로 이튿날 새로운 사건이 터졌다. 폴크 거리 사람들은 조간신문으로 사건을 알게 되었다. 살인이 있던 날 자정쯤 저코우의 시체가 블랙 포인트 근처 만에 떠오른 것이다. 그가 스스로 바다에 몸을 던졌는지, 아니면 부두에서 떨어졌는지 그 누구도 알 수 없었다. 다만 기사에는 그와 함께 낡고 녹슨 냄비와 주석 그릇 등이 들어 있는 자루도 같이 발견되었다고 쓰여 있었다. 충분히 백 개는 될 것 같다고 했다. 쓰레기 더미에서 긁어모은 주석 깡통과 철제 나이프와 포크였다.

"그리고 이 모든 사건이 있지도 않는 그 황금 식기 세트 때문에 일어났다니." 트리나가 한탄하며 말했다.

제17장

　검시관의 검시가 있은 지 두 주가 지난 뒤, 그 끔찍한 사건의 흥분이 가라앉고 폴크 거리가 다시 단조로운 일상으로 돌아오기 시작할 때쯤, 그래니 영감은 자신의 작고 깨끗하고 단정한 방에서 멍하니 두 손을 하릴없이 무릎에 떨구고 쿠션이 푹신한 안락의자에 앉아 있었다. 저녁이었지만 램프에 불을 켜기에는 아직 이른 시간이었다. 그래니 영감은 의자를 벽 가까이 끌어다 놓았다. 사실, 의자를 너무 가까이 끌어다 놓은 나머지 얄팍한 벽 반대쪽 바로 그의 팔꿈치 높이쯤에서 미스 베이커가 두 손에 찻잔을 받쳐 들고 의자를 부드럽게 앞뒤로 움직일 때마다 명주 천 옷자락이 벽에 스치는 소리가 다 들릴 정도였다.

　그래니 영감은 이제 할 일이 없었다. 그날 아침 그가 잡지들을 구입하곤 하던 책방에서 그의 작은 제본기를 모델로 사용하려고 사 갔다. 거래가 완전히 끝이 났다. 그래니 영감은 수표를 받았다. 확실히 큰 액수였다. 하지만 그는 모든 거래가 끝나고 방으로 돌아오자 우울하고 허탈했다. 그는 앉아서 카펫의 무늬를 살피거나 작은 난로 뒤 벽면에 양철 받침을 고정하는 못대가리 수를 셌다. 얼마 뒤 미스 베이커가 서성대는 소리가 들렸다. 오후 5시, 벽 반대편에서 그녀가 차를 끓여 그와 '함께하는' 시간이었다. 그래니 영감은 그녀가 어디 앉아 있는지 잘 알고 있는 터라 그쪽으로 의자를 바짝 끌어다 놓았다. 몇 분이 흘렀다. 날이 저무는 동안 두께가 겨우 몇 센티밖에 되지 않는 판자 한 장을 사이에 두고 두 사람은 함께 앉아 있었다.

하지만 그날, 저녁 그래니 영감에게는 모든 것이 달랐다. 그가 할 일이라곤 아무것도 없었다. 심심한 두 손을 그저 무릎 위에 올려놓고만 있었다. 잡지 더미가 잔뜩 쌓인 탁자는 방구석으로 치워 놓았다. 막연한 불안감에 그는 이따금 고개를 돌려 두 번 다시 볼 일이 없을지도 모를 잡지들을 슬픈 눈빛으로 바라보았다. 습관처럼 하던 일이 없어졌다는 것은 인생에서 무언가가 크게 빠져나간 것과 같았다. 더는 그가 미스 베이커에게 전과 같은 존재일 수 없을지도 모른다. 두 사람만의 작은 습관이 흐트러지고 오랜 관습이 깨어져 버렸기 때문이다. 더는 그녀가 자기 가까이 있다고 느낄 수가 없었다. 이제 서로에게서 멀어질 것이다. 그가 다시는 탁자 앞에서 잡지를 잘라 제본하지 않는다는 사실을 그녀가 알게 되면 더 이상 그와 '함께하기' 위해 차를 끓이지 않을지도 모른다. 그는 행복과 돈을 맞바꾼 셈이다. 두 사람의 느리디 느린 로맨스를 보잘것없는 은행권 지폐와 맞바꾼 것이다. 일이 이렇게 될 줄을 그는 미처 생각하지 못했다. 후회가 파도처럼 밀려왔다. 방금 손등에 떨어진 게 무엇인가? 그는 낡은 실크 손수건으로 눈물방울을 닦았다.

그러니 영감은 두 손으로 얼굴을 감쌌다. 그의 가슴속에는 뭐라고 설명할 수 없는 후회만이 밀려오는 게 아니라, 어떤 다정한 감정도 뭉클 솟아올랐다. 색 바랜 푸른 눈동자에 고인 눈물이 전적으로 불행을 의미하는 것은 아니었다. 그는 뒤늦게나마 찾아온 애정으로 너무나 행복했다. 눈물이 그의 행복을 자연스럽게 표현해 주는 것 같았다. 지난 30년 동안 그의 눈에는 눈물이 고인 적이 한 번도 없었다. 그날 밤 그는 젊음을 되찾은 것만 같았다. 여태껏 사랑이란 것을 한 번도 해 본 적이 없었기에 그에게는 스무 살 적의 모습이 일부나마 여전히 남아 있었다. 그는 자신이 몹시 슬픈 것인지, 아니면 몹시 기쁜 것인지는 잘 알수 없었지만, 눈과 목구멍을 아리게 하는 눈물이 결코 부끄럽지 않았다. 그래서 누군가가 머뭇거리며 자기 방문을 두드리는 소리가 나는데도 듣지 못했다. 문이 슬며시 열리고 나서야 고개를 얼른 들어 보니 조그마한 재봉사가 아주 작은 일본 쟁반에 찻잔 하나를 받쳐 들고 문지방에 서 있는 게 보였다. 그녀가 차 쟁반을 그에게 내밀었다.

"차를 끓이다가," 그녀가 말했다. "영감님께서도 한잔하시고 싶어 하지 않을까 하는 생각이 들었어요."

재봉사는 어떻게 그런 행동을 할 수 있었는지 그 이후로도 도저히 이해할 수 없었다. 처음에는 벽 반대편 자기 방에 조용히 앉아 고럼 티스푼으로 찻잔을 젓고 있었다. 그녀는 차분하고 평화로웠다. 그날 저녁도 평온하게 저물어 가고 있었다. 그녀의 방은 고요하고 질서 정연한 한 폭의 그림 같았다. 창가에는 제라늄이 활짝 피었고, 늙은 금붕어는 석양빛을 받아 비늘을 반짝이며 이따금씩 무지갯빛 옆구리를 이리저리 돌리고 있었다. 하지만 곧이어 그녀는 어떤 두려움에 사로잡혔다. 갑자기 모락모락 김이 나는 차 한 잔을 들고 옆방 그래니 영감에게 가는 것이 세상에서 가장 자연스러운 일처럼 느껴졌다. 꼭 그가 그녀를 원하고 있는 것만 같았고, 그래서 그에게 꼭 가야 할 것만 같았다. 아주 소심한 사람들이 때로 갑작스럽게 결단을 내리고 대담하게 행동하는 것처럼 겁쟁이가 용기를 내면 그 누구보다 용감하다. 그녀는 반쯤 열린 영국 노신사의 방 문가에 모습을 드러냈고, 그가 미처 노크 소리를 듣지 못하자 문을 활짝 열고 처음으로 그의 방에 들어섰다. 그리고 이렇게 느닷없이 방해한 이유에 대해 설명할 용기까지 생겼다.

"차를 끓이다가 영감님께서도 한잔하시고 싶지 않을까 생각했어요."

그래니 영감은 양손으로 안락의자 팔걸이를 잡고 몸을 살짝 앞으로 굽힌 채 그녀를 멍하니 쳐다보았다. 그는 아무 말도 하지 않았다.

은퇴한 재봉사의 용기는 거기까지였다. 용기는 갑자기 일이 생긴 것처럼 불현듯 그녀에게서 달아나 버렸다. 그녀는 얼굴이 홍당무처럼 새빨개졌고, 덜덜 떠는 바람에 우스꽝스러운 곱슬머리 가발이 흔들거렸다. 뭐라고 변명할 수 없는 상스러운 일을 저지른 것만 같았다. 그야말로 큰 일이었다. 생각해 보라, 그녀가 그의 방에, 바로 그분의 방에—그래니 씨의 방에—들어간 것이다. 계단에서 그와 마주쳤을 때 태연하게 지나치지도 못했던 그녀가 그러한 일을 저질렀다. 더는 어떻게 해야 할지 그녀는 알 수 없었다. 물러날 생각도 하지 못한 채 문지방에 장승처럼 뻣뻣하게 서 있기만 했었다. 어찌할 도리도 없이 속수무책으로, 떨리는 목소리로 같은 말만 반복할 뿐이었다.

"차를 끓이다가 영감님께서도 한잔하시고 싶지 않을까 생각했어요." 같은 말만 되풀이하는 데도 불안감이 여실히 묻어났다. 이제 쟁반을 일 초도 더 들고 서 있기가 힘들었다. 손이 너무 떨리는 바람에 차가 반쯤 쏟아졌다.

그래니 영감은 여전히 아무 말 없이 두 손으로 의자 팔걸이를 부여잡고 몸을 앞으로 구부린 채 두 눈을 동그랗게 뜨고 있었다.

그러자 차 쟁반을 들고 서 있던 조그마한 재봉사가 눈물을 글썽이며 큰 소리로 말했다. "오, 제 말은, 제 말은 일이 이렇게 될 줄은 몰랐어요. 전 그저 좋은 뜻으로 차를 한 잔 갖다 드리고 싶었어요. 그런데 이제 보니 너무나 적절치 못했네요. 제가, 제 자신이 너무나 부끄럽네요! 이제 영감님께서 절 어떻게 생각하실지 모르겠어요. 전⋯⋯." 그녀는 호흡이 가빠졌다. "부적절하게⋯⋯." 그녀는 겨우 말을 이어 나갔다. "숙녀답지 못하게⋯⋯ 이제 두 번 다시 절 좋게 생각하지 않으시겠지요. 그만 가 볼게요. 이제 그만 갈게요." 그녀가 뒤돌아섰다.

"잠깐만요!" 그래니 영감이 마침내 목소리를 되찾아 소리쳤다. 미스 베이커는 걸음을 멈추고 겁먹은 어린아이같이 눈물이 글썽이는 눈을 깜박이며 어깨너머로 그를 바라보았다.

"잠깐만요!" 영국 노신사는 자리에서 벌떡 일어나며 다시 큰소리로 외쳤다. "전 처음에 여사님인 줄 몰랐어요. 꿈에도 상상할 수 없었거든요. 이렇게까지 제게 친절을 베풀 줄은, 저를 배려해 주리라고 생각할 수 없었어요. 아!" 그가 호흡을 짧고 빠르게 내쉬며 말했다. "아, 너무 친절하십니다. 전, 전, 여사님께서는 절 너무나 행복하게 해 주셨어요."

"아니에요, 아니에요." 금방이라도 울음이 터질 것만 같은 미스 베이커가 말했다. "숙녀답지 못했어요. 영감님께선 이제 절 좋게 생각하시지 않을 게 분명해요." 그녀는 복도에 서 있었다. 눈물이 그녀의 두 뺨을 타고 흘러내렸지만 눈물을 닦을 손이 없었다.

"제가, 제가 차 쟁반을 받을게요." 그러니 영감이 앞으로 다가서며 격앙되어 말했다. 기쁨이 전율처럼 그에게 몰려왔다. 지금까지 살면서 이토록 행복한 적이 없었다. 마침내 행복이 그에게 찾아왔다. 그것도 전혀 예상치 못한 순간에 말이다. 몇 해 동안 그가 그토록 원하고 바라던 것이, 보라, 바로 오늘 찾아오지 않았는가! 그는 어색함이 사라지는 것을 느꼈다. 조그마한 재봉사가 자신을 사랑하고 있다는 걸 거의 확신할 수 있었고, 그러한 확신이 들자 그는 대담해졌다. 영감은 그녀에게 다가가 쟁반을 받았고 그것을 들고 돌아서서 방 안으로 들어가 탁자 위에 올려놓으려고 했다. 하지만 잡지들이 길을 막고 있었다. 그는 두 손에 쟁반을 들고 있어 탁자 위에 공간을 만들 수가 없었다. 잠시 동안 어찌할 바를 모르며 서 있자 다시금 당혹감이 돌아왔다.

"아, 혹시 여사님께서, 그러니까 여사님께서 이것을……." 그는 고개를 돌려 애원하는 표정으로 조그마한 재봉사 노파를 쳐다보았다.

"기다리세요, 제가 도와드릴게요." 그녀가 말했다. 그녀는 방안으로 들어와 탁자로 다가가 잡지들을 한쪽으로 치웠다.

"고마워요. 고맙습니다." 그러니 영감이 쟁반을 내려놓으며 중얼거렸다.

"이제, 그럼 이제 전 그만 가 볼게요." 그녀가 서둘러 큰 소리로 말했다.

"아니오. 아니에요." 영국 노신사가 대답했다. "가지 마세요. 가지 말아요. 오늘 밤 전 너무 쓸쓸했어요. 그건 어젯밤도 마찬가지였고, 올해 내내 아니, 평생 말입니다." 그가 봇물 터트리듯 말을 쏟아 냈다.

"제가, 제가 그만 설탕을 잊고 왔어요."

"전 차에 설탕을 넣지 않아요."

"하지만 차가 너무 식은 데다 제가 다 쏟았어요. 거의 다 쏟았네요."

"차받침에 담긴 걸 마시면 됩니다." 그러니 영감은 그녀가 앉도록 안락의자를 끌어당겼다.

"아, 이러면 안 되는데. 이건, 이건 너무나 영감님께서는 분명히 절 나쁘게 생각하실 테죠." 갑자기 그녀는 의자에 털썩 주저

앉아 두 팔꿈치를 탁자에 대고 얼굴을 두 손에 파묻었다.

"여사님을 나쁘게 생각한다고요?"그러니 영감이 소리치듯
말했다. "나쁘게 생각하다니요? 그게, 정말 모르시는군요. 정말
상상도 하지 못하시겠지만 그 긴 세월 동안 여사님과 아주 가까
이 살면서 전, 저는 말이에요……." 그가 갑자기 말을 멈췄다. 심
장이 너무 뛰어 숨이 막힐 것만 같았기 때문이다.

"전 영감님께서 오늘 저녁에도 제본하고 계신 줄 생각했어
요." 갑자기 미스 베이커가 말했다. "그리고 영감님께서 너무나
피곤해 보이셨죠. 제가 마지막으로 뵀을 때 피곤해 보이셨고,
그래서 아시다시피 차 한 잔이, 그게 그러니까, 피곤할 때 차 한
잔을 마시면 한결 좋아지거든요. 그런데 영감님은 제본하고 계
시지 않으셨네요."

"네, 맞아요." 그러니 영감이 의자를 가까이 끌어다 앉으며 대
답했다. "맞아요. 제가 사실은 오늘 제본기를 팔았어요. 책방에
서 그 권한을 사 갔습니다."

"그럼 이제는 제본을 하지 않으실 건가요?" 그녀의 태도에서
실망감의 빛이 조금 드러났다. "전 영감님께서 날마다 네 시쯤
이면 제본 일을 하신다고 생각했어요. 제가 차를 끓일 때 소리
가 들리곤 했거든요."

미스 베이커는 그와 계단에서 마주칠 때면 그녀를 압도하던
끔찍한 당혹감을 느끼지 않고 그와 얼굴을 마주한 채 실제로 대
화를 나누고 있다는 사실이, 그녀가 그러니 영감에게 말을 하고
있다는 사실이 도무지 믿기지 않았다. 그녀는 가끔 이런 상황을

꿈꿨지만 꿈의 실현은 아주 머나먼 훗날로 미뤄 왔다. 그런데 천천히 조금씩 다가올 줄 알았던 그 순간이, 바로 지금처럼 준비할 새도 없이 불현듯 찾아온 것이다. 그녀는 자신이 예의 없이 불쑥 그의 방에 찾아가리라고는 단 한 번도 생각해 본 적이 없었다. 하지만 지금 그녀는 그곳에, 바로 그의 방 안에 있는 데다 두 사람은 같이 이야기를 나누고 있었으며, 민망함도 조금씩 사라지고 있었다.

"그래요. 맞아요. 저도 여사님께서 차 끓이는 소리를 늘 들을 수 있었어요." 영국 노신사가 대꾸했다. "찻그릇이 달그락거리는 소리가 들렸거든요. 그 소리가 들리면 저도 의자와 작업 탁자를 벽 가까이에 끌어다 놓고 앉아서, 여사님께서 벽 바로 반대편에서 차를 마시는 동안 저도 작업했어요. 그러면 여사님이 아주 가깝게 느껴졌거든요. 그런 식으로 온 저녁 시간을 보내곤 했죠."

"저도요. 맞아요, 저도 그랬어요. 저도 바로 그 시간이면 차를 끓여서 한 시간 내내 앉아 있었어요."

"여사님께서도 벽 아주 가까이에 앉지 않으셨던가요? 가끔 그렇다고 확신이 들 때가 있었어요. 어떨 땐 여사님 옷자락이 제게 가까운 벽 위치에서 스치는 소리가 들린다고 생각한 적도 있었죠. 벽 바로 옆에 앉지 않으셨나요?"

"저, 전 어디 앉아 있었는지 잘 기억이 나지 않아요."

그러니 영감은 수줍게 손을 뻗어 그녀의 무릎 위에 있던 두 손을 살포시 잡았다.

"반대편 벽에 가까이 앉지 않으셨나요?" 그가 고집스럽게 물었다.

"아뇨, 잘 모르겠어요. 어쩌면 가끔요. 아니, 맞아요." 그녀가 숨을 짧게 내뱉으며 큰 소리로 인정했다. "그래요. 사실 자주 그랬어요."

그러자 그래니 영감이 한쪽 팔로 그녀를 안고 창백한 뺨에 입을 맞추었다. 그녀의 뺨은 곧바로 분홍빛으로 물들었다.

그 뒤로 두 사람은 거의 말을 하지 않았다. 하루해는 서서히 황혼으로 저물고, 두 노인은 잿빛 저녁녘에 조용히, 아주 조용히 서로의 손을 맞잡고 '함께' 앉아 있었다. 두 사람 사이를 갈라놓는 것이라곤 이제 아무것도 없었다. 마침내 이루어졌다. 긴긴 시간이 흐른 뒤 서로 이해하는 두 사람이 함께 있게 되었다. 두 사람은 그들이 직접 만든 작은 낙원에 서 있었다. 서로의 손을 맞잡고 사시사철 가을인 향기로운 정원을 거닐었다. 세상으로부터 멀리 떨어진 채 그들만의 평온무사하고 평범한 삶 속으로 뒤늦게 찾아온 로맨스에 첫발을 내디뎠다.

제18장

같은 날 밤 맥티그는 날카로운 비명에 잠을 깼고, 눈떠 보니 트리나가 자신의 목에 팔을 감고 있었다. 매트리스 스프링이 삐 걱거릴 정도로 그녀는 몸을 부들부들 떨고 있었다.

"왜 그래?" 치과 의사가 침대에 일어나 앉아 불끈 쥔 두 주먹을 허공에 휘두르며 소리 질렀다. "어? 뭐야? 뭐? 왜 그러는 거야? 무슨 일인데 그러냐고?"

"아, 여보." 그의 아내가 숨을 헐떡이며 말했다. "너무 끔찍한 꿈을 꿨어요. 마리아 꿈을 꿨어요. 그 여자가 나를 쫓아오는데 도망칠 수가 없었어요. 그리고 마리아의 목이 완전히 피범벅이 었어요. 아, 너무 무서워요!"

트리나는 살인 사건이 있은 지 처음 며칠 동안은 잘 견뎠고, 검시관에게 증언할 때도 하이제보다 훨씬 더 침착했다. 그런데 일주일이 지나자 비로소 그 사건에 대한 공포가 되살아난 것이 다. 그녀는 낮 동안에는 감히 혼자 있지 못할 정도로 불안해했고, 거의 매일 밤 공포로 비명을 지르며 잠에서 깨어나 끔찍한 악몽을 떠올리며 몸을 떨었다. 치과 의사는 그녀의 불안감이 견딜 수 없이 짜증났다. 특히 비명을 듣고 한밤중에 잠이 깨면 불같이 화를 냈다. 그는 침대에서 벌떡 일어나 앉아 미친 듯이 눈알을 굴리고 큼지한 주먹을 휘두르며—무엇을 향해 주먹을 휘두르는지는 그 자신도 알 수 없었지만—무척 혼란스럽고 어리둥절해서는 "뭐야? 뭐?" 하고 소리를 내질렀다. 그러다가 트리나가 악몽을 꿨다는 사실을 깨달으면 버럭 화를 냈다.

"아, 너랑 그 망할 놈의 꿈! 어서 엎어져 자지 않으면 아주 죽을 줄 알아!" 맥티그는 손바닥으로 그녀를 찰싹 때리거나 손을 붙잡고 손가락 끝을 물어 버릴 때도 가끔 있었다. 그런 뒤 트리나는 누워서 몇 시간이고 뜬눈으로 밤을 지새우며 소리 없이 흐느껴 울었다. 그리고 얼마 뒤 "여보" 하고 소심하게 남편을 불렀다.

"어?"

"여보, 나 사랑해요?"

"어? 뭐? 잠이나 쳐 자."

"이제 날 사랑하지 않는 거예요, 여보?"

"아, 제발 좀 자라고. 그만 귀찮게 하고."

"저기, 나 사랑해요, 여보?"

"아마도."

"오, 여보, 이제 나한테는 당신밖에 없어요. 만약 당신이 날 사랑하지 않으면 난 어떡해요?"

"입 닥쳐. 제발 잠 좀 자자."

"저기, 날 사랑한다고 말해 줘요."

치과 의사는 그녀에게 등을 휙 돌려 큼직한 금발 머리통을 베개에 파묻고 담요로 귀를 덮어 버리곤 했다. 그러면 트리나는 혼자서 울다가 잠이 들었다.

치과 의사는 이미 한참 전에 일자리 구하는 것을 포기했고, 트리나는 아침과 저녁 식사 시간을 빼고는 그를 거의 보지 못했다. 일단 아침 식사를 하고 나면 맥티그는 바쁘게 외출 준비를 하고 캡 모자를 눌러쓰고 집을 나섰다. 아내의 강요로 실크 해트를 판 뒤에는 모자 쓰는 것을 아예 포기했다. 그는 샌프란시스코 교외 너머로 혼자서 오랫동안 산책하는 습관이 들었다. 때로는 클리프 하우스로, 가끔은 공원으로 가서 햇볕이 따뜻한 벤치에 앉아 파이프 담배를 피우고 누더기처럼 낡은 신문 조각을 읽었다. 하지만 그보다는 프레시디오 자연 보호 구역으로 가는 일이 더 잦았다. 맥티그는 유니언 거리 전차 노선 끝까지 걸어가 종점에서 보호 구역으로 들어섰고, 만을 따라 나 있는 해변으로 내려가 해안가를 따라 금문교가 있는 올드 포트까지 가서 그곳을 기준점으로 방향을 휙 꺾어 길고 부드럽게 곡선을 그리는 태평양 바닷가로 나왔다. 그러고 나서 해변을 따라 내려가 그가 잘 알고 있는 바위 끝 지점에 이르렀다. 여기서 다시 내륙을 향해 돌아서서 절벽을 기어 올라가 푸른 붓꽃과 이름도 모르는 노란 꽃이 흐드러지게 핀 완만한 초원 언덕에 올라갔다. 이 언덕 건너편에는 관리가 잘된 드넓은 길이 나 있었다. 맥티그는 이 길을 따라 쭉 걸어가다가 새크라멘토 전차 선로를 따라 다시

도시에 이르렀다. 치과 의사는 이렇게 산책하는 것이 너무 좋았다. 홀로 있는 게 좋았다. 소용돌이치는 광대한 태평양의 고독과 신선한 바람이 부는 고원지가 좋았고, 얼굴에 세차게 부딪히는 계절풍이 좋았다. 구르다가 고꾸라지는 파도를 몇 시간이고 바라보며 어린아이처럼 말없이, 아무 이유 없이 기뻐하기도 했다. 그러다가 갑자기 낚시에 대한 열정이 솟았다. 온종일 손가락 사이에 낚싯대를 끼고 바위 끝에 꼼짝하지 않고 앉아 있다가 열두 시간 만에 농어 세 마리를 잡기라도 하면 무척 행복했다. 정오가 되어서는 해안가 귀퉁이 조금 평평한 잔디밭에 앉아 생선을 구워서 소금이나 나이프, 포크도 없이 먹었다. 그는 농어 입 한가운데로 뾰족한 막대기를 찔러 넣은 뒤 활활 타오르는 불 위에서 천천히 돌렸다. 기름이 더 이상 떨어지지 않으면 다 익었다는 뜻이었다. 그는 뼈를 깨끗이 발라내고 대가리까지 모조리, 맛을 음미하며 천천히 먹어 치웠다. 탄광의 탄차 소년 노릇을 하기에 앞서 플레이서 카운티의 산속에 살던 시절, 그는 이런 것을 무척 자주 즐겼던 것이 기억났다. 치과 의사는 그 무렵의 삶을 무척이나 즐겼다. 그 옛날 광부의 본능들이 되돌아오고 있었다. 궁지에 내몰리자 그는 옛 시절로 다시 빠져들었다.

어느 날 저녁, 그렇게 빈둥거리며 산책하고 집으로 돌아온 그는 트리나가 저코우의 옛집 앞에 서서 입술에 손가락을 대고 무엇인가 곰곰이 생각하고 있는 모습을 발견하고 깜짝 놀랐다.

"여기서 뭐하는 거야?" 치과 의사가 그녀에게 다가가면서 불만스럽게 물었다. 길 쪽으로 난 문 앞에는 '전세 놓음'이라는 간판이 꽂혀 있었다.

"우리가 이사 갈 집을 찾아냈어요." 트리나가 외쳤다.

"뭐라고?" 맥티그가 소리 질렀다. "저기 저, 네가 마리아 시체를 발견했던 이 더러운 집 말이야?"

"당신이 일자리를 못 구하니까 이제 더 아파트 방세를 낼 여유가 없어요."

"하지만 여기는 저코우가 마리아를 살해한 집이야. 바로 이 집이라고. 한밤중에 그 사건 생각만 해도 빽빽 소리를 지르며 잠에서 깨잖아."

"알고 있어요. 처음에는 안 좋을 거예요. 하지만 나도 익숙해질 테죠. 우리가 지금 머무는 방보다 방세가 절반이나 싸요. 난 방을 구하고 있었고, 여긴 엄청나게 싸게 얻을 수 있어요. 부엌 위에 있는 안쪽 방을 빌릴 거예요. 독일인 가족이 집 앞쪽에서 살고 나머진 전전세를 준대요. 그래서 안쪽 방은 내가 얻으려고 해요. 그래야 돈이 생기죠."

"그 돈이 내 주머니에 들어가는 건 아니잖아!" 치과 의사가 버럭 화를 냈다. "네가 돈을 더 모으게 나더러 이 더러운 쥐구멍에 들어가 살라는 말이야? 그런다고 내 주머니 사정이 좀 나아지는 것도 아닌데?"

"그럼 가서 일자리를 구하세요. 그런 다음 다시 이야기하기로 해요." 트리나가 단호하게 대꾸했다. "난 형편이 더 어려워질 때를 대비해 돈을 좀 모을 거예요. 그리고 설령 마리아가 이 집에서 살해됐다 해도 이 집에 살면서 돈을 조금 더 모을 수만 있다면 난 그렇게 할 거예요. 난 눈곱만큼도 상관없다고요."

"알아서 해." 맥티그는 더 이상 뻗대지 않았다. 그의 아내가 놀라운 듯 그를 바라보았다. 그가 갑작스럽게 물러서는 게 의아했다. 어쩌면 맥티그는 최근 집에서 거의 나가 있다시피 하기 때문에 어디에서 어떻게 살든 상관하지 않는지도 모른다. 그래도 그녀는 그의 갑작스러운 변화가 조금은 신경 쓰였다.

이튿날 맥티그 부부는 두 번째로 이사했다. 이사하는 데는 시간이 오래 걸리지 않았다. 두 사람은 집주인에게서 침대를 살 수밖에 없었는데 그 때문에 트리나는 가슴이 찢어지듯 아팠다. 그 침대와 의자 두 개, 트리나의 트렁크와 장식품 한두 개, 석유 난로, 그릇 몇 개와 주방용 식기가 그들 소유라고 할 수 있는 전부였다. 소름 끼치는 기억들로 얼룩진, 다 허물어져 가는 집의 안쪽 방, 창문 하나를 통해 미로 같은 더러운 뒷마당과 허물어진 헛간이 내다보이는 그 방이 그들의 집이 되었다.

맥티그 부부는 점점 더 빠른 속도로 가라앉기 시작했다. 두 사람은 그들을 둘러싼 환경에 적응했다. 가장 안타까운 일은, 트리나가 단정한 매무새와 예쁜 외모를 완전히 잃었다는 것이다. 고된 노동과 탐욕, 열악한 음식, 남편의 잔악한 폭력에 그녀는 빠르게 변해 갔다. 조그맣고 매력적이던 몸이 거칠고 왜소해졌다. 한때 고양이처럼 맵시 있던 그녀는 이제 하루 종일 단정치 않게 더러운 플란넬 실내복을 걸치고 방 안을 돌아다녔고, 걸음을 걸을 때마다 달그락거리는 슬리퍼를 질질 끌었다. 마침내 그녀는 조그마하고 뽀얀 이마 위로 드리우던 여왕의 머리 모양,

티아라로 장식하던 그 멋진 흑단 머리카락조차 더는 신경 쓰지 않았다. 아침이 되면 반쯤 빗은 머리카락을 대충 땋아 아무렇게나 머리 위로 꼬아 올렸다. 그래서 머리카락은 하루에도 대여섯 번씩 흘러내렸고, 저녁이 되면 다 헝클어지고 뒤엉켜서 영락없이 새 둥지 같았다.

정말이지, 혼자서 두 사람 몫을 위해 열심히 일하고 밥하고 빨래하고 집세까지 내야 하는 그녀의 삶은 조금도 즐겁지 않았다. 그녀가 단정치 못하고 더럽고 천박한들 그게 무슨 대수란 말인가? 스스로 몸단장할 시간이 어디 있으며, 꽃단장을 한들 기뻐해 줄 사람이 어디 있단 말인가? 그녀를 개처럼 물어뜯거나 무쇠로 만든 물건인 듯 발길로 걷어차고 두들겨 패는, 야수 같은 남편은 분명히 그럴 인물은 아니었다. 그래, 정말이다, 신경 쓸 필요없는 것은 그냥 내버려 두고 대충 쉽게 살아가는 편이 더 나았다. 등을 둥글게 말고 몸을 웅크리고 있으면 모든 게 금방 끝날 테니까.

단칸방은 지독하게도 지저분했고 음식 냄새와 페인트 냄새가 뒤섞여 악취가 났다. 침대는 늦은 오후까지도 정돈하지 않았고, 어떤 때는 아예 너저분한 채로 온종일 그냥 놔두기도 했다. 더럽고 씻지 않은 그릇들, 기름기 묻은 나이프, 전날 식사하면서 떨어뜨린 음식 부스러기들, 그리고 한쪽 구석에는 썩은 냄새가 나는 더러운 빨래 더미가 수북이 쌓여 있었다. 목조 틈새로 바퀴벌레들이 나왔고 벽지는 눅눅한 벽에서 불거져 서서히 벗겨지기 시작했다. 트리나는 먼지를 털어 내거나 걸레로 가구를 닦는 일은 이미 오래전에 그만두었다. 창틀과 방구석에 먼지가 수북하게 쌓여 갔다. 골목에서 온갖 지저분한 것들이 집 안으로 흙탕물처럼 들이닥쳤다.

하지만 창가에 걸린 빛바랜 결혼사진 속에서는 여전히 예복 차림을 한 신혼부부가 그 비참한 광경을 내려다보고 있었다. 사진 속 트리나는 부케를 바로 들고 있었고, 맥티그는 그녀 옆에서 한쪽 발을 앞으로 내민 채 국무장관 동상의 자세로 꼿꼿하게 서 있었다. 결혼사진 옆에는 치과 의사가 유일하게 집착하는 한 가지, 카나리아 새장이 걸려 있었다. 카나리아는 작은 황금색 감옥에 갇혀 온종일 빽빽 울거나 지저귀었다.

그리고 프랑스제 금박을 입힌 황금빛 어금니 모형이 어마어마한 크기를 자랑하면서도 볼품없이 침대 발치에 눕혀져 방구석으로 양 갈래의 이 뿌리를 뻗고 있었다. 맥티그 부부는 그것을 식탁 대용으로 사용했다. 아침 식사와 저녁 식사 뒤에 트리나는 접시들과 기름 범벅인 그릇들이 걸리적거리지 않게 그 위에 쌓아 두었다.

어느 날 오후, 지난날 맥티그의 경쟁자였던 또 다른 치과 의사, 즉 멋진 조끼를 차려입는 그 남자는 맥티그의 갑작스러운 방문을 받고 흠칫 놀랐다. 그 치과 의사는 마침 수술실에서 석고 주형 작업을 하고 있던 중이었다. 그가 "바로 들어와요. '노크하지 말고 들어오시오'라는 간판이 안 보이나요?"라고 말하자 맥티그가 진료실에 들어섰다. 단번에 상쾌하고 밝은 방 안 분위기가 한눈에 들어왔다. 난로에서는 자그마한 불길이 탁탁 소리를 내며 몽글몽글 타올랐고, 얼룩무늬의 그레이하운드 개는 엉덩이를 붙이고 앉아 여념 없이 불길을 바라보았다. 난로 위에 걸린 커다란 거울은 유리 액자에 끼운 여배우들의 단체 사진을 반사하고 있었고, 반들반들하게 윤이 나는 체리나무 탁자 위에는 갓 꺾은 신선한 제비꽃 한 다발을 꽂은 둥근 유리 화병이 놓여 있었다. 그 남자가 기운차게 다가와 쾌활하고 큰 목소리로 말했다. "여어, 의사 선생님, 아니, 맥티그 씨, 그간 잘 지냈어요? 안녕하셨습니까?"

의사는 멋진 보라색 재킷 차림이었다. 입술에는 권련 담배를 물었고, 그의 가죽 장화에는 난로불이 반사되었다. 맥티그는 검은색 능견 네글리제 셔츠를 입었지만 넥타이를 하지 않았다. 그리고 커다란 징을 박이 박힌 투박한 단화를 신고 있었다. 바지 밑단에는 여기저기 진흙이 튀었고 코트 소매는 다 구겨진 데다 단추 하나가 떨어져 나가고 없었다. 그는 사흘 째 면도를 하지 않았다. 묵직한 노란 머리 뭉치는 모직 캡의 챙 밑으로 삐져나와 이마를 낮게 가리고 있었다. 방금 이발소에 다녀온 냄새를 풍기는 젊은 청년 앞에 서서 맥티그는 어색하게 발을 이리저리 움직이며 흐리멍덩한 눈으로 그를 쳐다보았다. 한때는 맥티그가 자기 집에서 그에게 명령하듯 말하기도 했었는데 말이다.

"이 아침에 뭘 도와드릴 수 있을까요, 맥티그 씨? 혹시 치아에 무슨 문제라도 생겼나요?"

"아니, 아뇨." 맥티그는 그만 말문이 막혀 만나서 하려고 그동안 조심스럽게 연습해 둔 말들을 잊고 말았다.

"내 간판을 팔고 싶은데요." 그가 멍청하게 말했다. "그 프랑스 금박을 입힌 커다란 어금니 모형 말이에요. 뭔지 알 겁니다. 언젠가 한번 사겠다고 한 적이 있었죠."

"아, 그거요, 이젠 필요 없어요." 상대방이 도도하게 말했다. "요즘은 작고 간단한 간판이 더 좋거든요. 괜히 허세 섞인 거 말고요. 제 이름, 그리고 그 뒤에 '치과 의사'라는 글자 정도랄까요. 그렇게 큰 간판은 좀 천박해 보여요. 네, 전 필요 없습니다."

너무나 민망했던 맥티그는 진료실을 나와야 할지, 말아야 할지 몰라 바닥만 이리저리 훑어보고 서 있었다.

"하지만 모르겠어요." 상대방이 조금 생각하더니 덧붙였다. "보아 하니 사정이 꽤 딱하네요. 조금이라도 선생님한테 도움이 된다면, 제가 말이에요. 음, 이렇게 합시다. 5달러 쳐 드릴게요."

"좋아요. 그렇게 해 주시죠."

같은 주 목요일 아침, 맥티그는 빗물이 길게 떨어지며 후드득 후드득 지붕을 두드리는 소리에 잠을 깼다.

"비가 오네." 그가 침대에 앉아 희뿌연 창문을 껌벅거리는 눈으로 내다보며 매우 짜증스럽게 투덜댔다.

"밤새 비가 왔어요." 트리나는 벌써 일어나 옷을 입고 석유난로에 아침 식사를 준비하고 있었다.

맥티그는 일어나 주섬주섬 옷을 입으며 계속 투덜댔다. "뭐, 그래도 난 갈 거야. 비가 오면 고기가 더 잘 잡힐 거야."

"저기, 여보." 트리나가 베이컨 조각을 최대한 얇게 저미며 말했다. "있잖아요. 낚은 물고기 좀 가져오는 게 어때요?"

"흥!" 치과 의사가 콧방귀를 꼈다. "그걸로 아침을 해 먹으려고? 그래서 한 푼이라도 더 아끼려고?"

"제발 좀 그랬으면 좋겠네요! 아니면 시장에 내다 팔기라도 할 수 있잖아요. 길 건너편 생선 가게에서 살지도 몰라요."

"입 닥쳐!" 치과 의사가 소리치자 트리나가 고분고분하게 입을 다물었다.

"이거 봐." 그녀의 남편이 바지 주머니를 뒤적여 1달러를 꺼냈다. "커피랑 베이컨이랑 으깬 감자라면 이제 넌덜머리가 나. 시장에 가서 아침에 먹을 고기 좀 사 와. 스테이크나 두껍게 자른 토막고기나, 뭐 그런 거로."

"어머, 여보, 1센트도 빠지지 않은 온전한 1달러라니. 간판 값으로 고작 5달러를 받았잖아요. 그런 거 사 먹을 돈이 어디 있어요. 그래요, 여보. 더 궁핍할 때가 올지도 모르니까 그 돈을 아껴 둘게요. 아침 식사에 고기를 먹지 않더라도 당신 아주 잘 지내고 있잖아요."

"시키는 대로 해. 어서 가서 스테이크나 토막 살이나, 뭐 그런 걸 좀 사 와."

"제발요, 맥, 여보."

"지금 당장 나가. 나가지 않으면 손가락을 물어 버릴 테니까."

"하지만……."

치과 의사가 그녀에게 한 발 다가서며 그녀의 손을 낚아챘다.

"알았어요, 갈게요." 트리나가 놀라서 움찔하며 몸을 움츠렸다. "가면 될 거 아녜요."

하지만 그녀는 큰 시장에 가서 토막 살을 사지 않았다. 대신 서둘러 두 블록쯤 떨어진 골목에 있는 조금 더 저렴한 푸줏간으로 가서 이삼 일 지난 양고기 옆구리 살을 15센트어치 샀다. 그 때문에 제법 시간이 걸렸다.

"잔돈 이리 내." 그녀가 돌아오자마자 치과 의사가 소리치며 명령했다. 트리나는 그에게 25센트를 건넸고 맥티그가 뭐라고 한마디 하려고 하자 빠르고 줄기차게 말을 쏟아 내 순식간에 그를 혼란에 빠뜨렸다. 돈 문제로 치과 의사를 속이는 데는 아무런 어려움이 없었다. 그는 절대로 끝까지 캐묻지 않았다. 아마 아내가 그 고깃덩어리를 1달러 다 주고 샀다고 해도 곧이곧대로 믿었을 것이다.

"어쨌든 60센트는 아꼈어." 트리나가 짤랑거리는 소리가 나지 않도록 주머니 속의 돈을 움켜쥐며 혼잣말로 중얼거렸다.

트리나는 고기를 조리했고, 두 사람은 말없이 아침을 먹었다.

"자, 그럼." 맥티그가 우묵한 손바닥으로 두툼한 콧수염에 묻은 커피를 닦으며 일어섰다. "이제 낚시하러 갈 거야. 비가 오든 말든. 그리고 온종일 나가 있을 거야."

그는 손에는 낚싯대를 잡고 묵직한 추를 앞뒤로 움직이며 문간에 잠시 동안 서 있었다. 그러고는 트리나가 아침 먹은 것을 치우는 모습을 바라보았다.

"잘 있어." 그가 각이진 큼직한 머리를 끄덕이며 말했다. 집을 나서며 이렇게 상냥하게 인사를 하는 것은 드문 일이었다. 트리나는 그릇을 내려놓고 그에게 다가가 한때는 너무나 사랑스러웠던 조그마한 턱을 허공에 처들었다.

"굿바이 키스를 해 줘요, 여보." 그녀가 그의 목에 팔을 감으며 말했다. "아직도 조금은 나를 사랑하는 거죠, 그렇죠, 여보? 우린 언젠가는 다시 행복해질 거예요. 지금은 어렵지만 여기서 빠져나갈 수 있을 거예요. 당신도 조만간 할 일이 생기겠죠."

"그럴지도 모르지." 그는 그녀가 키스하게 내버려 두며 시큰둥하게 말했다.

카나리아가 새장에서 빠르게 움직이며 이제 막 목을 부풀리고 떨며 날카로운 소리를 냈다. 치과 의사가 그 새를 노려보았다. "저기, 있잖아." 그가 천천히 말했다. "새장을 가져가야겠어."

"팔려고요?" 트리나가 물었다.

"그래, 맞아. 팔려고."

"드디어 정신을 차리네요." 트리나가 고개를 끄덕였다. "하지만 새 가게 상인한테 속으면 안 돼요. 저 새는 노래를 썩 잘 부르잖아요. 새장 값을 합쳐 5달러는 받아야 해요. 어쨌든 처음부터 그렇게 밀어붙여요."

맥티그는 새장을 벽에서 떼어 내어 조심스럽게 오래된 신문지로 감싸며 말했다. "감기에 걸릴지도 모르거든. 자, 그럼 잘 있어." 그가 반복해서 말했다. "잘 있어."

"잘 가요, 여보."

남편이 집에서 나가고 나자 트리나는 그에게서 훔친 60센트를 호주머니에서 꺼내 다시 헤아렸다. "60센트 맞네." 그녀가 가슴 뿌듯해 하며 말했다. "그런데 이 10센트짜리 동전은 지나치게 매끈하단 말이야." 그녀는 감정이라도 하듯 유심히 바라보았다. 서터 거리의 전차 엔진실 시계가 8시를 쳤다. "벌써 8시네." 그녀가 소리 높여 말했다. "서둘러 일해야겠는걸." 그녀는 탁자에서 아침 먹은 것들을 마저 치우고 의자와 작업 상자를 가져다가 바로 진날 조각한 노아의 방주 동물 세트들을 칠하기 시작했다. 그날 아침 내내 그녀는 착실하게 일했다. 정오가 되자 아침 식사하고 남은 커피를 데우고 소시지를 서너 개 튀겨 점심을 먹었다. 오후 1시쯤 그녀는 다시 탁자 위로 몸을 굽혔다. 그녀의 손가락은—어떤 곳은 맥티그가 입으로 문 탓에 살이 찢겨 있었다—기계처럼 빠르게 움직이면서 팔꿈치 곁에 놓인 바구니에 장난감들을 차곡차곡 쌓아 갔다.

"이 많은 장난감들이 전부 어디로 팔려 가는 걸까?" 그녀가 중얼거렸다. "노아의 방주를 수천 개쯤 만들었는데—말들이랑 닭들이랑 코끼리들까지 말이야—아무리 많이 만들어도 늘 부족해 보이니. 어린아이들이 늘 이 장난감을 망가뜨려서 모든 아이들이 생일이나 크리스마스 때 선물을 받는 게 나로선 좋은 일이지 뭐." 그녀는 반다이크 갈색 물감 통에 붓을 담가 조각한 말 두 개 중 하나를 두 번의 붓질로 다 칠했다. 그리고 작고 납작한 붓으로 아이보리 블랙을 칠해 꼬리와 갈기를 만들고 아연백색 물감으로 점을 찍어 눈을 그렸다. 물감에 들어 있는 테레반유 때문에 칠은 곧바로 마르다시피 했다. 그녀는 완성한 조그마한 말을 바구니에 던져 넣었다.

6시가 되어도 치과 의사는 집에 오지 않았다. 트리나는 7시까지 기다렸다가 일거리를 치우고 혼자서 저녁을 먹었다.

"왜 이렇게 늦는 거람?" 그녀가 서터 거리 엔진실의 시계가 7시 반을 치자 소리쳤다. "분명 어디선가 술을 퍼마시고 있겠지!" 그녀는 보지 않아도 알겠다는 듯 다시 큰 소리로 말했다. "간판을 팔고 돈이 생겼으니까."

8시가 되자 그녀는 머리 위에 숄을 두르고 마구 제작 가게로 갔다. 맥티그의 행방을 잘 아는 사람이 있다면 아마 하이제일 것이다. 하지만 마구 제작자는 전날 이후로는 그를 보지 못했다고 했다.

"어제 오후에 여기 왔었어요. 프레나 술집에서 술을 한두 잔 했죠. 아마 오늘도 거기 갔을지 몰라요."

"아, 한번 들어가서 봐 주시겠어요?" 트리나가 부탁했다. "남편은 항상 저녁때면 집으로 돌아와요. 이번처럼 식사를 거른 일이 없었거든요. 그이에게 무슨 일이 생겼을까 봐 겁나요."

하이제는 옆에 붙어 있는 술집으로 들어갔지만 이렇다 할 소식도 듣지 못하고 나왔다. 프레나도 치과 의사가 하이제와 전날 오후에 왔을 때 이후로는 그를 본 적이 없다고 했다. 트리나는 자존심을 접고 크게 말다툼했던 라이어 부부한테까지 가서 치과 의사가 어디 있는지 아느냐고 물었지만, 경멸적인 말투로 본 적 없다는 대답만 들었다.

"내가 밖에 나와 있는 동안 집으로 돌아왔는지도 몰라." 트리나가 혼잣말했다. 그녀는 다시 폴크 거리를 내려가 아파트 쪽으로 향했다. 비가 그쳤는데도 보도는 여전히 빗물로 번들거렸다.

전차가 극장으로 향하는 사람들을 싣고 덜컹거리며 지나갔다. 이발소는 이제 막 문을 닫는 중이었다. 화려하게 불을 밝힌 길모퉁이 사탕 가게에는 사람들이 들어찼고, 약국의 녹색과 노란색 전등불은 반짝거리는 아스팔트 표면에 짙은 만화경 같은 빛을 반사시켰다. 구세군 밴드가 프레나 술집 앞에서 연주와 기도를 하기 시작했다. 트리나는 한 손으로는 머리에 두른 숄을 부여잡고 다른 한 손으로는 끝자락이 젖은 길에 닿지 않도록 빛바랜 치마를 들고 저녁 시간의 화려한 불빛과 작은 행사들로 쾌활한 거리를 서둘러 내달렸다. 골목으로 들어선 그녀는 늘 열려 있는 문을 통해 옛 저코우의 집으로 들어가 방이 있는 위층으로 올라갔다. 하지만 방에는 아무도 없었다.

"어머, 이거 참 이상하네." 그녀는 문지방에 서서 반쯤 소리 높여 외쳤다. 그리고 아픈 손가락 하나를 입술에 댄 채 우유처럼 뽀얗고 조그마한 이마를 찡그렸다. 그러다가 갑자기 엄청난 공포가 그녀를 덮쳤다. 그녀는 이 집을 끔찍한 살인 사건과 연관 짓지 않을 수가 없었다.

"아냐, 아닐 거야." 그녀는 어둠 속에서 중얼거렸다. "그이는 괜찮을 거야. 제 몸 하나는 잘 챙기니까." 그런데도 바닷물로 퉁퉁 불고 금발 머리가 해초처럼 넘실거리면서 물결을 따라 맥없이 구르는 남편의 시체가 너무나도 선명하게 그녀의 눈앞에 그려졌다.

"바위에서 떨어졌을 리 없어!" 그녀는 단호히 소리쳤다. 그러다 아래층에서 들리는 묵직한 발자국 소리에 안도의 한숨을 크게 내쉬었다. "왔다! 그이가 이제 왔네." 그리고 난간으로 달려가 아래쪽을 내려다보며 소리쳤다. "여보! 맥, 당신이에요?" 하지만 아래층에 사는 독일인 가족이었다. 전차 엔진실 시계가 이제 9시를 쳤다.

"도대체 맥은 어딜 간 거야?" 트리나가 발을 구르며 외쳤다.

그녀는 다시 머리에 숄을 두르고 밖으로 나가 골목과 폴크 거리가 만나는 귀퉁이에 서서 두루미처럼 목을 쭉 빼고 길 아래쪽을 내다보면서 기다렸다. 아파트 앞쪽 보도로 나가 그곳에 있는 승마용 발판 위에 잠깐 앉아 있기도 했다. 자연스럽게 전세 마차를 타고 와 승마용 발판 위에 내렸던 그날이 떠올랐다. 그녀의 어머니와 아버지, 오거스트와 쌍둥이가 그녀와 함께였다. 그녀의 결혼식 날이었고, 운전석 옆에 놓인 커다란 양철 트렁크 안에는 웨딩드레스가 들어 있었다. 평생 그날처럼 행복한 적이 없었다. 그녀는 마차에서 내려 승마용 발판 위에 잠시 서서 맥티그의 창문을 올려다보던 것이 기억났다. 뺨에 여전히 비누 거품을 묻히고 면도하고 있던 맥티그와 눈이 마주치자 두 사람은 서로에게 손을 흔들었다. 트리나는 본능적으로 뒤편에 있는 아파트를, 한때 남편의 치과 진료실이었던 퇴창을 올려다보았다. 내부는 온통 깜깜했다. 방에는 사람이 살고 있지 않은 듯 창문에 블라인드가 내려져 아무것도 보이지 않았다. 창문 선반 한 군데에는 녹슨 쇠막대 하나가 처량한 모습으로 튀어나와 있었다.

"우리 간판이 걸려 있던 자리네." 트리나가 말했다. 그녀는 고개를 돌려 폴크 거리 아래쪽 또 다른 치과 의사 진료실을 바라보았다. 그의 진료실 창문에서 거리 쪽으로 새롭게 손보고 윤을 낸 큼직한 어금니가, 그녀가 남편에게 선물로 주었던 그 물건이, 도발과 승리의 봉화처럼 흰 전기 불빛을 현란하게 내뿜으며 밝게 빛나고 있었다.

"음, 그래, 그래." 트리나가 울음을 삼키며 속삭였다. "사다는 게 그렇게 즐거운 건 아니지. 그래도 난 상관없어. 그래, 아무것도 상관하지 않을 거야. 그이만 무사히 집으로 돌아온다면." 그녀는 승마용 발판에서 일어나 골목 모퉁이에 다시 서서 지켜보며 귀를 기울였다.

시간이 점점 흘러갔다. 몇 시간이 흘렀지만 그녀는 여전히 자리를 지키고 서 있었다. 발자국 소리도 점점 줄어들었다. 폴크 거리는 점차 적막 속으로 다시 빠져들었다. 엔진실 시계가 11시를 알렸다. 불빛이 모두 꺼졌다. 그리고 새벽 1시에 전차가 멈추자 갑자기 귀를 먹먹하게 하는 적막이 허공에 감돌았다. 모든 게 쥐 죽은 듯 갑자기 고요해졌다. 이따금씩 경찰관들의 발소리와 길 건너 문 닫은 시장에서 오리와 거위들이 우는 소리만 끊임없이 들려올 뿐이었다. 길거리는 잠이 들었다.

밤이 되고 날은 깜깜해졌는데 홀로 깨어 있으면 생각은 주변의 색을 띠게 되어 울적하고 침울하고 매우 음산해진다. 바로 그때 암울하고 끔찍한 생각, 맥티그의 죽음보다 더 끔찍한 생각이 트리나의 머릿속을 번개처럼 스쳐 갔다.

"아, 아닐 거야." 그녀가 소리쳤다. "아, 아냐. 그럴 리가 없어. 그래도 설마…… 혹시."

트리나는 자리를 떠나 서둘러 집으로 돌아갔다.

"아냐, 아냐." 그녀는 숨죽여 말하고 있었다. "그럴 리 없어. 아마 그이가 다른 길로 집에 왔을 거야. 하지만 만약에, 만약에, 만에 하나라도."

그녀는 계단을 뛰어 올라가 방문을 열고 숨을 헐떡이며 잠시서 있었다. 방 안은 어둡고 텅 비어 있었다. 차갑고 떨리는 손으로 램프 불을 켜고 돌아서서 트렁크를 바라보았다. 자물쇠가 부서져 있었다.

"아냐, 아냐, 아냐." 트리나가 외쳤다. "그럴 리가 없어, 그럴 리가 없다고." 그녀는 트렁크 앞에 꿇어앉아 뚜껑을 뒤로 젖히고 그녀가 저금한 돈을 늘 보관하던 웨딩드레스 밑에 손을 집어넣었다. 놋쇠 금고와 섀미 가죽 주머니가 거기에 있었다. 하지만 속은 텅 비어 있었다.

트리나는 방바닥에 몸을 뻗고 길게 엎드려 팔에 얼굴을 파묻고 도리질을 쳤다. 그리고 울부짖었다.

"안 돼, 안 돼, 안 돼. 그럴 리가 없어, 그럴 리가 없어, 그럴 리가 없다고. 아, 나한테 이럴 순 없어. 아, 어떻게 나한테 이럴 수 있지? 내 모든 돈, 내가 모아 둔 사랑스러운 돈, 날 버리다니. 그이도 가 버리고, 내 돈도 사라져 버렸어. 내 사랑하는 돈이, 내가 그토록 힘들게 모은 내 사랑스러운 금화가, 아, 그이가 이렇게 날 버리다니. 영원히 가 버리다니. 가 버리고선 이제 두 번 다시 돌아오지 않는다니. 내 금화와 함께 가 버렸어. 사라졌어, 사라져 버렸어, 사라져 버렸다고. 두 번 다시는 보지 못할 거야. 내가 얼마나, 얼마나 힘들게 일했는데, 그이를 위해서. 돈을 위해서. 아냐, 아냐, 아냐, 사실이 아닐 거야. 그럴 리가 없어. 그럼 난 이제 어떡하지? 아, 당신이 돌아오기만 한다면 돈을 다 줄게요. 아니, 절반을 줄게요. 아, 제발 내 돈을 돌려줘요. 내 돈만 돌려준다면 용서해 줄게요. 당신이 원하면 내 곁을 떠나도 돼요. 아, 내돈. 맥, 맥, 당신은 정말 영원히 가 버렸나요? 당신은 이제 더 날사랑하지 않고, 난 이제 아무것도 없어요. 돈도 사라지고, 남편도 사라졌어. 가 버렸어, 가 버렸어, 가 버렸다고!"

트리나가 비통해하는 모습은 보기가 다 끔찍했다. 그녀는 손톱을 두피 깊숙이 파묻고 묵직한 검은 머리 타래를 계속 쥐어뜯었다. 꽉 쥔 두 주먹으로 이마를 때렸다. 맹렬히 울부짖자 그녀의 작은 체구가 머리부터 발끝까지 바르르 떨렸다. 그녀는 자그마한 이를 바득바득 갈며 있는 힘을 다해 바닥에 머리를 찧었다.

그녀의 머리카락이 풀려 허리 한참 아래까지 뒤죽박죽 뒤엉켜 길게 늘어졌다. 입고 있는 옷은 다 찢기고 이마에는 피가 맺혔다. 눈이 퉁퉁 부은 데다 뺨은 분노로 뜨거워진 혈관의 열기로 시뻘건 주홍빛을 띠었다. 이튿날 아침 새벽 5시쯤 이런 상태의 그녀를 미스 베이커가 발견했다.

그 무시무시한 날 새벽 1시부터 동이 틀 무렵까지 무슨 일이 있었는지 트리나는 도무지 기억하지 못했다. 그녀가 유일하게 기억할 수 있었던 것은, 약탈당한 부서진 트렁크 앞에 자기가 무릎을 꿇고 앉아 있는 한 장의 그림 같은 장면뿐이었다. 그것

마저도 몇 주가 지난 일처럼 생각되었다. 잠에서 깨어나 보니 이마에 얼음 붕대를 대고 침대에 누워 있었고, 옆에서는 미스 베이커 노파가 메마르고 뜨거운 자신의 손바닥을 쓰다듬어 주고 있었다.

사정은 이러했다. 아래층에 사는 독일인 여자가 한밤중에 트리나가 울부짖는 소리를 듣고 잠을 깼다. 그녀가 위층으로 올라가 그녀의 방에 들어가 보니, 트리나는 발작에 시달리며 의식이 반쯤 나가 울부짖으면서 바닥에 뻗어 있었다. 어떻게 해도 그녀를 가라앉힐 수 없었다. 겁이 난 여자는 남편을 불렀고, 두 사람은 함께 트리나를 침대로 옮겼다. 그러고 나서 독일 여자는 바로 옆 큰 아파트에 트리나의 지인들이 살고 있다는 것을 우연히 기억해 내고는 남편을 보내 은퇴한 재봉사를 불러왔고, 그동안 그녀는 남아서 트리나의 옷을 벗기고 침대에 바로 눕혔다. 미스 베이커는 한걸음에 달려왔고, 치과 의사의 작고 가련한 아내를 보자마자 흐느껴 울기 시작했다. 노파는 트리나에게 무슨 문제인지 물어보지는 않았지만, 물어봤다 해도 어떠한 조리 있는 설명도 듣지 못했을 것이다. 미스 베이커는 독일 여자의 남편을 보내 길거리에 있는 심야 식당에서 얼음을 조금 가져오게 했고, 얼음에 차갑게 적신 수건을 그녀의 이마에 대면서 트리나의 숱 많은 멋진 머리카락을 빗기고 또 빗겼다. 그리고 침대 옆에 앉아 딱하게도 손가락이 불구가 되다시피 한 트리나의 뜨거운 손을 붙잡고 그녀가 입을 열 수 있을 때까지 인내심 있게 기다렸다.

아침이 가까워서야 트리나는 잠에서 깨어났고—의식이 돌아오는 것에 지나지 않았다고 해야 할지 모른다—잠시 동안 미스 베이커를 쳐다본 뒤 방 안을 둘러보다가 마침내 자물쇠가 망가진 트렁크에 시선이 멈추었다. 그녀는 뒤돌아 누워 베개에 얼굴을 파묻고 다시 울기 시작했다. 재봉사 노파의 어떠한 질문에도 대답하지 않은 채 그녀는 얼굴을 베개로 가리고 머리를 격렬하게 흔들었다.

아침 식사 시간쯤 되어 트리나에게 열이 치솟자 미스 베이커는 스스로 행동을 취하기로 하고 독일 여자에게 의사를 불러오게 했다. 의사는 20분쯤 뒤에 도착했다. 그는 몸집이 크고 친절하게 생긴 사람으로 길모퉁이에 있는 드럭스토어에 살았다. 목소리가 굵고 걸음걸이가 매우 힘찬 모습이 내과 의사라기보다는 기병 부대의 하사같이 보였다.

의사가 도착했을 때쯤 미스 베이커는 직감으로 문제의 전말을 알아차렸다. 아래층 입구에서 의사의 활기찬 발자국 소리와 독일 여자가 그에게 하는 말이 들려왔다. "바루 저 계단입뉘다. 복도 뒤편입뉘다. 문 열려 있습뉘다."

미스 베이커는 층계참에서 의사를 맞이했고 귓속말로 상황을 전해 주었다.

"의사 선생님, 아무래도 남편이 아내를 버린 것 같아요. 그리고 돈을 모조리 가져가 버린 것 같고요. 꽤 많은 액수를요. 그래서 저 불쌍한 것이 거의 죽을 지경이 된 거예요. 간밤에는 정신이 나가다시피 했어요. 그리고 지금도 열이 펄펄 끓어요."

의사와 미스 베이커는 다시 방으로 돌아와 문을 닫았다. 덩치가 큰 의사는 트리나가 엄청난 머리숱을 양 옆으로 흐트러뜨리고 얼굴이 새빨개져서는 베개 위로 머리를 좌우로 굴리고 있는 모습을 잠시 동안 내려다보았다. 재봉사는 그의 옆에 서서 의사의 얼굴을 바라보다가 트리나에게 시선을 돌렸다.

　"젊은 여자가 참 딱하네요!" 의사가 말했다. "정말 딱하군요!"

　미스 베이커는 트렁크를 가리키며 속삭였다. "보세요, 저기가 돈을 모아 두던 곳이에요. 남편이 자물쇠를 부숴 버렸어요."

　"자, 맥티그 부인." 의사가 침대에 걸터앉아 트리나의 손목을 잡으며 말했다. "열이 좀 있지요?"

　트리나는 눈을 뜨고 그를 쳐다보고 나서는 미스 베이커를 바라보았다. 그녀는 낯선 얼굴들을 보고서도 전혀 놀라는 것 같지 않았다. 모든 것을 당연한 일로 받아들이는 듯했다.

　"네, 그래요." 그녀가 떨리는 숨을 길게 내쉬면서 대답했다. "열이 나요. 그리고 머리가, 머리가 너무 아파요."

　의사는 안정을 취하라고 말하며 약한 아편제를 처방했다. 그러더니 그의 시선이 트리나의 오른쪽 손가락에 가서 머물렀다. 그는 손가락들을 예리하게 쳐다보았다. 그녀의 손가락 몇 개에 짙은 붉은색이 손끝에서부터 두 번째 마디까지 뻗어 있는 것이 내과 의사의 예리한 눈에 보였다.

　"저기 말입니다." 의사가 큰 소리로 말했다. "이건 어떻게 된 겁니까?" 분명 무언가 아주 잘못되었다. 며칠 동안 트리나도 눈치채고 있었다. 오른쪽 손가락이 전에 없이 부어올랐고 욱신거리며 색깔이 변했다. 맥티그의 야만적인 행동으로 그녀의 손가락이 처참하게 찢겨졌지만, 그녀는 그런 손가락으로 노아의 방주 동물 만드는 일을 계속하면서 무독성 페인트를 끊임없이 만졌다. 그녀는 사실대로 대답했다. 그는 안타까운 듯 소리를 지르며 고개를 내저었다.

"이런, 이건 패혈증입니다. 알겠어요? 최악의 상황입니다. 의심할 여지없이 그 손가락들을 잘라내야 해요. 그렇지 않으면 손 전체를 잃을 수 있어요. 그보다 더 좋지 않은 일이 생길 수도 있고요."

"그럼 제 일은 어쩌라고요!" 트리나가 소리를 질렀다.

제19장

엄지손가락의 두 마디가 사라지고 정상적인 손가락 두 개와 잘린 손가락 두 개의 밑둥만으로 바닥 청소용 솔을 잡을 수는 있었다. 다만 그 일에 익숙해지기까지 꽤 연습이 필요할 뿐이었다.

트리나는 청소부가 되었다. 그녀는 셀리나의 조언을 받아들여 퍼시픽 거리에 위치한 조그마한 기념 유치원의 관리를 맡았다. 퍼시픽 거리는 폴크 거리처럼 주택 지구였지만 훨씬 더 빈곤하고 지저분한 동네였다. 트리나는 유치원 교실 위층에 작은 방을 하나 얻었다. 방은 그다지 나쁘지는 않았다. 창밖으로 햇볕이 내리쬐는 마당이 내려다보였는데 바닥에 널빤지를 깔아 놓고 아이들의 놀이터로 쓰고 있었다. 건물 앞에는 커다란 벚나무 두 그루가 자라고 있었는데, 그 나뭇잎들이 트리나의 창문을 스치며 햇볕을 걸러 내어 방바닥에 동그란 황금빛 점들을 점점이 흩뿌려 놓았다. "어쩜 꼭 금화 같아." 그 모습을 보고 트리나는 가끔 혼잣말을 했다.

트리나가 맡은 일은 유치원 교실들을 관리하고 마룻바닥과 창문을 닦고 먼지를 털고 환기를 시키고 재를 밖으로 나르는 것이었다. 이 일 말고도 워싱턴 거리에 있는 큰 아파트 현관 계단을 닦고 입주민들이 이사 간 빈집을 청소해 주는 것으로 다달이 5달러를 더 벌었다. 그녀는 아무도 만나지 않았다. 그녀를 아는 사람도 없었다. 새벽부터 날이 어두워질 때까지 일했고, 온종일 말 한마디 하지 않는 날도 많았다. 그녀는 철저히 혼자였고, 대도시의 조수(潮水) 속에서―그것도 언제나 썰물인 조수 속에서―가장 낮은 소용돌이에 잠겨 버린, 고독하고 버림받은 여자였다.

손가락을 수술하고 퇴원했을 때, 트리나는 이 세상에 5천 달러와 홀로 남겨졌다. 그 돈의 이자로 생활하면서 여전히 돈을 조금씩 모을 수도 있었다.

잠깐 동안 그녀는 이 전쟁 같은 생활을 모두 포기하고 캘리포니아주 남부 지역에 사는 가족한테로 갈까 고민한 적도 있었다. 하지만 그녀가 망설이고 있는 동안 어머니한테서 긴 편지를 받았고, 그것은 트리나가 오른손가락들을 잘라내기 바로 직전에 쓴 편지, 즉 그녀의 손으로 직접 쓸 수 있던 마지막 편지에 대한 답장이었다. 어머니의 편지에는 온통 신세를 한탄하는 사연뿐이었다. 딸의 불운에 탄식하는 것만큼 자신의 불운을 한탄하고 있었다. 카펫 청소와 가구 덮개 사업은 파산했다. 시프 씨와 오거스트는 식민지 회사를 따라 뉴질랜드로 떠났고, 그곳에서 삶의 터전을 마련하고 나면 시프 부인과 쌍둥이 아이들도 그곳으로 떠날 계획이었다. 트리나의 불행을 도와주기는커녕 오히려 머지않아 어머니가 트리나에게 도움을 청할지도 몰랐다. 그래서 가족에게서 도움을 받겠다는 생각을 모두 접었다. 그런 이유에서 그녀는 이제 아무도 필요 없었다. 여전히 5천 달러를 갖고 있었고, 엘버만 삼촌이 기계처럼 정확하게 이자를 주고 있었다. 맥티그가 떠났으니 입이 하나 줄어든 셈이었다. 유치원 관리인과 청소부로 조금씩 버는 돈으로 노아의 방주 동물 모형으로 벌어들이던 수입을 대신할 수 있었다.

시간이 갈수록 트리나는 맥티그에게 버림받았다는 사실보다는 푼푼히 모아 둔 돈을 잃어버린 사실에 더 슬퍼했다. 탐욕이 그녀를 완전히 지배했다. 마음에 있던 다른 자연스러운 감정은 모두 사라지고 돈에 대한 맹목적 사랑만이 그녀를 뒤덮었다. 몸은 비쩍 마르고 빈약해져 가녀린 뼈대에 살가죽만 착 들러붙었다. 작고 창백한 입술과 살짝 쳐든 턱은 무언가를 바라는 음흉한 욕망을 표현하는 것 같았고, 길고 가느다란 눈도 안에 금속을 담고 있는 것처럼 계속 반짝거렸다. 어느 날 트리나는 자기 방에 앉아 속이 텅 빈 놋쇠 금고와 축 처진 섀미 가죽 주머니를 손에 들고 있다가 갑자기 이렇게 외쳤다.

"내 돈을 두고 떠났더라면 난 그이를 용서해 줄 수 있었어. 용서할 수 있었지. 그래, 나를 이 지경으로 만들었다 해도 용서할 수 있었다고." 그녀는 잘린 손가락을 쳐다보았다. "하지만 이젠," 그녀는 이를 꽉 깨물고 눈에서는 불꽃을 튀겼다. "절대로 그 사람을 용서하지 않을 거야. 내 두 눈에 흙이 들어와도!"

트리나는 빈 주머니와 속이 텅 비어서 가벼워진 금고를 보며 죽을 만큼 괴로워했다. 그녀는 날마다 트렁크에서 그것들을 꺼내 죽은 아기의 신발을 들고 우는 것처럼 흐느껴 울었다. 그녀의 4백 달러가 떠나 버렸다. 그녀는 두 번 다시 그 돈을 볼 수 없을 것이다. 그녀가 그토록 애써 비누와 재로 빛을 낸 아름다운 금화들을 남편이 한 움큼씩 탕진하는 모습이 눈에 선했다. 그런 생각만으로도 그녀는 참을 수 없이 고통스러웠다. 밤이면 맥티그가 그녀의 돈을 흥청망청 쓰는 꿈을 꾸다가 잠에서 깨어나 어둠 속에서 이렇게 묻곤 했다. "오늘은 그 사람이 도대체 얼마나 썼을까? 금화가 얼마나 남았을까? 20달러짜리 두 개 중 하나라도 벌써 잔돈으로 헐었을까? 그 돈을 도대체 어디에 썼을까?"

트리나는 병원에서 퇴원하자마자 다시 돈을 모으기 시작했고 이제는 정말로 광기에 가까운 열성을 기울였다. 그녀는 25센트라도 아끼려고 전기와 연료도 전혀 사용하지 않는 등 꼭 써야 하는 푼돈마저 아꼈다. 빨래와 요리도 직접 했다. 마침내 트렁크에 간직해 둔 웨딩드레스까지도 팔았다.

저코우의 옛집에서 나오던 날, 그녀는 옷장 속 헌 옷더미 속에서 뜻하지 않게 치과 의사의 콘서티나를 발견했다. 그녀는 그것을 발견한 지 20분도 채 되지 않아 중고 가구 상인에게 팔았고, 7달러를 주머니에 챙겨 집으로 돌아왔다. 맥티그가 떠나간 이후 처음으로 느낀 행복이었다.

그런데도 금고와 가죽 주머니는 도무지 채워지지 않았다. 허리를 졸라매며 가장 혹독하게 보낸 삼 주 뒤에도 고작 18달러와 잔돈 몇 푼이 안에 들어 있을 뿐이었다. 4백 달러에 비하면 턱없이 적었다. 그녀는 돈을 손에 쥐어야만 했다. 탁자 위에 돈을 쌓아 놓고 그 속에 손을 집어넣어 얼굴을 파묻으며 두 뺨에 닿는 차갑고 부드러운 금속의 감촉을 느끼기를 간절히 원했다. 그런 순간이면 엘버만 삼촌의 금고 아래쪽 어딘가에서 멋진 5천 달러가 차곡차곡 높이 쌓인 채 반짝이고 있는 모습이 머릿속에 떠올랐다. 그동안은 엘버만 삼촌이 준 계약서를 보며 그것이 5천 달러를 의미한다고 생각했지만 그것만으로 더는 만족할 수 없었고 이제는 돈을 직접 손에 넣어야만 했다. 그녀는 4백 달러를 찾다가 저기 트렁크 안에, 주머니와 금고 안에 넣어 두고 그녀가 원할 때면 언제든 만지거나 바라볼 수 있어야 했다.

더 이상 유혹을 참을 수 없었던 트리나는 마침내 장난감 도매 상점 사무실에 앉아 있는 엘버만 삼촌을 찾아가 자기 돈 중 4백 달러를 찾고 싶다고 말했다.

"이게 상식에서 벗어난 일이라는 건 알고 있을 테지, 맥티그 부인." 그 점잖은 남자가 말했다. "결코, 사무적인 일이 못 되거든."

하지만 조카의 누추한 모습과 불구가 된 가련한 손이 눈에 들어오자 그는 수표책을 꺼냈다. "물론 잘 알고 있겠지만," 그가 말했다. "이자는 그만큼 줄어들 거야."

"네, 알고 있어요. 알고 있고말고요. 저도 그 생각은 했어요." 트리나가 말했다.

"4백 달러라고 했나?" 엘버만 삼촌이 만년필 뚜껑을 열면서 물었다.

"네, 4백 달러예요." 트리나가 두 눈을 반짝거리며 재빨리 대답했다.

트리나는 은행에서 수표를 현금으로 바꿔서 ─ 하나같이 그녀가 바라던 20달러짜리 금화였다 ─ 행복에 취해 집으로 돌아왔다. 그날 밤 그녀는 밤늦도록 잠도 자지 않고 돈을 가지고 놀았다. 돈을 세고 또 셌고, 윤기가 덜한 동전들은 반짝거릴 때까지 문질러 닦았다. 20달러짜리 금화가 모두 스무 개였다.

"오, 이 귀여운 것들!" 트리나가 손바닥으로 쓰다듬으며 황홀경에 빠져들었다. "이 귀여운 것들! 20달러짜리 금화보다 예쁜 게 이 세상에 또 있을까? 내 사랑, 사랑하는 돈! 오, 내가 너희를 얼마나 사랑하는지! 내 것, 내 것, 내 것. 모두 다 내 것이라고."

동전을 탁자 가장자리에 한 줄로 줄 세워 보기도 하고 다양한 모양으로 ─ 삼각형, 둥근 원, 사각형, 또는 피라미드 모양으로 쌓아올려 보기도 하다가, 동전들이 부딪히며 쨍그랑거리는 기분 좋은 소리가 듣고 싶어 일부러 무너뜨리기도 했다. 마침내 그녀는 놋쇠 금고와 섀미 주머니에 다시 돈을 집어넣었고, 또다시 속이 차고 무거워졌다는 사실에 이루 말할 수 없이 행복해했다.

하지만 며칠이 지나자 트리나는 엘버만 삼촌의 금고에 돈이 아직도 남아 있다는 생각이 들었다. 그 돈은 전부 그녀의 것이었다. 4천 6백 달러 말이다. 액수가 많든 적든 자신이 원하는 만큼 찾을 수 있었다. 그저 요구만 하면 되었다. 투자한 원금을 찾으면 월 이자가 그에 비례해서 줄어든다는 것을 잘 알고 있기에 그녀는 일주일 동안은 간신히 참았지만, 마지막에는 더는 참을 수가 없었다.

"딱 떨어지게 5백 달러를 만들려는 것뿐이야." 그녀가 혼잣말했다. 그날 1백 달러를 더 찾았고, 전과 같이 20달러짜리 금화로 바꿨다. 그때부터 그녀는 한 번에 조금씩, 꾸준히 투자금을 찾기 시작했다. 그것은 열정이었고, 광기였으며, 누가 보아도 정신병이었고, 술주정뱅이만 아는 그런 유혹이었다.

이런 충동은 시도 때도 없이 일어났다. 유치원에서 일하는 동안이나, 빈 집 바닥을 쓸고 있는 동안이나, 또는 자기 방에서 아침에 석유난로에 커피를 끓일 때, 아니면 한밤중에 잠에서 깨어났을 때 뜬금없이 탐욕이 그녀를 충동질했다. 그럴 때면 볼이 발그레해지고 눈이 반짝거리며 호흡이 가빠졌다. 그런 순간 그녀는 일을 팽개치고 낡은 검은색 밀짚 보닛을 쓰고 숄을 두르고는 곧장 엘버만 삼촌의 가게로 달려가 돈을 찾아왔다. 한 번은 1백 달러, 또 한 번은 60달러, 또 어떨 때는 20달러로도 만족했다. 또 한 번은 두 주를 겨우 참은 뒤 5백 달러를 찾고 싶은 유혹에 넘어갔다. 아주 조금씩 엘버만 삼촌에게 투자한 원금을 되찾는 바람에 원래 25달러를 받던 매달 이자도 점점 줄어들었다.

어느 날 트리나는 장난감 도매상 사무실에 또다시 모습을 드러냈다.

"엘버만 삼촌, 2백 달러 수표를 발행해 주시겠어요?"

이 점잖은 남자는 만년필을 내려놓고 진지한 표정으로 회전의자 등받이에 등을 기댔다.

"이해가 되지 않는군, 맥티그 부인." 그가 말했다. "매주 여기 찾아와서 돈을 조금씩 찾아가고 있잖아. 이런 방식은 결코 정상적이라고 할 수 없고, 또 사무적이지도 못해. 게다가 약속하지도 않은 시간에 수표를 발행해 주는 건 나로선 대단히 불편한 일이고. 원금을 모두 찾고 싶다면 우리 한번 합의점을 찾아보기로 하지. 가령 다달이 5백 달러씩 할부로 하는 식으로 말이야." 그러더니 그가 불쑥 말을 바꿨다. "아니면 지금 당장 한꺼번에 모두 찾아가도록 해. 오늘 당장 말이야. 차라리 그 편이 낫겠어. 이런 식은 정말로, 정말로 번거로워. 자, 나머지 3천 7백 달러 수표를 받고 끝낼 텐가?"

"아니, 아니에요." 이유는 알 수 없었지만, 트리나는 본능적으로 두려워하며 고개를 절래절래 흔들었다. "아니에요. 그냥 삼촌에게 맡겨 둘게요. 이제 더 돈을 찾지 않을게요."

트리나는 사무실을 나섰지만 상점 밖 인도에 걸음을 멈추고 서서 잠깐 골똘히 생각에 잠기더니 곧바로 눈이 반짝거리며 호흡이 가빠졌다. 그리고 천천히 뒤돌아서서 다시 상점으로 들어갔다. 그녀는 사무실로 들어가 엘버만 삼촌의 책상 모서리 옆에 서서 몸을 덜덜 떨었다. 삼촌은 날카로운 시선으로 그녀를 올려다보았다. 두어 번 달싹거리던 입술에서 겨우 흘러나온 그녀의 목소리는 자기조차 알아듣기 힘들었다. 그녀가 가쁜 숨을 몰아쉬며 간신히 말을 이었다. "네, 좋아요. 제가, 저한테 모조리 돌려주세요. 3천 7백 달러 수표를 써 주시겠어요? 제 돈을 전부 돌려주세요."

몇 시간이 지난 뒤 트리나는 유치원 위층 작은 방으로 들어가 떨리는 손으로 문을 잠그고 묵직한 캔버스 자루를 침대 한중간에 쏟아부었다. 그리고 트렁크를 열어 놋쇠 금고와 섀미 주머니를 꺼내 그 안에 들어 있는 돈도 침대 위 돈더미에 함께 쏟아 놓았다. 그러고 나서 그녀는 침대에 벌렁 드러누워 반짝거리는 금화 더미를 두 팔로 껴안으며, 얼굴을 파묻고는 묘한 쾌감에 길고 긴 신음을 냈다.

정오가 조금 지난 시간으로 날씨가 쾌청하고 따뜻했다. 커다란 체리 나뭇잎에서 풍기는 특유의 톡 쏘는 향기가 길고 가느다란 금색 빛줄기와 함께 열린 창문으로 들어왔다. 아래층 유치원에서는 아이들이 요란스러운 피아노 소리에 맞춰 즐겁게 노래부르면서 발을 구르고 있었다. 하지만 트리나는 아무것도 들리거나 보이지 않았다. 두 눈을 꼭 감은 그녀는 두 팔로 금화 더미를 껴안고 얼굴을 파묻은 채 침대에 누워 있을 뿐이었다.

트리나는 마침내 다시 행복해졌다고 되뇌었다. 맥티그는 한 가닥 기억—날마다 조금씩 사라져 가는 기억—으로만 남아 5천 달러의 황금빛 광채 속에서 점점 흐려지고 희미해졌다.

"하지만 말이야." 트리나는 이렇게 말하곤 했다. "맥을 사랑하긴 했어. 얼마 전까지는 많이 사랑했었지. 그 사람이 내게 상처 줘도 난 그를 더 깊이 사랑할 뿐이었어. 그런 내가 어떻게 이렇게 갑자기 변한 거지? 어떻게 이렇게 빨리 그이를 잊을 수 있지?

그자가 내 돈을 훔쳐 갔기 때문이야, 바로 그거야. 그러면 난 누구도 용서할 수 없어. 그래, 그게 우리 엄마일지라도 말이야. 그리고 난 절대로, 죽었다 깨도 그놈을 용서하지 않을 테야."

남편이 어떻게 됐는지는 알 수 없었다. 그녀는 폴크 거리에서 살 때 알고 지내던 사람들을 전혀 만나지 못했다. 그러니 그에 대해 궁금하더라도 소식을 전해 들을 길이 없었다. 하지만 그녀는 지금 돈을 가지고 있었고, 그 사실이 중요했다. 돈을 향한 열정은 다른 모든 감정을 싹 몰아냈다. 트렁크 맨 아래쪽에, 캔버스 자루에, 새미 가죽 주머니에, 작은 놋쇠 금고에 돈이 들어 있었다. 트리나는 단 하루도 거르지 않고 그 돈을 꺼내서 쳐다보고 만졌다. 어느 날 저녁은 심지어 금화를 침대 시트 위에 전부 펼쳐 놓고 발가벗은 채 침대에 올라가 부드럽고 납작한 금화들을 온몸으로 느끼며 이상야릇한 성적 쾌감에 젖어 밤잠을 자기도 했다.

유치원에 거주한 지 세 달쯤 지난 어느 밤에 트리나는 누군가가 날카롭게 창문 유리창을 두드리는 소리를 듣고 잠을 깼다. 그녀는 서둘러 침대에 일어나 앉았다. 심장이 마구 뛰고 눈알이 재빠르게 돌아가 트렁크 쪽으로 시선이 향했다. 두드리는 소리가 계속해서 들렸다. 트리나는 천천히 일어나 두려운 마음으로 창가로 다가갔다. 달빛이 아래쪽 작은 마당을 밝게 비추고 있었다. 체리나무 한 그루가 만들고 있는 그림자 한 귀퉁이에 맥티그가 서 있는 게 아닌가. 그의 손에는 반쯤 익은 체리 한 뭉치가 들어 있었다. 그는 체리를 먹으면서 씨를 창문으로 던지다가 트리나를 보자마자 새시를 올리라고 마구 손짓했다. 내키지 않으면서도 무슨 일인지 궁금했던 트리나는 그대로 따랐고, 치과 의사는 잽싸게 그녀 앞으로 다가왔다. 그는 파란색 멜빵바지와 넥타이도 없는 남색 플란넬 셔츠에 빛바래고 비에 젖어 솔기가 다 닳은 낡은 코트와 모직 캡모자를 쓰고 있었다.

"저기, 트리나!" 그가 속삭임보다는 조금 크게, 나지막하고 둔탁한 목소리로 말했다. "나 좀 들여보내 줘. 응? 좀 들여보내 줄래? 밥을 계속 굶은 데다 두 주 동안 제대로 된 침대에서 잠 한 번 못 잤어."

하지만 달빛 아래에 서 있는 그를 바라보며 떠오르는 생각은, 그가 자신을 때리고 물어뜯고 돈을 훔쳐 달아난, 그녀에게 평생 겪어 보지 못한 고통을 안겨 준 남자라는 사실뿐이었다. 그녀한테서 훔쳐 간 돈을 다 써버렸으니 이제 와 돌아오겠다고 징징대며 우는 소리를 내는 것이다. 그는 분명 돈을 더 훔치러 왔다. 방으로 들어서는 순간 그는 반드시 5천 달러의 냄새를 맡을 것이다. 그러자 그녀는 분노가 치밀어 올랐다.

"싫어." 그녀가 조그마한 소리로 대답했다. "싫다고. 난 당신을 들여보내 주지 않을 거야."

"하지만 내 말 좀 들어 봐, 트리나. 내가 굶고 있다고 말하잖아, 빵 한쪽 못 먹고……."

"흥!" 트리나가 경멸조로 말을 끊었다. "4백 달러를 가지고 굶는 사람이 어디 있어."

"그게…… 그게…… 내가…… 그게 말이지……." 치과 의사가 말을 더듬거렸다. "이젠 한 푼도 없어. 먹을 것 좀 주고, 잠 좀 재워 줘. 나 열흘 동안 광장에서 잤어. 그리고 봐봐, 내가…… 빌어먹을, 트리나, 내가 언제부터 음식을 한 입도 못 먹었냐면……."

"날 버리고 떠나면서 훔쳐 간 내 돈 4백 달러는 어디 있는 거야?" 트리나가 쌀쌀맞게 물었다.

"그거야, 다 써 버렸지." 치과 의사가 중얼거렸다. "일이야 어찌 되었든 트리나, 날 굶어 죽도록 내버려 두면 안 되잖아. 그럼 돈이라도 조금만 주든가."

"당신이 내 돈 한 푼이라도 더 가져가는 것을 보느니 당신이 굶어 죽는 걸 보겠어."

그러자 치과 의사는 한 걸음 뒤로 물러서서 어안이 벙벙한 표정으로 그녀를 노려보았다. 그의 얼굴은 삐쩍 말라 초췌했다. 그처럼 그의 턱뼈가 도드라져 보이거나 네모진 머리가 커 보인 적이 없었다. 달빛 때문에 푹 파인 뺨에는 짙고 검은 그림자가 드리워졌다.

"뭐라고?" 치과 의사가 당황해서 물었다. "방금 뭐라고 했어?"

"내 돈은 절대 주지 않을 거야. 두 번 다시는, 단 한 푼도."

"내가 지금 굶주리고 있다는 걸 알고는 있겠지?"

"글쎄, 나도 배를 곯고 있어. 게다가 난 당신 말을 믿지 않아."

"트리나, 어제 아침부터 아무것도 먹지 못했어. 맹세코 이건 정말이야. 네 돈을 가지고 도망쳤다 해도, 날 굶어 죽게 내버려 둘 순 없잖아, 안 그래? 내가 잘 곳이 없어서 밤새 거리를 헤매는 걸 두고 볼 순 없는 거잖아. 나 좀 들여보내 줘. 제발, 응?"

"안 돼!"

"그럼 돈을 조금만 줘. 아주 조금만, 1달러만 줘. 아니면 반 달러라도. 아니, 10센트면 돼. 커피 한 잔만 사 마시게."

"싫어!"

치과 의사는 말을 멈춘 채 황당해하며 어쩔 줄 몰라 그녀를 뚫어지게 쳐다만 보았다.

"이봐, 너…… 너 미쳤지, 트리나. 나…… 나 같으면 말이지, 개라고 해도 그냥 굶겨 보내진 않아."

"그 개가 당신을 물어뜯었다면 아마 얘기는 달라지겠지."

치과 의사는 그녀를 노려보았다.

다시 한 번 침묵이 흘렀다. 맥티그는 아무 말 없이 그녀를 올려다보았다. 조그마한 그의 눈에 비열하고 사악한 빛이 감돌았다. 그는 나지막하게 외마디를 뱉으며 화를 참았다.

"자, 마지막으로 한 번만 더 생각해 봐. 난 지금 굶고 있어. 눈을 붙일 곳도 없고. 돈을 조금만 주거나 먹을 것을 좀 주지 않겠어? 아니면 날 들여보내 주지 않을래?"

"아니, 싫어. 싫다고."

트리나는 언뜻 남편의 두 눈에서 금속처럼 반짝거리는 섬뜩한 빛을 본 것 같았다. 그는 수척해진 큼직한 주먹을 들어 보였다. 그러고 나서 으르렁댔다. "아주 잠깐이라도 널 붙잡는다면, 맹세코, 널 팔짝팔짝 뛰게 만들어 줄 테야. 어디 두고 봐, 두고 보라고. 겁 좀 먹어야 할 거야."

맥티그가 뒤돌아서자 달빛이 그의 거대한 어깨 위에 하얀 눈처럼 내려앉았다. 트리나는 그가 벚나무 아래 그림자를 지나 작은 마당을 건너가는 것을 지켜보았다. 그가 거대한 발로 판자로 된 바닥을 밟고 지나가자 우두둑거리는 소리가 들렸다. 그의 모습이 사라졌다.

아무리 구두쇠여도 사람이었기에 치과 의사의 무거운 발걸음 소리의 울림이 채 사라지기도 전에 그녀는 그에게 한 행동을 후회했다. 그녀는 잠옷을 입고 창가에 서서 손가락을 입술에 대고 있었다.

"수척해 보이긴 했어." 그녀가 소리 내어 말했다. "정말 배가 고팠던 것인지도 몰라. 뭐라도 줬어야 했는데, 그래야 했는데. 그냥 줄걸 그랬어." 그녀는 두 팔이 두려움에 떨리더니 갑자기 울음을 터트렸다. "도대체 내가 왜 이렇게 된 거지, 맥에게, 내 남편에게 돈을 좀 줄 바에야 차라리 굶어 죽는 걸 보겠다고 하다니? 아냐, 그러면 안 돼. 그건 너무 끔찍해. 그에게 돈을 좀 줘야겠어. 내일 그에게 돈을 보내 줄 거야. 그런데 어디로 보내 준담? 아니야, 그가 곧 다시 돌아오겠지." 그녀는 창문에 기대어서서 최대한 큰 소리로 불렀다. "오, 맥, 여보!" 하지만 아무런 대답이 없었다.

맥티그가 트리나에게 거의 이틀 동안 음식을 먹지 못했다고 한 것은 사실이었다. 그는 한 주 전 부둣가에 있는 선원들의 하숙집에 딸린 술집에서 4백 달러를 마저 써 버렸고, 그 뒤로는 입에 풀칠하며 지내왔다.

그는 도시 곳곳을 돌아다니며 아내의 돈을 왕자처럼 헤프게 써 댔다. 무모하게도 다음 날에 대한 아무런 대책도 없이 어디서 만난 지 알 수도 없는, 또 이틀 뒤면 이름조차 잊어버릴 사람들과 스물네 시간 함께하며 흥청망청 먹고 마셨다. 그러다가 느닷없이 돈이 다 떨어졌다. 더는 친구가 없었다. 굶주림이 몸 위에 올라타 그를 괴롭혔다. 더는 잘 먹지도 못하고 편안하게 자지도 못했다. 따뜻하게 잠을 잘 만한 곳도 없었다. 그는 저녁 시간 폴크 거리로 돌아갔고, 지난날의 친구들이 그를 볼까 봐 창피해서 길거리의 어두운 쪽으로만 걸어 다니며 그늘진 곳에 숨었다. 그는 저코우의 옛집에 찾아가 트리나와 함께 살던 방의 문을 두드렸다. 그러나 방은 텅 비어 있었다.

이튿날 맥티그는 엘버만 삼촌 가게로 찾아가 트리나 소식을 물었다. 트리나는 엘버만 삼촌에게 맥티그가 주먹을 휘두른 것에 대해 아무런 말도 하지 않았고, 손가락을 잃은 이유도 딴말로 둘러댔다. 당연히 남편이 돈을 훔쳐 달아난 사실도 말하지 않았다. 그러니 치과 의사가 트리나의 행방을 물었을 때 엘버만 삼촌은 맥티그가 그녀와 화해하려는 것이라고 망설임 없이 말해 주었다. 게다가 이렇게 덧붙여 말하기까지 했다. "그 아이는 바로 어제 찾아와 원금을 모조리 찾아갔다네. 지난달쯤부터 돈을 계속 찾아갔거든. 그 애가 아마 그 돈을 전부 갖고 있을 거야."

"아, 아내가 다 갖고 있군요."

치과 의사는 아내를 찾아갔다가 얻는 것 없이 발길을 돌리면서 분노로 몸을 떨었고, 잔인하고 원시적인 본능으로 그녀를 한껏 혐오했다. 그는 손가락 마디가 하얗게 될 정도로 주먹을 세게 쥐며 이를 위아래로 바드득 갈았다.

"아, 널 내 손으로 붙잡기만 하면, 아주 제대로 팔짝팔짝 뛰게 해 줄 테야. 그 방 안에 5천 달러를 갖고 있으면서 내가 겨우 5미터 넘는 곳에 서서 굶주리고 있다고 말하는데도 커피 한 잔 마실 10센트도 주지 않았어. 너 어디 붙잡히기만 해 봐라!" 그는 깜깜한 허공에 주먹을 내밀며 치아 사이로 씩씩거리는 소리를 냈다.

그날 밤 맥티그는 아침이 될 때까지 길거리를 걸으며 배고픔을 이기려면 이제 어떡해야 할지 고민했다. 이튿날 아침 10시쯤 그는 키어니 거리에 있었고 아무런 할 일이 없었기에 여전히 길거리를 헤매고 있었다. 곧 그는 어느 악기 상점 근처 모퉁이에 걸음을 멈추었고, 사내 두세 명이 짐수레에 피아노를 싣는 모습을 잠시나마 재미있게 구경했다. 이미 피아노의 반 정도가 짐수레에 올려 있었다. 덩치가 큰 혼혈 사내 하나가 번쩍거리는 장미목 피아노 아래에 몸을 숨기다시피 한 채 방향을 지시했고, 다른 두 남자는 뒤에서 힘껏 피아노를 들어 올리며 끌어당기고 있었다. 그러던 중 갑자기 말들이 길거리에 있는 무언가에 놀라 물건을 내팽개치듯 움직여 댔고, 수레에 올라 있던 피아노가 움찔거리기 시작했다. 그러더니 비명이 들렸다. 혼혈 사내가 휘청거리며 떨어지는 피아노와 함께 넘어졌다. 그의 허벅지가 피아노에 정면으로 짓눌려 쾅 소리와 함께 뼈마디가 부러졌다.

한 시간 뒤 맥티그는 일자리를 얻었다. 악기 상점은 그에게 주급 6달러를 주기로 하고 그를 짐꾼으로 고용했다. 평생 쓸모없던 맥티그의 엄청난 힘이 마침내 그에게 쓸모 있게 되었다.

그는 악기 상점 창고에 붙은 작은 뒷방에서 잠을 잤다. 짐꾼이면서 경비 같은 역할로 밤마다 가게 주변을 두 차례씩 순찰했다. 그의 방은 담배 연기 냄새가 찌든 상자만 한 단칸방이었다. 그전에 거주하던 사람이 벽을 온통 신문지로 도배하고 키랄피 발레단˚ 포스터에서 오려 낸 아주 야한 사진들을 붙여 놓았다. 방에 하나밖에 없는 창문 옆에는 맥티그가 비정상적으로 집착하는 작은 감옥 같은 황금색 새장에서 카나리아가 온종일 지저귀었다.

맥티그는 이제 위스키를 제법 많이 마셨다. 술은 불행이 시작된 이래로 그의 내면에서 싹트기 시작한 사악하고 못된 성질을 더욱 부추겼다. 맥티그는 힘센 동료들을 공포에 떨게 만들었다. 거친 말을 한다는 이유로, 피아노를 제대로 싣지 못한다는 이유로, 무례하게 쳐다보거나 욕을 한다는 이유로, 치과 의사는 나무망치 같은 주먹을 꽉 걸머쥐며 팔을 구부리곤 했다. 가끔은 실린더의 피스톤처럼 엄청난 속도로 튀어 올라 힘찬 주먹을 날리기도 했다.

트리나를 향한 증오도 날이 갈수록 커져 갔다. 맥티그는 정말로 그녀를 팔짝팔짝 뛰게 할 생각이었다. 잡힐 때까지만 기다려라. 그녀는 그를 굶주리게 그냥 내버려 두지 않았던가? 트렁크 아래에 5천 달러를 숨겨 두고서도 문전박대하지 않았던가? 아하, 어디 한번 두고 보자. 감히 그를 무시해서는 안 되었다. 암, 물론이고말고. 이리저리 팔짝팔짝 뛰게 될 거야…… 그렇고말고. 맥티그는 천성적으로 상상력이 좋은 편은 아니었지만 때로 알코올이 머리끝까지 오르면 밤새 뜬 눈으로 어설픈 상상의 나래를 펼치며 미친 듯이 날뛰었다. 아내를 채찍으로 후려치는 상상을 하다가 갑작스럽게 광분하여 온몸을 파르르 떨면서 침대에서 뒹굴거리고 매트리스를 물어뜯었다.

어느 날, 그러니까 그해 크리스마스가 지난 지 일주일이 되던 날, 맥티그는 중고 악기들을 보관하는 악기 상점의 꼭대기 층에 올라가 낡은 피아노들을 이리저리 다시 배치하고 있었다. 그러다가 판매대에 있는 이상하게도 낯익은 어떤 물건에 끌려 걸음을 딱 멈췄다.

"저기 있잖아요." 그가 상점 매니저에게 물었다. "저기, 저 물건 어디서 난 겁니까?"

"가만 있자. 아마 폴크 거리에 있는 중고 가게에서 산 것 같은데. 꽤 괜찮은 물건이지. 음전(音栓) 좀 손보고 셸락을 바르면 새것처럼 될 거야. 소리가 아주 좋거든. 한번 들어 봐." 점원은 맥티그의 옛날 콘서티나로 길고 낭랑하며 구슬픈 소리를 한 곡조 뽑았다.

"그건 내 겁니다." 치과 의사가 으르렁댔다.

그러자 상대방이 웃었다. "11달러를 내면 당신 것이 되겠지."

"아니요, 내 것이라고요." 맥티그가 고집스럽게 말했다. "돌려주세요."

"말 같지 않은 소리 작작해, 맥. 지금 무슨 소리를 하는 거야?"

"내 말은, 그게 내 것이라는 말이에요. 당신은 그 물건에 대한 권리가 없어요. 내 말은, 내가 도둑맞은 물건이란 겁니다." 그가 말할 때 두 눈에서 분노로 불꽃이 튀어 올랐다.

점원은 어깨를 들썩이고 나서는 콘서티나를 선반에 다시 올려놓았다.

"그 문제는 가게 주인과 얘기를 해 봐야 할 거야. 내가 상관할 바는 아니니까. 만약 이걸 갖고 싶으면 11달러를 내."

치과 의사는 바로 전날 임금을 받았기 때문에 그때 마침 지갑에 4달러가 있었다. 그는 그 돈을 매니저에게 건네주었다.

"여기, 선금을 줄게요. 그러니 당신은, 당신은 저 콘서티나를 따로 보관하세요. 나머지 돈은 일주일쯤 해서 줄 테니까요. 아니, 내일 다 잔금을 치를게요." 그는 머릿속에 어떤 생각이 번쩍 떠오른 듯 급하게 말했다.

맥티그는 콘서티나를 몹시 그리워했었다. 일요일 오후 할 일이 없을 때면 그는 악기 상점 뒤에 있는 그 작은 방의 스프링도 없는 침대에 웃옷과 신발을 벗은 채 납작하게 누워 있었다. 그리고 신문을 읽거나 피처 주전자째로 스팀 맥주를 마시고 파이프 담배를 피웠다. 하지만 그의 콘서티나로 구슬픈 여섯 곡조를 연주할 수가 없었고 그 때문에 상실감이 컸다. 그는 종종 그 악기가 어디로 갔는지 궁금했다. 불운으로 삶이 만신창이가 되는 과정에서 잃어버린 게 분명했다. 언젠가 한번은 악기 상점의 경매품 더미에 있던 콘서티나를 하나 찾은 적이 있었다. 그날은 일요일이라 주위에는 아무도 없었다. 하지만 곧 그 콘서티나는 그가 연주할 수 없다는 것을 알게 되었다. 그가 알지 못하는 체계로 음전이 배치되어 있었기 때문이다.

그런데 지금 그의 콘서티나가 그에게 돌아온 것이다. 그는 그것을 다시 구입할 생각이었다. 점원에게는 이미 4달러를 지불했다. 그리고 나머지 7달러를 어디서 구할지 그는 잘 알고 있었다.

점원은 그에게 콘서티나를 폴크 거리에 있는 중고 물품 가게에서 사 왔다고 했다. 그렇다면 분명 트리나가 팔았을 것이다. 맥티그는 확신했다. 그녀가 그의 콘서티나를 판 것이다. 그것도 그에게서 훔쳐서 팔았다. 그가 평생 아끼던 그의 콘서티나를, 그가 사랑해 마지않는 콘서티나를 말이다. 카나리아를 제외하고 맥티그가 갖고 있던 물건 중에서 그것보다 더 애지중지한 것은 없었다. 로렌초 메디치와 그의 궁정 철판화는 잃어버려도 괜찮았고, 퍼그 개 석상과 헤어져도 상관없을지 모른다. 하지만 콘서티나라니!

"그 여자가 그걸 팔아 버렸어. 내게서 훔쳐서 팔아 버렸어. 내가 가지고 가는 걸 잊어버렸다는 이유로. 그래, 어디 한번 두고 보자. 그걸 되살 돈을 주든가, 아니면⋯⋯."

맥티그의 마음속에 분노가 치밀어 올랐다. 트리나를 향한 증오심이 밀물처럼 다시 밀려왔다. 그는 그녀의 작고 새침한 입과 가늘고 파란 눈, 풍성한 검은 머리 다발과 살짝 들린 턱이 눈앞에 선하게 보였고, 그런 모습 때문에 그녀를 더더욱 증오했다. 그녀에게 본때를 보여 주리라. 두 발로 팔짝팔짝 뛰게 만들어 주리라. 그는 그녀한테서 7달러를 받아 낼 것이고, 그렇지 않으면 그 물건을 판 이유를 알아낼 것이다. 그날 그는 육중한 피아노들을 기중기를 사용하듯 쉽게 들어 올리고 끌어당기며 일을 했다. 그러면서도 자유로운 저녁 시간이 어서 돌아오기를 초조하게 기다렸다. 시간이 날 때마다 그는 가까운 술집으로 달려가 작은 잔으로 위스키를 한 잔씩 마셨다. 그는 악기 상점 위층에서 육중한 무게를 자랑하는 흑단, 장미목, 마호가니와 씨름하며 꿈쩍도 하지 않으려는 피아노들에 온갖 분노와 짜증을 퍼붓는 동안, 위스키가 머릿속을 한 바퀴 돌면 이렇게 혼잣말로 중얼거리곤 했다. "내가 이런 일을 하는 동안, 내가 짐마차 말처럼 이렇게 뼈 빠지게 일하는 동안 그 여자는 집 안에서 난로 옆에 앉아 돈이나 세고 있겠지. 그러면서 내 콘서티나까지 팔아먹었어."

마침내 6시가 되었다. 맥티그는 저녁을 먹는 대신 위스키를 더 마셨는데 그 작은 잔을 들고 매우 빠른 속도로 다섯 번이나 연거푸 입에 털어 넣었다. 저녁 식사 시간 뒤에는 피아노 연주회가 열리는 오드펠로우 회관에 대형 그랜드 피아노를 배달해야 했다.

"우리랑 다시 돌아가지 않을 거요?" 피아노를 배달하고 난 뒤 짐꾼 중 한 사람이 운전석에 올라가며 그에게 물었다.

"아니오, 돌아가지 않을 거요." 치과 의사가 대답했다. "다른 할 일이 좀 있거든요." 시청 근처에 있는 술집에서 새어 나오는 요란한 불빛이 그의 눈에 들어왔다. 그는 그곳에서 위스키를 한 잔 더 마시기로 마음먹었다. 시간은 8시쯤 되었다.

바로 이튿날은 유치원에서 크리스마스와 설날을 한데 묶어 축하하는 축제일이었다. 그날 오후 내내 퍼시픽 거리에 있는 그 작은 2층짜리 건물에서는 상록수와 호랑가시나무 가지 엮은 것을 높이 매달거나 교실 안 중앙에 대형 크리스마스트리를 장식하기 위해 모인 유치원의 어머니의 임원들로 북적였다. 방 안은 온통 코를 찌르는 듯한 소나무 냄새로 가득 찼다. 트리나는 그날 이른 아침부터 매우 바빴다. 이 사람 저 사람이 부르는 소리에 달려가고, 압정을 박는 망치나 신선한 크랜베리를 사 오느라 길거리를 뛰어다녔다. 상록수를 길게 이어다가 사다리 위에서 아슬아슬하게 균형을 잡고 서서 그 상록수 줄을 한 사람에게서 다른 사람에게로 전달해 댔다. 저녁이 되자 모든 것이 정돈되었다. 마지막 부인이 유치원을 떠날 때 트리나에게 1달러를 주며 말했다. "자, 이제 여기를 말끔히 치워 줘요, 맥티그 부인. 그러면 끝일 것 같아요. 여기 소나무 바늘잎들을 쓸어 담고요. 보다시피 온통 바닥에 널려 있네요. 모든 방을 구석구석 들여다보고 전체적으로 다 청소해 줘요. 그럼 잘 있어요. 그리고 새해 복 많이 받아요." 부인은 건물 밖으로 나가면서 유쾌하게 소리 높여 인사했다.

트리나는 다른 일을 하기 전에 먼저 트렁크에 1달러를 갖다 넣고 저녁밥을 조금 지어 먹었다. 그러고 나서 다시 계단을 내려왔다.

유치원은 별로 크지 않았다. 아래층에는 방이 두 개밖에 없었는데, 하나는 중심 공간으로 사용하는 교실이었고, 다른 하나는 보관실로 주로 아이들이 모자와 코트를 거는 아주 작은 방이었다. 이 보관실은 교실 뒤쪽으로 붙어 있었다. 트리나는 두 방을 꼼꼼하게 살펴보았다. 낮 동안 많은 사람이 오갔으니까 가장 먼저 바닥을 문질러 닦기로 했다. 그녀는 다시 위층 자기 방으로 올라가 석유난로에 물을 데우고 나서 내려와 열심히 일하기 시작했다.

밤 9시쯤 교실 바닥 청소를 거의 끝냈다. 그녀는 모락모락 김이 나는 더러운 비눗물 한가운데 손과 무릎을 꿇고 있었다. 발에는 버클이 달린 남자 신발을 신은 채였다. 거기에다 물로 축축하게 젖은 더러운 무명 치마가 볼품없고 작달막한 몸에 착 달라붙어 있었다. 이따금 그녀는 발뒤축에 기대고 앉아 긴장된 몸을 풀었다. 그리고 더운물에 살짝 익다시피 해서 하얗게 된 손으로 주글주글하고 창백한 얼굴과 입 구석에 붙어 있는 벌써 희끗희끗해진 머리카락을 쓸어내렸다.

방 안은 아주 조용했다. 유리 등피도 안 씌운 가스등이 조야한 불빛으로 그곳을 밝히고 있었다. 유치원에 살고 있는 고양이 한 마리가 물에 젖는 것보다 차라리 더러운 것이 나은 지 석탄 통 안에 들어가 만족스러운 듯 길게 가르랑거리며 졸린 눈으로 그녀를 바라보았다.

그러던 고양이가 마치 물줄기가 단번에 멈추며 허공에 정적을 남기듯 갑자기 가르랑 소리를 멈추었고, 검은 털 뭉치 사이로 노랗게 빛나는 둥근 눈동자가 휘둥그레졌다.

"누구세요?" 뒤꿈치에 앉으며 그녀가 소리 내어 물었다. 정적이 계속 이어지는 가운데 규칙적으로 째깍대는 시계 소리와 그녀 손에서 떨어지는 물방울 소리만이 귓가에 들릴 뿐이었다. 그러고 나서 길거리로 나 있는 교실 문이 무지막지한 주먹질로 단박에 열리더니 맥티그가 교실 안으로 들어섰다. 그는 술에 취해 있었지만 멍청하게 횡설수설하고 다리를 휘청거리는 것과는 거리가 멀었다. 오히려 정신이 또렷하고 비정상적으로 두뇌가 빠르게 돌아가며 더욱 잔인해지고 완벽하게 안정적이면서도 치명적으로 사악해진 상태였다. 트리나는 그를 딱 한 번 쳐다보고 나서 어떤 이상한 육감으로 무슨 일이 벌어질지 순간적으로 알아챘다.

트리나는 펄쩍 튀어 올라 그를 피해 작은 보관실로 달아났다. 그녀는 문을 잠그고 빗장을 건 뒤 몸으로 문에 기대고 버티어 서서 숨을 헐떡이며 몸을 벌벌 떨었다. 그에 대한 두려움으로 모든 신경이 움츠러들면서 덜덜 떨렸다.

맥티그가 바깥쪽 문손잡이를 손으로 잡고 돌리자 자물쇠와 빗장이 뜯겨 나갔고, 트리나는 휘청거리며 방 반대편까지 밀려 나갔다.

"여보!" 그가 방에 들어오자 그녀는 몸을 움츠리고 손을 내밀며 속사포처럼 빠르게 말했다. "여보, 내 말 좀 들어 봐요. 잠깐만 기다려 봐요. 여기 좀 봐요. 내 말 좀 들어 봐요. 내 잘못이 아니에요. 돈을 좀 줄게요. 돌아와도 좋아요. 당신이 시키는 대로 뭐든지 다 할게요. 그러니 내 말 좀 들어 보지 않을래요? 아, 제발! 소리 지를 거예요. 당신도 알다시피 나도 어쩔 수가 없어요. 사람들이 내가 지르는 소리를 들을 거예요."

맥티그는 거대한 발로 마룻바닥을 짓이겼고, 나무망치처럼 단단하고 거대한 주먹을 휘두르면서 그녀에게로 천천히 다가왔다. 트리나는 그에게서 떨어지려고 구석으로 뒷걸음질 쳤고, 몸을 웅크리고 팔을 구부려 얼굴을 가린 채 언제라도 재빨리 몸을 피하기 위해 두려움이 가득한 눈을 그에게서 떼지 않았다.

"돈 내놔." 그가 그녀 앞에 멈춰 서서 말했다.

"무슨 돈이요?" 트리나가 말했다.

"그 돈 말이야. 네가 가진 돈, 5천 달러 말이야. 한 푼도 빠트리지 말고 모조리 내놔! 알아듣겠어?"

"나한테 없어요. 여기에 없어요. 엘버만 삼촌이 갖고 있다고요."

"거짓말 마. 네가 가서 찾아왔다는 걸 그 사람한테서 들었어. 충분히 오랫동안 갖고 있었으니 이제 나한테 내놔. 알아듣겠어?"

"여보, 그 돈은 줄 수 없어요. 내가, 내가 내놓지 않을 거예요!" 트리나가 갑자기 마음을 굳힌 듯 크게 말했다.

"아니, 넌 다 내놓을 거야. 한 푼도 빠짐없이 내게 다 주게 될 거야."

"안 돼, 안 돼요."

"이번에는 날 무시하게 그냥 놔두지 않을 거야. 그 돈 다 내놔."

"안 돼요."

"마지막 말이야. 돈 내놔."

"안 돼요."

"안 내놓겠다, 이거지? 그 돈을 내게 안 주겠다고? 이게 마지막 기회야."

"안 돼요, 그럴 순 없어요."

평소 같으면 동작이 굼뜬 치과 의사였지만 알코올이 몸에 들어가자 유인원 같은 민첩함이 깨어났다. 그는 작고 흐리멍덩한 눈으로 그녀를 쳐다보다가 힘을 뺐던 팔을 갑자기 용수철처럼 튕기며 그녀 얼굴 한복판에 주먹을 날렸다.

트리나는 공포로 정신이 나가는 데도 몸을 돌려 그에게 힘껏 맞섰다. 자신의 비참한 삶을 지키기 위해 학대받는 고양이가 분노에 떨며 온 힘을 다하듯 싸웠다. 그 힘이 얼마나 야성적이고 괴이했는지 맥티그조차 순간 그녀에게서 한발 물러섰다. 하지만 그녀가 대들자 그는 화가 머리끝까지 치밀어 올랐다. 그는 그녀에게 다시 다가갔고, 반짝이는 그녀의 두 눈에 시선이 미치자 마디가 하얗게 될 때까지 꽉 움켜쥔 큼직한 주먹을 허공에 번쩍 쳐들었다.

그다음 광경은 참으로 끔찍했다.

바깥쪽 교실에서는 석탄 통 뒤에서 고양이가 극도의 두려움에 눈이 청동 손잡이처럼 불거져서는, 발을 구르고 몸부림치고 둔탁한 주먹질 소리에 귀를 기울였다. 마침내 모든 소리가 한순간에 멈추며 아무 소리도 들리지 않았다. 그러더니 맥티그가 나와 문을 닫았다. 고양이는 그가 교실을 건너 현관문으로 사라지는 것을 휘둥그레진 눈으로 좇았다.

치과 의사는 인도에 잠시 멈춰 서서 길거리 위아래 쪽을 조심스럽게 훑어보았다. 거리는 인적 하나 없이 쥐 죽은 듯 고요했다. 그는 오른쪽으로 휙 돌아서더니 학교 뒷마당으로 이어지는 좁은 길을 따라 내려갔다. 트리나의 방에서는 촛불이 타고 있었다. 그는 바깥쪽 계단을 올라 안으로 들어갔다.

트렁크는 자물쇠로 잠긴 채 방 한구석에 서 있었다. 치과 의사는 작은 석유난로 뚜껑을 들 때 사용하는 쇠막대기를 가져다가 걸쇠에 넣고 비틀어 자물쇠를 열었다. 옷더미 아래를 더듬거려 섀미 가죽 주머니와 작은 놋쇠 금고, 제일 아래 한쪽 구석에 처

박힌, 입구까지 20달러짜리 금화가 가득 찬 캔버스 자루를 찾아 냈다. 그는 가죽 주머니와 금고에 들어 있는 돈을 바지 주머니들에 쏟아부었다. 하지만 캔버스 자루는 옷 속에 숨기기에는 부피가 너무 컸다.

"아무래도 넌 그냥 들고 가야겠구나." 그가 중얼거렸다. 그는 입김을 불어 촛불을 끄고서 문을 닫고 길거리로 다시 나왔다.

치과 의사는 도시를 건너 악기 상점으로 돌아갔다. 11시가 조금 넘은 시간이었다. 밤하늘에 달도 없었고 사방은 지평선에서 올라온 듯한 흐릿한 회색 빛으로 가득했다. 한 번씩 남동풍이 거리의 모퉁이에서 세차게 불어왔다. 맥티그는 캡모자가 날아가지 않도록 돌풍을 피해 얼굴을 옆으로 기울이며 자루를 옆구리에 딱 붙이고 계속 걸어갔다. 그러다가 뚫어지게 하늘을 올려다보았다.

"내일은 틀림없이 비가 오겠는걸." 그가 중얼거렸다. "이 바람이 남쪽으로 방향을 바꾼다면 말이야."

음악 상점 뒤에 있는 작은 방에 들어서자 그는 손과 팔뚝을 씻고 싸구려 바지와 조끼 위로 파란색 멜빵바지와 점퍼로 된 작업복을 덧입었다. 그러고 난 뒤 얼마 되지 않는 소지품을 챙겼다. 낡은 전투모와 장화 한 켤레, 담배 깡통, 어느 일요일에 공원에서 발견한, 그의 눈에 값어치가 꽤 있어 보였던 도금된 구리 팔찌였다. 그는 침대에서 시트를 벗겨 그것으로 이 모든 물건을 캔버스 자루와 함께 둥글게 말아 광부들이 하는 방식으로 반을 매듭지었다. 정신이 혼란스러운 가운데 그 옛날 탄차 소년 시절의 본능이 다시 돌아오고 있었다. 그는 파이프와 칼―노란색 뼈 손잡이가 달린 커다란 잭나이프—을 멜빵바지 주머니에 넣었다.

맥티그는 마침내 방을 나가려고 문에 손을 대고 섰다. 그리고 들고 있는 램프 불을 끄기 전에 떠날 준비가 완벽하게 되었는지 방 안을 빙 둘러보았다. 흔들거리는 불빛에 카나리아가 잠에서 깨어났다. 잠이 덜 깬 새는 졸려서 짜증난 듯 몸을 움직이며 지저귀었다. 맥티그는 흠칫 놀라 새를 바라보며 잠시 생각에 잠겼다. 시간이 제법 지나야 누군가 다시 이 방에 들어올 것 같은 느낌이 들었다. 그러면 카나리아는 며칠 동안 굶으면서 작은 황금빛 감옥에서 시시각각 죽어 갈 게 뻔했다. 맥티그는 새를 데려가기로 마음먹었다. 그는 새장을 떼어 내어 거대한 손으로 부드럽게 쓰다듬고는 작은 새가 차가운 밤바람을 맞지 않도록 포대 두세 장을 둘러 묶었다.

그리고 방 밖으로 나가 문을 닫고 선착장으로 향했다. 배는 이미 몇 시간 전에 운항을 멈춘 상태였지만 새벽 4시까지 기다리면 조간신문을 싣고 가는 예인선을 타고 만을 건널 수 있을 터였다.

*

트리나는 맥티그의 마지막 주먹을 맞고 쓰러져 의식을 잃은 채 누워 있었다. 그녀는 피바다가 된 바닥에 얼굴을 대고 엎드려 간헐적으로 딸꾹질하며 경련했다. 그리고 아침이 다가왔을 때쯤 시계태엽이 멈출 때처럼 빠르게 이어지던 딸꾹질을 끝으로 숨을 거뒀다.

그 일은 유치원 아이들이 모자와 코트를 걸어 두는 보관실에서 일어났다. 보관실은 교실을 통해 들어가는 문 말고는 출입구가 없었다. 맥티그는 나갈 때 보관실 문을 닫고 나갔지만 교실 현관문은 그냥 열어 두었다. 그래서 아침에 도착한 아이들은 평소처럼 교실로 들어왔다.

8시 30분쯤 다섯 살 난 아이들 두세 명이 ─ 그중 하나는 유색 인종 여자아이였다 ─ 시끄럽게 재잘대며 유치원 교실로 들어섰고, 아이들은 배운 대로 모자와 코트를 걸기 위해 보관실로 향했다.

교실을 반쯤 건너갔을 때 한 아이가 걸음을 멈추고 서서 허공에 대고 작은 코를 킁킁대며 큰 소리로 말했다. "으음, 참 이상한 냄새가 나네!" 다른 아이들도 코를 킁킁대며 냄새를 맡으려 했다. 그중 푸줏간 주인의 딸아이가 소리쳤다. "우리 아빠 가게에서 나는 냄새 같은데." 그리고 이어서 크게 말했다. "저기 좀 봐! 야옹이가 왜 저러지?"

고양이 행동이 정말로 이상했다. 고양이는 마룻바닥에 납작 엎드려 작은 보관실 문아래 틈으로 코를 처박고 몹시 흥분하여 꼬리를 좌우로 부지런히 살랑거렸다. 한 번씩 뒤로 물러서며 목구멍에서 이상하게 딸깍거리는 소리를 조그맣게 내기도 했다.

"야옹이가 이상하지 않아?" 여자아이가 다시 말했다. 아이들이 다가오자 고양이는 잽싼 동작으로 물러갔다. 그러고 나서 그들 중 키가 제일 큰 아이가 작은 보관실 문을 활짝 열었고, 아이들은 모두 안으로 뛰어 들어갔다.

제20장

그날은 몹시 무더웠다. 정오의 정적이 가파른 협곡에 투명한
어떤 액체처럼 두껍고 나지막하게 고여 있었다. 이따금 윙윙대
는 벌레 소리가 허공을 가르다가 천천히 다시 정적으로 잦아들
곤 했다. 시큼하고 향긋한 냄새가 사방에 퍼져 있었다. 미동도
없는 방대한 열기가 덤불에서 풍기는 무수한 냄새—따뜻한 수
액 냄새며, 솔잎 냄새며, 야생 국화 냄새며, 그리고 무엇보다도
하마멜리스에서 나는 약초 냄새—들을 증류시키는 것 같았다.
시선이 닿는 먼 곳까지, 셀 수도 없이 많은 나무들과 상록 관목
덤불들이 꼼짝하지도 않고 조용하게 자라고, 자라고, 또 자라고
있었다. 무수한 생명이 아무 소리도 없이, 움직임도 없이 하늘
을 향해 꾸준히 뻗어 나갔다. 좀 더 고지대 쪽, 길이 굽어지는 지
점에서는 협곡을 아주 멀리까지 볼 수 있었다. 저 멀리에는 짙
은 푸른색을 띤, 엄청나게 거대한 홈통 같은 것이 한 홈통에서
다른 홈통으로 겹겹이 이어지며 펼쳐져 있었다. 홈통들은 대양

처럼 깊고 조용하고 거대하여 마치 태곳적의 막대한 힘을 간직하고 있는 것 같았다. 협곡 바닥은 단단하고 광활했지만, 산마루는 가장자리가 섬세한 톱니바퀴 모양으로 뾰족뾰족했다. 하얀 지평선을 배경으로 산마루에 선 수만 그루의 소나무와 삼나무가 어렴풋하게 윤곽을 그리고 있었다. 여기저기 작은 산들이 물을 마시고 고개를 쳐든 사자들처럼 좁고 메마른 계곡을 따라 곤추서 있었다. 지역 전체가 길들지 않은 야생 그대로였다. 미시시피강 동쪽 어떤 지역은 자연이 아늑하고 친근하고 자그마하고 소박해서, 꼭 온순한 가정주부 같았다. 하지만 캘리포니아주 플레이서 카운티의 자연은 플라이오세 시대에 살던 길들여지지 않는 맹수처럼 야만적이고 음침하고 인간에게 더할 나위 없이 냉혹했다.

그런 산에도 매머드 살가죽에 사는 이[蝨]같이 산에 들러붙어 고집스럽게 야생과 싸우는 사람들이 있었다. 유압식 감시 장치를 사용하는가 하면 드릴과 다이너마이트로 산의 폐부를 뚫고 들어가 산허리에 자갈이 흩뿌려진 커다란 노란 상흔을 남기고 산의 피를 빨고 금을 캐내는 사람들이었다.

멀리서 바라보면 협곡 비탈 여기저기에 광산의 헤드기어가 솟아 있었다. 그 주위에는 칠도 하지 않은 집 몇 채가 있었는데, 지붕 위로는 날개 같은 검은 연기가 끝도 없이 솟아났다. 좀 더 가까이 다가가면 쇄광기(碎鑛機), 파쇄기(破碎機)가 만들어 내는 우렛소리가 길고 늘어지게 들렸다. 아무리 많이 먹어도 만족할 줄 모르는 그 괴물들이 긴 무쇠 이빨로 돌을 가루로 잘게 부쉬 졸졸졸 가늘게 흐르는 축축한 잿빛 흙탕물 속으로 다시 토해 내는 소리였다. 괴물의 거대한 입 속으로 탄차 소년들이 밤낮으로 돌을 날라 집어넣으면, 그 턱으로 돌을 갈아대면서 자갈은 집어삼키고 금은 토해 냈다. 말하자면 대지의 내장을 물리도록 많이 집어삼키는, 과도한 탐식의 상징이었다. 기계들은 어떤 야만적인 동물, 전설적인 용이나 굉장한 짐승처럼 끝없이 먹으며 으르렁댔다.

맥티그는 대륙 횡단 기차를 타고 가다가 콜팩스*에서 내렸다. 그리고 같은 날 오후 콜팩스와 아이오와힐* 사이를 오가는 역마차를 타고 여러 산을 지나 12킬로미터쯤 더 들어갔다. 아이오와힐은 길이 겨우 하나 나 있는 조그마한 마을이었지만 그 지역의 광산 본부가 있는 곳이기도 했다. 산꼭대기에 있는 그 마을은 산의 경사면이 오랫동안 수압에 의해 물이 빠지면서 이제 등골 같은 곳에 겨우 달라붙어 있다시피 한 모양새였다. 길 양쪽으로 줄지어 서 있는 집들의 뒤쪽 창문으로 깎아지른 듯한 절벽과 수백 킬로미터 아래로 푹 꺼진 거대한 구덩이가 내려다보였다.

치과 의사는 아이오와힐에서 하룻밤을 묵은 뒤 이튿날 아침 산속으로 더 깊이 걸어 들어갔다. 그는 여전히 푸른색 멜빵바지와 점퍼를 입고 있었다. 모직 캡모자를 눈까지 쿡 눌러 쓰고, 콜팩스 가게에서 구입한 구두 징이 박힌 장화를 신었다. 돌돌 만 담요는 어깨에 걸머지고 왼손에는 포대 자루로 감싼 새장이 흔들거렸다.

마을을 벗어나자마자 그는 갑자기 무엇인가 기억난 듯 발걸음을 멈췄다.

"여기 이 길을 벗어나면 오솔길이 하나 있었는데." 그가 혼잣말로 중얼거렸다. "오솔길이 있었어, 지름길이."

맥티그는 멈춰 선 자리에서 벗어나지 않고 곧바로 오솔길 입구를 발견했다. 그는 본능적으로 정확한 자리를 찾은 것이다. 오솔길은 언덕의 가파른 경사를 따라 굽이굽이 아래쪽으로 내려가다 자갈투성이 강바닥에 닿았다.

"인디언강이야." 치과 의사가 중얼거렸다. "기억나는군. 기억이 나. 이쯤에서 모닝스타 광산의 쇄광기 소리가 들려야 하는데." 그는 고개를 곧추세웠다. 나직하고 한결같은 기계음이 멀리 강 건너편에서부터 폭포 소리처럼 들려왔다. "그래, 맞잖아." 그가 만족스럽게 내뱉었다. 그는 강을 건너 이어지는 길을 계속 갔다. 경사면을 오르기 시작한 지 얼마 지나지 않아 곧 연기가 피어오르고 우레같이 으르렁대는 모닝스타 광산을 지나갔다. 맥티그는 걸음을 멈추지 않았다. 길은 산의 경사면으로 오르면서 거대한 참나무가 자라는 부분에서는 급경사를 이루다가 4백 미터가량 평평하게 이어졌다. 치과 의사는 또다시 큰길을 벗어나 수압으로 물이 빠진 폐광 구덩이를 가로지르는 오솔길로 들어섰다. 그는 오솔길들이 어디에 있는지 정확히 알았고, 그의 기억은 한 번도 그를 배반하지 않았다. 그곳에서 그는 낯익은 지점들을 단번에 알아보았다. 여기는 겨울이나 여름이나 할 것 없이 찬바람이 부는 골드 캐넌이었고, 저기는 스펜서네 집으로 향하는 갈림길이었다. 여기는 한때 개가 너무 많이 살던 부시의 옛터고, 또 여기는 무허가 위스키를 팔던 델뮤의 오두막이었으며, 저기는 썩은 판자가 하나 박힌 나무다리가 있던 곳이었다. 그리고 여기는 그가 메추라기 세 마리를 잡은 적이 있던, 상록 관목 덤불이 우거진 평원이었다.

걸은 지 두 시간이 지나 정오가 되어 맥티그는 길이 갑자기 아래로 향하는 지점에서 걸음을 멈췄다. 길 옆 가까운 오른편으로 물이 마른 호수처럼 거대한 노란 자갈 웅덩이가 하늘을 향해 입을 크게 활짝 벌리고 있었다. 조금 더 멀리에는 협곡 하나가 소나무가 빼곡한 먼 산들까지 구불구불 이어졌다. 한편 바로 앞 길가를 따라서는 페인트칠을 하지 않은 오두막들이 불규칙하게 무리지어 있었다. 둔탁한 소음이 길게 늘어지며 공기를 진동했다. 맥티그는 만족스럽다는 듯 고개를 끄덕였다.

"바로 여기지." 그가 중얼거렸다.

맥티그는 둘둘 만 담요를 어깨에 다시 둘러메며 길을 따라 내려갔다. 마침내 다시 걸음을 멈췄다. 그는 다른 건물들과 다르게 외벽에 페인트칠한 나지막한 1층짜리 건물 앞에 섰다. 건물에는 모기장을 친 베란다가 둘려 있었다. 맥티그는 담요 뭉치를 밖에 있는 목재 더미 위에 내려놓고는 다가가 열린 문을 두드렸다. 누군가 그에게 들어오라고 말했다.

건물 안에 들어서자 맥티그는 눈을 굴리며 주변을 돌아보며, 그가 마지막으로 본 이후에 일어난 변화들을 살폈다. 벽 하나를 사이에 두고 작은 방 두 개로 나누어져 있던 그곳은 벽을 허물고 큰 방 하나로 터놓았다. 문 안쪽에는 계산대와 난간이 세워져 있었고, 벽에는 전화기 한 대가 걸려 있었다. 한쪽 구석에는 측량사들의 기구가 수북이 쌓여 있었다. 그리고 방 건너편 끝에는 큼직한 화판이 길고 가느다란 다리를 뻗고 서 있었는데, 광산 설계도임이 틀림없는 기계 제도(製圖)가 그 위에 펼쳐져 있었다. 쟁기로 갈아 놓은 들판에 농부 두 사람이 서 있는 장면―밀레의 「만종」―의 채색 석판화가 액자도 없이 벽에 걸려 있었다. 석판화의 한쪽 모서리를 고정해 놓은 철사 못에는 금덩어리를 넣는 가방과 장전된 권총이 든 파우치와 탄약대가 함께 매달려 있었다.

치과 의사는 계산대에 다가가 팔꿈치를 기댔다. 방에는 세 사내가 있었다. 풍성한 머리칼이 놀랍도록 희끗한, 키 크고 깡마른 젊은 남자가 반쯤 자란 그레이트 데인종(種) 강아지와 놀고 있었다. 젊지만 맥티그처럼 턱이 두드러지는 두 번째 남자는 편지 복사기 앞에 서서 편지를 복사하는 중이었다. 세 번째 남자는 나머지 두 사람보다 조금 더 나이가 들어 보였고 트랜싯을 가지고 빈둥거렸다. 세 번째 남자는 몸집이 아주 컸고 멜빵바지와 발목까지 오는 장화에 온통 잿빛 진흙이 튀어서 얼룩져 있었다. 치과 의사는 세 사람을 천천히 번갈아 쳐다보았다. 그리고 마침내 "감독이 여기 있습니까?" 하고 물었다.

그러자 진흙투성이 멜빵바지를 입은 남자가 앞으로 다가왔다.

"무슨 일이요?"

그는 강한 독일어 억양으로 물었다.

그러자 맥티그는 틀에 박힌 오래된 대화 공식이 즉시 떠올랐다.

"일자리가 있겠습니까?"

독일인 감독은 생각에 몰두하듯 딱히 쳐다보는 것도 없이 창밖을 내다보았다. 침묵이 흘렀다.

"탄광에서 일해 본 적 있쇼?"

"네, 그럼요."

"곡깽이나 삽을 좀 다룰 줄 아쇼?"

"네, 압니다."

하지만 상대방은 별로 만족하는 것 같지 않았다. "'잭 사촌' 중 하나요?"

치과 의사가 씩 웃었다. 그는 영국 콘월 사람들에 대한 편견을 기억하고 있었다.

"아닙니다. 미국인입니다."

"광부로 얼마 동안이나 일했쇼?"

"음, 한 일 이 년 일했어요."

"어디 손 좀 보여주쇼." 맥티그는 딱딱하게 못이 박인 손바닥을 보여 주었다.

"언제부터 일할 수 있쇼? 야간에 물림쇠를 다룰 줄 아는 사람이 필요하오만."

"물림쇠 다룰 줄 압니다. 오늘 밤부터 일할게요."

"이름이 뭐요?"

치과 의사는 깜짝 놀랐다. 그만 깜박 잊고 그 질문에 대답할 말을 미리 준비하지 않았기 때문이다.

"네? 뭐라고요?"

"이름이 메요?"

맥티그는 책상 위에 걸린 철도 달력을 쳐다보았다. 생각할 겨를이 없었다.

"벌링턴입니다." 그가 큰 소리로 대답했다.

독일 남자는 파일에서 카드 한 장을 꺼내 이름을 적었다.

"이 캬드를 저 아래 합숙소에 가서 합숙소 감독에게 전해 주쇼. 그리고 6시 저녁 식샤 시간에 날 찾아오쇼. 그때 일을 주겠쇼."

맥티그는 귀소 본능을 지닌 비둘기처럼 고민하지 않고 맹목적 본능을 따라 빅디퍼 광산으로 다시 돌아왔다. 겨우 일주일밖에 지나지 않았는데도 그는 그곳을 한 번도 떠나지 않은 기분이 들었다. 어머니가 그를 떠돌이 치과 의사, 일꾼들 합숙소 근처에 움막을 치던 돌팔이 의사를 따라 떠나보냈던 바로 그곳에서 그는 다시 삶을 이어 나갔다. 맥티그가 살던 집은 여전히 그대로 있었는데, 이제는 교대 감독 중 한 사람이 그의 가족과 살고 있었다. 치과 의사는 광산을 오가며 그 앞을 지나다녔다.

맥티그는 같은 교대조에서 일하는 서른 명쯤 되는 광부와 함께 합숙소에서 잠을 잤다. 오후 5시 30분이 되면 하숙집 요리사가 현관에 걸려 있는, 쇠막대를 삼각형 모양으로 구부려 만든 종을 길게 울렸다. 그러면 맥티그는 일어나서 옷을 갈아입고 교대조 동료들과 저녁을 먹고 야참으로 먹을 도시락을 나눠 받았다. 그리고 터널 입구로 가서 대기하고 있던 광석 운반 열차에 올라타 광산으로 들어갔다.

광산에 일단 들어갔다 하면 뜨거운 저녁 공기는 차고 축축해졌으며, 숲속의 냄새도 꼭 고무 타는 듯한 다이너마이트의 퀴퀴한 연기 냄새로 바뀌었다. 입에서는 입김이 나오고, 차바퀴가 지나가면서 물이 튀어 잔물결이 일고, 광부들이 손에 든 촛불의 옅은 노란 불빛이 회색빛 석영 위로 썩어 가는 지붕과 벽면에 희미하게 번졌다. 맥티그는 한 번씩 천장의 보온재라든가 돌출된 활송 장치를 피하려고 머리를 숙였다. 탄차가 덜컹거리며 지나가는 동안, 광부들은 노선에 걸쳐 이 찻간에서 저 찻간으로 농담을 던지고 웃음을 터트렸다.

탄차는 입구에서부터 1.5킬로미터 조금 넘게 달려 맥티그의 무리가 일하는 산 중턱에 도착했다. 사내들은 기차에서 기어 나와 낮 일꾼들이 남겨 두고 간 작업, 원시의 강바닥을 향해 꾸준히 굴을 파는 일을 이어 나갔다.

자갈층 틈새에 끼워 넣은 촛대들은 땀과 잿빛 흙으로 더럽혀진 광부 대여섯 명의 모습을 희미하게 비췄다. 곡괭이가 느슨한 자갈 사이로 부드럽게 부딪히며 찍혔다. 손잡이가 긴 삽들이 쌓아 올린 돌에 닿으며 쟁그랑 소리를 내거나 썩은 석영 더미 틈에서 무디게 긁는 소리를 냈다. 폭약을 심을 구멍을 뚫는 벌리드릴은 이따금씩 불규칙하게 칙-칙 칙-칙 소리를 냈고, 갱도에서 물을 뿜어 내는 엔진은 짧은 간격으로 기침을 하며 목청을 가다듬었다.

맥티그는 물림쇠를 다뤘다. 어떤 때는 벌리드릴을 조작하는 광부의 조수 역할을 했다. 구멍이 깊어지면 깊어질수록 벌리드릴을 길이가 긴 것으로 갈아 끼우는 게 그의 임무였다. 한 번씩 드릴의 송곳이 옴짝달싹 않으면 막대 같은 기구로 세차게 내리쳤다.

한 번은 지금 하는 일과 그가 그만둘 수밖에 없었던 치과 일이 비슷하다는 생각도 문득 들었다. 기묘하게도 벌리드릴은 예전 치과 엔진과 비슷했다. 드릴과 물림쇠라는 게 결국은 거대한 괭이 모양의 엑스커베이터와 단단한 비트, 치과용 드릴과 다를 바가 없었다. 그가 치과 진료실에서 곧잘 하던 것과 같은 종류의 일이었지만, 다만 크기가 확대되고 왜곡되고 기괴해져 꼭 치과 진료를 희화한 것과 같았다.

맥티그는 거칠고 단순하게 힘쓰는 일을 하면서 밤을 보냈다. 다이너마이트가 불쑥 터지는 와중에 벌리드릴로 맹렬히 공격하고, 근육으로 뒤덮인 굽은 등을 훤히 드러낸 채 격심하게 움직여 댔다. 조용하지만 엄청나게 힘을 쓰는, 신비하면서도 굼뜬 작업에 지붕과 터널을 받치고 있는 목재에 금이 가고, 보온재는 점차 종잇장처럼 얄팍해져 갔다.

치과 의사는 이런 삶에 이루 말할 수 없이 만족했다. 적막하고 거대한 산들은 그를 돌아온 탕자처럼 받아들였다. 이유는 알 수 없지만 그는 서서히 산들의 영향력에, 거칠고 맹목적인 산의 본성에 굴복했다. 산은 아무 꾸밈이 없어 오히려 크고 강하고 동물적인 괴력이 있었다. 그러나 그것은 어디까지나 그가 한밤중에 바라보는 산들의 모습일 뿐, 낮 동안의 모습은 상당히 달랐다. 자정이 되면 그는 광산에서 나와 궤도의 둑에 앉아 황소같이 느릿한 눈길로 주변을 둘러보며 저녁 때 싸 온 도시락을 두 손으로 집어 먹었다. 사방에서는 거대한 산들이 밤하늘로 봉우리를 들어 올리며 가파르게 솟아 있었다. 검은 산봉우리들이 한데 모여 있는 모습이 야수 같다기보다는 마치 고깔모자를 쓴 거인 무리와 같았다. 낮 동안에는 조용해 보였지만 밤이 되면 꿈틀거리며 잠에서 깨어나는 듯했다. 이따금 갑작스럽게 파쇄기가 우레 같은 소리를 멈출 때가 있었다. 그러면 산속의 생명들이 내는 소리가 들려오곤 했다. 협곡에서, 사방을 가득 메운 산봉우리에서, 광대한 자연에서 동시에 규칙적이고 길게 늘어지는 소리가 들렸다. 광대한 몸덩이, 대양, 도시, 숲, 잠자고 있는 군대로부터 나오는, 쉬지 않고 들리는 숨죽인 포효와도 같았다. 마치한없이 큰 괴물의 심장이 고동치는 소리와도 같았다.

맥티그는 다시 일하러 들어갔다. 아침 6시에 근무가 끝나고 광산에서 나와 광부 합숙소로 돌아왔다. 그는 냄새가 지독한 담요 위에 몸을 쭉 뻗고 종일 잠을 잤다. 중노동에 짓눌려서 배꼽을 바닥에 대고 납작 엎드린 채 꿈 한 번 꾸지 않고 곤히 잠을 자다가 저녁에 요리사가 삼각형 모양으로 구부린 쇠막대를 울리면 그제야 일어났다.

격주로 밤낮 교대가 바뀌었다. 둘째 주에 맥티그는 주간 근무를 하고 밤에 잠을 잤다. 그러던 이 둘째 주 수요일 밤 맥티그는 갑자기 잠에서 깨어났다. 그는 합숙소 침대에 일어나 앉아 주위를 두리번거렸다. 랜턴 옆 벽에 걸린 알람시계가 3시 반을 가리키고 있었다.

"뭐지?" 치과 의사가 혼잣말로 중얼거렸다. "뭔지 잘 모르겠는걸." 같은 교대조의 다른 동료들은 코 고는 소리로 방 안을 가득 메우며 곤히 잠을 자고 있었다. 모든 것이 제자리에 있었고, 움직이는 것이라곤 아무것도 없었다. 그런데도 맥티그는 일어나서 광부 촛대에 불을 붙이고 조심스럽게 방을 돌아다니면서 어두운 구석구석 빛을 비춰 보고 자기 침대뿐 아니라 침대 밑을 하나하나 전부 들여다보았다. 그러고 나서 그는 문가로 다가가 밖으로 나갔다. 밤은 따뜻하고 고요했다. 달은 좌초한 갈레온 선(船)처럼 비스듬히 기울어져 있었다. 광산 캠프는 매우 조용했고 어느 한 사람 눈에 띄지 않았다. "그게 뭐였을까." 치과 의사가 혼잣말로 중얼거렸다. "뭔가 있었어. 내가 뭣 때문에 잠에서 깬 거지, 응?" 그는 평소와는 다르게 정신을 바짝 차리고, 반짝거리는 작은 눈으로 재빠르게 주위를 살피며 합숙소를 한 바퀴 돌았다. 사방이 쥐 죽은 듯 조용했다. 합숙소 계단에서 잠을 자는 늙은 개조차도 잠에서 깨지 않았다. 맥티그는 다시 침대로 돌아갔지만 잠이 들지는 않았다.

"분명히 뭔가 있었어." 그가 침대 옆에 걸린 새장 속 카나리아를 아리송한 눈으로 쳐다보며 말했다. "뭔가가. 그게 뭐였을까? 지금 뭔가 있어. 또 느껴지는군, 아까와 똑같은 것이." 그는 눈과 귀를 쫑긋하고 침대에 일어나 앉았다. "뭐지? 뭔지 모르겠는걸. 아무것도 들리지 않고, 아무것도 보이지 않아. 하지만 뭔가가 느껴진단 말이야. 바로 지금도, 지금도 느껴져. 참으로 이상하네. 뭔지 잘 모르겠는걸. 잘 모르겠단 말이야."

다시 한 번 맥티그는 자리에서 일어났고, 이번에는 옷을 입었다. 그는 무엇 때문인지는 알 수 없었지만 귀를 기울이며 광산 캠프를 샅샅이 돌아보았다. 심지어 캠프 변두리까지 걸어 나가 30분 가까이 아이오와힐에서 캠프 쪽으로 뻗어 있는 길을 바라다보았다. 그러나 아무것도 눈에 들어오지 않았다. 토끼 한 마리 나타나지 않았다. 그는 다시 잠을 청하러 돌아갔다.

하지만 그때부터 달라진 게 있었다. 치과 의사는 불안하고 초조했다. 뭐라고 꼬집어 말할 수는 없지만 그 무언가에 대한 의심이 끊임없이 그를 괴롭혔다. 그는 구석진 곳들까지 빠르게 돌며 곳곳을 살폈다. 그리고 순간순간 돌아보며 어깨너머로 날카롭게 노려보았다. 심지어 옷과 모자를 쓴 채로 침대에 누웠다가 매시간 일어나, 귀로는 바람 소리를 거르고 눈으로는 어둠을 뚫으며 합숙소 주변을 돌아다녔다. 그는 한번씩 이렇게 중얼댔다. "뭔가 있어. 그게 뭐지? 도대체 뭘까?"

이번에는 어떤 이상한 육감이 맥티그를 자극한 것일까? 제발 알아차려 달라고, 자신의 소리에 복종하라고 외쳐대는 짐승의 본능, 동물적 교활함은 무엇일까? 그에게 의구심을 불러일으키고 밤부터 새벽까지 그를 수차례 밖으로 끌어내, 그가 고개를 쳐들고 사방을 예민하게 살피도록 만든 것은 도대체 어떤 동물적인 힘이었을까?

어느 날 밤, 맥티그는 합숙소의 계단에 서서 광산 캠프의 어두컴컴한 곳을 뚫어지게 쳐다보다가 갑자기 무언가 깨달은 사람처럼 소리를 질렀다. 그는 숙소 안으로 들어가 침대 밑에서 돈을 숨겨 둔 담요 뭉치를 꺼내고 카나리아 새장을 벽에서 떼어 냈다. 그리고 문으로 성큼성큼 걸어가 어둠 속으로 사라졌다. 플레이서 카운티의 보안관과 샌프란시스코에서 온 보안관보(補) 두 사람이 빅디퍼 광산에 도착했을 때는 맥티그가 사라진 지 벌써 이틀이나 지난 뒤였다.

제21장

"어쨌든 말이야." 아이오와힐에서 맥티그를 추격해 온 군 보
안관보 중 하나가 자기들이 타고 온 사륜차의 끌채 쪽으로 말을
끌고 가면서 말했다. "이제 독 안에 든 쥐야. 어딜 가나 새장을
들고 다니는 녀석을 잡는다는 건 누워 떡 먹기지."

그 주 금요일과 토요일, 맥티그는 걸어서 산을 넘었다. 그리고
이미그런갭'을 건너 대륙 횡단 선로를 따라 걸어갔다. 리노'에
는 월요일 밤이 되어 이르렀다. 치과 의사의 머릿속에서 앞으로
의 계획이 희미하게나마 윤곽을 드러냈다.

"멕시코야." 그가 혼잣말로 중얼거렸다. "멕시코, 바로 거기
지. 놈들은 해안도 살피고 동부행 기차도 살피겠지만, 멕시코는
생각지도 못할걸."

한 주 전 빅디퍼 광산에 머무는 동안 그를 괴롭히던 쫓기는 듯
한 예감은 이제 사라졌고, 그는 자기가 매우 약삭빠르다고 믿고
있었다.

446

"지금쯤이면 아마 내가 꽤 앞서 있을 거야." 맥티그는 리노에서 승무원용 차량*에서 표를 사, 칼슨-콜로라도 노선의 남행 화물 열차에 올라탔다. "화물 열차는 정해진 시간표에 따라 운행하지 않지." 그가 혼잣말로 중얼거렸다. "게다가 객차에서는 차장이 승객들 얼굴을 살피는 게 일이니까 난 끝까지 이 화물 열차에 타고 있어야 해."

화물 열차는 네바다주 서부를 통과하여 느리게 남쪽으로 움직였다. 시간이 지날수록 땅은 점점 더 삭막하고 황폐해졌다. 워커 호수를 지나자 산쑥 지대가 시작됐고, 화물 열차가 육중하게 굴러가는 철로 위로 열기가 눈에 보일 정도로 겹겹이 뿜어져 나왔다. 이따금 기차가 반나절 내내 철도 대피선이나 물탱크* 옆에 정차하면, 엔지니어와 화부가 승무원용 차량으로 와 차장과 열차 승무원들과 포커를 하기도 했다. 그럴 때면 치과 의사는 난로 뒤에 홀로 떨어져 앉아 싸구려 담배 파이프나 연신 피웠다. 가끔 그도 포커 판에 낄 때가 있었다. 어린 시절 광산에서 일할 때 포커를 배웠고, 몇 판 돌자 그때의 실력이 되살아났다. 하지만 대개 그는 말이 없었고, 누군가가 먼저 말을 걸지 않은 한 거의 말을 하지 않았으며, 사람들과도 잘 어울리지 않았다. 승무원들은 이런 부류의 사람을 곧장 알아봤다. 그들은 그가 트러키*에 있는 마차 대여소 관리인을 "골로 보내고" 지금 애리조나주로 도망치려 한다고 생각하고 있었다.

어느 날 밤 맥티그는 보조 제동수(制動手) 두 사람이 멈춰 선 기차 밖에서 자기 얘기를 하고 있는 것을 들었다. "그 마차 대여소 관리인이 그자를 '사생아'라고 모욕했다나. 피카초가 내게 그랬어." 한 사람이 상대방에게 설명했다. "그리고 권총을 뽑으려고 했다지. 그래서 그자가 건초용 쇠스랑으로 관리인을 골로 보냈다는 거야. 그자는 말 전문 수의사래. 기차에 탄 사내 말이야. 사건이 일어나기 전에 마차 대여소 관리인이 법에 호소해서 그 친구가 더이상 진료를 못 하게 됐다더군. 그래서 원한을 품은 거고."

기차는 퀸즈'라는 마을 근처에서 캘리포니아주로 다시 들어섰고, 맥티그는 그때까지 서쪽으로 향하던 철로가 다시 남쪽으로 급격하게 꺾이는 것을 보고 나서야 비로소 안도의 한숨을 내쉬었다. 기차는 아무런 방해도 받지 않았다. 다만 승무원들이 간혹 브레이크 비임에 올라타려고 시도하는 부랑자 패거리와 다툴 뿐이었다. 언젠가 한 번은 기차가 이뇨 카운티'의 북쪽 지역에서 물탱크 옆에 정차했을 때, 덩치가 큰 인디언 사내가 몸에 두른 담요를 땅바닥에 질질 끌며 노반(路盤)에 서서 다리를 펴고 있는 맥티그에게 다가와 말 한마디 없이 지저분하고 구겨진 편지를 내밀었다. 편지에는 '빅 짐이라는 이 젊은 인디언 사내는 착한 인디언이므로 구호를 받을 자격이 있다'는 취지의 글이 적혀 있었다. 서명은 알아볼 수 없었다. 치과 의사는 편지를 쳐다보다가 그 남자에게 돌려주고 막 출발하려는 기차에 훌쩍 올라탔다. 두 사람은 아무 말도 하지 않았고, 인디언 사내는 그 자리에 움직이지 않고 서 있었다. 5분이라는 시간이 오롯이 흐른 뒤 기차가 느리게 움직이며 그에게서 떨어졌다. 치과 의사가 뒤를 돌아보니 그 사내는 두 철로 사이에 꼼짝 않고 그대로 서 있다가 쓸쓸하고 고독한 붉은 점 하나가 되어 주변에 희뿌연 사막의 광대함 속으로 그대로 사라져 버렸다.

마침내 철로 양옆으로 산들이 다시 솟아오르기 시작했다. 흰 모래와 붉은 바위로 된 민둥산들로 푸른 그림자로 얼룩져 있었다. 잔디 조각들이 요란한 식탁보처럼 모래 위에 여기저기 펼쳐져 있었다. 갑자기 위트니산*이 지평선 위로 불쑥 솟아올랐다. 인디펜던스*로 들어섰다가 빠져나가기도 했다. 그쯤해서 짐칸이 거의 비어 버린 화물 열차는 길이도 아주 짧아진 채 오언 호수* 기슭을 따라 부지런히 전진해 나갔다. 그리고 마침내 킬러*라고 부르는 곳에서 완전히 멈췄다. 이곳이 바로 철로의 종점이었다.

킬러의 마을은 길이 하나밖에 없었고, 아이오와힐과 크게 다르지 않았다. 우체국, 술집과 호텔, 오드펠로우 홀, 그리고 마차 대여소가 이 마을의 주요 건물들이었다.

"이제 어디로 가지?" 맥티그가 호텔 방 침대 모서리에 걸터앉으며 혼잣말로 중얼거렸다. 그는 창가에 카나리아 새장을 걸고 작은 욕조에 물을 받은 뒤 새가 목욕하는 모습을 아주 만족스럽게 지켜보았다. "이제 어디로 간담?" 그가 또다시 혼잣말로 중얼거렸다. "여기가 종착점인데, 아직 마을에 머무는 건 나한테 좋을 게 없어. 그렇지, 좋을 게 없고말고. 이곳을 떠나야만 해. 그런데 어디로 가지? 어디로 간담? 바로 그게 문제지. 일단 저녁부터 먹으러 가자." 그는 생각이 머릿속에서 좀 더 구체적인 형체를 띠도록 작은 소리로 중얼댔다. "지금은 저녁을 먹으러 갈 거야. 그런 뒤에 오늘 저녁은 이곳 지리를 익힐 때까지 술집에서 빈둥거려야

지. 겉으로는 소를 키우는 지역 같아 보여도 아마 과일을 재배하는 곳일지도 몰라. 아니면 광산 도시일 수도 있고." 그는 짙은 눈썹을 일그러트리며 말을 이었다. "만약 이곳이 광산 지역이라면, 그리고 광산이 길에서 제법 벗어나 있다면 남쪽으로 더 가기 전에 광산에 들어가서 한 달 동안 조용히 지내는 게 좋을지도 몰라."

그는 먼저 일주일 동안 기차 여행을 하며 재와 먼지로 더러워진 얼굴과 머리를 씻은 뒤, 깨끗한 장화를 신고 저녁을 먹으러 내려갔다. 식당은 캘리포니아주 오지의 작은 마을들에서 흔히 볼 수 있는 전형적인 모습이었다. 기름 먹인 천이 덧대진 식탁이 겨우 하나밖에 없었고 의자 대신 긴 벤치가 줄지어 있었다. 벽에는 철로 지도, 금박 액자에 끼우고 모기장을 덧씌운 석판 인쇄물과 식당 주인이 프리메이슨 의복을 입고 찍은 누렇게 변색한 사진이 걸려 있었다. 하나같이 사내들인 손님들은 두 여종업원의 이름을 불렀고, 그 여자들은 커다란 쟁반을 들고 오갔다.

창문을 통해 밖에 꽤 많은 안장말들이 나무와 울타리에 묶여 있는 것이 보였다. 안장말마다 안장 머리에 올가미 밧줄을 매달고 있었다. 그는 테이블에 앉아 뜨겁고 진한 수프를 먹으며 옆에 앉은 사람들을 은근슬쩍 살폈고, 그들이 하는 말 한 마디 한 마디에 귀를 기울였다. 킬러의 동쪽과 남쪽 지역이 소를 키우는 목장 마을이라는 사실을 알아내는 데는 그리 오랜 시간이 걸리지 않았다.

언덕 너머 멀지 않은 곳에 커다란 소 목장이 있는 '패너민트밸리'가 있었다. 식탁 이편에서 저편까지 손님들의 대화 속에 이 계곡 이름이 오르내렸다. "패너민트 너머 말이야." "로데오를 하러 패너민트로 가려고." "패너민트 소인(燒印) 말이지." "패너민트에 방목장을 소유하고 있어." 그러더니 곧 이런 말도 들렸다. "아, 그래, 골드걸치.` 임금을 잘 쳐준다길래 그 사람들이 그 곳으로 내려갔지. 패너민트산맥 반대편 말이야. 피터가 어제 돌아와서 내게 말해 줬거든."

맥티그는 그 말을 하던 사람 쪽으로 몸을 돌렸다.

"혹시 거기가 사력층(砂礫層) 광산입니까?" 그가 물었다.

"아니요, 아니요. 석영 광산입니다."

"전 광부입니다. 그래서 물어봤어요."

"뭐, 나도 한때 광부였어요. 광산 굴을 하나 갖고 있었거든요. 은 광산이었는데, 워싱턴에 있는 비열한 놈들이 은값을 내리니까 내가 어찌 됐겠어요? 폭삭 망했지, 제기랄."

"난 사실 일자리를 찾고 있어요."

"뭐, 여기 패너민트는 대부분 소 목장이에요. 하지만 골드걸치에서 광맥이 발견된 뒤로는 어떤 사내들이 탐광에 나섰죠. 그 망할 놈의 패너민트산맥에 금이 있다는 거예요. 만약 모암(母巖)과 연결되는 제법 기다란 '접촉면'만 찾을 수 있다면 금을 찾기는 그다지 어렵지 않아요. 레드랜드에서 온 두서너 친구도 골드걸치 주변에 네 군데나 소유권을 얻었다고 합디다. 그 사람들은 폭이 45센티미터가 넘는 광맥을 갖고 있어요. 그리고 피터 말로는 수백 미터 이상 길게 파 내려갈 수 있대요. 그리로 탐광하러 갈 생각을 하고 있었던 건가요?"

"음, 글쎄요. 모르겠어요, 잘 모르겠어요."

"한데, 난 내일모레 조랑말 몇 마리를 구하러 반대편 목장에 갈 생각이에요. 가서 한번 둘러보려고요. 광부라고 했나요?"

"네, 그렇습니다만."

"그쪽으로 간 생각이라면 같이 가죠. 가서 접촉면이라든가, 구리 황화합물이라든가 뭐든 한번 찾아보는 게 어때요? 금은 못 찾더라도, 은이 들어 있는 방연석(方鉛石) 정도는 찾을 수 있을지도 모르죠." 그러고 나서 잠시 말을 멈추더니 그가 덧붙였다. "보자, 형씨 이름을 듣지 못한 것 같습니다만."

"네? 카터라고 합니다." 맥티그가 즉시 대답했다. 왜 이름을 또 바꿔야 했는지 치과 의사는 알 수 없었다. 호텔에 도착해서 '벌링턴'이라는 이름으로 접수한 걸 생각지도 못하고 갑자기 머릿속에 떠오른 이름을 말했던 것이다.

"뭐, 난 크리븐스라고 합니다." 상대방이 말했다. 두 사람은 진지하게 악수했다.

"식사 거의 다 했지요?" 크리븐스가 의자를 뒤로 밀치며 말했다. "우리 술집에 가서 한 잔 하면서 그 얘기를 나눕시다."

"좋습니다, 물론이죠." 치과 의사가 대답했다.

두 사람은 술집 구석에 앉아 그날 밤늦게까지 패너민트 언덕에서 금을 찾을 가능성에 대해 논의했다. 하지만 얼마 지나지 않아 두 사람이 전혀 다른 이론을 가지고 있다는 게 명백해졌다. 맥티그는 눈으로 직접 금을 보기 전까지는 금광인지 아닌지를 알 수 없다는, 탐광에 관한 오래된 관념을 고수했다. 한편 크리븐스는 이 주제에 관해서 책을 꽤 많이 읽은 게 분명했고, 대충 과학적인 방식으로 탐광한 경험이 이미 있었다.

"젠장!" 그가 소리쳤다. "나한테 퇴적층과 화성암이 길게 붙어 있는 뚜렷한 접촉면만 보여 줘 보라고. 그러면 황금색이 안 보여도 바로 수직갱을 파 내려갈 테니."

치과 의사는 거대한 턱을 공중에 치켜들었다. "금이란 확실히 찾기 전에는 알 수 없는 겁니다." 그가 고집스럽게 우겼다.

"아, 글쎄, 동업자들이 각각 다른 경로로 파고 들어가야 한다는 게 내 생각이에요." 크리븐스가 말했다. 그는 콧수염 끝을 입안에 집어넣고 거기에 묻은 담배 즙을 빨아 먹었다. 그는 잠깐 생각에 잠기더니 갑자기 콧수염을 내뱉으며 큰 소리로 말했다.

"보쇼, 카터 씨, 이렇게 합시다. 보아하니 돈이 좀 있는 것 같은데요. 한 50달러 정도 말이에요."

"네? 네, 갖고 있죠. 내가…… 그러니까 내가……."

"자, 나도 50달러쯤 있어요. 그러니 우리 동업합시다. 건너편 산맥으로 가서 둘러보며 뭘 찾을 수 있을지 살펴봅시다. 어때요?"

"좋죠. 좋습니다." 치과 의사가 동의했다.

"그럼, 한번 해 보는 거죠?"

"바로 그거지요."

"자, 그럼 술을 듭시다."

두 사람은 사뭇 진지하게 술을 마셨다.

그리고 다음 날 킬러에 있는 잡화점에서 장비를 장만했다. 곡괭이, 삽, 탐광용 망치, 촛대 몇 개, 냄비, 베이컨, 밀가루, 커피

같은 물건들과 연장을 실을 작은 당나귀도 한 마리 샀다.

"이봐요. 이런, 말을 갖고 있질 않군요." 상점에서 나오면서 갑자기 크리븐스가 소리쳤다. "이 지역은 말 같은 거 없이는 돌아다닐 수가 없어요."

크리븐스는 안장을 채우기 위해서는 머리를 한 대 쳐서 정신을 혼미하게 해야 하는 황회색 조랑말을 타고 다녔다. "호텔에 안장과 굴레 끈이 여분으로 있는데 그걸 사용해도 됩니다."

결국 치과 의사는 마차 대여소에서 40달러를 주고 노새 한 마리를 샀다. 나중에 보니 그것은 꽤 괜찮은 흥정이었는데, 그 노새는 제법 잘 걷는 데다 산쑥과 감자 껍질만으로도 실제로 살이 오르는 것 같았기 때문이다. 거래가 이루어질 때 맥티그는 노새 값을 치르기 위해 캔버스 자루에서 돈을 꺼내 와야 했다. 크리븐스가 그때 함께 그 자리에 있었다. 치과 의사가 담요를 풀고 자루를 열자 크리븐스는 깜짝 놀라 휘파람을 불었다.

"이런 사람에게 50달러가 있는지 묻다니!" 그가 큰 소리로 외쳤다. "광산을 그냥 들고 다니는 거 아닙니까?"

"허, 그런 셈이죠." 치과 의사가 중얼거렸다. "난…… 난 엘도라도 카운티에서 갖고 있던 소유를 얼마 전에 팔았어요." 그가 덧붙여 말했다.

무척이나 아름다운 5월 아침 5시, 두 '동업자'는 짐을 실은 작은 당나귀를 앞세우고 킬러를 벗어났다. 크리븐스는 그의 조랑말을 타고 가고 맥티그는 노새에 올라타 그의 뒤를 따랐다.

"보쇼." 크리븐스가 말했다. "도대체 왜 그 바보 같은 카나리아를 호텔에 두지 않는 거요? 항상 거치적거릴 텐데. 게다가 곧 죽고 말거요. 그냥 목을 비틀어 죽여 버려요."

"아니, 그건 안 돼요." 치과 의사가 고집부렸다. "우린 너무 오래 함께했어요. 그냥 가지고 갈 겁니다."

"참, 이제껏 들어 본 것 중 가장 정신 나간 생각이구만." 크리븐스가 내뱉었다. "탐광하러 가면서 카나리아를 가져가다니. 신중히 생각해 보고 처리해 버리지 그래요?"

두 사람은 낮 동안은 사람들이 자주 지나다니는 소 떼 길을 따라 동남쪽으로 느긋이 여행했고, 저녁에는 샘이 있는 패너민트밸리의 언덕에서 야영했다. 이튿날 그들은 패너민트산맥에 올랐다.

"멋진 계곡이군요." 치과 의사가 말했다.

"이제야 바른 말을 하는구면." 크리븐스가 콧수염을 빨며 대꾸했다. 계곡은 넓고 평평하고 청청하여 매우 아름다웠다. 사방에 사슴보다도 더 온순해 보이는 소 떼들이 있었다. 한두 번 카우보이들이 길가에서 그들을 지나쳐 갔다. 뼈대가 굵은 사내들이 챙 넓은 모자를 쓴 모습이 개성 넘쳤고, 털이 복슬복슬한 바지에 짤랑거리는 박차를 달고, 권총 벨트를 차고 있는 게 맥티그가 언젠가 본 적이 있는 그림과 똑같았다. 그들은 하나같이 크리븐스를 알아봤고, 어김없이 그의 모험을 두고 놀려 댔다.

"이봐, 크립, 사금(砂金)을 실어 오려면 포장마차 행렬 정도는 몰고 가야지 않겠어?"

그 사람들의 농담에 화가 난 크리븐스는 그들이 지나간 뒤 맹렬하게 콧수염을 씹어 댔다.

"빌어먹을, 두고 봐, 한 탕 제대로 치고 말테니! 저 따위 농담이나 지껄이는 놈들 코를 납작하게 만들 거야."

정오쯤 두 사람은 패너민트산맥의 동쪽 경사면을 오르고 있었다. 길에서 벗어난 지 오래되자 초목도 사라지고 나무 한 그루조차 눈에 띄지 않았다. 두 사람은 한 물구덩이에서 다른 물웅덩이로 이어지는 희미한 소 떼 발자국을 따라 말을 몰았다. 물웅덩이는 갈수록 점점 물이 말라 있었다. 오후 3시가 되어 크리븐스는 말을 멈춰 세우고 물통에 물을 채웠다.

"반대편에는 물이 거의 없어요." 그가 굳은 얼굴로 말했다.

"정말 덥군요." 치과 의사가 이마로 줄줄 흘러내리는 땀을 손등으로 문질러 닦으며 중얼거렸다.

"허!" 상대방이 그 어느 때보다도 험상궂은 얼굴로 콧방귀를 꼈다. 미동도 하지 않는 공기는 마치 용광로에서 뿜어 나오는 열기와 같았다. 크리븐스의 조랑말은 거품을 물고 헐떡였다. 맥티그의 노새도 긴 귀를 축 늘어뜨렸다. 오직 작은 짐 당나귀만이, 맥티그의 눈에는 발자국 하나 보이지 않는 모래밭과 덜 자란 샐비어만 보이는 길을 터벅터벅 단호하게 걸어갈 뿐이었다. 저녁이 가까워져 오자 앞장서던 크리븐스가 언덕 꼭대기에서 말고삐를 당겼다.

그들 뒤에는 아름답고 푸른 패너민트밸리가 있었지만, 그들 앞쪽으로는 산쑥 덤불조차 없는 평평하고 하얀 사막이 수십 킬로미터 떨어진 지평선까지 광활하게 펼쳐져 있었다. 바로 코앞에는 계곡에 물이 마른 작은 골짜기가 사막으로 이어졌다. 북쪽으로는 어렴풋이 푸른 언덕들이 지평선을 따라 어깨를 맞대고 있었다.

"자, 지금 우린 패너민트산맥 꼭대기에 서 있어요." 크리븐스가 말했다. "바로 아래 이 동쪽 경사면을 따라 탐광할 거예요. 골드걸치는 말이죠." 그가 말채찍 밑동으로 가리켰다. "이곳에서부터 북쪽으로 30에서 40킬로미터쯤 이어져 있어요. 저기부터 북동쪽으로 나 있는 언덕들이 텔레스코프 언덕이에요."

"저기 보이는 사막은 뭐라고 부르나요?" 맥티그는 동쪽으로, 북쪽으로, 남쪽으로 영원히, 끝없이 펼쳐져 있는 알칼리 평원을 이리저리 바라보았다.

"저긴," 크리븐스가 말했다. "저긴 데스밸리'라고 하지요."

그리고 긴 침묵이 이어졌다. 말들은 불룩한 배에서 땀을 뚝뚝 떨어트리며 불규칙적으로 숨을 헐떡거렸다. 크리븐스와 치과 의사는 말없이 근심스러운 눈으로 끔찍한 황야를 바라보며 안장에 꼼짝도 하지 않고 앉아 있었다.

"이런!" 마침내 크리븐스가 고개를 저으며 나지막한 소리로 외쳤다. 그러더니 정신이 드는 모양이었다. "자, 무엇보다 먼저 물을 찾아야 해요." 그가 말했다.

하지만 그건 길고도 험난한 여정이었다. 두 사람은 작은 협곡에서 협곡으로 무수히 많은 개울 길로 내려가 보고, 습기가 있을 만한 곳은 파 봤지만 모두 헛수고였다. 그러다 마침내 맥티그의 노새가 공중에 코를 쳐들고 킁킁대더니 콧구멍으로 바람을 한두 차례 불었다.

"이 자식, 냄새를 맡은 거야!" 크리븐스가 소리쳤다. 치과 의사는 노새가 길을 안내하도록 내버려 두었고, 얼마 지나지 않아 노새는 암벽에서 튀어나온 바위 사이를 지나며 염분이 걸러진 채 아주 작은 골짜기의 강바닥에서 가늘게 흐르는 물줄기로 그들을 이끌었다.

"여기서 야영합시다." 크리브스가 말했다. "하지만 말들을 풀어 줄 순 없어요. 말뚝을 박아 올가미 밧줄로 묶어 두어야 해요. 조금 떨어진 곳에서 로코풀을 좀 봤는데, 그걸 먹으면 미쳐서 날뛸 겁니다. 짐 당나귀는 먹지 않겠지만 다른 녀석들은 믿을 수가 없어요."

맥티그에게 새로운 삶이 시작되었다. 아침을 먹은 뒤 두 '동업자'는 산맥의 경사면을 따라 서로 반대 방향으로 갈라져, 바위를 탐색하고 튀어나온 돌들과 바위를 두드리거나 쪼고 기미를 살피며 탐광을 시작했다. 맥티그는 물줄기가 기반암을 뚫고 지나가는 작은 협곡으로 들어가 석영 광맥을 찾아보았다. 석영을 찾으면 그것을 가루로 만들어 선광 냄비로 물에 일었다. 크리브스는 모암과 광맥의 노출부를 유심히 찾아봤고, 퇴적암과 화성암이 만나는 '접촉면'도 계속 찾아다녔다.

일주일쯤 탐광하고 난 어느 날, 두 사람은 우연찮게 한 건곡(乾谷)의 경사면에서 만났다. 때는 늦은 오후였다. "어이, 동업자!" 크리브스가 선광 냄비 위로 몸을 굽히고 있는 맥티그 쪽으로 내려오며 큰 소리로 외쳤다. "뭐 좀 있나요?"

치과 의사는 냄비를 비우며 허리를 폈다. "아무것도요, 아무것도 없어요. 뭐라도 발견했어요?"

"광맥 기미라곤 눈곱만큼도 없네요. 인제 그만 캠프로 돌아가는 게 좋겠어요." 두 사람은 같이 캠프로 돌아갔고, 크리븐스는 치과 의사에게 그가 발견한 영양 떼에 대해 말해 주었다.

"내일은 좀 쉬면서 영양을 한두 마리 사냥해 보는 게 어때요? 일주일 내내 콩과 베이컨이랑 커피만 먹다가 영양 스테이크를 먹으면 퍽 별미일 겁니다."

맥티그가 막 대답하려 하는데 크리븐스가 매우 짜증스럽게 소리를 지르며 말을 잘랐다. "난 우리가 이곳을 처음 탐광하는 사람인 줄 알았는데, 저것 좀 봐요. 역겹지 않아요?"

크리븐스는 그들 바로 앞에 어느 탐광꾼들이 버린 캠프 흔적을 가리켰다. 시커멓게 탄 재, 빈 깡통, 선광 냄비 한두 개, 그리고 부러진 곡괭이가 있었다. "저거 보고도 열이 뻗치지 않습니까?" 크리븐스가 맹렬하게 콧수염을 빨아 대며 투덜거렸다. "멍청이처럼 남이 뒤지다가 덮어 둔 땅을 다시 뒤지다니! 보쇼, 동업자 양반, 우리 내일 이곳을 빠져나갑시다. 어차피 나는 우리가 남쪽으로 옮겨 가는 게 좋겠다고 생각하던 참이었어요. 물도 이제 얼마 남지 않았고."

"네, 그래요. 그러는 게 좋겠어요." 치과 의사가 찬성했다. "이곳엔 금 따윈 없어요."

"없긴, 왜 없어요!" 크리븐스가 끈덕지게 항변했다. "이 언덕이 온통 금이지! 광맥을 찾기만 하면 돼요. 들어 봐요, 동업자 양반. 난 아무도 탐광하지 않은, 적어도 여러 사람이 뒤지지 않은 곳을 알고 있어요. 그곳에 가서 시도한 사람들이 많지 않아요.

데스밸리 반대쪽 말이에요. 골드마운틴이라고 부르는데 그곳에는 광산이 하나밖에 없어서 질산염 지층만큼이나 돈벌이가 되죠. 거기에 가려고 한 사람들이 많지 않은 이유는, 가는 길이 지옥이나 다름없기 때문이에요. 일단은 데스밸리를 통과해 한참 더 남쪽으로 가서 아마고사 산맥을 맞닥뜨려야 해요. 아직껏 어느 누구도 데스밸리를 통과한 적이 없어요. 피할 수만 있다면 피하는 게 상책이죠. 하지만 우린 몇 백 킬로미터, 아마 3백 킬로미터 넘게 패너민트 아래쪽으로 내려가다가 아마고사강을 따라 남쪽으로 가면 돼요. 그쪽으로 가면서 탐광하면 됩니다. 이 계절에는 그 강이 말라붙어 있을 거예요." 그가 결론을 맺었다. "어쨌든 우린 내일 남쪽으로 캠프를 옮깁시다. 말들의 먹을거리와 물을 찾아야 해요. 그리고 내일 영양을 몇 마리 잡을 수 있을지 두고 봅시다. 그런 다음 우리 서둘러 떠나요."

"하지만 난 총이 없어요." 치과 의사가 말했다. "권총도 없고요. 난……."

"잠깐만요." 크리븐스가 작은 협곡의 경사면으로 기어 내려가다 멈춰 서며 말했다. "여기 점판암이 있네. 이 근처에선 아직 점판암을 본 적이 없었는데. 이게 어디로 이어지는지 봅시다."

맥티그는 그를 따라 경사면을 내려갔다. 크리븐스가 앞서가며 이따금 혼잣말로 중얼거렸다.

"바로 여기로 이어진단 말이야, 거기에다, 여기 물도 있군. 이곳에 냇물이 흐르는지 몰랐는데. 거의 말라붙긴 했지만. 여기 또 점판암이 있네. 동업자 양반, 이게 어디로 이어지는지 보이나요?"

"저 앞에 위를 올려다봐요." 맥티그가 말했다. "저 언덕 뒤로 곧장 이어지네요."

"맞아요." 크리븐스가 동의했다. "헤이!" 그가 갑자기 소리를 질렀다. "여기 '접촉면'이 있네! 여기 또 있어요. 저기도, 그리고 저기도요. 아, 보이죠! 점판암 위에 화강 섬록암이에요. 이것보다 더 확실한 증거는 없어요. 원 세상에! 이제 두 바위 사이에서 석영만 찾으면 되는 거야."

"엇, 저기 있어요." 맥티그가 소리쳤다. "저기 앞을 봐요. 저거 석영 아닌가요?"

"시력 한번 끝내 주네!" 크리븐스가 맥티그가 가리키는 곳을 바라보며 고함을 질렀다. 그러더니 그의 얼굴이 갑자기 창백해졌다. 그는 눈을 크게 뜨고 치과 의사를 돌아보았다.

"맹세코, 동업자 양반!" 그가 숨을 헐떡거리며 큰 소리로 말했다. "맹세코!" 그가 갑자기 말을 끊었다.

"저게 바로 당신이 찾고 있던 거 아닌가요?" 치과 의사가 물었다.

"찾고 있었다니! 찾고 있었다는 말로 될 판입니까?" 크리븐스는 흥분을 애써 가라앉혔다. "저건 점판암이 맞아요. 화강 섬록암도 맞아요. 내 잘 알지." 그는 몸을 구부려 바위를 살폈다. "그런데 이 돌들 사이에 석영이 있단 말이에요. 그러면 이건 실패할 수가 없어요. 저기 망치 좀 줘 봐요!" 그가 흥분해서 소리쳤다. "자, 작업을 시작해 봅시다. 곡괭이로 석영을 찍어 봐요. 덩어리를 좀 떼어 내 봐요." 크리븐스는 무릎을 대고 두 손으로 석영 광맥을 맹렬히 공격했다. 치과 의사는 동업자를 따라서 엄청난 힘으로 곡괭이를 휘둘렀고 내려칠 때마다 바위가 쪼개졌다. 크리븐스는 잔뜩 흥분해서 혼잣말을 지껄였다.

"이번엔 널 제대로 잡았구나, 이놈의 자식! 맹세코! 드디어 우리가 널 잡았어. 어쨌든 확실한 거 같아요. 계속해요, 동업자 양반. 여기 주위에 아무도 없지? 어?" 그는 쳐다보지도 않고 권총을 꺼내 치과 의사에게 던져 주었다. "동업자 양반, 이 총을 갖고 주변을 잘 살펴요. 어떤 놈이라도 얼씬대걸랑 당장 쏴 버리쇼. 여긴 우리 소유에요. 이번에는 제대로 찾은 거 같아요, 동업자 양반. 자, 이제 갑시다." 그는 떼어 낸 석영 덩어리들을 모아서 모자에 넣고 캠프로 향했다. 두 사람은 고르지 못한 땅 위를 큰 보폭으로 매우 빠르게 나아갔다.

"에라 모르겠다." 크리븐스가 가쁜 숨을 내쉬며 크게 말했다. "지금은 말을 아껴야 해. 어쩌면 속은 것일지도 몰라. 오 하느님, 망할 놈의 캠프가 왜 이렇게 먼 거야. 아, 가는 길에 허튼소리를 지껄이지 말아야지. 빨리 갑시다, 동업자 양반." 그는 달리기 시작했다. 맥티그는 육중한 덩치로 뒤뚱거리며 빠르게 달렸다. 두 사람은 그을리고 바싹 말라 버린 땅을, 일렁거리는 사막의 태양이 내뿜는 열기 아래에서 석영 덩어리가 담긴 모자를 들고 산쑥 덤불과 뾰족한 돌부리에 걸려 넘어지고 휘청거리며 허둥지둥 내달렸다.

"안에 무슨 '색깔'이라도 보이나요, 동업자 양반?" 크리븐스가 헐떡이며 물었다. "내겐 안 보이거든, 당신한테는 보이나요?

462

아마 전혀 보이지 않을 거요. 어서 서둘러요. 제기랄, 캠프가 도대체 나타날 생각을 안 하는군."

마침내 두 사람은 캠프에 도착했다. 크리븐스는 선광 냄비에 석영 조각들을 들이부었다.

"동업자 양반, 당신은 절구질해요. 난 저울을 바로잡을 테니." 맥티그가 철로 된 막자사발에 덩어리를 넣고 부드러운 가루로 빻는 동안, 크리븐스는 조그마한 저울을 맞추고 겉옷에서 '숟가락'을 꺼냈다.

"충분히 고와요." 크리븐스가 조바심 나서 소리쳤다. "이제 숟가락으로 그걸 떠 봅시다. 물 좀 주쇼."

크리븐스는 곱고 하얀 가루를 한 숟가락 가득 퍼서 조심스럽게 옮겼다. 두 사람은 달음박질과 흥분으로 여전히 가쁜 숨을 몰아쉬며, 무릎을 꿇고 머리를 맞댔다.

"못 하겠어." 크리븐스가 발뒤꿈치에 앉으며 큰 소리로 말했다. "손이 너무 떨려. 동업자 양반, 당신이 해 봐요. 자, 살살."

맥티그는 뿔로 만든 숟가락을 잡고 거대한 손으로 부드럽게 흔들면서 석영 가루가 물로 씻겨 나가게 했다. 그러자 숟가락이 움직일 때마다 가루로 된 석영이 아주 약간씩 물에 씻겨 나갔다. 두 사람은 더할 나위 없이 간절한 눈빛으로 그것을 쳐다보았다.

"아직은 안 보여. 아직은 안 보인다고." 크리븐스가 콧수염을 잘근대며 속삭였다. "조오금만 더 빨리, 동업자 양반, 바로 이거요. 이제 조심하면서 침착하게 해요. 조오금만 더, 조오금만 더.

아직도 색깔이 보이지 않죠?"

맥티그가 꾸준히 숟가락을 흔들어 대자 석영 가루가 계속 줄어들었다. 그러더니 마침내 낯선 물질이 가느다랗게 가장자리를 따라 모습을 드러내기 시작했다. 노란색이었다.

두 사람 모두 아무 말도 하지 않았다. 크리븐스는 손끝을 모래 속으로 찔러 넣고 콧수염만 이로 잘근잘근 갈아 댔다. 석영 침전물이 씻겨 나가면서 노란색 선은 점점 넓어졌다. 그러자 크리븐스가 속삭였다.

"우리가 해냈어. 동업자 양반, 금이야."

맥티그는 하얀 석영 가루를 마지막으로 씻어 낸 뒤 물을 빼냈다. 밀가루처럼 고운 소량의 금가루가 숟가락 바닥에 남아 있었다.

"바로 이거야." 그가 말했다. 두 사람은 서로의 얼굴을 쳐다보았다. 그러더니 크리븐스가 한걸음에 깡충 뛰어오르며 1킬로미터 밖에서도 들릴 만큼 크게 소리를 질렀다.

"야아-호오! 우리가 해냈어. 광맥을 찾았다고! 동업자 양반, 우리가 해냈어요. 끝내 주는구먼. 우린 이제 백만장자가 된 겁니다." 그는 자신의 권총을 뺏어 상상 이상의 빠른 속도로 발사했다. "거기 그냥 놔둬, 형씨!" 그가 맥티그의 손을 움켜쥐며 소리쳤다.

"금이네, 진짜." 맥티그가 숟가락 속 물체를 유심히 살피며 중얼거렸다.

"당연히 금이지, 금이 아니면 내 손에 장을 지지지!" 크리븐스가 소리쳤다. "자, 이제 할 일이 많아요. 말뚝을 박아 경계를 정하고 표지판을 세워야 해요. 물론 우린 1에이커'를 모두 차지할 겁니다. 당신은, 아 참, 이거 무게를 아직 재지 않았어요. 저울이 어디 있죠?" 그는 떨리는 손으로 금 한 자밤을 쟀다. "2그레인'이오." 그가 크게 말했다. "톤당 5달러는 나갈 거요. 풍부해. 함량이 풍부해요. 제일 값이 나가는 함량이란 말이요, 동업자 양반. 우리는 이제 백만장자가 된 거예요. 그런데 왜 아무 말도 하지 않는 겁니까? 왜 흥분하지 않나요? 뜀박질이나 뭐라도 좀 해봐요."

"하!" 맥티그가 눈알을 굴리며 말했다. "하! 알아요. 나도 알고 있다고요. 우리가 돈깨나 나가는 광맥을 찾았어요."

"자, 어서요!" 크리브스가 다시 튀어 오르며 재촉했다. "말뚝을 박아 구획을 정하고 표지판을 세웁시다. 맙소사, 우리가 멀리 있는 동안 설마 다른 누가 그곳에 간 것은 아니겠지?" 그는 권총을 찬찬히 다시 장전했다. "누구라도 그 주변에서 얼씬거리기라도 하면 바로 쏴 버립시다. 내가 지금 하는 말 똑똑히 들어요. 형씨도 어서 소총을 가져와요. 동업자 양반, 누구라도 발견하면 일단 총을 쏜 뒤에 용건을 물어봐요."

두 사람은 서둘러 금을 발견한 장소로 되돌아갔다.

"생각해 보면," 크리브스가 첫 번째 말뚝을 박으면서 말했다. "먼저 와서 바로 이 근처에 캠프를 쳤던 멍청이들은 코앞에 금광을 두고서 찾지 못한 거 아닙니까? '접촉면'이 무슨 의미인지도 몰랐던 거지. 하지만 난 '접촉면'에 대한 확신이 있었거든."

두 사람은 금을 발견한 지점을 자기네 구역이라고 확신했고, 크리븐스는 표지판을 세워 놓았다. 그들이 작업을 마치기 전에 날은 많이 어두워졌다. 크리븐스는 광맥에서 석영 덩어리를 조금 더 떼어 냈다.

"캠프에 도착하면 그냥 재미 삼아 이것도 해 봐야겠어요." 그들이 캠프로 터덜터덜 돌아올 때 그가 설명했다.

"음, 우리가 그 카우보이들을 되레 비웃어 주게 되었네요." 치과 의사가 말했다.

"그런가요?" 크리븐스가 소리쳤다. "아직은 아니에요. 우리가 킬러로 돌아가서 얘기할 때 그 자식들이 여기로 득달같이 달려오는 꼴을 보면 퍽이나 재미날 겁니다. 그나저나 저곳을 뭐라고 부를까요?"

"글쎄요. 잘 모르겠어요."

"'최후의 기회'라고 부릅시다. 이게 우리의 마지막 기회가 아니겠어요? 내일은 영양 사냥을 나섭시다. 그리고 그다음 날 우린…… 왜 그래요, 뭣 때문에 멈춰 선 거요?" 그가 하던 말을 멈추고 물었다. "무슨 일이에요?"

치과 의사가 계곡의 산마루에 갑자기 멈춰 서 있었다. 크리븐스가 뒤를 돌아보니 그는 오솔길에서 미동도 하지 않고 있었다.

"무슨 일이냐고요?" 크리븐스가 재차 물었다.

맥티그는 천천히 고개를 돌려 한쪽 어깨너머를 쳐다보고 나서 다시 고개를 돌려 다른 쪽 어깨너머로도 쳐다보았다. 그러더니 갑자기 뒤돌아 윈체스터 소총을 어깨에 올리고 공이치기를 잡아당겼다. 크리븐스는 권총을 급히 빼 들고 그의 옆으로 달려갔다.

"왜 그래요?" 그가 큰 소리로 물었다. "누가 있었어요?" 그는 짙은 황혼을 뚫고 앞을 바라보았다.

"아니요. 아무것도 아니에요."

"무슨 소리라도 들었나요?"

"아뇨, 아무 소리도 안 났어요."

"그럼 뭡니까? 무슨 일이냐고요."

"모르겠어요, 잘 모르겠어요." 치과 의사가 소총을 밑으로 내리며 중얼거렸다. "뭔가가 있긴 했는데."

"뭐 말이에요?"

"무언가. 눈치채지 못했어요?"

"뭘 눈치챈단 말이에요?"

"몰라요. 그냥 어떤—이건지 저건지, 다른 그 뭣인가가 있었는데."

"누구? 아니면 뭐요? 뭘 알아챘냐는 거요? 도대체 뭘 본 거요?"

치과 의사는 소총의 공이치기를 놓았다.

"아무것도 아니었나 봐요." 그가 다소 바보스럽게 말했다.

"뭘 봤다고 생각한 거예요? 우리 구역에 누가 있기라도 했어요?"

"뭘 본 건 아니에요. 뭘 들은 것도 아니고요. 그냥 무슨 생각이 떠올랐을 뿐이에요. 그것뿐이에요. 그러니까 그렇게 갑자기 번쩍 떠올랐던 거죠. 뭔가 있었는데, 그게 뭔지는 나도 모르겠어요."

"뭘 상상했나 보군. 적어도 3킬로미터 반경에는 우리 말고는 아무도 없어요."

"맞아요, 상상. 바로 그거지."

30분 뒤 두 사람은 불을 지폈다. 맥티그는 석탄에 가느다란 베이컨 조각을 익혔고, 크리브스는 광맥을 발견한 것을 두고 어전히 큰 소리로 재잘거리고 있었다. 그때 갑자기 맥티그가 프라이팬을 내려놓았다.

"저게 뭐요?" 그가 으르렁거렸다.

"엥? 뭐 말입니까?" 크리브스가 일어서며 소리쳤다.

"뭔가 눈치채지 못했어요?"

"어디요?"

"저기 말이에요." 치과 의사는 동쪽 지평선을 모호하게 가리켰다. "무슨 소리 안 들렸어요? 아니, 그러니까 내 말은, 뭔가 보지 못했나요? 그러니까 내 말은……."

"동업자 양반, 도대체 뭐가 문제입니까?"

"아무것도 아니에요. 그냥 또 뭘 상상했나 봐요."

하지만 그것은 상상이 아니었다. 확 트인 하늘 아래 두 동업자는 누워 자정까지도 정신이 말똥말똥해서는 뒹굴거리며 대화를 나누고 의논을 하고 계획을 세웠다. 이윽고 크리브스는 옆으로 돌아눕더니 이내 잠들어 버렸다. 하지만 치과 의사는 잠을 이룰 수가 없었다.

뭐지? 무엇인가가, 이상한 육감이, 이해하기 힘든 동물적 본능이 다시 그에게 경고하고 있었다. 그 감각이 다시 깨어났고 그에게 복종하라고 아우성쳤다. 여기, 황량한 불모의 언덕에서, 사람이라고는 30킬로미터쯤이나 나가야 볼 수 있는 그런 곳에서, 어떤 육감이 그를 흔들어 깨우며 그에게 떠나라고 박차를 가하고 있었다. 그를 빅디퍼 광산에서부터 도망가라고 시킨 육감이었다. 그때는 그 명령에 복종했었지만 지금은 상황이 달랐다. 그는 하루아침에 부자가 되었다. 보물을 찾았던 것이다. 빅디퍼 광산 그 자체보다도 훨씬 더 가치 있는 보물이었다. 그것을 두고 어찌 감히 떠난다는 말인가? 지금은 움직일 수 없었다. 그는 담요를 감고 뒹굴었다. 아니, 정말로 한 발도 뗄 수가 없었다. 결국 모든 게 그의 상상에 지나지 않는 일인지도 모른다. 아무것도 보지 못했고, 아무것도 듣지 못했다. 그의 앞에는 사방으로 텅 빈 태곳적 황야만이 수 킬로미터씩 펼쳐져 있었다. 그날 밤 광대한 고요가, 마치 타이탄이 손바닥으로 감싸듯 모든 것을 뒤덮고 있었다. 도대체 무엇을 의심하는가? 나무 한 그루 없는 그런 황무지에서는 반나절 걸리는 거리만큼 떨어져 있는 물체라도 눈에 띄게 마련이다. 그 광활한 고요 속에서는 자갈이 구르는 소리도 권총 소리만큼 똑똑히 들렸다. 게다가 거기에는 아무것도, 정말 아무것도 없었다.

치과 의사는 담요 속으로 들어가 잠을 청했지만 5분도 채 지나지 않아 다시 일어났다. 그리고 푸른 회색빛 달빛 속을 뚫어져라고 쳐다보며 귀를 쫑긋 세웠다. 그러나 그의 눈에는 아무것도 보이지 않았다. 낯익은 달 아래 다갈색으로 깎인 패너민트 언덕들만 조용히 웅크리고 있었다. 짐 당나귀는 딸랑거리는 종소리를 내며 고개를 움직였고, 맥티그의 노새는 세 발로 서서 졸다가 길게 한숨을 내쉬며 반대쪽 발로 무게 중심을 바꿨다. 또다시 정적이 흘렀다.

"도대체 뭘까?" 치과 의사가 중얼거렸다. "뭐라도 눈으로 보거나 귀로 들을 수 있다면 좋으련만."

맥티그는 담요를 걷어차고 일어나서 가장 가까이 있는 언덕 꼭대기에 올라 지난 두 주 동안 크리븐스와 함께 지나온 방향을 바라보았다. 그는 반시간 동안 지켜보고 귀 기울이며 기다렸지만 헛수고였다. 하지만 캠프로 돌아와 담요를 뒤집어쓰려고 하자, 그 어느 때보다도 강렬하고 끈덕진 이상한 충동이 또다시 그를 부추겼다. 마치 누군가가 등에 올라타 재갈을 물리고 보이지 않는 손으로 그를 동쪽으로 틀어, 보이지 않는 뒤꿈치로 당장 도망치라고 박차를 가하는 것만 같았다.

무엇으로부터 도망쳐야 하는가? "안 돼!" 그가 숨죽이며 중얼거렸다. "광산 소유권을 버리고 가라니, 보물을 놔두고 가라니! 보이는 것도, 들리는 것도 없는데, 나보고 그런 바보가 되라고? 행운을 포기하라고? 싫어, 죽어도 그렇게 하긴 싫어. 안 될 일이지, 결단코!" 그는 크리븐스의 윈체스터 소총을 끌어와 탄창에 탄약통을 집어넣었다.

"안 돼." 그가 으르렁거렸다. "무슨 일이 일어나든, 난 이곳에 머무를 거야. 누가 온다면······." 그는 소총의 레버를 누르고 탄약통을 약실로 딸깍 밀어 넣었다.

"안 잘 거야." 그가 콧수염 뒤로 중얼거렸다. "잠을 잘 수는 없지. 지켜볼 거야." 그는 두 번째로 일어나 가장 가까운 언덕 꼭대기로 다시 올라가 앉았고, 담요를 두르고 윈체스터 소총을 무릎에 놓았다. 몇 시간이 흘렀다. 치과 의사는 언덕 꼭대기에 꼼짝도 하지 않은 채 희뿌연 하늘을 등지고 석탄처럼 새까만 물체가되어 웅크리고 앉아 있었다. 조금씩 동쪽 지평선이 좀 더 어두워지더니 윤곽이 더욱 또렷해지기 시작했다. 동이 트고 있었다. 맥티그는 다시 한 번 직관적으로 위험이 다가오는 것을 느꼈다. 보이지 않는 손이 고삐를 당겨 그의 머리를 동쪽으로 틀었다. 박차로 그의 옆구리를 치며 서둘라고, 서둘라고, 어서 서둘라고 재촉하는 것 같았다. 그 힘은 순간순간 더욱 강렬해졌다. 치과 의사는 이를 꽉 깨물고 한 걸음도 뒤로 물러서지 않았다.

"싫어." 꽉 깨문 이 사이로 그가 으르렁거렸다. "아니, 난 여기 있을 거야." 그는 윈체스터 소총의 공이치기를 당기고 귀를 쫑긋 세우고는 눈을 번뜩이며 캠프 주위를 크게 한 바퀴 돌았다. 심지어 새 광산의 첫 번째 말뚝이 박힌 곳까지 가 보았다. 아무것도 없었지만, 누군가 목덜미에 대고 소리 지르는 것처럼 또렷하게 적을 느낄 수 있었다. 그것은 공포가 아니었다. 맥티그는 두렵지 않았다.

"뭐라도, 누구라도 눈으로 볼 수만 있다면 좋겠는데." 그는 소총의 공이치기를 당겨 만반의 준비를 하면서 중얼거렸다. "그러면 내가, 내가 본때를 보여줄 텐데."

맥티그는 캠프로 돌아왔다. 크리븐스는 드르릉 코를 골고 있었다. 짐 당나귀는 아침 물을 마시기 위해 냇가로 내려가 있었다. 노새는 잠에서 깨어 풀을 먹는 중이었다. 맥티그는 쫓기는 수사슴처럼 주변을 의심하고 경계하며, 차갑게 재만 남은 모닥불 옆에 어정쩡하게 서 있었다. 그 이상한 충동은 자꾸 강해져만 갔다. 바로 다음 순간 잽싸게 동쪽으로 돌아서서 엉성하고 굼뜬 뜀박질로 급히 달려가야만 할 것 같았다. 그러나 단순하고 동물적인 본능을 가진 그는 맹렬한 고집으로 그런 충동과 맞서 싸웠다.

"광산을 버리고 떠나라고? 백만 달러를 버리고 떠나라고? 아니, 그건 말도 안 되지, 난 가지 않을 거야. 그래, 난 머물러 있을 거야. 그렇지." 그는 마치 괴롭힘을 당한 성난 야수처럼 큼직한 머리를 내저으면서 입속말로 뇌까렸다. "아, 어디 한번 모습을 드러내 보시지그래?" 그는 어깨에 소총을 올리고 서쪽으로 뻗은 산등성이를 따라 한 지점, 한 지점을 겨누었다. "어서, 모습을 드러내 봐. 조금만 더 나와 봐, 너희들 전부. 난 조금도 겁나지 않아. 이런 식으로 숨지 마. 내 광산에서 날 쫓아낼 생각하지 마. 난 머물러 있을 테니까."

한 시간이 흘렀다. 곧 두 시간이 지났다. 별들은 빛을 잃었고, 새벽 어스름이 옅어졌다. 공기도 따뜻해졌다. 동쪽 전체가 구름 한 점 없이 지평선부터 천정(天頂)까지 유백색으로 빛이 났고, 아래 기슭이 핏빛을 띠자 그것을 배경으로 대지는 검게 변했다. 사막의 하늘은 아래에서부터 분홍색에서 옅은 노란색으로, 초록색으로, 옅은 파란색으로, 청록색을 띤 진줏빛으로 점점 희미해졌다. 이른 아침의 길고 가느다란 그림자가 도망치는 뱀처럼 뒤로 물러서더니 갑자기 태양이 세상의 어깨 위로 올라서며 날이 완전히 밝았다.

그때 맥티그는 이미 캠프에서 10킬로미터 넘게 떨어진 곳에서 동쪽을 향해 천천히 가고 있었다. 그는 패너민트 언덕들의 가장 낮은 돌출부를 지나며 오래되어 희미해진 소 떼 길을 쫓았다. 노새가 담요와 엿새치 식량과 크리븐스의 소총과 물이 가득 담긴 물병을 짊어지고 앞서갔다. 안장 머리에는 전부 20달러짜리 금화로 된, 소중한 5천 달러가 든 캔버스 자루가 안전하게 묶여 있었다. 그리고 그 진저리나는 모래와 샐비어의 불모지에서도 맥티그는 이상하리만큼 고집스럽게 낡은 밀가루 부대 두 장으로 조심스럽게 감싼 카나리아 새장을 들고 다녔다.

그날 아침 새벽 5시경, 맥티그는 여러 갈래의 오솔길들이 하나로 모이는 곳을 발견했다. 오솔길이 물웅덩이로 이어질 것이라고 짐작한 그가 그 길 중 하나를 따라갔던 것이다. 역시나 햇볕에 마른 작은 웅덩이가 나왔고, 다행히도 바닥에는 물이 약간 남아 있었다. 그는 거기서 노새에게 물을 먹이고 물통을 다시 채우고 자신도 잔뜩 마셨다. 또, 그때 이후 매시간 더욱 뜨거워질 태양 열기로부터 작은 카나리아를 최대한 지키기 위해 새장을 두른 낡은 밀가루 부대를 물로 축였다. 그는 다시 앞으로 나갈 채비를 마쳤지만 또 한 번 우유부단하게 멈춰 서서 마지막으로 망설였다.

"난 바보야." 그는 뒤에 있는 산맥을 쏘아보며 투덜거렸다. "나는 바보야. 도대체 내가 왜 이러는 거지? 백만 달러를 두고 떠나 버리다니. 보물이 그곳에 있는 걸 아는데. 이런, 맙소사!" 그가 사납게 소리 질렀다. "나 안 할래. 돌아가야겠어. 광산을 이대로 떠날 수는 없어." 그는 노새의 머리를 돌렸고 이를 맹렬히 갈며 마치 세차게 불어오는 바람을 머리로 들이받듯 고개를 앞으로 숙인 채 오던 길을 되돌아가기 시작했다. "가자, 가자." 가끔씩은 노새에게, 가끔씩은 자신에게 이렇게 외쳤다. "가자, 돌아가자, 돌아가자. 난 돌아갈 거야." 하지만 걸음을 디딜 때마다 경사가 갈수록 가파른 언덕을 오르는 느낌이었다. 한 걸음 한 걸음 앞으로 나아갈 때마다 그를 재촉하는 이상한 본능이 그의 앞길을 가로막았다. 조금씩 치과 의사의 걸음걸이가 느려졌다. 그는 멈춰 섰다가 마치 어둠 속에서 구덩이에 빠질까 두려운 사람처럼 길을 더듬다시피 하며 조심스럽게 앞으로 나아갔다. 그러다가 다시 걸음을 멈추고 고민했고, 폭발하듯 분노하며 이를 꽉 깨물고 주먹을 들어쥐었다. 그러고는 갑자기 노새 머리를 동쪽으로 돌렸다.

"난 할 수가 없어!" 그가 사막을 향해 크게 소리 질렀다. "난 할 수 없어, 없다고. 그게 나보다도 훨씬 더 강해. 그러니 돌아갈 수가 없어. 서둘러야 해. 어서, 어서, 어서."

맥티그는 머리와 어깨를 구부리고 살금살금 서둘러 동쪽으로 나아갔다. 긴 다리를 뻗으며 나아가는 그의 모습이 보기에 따라서는 몸을 웅크리고 가고 있는 것도 같았다. 그러다가 그는 한번씩 어깨너머로 뒤돌아보았다. 땀방울이 뚝뚝 굴러 떨어졌고, 모자는 어디론가 사라져 버렸다. 이마에 엉겨 붙은 노랗고 굵은 머리털이 작고 반짝이는 눈에 그림자를 드리웠다. 가끔 그는 거의 반사적으로 모호한 몸짓을 하며, 지평선을 잡아서 가까이 끌어당길 것처럼 탐욕스러운 손가락과 손을 앞으로 내밀기도 했다. 그리고 드문드문 이렇게 중얼거렸다. "서둘러, 서둘러, 어서, 어서." 마침내 맥티그는 겁이 났던 것이다.

그는 계획이 확실하지 않았지만 크리븐스가 데스밸리 반대편에 있는 아마고사산맥에 대해 했던 말이 기억났다. 그 지역에 들어가는 길은 지옥과 다름없다고 크리븐스가 말했다. 끔찍한 알칼리 토양이, 하얀 모래와 소금으로 덮인 해수면보다도 낮은 광활한 지대가, 의심할 것도 없이 물이 바짝 말라붙은 태곳적 호수의 바닥이 길을 막고 있어서 그곳으로 간 사람이 별로 없다고 했다. 맥티그는 아마고사강에 다다를 때까지 계속 남쪽을 향해 가서 데스밸리를 둘러 가기로 했다. 빙 돌아서 반대편에 다다를 생각이었다. 아마고사 구릉지에 있는 골드마운틴 인근 마을로 들어가고 싶었다. 그곳은 수천 평에 이르는 데스밸리의 작렬하는 알칼리 토양 때문에 이 세상과 완전히 동떨어져 있었다. 그러니 '그들'은 좀처럼 그곳까지 따라올 수 없을 터였다. 그는 골드마운틴에 두세 달 머물다가 멕시코로 떠날 생각이었다.

맥티그는 계속 패너민트산맥의 고르지 못한 저지대로 내려가며 꾸준히 앞으로 터벅터벅 걸어갔다. 9시가 되자 경사면이 갑자기 평평해졌다. 그의 뒤로는 언덕들이 있었고 그의 앞, 동쪽으로는 하나같이 평지였다. 마침내 모래와 산쑥 덤불마저도 하얀 가루로 된 알칼리에 전부 자리를 내어 주고 사라진 지역에 다다랐다. 길은 무수히 많았지만 전부 오래되고 희미했으며, 사람이 아닌 소 떼 발자국이 만들어 낸 길이었다. 오솔길 하나를 빼고 남은 오솔길들은 사방—북쪽, 남쪽 그리고 서쪽—으로 뻗어 있었는데, 한 오솔길만이 희미하게나마 데스밸리를 향해 나 있었다.

"이 오솔길들이 있는 언덕 가장자리를 따라간다면," 치과 의사가 중얼거렸다. "건곡에서 물을 약간씩이라도 찾을 수 있을 기야."

그때 갑자기 그가 비명을 질렀다. 노새가 귀를 늘어뜨리고 눈알을 굴리고 발을 번갈아 가며 발길질하고, 꽥꽥 소리를 질러 댔던 것이다. 노새는 몇 걸음 달려가더니 멈춰 서서 또 소리를 질렀다. 그러더니 갑자기 오른쪽으로 방향을 틀어 북쪽을 향해 터덜터덜 걸어가면서 한 번씩 소리를 지르거나 발길질을 해 댔다. 맥티그가 소리를 지르고 욕설을 하며 뒤따라갔지만, 노새는 한참 동안 잡히지 않았다. 노새는 겁을 먹었다기보다는 정신이 나가 보였다.

"크리븐스가 말하던 로코풀을 먹었나 보군." 맥티그가 헐떡거리며 말했다. "워워! 멈춰 서, 이놈아." 마침내 노새는 스스로 멈춰 섰고 다시 정신을 차린 듯했다. 맥티그가 다가와 고삐를 잡고 코를 문지르며 말을 걸었다.

"그래, 착하지. 도대체 왜 그런 거야?" 노새는 다시 온순해졌다. 맥티그는 노새의 입을 씻기고 다시 앞으로 나아갔다.

그날은 정말 대단했다. 이쪽 지평선에서 저쪽 지평선까지 광활하게 펼쳐진 새파란 하늘은 대지에 가까울수록 색이 희어졌다. 동쪽과 남동쪽으로 사막이 새하얗게 벌거벗은 채 태양 아래 숨을 헐떡거리고 빛을 받아 일렁였다. 바위 하나, 선인장 한 그루터기 없는 황폐한 땅이 수천 킬로미터에 걸쳐 뻗어 있었다. 멀리서 보면 분홍색, 보라색, 옅은 주황색까지 온갖 색을 희미하게 띠었다. 서쪽으로는 잿빛 산쑥 덤불들이 듬성듬성 난 패너민트 산맥이 솟아 있었다. 이곳에서 흙과 모래는 노란색, 황토색, 짙고 깊은 붉은색을 띠었으며, 움푹 꺼진 곳들과 협곡은 푸르게 그늘져 있었다. 이런 불모지가 그처럼 찬란한 빛깔을 띤다는 것이 이상해 보였다. 하지만 옅은 푸른 기가 감도는 하얀 지평선을 배경으로 적갈색 절벽과 산등성이가 보랏빛 그림자를 두르고 뾰족하게 우뚝 선 모습보다 더 아름다운 것은 없을 듯했다.

9시가 되자 태양이 하늘에 높이 걸렸다. 열기는 강렬했고, 그 때문에 공기는 탁하고 무거웠다. 맥티그는 헉헉거리며 이마와 볼과 목에서 흐르는 땀방울을 문질러 닦았다. 태양 광선의 무자비한 채찍질 때문에 피부의 모공 하나하나가 따갑고 쓰라렸다.

"이보다 더 더워진다면," 그가 길게 숨을 내쉬며 중얼거렸다. "만약 이보다 더 더워지면, 난…… 나도 몰라." 그는 고개를 흔들며 눈꺼풀에서 흐르는 땀을 닦았다. 땀이 꼭 눈물처럼 흘러내렸다.

해는 점점 더 높이 떠올랐다. 한 시간, 한 시간 치과 의사가 터벅터벅 앞으로 나아가는 동안 열기는 더욱 강렬해졌다. 바싹 달궈진 건조한 모랫바닥이 그의 발밑에서 무수한 파편들로 바스러졌다. 그가 지나가자 산쑥 덤불 잔가지들이 부러지기 쉬운 파이프 대처럼 뚝뚝 끊어졌다. 날은 점점 더 뜨거워졌다. 11시가 되자 땅은 용광로 표면 같았다. 숨을 들이쉬자 공기가 입술과 입천장을 지졌다. 태양은 불타 버린 푸른 하늘에 떠다니는 녹은 놋쇠 원반 같았다. 맥티그는 털로 짠 셔츠를 벗고 플란넬 속옷 단추마저 풀어헤친 다음, 목에 손수건을 느슨하게 동여맸다.

"맙소사!" 그가 외쳤다. "이런 더위는 상상도 못 했어."

열기는 갈수록 흉포해졌다. 멀리 보이는 모든 물체가 태양 아래서 일렁이며 헐떡거렸다. 정오가 되자 북서쪽 언덕 위로 신기루가 나타났다. 맥티그는 노새를 세우고 물통에 담긴 미지근한 물을 마시고 카나리아 새장을 감싼 부대를 적셨다. 그가 발걸음을 멈추자마자 발밑에서 모래가 바스러지던 소리가 잦아들면서, 광활하고 끝도 없는 고요가 어마어마한 조수처럼 그에게 밀려왔다. 그 거대한 자연에서, 바싹 익어 가는 광활한 모래밭에서 단 하나의 소리도 나지 않았다. 잔가지 하나도 흔들리지 않았고, 벌레 한 마리도 울지 않았으며, 새 한 마리, 짐승 하나도 소리 내거나 울면서 그 거대한 황야를 침범하지 않았다. 조금도 수그러들 기미 없이 무자비하게 내리쬐는 정오의 태양 아래 동서남북으로 시선이 닿는 곳 어디든 하나같이 움직이지도 않고, 말도 하지 않고 무기력하게 누워만 있을 뿐이었다. 모든 그림자가 오그라들면서 산쑥 덤불 밑으로 숨고, 언덕과 계곡의 가장 먼 구석과 틈새로 도망쳤다. 온 세상이 아무런 움직임이 없이 조용하고 반짝거리는 하나의 거대한 덩어리 같았다. "이보다 더 더워진다면," 치과 의사가 고개를 가로저으며 다시 한 번 혼잣말로 중얼거렸다. "이보다 더 더워진다면, 정말 어찌할지 모르겠어."

열기는 꾸준히 더해 갔다. 3시는 정오보다도 더 끔찍했다.

"전혀 누그러질 기미가 없네." 치과 의사가 눈알을 굴려 열기로 시퍼런 하늘을 쳐다보며 신음했다. 그가 말하던 순간 사방에서 동시에 나는 것 같은 날카로운 소리가 갑자기 정적을 깨뜨렸다. 그러더니 소리가 멈췄다. 맥티그가 한 발을 내디디자 갑작스러운 일격을 가하듯 더 가까이에서, 더 날카롭게, 길게 늘어지는 흉한 소리가 또다시 들렸다. 사람과 노새 모두 즉시 발길을 멈췄다.

"난 저게 뭔지 알지." 치과 의사가 말했다. 그는 짐작하고 있는 게 눈에 띌 때까지 재빠르게 사막 바닥을 훑었다. 둥글고 굵은 똬리를 틀고 마름모꼴의 대가리를 천천히 흔드는 것이 꼬리를 쳐들고 윙윙 소리를 내고 있었다.

오롯이 30초간 사람과 뱀이 상대의 눈을 뚫어지게 쳐다보았다. 그러더니 뱀이 똬리를 풀고 산쑥 덤불 사이로 재빠르게 숨어 버렸다. 맥티그는 다시 숨을 내쉬었고 그의 눈은 또다시 모래와 알칼리가 떨고 있는 끝없이 펼쳐진 황야를 응시했다.

"맙소사! 무슨 지역이 이렇지?" 그가 버럭 소리 질렀다. 하지만 노새를 타고 앞으로 나가려고 애쓰자 그의 목소리가 떨렸다.

오후의 열기는 점점 더 강렬해졌다. 4시가 되어 맥티그는 다시 멈췄다. 모공 하나하나에서 흐르는 땀이 도무지 멈출 기미가 보이지 않았다. 옷자락이 몸에 스치기만 해도 견딜 수가 없었다. 노새의 귀가 축 처지고 혓바닥은 입에서 빠져 축 늘어졌다. 여러 갈래로 난 소 떼 길이 어느 한 지점으로 향하는 것 같았다. 어쩌면 근처에 물웅덩이가 있을지도 몰랐다.

"좀 쉬어야겠어, 정말로." 치과 의사가 중얼거렸다. "이런 열기에 여행하도록 만들어진 몸은 아니거든."

맥티그는 노새를 큰 골짜기로 이끌었고 붉은 돌무더기의 그늘에서 멈췄다. 한참 동안 헤맨 뒤에야 햇볕으로 쩍쩍 갈라진 진흙 구덩이 밑바닥에서 뜨뜻하고 염분이 섞인 물을 조금 찾았다. 겨우 노새에게 물을 머이고 물통을 채울 정도의 양이었다. 그곳에다 캠프를 치고 노새에게서 안장을 내린 다음 스스로 먹이를 찾도록 풀어 주었다. 몇 시간 뒤, 구름 한 점 없는 하늘에서 태양이 붉은색과 황금빛 아름다움 속으로 지면서 열기는 조금 견딜 만해졌다. 맥티그는 커피와 베이컨이 거의 전부인 저녁 식사를 준비했고, 황혼이 다가오는 것을 바라보며 감미로울 만큼 시원한 공기를 만끽했다. 담요를 바닥에 펼치고 누워 이제부터는 밤에만 이동하고 낮에는 골짜기의 그늘에서 쉬어야겠다고 결심했다. 그는 그날 낮의 끔찍한 행군으로 탈진했다. 그날 밤처럼 그렇게 잠이 달게 느껴진 적이 없었다.

그런데도 갑자기 녹초가 된 감각이 모조리 바짝 곤두서며 잠에서 말짱하게 깨어났다.

"방금 뭐였지?" 그가 중얼거렸다. "무슨 소리가 들린 것 같았는데, 뭔가 본 거 같은데."

그는 일어서며 소총을 잡으려 손을 뻗었다. 주변은 여전히 고적했다. 그의 숨소리 말고는 아무 소리도 들리지 않았다. 사막에서는 모래 한 알도 움직이지 않았다. 맥티그는 이를 악물고 눈알을 굴리며 주위를 이쪽에서 저쪽으로 슬쩍 잽싸게 훑어보았다. 또다시 박차가 그의 옆구리를 치고, 보이지 않는 손이 그를 동쪽으로 틀었다. 온종일 그렇게 끔찍하게 도주했는데도 출발점에 그대로 서 있는 것만 같았다. 오히려 그는 전보다 사정이 더 나빠졌다. 속에 있는 이상야릇한 본능이 지금보다 더 끈질기게 그를 재촉한 적이 없었다. 이처럼 강렬하게 어서 도주하라고 충동질한 적은 처음이었다. 박차가 이전보다 더 깊이 그의 옆구리에 박혔다. 몸 안의 모든 신경이 쉬고 싶다고 외치는 동시에 모든 본능이 깨어나 살아 움직이며 그에게 어서 서둘러, 빨리 도망치라고 다그쳤다.

"도대체 이게 뭘까? 뭐지?" 그가 입을 벌려 소리 내어 말했다. "도대체 널 없앨 순 없는 건가? 널 털어낼 수는 없는 건가? 계속 이런 식으로 굴지 마. 정체를 드러내. 당장 한번 붙어 보자. 자, 어서. 네가 모습을 드러내기만 하면 겁날 것 없어. 이런 식으로 숨지 말라고." 갑자기 그가 미친 듯 소리를 질렀다. "망할 새끼! 자, 나와! 안 나올 거야? 자, 어서 한 판 붙어 보자고!" 그는 소총을 어깨에 걸치고 덤불, 바위 그리고 그림자가 짙은 부분까지 하나하나 전부 겨냥했다. 불현듯 자신도 모르게 검지가 굽어지더니 총이 발사되며 불꽃이 터졌다. 골짜기가 메아리치면서 소리가 사막 전체로 물결치듯 멀리 퍼져 나갔다.

맥티그는 소스라치게 깜짝 놀라 비명을 지르며 황급히 소총을 내려놓았다.

"이 멍청이!" 그가 자신에게 말했다. "이 멍청이, 결국 일을 저질렀어. 이제 그놈들이 멀리서 들었을 거야. 일을 저지르고 말았어."

소총이 손 안에서 연기를 내뿜고 있는 동안 그는 집중하여 소리에 귀를 기울였다. 마지막 메아리가 잦아들고 연기도 사라졌다. 배가 지나간 자리를 바다가 덮듯 굉장한 고요가 소총의 메아리를 뒤덮었다. 움직이는 것은 아무것도 없었지만, 맥티그는 서둘러 담요를 말고 노새에 다시 안장을 지우고 장비를 챙겼다. 그리고 이따금 중얼댔다. "당장 서둘러, 서두르자. 이 멍청이, 네가 방금 일을 저질렀다고. 놈들이 멀리 밖에서도 총소리를 들었을 거야. 당장 서둘러. 지금쯤 놈들이 가까이 왔을 거야."

맥티그는 소총을 다시 장전하려고 레버를 눌렀다가 탄창이 비어 있는 것을 알게 되었다. 그는 옆구리를 손바닥으로 빠르게 두드리며 이쪽저쪽 호주머니를 만져 보았다. 여분의 탄약통을 가져 오는 것을 깜박한 것이다. 맥티그는 소총을 집어 던지며 작은 소리로 욕을 했다. 이제부터는 비무장 상태로 여행할 수밖에 없었다.

그가 캠프를 친 곳 근처의 진흙 구덩이에 물이 조금 더 고여 있었다. 그는 마지막으로 노새에게 물을 먹이고 카나리아 새장의 부대도 적셨다. 그리고 앞으로 나아갔다.

그러나 맥티그는 도주 방향을 바꿨다. 지금까지는 언덕의 바로 밑 가장자리를 따라 남쪽으로 가고 있었다. 이제 그는 급격하게 오른쪽으로 방향을 틀었다. 서둘러 가는 그의 발아래 경사가 가팔라졌다. 산쑥 덤불이 줄어들다가 마침내 모조리 사라졌다. 바닥은 모래가 아닌 눈처럼 하얗고 고운 가루였다. 그가 총을 발사한 지 한 시간이 지났을 때 노새의 발굽은 햇볕으로 바싹 구워진 데스밸리의 알칼리 조각들을 바스러 뜨리고 있었다.

바짝 추격당하고 있다고 느껴 초조해진 맥티그는 적을 따돌리려고 마지막 방법을 쓰기로 엉겁결에 결심했다. 짐승조차 두려워하는 끔찍한 황무지를 가로지르기로 한 것이다. 단번에 데스밸리를 가로질러 그 메마른 불모지로 추적자를 따돌리기로 했다.

"이제 넌 날 감히 쫓아올 수 없어." 그가 서둘러 나아가며 중얼거렸다. "날 여기까지 쫓아올 수 있는지 어디 한번 두고 보자."

맥티그는 노새를 고문하듯 괴롭히며 밀어붙였다. 새벽 4시가 되자 눈앞의 하늘이 분홍과 황금빛으로 빛나기 시작했다. 맥티그는 멈춰 서서 아침을 먹었고 또다시 황급히 앞으로 나아갔다. 새벽이 화로처럼 불타오르며 빛났고, 곧이어 해가 불 속에 있는 거대하고 시뻘건 석탄 덩어리처럼 떠올랐다. 한 시간이 흐르고, 또 한 시간이 흐르고, 또 한 시간이 흘렀다. 이제 9시쯤 되었다. 치과의사는 멈춰 서서 헐떡거리며 가쁜 숨을 내쉬었다. 그는 팔을 늘어뜨린 채 눈을 가늘게 뜨고 깜박거리며 주변을 둘러보았다.

뒤쪽 지평선으로는 멀리 패너민트 언덕이 벌써 푸른색 흙무더기처럼 보였다. 다른 방향으로는 전부 태곳적 황야만 뻗어 있었다. 반짝거리는 하얀색 알칼리 토양이 지평선 끝까지, 크기를 가늠할 수도 없는 두루마리처럼 펼쳐 있었다. 그 끔찍한 단조로움을 달래 줄 만한 덤불 하나, 잔가지 하나 없었다. 차라리 사막의 모래가 반가울 정도였다. 산쑥 덤불 한 무리라도 있었다면 그에 매료되었을 터였다. 사막보다도 더 심했다. 그 흉물스러운 알칼리 토양의 저지대, 해수면보다도 한참 더 낮은 어떤 원시 호수의 바닥은 참으로 끔찍했다. 플레이서 카운티의 굉장한 산맥들은 사람들에게 무관심할 뿐이었다. 하지만 이 끔찍한 알칼리 지대는 대놓고 잔혹하고 악의에 차 있었다.

맥티그는 패너민트의 낮은 지대로 쏟아지던 열기도 끔찍하다고 생각했었다. 그런데 이곳 데스밸리의 열기는 공포를 불러일으켰다. 자기 그림자 말고는 어떤 그림자도 없었다. 머리끝부터 발끝까지 볕에 그슬리고 바짝 말라 버렸다. 살가죽을 벗긴다 한들 이 고문보다 몸이 더 쓰리게 할 수는 없을 것 같았다.

"이보다 더 더워지면," 그는 덥수룩한 머리털과 콧수염에서 땀을 짜내며 중얼거렸다. "이보다 더 더워지면 어찌해야 좋을지 모르겠는걸." 갈증이 난 그는 물통에서 물을 조금 마셨다. "이제 물도 별로 남지 않았군." 그가 물통을 흔들며 중얼거렸다. "정말로 이곳에서 빨리 벗어나야만 해."

낮 11시가 되자 열기로 타들어 가는 땅바닥이 장화 안창을 뚫고 들어와 콕콕 찌르는 것처럼 느껴질 정도였다. 걸음을 내디딜 때마다 미세한 알칼리 먼지가 구름처럼 일었다. 소금기 있고 숨막히는 먼지에 그는 질식할 것만 같아 기침과 재채기를 했다.

"맙소사! 무슨 지역이 이렇지?" 치과 의사가 내뱉었다.

한 시간 뒤, 한없이 턱과 귀를 늘어뜨린 노새는 걸음을 멈추고 누웠다. 맥티그는 물 한 모금으로 노새의 입을 씻기고 나서 해가 뜬 이후 두 번째로 새장을 감싼 부대를 적셨다. 공기가 증기선의 보일러실 안처럼 흔들리면서 일렁였다. 작게 응축된 태양은 흐물흐물하게 녹아서 머리 위를 헤엄쳐 다녔다.

"견딜 수가 없어." 마침내 맥티그가 말했다. "잠깐 멈춰서 그늘 같은 걸 만들어야 해."

노새는 눈을 반쯤 감은 채 헉헉대며 바닥에 쭈그리고 앉았다. 치과 의사는 안장을 벗기고 담요를 펼쳐서 그와 태양 사이를 가로막으며 최대한 넓게 펼쳤다. 그 밑으로 기어들어 가려고 몸을 굽히다가 손바닥이 땅바닥에 닿자 그는 아파서 소리를 지르며 빠르게 손을 뗐다. 알칼리의 표면은 오븐 속만큼이나 뜨거웠다. 그는 그 안에 드러눕기 전에 먼저 알칼리를 퍼내고 구덩이를 만들어야 했다.

치과 의사는 서서히 졸기 시작했다. 전날 밤 거의 잠을 자지 못한 데다 작열하는 태양 아래 급히 도망치느라 탈진해 있었다. 그런데도 제대로 휴식을 취할 수가 없었다. 비몽사몽 중에 온갖 어지러운 장면들이 머릿속을 스쳐 지나갔다. 다시 패너민트로 돌아가 크리브스와 함께 있는 듯한 착각이 들었다. 광산을 막 발견하고서 캠프로 돌아가고 있는 것만 같았다. 그가 다른 사람을 바라보듯 자신이 모래사장과 산쑥 덤불 사이를 걷고 있는 것이 보였다. 그러더니 갑자기 멈춰 서서 날카롭게 뒤돌아서며 의심스러운 눈으로 뒤쪽을 바라보는 것도 보였다. 그의 뒤에 무엇인가가 있었다. 무엇인가가 뒤쫓고 있었다. 말하자면 제2의 맥티그 어깨너머로 바라보니, 그곳 어슴푸레한 협곡에서 사람인지 짐승인지 알 수 없는 새까만 물체가 땅 위를 기어오르는 것이 보였다. 그러더니 또 하나가, 또 하나가, 그리고 또 다른 하나가 보였다. 검은 물체가 땅 위로 기어서 그를 쫓아왔고, 덤불에서 덤불로 기어서 그에게 모여들고 있었다. '놈들'이 그를 뒤쫓는 중이었고, 그를 향해 조금씩 범위를 좁혀 오다가 손에 닿을 만큼 가까이 다가오더니 발치에 바짝 붙었다. 그러고는 목을 조르려고 덤벼들었다.

맥티그는 비명을 지르며 일어나 담요를 뒤엎었다. 눈에 보이는 것은 아무것도 없었다. 수십 킬로미터 주변에 알칼리 땅은 텅 빈 채 고독했고, 작열하는 오후의 태양 빛에 떨면서 아른거렸다.

그런데도 박차가 다시 한 번 그의 몸을 찍으며 앞으로 나아가라고 부추겼다. 휴식을 취할 수도, 되돌아갈 수도 없었으며, 숨 돌릴 틈도, 멈춰 설 틈도 없었다. 서둘러, 서둘러, 어서 서둘러. 표면 가까이 잠들어 있던 내면의 야수가 다시 살아나, 주위를 경계하며 어서 도망치라고 그를 잡아당겼다. 그런 본능을 그는 거역할 수 없었다. 야수가 적을 느끼고 추적자들의 냄새를 맡았다. 소리를 지르고 몸부림치며 반박하지 못하게 했다.

"하지만 갈 수가 없어." 맥티그가 등 뒤에 있는 지평선을 맥없이 바라보며 신음하듯 내뱉었다. "죽을 것 같아. 너무 지쳤어. 꼬박 이틀 동안 잠을 못 잤어." 그런데도 그는 몸을 일으켜 자신 못지않게 기진한 노새에 안장을 지우고, 맹렬한 태양 밑에서 불타는 알칼리 위로 다시 한 번 앞으로 나아갔다.

그 순간부터 두려움이 그를 떠나지 않았다. 박차가 쉼없이 그의 몸을 찍어 댔다. 그에게 도망치라고 재촉하던 본능도 전혀 누그러들지 않았다. 서두르든 멈춰서든 매한가지였다. 그는 곧장 앞으로 나아갔고, 점점 뒤로 물러서는 지평선을 쫓아갔다. 열기가 그를 채찍질하고 갈증이 그를 고문했지만, 그는 몸을 웅크린 채 뒤를 슬쩍슬쩍 돌아보며 쉬지 않고 나아갔다. 그 탐욕스러운 손가락으로 앞에 있는 지평선을 붙잡으려는 듯, 한 번씩 손을 뻗었지만 지평선은 언제나 더 멀리 앞쪽으로 도망쳤다.

맥티그가 도망친 지 셋째 날 해가 졌다. 다시 밤이 되어 짙은 보랏빛의 선선한 하늘에서 별들이 서서히 빛을 내뿜었다. 거대한 홈 같은 하얀 알칼리 토양이 흰 눈처럼 반짝였다. 이제 사막 깊숙이 들어간 맥티그는 큰 보폭으로 계속 전진해 나갔다. 엄청난 체력 덕분에 그는 끈덕지게 나아갔다. 이를 단단히 악물고 묵묵히 밀고 나갔다.

"난 이제," 누군가 자신의 말을 들어주기를 바라는 것처럼 그는 악에 받치어 반항하듯 말했다. "누워서 잠 좀 잘 거야. 네놈은 오든 말든 마음대로 해."

맥티그는 뜨거운 알칼리 겉면을 걷어 내고 담요를 펴고 이튿날 열기에 눈을 뜰 때까지 잠을 잤다. 물이 너무 적었기에 그는 감히 커피를 끓일 생각을 하지 못하고 커피 없이 그냥 아침 식사를 했다. 오전 10시까지 그는 앞으로 터벅터벅 걸어갔고 드물게 튀어나와 있는 바위 그늘에 캠프를 치고 뜨거운 오후 동안에 쉬었다. 5시가 되어 또다시 걸어갔다.

그날 밤 그는 거의 밤새도록 걸었고, 새벽 3시쯤 딱 한 번 물통으로 노새에게 물을 먹이느라 멈춰 섰다. 몹시 뜨거운 하루가 다시금 지평선에서부터 타오르기 시작했다. 오전 6시에도 날은 벌써 뜨거웠다.

"오늘은 최악의 날이 될 거 같군." 그가 신음하며 말했다. "캠프를 칠 수 있는 바위를 찾아야 할 텐데. 과연 이곳에서 빠져나갈 수나 있을까?"

그 사막의 모습은 도무지 바뀌지 않았다. 모든 방향으로 하얗고 뜨거운 알칼리 토양이 지평선을 향해 무한하게 펼쳐져 있었다. 여기도 저기도 하나같이 평평했다. 그래도 반짝이는 빛을 발하는 사막의 표면은 한 번씩 솟아 있는 완만하고 나지막한 둔덕으로 울퉁불퉁했다. 그 둔덕 위에 올라서서 바라보면 수천 킬로미터가 모조리 끔찍한 황야일 뿐이었다. 그림자 하나 보이지 않았다. 바위나 돌멩이 하나 없이 단조롭기 그지없는 땅이었다. 다시, 또다시 그는 나지막한 둔덕에 올라 반짝이는 모래와 하늘로부터 눈을 가리고 캠프를 칠 만한 장소를 찾았다.

맥티그는 조금 더 앞으로 나아가다 마침내 두 둔덕 사이 움푹한 곳에 캠프를 치려고 멈춰 섰다.

바로 그때 갑자기 누군가 고함을 질렀다.

"손들어! 젠장, 내가 한발 빨랐어!"

맥티그가 둔덕을 올려다보았다.

마커스였다.

제22장

맥티그가 샌프란시스코를 떠난 지 한 달이 채 안 되어 마커스는 패너민트밸리에서 시프 씨가 알고 지내던 영국 남자와 함께 소 목장을 운영하기 시작했다. 그의 활동 중심부는 모덕*이라는 곳으로, 킬러에서 남쪽으로 오솔길 따라 80킬로미터쯤 들어가면 나오는 최남단의 계곡이었다.

마커스는 카우보이가 되었다. 머릿속에 그려 오던 꿈을 마침내 이루었다. 장화를 신고 챙 넓은 멕시칸 모자를 쓰고 권총을 차고 온종일 말안장에 앉아 보내다가, 밤에는 대부분 모덕의 한 술집에서 벌어지는 포커판에서 시간을 보냈다. 심지어 가축 소인을 둘러싼 문제로 총 싸움에 끼게 되어 왼쪽 손가락이 두 개나 잘려 나가기까지 했지만 그는 무척 만족했다.

바깥세상 소식은 그 패너민트밸리로 아주 느리게 전해졌는데, 킬러를 벗어나서는 전신 제도가 전혀 없었기 때문이다. 가장 가까운 큰 마을이었던 인디펜던스에서 발행하는 지역 신문

하나가 띄엄띄엄 소 목장 캠프로 들어왔고, 새크라멘토에서 발행하는 저널의 일요일판이 몇 주가 지나 어쩌다 한 번씩 손에서 손으로 전해지기도 했다. 마커스는 트리나 부모님의 소식을 더 이상 듣지 못했다. 샌프란시스코 또한 런던이나 비엔나처럼 아주 먼 곳이 되어 버렸다.

맥티그가 샌프란시스코에서 도망친 지 두 주가 지난 어느 날, 마커스가 말을 타고 모덕의 웰스 파고 은행 사무실에 다다르니, 바깥에 사람들이 모여 공고문을 읽고 있었다. 살인자를 체포하면 현상금을 지불한다는 지명 수배 공고문이었다. 샌프란시스코에서 일어난 범죄였지만, 추적 결과 용의자는 이뇨 카운티의 서부 지역까지 왔고, 지금쯤이면 핀토'나 킬러 근처 패너민트 언덕으로 숨어들었을 것으로 추정된다는 것이다.

마커스는 같은 날 오후 킬러에 도착했다. 마을에서 8백 미터쯤 떨어진 지점에서 그가 타던 조랑말이 탈진하여 고꾸라져 죽었다. 마커스는 말에서 안장을 빼기 위해 멈춰 설 생각조차 하지 않았다. 그가 킬러의 한 호텔 술집에 들어가 보니 그곳에서 사람들이 마침 무장 추격대를 결성했다. 그날 아침 인디펜던스에서 내려온 보안관은 마커스가 추격을 돕겠다는 제안을 처음에는 거절했다. 현재 인원으로도 충분했기 때문이다. 사실은 인원이 너무 많았다. 그러면 그 지역을 통과하여 여행하는 게 까다로울 것이고, 또 그 많은 사람들과 말들을 먹일 물을 찾는 것도 어려울 터였다.

"하지만 당신들 중 그 사람을 직접 본 사람은 아무도 없잖습니까!" 마커스가 흥분과 분노로 몸을 떨며 악다구니를 썼다. "난 그놈을 잘 알고 있어요! 사막에서 바늘 찾듯이 그놈을 찾아낼 수 있단 말입니다! 난 그놈을 바로 알아볼 수 있지만, 당신들은 그러지 못해요. 게다가 내가 아는 게 있어요. 나만 알고 있는 게 있다고요. 젠장! 죽은 그 여자는 내가 알던 사람이에요. 그놈의 아내 말이에요. 샌프란시스코에서 말입니다. 그 여잔 내 사촌이에요, 내 사촌! 한때 그 여자와 나는, 그러니까 한때 난, 이건 내 개인사니까 말 않겠습니다. 아무튼 놈이 가지고 도망친 돈, 5천 달러는 법적으론 내 소유예요. 아, 됐고, 어쨌든 난 같이 따라갈 겁니다! 내 말 알아들어요?" 그가 주먹을 쳐들고 소리쳤다. "분명히 말하지만, 난 같이 간다고요. 당신들 중 감히 날 막을 수 있는 사람은 아무도 없어요. 내가 따라가는 걸 막을 수 있는 사람은 당장 나와 봐! 어디 덤벼 봐! 둘이라도 상관없으니까!" 그의 고함이 술집 안에 쩌렁쩌렁 울렸다.

"원 세상에, 정 그러면 같이 갑시다." 보안관이 말했다.

그날 밤 추격대가 킬러를 출발했다. 마커스가 두 번째 조랑말을 빌린 잡화점 매니저는 현상금 공고문에 적혀 있는 인상착의와 꼭 같은 남자가 크리븐스와 함께 패너민트 언덕에서 탐광할 셈으로 자기 가게에서 장비를 샀다고 말해 주었다. 추격대는 단번에 언덕 꼭대기에 있는 두 사람의 첫 번째 캠프를 찾아냈다. 그곳을 찾기란 아주 쉬웠다. 카우보이들이나 협곡을 타고 넘는 사람들에게 두 남자, 특히 그중 한 사람이 새장을 들고 다니는 것을 봤는지 물어보기만 하면 되었다.

하지만 첫 번째 캠프를 찾은 뒤에는 오솔길이 잘 보이지 않았고, 두 남자가 갔을 것으로 예상했던 골드걸치 광산 주변을 수색하면서 꼬박 일주일을 허비했다. 그러다가 골드걸치를 포함한 지역을 돌아다닐 때, 물건을 파는 행상 하나가 산맥의 서쪽 경사면에서 남쪽으로 16킬로미터쯤 떨어진 곳에서 두 사내가 금이 묻힌 엄청난 석영광을 발견했다는 소식을 전해 주었다. 킬러에서 온 두 남자가 발견했는데, 두 사람 중 하나는 카나리아 새장을 들고 있었다고 행상은 호기심을 품고 상세하게 설명했다.

추격대는 크리븐스의 캠프에 도착했다. 그의 동업자가 말없이 사라진 지 사흘 만이었다. 용의자는 사라졌지만 노새의 가느다란 말발굽 자국과 거대한 장화의 구두 징 자국이 모래 위로 선명하게 드러나 있었다. 추격대는 거기서부터 꾸준히 길을 따라 남쪽으로 내려가다가 마침내 발자국이 급격하게 동쪽으로 방향을 튼 지점에 이르렀다. 그들은 자신들의 눈을 믿을 수 없었다.

"말도 안 돼!" 보안관이 혀를 내둘렀다. "도대체 이놈은 무슨 생각을 하는 거야? 두 손 두 발 다 들겠군. 이 계절에 데스밸리를 가로지를 생각을 하다니."

"놈이 반대편 아마고사의 골드마운틴으로 향하고 있는 게 분명해요."

추격대는 그 추측이 맞으리라 판단했다. 그쪽 방면으로는 그곳이 사람이 살 수 있는 유일한 곳이었다. 추격대는 그쪽으로 계속 쫓아갈지 말지를 두고 논쟁을 벌였다.

"사람 여덟에 말까지 끌고 저기 저 알칼리 저지대로 들어갈 순 없어." 보안관이 딱 잘라 말했다. "여덟 사람은커녕 한 사람과 말 한 필 먹일 물도 넉넉히 가져갈 수 없어. 아니, 절대로 안돼. 네 명도 어려워. 아니, 세 명 가지고도 못해. 데스밸리를 둘러 가서 골드마운틴에서 그자를 붙잡아야 해. 그렇게 할 수밖에 없어. 미친 듯이 말을 달리자고."

하지만 마커스는 가까스로 맥티그의 자취를 찾아내고서 인제 와서 그 길을 포기하는 것은 말이 되지 않는다며 목청이 터지도록 반대했다. 하루 반나절이면 용의자를 따라잡을 수 있다고 주장했다. 눈처럼 새하얀 알칼리 토양에 선명하게 드러난 자국을 놓칠 가능성은 없다는 것이었다. 계곡으로 내리 달린 뒤 그자를 체포하고 물이 떨어지기 전에 돌아오면 되었다. 마커스로서는 이렇게까지 가까이 쫓아온 마당에 추격을 포기할 수는 없는 노릇이었다. 킬러에서 서둘러 출발하는 바람에 보안관은 그에게 서약받는 것을 그만 잊어버렸다. 그러므로 마커스는 그의 명령을 따르지 않고 자신이 원하는 대로 행동할 수 있었다.

"그럼, 가 보게, 이 멍청한 인간 같으니." 보안관이 대답했다. "어쨌든 우린 밸리를 돌아서 갈 거야. 자네가 반쯤 건너는 동안 그자는 벌써 골드마운틴에 들어서리라는 것에 내 명예를 걸지. 하지만 만에 하나 그자를 잡거든, 이거 받아." 그가 마커스에게 수갑 한 쌍을 던져 주었다. "이걸 채워서 킬러로 데리고 오게."

추격대와 헤어진 지 이틀 뒤 마커스가 이미 알칼리 사막 깊숙이 들어갔을 때 그가 타고 가던 말이 탈진했다. 몹시 조급했던 그가 발자국을 따라 무자비하게 말을 몰았고, 사흘째 되던 날 아침 말은 꿈쩍도 하지 않았다. 관절이 뻣뻣하게 굳은 것 같았다. 말은 무리하게 길을 따라가면서 자꾸 발이 꼬이고 넘어지더니 결국에는 애처로운 신음을 내며 속수무책으로 땅에 고꾸라졌다. 있는 힘을 다 써 버리고 기진맥진한 것이다.

마커스는 맥티그에게 가까이 가 있다고 믿었다. 그의 마지막 캠프의 모닥불 재가 아직도 타고 있었기 때문이다. 마커스는 들 수 있는 만큼 먹을 것과 물을 들고 서둘러 앞으로 나아갔다. 하지만 맥티그는 그가 예상했던 것보다는 훨씬 멀리 있었다. 사막에서 사흘이 더 지난날 저녁, 목이 타들어 가던 마커스는 마지막 물 한 모금을 마시고 빈 물병을 던져 버렸다.

"그 자식이 물을 갖고 않다면," 그가 여전히 앞으로 나아가며 혼잣말로 중얼거렸다. "만약 그 자식이 물을 갖고 있지 않다면, 젠장! 이거 아주 끔찍해지겠는걸, 진짜로."

*

마커스가 소리를 지르자 맥티그는 고개를 들어 주변을 둘러보았다. 하지만 그 순간에는 아무것도 눈에 보이지 않았다. 알칼리의 하얀빛이 여전히 끝없이 퍼져 있었다. 그는 빠르게 눈을 굴리다가 바로 앞 낮은 둔덕 위로 불쑥 솟아 있는 머리와 어깨를 보았다. 한 사내가 바닥에 몸을 쭉 뻗고 누워서 그를 향해 총을 겨누고 있었다. 맥티그는 몇 초 동안 그 남자를 멍청하게 쳐다보았다. 아직은 아무런 생각이 들지 않아 당황하고 혼란스러워했다. 그러다가 그 남자가 마커스 슐러와 이상하리만큼 똑같이 생겼다는 걸 알아차렸다. 아니, 마커스 슐러였다. 도대체 어떻게 마커스 슐러가 이곳 사막에 나타난 것일까? 무슨 이유로 자신에게 총구를 겨누고 있는 것일까? 바짝 정신 차리지 않으면 총알이 발사될 것만 같았다. 위험에 놓여 있다는 사실을 깨닫자 맥티그는 재빠르게 생각을 가다듬었다. 그의 발꿈치까지 따라붙은 것 같던 추격자가 마침내 모습을 드러낸 것이다. 쥐새끼처럼 숨어서 쫓더니 드디어 나타났다. 이제 그 존재를 볼 수 있었던 맥티그는 차라리 기뻤다. 두 사람은 바로 그곳에서 당장 결판을 내면 되었다. 그런데, 소총! 그는 오래전에 그것을 던져 버렸다. 절망적이었다. 마커스가 그에게 두 손을 들라고 외쳤다. 만약 그렇게 하지 않으면 자신을 죽여 버릴 것 같았다. 마커스가 먼저 총구를 겨누었다. 맥티그는 분노에 가득 찬 눈으로 자신을 향해 겨누고 있는 권총을 무섭게 쏘아보았다. 하지만 그는 꼼짝하지 않았다.

"손들어!" 마커스가 다시 한 번 소리를 질렀다. "셋을 센다. 하나, 둘……."

맥티그는 본능적으로 손을 머리 위로 번쩍 쳐들었다.

마커스가 일어나서 둔덕에서 내려와 그에게 다가왔다.

"계속 손들고 있어." 그가 큰 소리로 말했다. "허튼 짓하면 진짜로 죽여 버릴 테니까."

그는 맥티그의 주머니를 뒤졌다. 하지만 그에게는 권총은커녕 사냥용 칼도 없었다.

"그 돈, 5천 달러는 어떻게 했어?"

"노새에 매달려 있어." 맥티그가 뚱하게 대답했다.

마커스는 궁시렁거리며 노새를 힐끗 쳐다보았다. 노새는 멀찌감치 떨어져 서서 안절부절못한 채 콧김을 불어 대고 길쭉한 귀를 한 번씩 늘어뜨렸다.

"저기 안장 머리에, 저기 걸린 자루에 들어 있는 거야?" 마커스가 물었다.

"그래, 바로 저거야."

두 눈에 만족스러운 빛이 스치면서 마커스가 조그마한 목소리로 중얼거렸다. "마침내 내 손안에 들어왔군."

하지만 마커스는 그다음에 어떻게 해야 할지 몰라 이상하리만치 안절부절못했다. 드디어 맥티그를 붙잡았다. 지금 거대한 두 손을 머리 위로 들고 사납게 그를 노려보며 서 있지 않은가. 마커스는 캘리포니아주 보안관들이 죄다 찾고 있던 용의자를 추적하여 찾아낸 것이다. 그럼 이제 그를 어떻게 해야 하는 걸까? 마냥 손들고 서 있도록 내버려 둘 수는 없는 노릇이었다.

"물 있어?" 마커스가 물었다.

"노새 등에 물병이 있어."

마커스는 노새에게 다가가 고삐를 잡으려고 했다. 그러자 노새가 소리를 끽끽 지르며, 눈을 데굴데굴 굴리고 귀를 떨군 채 고개를 뒤로 젖히며 약간 앞으로 뛰어나갔다.

마커스는 불같이 화를 내며 욕설을 퍼부었다.

"저 녀석 그전에도 한 번 저런 적이 있어." 맥티그가 계속 손을 쳐들고 설명했다. "협곡에서 출발하기 전에 로코풀을 좀 먹었거든."

마커스는 잠깐 망설였다. 그가 노새를 잡은 동안 맥티그가 도망칠 수도 있었다. 하지만 도대체 어디로 튈 수 있겠는가? 반짝거리는 알칼리 표면 위에서는 쥐 한 마리도 숨을 수 없는 데다 맥티그는 값을 매길 수도 없는 소중한 물과 짐을 모조리 노새에 실어 놓았다. 그래서 마커스는 권총을 쥔 채 노새에게 뛰어가며 소리 지르고 욕을 퍼부었다. 하지만 노새는 붙잡히지 않았다. 빽빽 소리 지르고 고개를 높이 쳐들고는 크게 원을 그리며 미쳐 날뛰는 꼴이 꼭 귀신 들린 것만 같았다.

"이리 와!" 화가 잔뜩 난 마커스가 맥티그를 돌아보며 소리를 질렀다. "어서 이리 와서 저놈 붙잡는 것 좀 도와. 우린 저놈을 붙잡아야 해. 안장에 걸린 물 말고는 우리가 가진 물이 없어."

그러자 맥티그가 다가왔다.

"로코풀을 먹었다니까." 그가 되풀이해 말했다. "전에도 한 번 미쳐 날뛴 적이 있거든."

"만약 저렇게 계속 날뛰다가 달아나 버린다면……."

마커스는 차마 말을 더 잇지 못했다. 갑자기 엄청난 공포가 몰려와 두 사람을 에워쌌다. 만약 물이 사라진다면 두 사람이 끝장나는 것은 시간문제였다.

"붙잡을 수 있을 거야." 치과 의사가 말했다. "전에도 한 번 붙잡았거든."

"아, 그럼 우리가 붙잡을 수 있겠네." 마커스가 안심이 되는 듯 대답했다.

공통의 위기가 닥치자 두 사람 사이의 적대감이 어느새 누그러졌다. 마커스는 공이치기를 내린 뒤 권총을 권총집에 밀어 넣었다.

노새는 코를 킁킁거리고 거대한 알칼리 먼지구름을 일으키며 앞쪽으로 달려가고 있었다. 발을 내디딜 때마다 자루에서 쟁그랑거리는 소리가 났고, 여전히 부대로 감싸인 맥티그의 새장도 인장 받침에 계속 부딪혔다. 노새는 흥분하여 콧바람을 불다가 서서히 발걸음을 멈췄다.

"완전히 미쳤구먼." 마커스가 숨을 헐떡이고 욕설을 내뱉으며 씩씩댔다.

"가만히 다가가야 해." 맥티그가 말했다.

"내가 혼자 몰래 다가가 보겠어." 마커스가 말했다. "두 사람이 다가가면 또 겁을 먹을 거야. 그러니까 넌 여기 있어."

마커스는 한 번에 한 걸음씩만 뗐다. 하지만 고삐에 손이 닿을까 말까 하는 순간 노새는 순식간에 그를 피해 달아나 버렸다.

마커스는 화가 치밀어 펄쩍펄쩍 뛰었고, 주먹을 휘두르며 사나운 욕설들을 퍼부었다. 몇 미터 떨어진 지점에서 노새는 또 멈춰 섰고 먹을거리라도 찾듯 알칼리에 대고 콧바람을 불고 킁킁거렸다. 그러더니 또 아무 이유 없이 도망갔고 동쪽을 향해 빠른 걸음으로 걸어갔다.

"저놈을 쫓아가야만 해!" 맥티그가 다가오자 마커스가 큰 소리로 말했다. "여기서부터 100킬로미터 반경 안에는 물 한 방울 없어."

그리고 나서 끝도 없는 추격전이 시작되었다. 사막의 끔찍한 태양 열기 아래 두 남자는 1킬로미터에서 다시 1킬로미터로 노새를 쫓으며 매시간 심해지는 갈증에 몹시 고통스러워했다. 두 사람은 여러 차례 물통에 닿을 듯 말 듯했지만, 완전히 정신이 나간 짐승은 자꾸만 그들로부터 도망쳤다. 마침내 마커스가 소리쳤다. "소용없어! 저놈을 잡지도 못하고 우린 목말라 죽고 말 거야. 이번이 마지막 기회야." 그러더니 그는 권총집에서 총을 빼 들고 앞쪽으로 살금살금 움직였다.

"자, 진정해." 맥티그가 말했다. "물통을 뚫어서는 안 돼."

마커스는 20미터쯤 다가가 멈춰 서서 왼쪽 팔뚝을 받침대로 삼아 총을 쐈다.

"맞혔어!" 맥티그가 소리쳤다. "아냐, 녀석이 다시 일어났어. 다시 쏴! 도망치려고 하잖아."

마커스는 달리면서 총을 쐈다. 노새는 날카롭게 소리 지르고 콧바람을 씩씩 불어 대며 앞다리 하나를 질질 끌고 힘겹게 나아갔다. 마커스는 마지막 한 방을 쏘았다. 노새는 머리부터 고꾸라지더니 옆으로 쓰러지다가 물통을 깔고 누웠다. 물통이 터져 그 안에 들어 있던 물이 모조리 모래로 쏟아져 버렸다.

두 사람은 노새를 향해 달려갔다. 마커스는 악취가 나고 피범벅이 된 가죽 밑에서 망가진 물통을 황급히 빼냈다. 하지만 물은 한 방울도 남아 있지 않았다. 마커스는 물통을 '휙' 집어던지고 맥티그와 마주하고 섰다. 그리고 침묵이 흘렀다.

"우린 이제 죽은 목숨이야." 마커스가 내뱉었다.

맥티그는 그에게서 눈을 떼고 사막을 둘러보았다. 혼돈의 황야가 오후의 열기로 불타오르며 양쪽으로 길게 뻗어 있었다. 황동 빛깔 하늘과 나병 환자의 살점처럼 허연 알칼리 토양이 수천 평 넓게 펼쳐져 있을 뿐이었다. 그것 말고는 아무것도 없었다. 두 사람은 데스밸리 한가운데 들어와 있었다.

"물이 한 방울도 없네." 맥티그가 중얼거렸다. "단 한 방울도."

"노새 피를 마실 순 있을 거야." 마커스가 말했다. "그전에도 그런 적이 있거든. 하지만…… 하지만……." 그는 경련을 일으키고 피범벅이 된 시체를 내려다보았다. "하지만 아직 그 정도로 목이 마르진 않아."

"제일 가까이 물 있는 곳이 어디지?"

"글쎄, 우리 뒤쪽으로 150킬로미터 넘어 있는 패너민트 언덕에 가야겠지." 마커스가 힘주어 대답했다. "거기에 미처 도착하기도 전에 우린 미쳐 버릴 거야. 분명히 말하지만, 너랑 나는 이제 끝장났어. 젠장, 우린 망했다고. 이곳에서 영원히 벗어나지 못할 거야."

"망했다고?" 상대방이 멍청하게 주위를 돌아보며 대꾸했다. "끝장. 바로 그거지. 맞아, 우리는 끝장이야."

"그럼 이제 우린 어떡하지?" 잠시 뒤 마커스가 날카롭게 말했다.

"음, 일단…… 일단 어디로든 가자. 어디라도 말이지."

"어디로 움직인다는 거야? 움직인다고 무슨 소용이 있지?"

"그렇다고 그냥 여기 있으면 무슨 소용이 있는데?"

그러고 나서 또 침묵이 흘렀다.

"맙소사, 너무 더워!" 마침내 치과 의사가 손등으로 이마의 땀을 문질러 닦으며 입을 뗐다. 마커스는 이를 갈았다.

"끝장났어." 그가 중얼거렸다. "끝장났다고."

"머리털 나고 이렇게 목마른 적이 없었어." 맥티그가 말을 이었다. "입이 너무 말라붙어 혀가 입천장에 닿는 소리가 들릴 지경이야."

"그래도 여기서 죽치고 가만히 있을 순 없지." 마침내 마커스가 말했다. "어디로든 가야 해. 돌아가려고 노력은 해 봐야지. 물론 별 소용없을 것 같지만. 노새한테서 가져가야 할 게 뭐 있나? 우리가……."

그러더니 갑자기 말을 멈췄다. 동시에 같은 생각이 떠오른 듯 불운한 두 남자는 눈을 마주쳤다. 5천 달러가 든 캔버스 자루가 여전히 안장 머리에 걸려 있었다.

마커스는 카트리지가 달린 벨트를 차고 있었지만 노새에게 총알을 다 써 버려서 그때는 맥티그처럼 무기가 없는 상태였다.

"아무래도 내 생각엔," 맥티그가 한발 가까이 다가서며 입을 열었다. "우리가 아무리 끝장났다 해도, 아무래도 난…… 내 물건은 챙겨 가야겠어."

"멈춰!" 마커스는 공격성이 되살아나면서 소리쳤다. "어디 한번 따져 보자. 난 아직 확실히 모르겠는걸. 그 돈이 누구 것인지. 누구 소유인지."

"글쎄, 당연히 내 것이지. 너도 알잖아?" 치과 의사가 으르렁 댔다.

두 사람 사이의 오래된 적대감과 케케묵은 증오심이 다시 한번 활활 불타올랐다.

"그 권총, 장전할 생각 하지도 마." 맥티그가 조그마한 눈으로 마커스를 쏘아보며 말했다.

"그게 싫으면 저 자루에 손댈 생각 하지도 마." 상대방이 큰 소리로 대꾸했다. "넌 지금 내 포로야, 알겠어? 그러니 넌 내가 시키는 대로 해야 해." 마커스가 주머니에서 수갑을 꺼냈고 권총을 곤봉처럼 들고 버티고 섰다. "한때 넌 저 돈을 나한테서 빼돌리고 날 바보로 만들었지. 하지만 이번에는 내 차례야. 저 자루에 손가락 하나 댈 생각 말아!"

마커스는 분노로 얼굴이 새파랗게 질린 채 맥티그의 길을 막아섰다. 맥티그는 아무 대답도 하지 않았다. 그는 작고 반짝이는 마커스의 두 눈을 쳐다보면서 거대한 손을 나무망치 같은 주먹으로 단단하게 쥐었다. 그는 마커스를 향해 한 걸음, 한 걸음 다가섰다.

순식간에 두 남자가 서로를 붙잡더니 바로 다음 순간 뜨겁고 하얀 땅 위에서 엎치락뒤치락하며 싸웠다. 맥티그가 마커스를 뒤로 밀치자 그가 죽은 노새 시체에 걸려 넘어졌다. 두 남자가 난폭하게 쓰러질 때 안장에 걸려 있던 새장이 부대가 벗겨지면서 땅바닥에 굴러 떨어졌다. 맥티그는 마커스의 손아귀에서 권총을 낚아채 그를 사정없이 내리쳤다. 톡 쏘는 알칼리의 미세 먼지 구름이 격투를 벌이는 두 남자를 감싸며 그들을 숨 막히게 했다.

맥티그는 자신이 어떻게 상대방을 죽였는지 알 수 없었다. 다만 두들겨 맞던 마커스가 어느 순간 잠잠해졌을 뿐이다. 그러더니 마커스는 남아 있던 마지막 힘을 발휘했다. 맥티그의 오른 손목을 붙잡는가 싶더니 무언가 '딸깍' 하는 소리가 났다. 그러고 나서 긴 한숨을 끝으로 버둥거리던 몸뚱이가 축 늘어졌다.

두 발로 일어서던 맥티그는 오른쪽 손목을 잡아끄는 게 느껴졌다. 무엇인가가 손목을 단단하게 죄고 있었다. 내려다보니 마커스가 몸부림치며 최후의 힘으로 두 사람의 손목에 수갑을 채운 게 보였다. 마커스는 이제 죽었고, 맥티그는 그 시체와 하나로 묶여 있었다. 그의 주위에는 광대한 데스밸리가 끝도 없이 펼쳐져 있었다.

맥티그는 그 자리에서 바보처럼 멍청하게 주위를 둘러보았다. 한 번은 멀리 떨어져 있는 지평선을, 또 한 번은 땅바닥을, 그리고 또 한 번은 작은 황금빛 감옥에 갇혀 힘없이 지저귀고 있는 반송장 같은 카나리아를 바라보았다.

7   **폴크 거리** 캘리포니아주 샌프란시스코의 길거리로 반네스 애비
뉴와 라킨 거리 사이에 있다. 샌프란시스코 거주 독일 이주자들의
주요 상업 거리였다.

슈에트 푸딩 다진 쇠고기 기름과 밀가루에 건포도나 양념 등을
섞어서 찌거나 조려서 만든 푸딩.

스팀 맥주 샌프란시스코의 앵커(Anchor) 양조장에서 처음 만든
싸구려 맥주.

8   **콘서티나** 아코디언 모양의 손풍금.

앨런의 치과 실무 찰스 앨런이 1685년에 영문 저서로는 최초로
『치과 수술의사』라는 책을 출간했다.

플레이서 카운티 캘리포니아주 동중부에 있는 카운티로 네바다
주와 경계한다.

10   **로렌초 데 메디치** 이탈리아의 정치가이자 피렌체 공화국의 실
제적인 통치자로, 막강한 권력을 지녔고 르네상스의 열렬한 후원
자였다. 그는 보티첼리와 미켈란젤로 같은 예술가들을 후원한 것
으로도 유명하다.

12   **스윙맨** 전차나 기차의 브레이크를 관장하는 사람으로 '브레이

크맨' 또는 '트레인맨'이라고도 한다.

15   **타말레**   옥수수 가루, 다진 고기, 고추 등으로 만든 멕시코 음식.

17   **클리프 하우스**   캘리포니아주 샌프란시스코에 있는 레스토랑으로 태평양이 내려다보이는 벼랑 위에 위치한다. 19세기 중엽에 세워진 이 레스토랑은 1977년에 골든게이트 국립 레크리에이션 지역으로 지정되었고, 지금은 미국국립공원국의 관리에 있다.

19   **캘리포니아 거리**   샌프란시스코의 새크라멘토 거리와 파이 거리 사이에 위치해 있으며 폴크 거리와 교차한다.

     그리핀   그리스 신화에 등장하는, 독수리 머리와 날개에 사자의 몸통을 지닌 괴수.

38   **구타페르카**   나무진을 말린 고무 같은 물질로 치과 충전재, 절연재, 골프공 등에 사용한다.

46   **고럼 숟가락**   미국의 식기 제조 회사 고럼에서 만든 숟가락. 미국 로드아일랜드주 프로비던스에 본부를 두고 있는 이 회사는 은제 식기 제조로 유명하다.

53   **갈퀴를 쥔 사나이**   1901년 미국 작가 매리언 비버리지 리는 『갈퀴를 쥔 사나이』라는 청소년 소설을 출간했다.

62   **프레시디오**   샌프란시스코 반도 북단에 위치한 공원 및 미 육군 요새.

63   **골든게이트 다리**   흔히 '금문교(金門橋)'라 부르는 이 다리는 캘리포니아주 골든게이트 해협에 위치한 현수교다. 캘리포니아주 샌프란시스코와 캘리포니아주 마린 카운티를 연결한다.

     디스템퍼   강아지가 잘 걸리는 급성 전염병.

     카타르   점막이 헐어서 부어오른 염증.

64   **실록스**   샌프란시스코 스트로 하이츠 공원 서쪽 태평양에 위치한 바위섬으로 클리프 하우스와 마주보고 있다. 물개들이 살고 있어 그런 이름이 붙었다.

70   **다몬과 피시아스**   기원전 4세기경 그리스에서 교수형을 당하게

된 피시아스라는 젊은이가 집에 돌아가 연로한 부모님께 마지막 인사를 하게 해 달라고 간청했다. 다몬이 친구를 대신해 감옥에 갇히고 친구를 집에 보냈다. 서양에서 피시아스와 다몬은 동양의 관포지교(管鮑之交)처럼 우정의 상징이다.

70   **다윗과 요나단**   요나단은 구약 성경에 나오는 사울 왕의 아들이자 다윗의 절친한 친구. 요나단은 다윗이 아버지의 왕권을 위협하는 경쟁자이고 자신의 적에 해당한다는 사실을 알면서도 필사적으로 다윗을 지켜 주려고 애써 그들의 우정이 칭송되고 있다. "다윗이 사울에게 말하기를 마치매 요나단의 마음이 다윗의 마음과 하나가 되어 요나단이 그를 자기 생명같이 사랑하니라." 「사무엘상」 18장 1절

74   **워싱턴 출생 기념일**   미국의 초대 대통령 조지 워싱턴(1732~1799) 출생일을 기념하는 연방 공휴일. 2월 22일에 태어났지만 기념일의 날짜는 2월 셋째 주 월요일이다.

80   **스프링필드 단발 소총**   'M1903 스프링필드' 또는 줄여서 'M1903'이라고도 부르는 단발 소총. 스페인과의 전쟁(1898) 이후 미국이 채택한 볼트 액션 소총이다. 1차 세계 대전, 2차 세계 대전, 한국 전쟁에서 사용했다.

81   **그들 모두가 동시에~혼잡스럽지 않았다**   바벨탑을 쌓은 인간에게 하느님이 내린 결과로 생긴 '언어의 혼란'을 염두에 둔 표현이다. "그러므로 그 이름을 바벨이라 하니 이는 여호와께서 거기서 온 땅의 언어를 혼잡하게 하셨음이니라. 여호와께서 거기서 그들을 온 지면에 흩으셨더라." (「창세기」 11장 9절)

    셋   원문에는 '넷'으로 나와 있지만 사내아이들은 모두 세 명이다.

83   **현충일**   미국의 전몰자 추모 기념일. 대부분의 주에서는 5월 30일이다.

84   **새크라멘토**   샌프란시스코에서 북동쪽으로 153킬로미터 떨어진 곳에 위치한 도시로 캘리포니아주의 주도(州都).

| 85 | **미션** 옛 미션 덜로레스 근처 마켓 거리 남부 지역. |

| 87 | **텔레그래프힐** 노스비치 지역의 일부로 롬바드 거리와 메이슨 거리가 만나는 지점에 위치한다. 샌프란시스코만의 아름다운 경치를 감상할 수 있는 유명한 코잇 타워 발치의 언덕에 있다. |

| 92 | **고타트러플** 송로버섯으로 만든 독일 과자로 주로 디저트로 먹는다. |

| 93 | **맨사드** 지붕의 네 면이 두 가지 경사로 구성되고 아래 경사면이 위 경사면보다 각이 더 급하며 똑같은 처마 높이에서 끝난다. 프랑스의 건축가 프랑수아 망사르(1598~1666)가 처음 고안했다. |

| 100 | **고트섬** 샌프란시스코와 오클랜드 사이에 있는 예르바 부에나 섬의 다른 이름. 골드러시 기간 중 이 섬에서 염소를 많이 사육했기 때문에 '고트섬(Goat Island)'으로 널리 알려져 있다. |

| 102 | **오벌랜드** 오클랜드와 시카고 사이를 운행하는 기차. |

| 108 | **좋을 때나 나쁠 때나** "나 (아무개)는 (아무개)를 (남편/아내)로 맞아, 오늘부터 좋을 때나 나쁠 때나, 부유할 때나 가난할 때나, 아프거나 건강할 때나 죽음이 우리를 갈라놓을 때가지 사랑하고 아껴줄 것을 하나님의 거룩한 법에 따라 하나님 앞에서 엄숙히 서약합니다." 영국 성공회 결혼 서약문. |

그녀는 당나귀 귀를~요정의 여왕이었다 윌리엄 셰익스피어의 『한여름 밤의 꿈』에서 오베론은 요정의 여왕인 티타니아가 당나귀 귀를 한 인간에게 반해 있는 현장에 나타나고, 그것을 약점으로 삼아 에티오피아 소년을 빼앗은 후 다른 약으로 사랑꽃의 효력을 없앤다.

| 111 | **오피엄** 샌프란시스코 시빅센터 구역 마켓 거리에 위치한 극장. 이 극장의 원래 이름은 '팬티지 극장'이었다. |

| 117 | **폰틀로이 의상** 19세기 미국 중산층 가정 사내아이들이 즐겨 입던 의상. '폰틀로이 수트'는 미국 작가 프랜시스 호지슨 버넷의 『꼬마 폰틀로이 경(卿)』(1886)에서 주인공이 입으면서 유명해졌다. 이 아동 소설은 흔히 동아시아에서 『소공자』라는 제목으 |

로 번역됐다.

118 **환등기** 매직 랜턴. 강한 불빛을 그림이나 사진 등에 대어 빛에 의해 확대하여 영사하는 장치로 현대 슬라이드 영사기의 전신이다.

119 **킹 찰스 스패니얼** 18세기 이전까지 영국 왕실에서 키우던 애완견. 성격이 온순해 집 안에서 키우기에 적당하다. '캐벌리어 킹 찰스 스패니얼'이라고도 한다.

124 **퀸샬럿** 포도주와 석류 시럽, 소다수 등으로 만든 칵테일.

125 **가리발디** Giuseppe Garibaldi(1807~1882). 이탈리아의 혁명가, 군인, 정치가.

P. T. 바넘 Phineas Taylor Barnum(1810~1891). 미국의 정치가, 흥행 사업가, 기업인, 저술가, 정치가, 자선가로 '링링 브라더스와 바넘 앤 베일리 서커스단'을 설립한 것으로 유명하다.

129 **내 주를 가까이 하려 함은** 새러 애덤스가 작사하고 로웰 메이슨이 작곡한 개신교 찬송가로 1889년 5월 미국 펜실베이니아주 철강 도시 존스타운에 폭우로 댐이 붕괴되면서 2만 명 넘는 사상자를 냈는데 이때 많은 사람들에게 용기를 준 곡으로 유명하다.

134 **오직 일요일과~일이거든** 이 무렵 미국에서는 사행심을 조장한다는 이유로 복권 판매를 법으로 엄격히 금지했고, 오직 일요일과 법정 공휴일 같은 특정한 날에만 판매되었다.

140 **플란넬 천** 19세기 말엽 영국이나 미국에서 플란넬이나 데님, 공단 같은 직물에 약물을 처리하여 비만 등을 치료하는 의료 기구로 사용했다.

160 **노아와~아이들 말이죠** 노아의 식구는 아내와 아들 셋, 즉 셈, 함, 야벳 그리고 며느리 셋을 포함하여 모두 여덟 명이었다(「창세기」6장 14~17절).

166 **피켓** 32장의 카드로 두 사람이 하는 카드놀이.

167 **내 생명과 자유와 행복 추구권** "우리는 모든 인간이 평등하며 창조주에 의해 생명, 자유 그리고 행복의 추구라는 양도할 수 없는

권리를 부여받았다는 사실을 자명한 진리로 받아들인다(「미국 독립선언문」중에서)."

168 그렇다고 해서～정의냐고   미국의 평화주의자며 노예폐지론자인 애딘 밸루(1803~1890)가 1846년에 처음 한 말로 알려져 있다. 1860년에 에이브러햄 링컨이 쿠퍼 유니온 연설에서 인용하면서 널리 알려지기 시작했다.

175 웰스 파고   미국의 다국적 금융 서비스 기업. 본사는 미국 캘리포니아주 샌프란시스코에 위치해 있지만 미국 전 지역에 지사들이 있다.

176 걸리버   영국의 작가 조너선 스위프트의 풍자 소설 『걸리버 여행기』(1726)의 주인공. 걸리버는 항해 중 난파하여 소인국, 대인국, 하늘을 나는 섬나라, 말[馬] 나라 등에 표류해 다니면서 기이한 경험을 한다.

180 스탠리   Sir Henry Morton Stanley(1841~1904). 영국의 탐험가이자 언론인으로 아프리카 탐험과 데이비드 리빙스턴을 구조한 것으로 유명하다. 뒷날 미국 남북 전쟁에 참가하여 포로가 되는 등 고생이 많았지만, 의지가 강한 그는 뉴욕 헤럴드 신문사의 특파원이 되어 활약했다.

184 내려온 신   데우스 엑스 마키나(Deus ex machina). 고대 그리스 연극에서는 복잡한 사건을 해결하기 위해 무대 위쪽 기계 장치에서 신을 내려 보내 문제를 해결하도록 했다.

190 모노쁠   프랑스의 샤브리 지방에서 생산하는 샤블리 '라 무톤'처럼 독점 생산지에서 생산하는 고급 포도주를 말한다.

192 마치 찰스 국왕을～같았다   올리버 크롬웰이 이끄는 청교도 혁명이 성공하면서 찰스 1세(1600~1649)는 1649년 1월 단두대의 이슬로 사라졌다.

194 나를 당신의 것으로 부르소서   미국 작곡가 오츠(J. A. Oates)가 작곡한 찬송가로 주로 결혼식 때 부른다.

225 **가령 세금을~정당하지 못하다느니**   민주주의를 표방하는 미국에서조차 여성 참정권은 수정 헌법 제19조가 통과된 1920년에 이르러서야 비로소 시행되었다.

229 **타피오카 푸딩**   카사바 뿌리에서 얻은 녹말로 만든 푸딩.

233 **바인 스투베**   Wein Stube. '포도주 바'나 '포도주 술집'을 뜻하는 독일어.

234 **앤 여왕**   앤(1665~1714)은 잉글랜드-스코틀랜드 동군 연합의 마지막 여왕이자 최초의 그레이트브리튼 왕국의 여왕 및 아일랜드의 여왕이다. 스튜어트 왕조의 마지막 군주이기도 하다. 브랜디를 좋아하여 흔히 '브랜디 앤'으로도 알려져 있다.

265 **크렘이베트**   여러 베리류, 바닐라, 스파이스 등을 제비꽃잎에 우려낸 칵테일로 짙은 보랏빛을 띤다.

275 **콜로디온**   소독약으로 사용하는 화약 약품.

301 **오드 펠로우**   Independent Order of Odd Fellows. 18세기 영국에서 창립된 비밀 공제 조합.

322 **출소기한법**   소송 절차가 이루어질 수 있는 기한을 규정하는 법률. 대개는 소송의 원인인 사건이 발생한 뒤 일정 기간에 한해서만 소송을 제기할 수 있도록 규정되었다.

326 **메뚜기 떼가 지나간 들판**   구약 성서 「요엘서」에 따르면 메뚜기는 파괴의 상징으로 표현되어 있다. "곧 어둡고 캄캄한 날이요 짙은 구름이 덮인 날이라 새벽빛이 산꼭대기에 덮인 것과 같으니 이는 많고 강한 백성이 이르렀음이라 이와 같은 것이 옛날에도 없었고 이후에도 대대에 없으리로다(2장 2절)."

352 **붉은 천**   물레타. 투우가 물레타에 덤벼드는 이유는 천의 색깔 때문이 아니라 망토의 펄럭이는 움직임 때문이다. 소는 색맹이므로 흰 천이 오히려 붉은 천보다 잘 보인다.

367 **새너제이**   샌프란시스코만의 남부 내륙에 위치한 도시로 '산호세'라고 부르기도 한다. 캘리포니아주에서는 세 번째로 큰 도시이

며, 미국에서는 열 번째로 큰 도시다. 샌타클래라 카운티의 군청 소재지이기도 하다.

419 키랄피 발레단 키랄피 형제가 창단한 발레단. 1876년 필라델피아에서 처음 창단된 이 발레단은 19세기 말까지 유럽과 미국에서 상당한 인기를 끌었다.

434 콜팩스 캘리포니아주 동북부에 위치한 플레이서 카운티에 속해 있다.

아이오와힐 플레이서 카운티에 위치한 광산촌으로 콜팩스에서 동쪽으로 15킬로미터, 새크라멘토에서 94킬로미터쯤 떨어져 있다.

438 잭 사촌 영국 콘월 지방 사람, 특히 콘월 광부를 가리키는 속어.

446 이미그런갭 캘리포니아주 플레이서 카운티에 위치한 협곡 마을로 전에는 '윌슨스 랜치'로 불렸다.

리노 미국 서부 네바다주의 도시. 네바다주 서북부, 시에라네바다산맥 동쪽 기슭의 해발고도 약 1,400미터 지점에 위치하는 이 도시는 19세기에 캘리포니아주와 연결되는 대륙 횡단 철도의 길목에 건설되어 발전하기 시작했다.

447 승무원용 차량 승무원이 타는 전용차는 화물 열차 끝에 있다.

물탱크 이 무렵 기차는 증기 기관을 동력으로 사용했기 때문에 정기적으로 물을 주입해야 했다. 그래서 주요 역마다 물탱크가 설치되어 있었다.

트러키 캘리포니아주 동서부 네바다 카운티에 위치한 도시.

448 퀸즈 캘리포니아주 동북부 시에라 카운티에 위치한 작은 마을.

이뇨 카운티 캘리포니아주 동부에서 중부까지 위치한 카운티로 네바다 주와 인접해 있다.

449 위트니산 알래스카주를 제외한 미국 48개 주에서 가장 높은 산으로 캘리포니아주의 이뇨 카운티와 툴레어 카운티 경계에 있다. 산의 서쪽으로는 세쿼이아 국립 공원, 산의 동쪽으로는 이뇨 국유림이 위치한다.

449 **인디펜던스** 캘리포니아주 이뇨 카운티에 있는 조그마한 마을.

오언 호수 캘리포니아주 이뇨 카운티 시에라네바다 동쪽에 있는 호수로 말라 있을 때가 많다.

킬러 캘리포니아주 이뇨 카운티에 있는 조그마한 마을로 '홀리'로 불리기도 했다.

450 **패너민트밸리** 캘리포니아주 동부 모제이브사막의 북동쪽에 위치한 계곡.

451 **골드걸치** 패너민트밸리 반대편에 있는 협곡.

457 **데스밸리** 캘리포니아주 동남부 시에라네바다산맥 동쪽에 위치한 사막으로 미국에서 가장 기온이 높고 가장 건조한 지역이어서 흔히 '죽음의 골짜기'로 부른다.

465 **에이커** 미국 기준으로 1에이커는 대략 4,047제곱미터다.

그레인 무게 단위로 1그레인은 대략 0.0648그램이다.

489 **모덕** 캘리포니아주 북동쪽 코너에 위치한 마을로 오리건주와 네바다주 경계선에 있다.

490 **핀토** 캘리포니아주 남동부에 위치한 구릉지와 산.

자유의지론인가 결정론인가

김욱동(문학평론가)

남북 전쟁(1861~1865) 이후 미국은 한편으로는 산업이 눈부시게 발달했지만 다른 한편으로는 산업화의 부산물로 여러 사회 문제가 일어났다. 물질주의와 산업화의 거센 물결 속에서 미국이 민주주의 이상으로 내세웠던 자유와 평등, 박애주의 같은 소중한 가치들이 크나큰 도전을 받기 시작하였다. 이와 더불어 19세기 중엽 이전 미국에 널리 퍼져 있던 낙관주의가 점차 사라지고 그 대신 비관적 염세주의가 큰 힘을 얻었다. 19세기 말엽부터 20세기 초엽에 걸쳐 미국의 지식인들과 작가들은 장밋빛 환상에서 깨어나 비로소 미국 사회가 놓여 있는 현실을 깨달았다. 말하자면 '미국의 꿈'이 '미국의 악몽'으로 바뀌기 시작하였다.

남북 전쟁의 포화가 멈춘 지 몇 해가 지난 1871년 월트 휘트먼은 미국 어디를 돌아보아도 좀처럼 희망은 찾아보기 어렵고 "메마르고 평평한 사하라 사막"만이 눈앞에 펼쳐져 있을 뿐이라고 털어놓았다. 한 학자는 남북 전쟁에서 북부도 남부도 승리를 거두지 못했고 오직 패배자들만이 있을 뿐이라고 주장하였다. 이보다 한 발 더 밀고 나가 남부를 누르고 북부가 승리한 것을 두고 중산층의 이상(理想)이 승리를 거둔 것이 아니라 오히려 중산층의 악이 승리를 거둔 것이라고 밝히는 학자도 있었다. 그만큼 남북 전쟁은 미국인들에게 축복이면서 동시에 저주였다.

산업화의 쓴 열매

그렇다면 여러 지식인이 왜 이렇게 남북 전쟁을 부정적으로 보는 것일까? 법적으로 흑인 노예 제도를 철폐한 것처럼 미국의 건국 이념이라고 할 민주주의 정신의 구체적 실현도 없을 것이다. 남북 전쟁 그 자체보다는 그 이후 미국 사회에 일어난 부작용 때문에 아마 부정적으로 보는 것 같다. 그러나 그러한 태도는 마치 갓난아이를 목욕시키고 난 물이 더럽다고 그 물을 버리면서 아이도 함께 버리는 것과 크게 다르지 않다. 19세기 말엽 미국 사회에서 자본가와 노동자의 간격이 더욱 벌어지게 되었다. 흔히 '약탈자 귀족(robber baron)'으로 일컫는 자본가 집단이 등장하면서 그들의 힘이 점차 커졌다.

자본가가 큰 힘을 얻는다는 것은 노동자가 힘을 잃는다는 것과 같다. 그래서 이 무렵 노동자를 중심으로 부(富)의 균등한 배분과 사회 정의를 부르짖는 목소리도 점차 높아졌다. 미국노동

총연맹(AFL)이 결성된 것도 바로 이 무렵이었다. 자본주의라는 거대한 기계의 톱니바퀴나 나사로 바뀐 노동자들은 자본가에 맞서 자신의 권익을 얻기 위하여 투쟁하기 시작하였다. 1892년 펜실베이니아주 피츠버그에 있는 카네기 철강 회사의 홈스테드 공장에서 대규모 파업이 일어났다. 그런데 이 철강 회사가 다름 아닌 '부의 복음'을 전파하던 자본주의의 전도사 앤드루 카네기의 회사였다는 사실은 자못 상징적 의미가 있다.

미국 노동 운동사에서 가장 치욕적인 사건 가운데 하나로 꼽히는 홈스테드 파업은 노동 임금을 인상하기 위한 것일 뿐만 아니라 자본가들에게 노동조합의 힘을 과시하기 위한 것이기도 하였다. 이 사건을 앞뒤로 미국 곳곳에서 노동자들의 파업이 줄줄이 일어났다. 예를 들어 1886년 시카고에서 일어난 헤이마켓 파업을 비롯하여 1877년의 철도 노동자 파업, 1894년의 풀먼 파업 등이 그 좋은 예다. 19세기가 막을 내리기 직전까지 미국에서는 크고 작은 파업이 줄잡아 일 년에 평균 5천 번 정도 일어났다.

노동조합은 이 무렵 개혁을 부르짖는 많은 운동 가운데 하나에 지나지 않았다. 국민 전체의 이익 증진을 내세우는 인민주의가 큰 힘을 얻었고, 마르크스주의에서 기독교에 이르는 여러 갈래의 사회주의도 점차 설득력을 얻기 시작하였다. 심지어는 무정부주의까지 사회 개혁 운동에서 한몫을 맡았다. 이렇듯 사회 개혁을 외치는 온갖 '이즘'과 '주의'가 판을 쳤다. 이 무렵 무엇보다도 사회 개혁이 그만큼 절실했다는 사실을 보여 주는 증거다.

남북 전쟁이 일어나기 전만 하더라도 문학과 정치, 예술과 사회의 관계는 비교적 단순하였다. 제임스 페니모어 쿠퍼나 너새니얼 호손 또는 허먼 멜빌 같은 낭만주의 작가들만 하여도 정치 문제나 사회 문제에 그다지 깊은 관심을 보이지 않았다. 예를 들어 그들은 흑인 노예 제도나 텍사스를 미국 땅에 병합시킨 아메리칸 – 멕시코 전쟁(1846~1848)에 이렇다 할 관심을 기울이지 않았다. 다만 멜빌이 예외적이라면 예외적이라고 할 수 있다. 낭만주의 작가들은 구체적인 역사적 맥락을 도외시한 채 지나치게 도덕적 차원에서 삶의 문제를 다루려는 경향이 있었다. 마크 트웨인이나 윌리엄 딘 하월스 같은 리얼리즘 작가들이 사회 문제에 관심을 보였지만 그들은 그들 나름대로 한계가 있었다.

그러나 남북 전쟁 이후에는 사정이 전혀 달라졌다. 새로운 경제 조직과 사회 계층, 인종적 다양성과 복잡성, 새로운 과학의 영향으로 도덕과 철학이 위기를 맞으면서 예술가들과 지식인들이 역사와 사회에 좀 더 깊은 관심을 기울이기 시작하였다. 그들은 부의 축적을 사회의 구원책이나 미국 사회의 '새로운 로맨스'로 여기는 태도에 회의적이었다. 헨리 조지의 『진보와 빈곤』(1879), 제이콥 A. 리이스의 『다른 반쪽은 어떻게 사는가』(1890) 등은 이 무렵 미국이 놓여 있는 현실을 적나라하게 파헤친 책들이다. 20세기에 들어와서는 시어도어 루스벨트 대통령이 '머크레이커(muckraker)'라고 부른 추문을 폭로하고 부정부패를 지적하는 저널리스트들과 소설가들이 나타나 미국 자본주의의 모순과 병폐를 고발하여 큰 관심을 끌었다. 이 가운데서도 『도시의 치욕』(1904)을 쓴 링컨 스티븐스와 『정글』(1906)을 쓴 업튼 싱클레어의 활약은 특히 눈여겨볼 만하다.

리얼리즘과 자연주의

문학 전통이나 사조에서 미국 문학은 남북 전쟁 이후 새로운 국면을 맞았다. 즉, 리얼리즘이 등장하여 낭만주의를 몰아내고 그 자리에 새로운 전통을 세운다. 앞에서 언급한 마크 트웨인은 특정한 지방에 뿌리를 둔 '지역적 리얼리즘(regional realism)'을 전개하고, 윌리엄 딘 하월스는 결혼이나 이혼 같은 가정 문제에 주목하는 '가정적 리얼리즘(domestic realism)'을 전개하였다. 한편 헨리 제임스는 겉으로 드러나는 현상 문제보다는 좀 더 인간 정신에 초점을 맞추는 '심리적 리얼리즘(psychological realism)' 전통을 굳건히 하였다. 그러나 19세기 말엽과 20세기 초엽에 이르면서 리얼리즘은 자연주의에 자리를 내주었다.

낭만주의나 리얼리즘도 마찬가지지만 자연주의도 미국에서 생겨난 토착 문학 전통이나 사조가 아니라 유럽에서 풍미한 뒤 대서양을 건너 신대륙에 건너온 것이다. 넓게 보면 자연주의는 본질에서 리얼리즘과 같은 태도를 보였다. 실제로 리얼리즘과 자연주의를 굳이 구별하지 않고 동의어로 쓰고 있는 비평가들이나 학자들도 적지 않다. 자연주의는 리얼리즘과 마찬가지로 평범한 일상적 상황에 놓여 있는 평범한 사람들의 일상적 이야기를 '있는 그대로' 현실적으로 묘사하는 것을 목적으로 삼는다.

그러나 좀 더 꼼꼼히 따져 보면 자연주의는 리얼리즘과 큰 차이가 있음을 알 수 있다. 자연주의는 마치 접목한 나무와 같아서 리얼리즘의 그루터기에서 갈라져 나왔으면서도 그 가지에서는 리얼리즘과는 다른 열매를 맺는다.

리얼리즘 문학은 삶을 객관적으로 충실히 재현하거나 모방한다고 하면서도 실제로는 삶의 밝은 면을 즐겨 다룬다. 19세기 초엽 제임스 페니모어 쿠퍼는 일찍이 작가에게 '누추하고 비참한' 삶의 모습을 재현하는 대신 '시적이고 이상화된' 삶의 모습을 묘사할 수 있는 권리를 주어야 한다고 주장한 적이 있다. 미국 문학에 리얼리즘의 깃발을 처음 내세운 하월스도 리얼리즘이란 "자료를 진실하게 취급하는 것 그 이상도 그 이하도 아니다"라고 잘라 말하면서도 '삶의 미소 짓는 면'을 다룰 것을 부르짖었다. 또한 러시아 작가 표도르 도스토옙스키처럼 삶의 어두운 모습을 그리는 미국 작가는 '거짓되고 잘못된' 일을 저지르는 것이라고 지적하기도 하였다. 낙관적으로 삶의 모습을 묘사하는 태도야말로 희망과 가능성을 지닌 미국의 삶에 걸맞다는 것이다.

그러나 자연주의자들에게 그러한 태도는 삶을 왜곡시켜 표현하는 것과 조금도 다름없었다. 그들이 미국의 삶을 둘러보았을 때 '시적'이고 '미소 짓게' 하는 모습은 좀처럼 찾아볼 수 없었고 오히려 사회 곳곳에 어두운 그림자가 짙게 드리워 있었다. 자연주의자들은 리얼리스트들보다 삶의 모습을 좀 더 솔직하고 진솔하게 재현하려고 하였다. 더구나 삶의 총체적인 모습보다는 누추한 '삶의 단면'에 초점을 맞추려고 하였다.

자연주의란 무엇인가

자연주의는 리얼리즘보다도 정의 내리기가 훨씬 더 어렵다. 어떤 이론가들은 리얼리즘에서 갈라져 나온 한 갈래로 보는가 하면, 다른 이론가들은 리얼리즘이 극단적으로 발전한 형태로 본다. 한편 자연주의를 리얼리즘보다는 낭만주의의 연장선에서 보려는 사람들도 있다. 가령 『맥티그』의 작가 프랭크 노리스는 이러한 주장을 펴는 대표적인 작가로 꼽힌다. 「낭만주의 작가로서의 졸라」(1896)라는 글에서 노리스는 "자연주의란 리얼리즘의 내접원(內接圓)이 아니라 낭만주의의 한 갈래이다"라고 아예 못 박는다. 충격적이고 극단적인 경험을 다루고 선정적인 사건을 취급한다는 점에서 자연주의는 때로는 낭만주의적 요소를 지니는 것은 사실이다. 그러나 자연주의는 자연에서 신성하고 신비적인 존재를 찾던 낭만주의나 그것에서 갈라져 나온 초월주의와는 적잖이 어긋난다.

문학적 자연주의는 철학적 자연주의에 그 뿌리를 두고 있다. 철학적 자연주의의 기본 원칙은 크게 두 가지로 요약할 수 있다. 첫째, 현존하는 모든 현상은 자연 속에 존재하며 그에 대한 모든 해답은 과학적 지식의 테두리 안에서 파악되어야 한다. 둘째, 어떤 형태로든 초자연적인 현실은 이 세계에 존재하지 않는다. 이 두 원칙에 이론적 바탕을 두는 문학적 자연주의는 인간을 동식물 같은 하나의 유기체로 파악하려고 한다. 물론 자연주의의 이러한 태도는 찰스 다윈의 진화론, 카를 마르크스와 프리드리히

엥겔스의 유물론적 경제 이론, 이폴리트 텐의 사회 이론, 허버트 스펜서의 사회 진화론, 그리고 좀 더 직접적으로 프랑스 작가 에밀 졸라의 문학 작품과 문학 이론에서 큰 영향을 받았다.

미국의 자연주의는 리얼리즘과 마찬가지로 유럽에서 영향을 받고 발전했지만 이미 미국 정신 속에 그 씨앗이 뿌려져 있었다고 할 수 있다. 청교도주의의 이론적 기둥이라고 할 칼뱅주의는 좀처럼 인간의 자유 의지를 인정하지 않는다. 장 칼뱅은 인간이 세상에 태어날 때 이미 천국에 갈 사람과 지옥에 떨어질 사람이 결정되어 있다고 주장한다. 이 이론에 따르면 인간은 착한 행동을 통해서 천국에 들어가는 것이 아니라 오직 하나님의 선택에 따라서만 천국에 들어갈 수 있을 따름이다. 이것이 바로 신학자들 사이에서 적지 않은 파문을 일으킨 칼뱅주의의 예정설이다. 이 예정설에서는 인간의 구원이란 노력이나 행위와 상관없이 전적으로 신으로부터 선택에 따라 이루어지며, 이렇게 선택받은 영혼들이 구원을 받을 뿐이다. 이러한 이론은 "그들이 태어나기도 전에, 무슨 선이나 악을 행하기도 전에, 택하심이라는 원리를 따라 세우신 하나님의 계획이 살아 있게 하시려고……"(「로마서」 9장 11절)라는 사도 바울의 말에서 단적으로 엿볼 수 있다.

물론 개혁주의 신학자들은 칼뱅의 예정설이 기독교 신학에서 논리적 귀결일 뿐 시간에서 원인과 결과가 아니라며 일반적 의미의 운명론, 숙명론, 또는 결정론과는 다르다고 주장한다. 특히 칼뱅의 '이중 예정론', 다시 말해서 하느님은 영생(永生)을 얻을 사람과 영멸(永滅)을 당할 사람을 창세 전에 예정해 유지된다는 교리에 의문을 제기하는 신학자들이 적지 않은 듯하다. 그러나 넓은 의미에서 예정설은 흔히 결정론의 한 형태로 간주하여도 크게 틀리지 않을 것이다.

이렇듯 자연주의는 무엇보다도 결정론에 그 바탕을 두고 있다. 인간의 모든 성격과 행위는 자유 의지에 의한 것이 아니라 그가 통제할 수 없는 어떤 내재적·외부적 힘으로 결정된다는 것이 자연주의의 기본 입장이다. 여기에서 내재적·외부적 힘이란 바로 유전과 환경을 말한다. 인간의 모든 행동이 유전 인자에 따라 결정된다는 생물학적 결정론은 인간의 자유 의지를 전혀 인정하지 않는다. 오히려 동물적인 성격에 무게를 싣는다. 인간은 다른 동물과 마찬가지로 끊임없이 생존 경쟁을 하고 있으며, 여기에서는 오직 약육강식의 정글 법칙이 지배한다는 것이다. 둘째, 인간의 행동이 환경에 의하여 결정된다는 사회·경제적 결정론은 외부적 환경의 희생자로서의 인간을 강조한다. 여기에서는 특히 인간을 사회·경제적 요소의 산물로 규정짓는다. 이 밖에도 인간의 행동은 유전과 환경의 지배를 받을 뿐만 아니라 더 나아가 정신적 또는 심리적인 영역에서도 결정된다. 지그문트 프로이트의 정신분석 이론 이후에야 비로소 힘을 얻게 된 심리적 결정론이 바로 그것이다.

유전이나 환경 또는 심리적 요인을 인간 행위를 결정짓는 기본적 동인으로 삼고 있는 자연주의는 그 소재 선택에서 주로 빈민가의 생활, 가난, 기아, 질병, 전쟁 같은 삶의 어둡거나 추악한

면을 즐겨 다룬다. 자연주의의 소재의 대부분은 윌리엄 딘 하월스가 말하는 '삶의 밝은 면'과는 크게 어긋난다. 이러한 소재를 다루는 데에서도 자연주의는 과학적 접근 방법을 사용한다. 자연주의 작가들은 삶의 문제를 마치 과학자가 실험실에서 실험하듯이 객관적으로 다루려고 한다. 개인의 편견이나 선입견 또는 인생관에 영향을 받지 않고 객관적 사실을 있는 그대로 솔직하게 취급한다.

이렇게 인간의 도덕적 법칙이나 자유 의지를 모두 부정한 채 삶의 어두운 면을 즐겨 다루는 자연주의는 그동안 적잖이 비난을 받아 왔다. 영국의 소설가이자 시인인 조지 메러디스는 자연주의자는 자연 속에서 돼지를 보고 마치 돼지를 자연으로 잘못 생각하고 있다고 날카롭게 비꼰다. 그동안 빛을 잃었다고는 하지만 도덕 법칙과 의지에 바탕을 두고 있는 청교도주의가 아직도 힘을 떨치고 있고 무한한 개인의 자유를 굳게 믿는 미국에서는 이러한 자연주의를 수용하는 데 많은 어려움을 겪었다. 다시 말해서 미국의 낙관주의에는 자연주의의 염세주의가 들어설 자리가 별로 없었다. 그러나 남북 전쟁 이후 갑자기 팽배해진 산업화와 공업화의 부산물로 생겨난 온갖 사회 문제는 자연주의가 뿌리를 내리는 데 더할 나위 없이 좋은 토양이 되었다.

스티븐 크레인이나 시어도어 드라이저 같은 작가가 소설을 쓰기에 앞서 신문 기자 생활을 했다는 사실은 시사하는 바가 자못 크다. 사건을 취재하면서 대도시 빈곤층의 누추한 삶을 직접 목격한 그들이 자연주의 전통의 작품을 쓴 것은 어찌 보면 당연하다고 할 수 있다. 심지어 헨리 B. 풀러는 이 무렵의 시대정신에 걸맞게 작가는 아예 허구 세계를 다루는 일을 포기하고 그 대신 사실에 뿌리를 둔 문학을 창조해야 한다고 주장하기에 이른다. 그의 『절벽에 사는 사람들』(1892)이나 『행렬과 함께』(1895)는 바로 객관적 사실에 충실한 작품들이다.

스티븐 크레인과 시어도어 드라이저 말고도 프랭크 노리스, 잭 런던, 헨리 애덤스, 에드워드 벨러미, 윌러 캐더, 이디스 워튼, 셔우드 앤더슨 같은 작가들이 미국 자연주의를 본 궤도에 올려놓는 데 크게 이바지하였다. 미국 문학에서 자연주의 전통은 그 역사가 꽤 길어 20세기 중엽에 들어와서도 여전히 큰 힘을 떨쳤다. 가령 존 스타인벡을 비롯하여 어니스트 헤밍웨이나 윌리엄 포크너 또는 리처드 라이트의 작품에서도 자연주의의 경향을 쉽게 읽을 수 있다. 이렇게 자연주의는 소설 장르에서 찬란한 꽃을 피웠지만 시 장르나 희곡 장르에서도 마찬가지로 찾아볼 수 있다. 가령 에드윈 알링턴 로빈슨과 에드거 리 매스터스와 로버트 프로스트 같은 시인들, 유진 오닐 같은 극작가들이 자연주의 전통에 우뚝 서 있는 사람들이다. 그러나 자연주의는 역시 소설에서 가장 큰 힘을 떨쳤고, 그 가운데에서도 크레인을 비롯하여 노리스, 드라이저, 워튼 그리고 앤더슨은 미국 문학사에서 자연주의 전통을 굳건히 세운 대표적인 작가들이다.

자연주의는 자유 의지를 거부하고 결정론에 뿌리를 두고 있으면서도 다른 한편으로는 사회 개혁을 부르짖는다. 사회의 불평등과 불의에 맞선다는 점에서 개혁적이거나 때로는 혁명적인 태도를 보인다. 찰스 C. 월컷이 지적하듯이 자연주의자들의 이러한 태도는 어찌 보면 모순이 아닐 수 없다. 인간의 모든 행동이 유전적으로나 사회·경제적 또는 심리적으로 결정되어 있어 개인의 통제가 불가능하다고 주장하는 것은 사회를 좀 더 나은 방향으로 개선할 수 있다고 주장하는 것과는 서로 어긋나기 때문이다. 물론 허무주의 쪽으로 나아가는 자연주의도 없지 않지만 사회 저항의 태도를 보이는 자연주의도 만만치 않다. 바로 이 점에서 미국의 자연주의는 유럽의 자연주의와 적잖이 차이가 난다. 그래서 자연주의를 삶을 바라보는 태도에 따라 흔히 '연성'과 '강성'의 두 갈래로 나누기도 한다. 유럽의 자연주의가 '강성'에 속한다면 미국의 자연주의는 바로 '연성'에 속한다고 할 수 있다.

자연주의자로서의 노리스

스티븐 크레인과 거의 같은 시기에 작품 활동을 한 프랭크 노리스는 여러모로 그와 비슷한 점이 많다. 두 작가는 모두 신문 기자로 활약하면서 삶의 현장에서 직접 작품의 소재를 찾았다. 크레인이 쿠바에서 스페인-미국 전쟁(1898~1899)과 그리스-터키 전쟁(1897)에서 특파원으로 일한 것과 마찬가지로 노리스도 특파원 자격으로 스페인-미국 전쟁과 남아프리카에서 보어 전쟁(1899~1902)을 취재하였다. 이 두 작가는 문학가로서의 재능을 충분히 발휘하기도 전에 아깝게도 요절했다는 점에서도 서로 비슷하다. 크레인이 폐결핵으로 스물아홉 살을 일기로 사망하였고, 노리스는 서른두 살의 젊은 나이에 복막염으로 사망하였다. 미국 서부의 발전과 진보를 다루기 위하여 노리스는 미국 농업의 기반이라고 할 밀의 재배와 분배 그리고 소비와 관련한 삼부작 소설을 계획하고 있었다. 시카고 밀 판매를 지배하는 철도업자들을 다룬 『문어(*The Octopus*)』(1901)와 샌프란시스코의 밀 시장을 다룬 『지옥(*The Pit*)』(1903)을 출간했지만 안타깝게도 세 번째 작품을 완성하지 못한 채 그만 숨을 거두고 말았다.

노리스의 자연주의는 종래의 자연주의와는 큰 차이점을 보여준다. 앞에서 지적했듯이 그는 자연주의를 리얼리즘의 내접원이 아닌 낭만주의의 한 형태로 간주한다. 이렇듯 노리스의 자연주의는 마크 트웨인이나 윌리엄 딘 하웰스 또는 헨리 제임스의 리얼리즘과는 적잖이 다르다. 차라리 에밀 졸라처럼 일상적 경험을 뛰어넘는 비범하고 충격적인 경험 세계를 즐겨 취급한다.

자연주의 작가는 평범한 사람들에 관심을 기울이지 않는다. (……) 자연주의 작품의 작중 인물들에게 끔찍스러운 사건이 일어나지 않으면 안 된다. 일상적인 것으로부터 그들을 비틀고 평온하고 안일한 일상생활의 테두리로부터 그들을 끌어내어 억제할 수 없는 격정과 유혈, 갑작스러운 죽음이 연출되는 거대하고 끔찍한 연극의 격동 속에 그들을 던져 버려야 한다.

노리스가 자연주의 작품의 잣대로 삼는 기준은 어디까지나 충격적인 사건이다. 그에게 평범한 사람들의 평범한 삶은 이렇다 할 관심이 없다. 오직 일상적이고 정상적인 것에서 벗어나는 특수한 경험만이 이 전통의 문학에서 융숭한 대접을 받는다. 바꾸어 말해서 하월스가 말하는 '차 한 잔의 비극'은 리얼리즘 문학이 될 수는 있을지언정 결코 자연주의 문학이 될 수는 없다. 노리스는 이러한 자연주의 문학 이론을 「낭만주의 소설을 위한 옹호」(1901)라는 글에서도 거듭 되풀이한다. 이 글에서 그는 어느 작품이 아무리 일상적인 사건을 다루고 있다고 하더라도 "헤아릴 수 없이 깊은 인간의 마음과 섹스의 미스터리 그리고 이제까지 누구도 탐색하지 않은 인간 영혼의 어둡고 깊숙한 내면"을 묘사할 때 그 작품은 리얼리즘적인 작품이 아니라 낭만주의적인 작품이 된다고 주장한다. 언뜻 이 말은 어두운 인간 영혼의 내면세계를 탐구한 낭만주의 소설가 너새니얼 호손의 말을 떠오르게 한다.

미국 자연주의 문학의 금자탑 『맥티그』

프랭크 노리스의 작품 가운데에서 이러한 자연주의 문학관이 가장 잘 형상화되어 있을 뿐만 아니라 예술적으로도 성공을 거둔 작품은 바로 『맥티그(*McTeague*)』다. 첫 소설 『레이디 레티의 모란(*Moran of the Lady Letty*)』(1898)에 이은 그의 두 번째 소설인 이 작품은 샌프란시스코에서 실제로 일어났던 살인 사건에서 소재를 취해 온다. 1893년 10월 10일 자 신문 「샌프란시스코 익재미너」에 실린 기사에 따르면 유치원 관리인으로 일하던 한 여성이 별거 중이던 남편으로부터 무자비하게 칼에 찔려 죽는 사건이 일어났다. 범인은 평소 그녀가 자기에게 돈을 주지 않을 뿐만 아니라 함께 살기를 거부하기 때문에 범행을 저질렀다고 고백하였다. 범인은 범행을 저지르기 전에도 여러 차례 그녀를 죽이겠다고 위협해 왔으며 한번은 살인 미수 혐의로 감옥살이까지 한 적도 있었다. 이 끔찍스러운 살인 사건은 충격적 소재를 찾고 있던 노리스에게 더할 나위 없이 좋은 실마리를 주었다. 이 사건이야말로 "억제할 수 없는 격정과 유혈, 갑작스러운 죽음으로 연출되는 거대하고 끔찍한 연극"에 그야말로 안성맞춤이었기 때문이다.

노리스가 이렇게 충격적인 사건을 자연주의 문학의 잣대로 삼은 데는 누구보다도 에밀 졸라의 영향이 무척 컸다. 버클리 소재 캘리포니아대학교에 다닐 때부터 그는 졸라의 작품을 늘 손에 들고 다닐 만큼 이 프랑스 작가를 무척 존경하였다. 노리스는 졸라의 작품 가운데에서도 『인간 짐승』(1890)이나 『나나』(1880) 또는 『제르미날』(1885) 같은 소설을 특히 좋아하였다. 이 작품들은 하나같이 천박한 하류 사회를 배경으로 음주와 폭력 그리고 살인 사건 등 삶의 어두운 면을 즐겨 다룬다. 노리스에게는 졸라야말로 가장 '자연주의적'인 작가였다.

노리스는 1894년에 하버드대학교에서 루이스 게이츠 교수 밑에서 창작 수업을 받을 때 샌프란시스코의 살인 사건을 소재로 작품을 쓰기 시작하였다. 노리스는 시카고에서 태어났지만 어린 시절에 샌프란시스코로 이주하여 살았기 때문에 그곳의 지리를 잘 알고 있었다. 그리하여 그는 이 작품의 지리적 배경을 이 도시의 상업 중심지인 폴크 거리로 삼았다. 노리스가 본디 이 소설의 제목을 '폴크 거리 사람들'이라고 삼았던 것은 바로 그 때문이다. 샌프란시스코 여러 거리 가운데에서도 그는 이 거리를 가장 좋아하였다고 한다.

서부 금광촌에서 일하던 주인공 맥티그는 돌팔이 치과 의사의 조수로 일하다가 무면허 치과 의사가 되어 폴크 거리에서 개업을 한다. 친구인 마커스 숄러의 소개로 사귀게 된 트리나 시프와 결혼하여 얼마간 행복한 삶을 누리지만 치과 의사 자격증이 없으므로 결국 의사 일을 그만두게 된다. 결혼하기 전부터 검약한 생활을 해 온 트리나는 남편이 일을 그만둔 뒤부터는 더욱 인색하게 변하고 그 때문에 두 사람 사이에는 불화가 시작된다. 한 푼, 두 푼 모은 금화를 쌓아 놓고 그 위에 알몸으로 뒹구는 모습은 그녀가 얼마나 돈의 노예가 되었는지를 단적으로 보여 준다. 마침내 맥티그는 트리나를 살해하고 죽음의 계곡인 데스밸리 사막으로 도망가지만 뒤쫓아 온 마커스와 함께 수갑에 채워진 채 사막 한복판에 갇히는 신세가 되고 만다. 그의 옆에는 늘 가지고 다니는 황금색 새장에 갇힌 카나리아가 놓여 있다.

스티븐 크레인과 마찬가지로 노리스도 이 작품에서 자유 의지를 제대로 행사하지 못하고 억제할 수 없는 어떤 힘으로 무참히 파괴되는 개인의 모습을 그린다. 그러나 크레인이 외부의 힘 쪽에 좀 더 무게를 싣고 있다면, 노리스는 내부의 힘 쪽에 좀 더 무게를 싣는다. 크레인이 주인공의 파멸을 주로 환경 탓으로 돌리는 반면, 노리스는 타고난 유전 탓으로 돌린다. 다시 말해서 크레인의 자연주의가 사회·경제적 결정론에 가깝다면, 노리스의 자연주의는 오히려 생물학적 결정론에 가깝다고 할 수 있다.

맥티그 몸 안의 모든 선량한 것으로 촘촘히 짜인 겉가죽 아래 유전적 악이라는 오물이 하수관 지나듯 흐르고 있었다. 부도덕과 죄악이 아버지와 아버지의 아버지로부터 삼대, 사대, 오대에 걸쳐 흐르며 그를 더럽혔다. 온 인류의 악이 그의 혈관에 흘렀다. 왜 그래야만 할까? 그는 그것을 원치 않았다. 그렇다면 그가 비난받는 게 마땅할까?

여기에서 무엇보다도 눈길을 끄는 것은 주인공의 핏속에는 "유전적 악이라는 오물이 하수관 지나듯 흐르고 있었다"라는 첫 문장이다. 겉으로는 남이 부러워하는 치과 의사로 그럴듯해 보이지만 막상 그 몸속에는 하수관처럼 더러운 피가 흐르고 있다. 이 피는 그의 의지와는 아무런 관계없이 그의 선조로부터 물려받은 것이다. 그런데 문제는 이 유전적 힘이 바로 앞 세대인 아버지에 그치지 않고 몇 백 대의 선조까지 거슬러 올라간다는 데 있다. "온 인류의 악이 그의 혈관에 흘렀다"라고 말하는 것을 보면 그 악의 씨앗은 까마득히 멀리 에덴동산에서 아담과 하와가 저지른 원죄에서 이미 뿌려졌다고 할 수도 있다.

주인공을 파멸로 이르게 하는 이러한 '유전적인 악'은 이 소설에서 여러 모습으로 나타난다. 무엇보다도 먼저 맥티그는 무식한 광부였던 그의 아버지로부터 음주벽을 그대로 물려받는다. 머리가 우둔한 데다 동물적인 체격을 가지고 있는 것도 아버지로부터 물려받은 유전적인 결과라고 할 수 있다. 따라서 그는 도덕적 선택을 할 수 있는 모든 능력을 박탈당한 채 오로지 동물적 본능에 따라 행동한다. 이렇게 생물학적 유전의 힘으로 행동이 결정되는 것은 맥티그에 그치지 않고 트리나도 마찬가지다. 그녀 역시 남편처럼 '유전적인 악'의 희생자로 볼 수 있다. 독일과 스위스계 출신인 그녀는 유럽 선조로부터 인색하고 탐욕스러운 기질을 그대로 물려받는다. 결국 그녀는 이러한 내부적인 힘으로 괴물과 같은 인간으로 바뀌는 것이다.

더욱이 이렇게 유전적인 힘의 지배를 받는 맥티그와 트리나는 사회·경제적 환경에 의해서도 영향을 받는다. 물질적으로 어느 정도 여유 있던 무렵에는 그런대로 그들은 행복한 삶을 누릴 수 있었다. 그러나 맥티그가 치과 의사로서의 직업을 박탈당하고 트리나도 전처럼 돈을 저축할 수 없게 되자 그들의 관계는 점차 나빠지기 시작한다. 맥티그는 트리나를 만나면서 싸구려 맥주 대신에 고급 맥주를 마시고 옷차림도 말쑥해지지만, 생활이 어렵게 되자 다시 옛날 상태의 '동물적 생활'로 돌아간다. 트리나 역시 결혼 초에는 여러 방법으로 남편의 애정을 차지하려고 애쓰지만, 점차 자신의 외모에 무관심하게 되고 금전적으로 지나치게 인색한 나머지 남편의 애정마저 잃는다. 마침내 맥티그는 그녀의 돈을 훔쳐 달아나는 한편, 트리나는 동물 목각 인형을 만들다가 패혈증에 걸려 손가락을 자르지 않으면 안 되는 상황에 이른다. 그리하여 그들은 맥티그가 즐겨 부르는 노래 구절처럼 "사랑할 사람 아무도 없고, / 포옹할 사람도 하나 없네. / 이 풍진 세상에 홀로 남겨"진 처지로 빠지고 만다.

이 소설에는 유전과 환경의 무자비한 힘 말고도 우연과 운명 그리고 동물적인 본능도 주인공들을 파멸의 구렁텅이로 몰아넣는 요인이 된다. 맥티그가 트리나를 처음 만나게 되는 것도 우연이고, 그녀에게 청혼하게 되는 것도 우연이다. 작가는 한마디로 "우연이 그들을 서로 앞에 데려다 놓았다"라고 밝힌다. 또한 "그들의 운명이, 바로 자신들의 영혼이 우연의 노리개가 된다"라고 말하기도 한다. 맥티그가 치과 의사가 되는 것도 따지고 보면 어디까지나 우연의 결과에 지나지 않는다. 그리고 무엇보다도 우연의 힘은 트리나가 상금이 무려 5천 달러나 되는 복권에 당첨되는 사실에서 단적으로 드러난다. 그러나 그녀가 맞게 되는 이러한 행운은 그녀에게 행복을 가져다주기는커녕 오히려 불행과 죽음을 가져다주는 계기가 된다. 마커스가 맥티그를 그토록 질투하는 까닭도 바로 이 복권 때문이다. 결국 질투에 눈이 먼 마카스는 맥티그를 당국에 신고하여 더 이상 치과 의사로서 일을 할 수 없게 만든다.

우연이나 운명과 함께 동물적인 본능도 주인공을 파멸시키는 요인으로 작용한다. 맥티그와 트리나는 말할 것도 없고 마카스도 본능에 따라 행동한다. 작중 인물들은 하나같이 이성적 판단에 따라 행동하는 인간이라기보다는 차라리 본능에 따라 살아가는 짐승에 가깝다. 이러한 동물적 본능 앞에서 의지나 이성은 무력할 수밖에 없다. 이 점과 관련하여 이 작품의 화자는 "공중의 바람만큼이나 통제할 수 없는 불가사의한 본능이 두 사람의 삶을 함께 얽어 놓았다"라고 밝힌다.

이 작품은 호레이쇼 앨저의 『넝마를 걸친 딕』(1876)과 마찬가지로 미국 작가들이 그동안 즐겨 다뤄 온 물질적 성공에 대한 '미국의 꿈'을 다룬다. 딕처럼 맥티그도 기회의 나라라는 미국 사회에서 물질적 성공에 대한 꿈으로 부풀어 있다. 비록 자격증은 없지만 치과 의사로 행세할 수 있는 것은 어디까지나 그의 어머니 덕택이다. 그녀는 아들이 물질적 성공을 거둘 수 있도록 온갖 노력을 아끼지 않는다. 그 결과 그는 무식한 광부에서 자수성가한 치과 의사로 어느 정도까지는 성공을 거둘 수 있다.

그러나 맥티그는 근면과 성실로 미국 사회에서 성공을 거두는 앨저의 작품에 나오는 그러한 주인공과는 거리가 멀다. 앨저의 주인공처럼 물질적으로 성공을 거두어 행복한 삶을 살기보다는 마침내 살인자가 되어 경찰에 쫓기는 신세가 되기 때문이다. 치과 병원에 늘 매달아 놓는 커다란 가짜 황금 이빨처럼 그의 꿈은 진정한 꿈이라기보다는 한낱 환상이나 허상에 지나지 않는다. 그러므로 맥티그는 '미국의 꿈(American Dream)'보다는 오히려 '미국의 악몽(American Nightmare)'을 보여 주는 인물에 훨씬 더 가깝다. 이 점에서 『맥티그』는 성공 신화와 부의 복음을 부르짖은 작품이 아니라 그 신화와 복음을 날카롭게 비판하는 작품이라고 할 수 있을 것이다.

판본 소개

『맥티그(*McTeague*)』는 잡지에 연재되지 않고 1899년에 단행본으로 처음 출간되었다. '미국의 에밀 졸라'로 평가받던 프랭크 노리스의 작품은 자연주의 전통에 따라 '삶의 누추한 모습'을 묘사한다고 하여 미국과 영국 출판계에서 출간을 꺼려했다. 심지어 노리스가 취직한 출판사조차 이 작품을 출간하려 하지 않았다. 그러다가 뉴욕의 보니 앤 리브라이트(Boni & Liveright) 출판사가 마침내 출간을 결정하여 1899년에 세상에 나오게 되었다. 다만 이 무렵 독자들에게 혐오감을 줄 수 있는 한 문장을 삭제했다. 6장에서 주인공 맥티그가 트리나와 그녀의 어머니, 남동생 오거스트와 함께 샌프란시스코의 한 극장에 갔을 때 오거스트가 새론산 바지에 소변을 배설하는 장면이 바로 그것이다. 요즈음 기준으로 보면 아무렇지도 않을 사건이 19세기 말의 독자들의 감수성에는 거슬렸던 모양이다. 물론 이 문장은 그 뒤 판본에서는 작가의 의도를 살려 다시 삽입하여 지금까지도 계속 남아 있다.

　『맥티그』는 초판 출간에는 적잖이 어려움을 겪었지만 출간되고 나서부터 독자들과 비평가들로부터 좋은 반응을 받았다. 그래서 그런지 이 작품의 판본도 무척 많다. 본 번역은 1994년에 펭귄 출판사에서 발행한 『McTeague: A Story of San Francisco』를 저본으로 삼았다. 펭귄 판본은 1985년에 '라이브러리 오브 아메리카(Library of America)에서 출간한 판본과 함께 가장 믿을 만한 텍스트로 평가받는다.

1870 3월 5일, 벤저민 프랭크 노리스 2세가 시카고에서 태어남. 그의 아버지는 보석 세공인이었고, 어머니는 결혼 당시 학교 교사이자 성공한 시카고 배우였음.

1871~1877 아버지의 회사가 미국 중서부에서 제일가는 도매 보석점 중 하나가 됨. 1877년, 남동생 레스터가 태어남.

1878 가족이 유럽으로 여행을 떠남. 영국 브리튼에서 겨울을 보냄. 이듬해 여름 시카고로 돌아옴.

1881 남동생 찰스 길먼이 태어남.

1885 가족과 함께 샌프란시스코로 이주함. 아버지는 샌프란시스코에서 시카고 보석 사업을 감독하는 한편 샌프란시스코 부동산에 투자 함. 노리스는 샌프란시스코 남부 기숙학교인 벨먼트 아카데미에 입학하지만 풋볼을 하다가 팔이 부러지는 바람에 자퇴함.

1886 샌프란시스코 남부 고등학교에 입학함. 아버지는 그가 실무 교육을 받기를 바라고, 어머니는 그가 미술 교육을 받기 바람. 미술을 공부하기 위해 샌프란시스코 미술 아카데미로 전학함.

1887 영국의 켄싱턴 미술 학교에 들어가기 위해 아버지와 영국으로 가

던 중 시카고에 잠시 들림. 6월 10일, 남동생 레스터 사망함. 어머니와 찰스가 시카고로 옴. 그달 말, 가족이 모두 영국 사우스햄턴으로 여행 감. 미술 교육은 영국보다 파리가 낫다는 조언을 듣고 노리스는 다음 달 프랑스로 떠남. 8월에 사립 미술학교인 아카데미 쥘리앙의 부그로 아틀리에(Bouguereau Atelier)에 입학함. 프랑스어에 익숙해지고 프랑스 중세 연대기에 심취함. 그해 가을 아버지는 미국으로 돌아감.

1888 파리에서 학업을 지속하고 기념비적 작품인 「크레시 전투」에 몰두함. 그해 봄 엄마와 남동생은 미국으로 돌아가고 노리스는 거리를 배회하는 건달같이 지냄.

1889 갑옷의 역사에 대한 '강철 옷(Clothes of Steel)'이라는 제목의 글을 씀. 파리에서 돌아와 캘리포니아대학교 입학시험을 준비함. 프랑스 봉건 설화를 소재로 한 장편 서사시 「이베르넬(Yvernelle)」을 쓰기 시작함.

1890 캘리포니아대학교, 버클리 입학시험을 치름. 수학과에는 떨어졌지만 문과 대학의 문학 프로그램에 들어가게 됨. 주로 영문, 불문, 역사 수업을 수강함. 버클리를 다니는 4년 동안 학생 신문과 잡지에 글을 기고함.

1891 '파이 감마 델타' 클럽에 가입 서약함. 정식 학부생이 됨. 어머니가 출판 비용으로 4백 달러를 지불하여 『이베르넬』이 출간됨.

1892~1983 학부를 다니는 동안 에밀 졸라의 작품을 광범위하게 읽고 진화론과 종교를 결합한 지질학자 조셉 르 콘테의 이론에 심취함.

1893 3월, 르 콘테의 사상을 담은 작품 「로스(Lauth)」를 『오벌랜드 먼슬리』에 기고함. 10월, 청소부였던 새러 콜린스가 술에 만취한 남편에게 살해당한 사건에서 『맥티그(McTeague)』의 영감을 얻음.

1894 버클리에서 4년 과정을 마쳤지만 수학과 입학시험에 계속 낙방하여 학위를 받지 못함. 아버지는 어머니를 상대로 이혼 소송을 내고, 노리스 부인 또한 맞고소함. 가을, 하버드대학교에 입학하

여 프랑스어를 수강하지만 주로 영문학과 글쓰기 과목에 열중함. 루이스 게이츠 교수의 지도 아래 『벤도버와 야수(*Vandover and the Brute*)』와 『맥티그』의 초고를 작성함. 같은 해 말, 『벤도버와 야수』를 대략 완성함.

1895 학기가 끝날 때까지 『맥티그』는 미완성으로 남아 있었음. 샌프란 시스코로 돌아와 남아프리카 공화국에서의 보어인과 영국인 간의 갈등에 대해 보도하기 위해 『샌프란시스코 크로니클』과 계약 함. 12월, 케이프타운에 도착하여 제임슨 습격(보어인의 통제 아래에 있던 도시를 되찾으려고 영국 이익단체가 시도했다가 실패한 작전)이 발생하던 때에 맞춰 요하네스버그에 도착함.

1896 트란스발에서 보어인들에게 쫓겨난 이후 1월초 요하네스버그에 서 병에 걸림. 2월, 샌프란시스코로 돌아옴. 4월, 회복된 뒤 샌프 란시스코에서 발행하는 잡지 『웨이브』의 편집에 관여함. 2년 가까이 단편 소설과 평론, 특집 기사, 인터뷰와 리뷰를 기고함. 가을 에 자넷 블랙을 만남.

1897 자넷과의 관계가 깊어짐. 10월, 『맥티그』를 수정하고 완성하기 위해 시에라스에 있는 빅디퍼 광산을 방문함. 그의 단편집 출간 을 거절한 뉴욕 출판업자가 노리스에게 모험 소설 집필을 권유 함. 그해 초겨울 『레이디 레티의 모란(*Moran of the Lady Letty*)』 을 쓰기 시작함.

1898 1월~4월, 『레이디 레티의 모란』이 『웨이브』에 연재되고, 그 소설 을 읽은 S. S. 맥클루어가 2월에 그를 뉴욕으로 불러 '더블데이 앤 드 맥클루어' 출판사에서 편집 보조원으로 일하도록 해 줌. 오후 시간에는 자유롭게 집필 활동을 할 수 있었음. 4월, 스페인-미국 전쟁이 발발하자 『맥클루어 매거진』에서 그를 특파원으로 쿠바 에 파견함. 전쟁 특파원 동료인 스티븐 크레인과 리처드 하딩 데 이비스를 만남. 7월 초, 엘카니 전투를 보게 됨. 8월, 병이 들어서 회복을 위해 샌프란시스코로 돌아옴. 9월, 『레이디 레티의 모란』

이 더블데이 앤드 맥클루어에서 출판됨. 『블릭스(Blix)』를 빠르게 완성하고 『남자의 여자(Man's Woman)』를 집필하기 시작함.

1899 2월, 더블데이 앤드 맥클루어 출판사에서 『맥티그』를 출판함. 충격적인 주제로 혹평을 받지만 하월스는 "전체적으로 놀라운 책"이라고 평가함. 3월, 『남자의 여자』가 완성되고, 『블릭스』를 여성 잡지인 『퓨리탄』에 연재하기 시작함. 3부작 소설 『곡물의 서사시(The Epic of the Wheat)』를 계획함. 첫 번째 이야기는 캘리포니아 이야기(생산자), 두 번째는 시카고 이야기(분배자), 세 번째는 유럽 이야기(소비자)가 될 것이고 전반에 걸쳐 나이아가라 인근에서 생산된 밀이 대량으로 서양에서 동양으로 흘러가는 이야기가 될 것이라고 하월스에게 설명함. 4월 초, 3부작의 첫 번째 책인 『문어(The Octopus)』의 배경을 조사하기 위해 샌프란시스코로 가서 샌호킨 밸리에 머묾. 9월, 뉴욕으로 돌아옴. 더블데이 앤드 맥클루어에서 『블릭스』가 더블데이 앤드 맥클루어에서 출간됨. 10월부터 『문어』를 집필하기 시작함.

1900 더블데이 앤드 맥클루어에서 독립한 회사 '더블데이 페이지' 회사에서 편집자 일을 맡음. 2월 12일, 자넷 블랙과 결혼. 2월, 『남자의 여자』 출간. 12월 중순, 『문어』 완성. 『지옥』에 관한 자료를 얻기 위해 자넷과 시카고에 감. 4월, 『문어』가 출간됨. 샌프란시스코에서 두 달, 뉴저지와 그린우드에서 세 달을 머물고 자넷과 함께 뉴욕으로 돌아옴. 『지옥(The Pit)』을 쓰기 시작함. 자넷이 임신함.

1902 2월 9일, 딸 자넷 노리스 주니어 출생. 6월, 『지옥』을 완성한 뒤 『새터데이 이브닝 포스트』에 연재함. 『지옥』이 베스트셀러가 됨. 7월, 뉴욕에서의 문학가로 사는 삶에 회의를 느끼고 샌프란시스코로 이주함. 『곡물의 서사시』의 마지막 작품인 『늑대(The Wolf)』의 자료 수집 목적으로 가족들과 화물선을 타고 세계일주 여행을 계획하지만 세 번째 책은 쓰지 못함. 10월 22일, 맹장염 수술을 하던 중 괴저와 복막염이 드러남. 10월 25일, 복막염으로 사망하

여 오클랜드의 마운틴뷰 공동묘지에 안장됨.

1903 첫 번째 단편집 『곡물 거래(*A Deal in Wheat*)』가 출간됨.

1904 『지옥』이 채닝 폴락의 각색으로 브로드웨이에서 성공적으로 상연됨.

1909 두 번째 단편집 『제3의 서클(*The Third Circle*)』이 출간됨.

1924 『맥티그』가 에리히 폰 슈트로하임에 의해 〈탐욕(Greed)〉이라는 제목으로 영화로 만들어짐.

새롭게 을유세계문학전집을 펴내며

을유문화사는 이미 지난 1959년부터 국내 최초로 세계문학전집을 출간한 바 있습니다. 이번에 을유세계문학전집을 완전히 새롭게 마련하게 된 것은 우리가 직면한 문화적 상황에 적극적으로 대응하기 위해서입니다. 새로운 을유세계문학전집은 세계문학의 역할이 그 어느 때보다 중요해졌다는 인식에서 출발했습니다. 오늘날 세계에서 타자에 대한 이해는 우리의 안전과 행복에 직결되고 있습니다. 세계문학은 지구상의 다양한 문화들이 평등하게 소통하고, 이질적인 구성원들이 평화롭게 공존할 수 있는 문화적인 힘을 길러 줍니다.

을유세계문학전집은 세계문학을 통해 우리가 이런 힘을 길러 나가야 한다는 믿음으로 만들어졌습니다. 지난 5년간 이를 준비하기 위해 많은 노력을 기울였습니다. 세계 각국의 다양한 삶의 방식과 문화적 성취가 살아 있는 작품들, 새로운 번역이 필요한 고전들과 새롭게 소개해야 할 우리 시대의 작품들을 선정했습니다. 우리나라 최고의 역자들이 이들 작품 속 한 문장 한 문장의 숨결을 생생히 전하기 위해 심혈을 기울였습니다. 또한 역자들은 단순히 번역만 한 것이 아니라 다른 작품의 번역을 꼼꼼히 검토해 주었습니다. 을유세계문학전집은 번역된 작품 하나하나가 정본(定本)으로 인정받고 대우받을 수 있도록 최선을 다했습니다. 세계문학이 여러 경계를 넘어 우리 사회 안에서 주어진 소임을 하게 되기를 바라며 을유세계문학전집을 내놓습니다.

을유세계문학전집 편집위원단(가나다 순)
김월회(서울대 중문과 교수)
박종소(서울대 노문과 교수)
손영주(서울대 영문과 교수)
신정환(한국외대 스페인어통번역학과 교수)
정지용(성균관대 프랑스어문학과 교수)
최윤영(서울대 독문과 교수)

을유세계문학전집

을유세계문학전집은 계속 출간됩니다.

을유세계문학전집 연표